procura-se um marido

procura-se um marido

CARINA RISSI

1ª edição

Rio de Janeiro-RJ / São Paulo-SP, 2022

VERUS EDITORA

Copidesque
Ana Paula Gomes

Revisão
Cleide Salme

Projeto gráfico
André S. Tavares da Silva

ISBN: 978-65-5924-123-1

Copyright © Verus Editora, 2012

Direitos reservados em língua portuguesa, no Brasil, por Verus Editora. Nenhuma parte desta obra pode ser reproduzida ou transmitida por qualquer forma e/ou quaisquer meios (eletrônico ou mecânico, incluindo fotocópia e gravação) ou arquivada em qualquer sistema ou banco de dados sem permissão escrita da editora.

Verus Editora Ltda.
Rua Argentina, 171, São Cristóvão, Rio de Janeiro/RJ, 20921-380
www.veruseditora.com.br

CIP-BRASIL. CATALOGAÇÃO NA FONTE
SINDICATO NACIONAL DOS EDITORES DE LIVROS, RJ

R483p

Rissi, Carina
   Procura-se um marido / Carina Rissi. - 1. ed. - Rio de Janeiro : Verus, 2022.

ISBN 978-65-5924-123-1

1. Romance brasileiro. I. Título.

22-79423
                       CDD: 869.3
                       CDU: 82-31(81)

Meri Gleice Rodrigues de Souza - Bibliotecária - CRB-7/6439

Revisado conforme o novo acordo ortográfico.

Seja um leitor preferencial Record.
Cadastre-se no site www.record.com.br e receba
informações sobre nossos lançamentos e nossas promoções.

Atendimento e venda direta ao leitor:
sac@record.com.br

Para Adri e Lalá

> Deus me livre! Esta seria a maior infelicidade de todas! Achar agradável um homem que decidimos odiar! Não me deseje esse mal.
>
> – JANE AUSTEN, *Orgulho e preconceito*

I

A balada não foi das melhores naquela noite. Não compensou todo o trabalho que tive para sair às escondidas de vô Narciso, que me proibira mais uma vez de sair durante a semana. Cheguei em casa mais cedo que de costume, por volta das quatro da manhã, louca para cair na cama. Nuvens pesadas encobriam a lua, deixando a casa muito sombria. Sempre achei a mansão meio assustadora ao cair da noite, mas vovô adorava – tinha boas recordações incrustadas nas paredes cor de creme.

Para não atrair atenção, subi sorrateiramente os degraus da escada dos fundos, que ligava a cozinha ao andar de cima, mas que obrigatoriamente me fazia passar pelo corredor do quarto de meu avô. Prendi a respiração, tentando fazer o mínimo de ruído possível ao passar pela porta branca com entalhes delicados. Meu esforço foi inútil, claro.

– Alicia? – chamou vovô, numa voz baixa, porém firme.

Suspirei pesadamente, soltando os ombros antes de abrir a porta e enfiar a cabeça por uma fresta no quarto iluminado apenas pela luz do abajur. Vovô estava sentado na enorme cama, um livro nas mãos, o rosto desapontado.

– Você achou mesmo que eu não notaria sua escapadinha? Não acha que é um pouco tarde para estar indo para a cama? – quis saber vô Narciso, me observando por sobre os óculos.

– Tecnicamente é cedo, já que tá quase amanhecendo...

– Entre, Alicia – ele ordenou.

Grunhi. Tudo que eu queria era ir para minha cama, de preferência sem levar bronca. Contudo, eu sabia que vovô correria atrás de mim até soltar todos os cachorros. Era inútil tentar escapar.

Arrastando-me bravamente, como um condenado à cadeira elétrica, me sentei no pé da cama.

– Onde você estava? – ele indagou, a testa enrugada, os cabelos grisalhos ligeiramente desarrumados.

– Com a Mari. Era aniversário dela. – Mari era minha melhor amiga desde... bom, desde que eu me lembrava. Nós nos conhecemos no maternal e, depois que ela me salvou de um monstro horrível no parquinho do colégio, nunca mais nos afastamos. Éramos inseparáveis.

– Claro. Ela está com quantos anos agora? Cento e três? Porque nos últimos dois meses você foi a pelo menos oito festas de aniversário da sua melhor amiga.

Droga!

– Eu disse aniversário? Eu quis dizer despedida de solteira.

Vovô suspirou.

– Alicia, eu já sou velho o bastante para saber quando estão querendo me enganar – ele fechou o livro com um movimento brusco e tirou os óculos de leitura. – Eu não entendo. Sempre dei tudo a você, nunca lhe faltou nada. Acho que o problema foi exatamente esse, não é? Acabei mimando você demais. Você é uma mulher adulta há algum tempo. Tem vinte e quatro anos, mas ainda age como uma adolescente irresponsável. Quando vai criar juízo, querida?

– Vovô, eu...

– Isso não é hora de voltar para casa, ainda mais numa terça-feira. Já se deu conta de que você passa todas as noites e madrugadas na rua, só Deus sabe fazendo o quê?

– Eu não estava fazendo nada errado. Eu nunca faço nada errado – me defendi.

Seus olhos azuis, exatamente da cor dos meus, se estreitaram, as rugas ao redor tornaram tudo mais ameaçador.

– Precisei enviar três advogados a Amsterdã para livrar você da cadeia. *Amsterdã*, Alicia! – ele frisou, o rosto duro. – Onde tudo é permitido! Evidentemente, você teve que encontrar uma forma de mudar isso...

– Foi um mal-entendido, eu já expliquei! – Ninguém nunca me deixaria esquecer aquela história? Caramba! Uma garota não podia cometer um errinho de nada?

– Tunísia. Bulgária – ele continuou a apontar meus erros. – Aquela noite em que você foi parar no hospital por causa de um coma alcoólico... Tudo não passou de um mal-entendido?

– A prisão na Tunísia eu já expliquei, foi abuso de autoridade. A da Bulgária... – suspirei, tentando lembrar o que havia me levado a participar daquela passeata. Na época, protestar nua com outras oitocentas pessoas pareceu tão bacana... – Ok, não tenho desculpa pra essa. E eu me excedi um pouco na formatura da Mari, o que é normal pra alguém da minha idade – baixei os olhos para o lençol branco.

– Nada disso aconteceu comigo nem com seu pai ou com qualquer amigo dele. Não creio que seja normal – ele suspirou pesadamente. – Alicia, nem sempre estarei por perto para salvar você das encrencas em que se mete. Estou velho e não aguento mais ver você brincando com a sua vida. Às vezes, me arrependo de não ter ouvido o Clóvis. Devia ter mandado você para um colégio na Suíça. Seu pai e sua mãe, que Deus os tenha, devem estar se remoendo de preocupação. Eu temo que, quando eu me for e deixar tudo por sua conta, você vai acabar sem nada, passando fome e... – blá-blá-blá. Eu já conhecia bem aquele sermão. Fiquei esperando que ele chegasse à parte em que eu seria enterrada como indigente e nem teria direito a um enterro cristão, o que me impediria de ir para o céu encontrar meus pais e viver feliz para sempre na chatice do Paraíso. – ... você vai passar a eternidade vagando por aí. Uma alma condenada. É isso que você quer?

– Ok. Eu *juro* que amanhã vou ficar em casa e fazer algo bem entediante – prometi, desejando escapar o mais rápido possível para minha cama, a duas portas de distância.

– Não quero que fique em casa – ele apontou. – Quero que crie juízo e entenda que a vida é muito mais que festas e rapazes.

Eu duvidava muito.

– Você precisa é de um bom homem ao seu lado. Alguém que lhe mostre o verdadeiro sentido da vida. Precisa de um marido. – *Lá vamos nós ou-*

outra vez, pensei desanimada. – Se você se apaixonasse de verdade por um homem bom, um homem digno, de caráter, e conseguisse manter esse relacionamento a ponto de levá-lo ao altar, isso significaria que finalmente amadureceu.

– Tá bom, vovô. Vou tomar jeito, prometo, mas *sem* marido nessa história, ok? Agora descanse um pouco. Já está tarde, você acorda muito cedo. Teve aquela dor de cabeça de novo? – perguntei, tentando mudar o foco da conversa.

Ele sacudiu a cabeça.

– Não tive. Mas você me tira o sono, Alicia.

– Desculpa – eu disse sinceramente. Não gostava de causar aborrecimentos a vovô. Ele era tudo que eu tinha; minha família inteira se resumia àquele homem de setenta e dois anos, dono de um bom humor ímpar e do sorriso mais carismático que eu conhecia. – Não precisava ter me esperado acordado.

– Não consegui dormir. Aproveitei para ler um pouco. – Ele voltou a abrir o livro e colocou os óculos sobre o nariz reto.

Respirei aliviada. O pior já tinha passado.

– Ainda não decorou esse livro? – brinquei. – Você o lê três vezes por ano!

– Há muito que aprender com Sun Tzu, querida. Você devia ler. Esse livro contém estratégias que podem ser aplicadas em todos os aspectos da vida. Pode ajudar num momento de dificuldade.

– Certo. Quando estiver em guerra com alguém, eu leio. Mas, vovô, andei pensando sobre essas suas dores de cabeça. Você andou tendo muitas ultimamente. E posso apostar que escondeu outras tantas de mim. Elas estão cada vez mais frequentes, não estão? Não acha melhor irmos à clínica para fazer alguns exames?

– Eu já fui, não se preocupe. É apenas uma enxaqueca. Quer adivinhar a causa? – ele ergueu uma sobrancelha, mas estava sorrindo.

Fechei a cara, cruzando os braços sobre o peito.

Vovô riu. Eu adorava sua risada. Era tão rica e forte quanto um abraço e me desarmou completamente.

– Boa noite, vovô – me levantei e beijei sua testa.

– Boa noite, querida. Por favor, tente me ouvir, pelo menos desta vez...

Assenti e rapidamente alcancei a porta, mas, quando meus dedos tocaram a maçaneta, um raio rasgou o céu, anunciando a tempestade que se aproximava. Congelei.

– Hã... acho que vou dormir aqui com você, vovô. Vai que você precisa de alguma coisa no meio da noite.

– Por que eu precisaria de alguma coisa? – ele perguntou zombeteiro, olhando pelo vidro da janela.

Um estrondoso relâmpago clareou todo o quarto. Corri para a cama e me enfiei debaixo do lençol.

– Vai saber! Vou ficar aqui só pra garantir – eu disse, me encolhendo como uma bola.

– É, tem razão. Eu posso precisar de alguma coisa. – Ele colocou o livro sobre a mesa de cabeceira, guardou os óculos e me estendeu a mão. Agarrei-a sem pestanejar. – Parece que vai cair o mundo. Eu posso sentir medo.

– Ãrrã – murmurei, me contraindo e apertando os olhos quando mais um estrondo ribombou pelas paredes do quarto.

– Vai ficar tudo bem, querida – ele disse, passando o braço ao meu redor. – Vovô está aqui.

– Eu não estou com medo, você sabe – esclareci.

– Eu sei que não – ele abriu aquele seu sorriso cheio de rugas, que aquecia meu coração e me fazia sentir segura e protegida. – Mas sabe... sinto falta disso. Quando você era menor, eu tinha que praticamente expulsar você da minha cama toda noite.

– Eu lembro. Mas não era medo. Era... Seu colchão sempre foi mais macio que o meu.

Ele riu, abafando um pouco do murmúrio furioso da tormenta que agora caía pesada lá fora.

– Ah, Alicia, minha pequena princesa. O que teria sido desse velho sem você e suas historinhas malucas durante todos esses anos?

– Você não é velho! É experiente! E sua vida seria... – me encolhi quando um raio pareceu cortar o quarto ao meio – mais calma se eu fosse uma neta mais ajuizada.

– Sim, mas não seria mais você. Eu te amo do jeito que você é. Só gostaria que fosse mais prudente e responsável. – Ele beijou o topo da minha cabeça. – Tire os sapatos ou amanhã vai ficar dolorida.

Obedeci. Vovô permaneceu ao meu lado, com o braço protetoramente ao meu redor, até que os barulhos se tornaram mais brandos. Comecei a relaxar. Apaguei logo em seguida.

Pouco depois – ao menos foi o que pareceu –, meu celular tocou, me despertando. Ainda estava no bolso do meu jeans.

– Seja lá quem for, é uma pessoa morta – resmunguei.

– Onde você está que ainda não chegou à galeria? – Breno, meu chefe há quatro meses, exigiu saber. Tudo bem, ele *até* podia ser o dono da galeria, mas isso não fazia dele meu chefe, já que o que eu fazia na Galeria Renoir não era bem um trabalho.

– Eu tô doente. Uma virose. Muito contagiosa. Altamente contagiosa – miei, querendo desesperadamente voltar ao sonho delicioso em que Ian Somerhalder me perseguia para me encher de mordidas vampirescas. *Humm...*

Breno suspirou.

– Você tem dez minutos para estar aqui. Ou eu ligo para o seu avô e conto que você não trabalha um dia inteiro há mais de uma semana.

Argh! Eu odiava Breno. Principalmente essa sua mania medonha de contar tudo que eu fazia – ou não fazia, como era o caso – a vô Narciso.

– Ok, não precisa ameaçar. Já tô indo! – Eu não queria aborrecer vovô outra vez. E sabia que havia uma boa chance de ele não gostar muito de saber que eu andava matando serviço para ir ao cinema e ao parque municipal.

Trabalhar no antiquário Galeria Renoir – péssimo nome, aliás; eu teria escolhido algo como Cemitério de Usados ou Mercado de Carrapatos, já que algumas peças eram apenas lixo de gente morta; havia algumas realmente boas, mas eram poucas – era um saco! Eu ficava ali, dizendo aos poucos clientes que raramente entravam na loja quais peças deveriam ser compradas, quais não valiam a pena, o que combinava com o quê, esse tipo de coisa. Claro que só me candidatei à vaga porque vovô me obrigou a arrumar um emprego logo depois da minha última viagem à Holanda.

Ele não engoliu muito a história da minha prisão – totalmente injusta, já que eu não sabia que não podia ficar de amasso na rua, afinal estávamos em *Amsterdã*, onde tudo é permitido. Aparentemente, quase sexo num beco semiescuro não é. *Agora* eu sabia disso.

Eu odiava a galeria quase tanto quanto odiava malhar. Mas Breno, um nerd estranho com um corpaço, cabelos pretos e ondulados, um sorriso bonito no rosto quadrado, fora muito gente boa em me arrumar o emprego. Cursamos a faculdade de artes juntos, e desde aquela época ele estava de quatro por Mari. Ela não retribuía, mas eu sentia que alguma coisa rolava entre eles, ainda que nunca tivessem saído juntos.

Graças a ele, tive a desculpa perfeita quando vô Narciso me questionou por que eu não trabalhava em uma de suas milhares de empresas.

Simples. Vovô poderia me vigiar de perto. E isso não era nada bom.

Vô Narciso era um dos homens mais ricos do mundo. Todo ano encabeçava a lista dos mais ricos da revista *Forbes*. Mari brincava que setenta por cento do planeta era de água, quinze dos reles mortais e os outros quinze pertenciam a vô Narciso. Exageros à parte, o patrimônio de meu avô era incalculável. E ainda assim ele se mantinha ativo, trabalhando. Ou em um dos escritórios, ou trancado na biblioteca da mansão, conectado às empresas do Conglomerado Lima.

Eu não tinha muito do que me queixar. Apesar de ter perdido meus pais quando criança, vovô nunca deixou me faltar nada, principalmente amor. Era por isso que eu estava me arrastando de seu quarto para o meu banheiro naquela manhã. Eu não queria decepcioná-lo duas vezes em menos de doze horas.

Vô Narciso, como de costume, havia se levantado com o nascer do sol. Não o vi quando desci as escadas correndo. Minha cabeça estava zunindo, ainda com sono, mas me obriguei a pegar meu cupê na garagem espaçosa e dirigir os dez quilômetros até o centro da cidade, onde ficava a galeria.

– Para uma menina rica, você parece uma indigente – resmungou Breno assim que me viu.

Olhei para baixo e notei que estava com a camiseta do avesso.

– É a nova moda em Budapeste. Você saberia disso se viajasse mais – retruquei, me jogando numa cadeira do século XVIII extremamente desconfortável.

– Você inventa histórias demais, Alicia. Eu não sou seu avô pra cair nelas.

– Ele também não cai. Mas não custa tentar – dei de ombros. – E você acha mesmo que faria diferença se eu me vestisse como uma boneca? Ninguém entra nessa joça.

Como que para me contrariar, a porta se abriu e uma senhora exageradamente maquiada olhou em volta, com desdém, para os objetos do antiquário. Breno me lançou um olhar exasperado.

– Vá arrumar essa blusa e volte para fazer seu trabalho. Estou sem paciência hoje.

– Como quiser, patrãozinho.

Depois de me enfiar no banheiro minúsculo, arrumar a blusa e sapecar um pouco de maquiagem no rosto, na tentativa de esconder as olheiras da noite pouco dormida, voltei ao salão apinhado de coisas antigas. Tão antigas quanto a senhora que avaliava uma mesa de centro do século XIX.

– Posso ajudar? – ofereci, já que Breno estava ao telefone.

– Não sei. Estou procurando um vaso Ming.

– Ah, temos um em perfeito estado de conservação. Tem só um lascadinho na lateral. Vou mostrar. – Caminhei pelo labirinto que cheirava a porão, seguida de perto pela mulher de cabelos curtos com permanente, o que a deixava parecida com um poodle grisalho. – Aqui está! Um legítimo vaso da dinastia Ming, confeccionado por volta de 1370. Uma verdadeira raridade.

Seu rosto levemente enrugado se contorceu um pouco enquanto ela avaliava o vaso.

– Mas é legítimo mesmo? Tem algum certificado?

– Só trabalhamos com produtos legítimos, senhora – eu disse ofendida.

– Mesmo? E quanto àquela cadeira ali? – ela apontou para uma cadeira reclinável de madeira escura. – Está escrito "O Rei esteve aqui".

Droga!

– Elvis Presley. O *rei*! – menti, com mais entusiasmo que o necessário.

– Mas está em português – ela resmungou, desconfiada.

– Sim, essa peça é daquela vez que o Elvis veio ao Brasil gravar um filme. Pena ter morrido antes de terminar – sacudi a cabeça. – Essa sim é uma verdadeira raridade. Não há outra dessas à venda.

– É mesmo? Eu não soube! – ela olhou em dúvida para a peça. – Nunca soube que o Elvis esteve no Brasil.

– Foi tudo *muito* sigiloso, sabe como é... O homem não tinha privacidade pra nada.

– E ele sentou mesmo nessa cadeira? – ela correu os dedos pela madeira, e um brilho indisfarçado de satisfação surgiu em seus olhos castanhos.

– Se sentou? – revirei os olhos teatralmente. – Ele praticamente dormia nessa cadeira, de tanto que gostou da peça! Quis até levar para Graceland, mas teve um probleminha com a alfândega. – Estiquei-me um pouco e sussurrei em tom conspiratório: – *Narcóticos*.

– Ah! Isso é tão Elvis! Eu o amava tanto na adolescência...

Aproveitei minha chance e desferi o golpe final.

– É um verdadeiro pecado vender essa cadeira por tão pouco. Quer dizer, o *rei* sentou nela! Isso faz dessa peça elegante e atemporal, que ficaria bem em qualquer ambiente, praticamente um trono real!

Os olhos da mulher se acenderam.

– Posso me sentar nela só um instante? – ela perguntou.

– Fique à vontade.

– Alicia – chamou Breno, com cara de poucos amigos.

– Com licença – eu disse à mulher, que se acomodou na cadeira de madeira barata com um sorriso jubiloso no rosto redondo. Algumas pessoas pedem para ser enganadas...

Deixei-a refestelada na falsificação barata da cadeira que realmente pertencera a Elvis e que Breno havia comprado pela internet por uma merreca, na intenção de levá-la para casa – sério, ele não era muito normal. Mas ele morava com a irmã (o que só reforçava minha opinião de quanto ele era estranho), e ela não permitiu que aquela coisa horrorosa fizesse parte da decoração. Por esse motivo, a cadeira jazia ali, ao lado de outras peças alarmantes.

– O que eu já disse sobre enganar os clientes? – Breno suspirou exasperado.

– Que é errado, *mas* essa regra entra em conflito com outra. Aquela que diz: "Tenho que vender tudo que está na loja" – apontei. – Só estou fazendo o meu trabalho.

– O que eu estava pensando quando te ofereci emprego? – ele sacudiu a cabeça. – Eu só podia estar bêbado!

– Ah, Breno, qual é? Eu... – Meu celular tocou. – Ah, desculpa. Preciso atender.

– Tudo bem – disse ele. – Vou explicar para aquela senhora que houve um mal-entendido e depois vamos conversar *outra vez* sobre as regras de vendas.

Atendi o telefone.

– Alicia, é o Clóvis – disse apressado o advogado de confiança de meu avô. – Seu Narciso acaba de ser internado.

– Internado? É aquela enxaqueca outra v... O que ele... Como ele está? – perguntei por fim.

– Ele está na UTI. Você pode vir agora?

– UTI? Mas... p-por que o vovô está na UTI? – meu coração começou a bater ensandecido. UTI não era bom. Nada bom.

– Por favor, Alicia, se apresse. Explico tudo quando você chegar aqui.

– T-tá. – Não gostei do tom urgente em sua voz. Um calafrio percorreu minha coluna.

Desliguei o celular sem me dar conta do que fazia e deixei a galeria atordoada, sem nem ao menos avisar Breno. Não me lembro de muita coisa do caminho para o hospital. Tudo que conseguia pensar era que vovô estava na UTI. Ele nunca ficava doente. Exceto pela enxaqueca, vô Narciso tinha uma saúde de ferro.

Clóvis me esperava no corredor assustadoramente longo e branco do hospital. Seu rosto abatido demonstrava desespero. Retraí-me imediatamente.

– Meu avô vai ficar bem, não vai, Clóvis? – Ele *tinha* que ficar bem. Sempre ficava.

Seus lábios se apertaram, transformando-se um uma pálida linha fina. Recuei um passo.

– Ele vai ficar bem, não vai? – repeti, encostando-me na parede fria.

– Alicia... seu avô descobriu há algum tempo que tinha um... aneurisma cerebral – ele disse, como se isso fizesse algum sentido. – Era grande demais. Inoperável, infelizmente. Hoje de manhã ele desmaiou e foi trazido desacordado para o hospital. A equipe médica fez o que pôde para salvar o seu Narciso, mas...

– O que você está querendo dizer? – Meu peito subia e descia rápido demais. A vertigem me impediu de sair correndo com as mãos nos ouvidos para não escutar o que ele tinha a dizer. No entanto, eu já sabia o que viria a seguir. Claro que sabia. Já havia estado naquela posição antes. De repente, eu tinha cinco anos de novo, mas dessa vez vovô não estava ao meu lado, me colocando no colo e dizendo que daríamos um jeito, que tudo ficaria bem de alguma forma.

Clóvis retirou os grandes óculos do rosto redondo e esfregou os olhos.

– Sinto muito, Alicia. Não havia nada que pudesse ser feito para salv...

– *NÃO!* – o grito explodiu em minha garganta antes que eu pudesse sequer piscar. A dor era tão intensa que adormeceu meus membros. Um vazio preencheu o local onde antes ficava meu coração. – Não! Ele não pode fazer isso! Eu não posso perder o vovô também! Ele precisa ficar comigo. Eu só tenho meu avô, Clóvis! Só ele!

– Sinto muito, querida. Você precisa ser forte agora. – Braços roliços e gentis me envolveram, mas lutei furiosamente contra eles. Eu não precisava ser consolada. Precisa de meu avô ao meu lado.

– Me solta! Preciso falar com meu avô. Eu quero ver meu avô! *Agora!* Ele não pode me deixar. Simplesmente não pode... me deixar aqui.

Mas ele pôde. Naquela manhã, ele me deixou.

2

Enquanto o padre discursava sobre a generosidade de vô Narciso, suas benfeitorias na comunidade, como sempre fora um homem correto, um cristão temente a Deus, marido, pai e avô devotado, eu me alienava daquilo tudo, encarando fixamente um arranjo de orquídeas, como se não fosse de meu avô morto que o padre estivesse falando. Doía menos dessa forma. Encarei as flores com raiva. Detestava orquídeas desde criança. Havia centenas delas no enterro de meus pais. E havia milhares delas no enterro de vô Narciso. Flor da morte. Eu detestava a morte. Eu não deveria odiá-la tanto agora, já que não sobrara mais ninguém. Todos estavam mortos. Perdi meus pais para um terrorista e vovô para uma doença estúpida. Eu não tinha o que temer, não é?

Recebi muitos abraços na saída da igreja, a maioria de amigos de vô Narciso. Hector, seu braço direito na L&L Cosméticos, estava rígido como uma coluna de mármore. Sua pele azeitonada estava pálida, o rosto era uma máscara de seriedade, mas os olhos, vermelhos e inchados, o delatavam. Sua esposa o confortava como podia, e eu fingia que sua tristeza contida era por conta de uma negociação que dera errado, não por saber que nunca mais teria o velho amigo por perto.

Clóvis, o advogado de longa data de vovô, tomara conta de tudo desde aquela manhã fatídica – o funeral, a papelada das empresas, a missa de sétimo dia, os empregados da mansão. Ele havia sido de grande ajuda, já que naquela semana me limitei a chorar trancada no quarto de meu avô

– que ainda tinha o aroma delicioso de sua loção pós-barba. Só saí de lá com os protestos de Mari, que ameaçou chamar os bombeiros caso eu não abrisse a porta e comesse alguma coisa.

– Como está se sentindo? – Clóvis perguntou quando eu já estava no estacionamento da igreja.

– Cansada. Só quero ir pra casa. – Para o mausoléu que ela havia se tornado fazia uma semana.

– Hã... Sei que não é uma boa hora para isso, Alicia, mas seu Narciso me deixou instruções para que o testamento fosse aberto após a missa de sétimo dia.

Não pode ser amanhã? – Eu só queria ir pra casa e chorar. Era pedir muito?

– Sinto muito. Ele deixou ordens expressas para que o testamento fosse aberto sete dias após seu falecimento.

Suspirei, fechando os olhos.

– Tudo bem, Clóvis – cedi. – Se não tem outro jeito, vamos acabar logo com isso.

Ele assentiu.

– Vou até a mansão. Acho que vai ser melhor para você. Nos encontramos lá.

– Tudo bem – concordei desanimada.

Ele entrou em seu carro e me seguiu enquanto eu dirigia no piloto automático, fantasiando estar em algum lugar paradisíaco onde meu avô ainda vivia.

Breno ligou para perguntar se eu continuaria trabalhando na galeria. Como se eu pudesse pensar em alguma coisa naquele momento.

– Não, Breno. Não tenho cabeça pra nada. Obrigada pelas flores, foi muito gentil.

– Eu realmente sinto muito, Alicia.

– Eu também. – Ninguém imaginava quanto. – Pode arrumar alguém para me substituir. Chega de trabalho pra mim.

Se precisar de alguma coisa, me liga – ele ofereceu.

Um bipe avisou que havia uma nova chamada.

– Obrigada, Breno. Tenho que desligar. Tchau.   Apertei o botão e atendi a outra chamada. – Alô?

— Lili? — Era Mari. A única pessoa no mundo que me chamava por meu apelido de infância sem terminar com o nariz quebrado. — Desculpa não ter ido à missa. Acabei presa no trânsito. Teve um acidente com um caminhão de cerveja, que tombou e interditou a avenida. Só consegui sair de lá agora há pouco, mas acabei de chegar à mansão.

— Eu já estou quase chegando.

— Vou pedir para a Mazé preparar um chá preto. Você anda muito pálida — disse ela.

— Parece ótimo. — Não que eu quisesse beber alguma coisa, mas não queria brigar com minha amiga. O dia já estava ruim o bastante. — Te vejo daqui a pouco.

Estacionei meu cupê na vaga em frente à garagem e quase explodi em prantos ao ver o sedã preto preferido de vovô parado ali dentro. Fiquei paralisada, admirando o veículo, que nunca mais deixaria a garagem levando seu dono para alguma reunião importante.

Uma borboleta azul flutuou pela garagem, pousando no para-brisa do carro preto. Estremeci ligeiramente. Eu detestava borboletas. Borboletas eram lagartas vestidas em traje de gala, mas ainda eram lagartas. Nunca deixariam de ser, por mais que se metamorfoseassem.

Entrei pelos fundos da mansão, indo direto para a cozinha, e encontrei Mari papeando com a cozinheira, a mais antiga das empregadas da casa. Mazé começara a trabalhar na mansão como babá de meu pai. Era uma senhora de rosto redondo e amigável, sempre sorridente, e sua comida era a melhor do planeta.

Foi Mazé quem me contou os últimos momentos de vida de meu avô. Ele voltou cedo do escritório da L&L Cosméticos, pálido e parecendo sentir dor, mas não se queixou, como sempre. Seguiu direto para a biblioteca, para esperar documentos importantes de uma das empresas do Conglomerado Lima que seriam enviados para a multifuncional constantemente conectada à rede. Pouco depois, Mazé ouviu um barulho vindo dali. Encontrou vovô no chão, desacordado, o rosto sem cor. Levaram-no imediatamente ao hospital, de onde nunca mais voltou.

— Oi — me joguei na cadeira ao lado de minha melhor amiga, deitando a cabeça em seu ombro.

Ela passou o braço ao meu redor.

– Seu chá está quase pronto. Como foi?

– Péssimo, Mari. Não poderia ter sido pior.

– Quer algo especial para o almoço, menina? – perguntou Mazé, me lançando um olhar triste. Ela também sentia falta de vô Narciso. Especialmente porque ninguém comia naquela casa fazia uma semana.

– Não, Mazé – sacudi a cabeça, desolada. – Não estou com fome. O cheiro daquelas flores me deixou enjoada. Mas o Clóvis está vindo pra cá, talvez almoce aqui. Prepara qualquer coisa.

– Claro, menina Alicia – ela respondeu, com seu jeitinho especial de falar comigo.

Suspirei ao ouvir a campainha.

– Pode deixar – eu disse quando Mazé fez menção de ir atender a porta. – É o Clóvis. Vem, Mari. Ele vai abrir o testamento. Não quero ficar sozinha.

– Vamos lá, Lili. Coragem!

Atravessamos a sala de jantar, com a mesa e suas dezoito cadeiras imponentes, mas de extremo bom gosto, a passos lentos. Vi Ataíde no topo da escadaria da sala de estar e acenei com a cabeça, indicando que eu mesma atenderia a porta. Clóvis entrou, o rosto fechado como sempre, e seguimos em silêncio até a biblioteca de vovô. Era a primeira vez que eu entrava ali sem que ele estivesse por perto. Parecia tão errado...

– Como sabe, seu avô deixou um testamento – Clóvis começou.

– É, você disse.

Ele assentiu. Joguei-me no sofá de couro marrom ao lado da estante de livros. Mari ficou examinado as lombadas.

– Muito bem – ele abriu a maleta preta e retirou uma imensidão de papéis. – Vou ler para você as instruções que ele deixou.

– Isso é mesmo necessário? – me queixei.

– Sim – ele disse e começou a leitura, daquele seu jeito formal, como se estivesse diante de um tribunal.

Basicamente, vovô havia instruído que Clóvis cuidasse de tudo até que o testamento fosse aberto. Eu queria ir para o quarto ouvir as histórias da Mari, coisas que pudessem afastar aquela saudade que eu sentia de abraçar meu avô e, mais que tudo, de suas broncas.

– Cumpridas as formalidades, vamos à leitura do testamento – Clóvis assentiu para si mesmo.

Dei de ombros. Já fazia ideia do que tinha ali. Eu era a única herdeira viva e, como vovô era bastante generoso, desconfiava que havia deixado Mazé, Ataíde e Neves, os empregados mais antigos da casa, em bons lençóis. Os três trabalhavam para a família desde que eu me conhecia por gente. Uma vida de dedicação. Mereciam seja lá o que fosse que vovô tivesse deixado a eles.

Clóvis pigarreou antes de começar.

– Eu, Narciso Moraes de Bragança e Lima, encontrando-me em minhas perfeitas faculdades mentais e emocionais, livre de qualquer coação, deliberei fazer este meu testamento – ele iniciou naquela linguagem chatíssima de advogado – no qual expresso minha última vontade, tendo como única descendente viva a senhorita Alicia Moraes de Bragança e Lima, brasileira, solteira, curadora de artes, filha de Augusto Moraes de Bragança e Lima e Catarina Maria Soares de Bragança e Lima – e blá-blá-blá.

Meu avô deixara poupanças generosas para seu trio de empregados fiéis, como eu suspeitara, e o restante, ao que parecia, seria destinado a mim. Não que isso tivesse importância. Eu não ligava para a fortuna. Nunca liguei para grana. Eu só queria meu avô de volta. Trocaria sem pestanejar todo aquele dinheiro por mais um tempo com ele.

– Contudo, devido à incapacidade da herdeira de cuidar de si mesma, instituo como curador da totalidade de meus bens o senhor Clóvis Pereira Hernandez e, como presidente das minhas empresas, o senhor Hector Simione, até que a herdeira legítima esteja devidamente casada há mais de um ano.

Clóvis fez uma pausa para tomar fôlego.

Eu não sabia se havia entendido o que ele acabara de dizer.

– Hã... hein? – resmunguei estupidamente.

– Não terminei ainda, Alicia. Se puder esperar até que eu conclua, poderei responder a todas as suas perguntas. – E, voltando-se para o papel, ele continuou: – Disponho a minha neta um emprego vitalício em uma das minhas empresas até que ela possa assumir o que é seu de direito. Se a herdeira tentar contestar este testamento, a doação do patrimônio a ela será anulada. Assim, expressando este testamento particular minha última vontade, requerendo à justiça de meu país que o faça cumprir como este se contém e declara... – e mais blá-blá-blá.

– Que raio de conversa é essa? – reclamei. – O que todo esse papo quer dizer?

Clóvis respondeu calmamente.

– Que, até que você se case, não poderá tocar em nada que pertenceu ao seu avô.

– O quê? Isso é ridículo! – Mari e eu gritamos juntas.

– Me deixa ver isso! – pedi, arrancando o papel das mãos do homem de estatura média em formato de barril. Estava *mesmo* tudo ali, assinado e registrado. – Mas... por quê?

– Seu avô temia que, se toda a fortuna ficasse em suas mãos incapazes, você acabaria numa...

– Vala como indigente – completei de maneira automática. – Ele cansou de me dizer isso.

– Então, decerto não é nenhuma grande surpresa, não é? – ele arqueou uma sobrancelha grossa. – Alicia, o seu Narciso sempre se preocupou com você. Esse testamento foi redigido no dia em que você foi presa na Holanda.

– Ah, pelo amor de Deus! Holanda outra vez, não!

– Sim, Alicia. Holanda outra vez. Aquele incidente deixou seu avô apavorado. Não é segredo que você sempre fez o que bem quis. E, apesar de fechar os olhos algumas vezes, seu Narciso sempre soube tudo que se passava com você. Assim, quando você telefonou de Amsterdã pedindo ajuda, ele compreendeu que seria necessária uma mudança drástica para fazer com que você entendesse os tipos de riscos a que se submete. Eu tentei argumentar com ele sobre essa cláusula do casamento, mas, acredite, ele estava irredutível. Você conhece seu avô.

Ah, sim, eu conhecia. Exatamente por isso estava tão chocada com o conteúdo daquele documento.

– Meu avô não faria isso. Ele nunca me obrigaria a casar.

– E não está obrigando agora – disse ele calmamente. – É uma imposição sem data. Você é quem decide quando, como e com quem.

– Quanta consideração – murmurou minha amiga.

– Isso não está certo! – exclamei. – Por que tenho que me casar? Eu só tenho vinte e quatro anos. Quem se casa nessa idade? Eu não quero me casar. Não vou me casar nunca.

– Você conheceu os princípios de seu avô. Ele achava que um marido talvez fizesse você adquirir um pouco de maturidade, de sensatez. E, caso você nunca venha a contrair matrimônio, eu serei para sempre o curador, o tutor de sua herança. Infelizmente, você não terá acesso ao dinheiro ou aos lucros. Deverá se manter apenas com seu trabalho.

– Eu *não vou* me casar – repeti teimosamente.

– Não agora, mas um dia, quem sabe... – ele deu de ombros. – Até lá, continuarei fazendo o que fiz nos últimos anos. Cuidarei de seu patrimônio.

– E vou viver do quê, Clóvis? Como vou pagar as despesas dessa mansão?

Ele contornou a mesa e se sentou lentamente na beirada. Não gostei daquilo. Tive de me controlar para não voar em seu pescoço. Aquela era a mesa de vô Narciso. Ninguém encostava a bunda na mesa de vô Narciso!

– Alicia, essa casa é parte da herança – ele disse num muxoxo.

– E...?

– E quer dizer que você foi despejada – concluiu Mari, que assistia a tudo com os olhos muito abertos.

Olhei para Clóvis horrorizada.

– É isso? Estou sendo expulsa da minha própria casa?

Aquilo não podia estar acontecendo. Não depois de *tudo* que eu tinha passado nos últimos dias.

– Não, claro que não – ele respondeu, ainda muito calmo. – Mas, como seu tutor, eu vou cuidar de tudo, das despesas, dos empregados, já que vamos viver sob o mesmo teto.

– O quê?! – exclamei mortificada.

Não que eu não gostasse de Clóvis – tudo bem, eu não morria de amores por ele desde que o sujeito sugerira a meu avô que me mandasse para um colégio interno –, e, com a quantidade de cômodos naquela casa, talvez eu nem notasse sua presença. Mas não era isso que me incomodava. Eu sabia o que aquilo significava. Meu avô havia me deixado uma babá.

– Isso é um absurdo! É ridículo! Eu não preciso de babá coisa nenhuma.

– Tutor, Alicia.

– Dá no mesmo, Clóvis!

– Eu sinto muito. Seu avô deu as ordens, eu apenas executo – ele respondeu sucinto.

– Oh, Deus! Isso não pode estar acontecendo. Quer dizer que eu não vou herdar nada?

– Não até se casar.

– Mas como... Onde... E as minhas despesas? Eu preciso de dinheiro pra abastecer o carro, comprar minhas coisas.

– Por isso seu avô lhe deixou um cargo vitalício em uma das empresas do grupo. Para que você tenha dinheiro para se sustentar. Ele jamais te deixaria à míngua – ele sorriu.

Ah, não. Só me forçava a trabalhar! Mas, pensando bem, não parecia tão mal assim. Provavelmente um cargo de chefia ou gerência seria razoavelmente bem remunerado. Daria para me virar por um tempo, até que eu conseguisse contestar aquele testamento absurdo.

– Devo alertar que, se você tentar contestar o testamento, perderá o direito legal à herança. Seu avô imaginou que você faria algo do tipo – Clóvis disse reunindo a papelada, como se tivesse lido meus pensamentos.

– Ah, ele pensou em tudo – Mari respondeu, ecoando o que se passava na minha cabeça.

– Tudo vai continuar como sempre foi – o advogado explicou, paciente. – Você só vai ter que se adaptar à sua nova situação financeira. Você tem um teto e um emprego. O resto é por sua conta.

– Se vou ter que me casar pra ter direito à herança do meu avô, pode esquecer. A União pode ficar com tudo. Não tenho namorado, não acredito na instituição do casamento, não vou me casar só porque meu avô quer. Se ele quisesse me ensinar alguma coisa, que ficasse vivo pra isso!

Levantei-me às pressas e saí correndo da biblioteca, subindo a escada de dois em dois degraus.

– Lili! – chamou Mari, mas eu já estava trancada em meu quarto, jogada na cama, amaldiçoando meu avô por ter morrido.

– Eu não te perdoo nem nunca vou te perdoar! Está me ouvindo, vovô? Como você pôde fazer isso comigo? Eu te odeio! – chorei. Não sabia ao certo o que doía mais, a falta de confiança em mim ou ser tratada como uma criança birrenta. O que, pensando bem, dava no mesmo.

Mari entrou no quarto e se deitou ao meu lado.

– Vai dar tudo certo, Lili. Vai ficar tudo bem – sua mão acariciava meus cabelos.

– Como? O que eu vou fazer agora, Mari? Estou sozinha, tenho uma babá, que, aliás, nunca fui muito com a cara, estou sem dinheiro e vou ter que trabalhar! – voltei a chorar.

– Você não está sozinha. Eu estou aqui. Vamos dar um jeito nisso.

Sentei-me e sequei os olhos.

– Vamos? – perguntei com a voz fraca. – Como?

– Não tive tempo de pensar nessa parte ainda... – seu rosto anguloso se tornou pensativo, os olhos castanhos amendoados brilharam. – Mas o Clóvis disse que nada vai mudar de verdade. Você precisa acreditar nisso.

– *Você* acredita? – questionei, secando as lágrimas.

Ela hesitou, mordendo o lábio.

– Não – respondeu por fim. – Mas, se as coisas ficarem ruins, você sabe que pode contar comigo, não sabe? A gente resolve isso juntas. – Ela pegou minha mão e entrelaçou os dedos aos meus.

Naquele instante, olhando para o rosto delicado de Mari, me arrependi de todos os pensamentos que tive a respeito de estar sozinha. Mari estava ali. Sempre esteve. Sempre estaria. Amigas ficam ao seu lado nos momentos bons, mas apenas as melhores seguram sua mão nos momentos ruins.

– Quer que eu fique aqui hoje?

Assenti, ainda choramingando.

Ela ligou para a mãe avisando que passaria o dia comigo e dormiria na mansão naquela noite. Em seguida, se esforçou para me distrair com assuntos banais. Contou em detalhes como quase teve seu carro pisoteado quando tentou chegar à igreja. O caminhão tombado esparramou latas e garrafas de cerveja por toda a avenida, e a mercadoria atraiu centenas de pessoas, que se estapeavam tentando pegar alguma coisa. Mas nem seu relato divertido adiantou. Em desespero de causa, ela apelou para a TV, para o seriado sobrenatural que adorávamos. Também não resolveu.

Descemos para comer e fiquei paralisada quando vi Clóvis entrando pela porta da sala, seguido por Ataíde, com os braços cheios de malas.

Ao pé da escada, o advogado parou e retirou um calhamaço de papéis do bolso do casaco. Parecia muito constrangido.

– Desculpe por tudo isso, Alicia. Essas são suas cópias do testamento – e me entregou o bolo de documentos. – E essa... – tirou um envelope do bolso do paletó e estendeu para mim – é sua carta de admissão. Você começa a trabalhar amanhã. Não se atrase, por favor.

Peguei o envelope com raiva.

– Isso não vai durar muito, Clóvis – alertei, embora não fizesse ideia de como mudar minha situação.

Deserdada. Como eu tinha conseguido ser deserdada?

– Se precisar de qualquer coisa, estou à disposição – ele ofereceu solícito. – Anotei o número do meu celular nos documentos.

– Vamos, Lili. Você precisa comer – Mari me puxou em direção à cozinha, claramente na intenção de me afastar do mensageiro da desgraça. Deixei-me ser arrastada, para não cair na tentação de descontar minha ira no nariz de Clóvis.

Assim que me sentei, ela pegou o envelope referente ao meu emprego.

– Ah, Lili! Você vai para a L&L Cosméticos! Que máximo! Vai poder descolar muitas amostras grátis. Acho que pode até gostar do seu novo emprego. O que será que o seu avô quer que você faça por lá?

– Que eu entre nos eixos, Mari. – Dei de ombros. – E é isso que me assusta...

3

Cheguei ao prédio da L&L Cosméticos – Lima & Lima, a maior empresa do país no segmento de cosméticos, fundada por meu avô e tia Celine cinquenta anos antes – às nove e quinze.

Não foi fácil chegar quase na hora. Mari e eu tínhamos ficado acordadas até tarde tentando pensar em uma maneira de resolver minha situação, e quando o relógio despertou, às sete em ponto, nem ouvi. Ela me sacudiu diversas vezes, até desistir e ligar meu MP3 nas caixinhas de som no volume máximo, me fazendo pular da cama.

Comi alguma coisa, depois passei um tempo contemplando minhas roupas, sem ter certeza de como deveria me vestir. Eu não tinha muita – aliás, nenhuma – roupa de escritório, de modo que me decidi por um jeans preto e uma camisa cinza de babados que estava na mochila da Mari. Apesar de ela ser mais alta e muito mais curvilínea que eu – na verdade, qualquer garota de treze anos tinha peitos maiores que os meus –, a peça era ajustada por uma faixa na cintura, por isso ficou bacana. Mari não se importou que eu pegasse a camisa emprestada, afinal concordamos que uma vice-presidente deveria estar vestida de forma profissional.

Olhei-me no espelho: os cabelos lisos – mas nem tanto – cor de cevada estavam num dia bom; os olhos azuis, realçados pela vermelhidão e pelo inchaço causados pelo choro, não estavam tão mal. Eu poderia passar por uma descolada executiva em crise alérgica, mas com o cabelo superbrilhante.

Foi um tremendo esforço chegar apenas quarenta e cinco minutos atrasada, mas a mulher do RH – uma ruiva de cachos tão pequenos e indomados, presos no alto da cabeça por um rabo de cavalo, que se parecia muito com um espanador – não concordou comigo.

– Veja bem – ela começou. – Recebi ordens do dr. Clóvis para tratar você da mesma forma que trato qualquer outro funcionário. Aqui você será *apenas* a nova assistente de secretária. Não receberá benefícios ou regalias por ser neta do seu Narciso. Espero que esse atraso não se repita, estamos de acordo?

– Não entendi direito – apoiei as duas mãos sobre o balcão comprido. – Eu vou fazer o quê, *dona*?

Ela revirou os olhos.

– Meu nome é Janine, não dona. E você é a nova assistente da secretária Joyce, do setor sete. Ela vai lhe ensinar tudo assim que você mexer esse traseiro e for para o sétimo andar.

– Deve estar havendo algum engano – eu disse sorrindo para a Espanador. – Eu sou neta do dono dessa empresa. Não vou ser secretária de ninguém.

– Concordo. Você vai ser *assistente* de secretária – ela sorriu triunfante.

– Eu cursei cinco anos de faculdade de artes. Não vou ficar anotando recados. Pode esquecer! – cruzei os braços sobre o peito.

– Creio que vai sim. Pelo menos, o dr. Clóvis disse que você não tinha alternativa.

– Vou ligar pra ele – eu disse, petulante, pegando o celular. Por alguma razão, eu havia adicionado Clóvis à minha lista de contatos. Agora sabia que era meu subconsciente agindo, tentando me alertar de que eu estava numa enrascada. – Ele vai te dizer que é pra eu trabalhar na gerência de alguma coisa por aqui. Talvez vice-presidência ou algo do tipo.

– Por favor, ligue, Vossa Alteza! – ela respondeu com ironia.

Fechei a cara e liguei para Clóvis, que, para minha perplexidade, me informou exatamente o mesmo que a Espanador. O cargo que vovô havia me designado era o de uma simples assistente de secretária. *Assistente!*

– Você vai começar de baixo, para compreender o funcionamento da empresa. Pode fazer carreira como todo mundo. Dessa forma, conhecerá todos os setores, o coração da empresa – disse ele.

Meu queixo caiu. Desliguei o telefone sem nem me despedir.

Voltei-me para Janine-Espanador.

– Tudo bem, mas fique sabendo que isso é temporário.

Ela apenas riu, me deixando ainda mais furiosa. Marchei para o elevador e subi até o sétimo andar. A secretária, Joyce, já estava a par da situação e me dedicou tanta simpatia quanto a Espanador do RH.

– Certo, garota. Estou neste escritório há anos e não vou deixar uma menininha mimada estragar tudo. Não fique no meu caminho! – ela proferiu, e seus cabelos castanhos na altura do queixo sacudiram um pouco.

– Por mim tá ótimo. Vou ficar ali no canto vendo você trabalhar.

Ela gargalhou, e o pescoço fino e longo se curvou para trás. Joyce era uma figura estranha, magra e comprida como um cabo de vassoura, e tão simpática quanto um.

– Seu avô devia saber bem o que estava fazendo ao deixar aquele testamento... – ela sacudiu a cabeça.

Minhas bochechas arderam. Todo mundo sabia da minha desgraça?

Subitamente, senti uma vontade louca de atirar Joyce pela janela. Quase tão forte quanto meu desejo de fugir dali aos prantos com a constatação de que vô Narciso me considerava uma idiota fracassada incapaz de cuidar de mim mesma.

Ou de exercer uma função bacana na empresa.

No entanto, trabalhar *ainda* parecia menos aterrorizante que casar. Não muito melhor, mas ainda assim...

– Vá até a sala da copiadora. Fica no andar de baixo. Tire dezoito cópias de cada um desses documentos. Você acha que é capaz de fazer isso, meu bem? – perguntou Joyce com ar inocente.

– Talvez. – Havia muitas coisas que faziam meu sangue subir à cabeça. Uma delas era se referirem a mim como *meu bem*. Peguei a pequena pilha de documentos e sorri cinicamente.

Eu estava ofendida demais para pedir informações àquela mulherzinha irritante, de modo que me arrisquei nos corredores da empresa com um pouco de dificuldade e, depois de aprender o caminho para o banheiro daquele andar, encontrei a sala com a máquina gigantesca. Era uma saleta branca claustrofóbica, sem janelas e aparentemente sem ar-condicionado, já que o calor ali era insuportável. Apenas a copiadora e uma mesa velha num canto, abarrotada de folhas de sulfite, compunham a decoração da sala treze do sexto andar.

Pacientemente, comecei a tirar cópias das trinta páginas que Joyce havia me entregado. Na metade do processo, o papel começou a enroscar e a copiadora simplesmente desligou. Depois de algumas pancadas e pontapés – e de acabar com minhas unhas tentando desatolar o papel –, consegui fazê-la voltar à vida e continuei copiando os documentos. Tomei a liberdade de incluir a cópia de uma parte do meu corpo, para que Joyce, *aquele doce de pessoa*, aprendesse a me tratar com um pouco mais de respeito. Minha bunda até que ficou bem bonitinha...

Quando terminei, empilhei tudo de maneira totalmente desorganizada e saí daquela sauna. Estava distraída demais olhando em volta, tentando encontrar um rosto amigável ou até mesmo conhecido naqueles cubículos frios e impessoais, e acabei colidindo contra algo maciço e duro. Perdi o equilíbrio, e folhas voaram em todas as direções enquanto eu tentava me manter sobre os calcanhares. Levantei os olhos e então pude ver o que havia se chocado comigo. Uma coisa sólida de um metro e noventa e poucos, cabelos ligeiramente longos de uma rica tonalidade cor de mel com mechas douradas de sol. A franja caía teimosamente na altura dos olhos, a parte de trás se enroscava na gola da camisa. O nariz reto lhe conferia inegável masculinidade, o queixo duro e teimoso recoberto por uma barba rala lhe dava um ar de pirata ou de foragido da justiça. Os misteriosos olhos verdes pareciam emitir luz própria. Olhos que me observavam com intensidade.

Uau! Que sorte a minha!

Trabalhar tendo aquela vista privilegiada não seria sacrifício algum, afinal...

Mas então ele abriu a boca.

– Olha só o que você fez! Eu levei horas para colocar esses papéis em ordem! – ele cuspiu, agachando-se para pegar as folhas, depois olhou para cima. – Você vai ficar aí, me olhando com essa cara? Vê se pelo menos separa o que é seu!

Ah, claro. Ele não estava recolhendo as *minhas* folhas, apenas tentava encontrar as suas. Fiquei um pouco irritada. Não era assim que acontecia no cinema. Nem nos livros! Cadê a parte em que o cara sexy olha para a mocinha e um momento mágico acontece? Onde estava a música melosa de fundo, que embalaria o final da cena, em que o cara diria: "Me desculpe, você está bem?", e eu responderia, um pouco tímida, corando e desviando o olhar, devido à intensidade do momento cataclísmico: "A culpa foi minha. Eu devia ter prestado mais atenção". Então ele sorriria, estenderia a mão para me ajudar a levantar, mas não a soltaria, e ficaria ali, me encarando com as pupilas dilatadas, como se o restante do mundo houvesse desaparecido, e só se daria conta de que não estávamos a sós no planeta quando alguém passasse por ali e esbarrasse em seu ombro. Cadê tudo isso? Não que eu quisesse ter um tórrido romance ou algo do gênero, mas, se era para protagonizar uma cena tão manjada e cafona quanto aquela, eu queria o pacote completo.

Pensando bem, não queria, não.

E na verdade o cara nem era assim tão sexy.

– Você também trombou em mim, então não tem o direito de reclamar, camarada. – *Camarada? Quem diz camarada hoje em dia?*

Ele apenas bufou, me ignorando. Agachei-me para ajudá-lo de qualquer forma, juntando tantas páginas quanto pude alcançar. Não fazia ideia de quais eram as minhas. Não me dei ao trabalho de olhar. O rapaz pegou abruptamente o calhamaço de minhas mãos e começou a ordená-las.

– Essas... são suas – ele esticou a mão rudemente, me oferecendo a pequena pilha. – Parece que está tudo aqui... – e examinou sua parte. Sua testa franziu, e o rosto adquiriu um tom avermelhado enquanto ele analisava uma das folhas. – Isso certamente não é meu!

Olhei para o papel e, horrorizada, vi a cópia do meu traseiro, em todos os seus arredondados detalhes em branco e preto. Pareceu-me que todo o fluxo sanguíneo de meu corpo decidiu seguir para o rosto.

Tomei bruscamente a cópia de sua mão e me levantei.

– Presta mais atenção por onde anda. Isso aqui não é o shopping center pra ficar olhando vitrine – ele falou mal-humorado, se endireitando. – Tenta ser menos desastrada.

– Parece que cordialidade é contagioso por aqui – murmurei acidamente. – E você estava olhando pra onde que passou por cima de mim como um mamute?

Ele estreitou os olhos, me examinando de cima a baixo, de modo nada lisonjeiro.

– Você é a menina nova, não é? A neta do seu Narciso. – De alguma forma, sua observação pareceu uma ofensa. – Já ouvi falar de você.

– É mesmo? – me empertiguei. – Então é melhor ficar longe de mim. Sabe, nem tudo que dizem a meu respeito é invenção – sorri, sarcástica, e me afastei.

Por que meu avô aturava esse bando de grosseiros?, me perguntei enquanto voltava para o sétimo andar. Não fazia sentido. Vovô prezava muito a boa educação. Só pude supor que aquela cambada de mal-educados não se comportava daquela maneira quando o patrão estava por perto.

Entreguei as cópias a Joyce, que mal me olhou e já tinha mais serviço para mim. No geral, me saí bem. Passei a maior parte do tempo indo e vindo de uma sala para outra – e me perdi diversas vezes em andares diferentes –, levando documentos, relatórios e coisas do tipo. Assistente de secretária devia ser a nova forma de dizer office girl. Eu era uma office girl! Como poderia ficar pior?

Em uma dessa andanças, encontrei Hector, o homem que agora ocupava a cadeira de meu avô.

– Alicia, o que faz aqui? – ele perguntou, franzindo a testa cheia de marcas de expressão.

– Comecei a trabalhar hoje.

– Por que não fui informado disso?

– Não faço a menor ideia – dei de ombros.

Ele me analisou por um momento.

– Como você está?

Suspirei.

– Bem irritada, pra falar a verdade. Todo mundo aqui é meio grosseiro comigo, e a Joyce fica me dando ordens sem parar. Aquela mulher tá me tirando do sério.

Ele quase sorriu. Quase. Hector não era dado a coisas tão mundanas.

– Eu me referia à ausência do seu avô.

– Ah. Bom... não me sinto muito diferente em relação a isso. Estou bem irritada com meu avô também.

– Sinto muito – ele assentiu, sério, o maxilar pontudo trincado. – Sei que você está passando por um momento delicado e, acredite, não quero te trazer mais aborrecimentos, então espero não ter que fazer isso. Estou sendo claro? – Não havia muita hospitalidade em seu rosto.

– Bastante – resmunguei irritada, mas nada surpresa.

– Bom. Muito bom – ele me deu as costas.

Almocei no grande refeitório, absolutamente sozinha. A comida era quase sofrível, e os rostos curiosos que me analisavam de maneira pouco educada não me surpreenderam. Ninguém se aproximou, me disse um oi nem nada. Era como se eu fosse uma piada ou algo do tipo. Sussurros ecoavam nas paredes. Eu podia deduzir o teor das conversas: a neta desajuizada de Narciso Moraes de Bragança e Lima havia sido excluída da herança por inaptidão. Era como estar de volta ao colégio. Liguei para Mari.

– Como assim, é pior que a oitava série? Nada pode ser pior do que o que passamos na oitava série – ela declarou.

Podia. E era! Aos catorze anos, eu ainda era uma menina – menina mesmo, corpo reto como uma tábua, nada de curvas ou peitos, e menstruação era uma palavra inexistente em meu mundo. Após um terrível acidente envolvendo meu skate, um rolo de massa, duas latas de tomate seco e goma de mascar, tive que dar adeus aos meus cabelos, que iam até a cintura. O chiclete grudou bem rente à raiz, no alto da cabeça, de modo que não dava para cortar apenas aquela parte e deixar o restante intacto. Foi necessário aderir ao corte no estilo joãozinho. Meu avô adorou o novo visual. Disse que fiquei parecendo uma boneca de porcelana. Mas a turma do colégio não compartilhava da mesma opinião. As garotas passaram a me evitar, porque achavam que eu tinha desenvolvido tendências homossexuais. E os meninos fugiam de mim porque eu era menina mas, naquele momento, não me parecia com uma. Uma pena que essa coisa andrógina não estivesse na moda na época.

– Você está linda. Parece um menino. Um menino meio gay, mas continua linda – Mari resmungava enquanto eu chorava desolada.

O problema era que, apesar de minha falta de curvas, cabelos e bom-senso, os hormônios já fervilhavam em meu corpo, e eu queria ficar bonita para um garoto do colegial que nem sabia da minha existência – a não ser que ele tivesse se juntado aos espectadores quando eu revidava os insultos e acabava rolando no chão com alguma garota peituda.

Mari, já escultural naquela época, com um corpo de mulher adulta, se manteve firme ao meu lado e aguentou comigo todo tipo de provocação – o que resultou em mais fofocas ainda. Era comum perguntarem se estávamos namorando.

Foi um ano terrível, mas eu tinha minha melhor amiga ao meu lado para suportar a rejeição, que na época parecia o fim do mundo. Agora, ali no refeitório da empresa, eu estava completamente só.

– Pode acreditar, Mari – falei ao celular. – A oitava série ficou no chinelo.

– Meu Jesus! Aguenta firme. Passa lá em casa mais tarde. Vou levar uma sacola de chocolates pra você.

Desliguei, desanimada, e vi sentado a pouca distância, a uma mesa mais ao centro, o rapaz que havia trombado comigo. Ele me encarou brevemente antes de se virar para falar com Joyce. Eles pareciam estar se divertindo muito, a julgar pelos sorrisos trocados. Deixei o refeitório e circulei um pouco pelos corredores, desejando escapar dos olhares inquisitivos.

Os escritórios da L&L Cosméticos eram parcamente decorados. A maior parte das salas era composta de muita madeira clara, toneladas de papéis e computadores. As paredes brancas imaculadas davam o tom sério e respeitoso que uma empresa daquele porte exigia.

– Garota, esse documento é do Comex, setor nove. Como veio parar aqui? – Joyce, *aquele doce de pessoa*, questionou quando finalmente voltei para o sétimo andar.

– Não faço ideia – dei de ombros.

– Claro que não. – Ela me esticou o papel daquele seu jeito imperioso. – Leve imediatamente para o quinto andar.

– Por que o setor nove fica no quinto andar? O que fica no nono?

– A sala da presidência – ela respondeu sem me olhar. – Anda, garota! Eu tenho muito que fazer.

Eu até que estava gostando das andanças. A cada incursão, aproveitava para dar uma olhadinha nos cartazes motivacionais da empresa, só para enrolar.

"Se eu quisesse tapinhas nas costas, seria massagista. A gerência."

"Uma máquina pode fazer o trabalho de cinquenta pessoas comuns. Nenhuma máquina pode fazer o trabalho de uma pessoa extraordinária."

"Como fazer uma empresa dar certo em um país incerto", e seguia-se um longo texto descrevendo o que deveria ser feito para se obter êxito. Achei tudo aquilo ridículo. Quem realmente acreditava naquela balela?

O quinto andar era muito mais agitado que o sétimo. Dezenas de pessoas se amontoavam nos cubículos, todos falando ao telefone ao mesmo tempo e em idiomas diferentes, como na Torre de Babel. Eu não sabia onde deixar o documento, então decidi que qualquer uma daquelas mesas serviria.

Já estava dando meia-volta quando alguém me chamou.

– Alice. – Ou *quase* me chamou.

Virei-me e dei de cara com o gigante grosseirão.

– Ah, só podia ser você. Meu nome é *Alicia*. Repete comigo: *A-li-ci-aaa*.

– Tanto faz – ele deu de ombros, parecendo entediado. – Você encontrou um documento que...

– Tá ali naquela mesa – indiquei com a cabeça e dei um sorriso afetado. – De nada.

Ele me olhou com uma expressão dúbia.

– De nada?

– Obviamente você precisa do documento e eu o encontrei. Então, de nada.

Ele sorriu, mas não era nem de longe um sorriso alegre, e cruzou os braços sobre o peito atlético. Eu podia apostar que era enchimento que deixava seus ombros tão largos. Ou talvez o terno escuro desse a impressão de que músculos bem torneados se escondiam sob o tecido... Não. Com certeza era enchimento.

– Ah, entendi. Você quer que eu te agradeça por ter trombado comigo e tirado de ordem um contrato que passei a manhã toda organizando e que você, em segundos, transformou num caos. É isso? – ele perguntou debochado.

– Talvez – o desafiei, empinando o nariz. Não era porque ele era muito mais alto que eu que eu não poderia lhe dar uma surra. Aquele policial búlgaro também era bem grande e mesmo assim consegui quebrar seu nariz em dois ou três lugares diferentes.

Ele devolveu o olhar, e um brilho desafiador surgiu em seus olhos.

– Então agradeço a *ajuda* preciosa. Não sei o que seria de mim sem ela – ele disse zombeteiro.

– Sabe de uma coisa, *camarada*? Acho que você é assim *tão* legal porque faltou gente pra chutar sua bunda no colégio. Se quiser, posso te ajudar com isso. Vai ser bem divertido!

– Seu avô deve estar orgulhoso vendo a neta se comportar como uma trombadinha.

Se ele tivesse me dado um soco na cara, teria doído menos.

– Você não sabe nada sobre mim – trinquei os dentes. – Nem sobre o meu avô. Você não passa de um idiota extremamente grosseiro.

Ele deu de ombros.

– Não é segredo nenhum que o seu avô te deserdou. Agora entendo por quê.

– Cala a boca! – gritei, atraindo vários olhares.

Com horror, notei que lágrimas escapavam de meus olhos. Não havia como retê-las. O que aquele cara arrogante disse libertou algo que estivera rondando minha cabeça desde que eu soubera que vovô tinha decidido me excluir – ainda que não fosse exatamente isso – do testamento. Eu só não queria admitir, nem mesmo para mim. Assim como não queria admitir perante aquele homem enorme e sensível como um tubarão que eu era uma fracassada irresponsável, no entanto sua hostilidade gratuita me compelia a revidar.

– Quer saber se estou feliz com o que meu avô fez? Não, não estou feliz. Na verdade, estou com muita raiva dele nesse momento por ter me jogado nesse covil de cobras, cercada de pessoas tão gentis como você, a Joyce e a Espanador do RH. Mas o fato é que o vovô me amava. Eu sei disso! Me impedir de assumir seus negócios não tem nada a ver com o que ele sentia por mim ou com a forma como levo minha vida. Você. Não. Sabe – apontei um dedo, cutucando seu peito (duro pra caramba, aliás). Ele se retraiu um pouco, ligeiramente desconcertado. – Você não viveu com ele os últimos vinte anos da sua vida. Não correu pra cama dele quando sentiu medo, e ele, sempre carinhoso, apertou sua mão e disse que ia ficar tudo bem, que não ia sair do seu lado. Ele não te consolou quando seu coração se partiu pela primeira vez, nem em todas as outras. Ele não te deu bronca atrás de bronca, pra logo em seguida te abraçar e dizer que só brigava com você pra te educar direito. Ele não te abandonou. Foi comigo que ele fez isso!

Ele pareceu confuso e, se eu estivesse lendo corretamente suas feições, arrependido e penalizado.

Argh! Eu havia chegado ao limite.

– Hã... olha... eu não quis dizer... – ele começou, inseguro.

– Mas disse. Muito obrigada por me lembrar. Será que agora você pode, por favor, me deixar em paz? – e saí o mais rápido que pude.

Graças aos céus, eu já sabia onde ficavam os banheiros de todos os andares. Tranquei-me em um deles, soluçando e tremendo até que as lágrimas secassem. Voltei para a sala de Joyce uma hora depois, resoluta.

– Ah, aí está você! Que ideia foi essa de xerocar sua bunda? E por que tanta demora? Leve esses papéis para a Janine e depois volte para se explicar...

Peguei minha bolsa.

– Não. Não levo.

– Como assim, não leva? – ela perguntou, colocando as duas mãos na cintura inexistente.

– Leva você. Vai te fazer bem caminhar. É bom pro coração, diminui o quadril e... deixa pra lá. – Passei minha bolsa pelo ombro e me dirigi ao RH, deixando Joyce como que presa ao chão, a boca aberta feito um peixe.

– Você está o quê? – questionou a Espanador.

– Pe-din-do-de-mis-são! Quer que eu soletre?

– Você não pode se demitir! – ela disse, em pânico.

– Posso sim. Todo mundo pode. E, como você lembrou mais cedo, eu sou igual a todo mundo. Posso me demitir quando bem entender e, no caso, estou fazendo isso agorinha mesmo.

– O dr. Clóvis me alertou sobre essa possibilidade. Onde está...? – Ela revirou a mesa e me entregou um envelope. – Aqui! Tome.

– O que é isso? – perguntei desconfiada, encarando o envelope.

— Não faço ideia. Mas o dr. Clóvis disse que era pra te entregar caso você quisesse desistir.

Afastei-me um pouco de seu olhar curioso e abri o envelope. Era um bilhete. A letra eu conhecia bem. A assinatura era a mesma que tantas vezes eu havia tentado falsificar nos anos de colégio para que ele não visse minhas notas no boletim ou as suspensões.

> *Alícia, estou espantado que já tenha desistido. Quanto tempo se passou? Três horas?*

Um pouco mais, vovô.

> *Sei que talvez você esteja com raiva, mas acredite: só estou pensando no seu bem. Quero que vá para casa agora, respire fundo e volte amanhã. Há uma lutadora em você. Nesses últimos anos, ela sempre apareceu nas horas mais inadequadas, mas não posso acreditar que tenha desistido agora. Volte amanhã e me deixe orgulhoso.*
>
> *Vô Narciso*

Respirei fundo. Isso era chantagem emocional. E ele sabia disso!

Fui para casa num misto de saudade e agonia. Com aquele bilhete, senti como se vovô ainda pudesse olhar por mim. Eu me senti protegida outra vez, como se ele estivesse por perto, velando por mim.

O que não significava que eu voltaria a botar os pés naquele antro de lunáticos. Não mesmo. De jeito nenhum!

4

Assim que entrei em casa, me lembrei da existência de Clóvis. Era difícil não notar o advogado atarracado carregando um amontoado de documentos escada acima.

– Ah, Alicia! Como foi seu primeiro dia na empresa? – ele quis saber, virando-se para me observar e deixando cair alguns papéis.

– Péssimo! Mas tenho certeza que você já sabia. – Subi alguns degraus e o ajudei a recolher as folhas caídas. Lancei um olhar rápido para a papelada; eram antigos documentos de vô Narciso. Entreguei tudo a ele e me afastei um pouco.

– Preciso arquivar tudo isso – ele comentou em voz baixa, como quem se desculpa. – Espero que esteja com fome. A Telma está na cozinha ajudando a Mazé com o jantar.

– Ah – exclamei, sem nada melhor para dizer. Eu já conhecia Telma dos jantares em que ela acompanhava o marido e que vovô me obrigava a frequentar. Não era uma mulher desagradável, apenas um pouco sem noção. – Vou... vou dizer um oi então.

Comecei a descer a escada, mas Clóvis me chamou.

– Fiz algumas mudanças no escritório do seu avô. Espero que você não se importe.

Não respondi. Desci a escadaria apressada, evitando passar pela porta do escritório. Eu não queria ver as mudanças. Não queria que outra pessoa usasse aquela sala. Não queria nada daquilo!

Telma estava dando ordens a Mazé, e, pelo olhar da cozinheira e o modo como cortava a cenoura com um cutelo, entendi que eu não era a única insatisfeita com os novos moradores.

– Alicia, amada! Eu estava ansiosa para ver você – disse Telma, abrindo os braços e me envolvendo num abraço sufocante. – Uma pena que seu avô tenha partido desse jeito. Eu sinto tanto!

– Hãã... Obrigada.

– Mas não se preocupe com nada. Vou cuidar de tudo pra você – ela me soltou, dando um tapinha em minha bochecha. – Vamos viver como uma família! Você, o Clóvis e eu seremos muito felizes, pode apostar. Adorei a decoração do seu quarto. Foi você mesma quem escolheu as cortinas?

– Você entrou no meu quarto? – perguntei horrorizada.

Ela acenou com a mão fina cheia de anéis.

– Só para conhecer melhor a casa. Aquele seu closet é maravilhoso. Falei com o Clóvis sobre ele. O que temos no nosso quarto não é tão espaçoso.

Pisquei, atordoada. *Nosso* quarto? Desde quando Telma e Clóvis tinham qualquer coisa que fosse deles na casa do meu avô? Na *minha* casa?

– Parte dos meus sapatos ainda está em caixas – ela prosseguiu. – O Clóvis sugeriu que eu usasse o closet do quarto ao lado, mas prefiro ampliar o do nosso quarto e ter todos os meus lindinhos perto de mim. Você não se importa, não é? Aquele quadro sobre a sua cama é um legítimo Renoir?

– Hã... é – resmunguei atordoada. – Telma, se você não se importar, gostaria que não entrasse no meu quarto enquanto eu estiver fora.

– Ah, amada! Eu não quis ser enxerida! – ela tentou me abraçar, mas me esquivei rapidamente. – Só quero que sejamos amigas. Melhores amigas. Pode me chamar de mamãe se quiser.

– A menina já tem mãe – Mazé resmungou, fincando o cutelo na tábua de carne e abrindo a geladeira à procura de alguma coisa. Lancei-lhe um agradecimento silencioso.

– Vou tomar banho – eu disse, desejando escapar de Telma o mais rápido possível.

– Ah, maravilha! O jantar está quase pronto, não é mesmo, Mazé?

– Sim, senhora – a cozinheira grunhiu, lançando um olhar perigoso para a mulher. Telma precisaria tomar cuidado com Mazé enquanto ela tivesse com o cutelo assim, tão à mão. – Mas sugiro que me deixe terminar o jantar. Faço isso há anos, não preciso de supervisão.

Telma soltou um risinho estridente.

– Ah, amada, claro. Fiquei tão empolgada que não percebi que estava atrapalhando. Que lapso! – ela alisou com tapinhas gentis a franja empinada e dura de laquê. – Vou ajudar o Clóvis com a mudança no escritório. Me desculpe, Alicia, mas o seu avô não tinha o menor bom gosto. Aquela sala precisa de cor! – ela me deu um beliscão na bochecha antes de sair remexendo os quadris esguios.

Retirei o cutelo da tábua.

– Vamos, Mazé. Você segura e eu faço o resto.

– Não, menina! – ela disse, segurando meu braço e rindo um pouco. – Eu gosto do seu plano, mas acho melhor deixar essa mulher viva. Se você for pra cadeia outra vez, duvido que o Clóvis te ajude. Eu não gosto desse homem. – Ela estreitou os olhos em direção à sala, de onde vinha a voz estridente de Telma. – Nem da mulher dele.

– Eu também não, Mazé – soltei a faca sobre a pia, desanimada. – Mas ele está fazendo o que o vovô queria. Não é culpa dele.

– Então, menina Alicia, fuja. Se precisar de dinheiro, sua Mazé pode ajudar. Seu Narciso foi muito generoso. Muito generoso mesmo.

Sorri e a abracei.

– Obrigada, Mazé. Mas não quero o seu dinheiro. Vou me virar sozinha dessa vez e provar que o meu avô estava errado a meu respeito

– Espero que não se meta com nada ilegal.

Revirei os olhos.

– E quando foi que eu fiz isso? – Assim que ela abriu a boca para responder, dei um beijo rápido em sua bochecha e saí correndo antes que ela pudesse me lembrar da bomba no banheiro do colégio que Mari e eu *acidentalmente* detonamos. A oitava série não foi tão ruim assim afinal...

Tomei um banho demorado, desejando evitar o confronto com minha nova babá e sua adorável mulher. Por fim, desisti. Aquela coisa de acordar cedo – e trabalhar o dia todo – tinha me deixado faminta.

Desci para o térreo um tanto ressentida. Eu me perguntava o que aquela gente estava fazendo ali, usurpando as coisas de meu avô daquela maneira. Eu ainda estava furiosa com vô Narciso – *muito*, para falar a verdade –, mas qual é? Colocar aqueles dois ali para me vigiar? Meu avô realmente achava que eu não seria capaz de enrolar o casalzinho ali e escapar? Seria mais fácil que entrar sem pagar em um show de rock. Não que eu já tivesse feito isso...

O casal já estava à mesa quando cheguei à sala de jantar. Clóvis, claro, sentado à cabeceira. No lugar de meu avô. Meu estômago se retorceu.

Eles não viram quando me aproximei.

– Tem muita coisa para resolver. Diversos contratos não assinados, transações inacabadas, muito trabalho a ser feito – Clóvis lamentou. – Creio que não vou poder levar você aos Andes, Telma.

– Ah, amado! Não diz isso! Estou esperando por essa viagem há meses.

– Desculpa, Telma. Não posso me ausentar agora. Preciso resolver todos os assuntos inacabados do Narciso.

– Isso não está certo, Clóvis! – ela espalmou as mãos sobre a mesa. – Eu planejei nossa viagem durante meses. Por que temos que adiar nossos planos só porque o homem morr...

Cheguei ao meu limite.

– Termina – exigi, ficando à vista dos dois, com os punhos fechados ao lado do corpo.

Clóvis suspirou exasperado e Telma recuou na cadeira, surpresa, o rosto pálido como osso.

– Ah, desculpa, amada. Eu não quis dizer isso, só...

– Não, claro que não – interrompi, furiosa. – Desculpa, Telma, se o meu avô morreu e melou seus planos. Pode acreditar que eu ficaria imensamente feliz se o seu marido estivesse livre para te levar a qualquer parte do planeta.

– Meu bem, eu...

Enrijeci imediatamente e, antes que fizesse alguma besteira, como, digamos... me jogar sobre Telma e fazê-la engolir os talheres na transversal, decidi ir embora.

– Onde você vai a essa hora, Alicia? Já é tarde – Clóvis se levantou e veio atrás de mim. – Você ainda não comeu.

– Perdi a fome. E você não é meu avô, Clóvis. Pare de tentar agir como ele – cuspi.

Voei para a casa de Mari e contei a ela todo o ocorrido, do meu dia na L&L ao jantar com a dupla sem noção.

– Pensa, Lili! Tá cheio de advogados na L&L, um andar inteiro deles! Talvez alguém queira ajudar a futura dona. Você só precisa encontrar a pessoa certa – disse ela, enquanto pintava as unhas dos pés de vermelho-rubi, sobre o lençol branco da cama.

– Você não entende! Todo mundo na L&L me ignorou. Não sei por quê, mas é assim que as coisas são. Ninguém vai me ajudar.

– Talvez não agora, por ser tudo muito recente, mas você sabe como fazer amigos – ela rebateu. – Se der abertura, se piscar esses seus olhos azuis, eles vão ficar caidinhos por você.

– Até parece! revirei os olhos, me deixando cair no colchão.

– Não mexe a cama! Vou borrar tudo!

– Desculpa.

– Tudo bem, já tô terminando mesmo. E faça o que seu avô pediu. Ele deve ter planejado mais que uma carreira de secretária pra você. Talvez seja apenas um teste e, se você não voltar, vai falhar e nunca vai saber.

Suspirei, cobrindo a cabeça com o travesseiro para abafar o grito. Eu não queria voltar para aquele lugar cheio de andares e pessoas ríspidas, musculosas e mal-educadas, com a barba por fazer e que me deixavam inquieta. Mas talvez vovô tivesse deixado mais cartas...

Com toda a tagarelice de Telma, acabei me esquecendo de perguntar a Clóvis sobre a mensagem.

– Tudo bem. Eu volto para o purgatório.

– Ótimo! Então vamos pintar suas unhas. Que tal trocar esse preto por algo mais colorido? – ela sorriu candidamente, observando minhas mãos.

– O que tem de errado com o preto? – escondi os dedos sob os quadris.

– Nada, mas você usa unhas pretas desde... Meu Deus, Lili! Você nunca usou outra cor! O que custa me deixar passar um rosinha ou..

– Pode parar! Nada de rosinha! Eu gosto de preto.

– Um vermelho, então...

Uma batida na porta me salvou de acabar com unhas rubras como uma pinup.

– Meninas, estou saindo e não tenho hora pra voltar – a cabeça de Ana apareceu no vão da porta. Ela estava maquiada, com os cabelos pretos, iguaizinhos aos da minha amiga, perfeitamente escovados. Estava linda, como sempre.

– Outro encontro, mãe? – Mari choramingou sem desviar os olhos dos próprios pés.

– Mariana, eu sou divorciada e maior de idade. Posso ter quantos encontros quiser. Se decidirem sair, não voltem muito tarde. Amanhã é dia de trabalho.

– Tá bom, mãe.

Ana estava fechando a porta, mas se deteve.

– Está tudo bem, Alicia? – perguntou. – Você parece triste.

– Só estou cansada – sorri um pouco. – Dia ruim no trabalho.

Ela assentiu, complacente.

– Pobrezinha. Vai melhorar, você vai ver. No começo é difícil, mas depois você pega o jeito e nem percebe mais o que está fazendo, entra no piloto automático.

Estremeci. Ana era dentista, não deveria trabalhar no piloto automático. Não enquanto tinha nas mãos seringas com agulhas gigantescas e brocas barulhentas.

– Tomara – respondi.

Com uma piscadela graciosa, ela fechou a porta.

Mari soltou um longo suspiro.

– Honestamente, minha mãe já passou da idade de sair por aí com caras que mal conhece.

– Não concordo. Ela é jovem e linda. Não tem que passar o resto da vida sozinha só porque o primeiro casamento não deu certo – resmunguei, pegando uma revista de moda e folheando-a de trás para frente.

– Eu sei. Acho que só estou com um pouco de inveja por não ter um encontro, ou pelo menos a perspectiva de um – ela confessou.

– Podemos dar um jeito nisso. Quer sair?

– Não. Você passou por muita coisa hoje. Vamos ficar em casa, ver um filme antigo e nos entupir com o chocolate que eu trouxe – ela fechou o vidrinho de esmalte e admirou seu trabalho.

– Essa é a pior ideia que você já teve – reclamei.

– E depois do filme você dorme aqui e se livra do pesadelo Telma por essa noite – ela completou.

– Agora sim. – Em seguida suspirei. – Não sei o que fazer, Mari. Estou ficando sem grana. Meu cupê anda bebendo toda minha reserva.

– Calma. Vamos dar um jeito.

Minha conta no banco fora bloqueada. Cheguei a pensar em vender alguma coisa para levantar dinheiro e me amaldiçoei por nunca ter comprado joias ostensivas. As poucas que eu tinha eram herança de minha mãe, e eu não poderia me desfazer delas. A falta de grana foi um dos motivos que, a contragosto, me levaram de volta à L&L Cosméticos no dia seguinte. E em todos os outros dias do mês.

5

Joyce continuou habilmente me torrando a paciência, e ninguém falava comigo além do necessário. Até o rapaz musculoso – pelo menos ao que parecia – e grosseiro, cujo nome não me dei ao trabalho de perguntar, se manteve distante depois de duas ou três tentativas de me abordar. Eu fugia dele assim como do relógio de ponto. O mesmo acontecia em casa. Eu me esgueirava pela mansão, tentando evitar qualquer encontro com a dupla dinâmica. E acabei conseguindo, graças a Mari, que me convidava para dormir em sua casa quase todas as noites. Telma e Clóvis não me preocupavam mais.

Duas semanas depois de começar meu martírio na L&L, Clóvis deu o ar da graça durante o almoço para perguntar como eu estava me saindo.

– Eu mal vejo você. Parece que nem moramos na mesma casa. – O que, para mim, era um alívio. – Como estão as coisas por aqui, Alicia?

– Humm... – resmunguei enquanto mordia uma batata malcozida. – Olha em volta, Clóvis. Todo mundo me adora. Isso aqui é o céu!

Ele observou os rostos curiosos que nos analisavam. Joyce, no outro canto do grande salão, parecia prestes a explodir, sem saber do que falávamos.

– Eles podem estar com medo de você – ele sugeriu. – Afinal, isso tudo um dia será seu.

– *Medo* – zombei. – Da herdeira falida? Sou mesmo assustadora.

– Tenho uma coisa pra você – ele colocou a mão no bolso interno do paletó.

Meu coração disparou.

– Uma carta?

Ele sacudiu a cabeça.

– É uma coisa que seu avô queria que ficasse com você. Isso está fora da herança. – Ele me entregou um saquinho de veludo azul. – Sei que não tem valor comercial, mas acho que você vai gostar.

Arfei quando vi o relógio que vovô nunca tirava do pulso – a pulseira de couro preta, um pouco desgastada, contrastando com a caixa dourada.

– Foi o primeiro bem de valor que o vovô comprou com seu próprio dinheiro – apontei.

– Eu sei, ele me contou. Mas não vale nada hoje em dia. Sinto muito – ele deu de ombros.

Para mim, valia mais que um diamante do tamanho da cabeça de Clóvis, o que não era pouca coisa. Não pude evitar as lágrimas.

– Obrigada, Clóvis! – pulei da cadeira para abraçá-lo.

Ele pareceu sem jeito com minha demonstração de gratidão, e deu uns tapinhas desajeitados nas minhas costas.

– Eu só cumpro ordens, Alicia. Mas você entendeu o recado?

Sorri.

– Entendi! Claro que entendi! O vovô queria que alguma coisa dele ficasse comigo, para que eu pudesse sentir sua presen... – me interrompi. Sacudi a cabeça e sorri, sentando-me novamente. – Ele quer dizer *Não se atrase*, não é?

Clóvis assentiu.

– A Joyce me disse que você se atrasou todos os dias desde que começou a trabalhar.

– Não é *bem* assim. Hoje cheguei só quinze minutos atrasada. É quase o mesmo que chegar na hora – me defendi.

Ele riu, sacudindo a cabeça.

– Para os seus padrões, creio que seja mesmo. Bom, preciso ir.

– Tá bom. Obrigada por me entregar isso – apontei para o relógio. – E... desculpa se tenho sido um pouco agressiva, mas é que tem tanta coisa acontecendo e... sei lá, não estou conseguindo lidar direito com tudo isso.

– Não se preocupe. Entendo perfeitamente – ele sorriu um pouco e se foi.

Olhei para o grande relógio do refeitório e notei que o de meu avô estava quinze minutos adiantado. Por isso ele nunca se atrasava! Eu ri, colocando a peça fria no pulso. Quando levantei a cabeça, encontrei os olhos do camarada mal-educado fixos em meu rosto – eu precisava parar de me referir a ele dessa forma; camarada havia saído de moda fazia pelo menos uma década! O problema era que sua aparência não ajudava. Apesar do terno alinhado e da postura séria, definitivamente havia algo de selvagem em seus olhos, para não mencionar os cabelos, mais longos do que homens de negócios costumavam usar. Algo nele me fazia pensar em fugas alucinantes e bungee jumping. Encarei-o por um instante, me recusando a desviar o olhar. Senti um pequeno tremor subir pela coluna. O modo como ele me observava, mesmo a distância, era intrusivo, parecia me deixar em evidência, como se um holofote estivesse apontado para mim. Como se ele pudesse me ver por dentro. Ver minha alma.

Meu celular tocou e, agradecida por poder me livrar das esmeraldas penetrantes, atendi.

– Lili, você não vai acreditar! Acho que encontrei a solução para o seu caso. Vá direto pra minha casa depois do trabalho. Minha mãe vai fazer enchiladas. À noite te explico tudo com calma, mas vou avisando que é coisa certa. Eu disse que ia te salvar, não disse? – Mari falou sem parar para respirar.

– Sério? Isso é maravilhoso! – Finalmente um pouco de sorte. – Me conta tudo. O que você pensou?

– À noite a gente conversa. É meio complicado. Tenho que ir. Beijinho!

Depois desse telefonema, fiquei mais confiante de que tudo daria certo no fim das contas. Eu não fazia ideia do que Mari tinha em mente e, de toda forma, não me importava, desde que eu pudesse ter minha antiga vida de volta. Estava divagando sobre a possibilidade de uma viagem a Bucareste nos próximos meses, por isso nem me dei conta quando entrei no elevador lotado e, tarde demais, vi que uma cabeça se sobressaía das demais. Uma cabeça com cabelos cor de mel, mais longos do que o escritório pedia, e que eu tinha evitado a todo custo nas últimas semanas.

Entretanto, quando o notei já era tarde demais e as portas haviam se fechado. Esperei ansiosa, olhando para frente, as mãos suando, até que o elevador se abriu e o sexto andar surgiu em meu campo de visão. Atirei-me porta afora, agradecida por escapar ilesa.

Mas eu ainda não estava a salvo.

– Posso falar com você? – o rapaz disse num tom amistoso, antes que eu pudesse desaparecer por trás de uma das portas das saletas.

– Hãã... na verdade estou ocupada. Até mais – e tentei me dirigir para qualquer lugar que fosse.

Ele me seguiu com facilidade. Não era de admirar, tendo em vista aquelas pernas longas e fortes... Não que eu tivesse reparado.

– Por favor, espera – ele pediu, se colocando à minha frente.

Virei-me para a porta ao meu lado. Sala treze, sexto andar. A sala da copiadora. Mas eu não tinha nada para copiar, a não ser que Joyce quisesse reproduções de outras partes do meu corpo.

Sem ter uma desculpa razoável, desisti.

– Que foi agora? Veio me dizer mais alguma adorável suposição sobre o meu relacionamento com o meu avô?

– Na verdade, vim me desculpar – ele disse, numa voz baixa e macia. O rosto sério parecia sinceramente arrependido. – Eu não queria te magoar. Você acabou de perder um parente e eu fui muito rude. Mesmo que você seja irritante e mimada, eu não tinha o direito de ser grosseiro. Desculpa.

Cruzei os braços sobre o peito. Por alguma razão, aquele estranho mal-educado me deixava inquieta.

– Sensacional seu pedido de desculpas, camarada.

– Max – ele disse, colocando as mãos nos bolsos da calça preta e atraindo meu olhar quase que instantaneamente para seus quadris estreitos, o volume na... Desviei os olhos rapidamente.

– Hã? – perguntei.

– Meu nome é Max.

– Max? Tipo *Vem aqui, Max*? – provoquei.

Ele pareceu constrangido.

– Não. Diminutivo de Maximus.

Fiquei surpresa. Era um nome bastante incomum e muito, *muito* sugestivo para aquele homem enorme, com – pelo menos ao que parecia, não que eu tivesse reparado nem nada disso – músculos definidos na medida certa, como os de um nadador.

– É a sua cara – sorri.

Ele se empertigou um pouco.

– Era o nome no meu avô.

– Seu avô era assim como você? Educado e gentil?

– Eu já pedi desculpa – ele disse firmemente, se aproximando. Ficamos a pouco mais de um metro de distância um do outro. – O que mais você quer, Alicia?

– Olha só, aprendeu meu nome! – zombei. – Você tem um jeito muito peculiar de pedir desculpa, mas eu aceito, se for pra te manter longe de mim. Então...

Ele endireitou os ombros, ficando uma cabeça, um pescoço e um pedacinho de ombro mais alto que eu. Amaldiçoei-me silenciosamente. Eu devia ter usado salto alto e transformado meus míseros um metro e sessenta e três em fabulosos um e setenta.

– Então não temos mais nada para conversar – ele proferiu, ríspido.

– Não tínhamos desde o início. Boa tarde, Max – retruquei, empinando o nariz para encará-lo.

Àquela curta distância, pude notar que suas íris cristalinas, de um verde suave, tinham pequenas pintas amarelas ao redor das pupilas, dando a impressão de que as cores se misturavam a todo momento, como num caleidoscópio.

Ele me encarava de volta, o queixo trincado, a respiração pesada. Eu estava decidida a não arredar pé. Dessa vez não desviaria os olhos por nada, embora meu coração batesse rápido e descompassado por causa do desafio.

Max ergueu a mão para... me tocar? Endireitei os ombros, esperando... pelo quê, eu não sabia. Contudo, ele soltou o braço e recuou, parecendo constrangido, me deixando um pouco decepcionada – por quê, eu também não sabia.

– Boa tarde, Alicia – ele disse, com uma voz rouca e decidida que me causou arrepios.

6

Cheguei exausta à casa de Mari. Joyce me obrigara a arquivar um milhão de contratos idiotas. Eu não tinha certeza se havia guardado tudo no lugar certo, mas, como não havia ninguém no arquivamento para me ensinar – ou delatar –, fiz o que pude. Mari já tinha chegado, e Ana preparava as famosas enchiladas de frango. A casa simples, com apenas dois quartos, porém aconchegante, era cheia de vida. O oposto do que havia se tornado a mansão. Eu passava mais tempo na casa delas do que na minha, e já tinha uma pilha considerável de roupas no quarto da minha amiga. Eu não gostava de invadir sua privacidade desse jeito, mas naquele momento não me restavam muitas alternativas.

Mari, no entanto, havia pensado em uma.

– Conversei com o Boris, é ele quem resolve os problemas jurídicos do meu contador. Carinha bacana – ela explicou, se jogando no sofá da sala pouco espaçosa, mas muito bem decorada. – Ele disse que, se você contestar a saúde mental do seu avô, talvez possa anular o testamento.

– O Clóvis disse que não posso contestar o testamento – lembrei a ela.

– Eu sei. Mas você contestaria o seu *avô*, não o testamento – ela sorriu, colocando os pés no assento e abraçando as pernas. – É uma maneira de burlar a lei, entendeu?

Humm... Ter minha casa de volta só para mim, um bocado de grana e nada de acordar cedo. Mas isso implicaria manchar a imagem de vô Narciso, quase tão imaculada quanto a da Virgem Maria. Nem eu seria capaz de descer tão baixo.

– Valeu, Mari – respondi desanimada. – Mas acho que não posso fazer isso. Eu não quero transformar meu avô num doido de pedra. Vou tentar ir levando até aparecer uma nova ideia.

Ela suspirou.

– Imaginei que você não seria capaz, mas você não pode ignorar essa possibilidade caso... as coisas piorem.

Eu ri, sem humor algum.

– Como pode ficar pior do que já está? É impossível!

– O que você pretende fazer, então?

– Tomar um banho e depois rua – respondi. Mari sorriu, totalmente a favor do meu plano. – Estou cheia dessa vida regrada. Preciso sair e esquecer a vida de lacaia. Minha grana tá acabando, e tenho que comprar umas roupas mais certinhas. Quem sabe assim alguém me respeita na empresa. Hoje ouvi dizer que o salário vai sair por esses dias. Bem a tempo, ou vou ter que pedir dinheiro emprestado.

Ela riu.

– Bem-vinda ao mundo dos pobres!

– Você não é pobre, Mari. É nutricionista e tem sua própria clínica.

– Recém-formada e quase sem nenhum cliente que paga em dinheiro vivo. O que esses planos de saúde repassam é uma vergonha! – ela reclamou. – E qualquer um é pobre comparado a você... pelo menos ao que você tinha antes do seu avô morrer.

Tomei um banho rápido e vesti um jeans escuro e a bata branca com delicados bordados que eu havia comprado no Mercado Central de Riga quando passara pela Letônia a caminho de Oslo. E agora contava moedas para comprar uma cerveja nacional que provavelmente estaria quente. Era o fim da linha...

Produzidas e ansiosas, Mari e eu entramos na primeira casa noturna que encontramos, e o ambiente obscuro e enevoado, porém vibrante, era animador. Tomamos *várias*. Eu tinha muitos motivos para beber. Um deles era afogar a raiva que me dominava por estar oficial e completamente órfã há trinta dias.

Não me senti melhor, de toda forma.

– Vamos nessa? – Mari sugeriu, quando a madrugada já avançava. – Meu estômago tá meio revolto. Acho que as enchiladas não caíram bem.

– Provavelmente foram as sete doses de tequila que não caíram bem – apontei. Mais cansada do que eu havia notado, ou talvez fosse o álcool que deixasse meus membros tão pesados, acabei concordando em ir pra casa. Minha grana chegara ao fim de qualquer maneira. – Acordar de madrugada não tá sendo fácil.

– Sete da manhã não é madrugada, Lili

– Depende do ponto de vista.

– Ei! Alicia? – chamou alguém.

Virei-me e vi dois caras vindo em nossa direção.

Ah, saco. Era Rodrigo.

– E aí? Quanto tempo – comentei, escondendo a insatisfação por ter que conversar com o cara que poucos meses atrás eu havia dispensado com pouca sutileza. Preparei-me para a retaliação.

– Andei viajando – disse ele. – Fiquei sabendo do seu avô. Sinto muito.

– Hã... Obrigada, Rodrigo. – Fiquei surpresa com sua atenção e tentei parecer gentil. – Por onde você andou? Algum lugar bacana?

– Ah, rodei o mundo. Comecei por...

Mari sorriu um pouco para o amigo de Rodrigo enquanto este descrevia toda a rota que fizera em sua última viagem pela América Central. Ele era até bonitinho, com os cabelos encaracolados, um corpo bacana e carinha de bebê. Saímos duas ou três vezes, mas nunca passamos das preliminares. O grande problema era seu QI, quase tão alto quanto o de uma banana. Honestamente, não dava para encarar.

A não ser, claro, que ele calasse a boca.

Algo que não parecia ser capaz de fazer.

– Bacana – eu disse quando ele parou para tomar fôlego. – Foi ótimo rever você, mas eu já estava indo pra casa. A gente se vê por aí.

– Ah, fica, vamos beber alguma coisa. Não conversamos há tanto tempo...

Olhei para Mari, que apenas deu de ombros.

– Eu pago – ele insistiu.

Bom, o que eu tinha a perder?

* * *

– Lili, acorda – chamou Mari, me sacudindo bruscamente.

– Eu quero dormir – murmurei, enterrando a cabeça sob o travesseiro.

– Temos que ir pra casa trocar de roupa e trabalhar. Pelo amor de Deus, levanta, garota!

– Eu estou em casa – virei-me de bruços quando ela tirou o travesseiro da minha cara.

– Não está. O Rodrigo está no banho e o Fábio está desmaiado no outro quarto. Vamos cair fora agora!

– Quem é Fábio? – murmurei sonolenta.

– O amigo do Rodrigo, que por acaso é o dono da cama em que você se encontra agora – ela puxou o lençol.

– Ro-Rodrigo? – abri os olhos e me sentei num átimo, completamente desperta. Olhei para baixo. Minhas roupas haviam evaporado. – Ah, Deus! Não!

– Foi exatamente isso que eu quis gritar quando vi o Fábio peladão do meu lado no outro quarto – ela jogou minhas roupas sobre a cama. – E foi ruim! Muito ruim! Eu não quero ter que fingir que lembro de alguma coisa. Então vamos dar o fora agora!

– Ai, Deus! Eu e o Rodrigo? – O cara que garantia ser possível ouvir uma mensagem satânica ao tocar "Stairway to Heaven", do Led Zeppelin, de trás para frente... – *Eca!*

– Da próxima vez vamos dispensar o absinto, certo? – sugeriu ela, procurando meus sapatos.

– Certo. – Eu me pus de pé e em três segundos estava vestida, saindo sorrateiramente do apartamento arrumadinho de Fábio e Rodrigo com os sapatos nas mãos.

Assim que alcançamos a calçada, me dei conta de que faltava alguma coisa.

– Hã... Cadê meu carro?

– Lili! Você não lembra? – Mari parecia frustrada, batendo os saltos finos na calçada esburacada.

– Eu devia? – Minha cabeça começou a latejar. Algo em meu estômago se agitava ferozmente, minha boca estava seca e achei que vomitaria a qualquer momento. Malditas enchiladas!

– Deixamos seu carro no estacionamento perto da balada. Viemos pra cá no carro do Rodrigo. Você não tinha condições de dirigir nem carrinho de supermercado.

Estanquei, puxando-a bruscamente.

– Você estava sóbria? Você estava *consciente* quando me viu com o Rodrigo? – perguntei, chocada.

– Não! Claro que não! Quer dizer, eu não estava tão doida quanto você, mas estava bem alta. Você tomou todas...

– Não diga! – Voltamos a andar, nos afastando do prédio deles o mais rápido possível. – Eu dei vexame?

Ela mordeu o lábio.

Ah, droga!

– Você subiu no balcão do bar e começou a dançar feito uma stripper.

– Não! – gemi.

– Relaxa. Você não tirou a roupa dessa vez, mas comeu aqueles amendoins nojentos que ficam no balcão, onde todo mundo põe a mão.

– Por que você me deixou fazer isso? – perguntei horrorizada.

– Porque eu também comi – ela suspirou derrotada. – Você acha mesmo que, se eu estivesse em condições de alguma coisa, teria deixado aquilo chegar perto da minha boca?

– Era tão nojento assim? – a náusea aumentou.

– Ah, não! O amendoim até que era bom. Eu estava falando do Fábio. Não acredito que eu... *Argh!* Ele tem namorada! Tem uma foto dos dois do lado da cama. Mas ele me contou isso ontem à noite? Não, claro que não! – Ela cobriu os olhos com uma das mãos. – Esse dia já está ruim o bastante. Vamos pegar um táxi.

– Como? Eu tô lisa!

Ela examinou sua bolsa e torceu o nariz.

– Isso não dá pra uma corrida. – Então me lançou um olhar piedoso. – Vamos ter que encarar o ônibus. Desculpa.

– Para com isso, Mari – reclamei. – Eu já peguei ônibus muitas vezes.

– Isso aqui não é Oslo, Lili.

Não entendi bem o que ela quis dizer até entrar no ônibus lotado e ser literalmente amassada por todos os lados. Não havia um único espaço vazio, nem mesmo no corredor. Ficamos em pé, pressionadas pelas pessoas ao redor. A cada freada brusca, eu era jogada para frente e depois ricocheteava para trás, onde um homem barbudo sorria satisfeito, mostrando um dente dourado, enquanto tocava minha cintura. E isso não era o pior. Seu odor era nauseante. Eu não tinha certeza se o cheiro vinha mesmo daquele homem, já que era cedo demais para alguém ter suado tanto.

Prendendo a respiração e tentando conter a náusea, suportei a viagem, distribuindo cotoveladas para todo lado. Consegui um pouco de espaço, suficiente para que eu visse a primeira página do jornal nas mãos de um senhor sentado a poucos centímetros.

– Ah, que inferno!

– Que foi? – perguntou Mari.

Apenas apontei para o jornal, em que se estampava uma foto – eu sobre o balcão, *pelo amor de Deus!* – seguida de letras garrafais: "PRINCESA DO CONGLOMERADO LIMA FLAGRADA EM MAIS UMA NOITE DE BEBEDEIRA".

Quarenta minutos depois, descemos a duas quadras da casa de Mari. Examinei meu corpo e agradeci aos céus por estar inteira, mas o futum do barbudo havia se impregnado em mim. Mari voou para o banheiro assim que chegamos. Esperei minha vez, impaciente. Ana me recebeu com um bom-dia e um sermão por termos passado a noite fora durante a semana e sem avisá-la. De uma maneira doentia, foi reconfortante. Assim que Mari assumiu meu lugar perante a furiosa Ana, corri para o banho – demorado e revigorante –, tentando me livrar do cheiro de cê-cê alheio.

– Estou indo – anunciou Mari. – Quer carona?

Eu ainda estava com os cabelos empapados e sem maquiagem.

– Ah, quero! Nem pensar que eu vou entrar naquilo outra vez. Não mesmo! – Eu não pretendia repetir tão cedo a experiência com o transporte público.

Engoli dois analgésicos e um antiácido e corri para o carro. Mari dirigiu feito louca pelo trânsito caótico. Eu ainda tentava arrumar os cabelos com os dedos quando ela encostou o carro no meio-fio em frente à L&L Cosméticos.

– Mais tarde eu volto pra te pegar e vamos resgatar o seu carro. Passa alguma coisa nessa cara que você tá meio verde.

– Eu me sinto verde – objetei. – Eu transei com o Rodrigo! *Eca!*

– Você está carente. Ele ouviu pacientemente suas lamúrias e te consolou quando você começou a chorar. – Eu me lembrava *vagamente* de algo assim. Pisquei, sem querer reviver aquela cena constrangedora. Mari continuou: – *Eu* é que não tenho desculpa, além do tradicional *eu estava bêbada*. Agora corre! – ela ordenou, me dando um beijo estalado na bochecha.

Obedeci, sabendo que estava atrasada. Chamei o elevador ao mesmo tempo em que tentava aplicar a máscara nos cílios, mas a geringonça metálica parava de andar em andar, de modo que, assim que terminei a maquiagem, decidi subir as escadas, afinal sete lances não eram muita coisa. De início, subi de dois em dois degraus, mas no segundo lance já estava exausta. Malhar nunca foi meu forte e, depois da quantidade de álcool que eu havia ingerido na noite anterior, meu organismo estava mais lento. Na metade do terceiro lance, tropecei em algo grande e me espatifei nos degraus.

– Caramba! – exclamou o *algo*.

Tentei me livrar das pernas compridas e fortes enroscadas nas minhas.

– Max!

– Você nunca olha por onde anda? – ele perguntou confuso, me ajudando a ficar de pé.

– Já te ocorreu que a escada não é o melhor lugar pra ficar sentado dando um tempo? – me endireitei um pouco, afastando-me de suas mãos quentes. Meu cotovelo começou a arder.

– Eu não estava dando um tempo. Estava... pensando – disse ele, dando de ombros.

– Lugar ideal pra isso. Ai, inferno! – murmurei quando vi que um pouco de sangue havia escorrido do braço para a barra imaculada de minha regata branca.

– Você se machucou? – ele perguntou numa voz suave, que quase não reconheci.

– Não foi nada. É só um arranhão.

– Me deixa ver isso – ele pediu, ignorando o que eu havia dito.

– Você é médico agora?

– Me deixa ver, Alicia – e sem esperar ele se apossou de meu braço, virando-o para observar melhor a ferida rubra e gotejante no cotovelo. Não sei bem se eu estava fria demais ou se Max estava muito quente, mas os pontos em que seus dedos me tocavam queimavam. Ele me surpreendeu ao retirar um lenço branco do bolso da calça e pressioná-lo contra meu cotovelo latejante. – Melhor lavar o machucado. Está sujo, pode infeccionar.

— Você ainda usa lenço de tecido? De que século você saiu? — indaguei para me distrair da súbita sutileza em seu rosto.

— Nunca se sabe quando pode acontecer uma emergência — ele sorriu. Por um momento, me senti completamente zonza. Fiquei olhando para sua boca, atônita. Era a primeira vez que eu o via sorrir tão descontraído e despido de ironia. Era uma experiência e tanto. — Está sendo útil, não está?

— Você é... estranho.

Ele riu.

Fiquei observando enquanto o mundo desacelerava ao som de sua gargalhada quente e rica. Acabei sorrindo em resposta. Que coisa mais idiota de se fazer!

— Você costuma atropelar as pessoas desse jeito? Foi a segunda vez que você passou por mim feito um trator. Estou pensado em te denunciar para as autoridades competentes — ele brincou.

Ali estava um Max que eu ainda não conhecia. Que era bem-humorado e sorria e cuidava do meu braço machucado. Meu estômago se revirou furiosamente, e desejei que o velho Max voltasse para que ele se aquietasse.

— Às vezes — respondi, um pouco atordoada. — O que você estava fazendo aqui, afinal?

Ele se retraiu um pouco. O sorriso abandonou seus lábios.

— Pensando, eu já disse — e lá estava o velho Max outra vez. *Graças a Deus!*

— Você está com problemas? — pressionei. — Eu... posso ajudar em... alguma coisa?

— Você está disposta a *me* ajudar? — ele perguntou, com algo estranho cintilando em seus olhos.

— Bom... — dei de ombros. — Se eu puder fazer alguma coisa pra tirar essa expressão de dor de barriga da sua cara, vou ficar feliz.

Ele continuou me encarando.

— Por quê?

— Sei lá. Gosto de gente sorrindo, eu acho. Mas você precisa de ajuda ou não?

Um pequeno sorriso teimou em curvar os cantos de seus lábios.

— Eu... tive a impressão de que você estava atrasada.

– Caramba, é verdade! Tenho tentado chegar na hora, mas, cara, não é fácil. Obrigada por... hã... – apontei para o lenço com a cabeça.

Ele assentiu.

– Disponha.

7

Uma hora e vinte minutos de atraso foi o bastante para deixar Joyce furiosa, e, num ato de extrema benevolência, ela optou por me exilar nos confins da sala mais temida em todos os nove andares do prédio da L&L Cosméticos. A única sala sem janelas nem ar-condicionado: a sala treze, no sexto andar. Onde ficava a copiadora. Foi difícil me concentrar no que fazia. A ressaca não havia melhorado, então fiquei longe do refeitório, incapaz de suportar sequer olhar para algo comestível, mas bebi muita água. Tirei cópias suficientes para compor a lista telefônica da China e terminei tarde, no final do expediente. Uma crosta marrom já havia se formado em meu cotovelo. Doía um pouco quando eu dobrava o braço, coisa que precisei fazer repetidas vezes, já que a máquina emperrava a cada dez minutos.

– Pronto, Joyce. Tá aqui – estendi a ela as quatro mil e quinhentas páginas.

– Sem sua bunda dessa vez? – ela perguntou desconfiada.

– Pode confiar.

Ela não pareceu convencida, mas deixou passar.

– Pode descer até o RH para pegar seu contracheque, e não se atrase amanhã. Tem mais coisas a serem copiadas, então, se não quiser passar mais uma tarde trancada naquela...

– Tá bom. Não vou me atrasar.

Mais que feliz por saber que teria grana para pegar um táxi caso Mari ficasse presa na clínica e não pudesse me dar carona, desci para o RH, lotado de funcionários retirando seus holerites. Aguardei pacientemente na fila.

– Oi – chamou uma voz profunda bem perto da minha orelha. Um arrepiou percorreu meu corpo. Virei-me e dei de cara com um sorridente Max. – Animada com o seu primeiro contracheque?

– Muito! E você não está mais com cara de quem está morrendo.

– É, não estou... eu acho. Como está seu braço? – ele perguntou, solícito.

– Está bem, valeu por perguntar. Eu te devolvo o lenço depois que mandar lavar.

– Não se preocupa. Escuta, eu andei pensando se você não...

– Alicia Moraes de Bragança e Lima – chamou a secretária baixinha de nariz achatado.

– Sou eu – falei para Max e me dirigi até o balcão para retirar meu envelope.

Sorri para a moça, me sentindo vitoriosa. Era meu primeiro pagamento. Pagamento de verdade, já que o antiquário não era bem um trabalho. Ralei muito naquela empresa. Merecia cada centavo.

Mal dei dois passos antes de abrir o envelope e ver um canhoto estranho, cheio de números e letras. Fitei o papel, pensando o que aquilo poderia significar.

Desisti de tentar adivinhar e voltei ao balcão.

– Hã... Desculpa, mas... o que é isso? – enfiei o papel na cara da secretária.

– É o seu pagamento – ela disse lentamente, como se eu fosse uma débil mental. Olhou para a fila e chamou: – Maximus Cassani.

– Onde? – perguntei, examinando meu contracheque mais uma vez.

– Bem aqui – ela respondeu, apontando para os números no pé da página.

– Isso não é o meu número de registro na empresa ou algo assim?

– Não. É o seu pagamento.

– Deve ter sido um engano. – Só podia ser um engano. Tinha que ser!

– Deixe-me ver – ela pegou o papel, analisou por meio segundo e depois me devolveu. – Está certo. É o valor que as assistentes recebem pelo serviço. Normalmente não tem tantos descontos por atraso, mas o valor integral é o mesmo.

– Mas isso é uma merreca! Como você espera que eu sobreviva com isso aqui? Eu gastei o dobro disso na noite passada.

– Ninguém duvida – Max comentou, já ao meu lado. – Pela foto no jornal, você se divertiu muito.

– Cala a boca, Max – eu disse sem pensar.

Ele sorriu, irônico, e cruzou os braços sobre o peito.

– Não é tão pouco assim – argumentou.

– Não é? – esfreguei os números em sua cara. – Como eu vou viver com essa gorjeta? Não paga nem as despesas do meu carro.

– Livre-se dele – ele deu de ombros, mas franziu o cenho quando analisou o valor no rodapé do meu extrato.

– O quê? – perguntei indignada. – Me livrar do meu cupê, lindo, vermelho e potente? Não mesmo! De jeito nenhum! Hoje de manhã eu peguei um ônibus. Sabe o que é aquilo, Max? Você tem ideia de quantas encoxadas eu levei e de como eu estava fedendo quando desci no ponto, porque um engraçadinho que aparentemente não toma banho há uma semana se aproveitou da ocasião para ficar me apalpando? Aquilo é o inferno!

Ele não pareceu se assustar com minha ira. Na verdade, parecia estar se divertindo.

– A maior parte da população não tem problemas em usar o transporte coletivo – apontou.

– A maior parte da população não tem um cupê como o meu!

Ele riu.

– Nisso você tem razão.

Fechei os olhos e pressionei as têmporas com os punhos. Virei-me para a secretária do RH.

– Eu preciso de mais dinheiro – pedi. – Cadê a Espanador?

– Quem? – ela perguntou confusa.

– A Alicia deve estar se referindo à Janine, Márcia – Max interveio, lutando para não sorrir e falhando vergonhosamente.

– Ah. A Janine está num congresso. Reestruturação de RH – Márcia disse a ele.

– Eu preciso de mais dinheiro – repeti.

— Sinto muito — mas ela não parecia sentir coisa nenhuma. — Tente não chegar atrasada e não haverá tantos descontos.

Olhei para a folha de pagamento. Havia muitos abatimentos. Um deles, enorme.

— Por que esse desconto tão grande?

— É o INSS, a previdência social — ela explicou, um tanto impaciente.

— Eu não preciso de previdência social — passei o papel para ela. — Pode devolver meu dinheiro.

Max suspirou ao meu lado.

— Alicia, não é opcional — ele começou. — Você é uma funcionária registrada. A empresa tem o dever de pagar seus direitos. É para o seu futuro.

— Não tenho tempo para pensar no futuro. Quero minha grana agora — retruquei.

— Para de se comportar como uma menina mimada — disse ele sem rodeios.

— Para de se intrometer na minha vida! — me empertiguei.

— Por que você não liga para o dr. Clóvis? — Márcia sugeriu, obviamente querendo que eu sumisse dali e acabasse com o tumulto. — Ele pode explicar melhor.

— Com certeza vou fazer isso. E o INSS vai devolver todo o meu dinheiro. Amanhã! Nem um dia a mais! — E, passando a bolsa por sobre o ombro, deixei a sala com a dignidade que havia me sobrado.

Liguei para Clóvis ainda no elevador. Repeti as mesmas frases indignadas, salientando o roubo do INSS e tudo o mais, mas ele apenas suspirou, nada comovido. Na verdade, parecia bastante irritado, mas, indignada como eu estava, não dei muita atenção. Ele disse que aquela era a remuneração que meu avô havia estipulado e que não poderia fazer nada a respeito. Eu tinha certeza de que ele *podia* fazer alguma coisa. Só não queria, o que me deixou ainda mais puta da vida.

Mari me encontrou bufando na calçada. Contei a ela o que acabara de acontecer e, para minha total consternação, ela gargalhou.

— Só você pra ir contra uma lei trabalhista.

— Não é justo, Mari — cruzei os braços sobre o peito. — O dinheiro é meu. *Eu* trabalhei. *Eu* passei meus dias enterrada naquela empresa. O governo não fez nada!

— A maioria das pessoas preza muito o INSS e seus benefícios, Lili. O governo vai fazer a parte dele no devido tempo. — Ela franziu a testa e acrescentou: — Ou pelo menos deveria.

— Eu tenho que fazer alguma coisa. Tenho que dar um jeito nisso. Não posso continuar assim, vivendo de trocados. Eu preciso de roupas mais profissionais, preciso pagar o estacionamento onde deixei o Porsche e colocar gasolina naquele tanque infinito, e sabe quanto eu tenho de dinheiro? Essa merreca, mas só amanhã, porque o cheque ainda não compensou! — mostrei a ela o meu holerite.

Sua testa franziu.

— A coisa tá feia pro seu lado, amiga. Posso te emprestar até...

— Não! Pegar dinheiro emprestado é o mesmo que admitir que sou a garota imatura que meu avô disse que sou naquele maldito testamento. Eu tenho que me virar, Mari. Sozinha. Sou adulta, inteligente e responsável. Preciso encontrar uma solução. O ideal seria anular aquele maldito testamento, só não sei como. Não sem destruir a reputação do meu avô. Eu nem posso pagar um advogado pra me ajudar a encontrar outra saída, caramba!

— Por que você não anuncia o seu carro? Ele vale uma fortuna — ela sugeriu.

— Você também? Eu não vou anunciar o meu carro e nem adian... — foi então que eu soube o que deveria fazer. Naquele instante, eu soube como sairia daquele pesadelo. — É isso! Mariana Gonçalves, você é um gênio. Para na primeira banca que encontrar. Preciso de um jornal.

— Mas você acabou de dizer que não vai vender o carro! — ela apontou, sem entender ainda o plano genial que se formava em minha mente.

— Não vou vender o carro — sorri. — Vou alugar um marido.

8

Eu devia ter percebido que algo estava errado logo que entrei na mansão e vi Clóvis em pé, no centro da sala de estar. Eu *devia* ter percebido.

– Pode me explicar o que significa isso? – ele disse num tom nada cordial, me mostrando o jornal do dia. Lá estava eu completamente bêbada sobre o balcão da danceteria.

Grunhi.

– Olha só, Clóvis. Eu bebi um pouco a mais ontem e alguém deve ter tirado essa foto e entreg...

– Então é isso que você anda fazendo quando passa as noites fora de casa?! – ele interrompeu, colérico. – É a isso que você tem se dedicado, Alicia? Se sujeitando ao papel de uma... de uma garota de programa?

– Ei! Peraí! Quem você pensa que é pra falar assim comigo?

– Sou seu tutor! – ele urrou, jogando o jornal no sofá de couro branco. – Como você pôde fazer isso, Alicia? Não percebe o que a mídia fez? Eles vincularam seu comportamento ao nome do seu avô, às *empresas* do seu avô! Você acha que é essa a imagem que o Conglomerado Lima espera passar para os clientes? Acha que é para essa bêbada que os funcionários querem trabalhar? Acha mesmo que algum dia você vai ser capaz de cuidar de tudo que o seu avô deixou? Eu tenho sérias dúvidas.

Retraí-me ligeiramente.

– A culpa não é minha. A imprensa é livre para escrever o que quiser, você sabe disso.

– Se você não der motivos, eles não terão o que escrever. Eu proíbo você de se comportar dessa maneira. Proíbo você de sair desta casa.

– Você não é meu avô! – retruquei. – Sou maior de idade, dona do meu nariz. Faço da minha vida o que eu quiser.

– Não enquanto estiver sob a minha custódia, morando debaixo do meu teto.

Foi então que tudo ficou vermelho à minha frente. Eu me aproximei dele até que nosso nariz quase se tocou.

– É *você* quem mora debaixo do meu teto, não o contrário. Não estou sob a sua custódia. Os bens do meu avô estão, *eu* não. Meu avô pode ter deixado tudo nas suas mãos capazes, Clóvis, mas você não pode me controlar. Nem tente!

– Se for preciso, vou alertar os seguranças para que não deixem você sair desta casa. Pelo menos assim vou saber que você não está se metendo em encrenca.

– Você realmente acha que pode me trancar aqui?

Ele empinou o queixo duplo, me confrontando com olhos obstinados.

– Farei o que for preciso.

– Tudo bem – estreitei os olhos e o encarei por mais um minuto antes de me virar e subir as escadas calmamente. Assim que fechei a porta do quarto, peguei meu celular. – Mari, preciso de ajuda. – Relatei a ela o que tinha acabado de acontecer.

– Que absurdo! Quem esse idiota pensa que é? – ela resmungou. – Pega tudo que achar necessário e vem pra minha casa. Você vai ficar aqui por uns tempos. Mais da metade das suas roupas já está aqui mesmo.

Respirei aliviada.

– Sabia que você ia me dizer isso. Obrigada! Mas sua mãe não vai se importar? – resmunguei.

– Lili, eu tenho vinte e cinco anos! A casa também é minha. – Porém ela hesitou. – Mas não custa avisar, né?

Assenti, ainda que ela não pudesse me ver.

Enquanto ouvia Mari berrar para a mãe, me obriguei a entrar em meu closet e pegar o máximo de roupas e sapatos que pudesse. Limpei também o banheiro, enfiando tudo na mochila.

– Tudo em ordem. Vamos ser colegas de quarto! – ela disse ao telefone, animada.

– Que ótimo – respondi, menos animada. Eu sabia que seria um incômodo, mas não tinha alternativa naquele momento. – Obrigada, Mari.

– Vou poder cuidar de você agora. Vai ser o máximo! Você nunca mais vai se atrasar pra nada, Lili!

– Ah, que maravilha – revirei os olhos. – Chego aí em vinte minutos.

Clóvis ainda estava na sala de estar quando desci com a mochila nos ombros, porém fiz o melhor que pude para ignorá-lo.

– Aonde você pensa que vai? – ele esbravejou.

– Não é da sua conta.

– Você não vai sair desta casa!

Apesar da raiva que eu sentia, virei-me para admirar pela última vez meu lar nos últimos vinte anos, ignorando o homem rechonchudo e seu rosto arroxeado de raiva. Dirigi-me ao aparador no hall de entrada e peguei o porta-retratos.

– Vocês vão comigo – murmurei para o rosto sorridente de meus pais, vovô, eu ainda pequena em seu colo e Chantecler, meu gatinho siamês que fugira de casa depois que eu havia tentado dar banho nele. – E nem adianta sorrir, sr. Narciso, porque ainda estou furiosa com você.

– Alicia, você não vai sair desta casa hoje! – Clóvis vociferou. – Volte aqui, menina teimosa!

Mas eu já estava do lado de fora, seguindo para a garagem, sentindo a brisa do início da noite acariciar meu rosto, e, pela primeira vez desde que meu avô se fora, me senti feliz.

Admirei meu lindo Porsche vermelho e suspirei. Eu amava aquele carro. Mari havia me deixado no estacionamento perto da balada pouco depois de pararmos na banca de jornal. Ela voltara para casa e eu esvaziara os bolsos para resgatar meu cupê.

Fui obrigada a parar no posto de gasolina para abastecer antes de seguir para a casa de minha amiga. Ainda estava remoendo a conversa com Clóvis, me perguntando se tinha me excedido, mas cheguei à conclusão de que eu agira corretamente. Nem meu avô tentara se impor a mim daquela maneira. Na tentativa de cumprir sua função de tutor, Clóvis havia extrapolado, não eu. Bom... não muito.

Entreguei o cartão de crédito ao frentista e esperei um pouco impaciente que ele concluísse a transação.

– Recusado – falou o rapaz, me devolvendo o cartão com um sorriso complacente no rosto.

Franzi o cenho. Eu tinha certeza de que não havia excedido o limite do meu Amex. Entreguei o Visa e esperei, mas, quando seus olhos se voltaram para mim rápidos e desconfiados e seu sorriso desapareceu, percebi que eu estava com problemas.

– Não sei o que está acontecendo – expliquei. – Deve ser um erro no sistema ou alguma coisa assim. Eu tenho limite nesses cartões.

– Que tal usar outra forma de pagamento?

Qual?, eu quis perguntar.

– Hã... Eu estava exatamente indo até o banco sacar dinheiro. Quer tentar o MasterCard?

– Escuta, moça. Se você não pagar o que deve, vai ser do meu salário que vão descontar o valor, então não tenta me enrolar, tá?

– Ei! Olha pro meu carro! Tá na cara que é um erro do banco. Eu tenho cara de quem dá calote?

– Pra falar a verdade, tem sim – disse ele, cada vez mais impaciente. – E esse carro é seu mesmo?

Era só o que me faltava.

– Você está sugerindo que peguei emprestado por aí? Isso aqui é um Porsche! Quem emprestaria um Porsche?

Ele deu de ombros.

– Como você vai pagar, moça?

Vasculhei a bolsa em busca de algo que sabia que não encontraria. Só havia trocados.

Merda. Merda. Merda.

– Tenta esse aqui, por favor – dei a ele o cartão da conta-salário aberta pela empresa em meu nome, embora soubesse que estaria sem saldo até a meia-noite. Oh, Deus, como eu ia pagar a gasolina?

– Muito bem, moça. Recusado também. Saia do carro.

Suspirei, mas saí.

– Tudo bem. Você pode chamar o gerente para eu explicar o que está acontecendo? – pedi.

– Com certeza. Mas vou ficar com a chave do carro como garantia – ele sacudiu meu chaveiro de porquinho de pelúcia.

– Mas não vai mesmo! – tentei pegá-lo de volta.

– O que está acontecendo? – perguntou outro frentista.

– A moça aqui encheu o tanque e não tem grana pra pagar – ele se contorceu, me impedindo de arrancar o chaveiro de sua mão. – E vai fugir se eu entregar a chave. Chama o Fernandes antes que ela escape!

– Parem com isso agora! – o outro frentista ordenou. – Vocês estão assustando os clientes.

– Não vou fugir – objetei, irritada. – Ele é que vai sair por aí no meu cupê – eu disse ao rapaz mais baixo que assistia a tudo, incrédulo. Tentei novamente pegar a chave, mas o garoto se esquivou outra vez. Parei. – Me devolve minha chave e não me obrigue a te machucar.

– Pague o que deve e eu devolvo.

Avancei sobre ele. Mas uma voz profunda e grave me fez parar.

– Problemas, Alicia?

Oh, Deus, anjos, querubins, fadas, qualquer um com poderes aí em cima, permitam que não seja ele. Permitam que não seja Max!

Quando levantei os olhos por sobre o braço do frentista, vi que minhas preces não foram atendidas.

– Precisa de ajuda? – uma sobrancelha se arqueou. Ele tentava esconder o sorriso, mas estava lá, em suas palavras, em seus lábios e naqueles olhos verdes irritantes.

Endireitei-me, alisando minha blusa, com o máximo de dignidade que consegui reunir.

– Não. Está tudo sob controle.

– A moça encheu o tanque e não tem dinheiro pra pagar – disse o frentista. – Ela quer... Ai! – meu cotovelo *acidentalmente* acertou as costelas do rapaz.

– Ah – exclamou Max, e o sorriso se tornou mais largo.

– Não é nada disso – comecei, constrangida, encarando seus sapatos pretos. – Tem alguma coisa errada com os meus cartões. Deve ser um problema na central ou algo assim. É só isso. Vou falar com o gerente e explicar tudo.

– Quanto ela deve? – Max quis saber, se dirigindo ao frentista e me ignorando propositalmente.

Ergui a cabeça num estalo.

– Você não vai fazer isso, Max. É assunto meu! – reclamei, enquanto o frentista dizia o valor.

Ele sacou a carteira do bolso.

– Agora entendo seu desespero hoje à tarde, quando você viu seu contracheque. Um terço do salário só pra abastecer o carro? – Antes que eu pudesse detê-lo, ele entregou o dinheiro ao rapaz.

O frentista me lançou um último olhar acusador antes de devolver minha chave e se afastar.

– Quanto tempo esse combustível vai durar? – Max perguntou.

– Uns quatro dias, mais ou menos, se eu andar na manha.

Ele assobiou.

Encarando o chão, mortificada, me forcei a dizer:

– Obrigada, Max. Não precisava ter interferido. Eu ia dar um jeito.

– Que jeito?

Dei de ombros.

– Eu ainda não tinha chegado a essa parte do plano.

Ele riu, e isso me fez erguer a cabeça e encará-lo.

– Não foi engraçado! – objetei.

– Ah, foi sim. Ver você pulando em cima do garoto foi muito engraçado – ele cutucou meu braço com o indicador de maneira amigável. Uma descarga elétrica perpassou meu corpo. – Estaciona o carro e vem tomar um café comigo.

– Não vou a lugar nenhum com você.

– Eu enchi seu tanque, Alicia. O mínimo que você pode fazer é me acompanhar num café.

Envergonhada e amaldiçoando meu avô por todos os problemas que havia me deixado, entrei em meu cupê e o estacionei em frente à loja de conveniência. Max me esperava na entrada.

– Não vai doer nada, prometo – ele zombou ao notar meu embaraço.

– Quer apostar? – resmunguei.

Ele sorriu e por alguma razão aquilo me perturbou profundamente. Era um sorriso cínico, ferino e, de certo modo, cheio de segredos. Fiquei inquieta, me remexendo no banco alto ao lado de Max, esperando impaciente a porcaria do café para poder me mandar dali.

– Assim que o meu pagamento cair na conta, te devolvo o dinheiro – avisei.

– Não precisa. Considere isso como um pedido de desculpas formal.

– Max...

– Estou falando sério. Fiquei feliz em poder te ajudar – seus olhos verdes eram límpidos, sinceros.

– E posso saber por quê?

Finalmente nossos expressos foram colocados à nossa frente.

Ele deu de ombros, enquanto adicionava dois sachês de açúcar à bebida.

– Pode chamar de peso na consciência. Não fui legal com você quando nos conhecemos. Estou tentando compensar minha falta de tato.

– É o que parece. E isso me apavora um pouco.

Ele sorriu sacudindo a cabeça e experimentou o café. Fiz o mesmo, apenas para ter o que fazer além de admirar seu perfil. Por mais que eu não gostasse dele – e não gostava –, tinha que admitir que Max era um homem... apresentável e hã... meio que interessante. Havia algo de inquietante em seus olhos.

O silêncio entre nós também era inquietante. Não entendi por que ele insistiu em me convidar para um café se permaneceria calado. Engoli apressada a bebida escaldante, queimando a língua no processo, e saltei da banqueta.

– Bom, obrigada pelo café e pela gasolina, mas preciso ir. Minha amiga está me esperando.

– Para mais uma noitada sobre o balcão, suponho.

Estreitei os olhos. Por que Max sempre dizia a coisa errada?

– Você é um imbecil, sabia?

– Foi bom te ver também, Alicia – ele deixou o dinheiro sobre o balcão e me acompanhou calado até o carro.

Max era muito alto, e todo aquele tamanho me intimidava um pouco. Eu me senti uma idiota ali, parada em frente ao carro, sem saber o que fazer ou onde colocar as mãos. Foi ele quem decidiu pôr fim àquela agonia.

– Te vejo amanhã. – Colocou as mãos nos bolsos da calça e começou a se afastar.

Fiquei observando seu andar seguro, determinado, até que ele entrou em um SUV escuro e deu partida. Só então me obriguei a entrar no carro e afastar da cabeça Max e seus olhos irritantemente hipnóticos, e me dirigi até minha nova casa.

Ana foi muito compreensiva e me recebeu com entusiasmo. Mari estava um pouco preocupada.

– Por que você demorou tanto, Lili?

– Problemas no posto de gasolina, mas já resolvi tudo.

Ela me levou até seu quarto depois de me obrigar a comer alguma coisa e me ajudou a acomodar minhas tralhas num canto. Conversamos um pouco sobre como Clóvis ultrapassara todos os limites e depois caímos na enorme cama de casal. No escuro, tentei não pensar em quanto eu incomodaria Mari e Ana. Em vez disso, concentrei-me no plano para reaver meus direitos de herdeira; com sorte, esperava me livrar daquele pesadelo todo e recuperar não só minha fortuna, mas um pouco de dignidade. Mal podia esperar o dia amanhecer para saber se tudo sairia conforme o planejado.

No entanto, isso foi tudo que pude conjeturar antes que uma imagem insistente se infiltrasse em minha cabeça e, aos poucos, dominasse minha mente por completo. A última coisa que pensei antes de cair num sono pacífico foi em um belo par de olhos verdes, que já não me pareciam tão hostis assim.

9

— Ah, meu Deus! – Mari exclamou ao abrir o jornal e ler a seção de classificados. – Você não fez isso!
— Ficou bom?

Ela me lançou um olhar severo antes de começar a ler em voz alta, sentada à mesa da pequena, porém organizada cozinha.

Procura-se um marido para curta temporada. Homem entre 21 e 35 anos, que tenha imóvel próprio e emprego estável, disponível para matrimônio. Boa aparência não é exigida. Apresentação de antecedentes criminais obrigatória. Casamento de aparência. Sexo está excluído do acordo. Paga-se bem no término do contrato. Tratar com Lili pelo telefone...

— O que você acha, Mari? – perguntei, roendo as unhas.
— Acho que você enlouqueceu de vez! – ela baixou o jornal. – *Como* você vai pagar alguém para ser seu marido? Você está mais dura que o pão da minha mãe!

Suspirei exasperada.

— No final do acordo, você não prestou atenção? Quando eu tiver a minha fortuna de volta.

Ela revirou os olhos escuros e bufou.

— Você ficou doida, só pode ser!

– Doida não, *desesperada* – argumentei. – Agora é só esperar pra ver o que aparece.

– Lili – ela inspirou profundamente, me encarando com determinação. – Você não pode se casar com um total desconhecido. Isso é loucura!

– E por que não? Casamento arranjado foi uma prática muito comum e bem-sucedida no século passado.

– Bem-sucedida? Meu Deus, de onde você tirou isso? As pessoas eram infelizes, e os maridos tinham pencas de amantes. – Ela bateu a mão fina no tampo da mesa de maneira imperiosa. – E as coisas mudaram! O mundo mudou. Você não pode morar com um cara que não sabe nada sobre você, ou pior, que você nem conhece. Ele pode ser um psicopata, um pervertido ou coisa pior!

Revirei os olhos.

– Você acha que eu não sei disso? Foi por isso que pedi o atestado de antecedentes criminais.

Sua boca se escancarou, choque e raiva se estampavam em suas feições delicadas. Mas então ela se recuperou, me lançando um olhar cheio de escárnio.

– E você vai apresentar o seu? – arqueou uma sobrancelha desafiadoramente. – Porque duvido que algum homem queira se casar com uma mulher que já foi presa em todos os cantos do planeta.

– Eu não fui presa em todos os cantos do planeta! – reclamei ofendida. – Só aquela vez em Amsterdã... e aquela na Tunísia. E... uma na Bulgária. Mas foi tudo um mal-entendido. Como eu ia saber que não podia chamar o policial de *filho da puta fascista*? Ele queria confiscar o meu MP3, pelo amor de Deus! Além disso, sou *eu* quem está alugando um marido, não vou precisar apresentar nada – sorri animada. Eu cumpriria a cláusula imposta por vovô, mas do meu jeito!

Mari se recostou na cadeira, passando a mão pelos cabelos pretos.

– Se é assim, não seria mais seguro casar com alguém que você já conhece? Um amigo ou ex-namorado?

– De jeito nenhum! Um ex-namorado ia começar a ter ideias depois de um tempo. Um amigo provavelmente ia ter ideias antes mesmo de eu dizer *sim* perante o juiz. Complicaria tudo. Um conhecido poderia deixar escapar alguma coisa por aí sobre a minha tentativa de burlar o testamento. Com um estranho não corro esse risco. São apenas negócios. É o plano perfeito.

– Tudo bem. Vamos supor que você esteja certa e que alguém te ligue. Quem responde a anúncios desse tipo? Gente normal é que não é.

– Não sei – suspirei pesadamente. – Vou torcer pra alguém responder. Esse anúncio custou muito caro. Tive que usar o cartão de crédito pra pagar o jornal ontem à tarde, e graças a Deus ainda funcionou. Não pense que estou feliz com isso, Mari. Eu não escolhi nada disso. Só estou seguindo o fluxo e me virando como posso.

Ela sacudiu a cabeça, fazendo os cabelos longos tremularem.

– Você ficou doida mesmo. Vamos logo pro trabalho antes que você se atrase de novo e tenha mais descontos no seu pagamento.

– Não fica brava comigo – pedi, colocando a bolsa sobre o ombro.

– Eu não estou brava. Estou preocupada.

Suspirei.

– Eu sei. Prometo ficar atenta a qualquer sinal de perigo.

Ela sorriu, tristonha.

– Isso é o que mais me preocupa. Você é fascinada pelo perigo.

Felizmente, cheguei dois minutos adiantada e, pela primeira vez, bati o ponto na hora certa. E o mundo era cheio de gente doida! Antes mesmo de Joyce me mandar mais uma vez para os confins da sala da copiadora – o que achei totalmente injusto, já que não me atrasei naquele dia –, eu já havia marcado um encontro com meu possível futuro marido. Apesar de estar fula da vida por ter ficado o dia todo colocando papel na geringonça, mal vi a hora passar, ansiosa para ver os resultados do meu plano.

Na saída do trabalho, recebi mais algumas ligações. Max estava no elevador comigo, e foi difícil agendar os encontros sem que ele percebesse. Por algum motivo pareceu... errado que ele soubesse dos meus planos, mas justifiquei isso com o sábio raciocínio de que, se ele descobrisse o que eu estava aprontando, me deduraria para Clóvis. Eu tinha cinco possíveis futuros maridos na mira. Era só uma questão de tempo para minha vida voltar aos eixos.

Encontrei-me com o primeiro candidato naquele mesmo fim de tarde, no café próximo à casa de Mari. Eu não seria louca de levar um estranho para a casa dela, é claro. Não foi difícil identificá-lo, já que ele havia me passado sua descrição física, e eu pedira que tivesse o jornal em mãos.

— Lili, eu *prevumo* — disse o homem de uns quarenta anos quando parei em frente à sua mesa.

Sua aparência era tão ruim quanto a língua presa. Os cabelos ensebados tinham uma camada de caspa que recobria as laterais e a nuca; os óculos enormes e fundos não ajudavam a disfarçar as orelhas de abano. E, por alguma razão, ele cheirava a naftalina. Não que isso importasse, afinal eu não estava procurando nenhum príncipe encantado. Mas aquela caspa toda era meio... repugnante.

— Mauro?

— *Fi-fim* — ele riu nervoso, fazendo um *oinc-oinc*.

Ah, Deus.

— Você... trouxe o atestado? — perguntei, enquanto me sentava do outro lado da mesa.

Ele assentiu apressado, me entregando um papel um pouco amassado.

— Eu nunca *pivei* numa *delegafia*. *Fou* um homem muito *honefto*.

— Certo — eu disse, examinando sua ficha de antecedentes criminais, uma folha totalmente em branco. Imaginei que a maior audácia que Mauro já cometera tinha sido sair de casa sem escovar os dentes. — Humm... Por que você quer se casar?

— E-eu *prefivo* de uma namorada. Minha mãe *eftá* me deixando maluco — ele me lançou uma piscadela.

Reprimi um gemido.

— Hã... Começo a entender sua mãe. Mas você mora sozinho, certo?

Ele se remexeu na cadeira.

— Praticamente. Meu quarto tem *afefo* direto à *faída* da garagem. *Vofê* mal ia ver minha mãe.

— Quer dizer que você *imaginou* que dormiríamos no mesmo quarto — constatei, cruzando os braços.

— Bom... *fi-fim*. *Vofê dife* que *fexo* não *favia* parte do acordo. Eu *penfei* que dormir não teria problema — ele ergueu os ombros pontiagudos.

— Ah, tem! Tem sim! Tem muito!

— Eu *fou* muito *fáfil* de lidar — ele sorriu nervoso. — *Vofê* nem ia notar minha *prevenfa*.

Eu duvidava muito.

– Eu tenho o seu telefone. Preciso entrevistar outros candidatos. Sabe como é... – me levantei e sorri. Ele se apressou em ficar de pé, esbarrando na mesa ao lado.

– E-eu tenho uma renda muito boa. Poderia te levar ao *finema* uma *vev* por *femana*. A gente poderia jantar fora *fempre* que *quivefe*. Tenho vale-*refeifão* ilimitado.

– Vou manter isso em mente – encerrei e me obriguei a andar calmamente em direção à saída.

Mari ainda não tinha voltado para casa quando retornei do meu primeiro encontro. O consultório estava lotado – de clientes de planos de saúde, claro –, devido à onda de calor que se instalara na cidade. Aparentemente, todo mundo queria exibir o corpo em forma nos próximos meses. Ana estava preparando algo com um cheiro muito bom para o jantar quando me viu de banho tomado e remexendo em minha bolsa.

– Alicia, vai sair? Você acabou de chegar – ela apontou.

– Tenho uma entrevista.

– De emprego? – sua testa vincou.

– Pode-se dizer que sim – e rezei para que tivesse mais sorte dessa vez.

Numa delicatéssen ali perto, encontrei Anderson, um rapaz até que bonito, apesar da baixa estatura. Suas roupas eram bem normais. Suspirei aliviada.

– Aqui tá a parada – ele disse, deslizando o atestado de antecedentes criminais pela pequena mesa de madeira cor de mel.

Eu não estava preparada para aquilo.

– Hã... Você foi preso por porte ilegal de armas – constatei, um pouco desconfortável.

– Eu devia ter jogado o bagulho no rio. Dei bobeira – ele comentou, desinteressado.

– Por três vezes?

– É – deu de ombros. – Falta de sorte.

– Hummm... – corri os olhos pelo documento de três páginas e o devolvi rapidamente. – Por que você respondeu ao anúncio?

– Você diz que paga bem.

– Sim, mas aí diz – apontei para o papel – que você tentou agredir sua *esposa*. Você já é casado.

– Na verdade, sou viúvo. Um acidente, coitada. Ela acabou caindo em cima de uma faca – ele disse, indiferente.

Meu Deus!

– Ok. Eu preciso ir ao banheiro.

Ele tirou um cigarro – de maconha – do bolso da camisa.

– Sem pressa – disse e sorriu.

– Ãrrã – foi tudo que consegui responder antes de dar no pé.

Eu ainda estava tremendo quando contei o ocorrido a Mari.

– Eu avisei, não foi? Mas você me ouviu? Claro que não! – ela andava de um lado para o outro no quarto entulhado, abrindo e fechando gavetas e portas e atirando uma quantidade imensa de roupas sobre a cama de casal, que dividíamos desde a noite anterior.

– Foi falta de sorte. O Mauro era inofensivo. Meio sujinho, mas não faria mal a uma mosca. Esse Anderson foi só um golpe de azar. Só isso. – Se continuasse repetindo isso, talvez eu mesma acreditasse.

– Ou talvez tenha sido um sinal pra você esquecer essa besteira! – apontou ela. – O que acha desse? – me mostrou um vestido preto simples, com alças finas.

– Sexy!

– Perfeito! – ela começou a vesti-lo. – No mínimo você tinha que ter perguntado mais coisas antes de encontrar pessoalmente qualquer um deles.

– Ah, não, Mari. Sem sermão. Tudo que eu quero é cair na cama e descansar. Meus dedos estão latejando. Aquela copiadora está acabando comigo. Acho que nunca mais vou poder tocar piano.

– Você não toca piano. Nunca suportou as aulas.

– Sim, mas se eu soubesse não poderia... – mostrei minhas mãos em frangalhos. – Minhas unhas estão detonadas. Preciso me livrar da Joyce.

– Acho difícil. Ela está na L&L desde quando? Do Big Bang?

– Por aí – eu ri.

– E aquele cara? O que você detesta? Ele parou de te perturbar? – ela começou a aplicar camadas de máscara nos cílios.

– O Max? Nem me fale – me joguei na cama e abracei o travesseiro contra o peito. – Hoje ele me viu toda enrolada com a copiadora e *riu*! Juro que só não joguei um sapato naquela cara debochada porque fiquei com medo de acertar o vidro atrás dele e descontarem o prejuízo do meu salário. Eu detesto aquele cara!

– Mas você disse que ele foi legal ontem. – Ela aplicou uma camada generosa de gloss vermelho nos lábios cheios. – Pagou a sua gasolina e te convidou para um café. Não pode ser tão ruim quanto você diz.

– O Max é bipolar. Ou louco. Talvez seja os dois. Aonde você vai?

– Encontrei o Breno na saída do trabalho. Ele me convidou pra sair. Decidi aceitar dessa vez – ela comentou casualmente.

Casualmente demais!

– Sair tipo...

– Sair tipo – ela abriu um sorriso enorme e girou com os braços abertos. – Como estou?

Os cabelos pretos, que alcançavam o meio das costas, pareciam emitir luz própria. Os olhos castanhos brilhavam de sensualidade e mistério. O vestido preto reto marcava as curvas generosas e, aliado ao sorriso angelical, a deixou sexy, fatal. Pobre Breno...

– Deslumbrante!

– Mesmo? Esse vestido não me deixa gorda?

Mari sempre teve suas neuras com relação ao próprio peso. Ela tinha uma visão distorcida do próprio corpo, mas nunca admitiu. Por isso, quando me contou que planejava cursar nutrição, achei uma ótima ideia. Talvez isso a fizesse entender de uma vez por todas que mulheres com corpo violão não são necessariamente gordas. No entanto, o tiro saiu pela culatra, porque o entra e sai de mulheres anoréxicas de seu consultório acabou fazendo com que se sentisse imensa. O mais engraçado era que ela e eu tínhamos praticamente o mesmo peso – mesmo ela sendo uns bons centímetros mais alta –, mas ela sempre me achou magra demais. Vivia calculando meu IMC, preocupada que eu pudesse estar abaixo do peso saudável. Vai entender!

– Você não é gorda. Que mania!

– Me deseja sorte.

– Você não precisa de sorte, já tem todo o resto. Não vai matar o coitado do Breno! Ele é gente boa, bem lá no fundo...

– Vou tentar – ela me abraçou antes de sair do quarto numa nuvem de euforia.

Joguei a bagunça de roupas sobre a poltrona e voltei para a cama, esperando ter uma noite revigorante. Mal fechei os olhos e apaguei; segundos depois, eu estava em casa. Não na casa de Mari, mas *em casa*. Tudo na mansão estava mais claro, mais branco e brilhante que de costume. Uma figura me observava, imóvel. Os braços estavam cruzados sobre o peito. O rosto, franzido numa careta triste. Atirei-me contra ele imediatamente, abraçando sua cintura, enterrando a cabeça em seu peito.

– Eu senti tanto a sua falta! – chorei.

Vovô não respondeu, mas passou a mão delicadamente em meus cabelos.

– Você está bem? – perguntei.

Nenhuma resposta.

Levantei a cabeça para observá-lo. Vô Narciso estava triste.

– Você está infeliz?

Dessa vez ele assentiu.

– Oh, Deus! Você foi pro andar de baixo? – perguntei horrorizada.

Ele suspirou e sacudiu a cabeça.

Suspirei também e me soltei dele, recuando, subitamente ciente da confusão em que ele me deixara.

– Muito bem, sr. Narciso. Tenho algumas coisas para discutir com o senhor. Sabia que você me deixou numa situação bem difícil? Ainda não acredito que deixou aquele testamento. Eu *confiava* em você. Pensei que me protegeria. Mas não. Você me jogou aos lobos, e isso não foi legal.

Ele continuou impassível.

– Tudo bem. Estou dando um jeito de arrumar a bagunça que você deixou – dei de ombros, seguindo com meu monólogo. – No estilo Alicia.

Lentamente, ele ergueu o braço e colocou a mão sobre meu ombro. Esperei ansiosa quando vi seus lábios se entreabrirem.

– A vitória está reservada para aqueles que estão dispostos a pagar o preço – ele sussurrou com sua voz carinhosa e macia.

Então eu acordei.

10

– O que você tem hoje, garota? – questionou Joyce, jogando uma infinidade de documentos sobre minha pequena mesa. Coloquei os papéis de lado, para que não se misturassem com os que eu estava organizando. Eu já havia feito confusão demais com contratos por um dia.
– Você está ainda mais distraída que de costume.
– Eu... sonhei com meu avô – me ouvi dizendo.
Ela franziu a testa.
– Isso é ruim?
– Não sei – respondi sinceramente. – Ele estava triste e acho que era comigo.
– Nãããão! Por que ele estaria triste? Será que é por causa da confusão sem tamanho que você causou com os contratos dos chineses, perdendo todos os documentos recentes e deixando a ouvidoria da empresa de cabelo em pé hoje de manhã? – Eu me encolhi, um pouco arrependida por não ter prestado atenção no que estava fazendo quando arquivei os contratos no dia anterior. Ainda bem que agora eu tinha tudo sob controle.
– Ou será que ele estaria triste porque você enviou o e-mail com a proposta errada para o nosso cliente mais importante da América Latina, e que, aliás, cancelou o pedido de milhares de caixas de produtos? – Como eu poderia saber que aqueles números não eram os valores dos produtos, e sim os códigos? Não me admirava que o cliente tivesse desistido ao ver aquela quantidade astronômica de zeros. Se alguém tivesse me explicado

alguma coisa sobre planilhas... – Não, não deve ser por isso. Não faço ideia do que fez seu avô ficar chateado com você.

– O vovô perdeu o direito de ficar chateado comigo quando morreu – resmunguei.

Por mais que eu quisesse me enganar, sabia que a razão da tristeza estampada em suas feições não era nenhuma daquelas apontadas por Joyce. Nada tinha a ver com chineses ou argentinos. Entretanto, eu não tinha certeza se havia entendido sua única frase. *A vitória está reservada para aqueles que estão dispostos a pagar o preço.* O que ele quis dizer com isso?

Sacudi a cabeça e dei de ombros. Foi apenas um sonho. Sonhos normalmente são incompreensíveis.

Max entrou na sala, o que até então não havia acontecido. Pelo menos desde que eu começara minha subserviência semivoluntária na L&L.

– Joyce, preciso que você me arrume algumas coisas – pediu ele, me cumprimentando com um rápido aceno de cabeça. Como se não tivesse me visto naquela situação embaraçosa no posto de gasolina algumas noites antes. Como se não tivesse pagado minha dívida e depois me convidado para um café.

Ela sorriu. Obviamente. Quem não sorriria para o sr. Eu-Sou-o-Maximus?

– Claro, Max. Do que você precisa? – ela perguntou, toda oferecida.

– De todos os contratos dos chineses. Os antigos e os novos, se possível. Tudo que você puder encontrar. Parece que a A... – ele me olhou de esguelha e sacudiu a cabeça – alguém fez uma confusão e a ouvidoria quer abrir sindicância para apurar o caso. Os chineses estão furiosos e ameaçaram quebrar o contrato. Isso nos deixaria em péssimos lençóis.

Joyce fechou a cara.

– Imaginei que as coisas fossem piorar – ela me lançou um olhar frio.

– Olha só, eu fui... – comecei.

– Agora não, Alicia. Você já causou danos demais – Joyce me interrompeu.

– Eu avisei que não era uma boa ideia me deixar sozinha com aquele monte de arquivos – me defendi.

– E o que é uma boa ideia deixar perto de você, Alicia? Você só... – O telefone em sua mesa tocou e ela correu para atender. – L&L Cosméticos, bom dia.

Enquanto Joyce anotava, sorridente, um amontoado de números e nomes, Max me avaliava a distância. Concentrei-me em grampear os papéis e não os dedos. Eu não gostava do jeito como ele me olhava. Era estranho, invasivo, como se pudesse ver minha alma e não gostasse nada do que visse. Pelo menos era o que parecia. Ele sempre tinha o cenho franzido quando me observava.

– Max – chamou Joyce. – Desculpa, mas preciso providenciar alguns documentos para o dr. Clóvis com urgência. Você pode esperar um pouco?

O rosto dele se contorceu em angústia.

– Joyce, é muito importante encontrar esses contratos. Não posso esperar.

– Não vai ser necess... – tentei, mas ela me interrompeu novamente.

– Desculpa, Max. Você vai ter que fazer isso sozinho. Por que não leva a cabeça de vento? – ela apontou para mim. – Quem sabe ela lembra onde guardou os contratos.

– Ela? – ele perguntou horrorizado. – A Alicia mal sabe tirar cópias!

Empertiguei-me, pensando se, caso eu grampeasse a cabeça de Max, os grampos seriam descontados do meu salário. As chances eram grandes.

– Eu sei. Mil desculpas – disse ela com pesar. – Se eu terminar rápido o que preciso fazer, vou te ajudar.

– Mas a Alicia não tem ideia do que está fazendo aqui. Ela vai ser... de pouca ajuda. Por favor, Joyce!

Estreitei os olhos. Que descontassem os grampos. Eu receberia o abatimento com prazer!

– Talvez ela se lembre em qual das pastas e em qual dos arquivos colocou os contratos dos chineses. Vale a pena tentar. Sinto muito, Max. Preciso ir. – Joyce se virou para mim. – Ajude o Max e não estrague tudo dessa vez – e desapareceu no corredor.

Ele ficou ali parado, encarando a porta sem parecer acreditar. Depois pressionou a ponte do nariz reto com o polegar e o indicador.

– Muito bem, vai ter que ser você – anunciou, desanimado.

– Não tô muito a fim, sabia? Além disso, eu sou de pouca ajuda, não é mesmo? Mas obrigada pelo convite. Quem sabe outro dia... – e continuei a grampear calmamente meus papéis.

– Por favor, Alicia, não seja infantil. Você vai até a sala de arquivos me ajudar. Agora – uma veia pulsou em sua têmpora.

– Estou ocupada, não está vendo? – levantei o grampeador.

– Será que você *entende* que a empresa vai entrar em uma crise se eu não apresentar esses documentos em meia hora? – ele vociferou. – Espero que você fique feliz quando a L&L falir e milhares de funcionários ficarem desempregados.

– Nossa, parece meu avô falando. Alicia, a irresponsável, estragando tudo outra vez! Só faltou a parte em que sou enterrada como indigente e minha alma fica vagando por aí. – Grampeei o último bloco e olhei para o rosto irritado de Max. – Ou essa seria a segunda parte do seu discurso?

Ele me encarou por um instante. Seu rosto era uma máscara de fúria e incredulidade.

– Você é... – ele bufou e em seguida me deu as costas.

– Max – cantarolei.

Ele se virou lentamente.

– O quê? – disse com os dentes trincados.

Levantei-me da mesa, peguei o bloco de papéis devidamente grampeado e me aproximei dele.

Atirei o calhamaço contra seu peito.

– O que é isso? – ele pegou a pilha. Analisou a primeira página, voltou os olhos para os meus, depois para os papéis, e começou a folheá-los. – Isso... isso... está *tudo* aqui? – ele virava as páginas freneticamente.

– E organizado em ordem cronológica. Não falta nada, pode conferir. Grampeei tudo porque acho que assim fica mais fácil manter tudo junto. Não sei como ninguém pensou nisso antes.

– Gostamos de usar pastas com ganchos – ele balbuciou, piscando algumas vezes, ainda atônito, encarando os documentos. – Mas... como... quando...?

– Assim que cheguei e a Joyce me informou o ocorrido, voltei ao arquivo e procurei os contratos. Eu tentei avisar quando vocês tocaram no assunto, mas não quiseram me ouvir – dei de ombros. – O que, de certa forma, foi ótimo. Me deu uma boa perspectiva do que vocês dois pensam ao meu respeito. E só pra deixar bem claro, eu não sou burra. Apenas não sabia o que fazer, já que ninguém se deu ao trabalho de me explicar. – Eu me aproximei dele, encarando-o, até que meu nariz ficou a centímetros de seu queixo. Caramba, ele era enorme! E me encarava de volta. Assim de perto, suas íris verdes pareciam ainda mais bonitas. As pequenas pintinhas amarelas brincavam ao redor delas. – A de pouca ajuda aqui acabou de salvar o seu rabo.

Uma explosão de luz brilhou em seus olhos. Eu não sabia dizer se era fúria, humilhação, admiração ou outra coisa. Ele parecia bastante alterado.

– De nada, Max – sorri. – Estamos quites agora.

Com deleite, o vi tentar dizer alguma coisa, mas não passou de um balbuciar incompreensível, cheio de "hãs" e "errrs" e "eu-eu-eu". Pela primeira vez, Max não tinha resposta. Sorri satisfeita e o deixei plantado no assoalho de madeira, com a surpresa estampada na cara.

Ninguém era obrigado a almoçar no refeitório da L&L, mas, apesar de a comida ser intragável, a maioria dos funcionários preferia comer por lá, já que não precisavam pagar pela refeição. Eu também optava pelo almoço grátis, mas naquele dia tinha um candidato para entrevistar e estava com um bom pressentimento.

Foi fácil identificar Leandro. Ele usava – como havia me avisado previamente – camiseta preta e boné. Assim que o avistei, no entanto, minhas expectativas começaram a murchar. Não eram uma camiseta e um boné quaisquer, mas itens promocionais do filme *Jornada nas estrelas*.

– Vida longa e próspera – disse ele, estendendo a mão naquele cumprimento nerd esquisito.

– Ok, vamos acabar logo com isso – me joguei na cadeira da lanchonete. Eu tinha pouco tempo e quase nenhuma paciência. – Você mora sozinho?

– Moro. Quer dizer, mais ou menos. Divido o apartamento com dois amig...

– Tchau.

Não era culpa dele que eu já estivesse saturada de caras estranhos. Na verdade, a culpa era toda minha. Eu devia ter especificado no anúncio: *malucos, não*. Voltei para a L&L mal-humorada e inquieta e permaneci assim até o fim do expediente. Detestava quando meus planos falhavam.

Para piorar, Clóvis ligou exigindo que eu voltasse para casa naquele mesmo dia. Depois de eu deixar bem claro que não voltaria – ainda mais agora que eu tinha uma perspectiva de salvação, com a qual ele não podia nem sonhar –, ele apelou para meu bom-senso, dizendo que, caso eu não voltasse e me metesse em confusões de qualquer espécie, ele se recusaria a me ajudar, o que não me surpreendeu. Ainda bem que nunca tive bom-senso.

Apesar disso, a conversa aos berros com Clóvis me deu novo ânimo, então decidi mudar de estratégia com relação aos meus possíveis futuros maridos.

Mari gostou da ideia.

– Quer dizer que você vai primeiro observar e, se não achar o cara *normal*, vai embora? É mais seguro, eu acho – ela comentou ao telefone, enquanto eu estacionava meu cupê e desligava os faróis para encarar mais uma entrevista marital. Dessa vez, na praça de alimentação do shopping.

– Não estou em condições de enfrentar mais um esquisito. Não tenho estrutura pra isso, Mari. Honestamente, acho que ele nem vai notar se eu não aparecer.

E eu não apareci. Nem nesse encontro, nem nos seguintes. Nenhum dos caras parecia remotamente normal a distância. Mari tinha razão – havia sido um erro publicar o anúncio, tive que admitir. Mas eu não podia simplesmente pedir a Breno, meu único quase amigo, que se casasse comigo, não agora que ele estava finalmente saindo com Mari, depois de tantos anos de amor platônico. Ainda que o casamento fosse uma grande encenação, isso acabaria com o romance dos dois, que mal começara.

Eu estava tomando banho, exausta depois de passar a tarde tentando montar uma planilha para Joyce e frustrada por não ter conseguido – qual era o truque para montar aquelas porcarias, afinal? –, quando Mari irrompeu no banheiro, animada.

Ela afastou bruscamente a cortina de patinhos.

– Um candidato! – sibilou, tapando com a mão o bocal do meu celular. – O que eu falo?

– Fala que eu já encontrei o meu príncipe – revirei os olhos, fechando a cortina.

– Hã... Escuta, você se importa de responder algumas perguntas antes de marcarmos a entrevista pessoalmente? Só para garantir que nenhum de nós vai perder tempo – ela propôs, se passando por mim.

Abri a cortina.

– Mari, o que você está fazendo?

– Marcando um encontro – ela sussurrou.

– Você foi a primeira que me incentivou a desistir desse plano.

– Sim, mas eu senti algo bom vindo desse aqui – ela sorriu, me mostrando o polegar, entusiasmada.

– Maravilha – fechei a cortina abruptamente.

– Certo – continuou ela. – Você mora sozinho? Ótimo. É fã de algum filme ou série de TV? Ah, trabalha demais e não tem muito tempo para isso... – ela enfiou a cabeça dentro do boxe por um pequeno vão e piscou sorridente. – Você tem algum tipo de problema de pele, como caspa ou... Sim, eu sei que boa aparência não é pré-requisito, mas higiene é primordial. – Uma pausa. – Muito bom! Humm... Seu último relacionamento terminou de maneira trágica ou... Ah, você não tem um relacionamento sério há anos. Muito ocupado. Entendo. Bom... acho que é isso. Pode me encontrar amanhã à noite?

Abri a cortina.

– Mari, não! Eu não vou a lug...

– Conheço esse café – continuou ela, me ignorando. – Ok, às sete então. Tchau – e desligou.

– Por que você fez isso? – indaguei revoltada. – Pensei que você achasse que colocar o anúncio tinha sido uma tremenda roubada!

– E foi, mas você não ouviu a voz desse cara – ela suspirou, se apoiando na pia. – Lili, é daquelas que fazem a gente derreter por dentro. Você *precisa* encontrar esse homem.

– Não, não preciso. O anúncio não foi tão genial assim, ok? Chega de tipos esquisitos.

– Ele não me pareceu esquisito. E o que custa ir, nem que seja pra dar uma olhadinha de longe?

– Eu não vou – teimei.

– Por favor, Lili – ela pediu melosa, os olhos castanhos enormes e brilhantes. – Estou tendo *aquele* pressentimento. Vai por mim.

— Ah! *Aquele* pressentimento — zombei, desligando o chuveiro e alcançando a toalha. — Claro. Isso muda tudo. É aquele mesmo pressentimento que você teve quando fomos nos consultar com Tara, a vidente, e ela disse que você ia encontrar seu grande amor num necrotério? Ou como daquela vez em que você teve certeza, baseada *naquele* pressentimento, que devia cortar o cabelo em estilo chanel bem curto atrás, pois assim ia conseguir melhores notas na faculdade? Você tomou bomba em anatomia e chorou por meses até seu cabelo crescer.

— Aquilo foi um equívoco. Eu interpretei mal. Mas, se você pensar bem, eu conheci o Breno no antiquário, que não deixa de ser um necrotério de objetos... — apontou ela.

Revirei os olhos.

— Agora o Breno é o amor da sua vida?

— Não! Não sei ainda. Mas vai que... — ela sorriu, um pouco tímida. — Ele é bem legal.

— Eu sei que é... na maior parte do tempo — acrescentei, me enrolando na toalha. — Vocês vão sair de novo?

O sorriso se tornou imenso.

— Ãrrã! Cineminha amanhã. Última sessão. E depois ele quer me levar até a casa dele para me mostrar o equipamento de mergulho. Ele está superempolgado com o curso.

— Ah, é? — ergui uma sobrancelha. — Pensei que ele morasse com a irmã.

— E mora. Mas ela vai visitar a sogra no interior. Vai ficar fora por três dias — ela comentou, desviando os olhos.

— E qual é o problema então?

— Bom... não sei se estou pronta pra isso. A gente saiu só uma vez, e depois ele me ligou três ou quatro vezes...

— Oito, mas quem está contando? — dei de ombros, sorrindo.

— Que seja! — ela revirou os olhos. — Mas será que não é um pouco cedo demais? Não quero que ele pense que eu sou... fácil.

— Fácil? Mari! O Breno está de quatro por você há pelo menos dois séculos! Ele foi tão insistente, te convidando esse tempo todo pra sair mesmo sabendo que ia receber um enorme *não* como resposta. Que bom que tanta teimosia acabou funcionando. Agora, se você está a fim também, qual o problema de deixar rolar o que tiver que rolar? O Breno é meio nerd, todo sério. Não acho que ele esteja interessado só em curtição.

– Eu também não – ela confidenciou.

Passei o braço por seus ombros e a apertei ligeiramente.

– Então qual o problema? Vai ser feliz!

Ela mordeu o lábio, parecendo a ponto de quicar no lugar como se tivesse cinco anos, e por um momento acreditei que tinha me safado. Mas então ela sacudiu a cabeça e me deu uma cotovelada nas costelas.

– Ai!

– Você está tentando me enrolar. Não adianta mudar de assunto, Alicia. Você vai encontrar esse cara e está acabado.

– Não vou, não!

Mas eu fui.

Não que eu tivesse a mais remota esperança de encontrar um homem que beirasse a normalidade, fosse apresentável e não tivesse passagem pela polícia. Claro que não. Mas Mari deu um golpe baixo – sequestrou a chave do meu carro e disse que, se eu não fosse encontrar o tal cara, teria que ir trabalhar de ônibus, porque ela não me daria carona. Diante dessa possibilidade, cedi. De qualquer forma, eu não pretendia falar com o sr. M. – como ele havia se identificado. Apenas uma olhadinha não mataria.

– Ele disse que ia usar terno e gravata e ficar com o jornal nas mãos – ela contou enquanto eu estacionava meu cupê na vaga em frente ao café. – Não deve ser difícil encontrar um homem de roupa social segurando um jornal. Não nesse café.

Apenas suspirei. Descemos do carro. Mari estava superempolgada; eu, nem tanto.

O café, o mesmo em que me encontrara com Mauro, o sr. Caspa, ficava numa esquina, e grande parte da fachada era composta de vidros escuros. Mari examinou descaradamente o interior do estabelecimento através da janela, colando-se ao vidro sem se importar com os olhares reprovadores dos clientes que entravam ali.

– Achei! Ele está ali. Ai, meu Deus, ele é lindo! Mais que lindo, ele é um tesão! – ela exclamou.

– Isso não importa. Ele parece normal? – questionei sem ânimo.

– *Normal?* Como um homem desses pode ser normal? Imponente, um ar rústico, testosterona pura. Olha aquele queixo! – gemeu ela.

A curiosidade me venceu. Virei-me para procurá-lo, mas o reflexo no vidro fumê atrapalhava.

– Onde? – eu me grudei ao vidro como uma ventosa.

– Ali! – ela apontou para uma mesa num canto.

Quase tive um treco quando vi o candidato a meu marido. Dei dois passos para trás, me afastando da vidraça, o coração quase saindo pela boca. O sr. M. tinha a pele levemente bronzeada, cabelos cor de mel um pouco longos com reflexos dourados nas pontas e incríveis olhos verdes. E eu sabia que, de perto, aquelas íris, já não tão hostis, tinham pequenas manchas amarelas que as deixavam hipnotizantes como um caleidoscópio.

– Ah, não! – exclamei em pânico. – Ele não!

II

Max observava, entediado, o movimento de clientes que entravam e saíam do café. Sua expressão de poucos amigos sugeria impaciência.

— Não pode ser ele! Não o Max — comecei a voltar para o carro. — Vamos embora, Mari. Agora!

Ela correu para me alcançar.

— Que Max? O da L&L? Que você não gosta? Aquele que você diz que te detesta, mas pagou sua gasolina?

— Bingo!

— Mas... ele é lindo! — ela parecia confusa. — Como você pode não gostar dele?

— Você não tem ideia de como esse cara é grosseiro — eu disse, destravando as portas do carro com o botão na chave.

— Você não vai falar com ele? — ela se postou na frente da porta do motorista, me impedindo de abri-la.

— Óbvio que não! O Max ia contar para o Clóvis o que estou tentando fazer antes mesmo que eu saísse do café, e aí já era qualquer possibilidade de retomar as rédeas da minha vida.

— Mas ele não pode contar, afinal também está aqui — ela apontou. — Ele também está fazendo algo errado.

Sacudi a cabeça, impaciente.

— Pode ser uma armação para me pegar no flagra. Vamos pra casa antes que ele me veja.

– Como esse Max poderia saber que o anúncio era seu? – rebateu ela. – Você não colocou o seu nome. E, pela cara de impaciência, ele parece nervoso. Você não está nem um pouquinho curiosa pra saber por que ele respondeu a um anúncio desse tip... Hã... – ela parou abruptamente e olhou fixo para meu ombro esquerdo, levantando as mãos espalmadas. – Não se mexe, fica calma. Vai ficar tudo bem.

– Por que você tá dizendo iss... *Aaaaah!* – virei a cabeça e então a vi. Pequena, azul e mortalmente assustadora, a borboleta pousara em meu ombro esquerdo. Gritei e me debati violentamente. – Tira isso de mim!

– Para! – pediu Mari, tentando me imobilizar e ao mesmo tempo afastar o bicho. – Assim você vai machucar a borboleta.

– Sai, sai, sai! – me contorci freneticamente.

– Pronto, Lili. Pode parar. Ela já foi – minha amiga apontou para a borboleta, que voou serelepe até repousar na janela em que estávamos grudadas havia poucos instantes. – Ah, é um sinal!

– Sim. De que as borboletas resolveram me atacar. Elas estão por toda parte! – reclamei, tentando controlar meu ritmo cardíaco e os tremores involuntários. – Vi uma igualzinha a essa na garagem da mansão um tempo atrás.

– Você vê várias porque tem medo. Mas a borboleta significa coisas boas em quase todas as religiões. Ela traz sorte. E essa aí quer que você entre lá! – ela apontou para o café.

– Era só o que me faltava! – revirei os olhos. – Seguir os conselhos de uma lagarta.

– Por favor, Lili! Só uma conversinha rápida – ela uniu as mãos em súplica, os olhos enormes e brilhantes. – Você me deve uma. Eu te salvei da borboleta!

Eu gemi.

– Tá bom, eu vou falar com ele. Mas, se eu desconfiar de qualquer coisa, saímos correndo.

– De acordo – ela sorriu satisfeita.

– Fica por perto, pro caso de... sei lá... Só fica por perto – alertei.

– Prometo – ela assentiu, cruzando os dedos indicadores e dando dois beijinhos.

Lentamente – e mantendo uma distância segura do inseto que ainda estava na janela, como se me observasse – entramos na cafeteria. Mari correu para um dos bancos altos no balcão. Dirigi-me para os fundos. Max me viu e imediatamente se enrijeceu. Por um momento, seu rosto se tornou inexpressivo, depois um rubor cálido tomou suas feições. Ele acenou brevemente com a cabeça e olhou para os lados, como se procurasse uma rota de fuga. Pareceu em pânico ao me ver seguir em sua direção e sentar na cadeira à sua frente.

– Aproveitando o tempo livre? – perguntei, tentando não parecer nervosa.

– Eu... estou esperando uma pessoa.

– Ah. Ela te deu um bolo? – disparei, subitamente animada com a possibilidade de irritá-lo. Max tinha esse efeito sobre mim. Eu sempre queria provocá-lo de alguma maneira.

– Escuta, será que você poderia...

– Olha, os classificados! Posso dar uma olhada? Meu trabalho é *um saco*. Quem sabe tem alguma coisa mais interessante...

– É antigo. Da semana passada – ele se apressou em dizer, recolhendo o jornal da mesa. – Só tem anúncio velho.

– E por que você está com ele? – perguntei inocente. – Não me diga que vai deixar a L&L? Seria uma perda irreparável!

Ele suspirou exasperado.

– Alicia, por que você não vai procurar algo útil pra fazer e me deixa em paz? – sugeriu com um brilho perigoso nos olhos.

Eu tinha que admitir, Mari estava certa. Max era lindo. Sorrindo, furioso, cansado, tanto fazia. Nenhum homem conseguia ser tão sexy quanto ele, mesmo quando tentava ser justamente o oposto, como era o caso. E, apesar de tudo, tive certeza de que eu não estava caindo numa armadilha. Ele não teria sangue-frio para arquitetar um plano tão meticuloso só para me pegar em flagrante. Ao menos eu achava que não. Decidi arriscar.

– Já vou. Só me responde uma coisa. Você trouxe seus antecedentes criminais?

Tive a satisfação de ver seu queixo trincar e seus olhos se fecharem, exauridos, antes que ele pudesse pôr os pensamentos em ordem.

– Você é a Lili – Max constatou com um suspiro irritado. Ele me encarou com um misto de raiva, medo e mais alguma coisa que não pude identificar. – Você vai burlar o testamento.

– Brilhante dedução. Mas confesso que fiquei intrigada. Você sabe por que estou fazendo isso, mas o que estou me perguntando é por que *você* está aqui.

– Pela mesma razão que você – ele respondeu secamente.

– Você também precisa se casar para receber uma herança?

– Não faça isso, por favor.

– Desculpa. Eu realmente não entendo que motivo você teria para estar aqui – respondi com sinceridade.

Isso pareceu amenizar um pouco seu mau humor.

– Preciso de uma esposa – ele disse apenas, numa voz mais gentil.

Eu o observei por um longo tempo. Max era aquele tipo de homem que fazia uma garota – não a mim, claro – suspirar por semanas só porque ele lhe disse oi. E era bem normal. Eu já o conhecia um pouco, sabia que ele não era dado a esquisitices nem nada. O problema era que Max era insuportavelmente arrogante, orgulhoso e muito chato. Não que eu estivesse cogitando a hipótese de torná-lo meu marido, claro que não. Mas, ainda assim, eu não entendia por que ele não tentava encontrar uma esposa da maneira tradicional. Seria fácil demais alguma garota desavisada cair nos encantos daqueles olhos sedutores e um tanto agressivos. Contudo, ali estava ele, tentando encontrar uma esposa de aluguel. Só poderia haver um motivo.

– Então você precisa se casar, mas, dadas as circunstâncias, tudo me leva a crer que não quer... assim como eu.

Ele assentiu.

– E precisa porque... – me interrompi sugestivamente.

– Por motivos profissionais – ele tamborilava os dedos no tampo branco da mesa.

Esperei por mais alguma coisa, qualquer explicação que fosse, mas ele apenas continuou me encarando com aquelas esmeraldas flamejantes, sem dizer uma única palavra.

– Só isso? Essa é toda explicação que você tem pra me dar? – indaguei.

Ele suspirou pesadamente e cruzou as mãos sobre a mesa.

– Não sei se você ouviu falar que a vaga de diretor de comércio exterior está aberta. Meu nome foi citado e tenho boas chances de conseguir o cargo, mas, como a diretoria segue os princípios deixados pelo seu avô, um homem considerado responsável, de família, leva vantagem. Sou o único que foi mencionado para a vaga e que ainda é solteiro. Quero igualar minhas chances.

– Ah – fiquei um pouco decepcionada. Esperava algo mais emocionante que aquilo. – Parece um motivo bastante... hã... prático, por assim dizer.

– Tudo bem, Alicia. Você já se divertiu bastante. Agora eu tenho mais o que fazer – ele se levantou, tirando o dinheiro da carteira e deixando sobre a mesa.

– Mas o que foi que eu disse? Caramba! Você é muito estressado!

Ele voltou os olhos verdes em minha direção.

– Pensei que ia encontrar uma *mulher* hoje à noite, não uma menina mimada. Achei que discutiríamos o assunto como dois adultos.

– Eu *sou* adulta – retruquei, cruzando os braços sobre o peito.

Ele suspirou, fechando os olhos. Quando voltou a abri-los, estavam mais suaves.

– Quer tentar discutir o assunto de forma civilizada?

– E quando eu não fui civilizada, Max? – perguntei sorrindo.

Ele sacudiu a cabeça, mas voltou a se sentar.

– Alicia, se você puder deixar de lado esse seu sarcasmo, vai ver que é uma ótima oportunidade para nós dois. Você recebe sua fortuna, eu tenho minha promoção. Todo mundo sai ganhando.

– E você, claro, não pretende dizer uma palavra sobre isso a ninguém.

– Claro que não. Escuta – ele se inclinou ligeiramente em minha direção, as mãos espalmadas sobre a mesa –, pelo que eu sei, você só precisa de um marido por um ano, certo? – Quando assenti, ele continuou. – Eu também não preciso de mais tempo que isso. Podemos nos divorciar em alguns meses e tudo acaba bem.

– Você está esquecendo de um detalhe. Eu tenho que *parecer* casada. Convencer todo mundo que é real. A gente teria que dividir o mesmo teto e, admita, morar na mesma casa não seria como um acampamento de verão. Você me detesta, e eu... bem... não te suporto.

— Você tem o dom de deturpar qualquer coisa, não é? – ele sorriu um pouco, correndo a mão pelos cabelos claros. – Tudo bem, eu te acho mimada, desatenta e irresponsável, mas isso é o que você é. Não posso te detestar por esses motivos.

— E você me detesta por quê, então?

— Eu não te detesto – ele afirmou categórico, os olhos fixos nos meus.

Espantei-me com a seriedade em seu rosto e, inexplicavelmente, acreditei nele.

Max era uma pessoa bem normal, por isso mesmo eu não entendia por que justo ele, de todos os candidatos esquisitos, era o que mais me assustava. Talvez fosse aquela hostilidade que ele sempre tinha em relação a mim que me deixava tão inquieta. Ainda assim, ele era, de certo modo, confiável.

Senti minha cabeça rodar. Eu estava ficando louca. Exatamente como tia Celine.

— Você mora sozinho, imagino – me ouvi dizer.

— Sim, Alicia, eu moro sozinho. O apartamento é meu.

— Onde eu ficaria se... considerasse a hipótese de casar com você?

— No seu quarto – ele disse lentamente, desconfiado, então deu um longo suspiro. – Tudo bem, não vou mentir... – Meu coração deu um pulo. Ele ia dizer que me queria em seu quarto, e eu havia deixado claro no anúncio que não haveria contato físico.

Oh, Deus, ele me quer em sua cama!

Por um instante, vislumbrei Max na cama, o corpo nu forte e suado colado ao meu, os cabelos desgrenhados, a pele levemente corada pelo esforço físico, a mão grande brincando com meus cabelos, meu rosto, os lábios se abrindo num sorriso sensual antes de descer para cobrir minha boca mais uma vez...

— ... meu apartamento é pequeno e modesto se comparado ao conforto com o qual você está acostumada, mas tem espaço bastante pra gente viver em certa harmonia – ele concluiu.

— Ah – sacudi a cabeça para tentar clarear os pensamentos. Por que raios imaginei Max e eu na mesma cama? E por que minhas mãos estavam suando?

— Você percebe como seria plausível? – Max prosseguiu. – O casamento? Temos a desculpa perfeita. Trabalhamos juntos, nos apaixonamos e decidimos casar algumas semanas depois. Acontece o tempo todo – ele deu de ombros. – Ninguém ia desconfiar do nosso acordo.

Tentei me concentrar no que ele dizia, mas não conseguia parar de pensar em Max sem roupa... *Argh!* Maluca. Exatamente como tia Celine.

– Banheiros? – me obriguei a dizer.

– Só tem um, mas podemos criar um cronograma com horários alternados para que cada um tenha sua privacidade – disse ele, todo negócios.

– Só pra deixar claro, o casamento seria apenas uma formalidade. Seríamos duas pessoas livres, cada um na sua, sem se meter nos assuntos do outro – expliquei. – Seríamos mais como colegas de república.

– Não se preocupe. Eu entendi bem o recado do anúncio. Não procuro prazer pessoal nessa relação. Você não faz o meu tipo – ele sorriu.

– Que ótimo. Vai evitar problemas, já que *você* também não faz o meu tipo. E esses seus comentários são extremamente inoportunos, sabia? – resmunguei irritada.

– Desculpa. Vou tentar me conter – ele deslizou uma mão pelos cabelos novamente, suspirando.

Aquele gesto corriqueiro, mas extremamente sensual, me fez experimentar uma sensação única. Como se eu estivesse dentro de uma propaganda de perfume de grife e Max fosse o protagonista. Eu assistia a tudo de camarote. Em seguida ele tiraria a camisa e borrifaria o perfume no peito liso. A névoa fragrante envolveria sua pele e...

– Vou fazer o possível para que a nossa convivência não seja pior do que já é. E você? – ele perguntou.

– Eu o quê? – Será que seu peito era liso? Max tinha aquela aparência máscula, quase rústica. Homens rústicos costumam ter pelo no peito. Pelos macios e quentes. Como cashmere.

– Alicia, você está me ouvindo?

Desviei os olhos de seu tórax para seu rosto. Ele parecia intrigado.

– Oi? Estou, estou sim – acho que corei.

Ele ficou esperando por uma resposta, mas, sinceramente, eu não fazia ideia do que dizer.

– Então... – Ele repetiu a pergunta. – Você se compromete a tornar minha vida menos penosa?

– Ainda estou considerando a possibilidade, Max. Você é o último homem que eu esperava encontrar aqui. Com quem eu um dia *cogitaria* casar. Não sei o que é pior, isso ou a miséria. – Um pouco rude demais, eu sabia, mas precisava impor limites. Aquela coisa de ir para a cama com ele havia me deixado muito vulnerável. Eu precisava me manter no controle da situação.

– Fico lisonjeado, Alicia – ele comentou, zombeteiro.

– Não foi isso que eu quis dizer, mas vamos ser honestos, Max. Em condições normais, eu não casaria com você nem que fosse o último homem sobre a terra. E você nunca sonharia em ter justamente a mim como sua mulher.

– Concordo. Caso a gente feche negócio, os próximos doze meses vão ser conturbados pra mim, não vou negar. – Ele me fitou por alguns segundos antes de desviar os olhos para as próprias mãos. – Mas a questão, Alicia, é o que é prioridade. No momento, minha prioridade é a minha carreira. Posso viver com você por um ano para alcançar meu objetivo.

– Quanto ao pagamento...

– Eu não quero pagamento nenhum. Só preciso de uma esposa para apresentar para a diretoria e nada mais. É esse o pagamento que quero. Tenho meu próprio dinheiro. Pode guardar o seu – ele respondeu, seco.

– Eu não quis te ofender, eu só...

– Eu sei. Não ofendeu – ele sorriu um pouco.

– Vou pensar no assunto. Eu... te respondo amanhã, pode ser?

– Claro. Mas pensa bem. Pode ser um bom negócio.

– Tá. Então... eu vou indo – me levantei. Max também.

Um suave aroma de folhas frescas num dia chuvoso de verão inundou meu nariz, um perfume extremamente sedutor e masculino. E vinha dele.

Oh, Deus! Lá estava ele outra vez, borrifando o perfume no abdome definido coberto de pelos macios e sedosos como cashmere...

– Eu... eu queria agradecer – ele começou, inseguro, os olhos buscando os meus. – Você foi muito perspicaz ao ter se antecipado e encontrado os contratos dos chineses. Eu realmente estaria em apuros sem a sua ajuda. Você tem alguma coisa do seu avô, afinal. Devia usar isso mais vezes. – E colocou as mãos nos bolsos da calça, atraindo meus olhos para o volume nada modesto entre seus quadris.

Desviei o olhar imediatamente.

– Obrigada, Max. Ganhei o dia – zombei, levemente corada.

– Estou falando sério. – O tom doce de sua voz me fez enfrentar os holofotes verdes e quentes. – Você parece muito com seu avô. Com a diferença, claro, de que ele era menos agressivo e jamais usaria a palavra *rabo* – ele sorriu um pouco. – Enfim, eu só queria que você soubesse como estou grato. Fiquei muito impressionado com você.

Corei pra valer, absurdamente satisfeita por ele ter me elogiado – daquele jeito só dele – e me sentindo uma completa idiota por sentir prazer nisso.

– Não fique achando que essa babação de ovo vai fazer eu decidir **me** casar com você – murmurei, constrangida.

– Eu não ousaria – ele abriu um sorriso que fez meu coração quase parar de bater.

12

— Diz que você vai se casar com aquele *deus*, por favor, Lili! – falou Mari, enquanto tomávamos nosso café da manhã na cozinha organizada de Ana.

— Não sei não, Mari. O Max é... insuportável! – Tudo bem, talvez fosse exagero de minha parte. Ele sempre dizia a coisa errada da maneira errada, mas não era a praga que eu havia imaginado. Não totalmente.

Eu havia passado a noite em claro contemplando minhas opções, revendo os prós e os contras de me casar com ele, e não chegara a conclusão alguma. Tentei inutilmente afastar da cabeça as imagens perturbadoras que meu subconsciente havia criado de Max e eu na mesma cama. A questão era que ele realmente não fazia meu tipo – muito certinho e cheio de regras para o meu gosto. Não consegui compreender por que eu havia ficado tão intrigada a respeito da existência ou não de pelos em seu tórax. Ridículo!

— Os outros eram muito melhores que ele, claro – disse Mari com desdém.

— Você sabe que não.

— Eu acho que o Max tem razão. Ninguém ia desconfiar... *muito*... se vocês se casassem. Ia ser o arranjo perfeito.

— Se ele tivesse uma tecla mute, ia mesmo – apontei, tomando um gole de café com leite.

— Ninguém é perfeito. Se bem que o Max, pelo menos por fora, chega bem perto – ela sorriu, suspirou e revirou os olhos, tudo ao mesmo tempo, depois se recompôs. – Veja a situação de outro ponto de vista. Do *meu* ponto de vista. O Max é bonito o bastante para alguém querer se casar com ele. Tem um bom emprego, casa própria e ficou louco quando conheceu você.

– Isso é verdade. Ele parecia um doido soltando os cachorros pra cima de mim.

– Meninas, que dia maravilhoso! Perfeito pra uma caminhada – exclamou Ana, passando pela porta da cozinha com sacolas cheias de frutas penduradas nos braços e alguns envelopes nas mãos. – Ainda bem que eu só tenho paciente às dez hoje. Que caras são essas? O que vocês estão tramando para o fim de semana? – ela colocou as sacolas sobre a mesa.

– Ainda estamos decidindo – respondeu Mari.

Sim, ainda estamos decidindo. Talvez eu me case, ou talvez pinte as unhas de azul. Não sei bem.

– Chegou uma carta pra você, Alicia – disse Ana, enquanto avaliava a correspondência.

– Sério? – Clóvis se dera ao trabalho de enviar minha correspondência para a casa da Mari? Por um momento, me senti péssima por ter gritado com ele. E por ter dito coisas não muito agradáveis. O cara só estava tentando cumprir seu dever. A culpa não era dele se meu avô havia decidido me colocar numa situação daquelas. Suspirei exasperada. Talvez eu devesse ligar para ele e pedir desculpas.

– Na verdade, chegaram várias – ela me entregou uma pequena pilha. – Vou tomar uma ducha e preparar alguma coisa pra comer. Comprei frutas, se quiserem experimentar uma vida saudável... – Ela beijou carinhosamente a bochecha de Mari, depois a minha e marchou para o banheiro.

Avaliei os envelopes, todos bancários.

Abri o primeiro: a fatura do meu American Express.

– Oh, Deus! Tô ferrada!

Minha dívida era estratosférica para o padrão de vida que eu estava levando. Nem economizando um ano de salário como assistente de secretária eu conseguiria pagar o valor mínimo daquela fatura. Nem me dei ao trabalho de abrir os outros envelopes. Eu sabia que o pior estava na fatura do Visa. Juntei tudo e guardei na bolsa.

– Aonde você vai? – Mari perguntou, quando me viu à procura da chave do carro. – Você tá com aquela cara de quem vai aprontar. Vai se atrasar outra vez!

– Vou resolver um probleminha. – Pedir desculpas a Clóvis... pois sim! Eu esganaria aquele advogado presunçoso. – Depois me entendo com a Joyce.

– Eu conheço esse olhar. Você vai se meter em confusão.

– Minha especialidade. – Abracei-a rapidamente e corri para a garagem.

Não me incomodei em ligar para Clóvis e avisar que estava indo vê-lo. Eu sabia que ele estaria no escritório no centro da cidade e segui direto para lá. Quando a secretária dele quis me deter antes que eu arrombasse a porta da sala, respirei fundo, me refreando de dizer poucas e boas para a garota, que apenas cumpria sua função. Ou pelo menos tentava, já que, assim que ela deu as costas, me esgueirei pela porta e entrei.

– O que significa isso? – exigi saber, jogando as faturas na mesa do advogado atarracado.

Ele avaliou os envelopes brevemente, pouco surpreso com minha entrada tempestuosa.

– São as suas faturas de cartão de crédito.

– Você sabe muito bem que não tenho como pagar nenhuma delas.

– Então não devia ter feito uma dívida tão alta – ele voltou os olhos para a papelada à sua frente.

– Bom, eu não sabia que o meu avô pretendia morrer e me deserdar – comentei, azeda. – Você sabe que o Conglomerado Lima sempre pagou minhas contas. Sempre!

– Alicia – ele retirou os óculos fora de moda há pelo menos uma década e os colocou sobre a mesa. – Você sabe que eu estou apenas cumprindo ordens.

– Eu não tenho como pagar isso – insisti, mostrando-lhe as faturas. – Meu salário é uma merreca.

– Tente negociar a dívida. Ou venda alguma coisa para levantar verba.

– Eu não tenho nada pra vender – apontei.

– Você tem seu carro.

E depender de ônibus? Você já andou numa daquelas coisas? – De repente, entendi tudo. – Você está fazendo isso porque eu saí de casa, não é? Se pensa que agindo assim vai me obrigar a voltar pra mansão, está muito enganado.

— Preste atenção, Alicia. — Ele uniu as mãos e as colocou sob um de seus dois queixos. — Suas dívidas são muito altas, pelo que observei. Uma pequena fortuna, eu diria. As operadoras dos cartões sabem quem você é. Todo mundo sabe! Bragança e Lima é um sobrenome com força e tradição neste país. Assim, se as faturas não forem pagas, eles provavelmente vão protestar a dívida e entrar com uma ação monitória, que consiste basicamente na penhora de seus bens para garantir o pagamento do débito. Seu único bem, *o carro*, vai ser penhorado.

— Não vou deixar ninguém levar meu carro — vociferei.

— Nesse caso, você passaria de devedora a infiel depositária e seria presa — ele deu de ombros muito calmamente. — Entende agora?

— Mas... mas... eu não quero ficar sem meu Porsche. Ele é lindo. Ele é vermelho! O vovô me deu de presente de dezoito anos. Não posso vender meu carro!

— Eu sinto muito, Alicia. Estou de mãos atadas. E isso não tem nada a ver com você ter saído de casa. São ordens do seu avô. Não há nada que eu possa fazer. — Mas, de novo, senti que ele poderia sim fazer alguma coisa. Se quisesse. E, obviamente, não queria.

— Clóvis, eu te odeio, sabia?

— Fazia uma vaga ideia — ele resmungou, baixando os olhos, ressentido. — Quem é que vai gostar do portador de más notícias?

— Ai, Clóvis... *Argh!* Me desculpa. Eu não... eu não quis dizer isso. É só que... Pelo amor de Deus, olha pra mim? — abri os braços desamparada. — Estou sozinha nessa. Completamente sozinha e... Esquece tudo que eu disse.

— Quer dizer que você vai voltar pra casa? Me deixa cuidar de você, Alicia.

Franzi a testa. Por mais que eu quisesse o conforto de meu quarto, de minha casa, não me submeteria às vontades de Clóvis, ainda que ele fosse bem-intencionado. E parte de mim ainda não conseguia gostar do cara. Ressentimentos antigos custam a morrer.

— Vou pensar — menti.

Sem me despedir, deixei sua sala e amaldiçoei meu avô durante todo o trajeto até a L&L. Eram quase onze horas quando cheguei. Então fui procurar a última pessoa que queria ver e a única que poderia pôr fim àquele pesadelo no *breve* período de um ano.

Encontrei Max em sua mesa organizada, analisando atentamente a tela do computador.

– Tudo bem, Max – falei, sentando sobre sua mesa e amassando alguns documentos. – Vamos nos casar.

Ele tirou os olhos do monitor, se recostou na cadeira, me fitou e sorriu.

– Uau! É a primeira vez que sou pedido em casamento. Não vai nem se ajoelhar? – zombou.

– Deixa de gracinha. Eu preciso de um marido pra ontem. Você pode me ajudar a providenciar os documentos necessários?

Ele ficou sério, de volta aos negócios.

– Vai ser só no civil ou você sonha com...

– Eu sonho em não ir pra cadeia. Por ora, isso é suficiente. Só no civil está de bom tamanho.

– Cadeia? – sua testa franziu.

– Não é o que você está pensando. Estou com um probleminha com os meus cartões de crédito. A empresa sempre pagou minhas faturas. Esse mês ficou por minha conta.

– Ah.

– É, *ah*. Vou ter que vender meu cupê. Acho que consigo quitar tudo e talvez sobre algum dinheiro. – Desci da mesa e segui em direção ao elevador, completamente desanimada. – Me avisa se precisar de qualquer coisa.

– Alicia, espera! – ele veio ao meu encontro a passos largos. – Nós não discutimos o que eu espero que você faça.

Tentei com todas as forças deixar fora de cena as imagens criadas por meu subconsciente, mas não fui capaz de bloqueá-las. Não todas.

– E o que seria? – perguntei insegura.

– Provavelmente você vai ter que me acompanhar a jantares, festas e coisas do tipo – ele deu de ombros.

– Tudo bem, posso fazer isso.

– Vamos ter que passar a imagem de um casal recém-casado nessas ocasiões – ele disse, bastante sem jeito.

– Você quer dizer... sorrisos, dedos entrelaçados e esse tipo de coisa? – sugeri, com o coração aos pulos.

– Esse tipo de coisa – Max concordou, desviando os olhos para o corredor.

Comecei a suar.

– Um ano passa depressa – acrescentou ele, apressado, ao notar meu desconforto. – Vai ser só por um ano.

Só por um ano.

Suspirei.

– Tudo bem, Max. Você me ajuda, eu te ajudo. Esse é o acordo.

Ele ficou sério. Muito sério.

– Isso é um sim? – questionou.

– Não tenho outra saída. Então... vamos nos casar – abri os braços, desamparada.

Vi seus lábios lutarem contra um sorriso teimoso, mas acabaram falhando, e eu, surpresa, me peguei retribuindo.

– É sempre tão difícil pra você dizer sim? – ele perguntou.

– Ah... eu não sei – minha testa franziu. Era?

– No final, talvez a gente tenha boas histórias pra contar – ele comentou.

– Se eu estiver contando as histórias na sala da *minha* casa, já fico satisfeita.

Ele riu.

– Pode deixar a papelada por minha conta. Acho que consigo adiantar nossas bodas – ele fez uma careta divertida.

Um arrepio delicioso percorreu minha coluna.

– Falando assim, até parece que você está feliz – comentei, desviando os olhos para o chão.

– E estou. – Havia mais que bom humor em seu tom. Tive que olhar para ele, que sorria largamente enquanto me fitava com intensidade. – Vou ter o que eu quero – ele disse, numa voz baixa e rouca.

Engoli em seco.

– Minha promoção! – acrescentou triunfante.

13

— Você está tão linda que me dá vontade de chorar, Lili – Mari disse, abanando os olhos na tentativa de não borrar a maquiagem. – Esse vestido é perfeito!

– Pareço uma noiva louca pra casar? – perguntei, um pouco insegura.

– Hã... não – ela sorriu. – Mas você está deslumbrante!

– É o único vestido mais sério que eu trouxe pra cá. Não posso nem pensar em comprar alguma coisa agora.

O vestido off-white – que eu havia usado no último aniversário de vovô – tinha decote reto no busto e mangas curtas cobertas por uma delicada renda francesa, a cintura bem marcada por uma faixa larga de seda arrematada por um laço lateral e a saia rodada até a altura dos joelhos. Mari se encarregou da maquiagem, leve e delicada. Sua mãe adorou a ideia de me ajudar com o cabelo, criando um coque despojado. Embora a aparência fosse casual, levou duas horas para que ela ficasse satisfeita com o resultado. Ela finalizou prendendo um narciso branco na lateral do meu coque.

– Assim ele vai estar presente de alguma forma – disse com os olhos marejados, me admirando no espelho por um momento, antes de me deixar a sós com Mari.

Eu, por outro lado, não queria pensar em vovô naquele momento. Era por sua culpa que eu estava indo me casar com um homem que eu não amava.

Suspirei.

– Você ainda está chateada por causa do carro? – Mari quis saber.

– Um pouco. Ontem, quando fechei negócio, eu pensei em voltar atrás, mas fiquei com medo de ser presa. Imagino que cadeia no Brasil seja ainda pior que ônibus. Pelo menos estou tentando me convencer disso.

Como minha vida podia ter mudado tanto em tão pouco tempo? Em apenas seis semanas, eu deixara de ser a neta rica do sr. Narciso para me tornar a neta falida do *finado* Narciso – e, o que era ainda pior, casada.

Contemplei-me no espelho por alguns minutos. Os fios soltos de meus cabelos emolduravam estrategicamente o rosto e seguiam, naturais, para a parte de trás da cabeça. O vestido delicado e acinturado e a maquiagem em tons claros me deixaram com um quê de romantismo.

Sorri.

Nada mal para uma falida.

– O noivo chegou! – gritou Ana.

Mari voou até o corredor e deu uma espiada.

– O Max está aqui! – anunciou, dando pulinhos. – Ele está na sala. E está um gato!

– Ele até que é bonito, mas é sério demais. – Passei a mão na saia do vestido para me livrar de um vinco. – Mari? – chamei, sentindo algo se avolumar em meu peito. – Vai ficar tudo bem?

Ela me abraçou com ternura, tomando cuidado para não estragar meu penteado.

– Não sei – disse sinceramente, como sempre. – Mas vou torcer muito pra que isso aconteça.

– Acho que... é hora de ser corajosa e encarar o bicho-papão – tentei sorrir.

– Relaxa, Lili. Isso nem é casamento – ela me consolou, apertando minha mão.

– Eu estava me referindo ao Max.

Ela riu.

– Ah, se o bicho-papão for lindo desse jeito, vou rezar para que ele venha me assustar todas as noites.

Revirei os olhos enquanto seguíamos para a sala. Max se levantou no instante em que me viu. Seus cabelos estavam ligeiramente desarrumados, a barba rala conferia ao maxilar um ar imponente, a camisa branca sob o paletó escuro e bem cortado o deixava sexy, mas ao mesmo tempo respeitável. Ele não usava gravata. Os dois primeiros botões da camisa estavam abertos. Os olhos brilhavam mais que de costume. Mari tinha razão, ele estava lindo. Ele *era* lindo.

– Você está muito... hã... apresentável – ele me disse, meio sem jeito.

– Eu estava pensando o mesmo a seu respeito. Você fica bem com essa roupa.

Ele passou a mão pelos cabelos – de novo, como numa propaganda de perfume –, parecendo nervoso. Bastante nervoso.

– É, foi isso que eu quis dizer. Você ficou bem com esse vestido. Parece uma mulher. – Estreitei os olhos. Ele se apressou em esclarecer, parecendo ainda mais desconcertado. – Quer dizer, você parece uma mulher *adulta*, não uma garota mima... Você está linda. É isso que estou querendo dizer desde o início – ele suspirou pesadamente, com os punhos cerrados.

– Ah. Isso foi... – acho que sorri – um elogio?

Ele assentiu brevemente.

– Então eu agradeço.

– Hã... disponha. Você está pronta? Não quero me atrasar.

Voltei-me para minha amiga, a beijei e abracei.

– Obrigada por tudo, Mari.

– Boa sorte, amiga! Te vejo daqui a pouco.

– Obrigada pela hospedagem, Ana! – gritei. Ela ainda estava se arrumando.

– Até já, querida! Estou enrolada com o zíper, mas estarei na cerimônia. Não vou perder isso por nada. Nem que tenha que ir sem roupa! Mariana, pode vir me ajudar?

– Como se eu tivesse opção – ela revirou os olhos e nos deixou sozinhos na sala.

Respirando fundo, passei as mãos no vestido uma última vez e me dirigi a Max.

– Bom... – abri os braços, desanimada. – Estou pronta.

Ele apenas assentiu e indicou com a mão que eu fosse na frente.

Max foi todo gentil, abrindo a porta do carro para que eu entrasse e depois dirigindo com cautela seu SUV confortável. Era estranho estar a caminho do meu casamento com alguém com quem eu não tinha intimidade alguma. Ao contrário, Max sempre me intimidava, mesmo quando estava calado, como naquele momento.

– Está nervoso? – perguntei, tentando quebrar o silêncio esmagador. Ele hesitou, mas acabou respondendo.

– Um pouco.

– Eu também – confessei. – Você acha que alguém vai desconfiar?

– Pelo que você disse, o Clóvis foi o único que suspeitou de alguma coisa até agora. Só precisamos ficar atentos quando ele estiver por perto.

Claro que Clóvis tinha que ser o estraga-prazeres de sempre e me submeter a uma intensa sabatina quando comuniquei a ele sobre o casamento. Respondi monossilabicamente a quase todas as perguntas, com medo de cair em contradição. Ele não pareceu convencido.

– Vou ficar atenta. E seus pais? Vão estar lá?

– Hã... – sua testa enrugou. – Não.

– Você não contou pra eles que vai se casar? – Não que isso importasse, mas fiquei decepcionada. Max parecia ser do tipo que fazia tudo como mandava o figurino.

– Contei que conheci uma garota... especial. Depois que eles se acostumarem com a ideia, vou contar que estamos morando juntos. Não quero envolver minha família nisso, Alicia. Em um ano, você e eu seremos meros conhecidos. Eles não precisam sofrer com a perda de alguém que talvez venham a gostar.

– Parece sensato – concordei, fitando o painel do carro sem realmente vê-lo. Eu estava indo me casar. Com Max. *Oh, Deus!*

– Mas para o pessoal da empresa eu disse que os meus pais estão viajando e que, infelizmente, não conseguiram voo para chegar a tempo. Parece que acreditaram – ele continuou.

– Menos o Clóvis, obviamente – apontei. – Às vezes tenho vontade de esganar o meu avô... se isso fosse possível, é claro. Como ele pôde confiar desse jeito naquele advogado e não em mim? – Max abriu a boca, mas rapidamente levantei as duas mãos em súplica. – Foi uma pergunta retórica. Não precisa responder!

Ele riu, um pouco mais relaxado.

— Eu só ia dizer que o seu avô deve ter tido algum motivo pra isso. Ele era um bom homem, jamais ia te magoar se não fosse o último recurso.

— Não quero falar sobre isso — cruzei os braços sobre o peito, desviando o olhar para a janela.

Ficamos em silêncio o restante do percurso. Assim que ele estacionou o carro, me senti fria. Meus joelhos tremiam e minha boca estava tão seca quanto o deserto do Atacama. Mesmo depois de desligar o motor, Max permaneceu com as mãos agarradas ao volante, olhando para o para-brisa.

— Isso vai dar certo? — perguntei num fiapo de voz.

Ele assentiu, ainda olhando para frente.

— Se fizermos tudo direito, vai.

Entrei em pânico.

— Ai, que inferno! Então não vai funcionar! Eu não sei fazer tudo direito, Max. Por mais que eu tente, alguma coisa sempre acaba dando errado e... e...

— Fica calma — ele voltou os olhos verdes em minha direção. — Eu já sei que você não costuma seguir pelo caminho do óbvio. Mas eu sim. Estou aqui. Vamos conseguir.

Engoli em seco. De alguma forma, sua tentativa de me acalmar me deixou ainda mais nervosa.

— Vamos mesmo? Porque normalmente dá tudo errado quando estou por perto.

Ele riu, totalmente descontraído agora.

— Já percebi. Vou garantir que isso não aconteça hoje — e se inclinou em minha direção.

Prendi a respiração.

O que ele está fazendo? O que ele está fazendo?!

Seu rosto ficou a centímetros do meu, o sorriso ainda em seus lábios cheios e convidativos. Levantei ligeiramente a cabeça. Sua respiração sapecou minha pele.

Ele vai me beijar!

Por um segundo, eu não sabia bem o que fazer — se esmurrava seu rosto sem dó ou me lançava sobre ele para apressar o beijo. Mas logo ele se afastou, puxando algo do banco traseiro, me deixando perplexa e cheia de sensações contraditórias.

– Aqui está – disse ele, me entregando um buquê de flores brancas variadas. – Achei que você ia precisar.

Peguei o buquê rapidamente. Ele não queria me beijar, estava apenas pegando as malditas flores. Claro que ele não queria me beijar. Assim como eu não queria beijá-lo. Na verdade, não podia imaginar nada mais repugnante do que ter aqueles lábios rosados e fartos sobre os meus.

Seguimos calados para o cartório, no centro da cidade. Uma borboleta voava descontrolada e subitamente se decidiu por uma única direção – a que a levava ao meu encontro. Congelei na calçada, respirando com dificuldade. Ela circundou Max – que não deu a menor importância ao inseto nojento – e depois partiu para cima de mim.

– Que foi? – Max perguntou quando notou que eu não o acompanhava.

– B-b-b-b-b-b... – foi o que saiu.

– O quê? – ele se aproximou, me observando atentamente.

– B-borbolet-ta – gemi, tremendo.

– Você tem medo? – ele inclinou a cabeça enquanto espantava o bicho com uma das mãos.

Respirei aliviada quando a vi se afastar.

– Medo? Que nada. Só... não gosto muito de insetos.

Max conseguira uma cerimônia privada para aquela manhã de domingo. Ele havia convidado alguns colegas de escritório. "Para dar credibilidade", dissera. Convidei pouca gente. Mari, Ana, Breno e Mazé. Convidei também Clóvis e Telma, para que assistissem ao espetáculo e me deixassem em paz de uma vez por todas. Eu temia que, se ele descobrisse minha farsa, o sacrifício fosse em vão.

Estavam quase todos lá quando chegamos; Mari e Ana apareceram minutos depois. Não deixei de notar o olhar – e os sorrisos – de cumplicidade trocados entre Mari e Breno, mas ficou cada um em seu canto. Como se não quisessem que ninguém soubesse que estavam saindo – quase todas as noites – havia três semanas.

Eu estava nervosa. Era um casamento de mentira, mas ainda assim era um casamento. Eu nunca sonhara com uma festa espetaculosa nem nada. Na verdade, gostava de imaginar que, se um dia me casasse, seria num lugar exótico, como no topo da montanha da Mesa, na Cidade do Cabo, e não em um cartório monocromático no centro da cidade sem nenhuma família por perto.

Tive um pequeno sobressalto quando uma mão quente e grande envolveu a minha. Olhei para o rosto de Max, assustada, mas tentei me recompor. Ele apertou gentilmente minha mão e não a soltou.

– Fica calma. E tenta parecer feliz – disse num sussurro.

– No-nosso acordo não permite esse tipo de contato físico a não ser que seja extremamente necessário – um calor súbito inundou minha face.

– Pode apostar que também não me agrada muito essa encenação, mas é o nosso casamento, não se esqueça. E, já que estamos aqui, vou cumprir o meu papel. Se alguém não acreditar que esse casamento é real, não vai ser por falta de esforço da minha parte.

Ele tinha razão. Eu sabia que tinha. Entretanto, fiquei ainda mais apavorada. Acontecia sempre que ele ficava assim tão perto. Max despertava sensações novas em mim, e eu não podia lidar com mais nada naquele momento. Tentei sorrir como uma noiva radiante. Acho que falhei.

O juiz de paz deu início à cerimônia, lendo uma infinidade de coisas que eu não ouvi. Max estava tenso, olhando para frente, minha mão ainda na sua. Às vezes ele a apertava gentilmente. Eu o fitei, mas ele encarava a parede clara atrás do escrivão. Então tudo aconteceu muito rápido: assinamos os papéis, depois foi a vez das testemunhas e *BAM!*, eu estava casada.

Em meio ao zumbido que a tensão do momento me causou, vi Max retirar do bolso do paletó uma caixinha e entregá-la ao juiz de paz.

Isso me despertou do torpor imediatamente.

– Max, o que é...

– É parte do espetáculo – ele sibilou de volta.

Eu ainda estava atônita no momento em que Max enfiou a argola dourada e reluzente em meu dedo. Ele sorriu quando o juiz teve que pigarrear para que eu pegasse a aliança e colocasse em seu dedo, no dedo do meu... marido. Engoli em seco. Comecei a suar. Minha mão tremia tanto que tive dificuldade para encaixar a aliança no anelar largo de Max.

– Eu vos declaro agora marido e mulher – disse o juiz cheio de pompa, oficializando nossa sentença... quer dizer, nossa união.

Tudo ia relativamente bem – Mari tirava centenas de fotos, Mazé chorava copiosamente e ninguém, além de Max, parecia notar meu pânico. Contudo, Ana estragou tudo dizendo:

– Cadê o beijo do casalzinho?

Apavorada, olhei para Mari, que furtivamente apontou para Clóvis, atento a cada movimento meu. Voltei-me para Max, que estava sério. Ele se virou devagar, me encarando, até ficar de frente para mim. Encaixou as mãos grandes em meu queixo, inclinou minha cabeça para trás e começou a fazer o percurso que traria seus lábios aos meus.

Ah, não. De jeito nenhum esse camarada vai me beijar. Não mesmo!

Max não podia me beijar. Eu já havia fantasiado sobre os pelos em seu peito. Já havia imaginado como seria estar na cama com ele. E meio que desejara beijá-lo meia hora antes, quando estávamos no carro. Isso sem termos tido nenhum tipo de contato físico. Ele simplesmente não podia me beijar.

Não vou retribuir!

Aflita, tentei enviar mensagens telepáticas sobre o que aconteceria com seu nariz caso ele ousasse colar aqueles lábios suculentos e macios nos meus, mas ele não entendeu. Ou fingiu não entender. Talvez minha mensagem tenha sido um pouco confusa, já que aqueles olhos caleidoscópicos me desconcertaram.

Ok, talvez eu retribua. Só um pouquinho...

E, inexoravelmente, Max me beijou. Quando sua boca cobriu a minha, tive vontade de gritar para que parasse, mas uma fração de segundo depois a doçura, o calor e a suavidade do toque me desarmaram, e me vi de repente correspondendo, suspirando e ansiando por mais. Não foi longo, mas foi mais que um simples beijo. Foi um roçar, provar, degustar de lábios que imprimiu tanto sutileza quanto desejo de se aprofundar. Fiquei tão chocada com o que estava sentindo que mal pude me mover.

Max se endireitou, o rosto sério, os olhos escurecidos como eu nunca vira antes. Eu não fazia ideia da expressão em meu rosto, mas não devia ser das melhores, já que ele tocou meu queixo com delicadeza e murmurou:

– Agora sorria.

Fiz o que ele pediu, atordoada demais para pensar em outra coisa. Os convidados se apressaram para nos parabenizar. Ninguém parecia duvidar da veracidade de nosso casamento – exceto Clóvis, como o chato que era.

– Amada, você está deslumbrante! – disse Telma, beijando o ar ao lado de minhas bochechas.

– Foi tão repentino – Clóvis comentou, analisando Max atentamente. – Confesso que fiquei surpreso com a notícia.

– Foi coisa de momento. A gente não quis esperar – retruquei, nervosa. – Pra que esperar quando estamos *tão* apaixonados...?

– Como foi que aconteceu mesmo? – ele questionou pelo que me pareceu ser a milionésima vez. – Como vocês acabaram se apaixonando?

– Hã... foi... é...

– Amor à primeira colisão – Max interveio. Reprimi um suspiro de alívio. – Fiquei louco pela Alicia assim que ela me atropelou, em seu primeiro dia na empresa. Ela é uma garota fantástica, foi impossível resistir a seus encantos.

– Isso. Foi exatamente assim – assegurei a Clóvis, cruzando os braços atrás das costas para que ele não visse quanto minhas mãos tremiam.

– Que romântico! – arrulhou Telma. – Alicia, amada, você não devia ter escondido de mim que estava apaixonada.

– Eu não sabia bem o que estava sentindo, Telma.

– E isso começou há pouco mais de quê? Um mês? – Clóvis insistiu.

– Quarenta e nove dias, para ser exato – Max respondeu e passou os braços em minha cintura, muito tranquilamente, me puxando para seu peito. – Quarenta e nove dias gloriosos, não é, Alicia?

– Ãrrã. Pura alegria! – murmurei. Eu me sentia um pouco zonza com Max me abraçando daquele jeito tão... íntimo. Eu sentia seus músculos firmes em detalhes impressionantes, comprimidos contra meu corpo. Ele era tão grande, tão rijo, tão quente, e seu perfume tão sedutor...

Tentei parecer à vontade com tanta proximidade, passando os braços ao redor de sua cintura estreita. Fiz o melhor que pude.

Clóvis franziu a testa, mas se viu sem argumentos.

– Fico feliz por você, Alicia. Você está encantadora. Lembra muito sua mãe. Bom... vou deixar vocês a sós. Devem estar querendo alguns momentos de privacidade.

– Estamos ansiosos! – tentei parecer feliz.

Ele sorriu em resposta, ainda que parecesse desconfiado.

– Claro, claro. Só mais uma coisa. – Retirou um gordo envelope do bolso do casaco e me entregou. – Seu avô não perderia seu casamento por nada.

Peguei o pacote um pouco trêmula e o apertei de encontro ao peito.

– Obrigada – murmurei, emocionada.

– Não me agradeça – Clóvis sorriu, pegou a mão de sua esposa, se despediu e nos deixou.

Voltei o olhar para o envelope, um nó se formando em minha garganta. Fechei os olhos e encostei a cabeça no ombro de Max, inspirando para me acalmar.

– Eu não queria enganar ninguém – gemi de encontro ao ombro forte que me amparava.

– Eu sei – ele sussurrou, acariciando meus cabelos, me confortando. Era tão bom tê-lo ao meu lado naquele instante que se tornou um pouco mais fácil suportar tudo aquilo.

Foi então que me dei conta de que ainda estávamos agarrados.

– Que ideia foi essa de me abraçar? – me livrei de seus braços e tentei respirar normalmente. – Você não pode me abraçar assim!

– O que você acha que estou fazendo, Alicia? Acabamos de nos casar. Devemos parecer apaixonados.

– Não faça mais isso sem me avisar primeiro. E ainda teve aquele beijo que francamente... – engoli em seco, a lembrança ainda quente e úmida em meus lábios – foi totalmente, absolutamente, completamente desnecessário.

– Não concordo – ele retrucou, o rosto impassível. – É assim que os casais costumam selar o compromisso.

– Pois saiba que eu não gostei – avisei, soando bem menos convincente do que pretendia.

– Não se preocupe, Alicia. Prometo que aquele foi nosso primeiro e último beijo.

14

Max pegou minha mala no carro de Mari e a guardou no porta-malas de seu SUV preto, enquanto permaneci ao lado de meus amigos. O pessoal do escritório deu no pé logo que o almoço no restaurante italiano terminou.

– Tão linda, menina Alicia. Igualzinha à sua mãe nessa idade – disse Mazé com lágrimas nos olhos. – Até o mesmo brilho no olhar.

– Verdade? – perguntei, um pouco emocionada.

Ela assentiu, sorrindo.

– Ninguém consegue ficar triste quando dona Catarina estava por perto. Você herdou dela essa alegria, a cabeça oca e o coração puro. – Ela me abraçou apertado, então se voltou para Max, segurou o rosto dele entre as mãos e comprimiu suas bochechas. – Cuide dela e terá meu amor para sempre, rapaz. Se magoar essa menina... – seu aperto se tornou mais forte.

Ele a olhou espantado, o rosto prensado entre as mãos fortes de Mazé, e assentiu rapidamente.

– Não vou magoar a Alicia – conseguiu resmungar.

– Que bom... que bom... – ela o soltou. – Agora preciso ir, porque aquela jabiraca topetuda já deve estar enfiada na minha cozinha, fazendo o quê, só Deus sabe.

Eu ri e a abracei. Quando Mazé se foi, Max disse, massageando a mandíbula:

– Ela tem uma mão e tanto.

Dei risada.

– Não foi uma ameaça de verdade.

– Não foi o que pareceu.

– Relaxa, Max. Ela gostou de você. É só não ficar por perto quando ela estiver usando o cutelo e você vai ficar bem.

Ele assentiu, assustado, e tornei a rir.

– Alicia, venha nos visitar sempre que quiser – Ana disse ao me abraçar. – Por favor, não se esqueça de ser feliz, querida. A vida já te maltratou bastante.

– Obrigada, Ana. Você também será bem-vinda quando quiser me visitar. – Ou eu achava que seria. Não havia falado sobre isso com Max. Não ainda.

Mari demorou mais para me soltar.

– Estou com medo, Mari – confessei, enterrando a cabeça em seu pescoço. Mesmo não tendo comentado com ela os efeitos que Max causava em mim ultimamente, já que nem eu mesma entendia o que estava acontecendo comigo, ela sabia. Mari sempre sabia.

– Eu sei – ela sussurrou. – E que beijo foi aquele? Deus do céu! Você tem tanta sorte!

– Deixa de ser boba. Eu não quero ficar sozinha com ele – eu disse, amedrontada com o que aconteceria a partir dali.

– Eu sei, Lili – ela segurou meus ombros e sorriu. – Eu só estava tentando descontrair um pouco. Mas acho que não é uma boa ideia eu passar a noite na sua casa. Pra todos os efeitos, é a sua noite de núpcias. Poderia levantar suspeitas uma amiga passar a noite com vocês, ou no mínimo seríamos chamados de pervertidos – ela sorriu. – Você vai ter que ser corajosa. Eu te ligo mais tarde, tá?

– Tá.

Ela me deu um beijo estalado no rosto e fiquei observando-a entrar no carro.

Quando ficamos sozinhos, virei-me para Max, que estava encostado no capô do carro, os braços cruzados sobre o peito, me observando – veja só! – com o rosto amigável.

– Pronta para conhecer sua nova casa? – ele sorriu, um pouco nervoso.

– Não. Mas acho que não tem outro jeito.

Ele riu, abriu a porta do carro para que eu entrasse e permaneceu calado durante todo o trajeto até o prédio de classe média. Max foi gentil e se ofereceu para levar minha bagagem até o elevador. Assim que abriu a porta do apartamento, fez um gesto para que eu seguisse na frente.

– Bem-vinda ao seu novo lar – anunciou.

Entrei um pouco acanhada. O apartamento era pequeno, mas acolhedor e organizado. As paredes claras combinavam com os móveis de linhas retas e modernas. Uma pilha de CDs desalinhados contrastava com o restante da sala, meticulosamente arrumada.

– Bacana.

– Vou te mostrar o seu quarto – ele disse, se enfiando no curto corredor, então abriu a porta do cômodo minúsculo e praticamente vazio. – Eu não tive tempo de arrumar nada. Imaginei que você mesma ia querer fazer isso. Meus pais dormem aqui quando vêm me visitar, por isso só tem a cama, a mesa de cabeceira e a cômoda. Mas pode usar o meu guarda-roupa para pendurar vestidos ou qualquer outra coisa que quiser.

– Obrigada – eu disse meio sem jeito.

Ele também parecia não saber o que fazer.

– Aqui em frente é o meu quarto, e o banheiro é ali – ele apontou para a porta no fim do corredor.

– Beleza.

Ele assentiu, deixando minha mala sobre a cama. Entrei no quarto, um pouco apreensiva. Era tudo muito simples e sem cor. Meio triste até. Max havia colocado um pequeno vaso de narcisos amarelos sobre a cômoda, na tentativa de trazer um toque de vida ao espaço, o que achei fofo. Sentei-me no colchão – mole demais – e avaliei os poucos metros mal decorados ao meu redor. Um contraste enorme com meu antigo quarto na mansão, cheio de espaço, enfeites e cortinas diáfanas. Eu teria que dar um jeito naquele lugar se quisesse me sentir em casa pelos próximos meses. Não era ruim, só não se parecia com um lar ainda.

– Vou... vou te deixar sozinha para se acomodar melhor – disse ele, encostado no batente, os braços cruzados sobre o peito. – Estou na sala se precisar de alguma coisa – e saiu, fechando a porta atrás de si.

Com um suspiro, abri a mala e comecei a arrumar minhas coisas na pequena cômoda da melhor forma possível. Peguei o porta-retratos com a foto de minha família e o coloquei sobre o móvel, ao lado de meus produtos de higiene, mantendo os narcisos. Em seguida, me atrevi a ir conhecer o banheiro. Era pequeno, e tudo ali gritava testosterona, mas Max tivera a delicadeza de colocar um pequeno pote com sabonetes decorativos sobre a pia de mármore preto. Ele realmente estava se esforçando.

Lembrei-me da carta de vô Narciso, que Clóvis havia me dado, e corri para o quarto para abrir o envelope. Havia duas cartas ali dentro, uma destinada a mim, outra a meu marido. Abri a primeira.

Minha neta querida,
Você não sabe quanto eu gostaria de estar presente neste dia tão especial. Imagino como você deve estar feliz agora que encontrou o amor. Eu daria tudo para partilhar de sua felicidade neste momento.

Engoli em seco.

Casamento é uma das etapas mais importantes da vida, a construção de uma nova família. Que Deus abençoe você e seu marido, e os filhos que terão. Espero que seu marido saiba que acaba de ganhar na loteria, já que ganhou seu coração.
Sempre ouça o que ele tem a dizer, querida, respeite-o e exija o mesmo. Um casamento nada mais é que uma parceria, em que ambos decidem ser felizes, tendo um ao outro como instrumento. Por favor, não o trate com mentiras. E não tente forçá-lo a fazer todas as suas vontades, como você tende a exigir.

Eu não faço isso, não!

> *Você sabe que faz isso. Não discuta comigo. Ninguém conhece você melhor que eu.*

Eu não podia argumentar contra isso.

> *Agora vá ficar com seu marido. Aproveite a lua de mel, mas não exagere na bebida.*
> *Com amor, vovô*

> *P.S.: Tomei a liberdade de endereçar uma carta a seu marido. Entregue a ele, por favor. Não se preocupe, quero apenas lhe dar as boas-vindas à família.*

Encontrei Max na sala, a TV ligada, mas tive a impressão de que ele não prestava atenção no jogo de basquete. Fiquei ali parada, completamente deslocada, sem saber o que fazer. Ele se virou para me observar e me estudou por um segundo antes de sorrir.

– Você está com cara de quem acaba de entrar na sala do diretor – disse de modo gentil.

– Pra ser sincera, é exatamente assim que eu me sinto.

– Esta é sua casa agora. Talvez leve alguns dias para você se sentir à vontade, mas prometo fazer o possível para te ajudar a se adaptar. – Fiquei surpresa com tanta hospitalidade. Mas, por outro lado, parecia ser exatamente o tipo de coisa que Max diria. Ele ainda era uma incógnita para mim. – Por que você não se senta pra gente conversar um pouco?

Pareceu uma boa ideia. Muito melhor que ficar parada no meio da sala sem saber onde colocar as mãos. Ele ainda vestia as roupas da cerimônia, porém sem o paletó. As mangas da camisa haviam sido dobradas até os cotovelos. Max ficava bem de terno, mas ainda melhor naquele estilo mais casual. Menos intimidador, mais... acessível. Era mais fácil falar com ele sem toda aquela armadura que ele costumava vestir.

– O vovô me deixou algumas cartas, Max – comecei, encarando o envelope em minhas mãos. – Recebi uma na L&L, a respeito do meu emprego. A que o Clóvis me entregou no cartório é sobre nós dois, você e eu, quero dizer. – Estiquei em direção a ele a carta endereçada a "marido de Alicia". – Uma era para mim, e essa é pra você.

Ele pegou o envelope e o analisou por um instante, depois o devolveu.

– Não é pra mim, Alicia. É para o seu marido de verdade. Guarde e um dia entregue ao homem que você realmente amar.

– Tudo bem. – Não pude negar que, naquele instante, Max me pareceu um homem ainda maior.

– Gostou do quarto? – ele quis saber.

– Gostei, é bem bacana. Posso mudar algumas coisas?

Ele riu.

– Vejo que gostou *muito*.

Eu corei.

– É que é meio sem cor. Parece triste e solitário – eu disse, encarando o tapete grosso e macio sob meus pés. *Exatamente como eu me sinto.* – Talvez um pouco de cor deixe o ambiente mais alegre.

– O quarto é seu. Mude o que achar que deve para se sentir mais confortável. Se precisar da ajuda de um marido forte para mudar os móveis de lugar, posso procurar um na lista telefônica.

Eu ri, surpresa.

– Olha só! Você tem senso de humor! – apontei.

– Claro que tenho. Só é difícil usar quando você está por perto.

Eu estava prestes a perguntar o que ele quis dizer com aquilo quando sua expressão mudou, voltando à seriedade habitual.

– Como... – ele se sentou mais ereto, deixando as mãos unidas sobre os joelhos. – Eu fiquei pensando sobre o que aconteceu hoje e sobre o seu discurso depois que... hã... – ele se remexeu no sofá, procurando uma posição confortável. Ou talvez procurasse um assunto menos constrangedor. – Como exatamente vamos agir diante das pessoas?

– Não pensei nisso ainda. Mas gostaria que me avisasse da próxima vez que decidir me beijar.

– Eu não pretendo te beijar de novo – ele respondeu imediatamente.

– Ótimo! Assim cumprimos o acordo à risca.

– Sim, mas... fiquei pensando que não vamos parecer amantes – ele apontou. – As pessoas podem estranhar, já que acabamos de casar.

– Humm... Bom... Tem razão.

– Pensei que, se a gente se esforçar para manter a fachada, *talvez* as pessoas acreditem que o nosso casamento é real, que estamos mesmo apaixonados. O que você acha de vez ou outra almoçarmos juntos?

– Acho razoável. Talvez eu deva sorrir pra você de vez em quando – sugeri, como quem não quer nada. Seria bom se Max pensasse que eu estava desempenhando um papel, não sorrindo involuntariamente toda vez que olhava para ele. E por que isso estava acontecendo afinal?

Ele assentiu.

– Vou fazer o mesmo. E seria bom se nós dois não... hã...

– Se a gente não trocasse desaforos em público? – ajudei.

– Isso – ele sorriu. – A partir de hoje, e pelos próximos doze meses, você é minha mulher, e vou tentar te tratar como tal. Pelo menos quando tiver gente por perto – ele fez uma careta divertida.

Não me ofendi. Na verdade, fiquei satisfeita.

– Obrigada por fazer isso, Max. Vou fazer o possível para você não se sentir nauseado quando pensar em voltar pra casa.

– Pode ser que eu nem note você por aqui – ele deu de ombros, encostando-se no estofado. – Se eu conseguir minha promoção, vou ter tanto trabalho que provavelmente não vou ter tempo pra perceber muita coisa. Minhas chances de ser promovido são grandes.

– Que bom. Espero que você consiga o que quer – eu disse sinceramente.

Ele sorriu um pouco, depois voltou a ficar sério.

– Eu sei que você vendeu seu carro, e você já deixou bem claro o horror que sente pelo transporte público. – Ele se remexeu no sofá, como se o assento estivesse repleto de espinhos. *Que estranho.* – Também notei que você tem problema com horários. Honestamente, pra mim tanto faz, mas fiquei pensando que talvez as pessoas achem estranho se a gente não chegar juntos ao trabalho. Já que trabalhamos na mesma empresa e moramos no mesmo apartamento.

– Essa é sua forma de me oferecer carona, não é? – sorri.

– Se você estiver pronta na hora certa – ele esclareceu, sorrindo torto.

Senti meu estômago se revirar e contorcer, como se estivesse numa montanha-russa.

– Essa foi a coisa mais incrível que você já me disse. Não vou me atrasar. Quer dizer, vou fazer o possível pra acordar na hora certa. Deus sabe como os ônibus me assustam! Por incrível que pareça, você é menos assustador.

Ele riu.

– Isso foi um elogio?

– Não! – ri também.

A conversa enveredou para trivialidades. Max me mostrou onde ficavam alguns utensílios e me alertou para não deixar coisas jogadas pelo chão, pois a faxineira guardava tudo no lugar errado e levava semanas até que lembrasse onde colocara cada objeto. Aprendi um pouco sobre ele naquela conversa. Ele fora campeão estadual de nado de costas quando estava na faculdade – o que explicava muita coisa, principalmente aquelas costas largas e bem definidas –, mas decidira abandonar o esporte para ser estagiário na L&L. Ele ainda nadava sempre que podia.

Max me contou sobre seus poucos amigos, seus pais, mas não tocou no assunto que, curiosamente, mais me intrigava – as mulheres de sua vida. Ele tinha alguém?

Ele falou, falou e falou, mais do que eu imaginei que fosse capaz, e por diversas vezes tive que me lembrar de parar de sorrir. Fiquei surpresa quando ele sugeriu pedir uma pizza para o jantar e constatei que já era noite, pois mal vira o dia passar. Ele até me deixou escolher o sabor, e descobri que ambos éramos fissurados por pizza de calabresa. Conversamos um pouco mais enquanto comíamos, ainda sobre trivialidades, ainda pisando em solo arenoso, testando, nos conhecendo.

– Eu lavo e você seca e guarda – ele disse, retirando os pratos da mesa e levando-os até a pia.

– Não tem lava-louças? – perguntei em pânico.

– Não.

– Por que não? – eu quis saber. – Todo mundo tem lava-louças! Até a mãe da Mari tem.

– Nunca precisei – ele deu de ombros. – Sempre morei sozinho. Não tem muita louça pra lavar.

– Mas... mas... eu não sei onde guardar! – apontei aflita.

– Por isso mesmo você vai secar e guardar – ele sorriu, divertido, com meu horror. – Vou te dizendo onde cada coisa fica, assim você aprende, para o caso de decidir cozinhar alguma coisa.

– Você realmente não me conhece. Obrigada pela preocupação, mas dificilmente isso vai acontecer. Não sei cozinhar. Não vou precisar de nada. Mas eu... eu te ajudo. Você foi legal comigo hoje.

– Eu sou legal! – ele sorriu. – Comprei algumas coisas pra você. Nunca morei com uma garota antes, então o Paulo me deu uma ajudinha.

– Quem?

– O Paulo, do Comex – ele disse, como se fizesse algum sentido. Percebendo que aquilo não significava nada para mim, prosseguiu: – Aquele cara que derrubou vinho na Mazé no nosso almoço de casamento.

– Ah, o Paulo. – Magrelo, narigudo, trabalhava no mesmo setor que Max e nunca falara comigo até aquela manhã, e mesmo assim seu "Parabéns, tomara que dure" não fora bem uma conversa.

– Somos amigos há muito tempo, desde a época da faculdade. Ele disse que as mulheres gostam de certas coisas. Estão no armário e na geladeira. Se eu comprei errado, me avise.

– Hã... Obrigada, Max – respondi, espantada com sua delicadeza. E me dei conta de que em aspecto algum ele era o ogro que eu havia imaginado. Era educado, gentil e atencioso. Não entendi por quê, mas essa constatação me deixou com mais medo dele.

– Por falar nisso, agradeço se você não mexer nos meus hidrotônicos. Costumo levar uma garrafa de manhã quando vou malhar. Se quiser posso comprar alguns pra você, só me diz que sabor prefere.

Ah, então aquela montanha de músculos era cultivada com algum esforço.

– Não gosto de hidrotônicos, obrigada.

Terminamos com a louça rapidamente. Max voltou para a TV e aproveitei para tomar um banho. Vesti o pijama – calça azul com nuvenzinhas brancas, regata branca lisa, pantufas de patinhas de dinossauro – e fui direto para aquela cama mole demais para o meu gosto.

Mari ligou assim que me deitei.

– E aí? Estou interrompendo alguma coisa? – perguntou sugestivamente

— Deixa de ser boba.

— Uma garota pode sonhar – ela suspirou. – Como foi?

— Foi... surpreendentemente bom – admiti, encarando o teto branco.

— Bom? Quer dizer, *bom* mesmo?

— Por incrível que pareça, o Max é bem bacana quando quer. – Ele era *mesmo* bacana! Como eu não tinha percebido isso antes? – Ele me ofereceu carona para ir para o trabalho.

— Não acredito! O que você disse?

— Agradeci e aceitei, claro. – Embora devesse ter recusado. Max e eu ficaríamos muito tempo juntos. E isso parecia ruim de alguma forma.

— Ah... Sinto cheiro de coisa boa vindo por aí. Mas você não parece muito animada com tudo isso.

— É que... eu não sei, Mari. Parece que tem algo errado. Não sei dizer o que é.

— Humm... Talvez você esteja se sentindo culpada por enganar seu avô.

— Talvez. – Mas, sendo sincera, não era esse o problema, era?

— Amanhã eu passo aí pra conhecer sua nova casa. Boa noite, Lili.

— Até amanhã, Mari.

Demorei um pouco para pegar no sono. O colchão mole afundava e minhas costas doíam. Depois de me remexer por mais de uma hora, finalmente adormeci, mas preferia ter me mantido acordada a noite toda. Vovô voltou a assombrar meus sonhos. Estávamos no cartório, Max conversava animadamente com Mari, e vovô, no fundo da sala, me observava. Caminhei lentamente até ele. Ele não sorria, seu rosto marcado pelo tempo estava triste. Uma tristeza profunda, que fez meu coração doer.

— Que foi? O que está errado?

Ele olhou para Max por um longo tempo, depois voltou os olhos azuis para os meus.

— Você não gosta dele? – perguntei insegura.

Ele não respondeu.

— Olha, vovô, eu não queria fazer isso, tá legal? Mas o Clóvis disse que eu ia para a cadeia se não pagasse os meus cartões, e tive até que vender o meu cupê, e você mais do que ninguém sabe como eu amo aquele carro... e... e as coisas estão meio fora do meu controle e você morreu. Então não tem o direito de me julgar.

Ele suspirou.

– Vai partir seu coração – disse, com um pesar que me causou calafrios.

– O Max? Não. Eu juro que não. Ele é um cara bacana, mas eu nem gosto dele. E ele não gosta de mim desse jeito. Ele meio que me tolera. E é só até tudo se resolver – expliquei apressada.

Ele me mostrou um sorriso triste.

– Vai doer além do que você pode suportar.

15

Meu celular tocou. Tateei com os olhos ainda fechados até encontrá-lo.
– Seja lá quem for, vá pro inferno! – resmunguei.

– BOOOOOM DIAAAAA, LILI! – gritou Mari, e em seguida entrou a voz de Bono Vox cantando "Beautiful Day" num volume além do suportado pela audição humana. Isso durou uns trinta segundos antes de o volume diminuir. – E aí, acordou?

– O que foi que deu em você? – perguntei furiosa, tentando acalmar minha pulsação. – Acho que todo esse barulho me causou labirintite.

– Se você pode ficar irritada, então já está bem desperta. Eu não podia deixar você perder sua carona. Vou tomar banho. Tenha um lindo dia!

– Mariana! – mas ela já tinha desligado.

Afundei a cabeça no travesseiro, bufando. Dei uma espiada no antigo relógio de vovô sobre a mesa de cabeceira.

– Ah! – pela primeira vez acordei na hora certa.

Fiquei decepcionada ao encontrar a porta do quarto de Max aberta e a cama arrumada e vazia, assim como o restante do apartamento. Ele devia ter ido sem mim. Aparentemente, minha hora certa e a dele não eram a mesma.

Que ótimo, pensei. *Não adiantou nada acordar de madrugada!*

Tomei um banho demorado; o chuveiro era fantástico, apesar do pouco espaço do banheiro. Ainda enrolada na toalha, fui investigar o que havia para comer na geladeira. Encontrei cerveja, queijos, sucos, frutas, embalagens de comida pronta e dúzias de bandejas de iogurte, de todos os sabores e marcas conhecidas. Eu ri. Provavelmente tudo aquilo iria para o lixo antes que eu fosse capaz de comer. Na verdade eu nem gostava muito de iogurte, mas não pude deixar de me sentir quente diante da atenção de Max em relação a mim.

Encontrei granola no armário e uma tigela, e me espantei com o tamanho da pilha de chocolates que Max comprara. Ele não parava de me surpreender.

Sentei-me ao balcão e estava terminando o café da manhã quando a porta se abriu bruscamente. Saltei da banqueta, assustada, antes de ver Max – vestindo camiseta branca e bermuda azul, os cabelos úmidos e a pele brilhando de suor – invadir a cozinha.

– Max! – gritei, apertando a toalha ao redor do corpo.

– Bom d... – ele me examinou de cima a baixo, desviou os olhos, depois se virou de costas. – Eu... não sabia que você tomava café vestida assim.

– Eu não sabia que você ia voltar pra casa. Pensei que já estivesse na empresa a essa altura – meu rosto ardeu.

– Ainda é cedo e combinamos de ir juntos, esqueceu?

– Pensei que o seu cedo e o meu fossem diferentes.

Ele riu, ainda de costas. O suor fazia a camiseta fina grudar estrategicamente em suas costas largas. Não, não era enchimento. Max tinha mesmo um corpo fabuloso. *Droga!*

– Acho que cedo é cedo pra todo mundo. Vou... tomar um banho e... e... Até já – ele saiu rapidamente em direção ao banheiro, sem olhar para trás.

Voei para o quarto e vesti a primeira roupa que encontrei – calça jeans e regata de malha cinza. Passei a mão pelos cabelos e um batom clarinho para tentar disfarçar o vermelho-escarlate que cobria minha face. Eu estava extremamente constrangida, como se fosse a primeira vez que um homem me visse quase nua.

Esperei por ele na sala, impaciente, mudando de posição no sofá toda vez que ouvia um barulho mínimo vindo do banheiro. Finalmente Max surgiu, com toda sua elegância opressora, vestido formalmente como sempre, a maleta em uma das mãos. Não tive coragem de olhar para ele por mais de dois segundos. Ele também parecia constrangido, de modo que permanecemos calados durante todo a trajeto até a empresa.

— Desculpa — me forcei a dizer quando ele estacionou no pátio da L&L, após vinte intermináveis minutos de silêncio. — Realmente pensei que estivesse sozinha.

— Tudo bem, não foi nenhum crime — ele disse rapidamente.

— Você está bravo — apontei.

— Não estou.

— Está sim.

— Não estou — ele teimou.

— Tem uma veia saltando na sua testa. Ou você está bravo ou está prestes a ter um AVC.

Ele suspirou.

Não estou bravo, Alicia. Só fiquei surpreso ao encontrar uma mulher nua comendo na minha cozinha. O que não é ruim, de forma alguma, mas diante da nossa situação..

— Então não é comum ter mulher nua na sua cozinha? — me ouvi perguntando, interessada.

Ele comprimiu os lábios, olhando para frente, parecendo ainda mais exasperado.

Tudo bem, não era da minha conta.

Suspirei.

— Juro que isso não vai se repetir, Max. Juro!

— Aquela é a sua casa agora. Você pode fazer o que quiser, inclusive tomar café da manhã vestindo nada mais que uma toalha de banho.

— Menos mexer nos seus hidrotônicos — eu disse, desejando mudar de assunto e quebrar a tensão que parecia sacudir o carro.

Funcionou.

— Menos mexer nos meus hidrotônicos — ele concordou com um sorriso tímido. — Não estou com raiva. Só fiquei um pouco surpreso ao te encontrar daquela forma. Você parecia bastante à vontade. O que de certa forma é bom.

Max me encarou, seus olhos brilhavam mais que de costume, o que não ajudou em minha tentativa de manter os batimentos cardíacos sob controle.

– Olha, você prometeu que ia se esforçar pra não fazer isso. Você prometeu que ia parar com esses seus comentários irritantes – falei. De repente minha respiração acelerou. Ele quis dizer que era bom eu estar nua ou estar à vontade em sua casa? Ou será que era bom eu estar nua *e* em sua casa?

– Eu não prometi nada. Eu disse que ia *tentar* me conter, é diferente. Mas não estou tentando te irritar – ele disse, numa voz profunda. – Estou sendo sincero. Fico feliz que você tenha se sentido em casa. Só preciso me acostumar com a ideia de te ver daquela forma e não... – ele se calou. Seus olhos baixaram e encararam meus lábios com certo interesse.

– E não...? – instiguei, querendo muito saber como aquilo terminaria.

Max pareceu acordar do transe ao som de minha voz, rapidamente desviou os olhos e se endireitou.

– Depois a gente se fala. Preciso encontrar o Paulo para discutir sobre um contrato. Quer carona pra voltar pra casa?

Eu sabia que aquele "Depois a gente se fala" significava "Nunca mais vamos tocar nesse assunto". Frustrada, eu disse:

– Quero. Obrigada.

Ele assentiu, saiu do carro e me deixou ali no estacionamento, atônita, tentando adivinhar o que se passava em sua cabeça e, ao mesmo tempo, o que acontecia com a minha.

Joyce foi toda simpática quando cheguei ao sétimo andar.

– Lá vem a noiva do ano! – Apenas dei um sorriso amarelo. – Já viu o jornal? – ela me mostrou a capa de um dos maiores jornais da cidade. Havia uma foto minha e de Max, tirada sabe Deus como, entrando no cartório no dia anterior.

DE PRINCESA A GATA BORRALHEIRA

Alicia Moraes de Bragança e Lima, uma das herdeiras mais ricas do país, segundo fontes seguras, foi deserdada e não dispõe mais de sua enorme fortuna. Alicia já coloriu páginas de muitos jornais ao redor do mundo, sempre metida em escândalos. A garota-problema parece estar mais calma por ora. Na manhã de ontem, foi vista entrando no cartório da cidade ao lado de Maximus Cassani, 28 anos, jovem executivo de uma das empresas pertencentes ao Conglomerado Lima. O casamento foi a portas fechadas e ninguém se pronunciou até o momento. Resta esperar para descobrir se dessa vez a ex-princesa do Conglomerado Lima criou juízo.

– *Argh!* Eu odeio esses jornais! – resmunguei.
– É, são horríveis mesmo – concordou ela, me analisando atentamente. – Você parece cansada. Não dormiu bem? – e soltou um risinho malicioso.
– Não dormi nada essa noite – suspirei. Depois do pesadelo com vovô, eu tinha me revirado de um lado para o outro até quase o amanhecer. Estava pregada!
– Nossa! E o Max, com aquele jeito de workaholic certinho sem tempo pra nada, me enganou direitinho. Não fazia ideia que havia um amante ardente por trás daquela fachada séria.
– O Max? – Do que ela estava falando? Ah, sim. Do meu suposto marido Max. – Claro! Ele está... acabando comigo.
Joyce sorriu ainda mais e suspirou.
– E parece que a sua maré de sorte continua. A Janine pediu para você ir até o RH. Resolver o problema com os chineses foi um golpe de mestre, Alicia.
– Ela disse o que queria? – perguntei interessada.
– Acho que você vai ter uma nova função.
– Sério?! – Ah, o doce sabor da vitória! Com certeza ser vice-presidente seria bem menos cansativo e muito mais bem remunerado.
Desci até o RH, ansiosa, antecipando minha promoção fantástica, que elevaria significativamente meu salário. Eu já fazia planos de qual dos maravilhosos cupês importados eu compraria. Talvez comprasse um amarelo dessa vez. Gostava de carros amarelos. Ou talvez um laranja, com bancos de couro personalizados.
Janine já me esperava com um sorriso no rosto, os cabelos finos presos como um espanador.
– Alicia, a confusão foi culpa sua, mas admito que você foi muito perspicaz em resolver tudo sozinha. Ganhou vários pontos com a diretoria.

Eles acham que *talvez* possam aproveitar melhor sua capacidade – usei todo meu autocontrole para não fazer a dancinha da vitória, mas então Janine continuou falando e acabou com meu novo cupê laranja com bancos personalizados – no Comex, no setor nove. Eles sempre precisam da ajuda da Joyce. Você vai poder suprir essa deficiência.

– Mas eu pensei que fosse ser promovida!

– E foi. Você agora é *secretária*! – ela floreou a palavra, como se dissesse *estrela de cinema*.

– Isso não é ser promovida – cruzei os braços sobre o peito.

– Claro que é, boba! – ela riu. – Você vai poder mandar uma das assistentes ir até a sala da copiadora pra você. Isso não é bom?

Vendo por esse lado...

– E quanto ao salário? – eu quis saber.

– Como agora você vai exercer o cargo de *secretária – estrela de cinema!* – do setor nove, seu pagamento será ajustado à função. O aumento é mínimo, mas já é alguma coisa, certo?

– Certo. – Qualquer dinheiro extra era bem-vindo. E ficar no setor nove poderia ser bom. Joyce estaria dois andares inteiros longe de mim, e Max pod... Oh, Deus! – Peraí. Eu vou trabalhar com o Max? No mesmo andar?

Janine sorriu maliciosamente.

– Na mesma sala. Eu sei que vocês acabaram de casar e imagino que querem aproveitar todos os momentos, mas devo alertar que a empresa não tolera demonstrações explícitas de afeto dentro do prédio. Se é que você me entende... – ela piscou um dos olhos pequenos.

– Claro, claro. Nada de pegação por aí. – Tudo bem. Ir e vir de carona com Max era uma coisa. Morar com ele era outra. Trabalhar na mesma sala seria o apocalipse. Pelo menos para meus sentimentos conturbados. – O Max vai... pirar com a notícia.

– Ele já soube – garantiu ela. – E pareceu ansioso para falar com você.

– Ah, aposto que sim. Obrigada, Janine.

– De nada. Ah, espere. Eu já ia me esquecendo. – Ela me estendeu um envelope. – Pra você.

Esperei que ela se afastasse para abrir a carta. Bilhete, na verdade. De vovô.

Muito bem, mocinha. Você acaba de subir seu primeiro degrau dentro da empresa. O que só prova que eu estava certo quanto à sua capacidade. Você sempre foi muito criativa. Uma pena que usasse essa criatividade para se meter em enrrascas, em vez de se livrar delas. Fico feliz que as coisas estejam mudando.

Com amor, vovô

P.S.: Espero que a Joyce tenha sobrevivido a você. Ela é uma boa secretária.

Eu ri, dobrando a carta, guardei-a no bolso do meu jeans e rapidamente desci para o setor nove, no quinto andar.

Max estava me esperando no corredor, andando de um lado para o outro, o rosto tenso.

– Isso vai ser um problema – começou ele. – Não vai ser bom a gente ficar tanto tempo juntos. Vamos acabar cometendo um deslize ou...

– Nos matando? – completei. – Relaxa. Vai ficar tudo bem. Você **vai ser promovido, não vai?**

– Ainda não é certo. Talvez eu seja, talvez não – ele deu de ombros.

– Então vamos torcer para que seja, e pra gente não se matar enquanto trabalharmos juntos.

– Ah, que lindo! – comentou uma garota de roupas justas que marcavam sua silhueta e decote pouco recatado. Meio vulgar, mas bonita. – Mal conseguem ficar longe um do outro.

– Bom dia, Vanessa – Max respondeu, ainda me encarando.

– Alicia, não é? – ela sorriu para mim. – O Max não fala muito de você. Soube que você vai ficar na nossa sala. Isso vai ajudar a nos conhecermos melhor, já que o Max parece querer te guardar só para ele.

– O Max é muito discreto – respondi sem pestanejar. – Ele não gosta de ser o centro das atenções. Ele é um cavalheiro. Mas parece que não existem segredos nessa empresa, hein? Todo mundo já sabe da minha mudança de setor.

Ela sorriu afetada.

– Pode apostar. As paredes têm ouvidos por aqui. – E, acenando os dedos pintados de vermelho-escarlate, ela nos deixou a sós.

– Entendeu? – Max sussurrou ansioso, os olhos suplicantes.

– Vamos manter o plano inicial. Almoçar juntos de vez em quando e alguns sorrisos de cumplicidade pode ser uma boa. E... sei lá, inventa alguma coisa que demonstre afeto e que não complique a nossa vida na empresa. A Janine disse que pegação é proibido, o que é ótimo no nosso caso.

Ele correu a mão pelos cabelos. Prendi a respiração. Eu sabia que seu perfume me envolveria como um abraço, e as imagens dele suado, com a camiseta branca colada ao tórax, invadiriam minha mente, bagunçando minha capacidade de raciocínio.

– Vai ser complicado – ele resmungou, mais para si mesmo, me pareceu.

– Deixa rolar, Max – murmurei, um pouco magoada com seu pessimismo. – Também preciso que isso dê certo. Acho que até mais que você.

Ele não pareceu nada feliz, mas acabou concordando e voltou para sua mesa, a seis metros da minha.

Meu primeiro dia no setor nove foi meio estranho. Havia uma pilha de papéis que precisavam ser copiados e arquivados acumulada fazia semanas, e de repente me senti uma tola. Eu não tinha assistente. O ofício era exatamente o mesmo, só o andar era outro. Não havia promoção nenhuma!

Concentrei-me em guardar a papelada nas pastas certas e ignorei o burburinho na enorme repartição. Muitos olhares curiosos me avaliavam, mas um em especial, que me fazia sentir como se um holofote estivesse apontado para mim, me deixou inquieta. Max passou boa parte do dia me encarando e desviando os olhos quando eu o fitava de volta.

Quase no final do expediente, Vanessa, a garota do decote, sentou-se na beirada da minha mesa já bagunçada – organização nunca foi meu forte mesmo – e me avaliou de cima a baixo.

– Você se saiu bem para o primeiro dia. – Mas algo no tom de sua voz me convenceu de que ela pensava exatamente o oposto.

– Que bom que te impressionei.

Esperei que ela me deixasse em paz, mas, claro, ela continuou ali, me analisando com olhos de ave de rapina.

– Então... como foi que você e o Max acabaram juntos?

Eu já tinha um "Não é da sua conta" na ponta da língua, mas então me ocorreu que Vanessa poderia ser uma ótima ferramenta. A curiosidade estampava seu rosto, e eu tinha certeza de que qualquer coisa que eu dissesse seria repetido – e talvez até aumentado – pelos corredores da L&L.

– Ah, foi... hã... – Um ícone piscou na barra de ferramentas em meu monitor. Ninguém nunca tinha me chamado no chat privado da L&L desde que eu começara a trabalhar. Na verdade, ninguém nunca me chamava para nada que não fosse dar ordens. Fiquei um pouco emocionada.

Era Max.

Max_Comex diz:
  O que a Vanessa quer?
Alicia Lima diz:
  Saber como acabamos juntos.
Max_Comex diz:
  Inventa qualquer coisa e depois me avisa, pra não ter falhas.
Alicia Lima diz:
  Ok.

– Foi meio... coisa de pele, sabe como é? – comecei. – Quando a gente se conheceu, rolou *aquela* coisa.

Ela sorriu.

– Engraçado. Ouvi dizer que vocês não se suportavam e...

– Exatamente – a interrompi apressada. – Daí para o tesão desenfreado foi um pulo.

Suas sobrancelhas finas se arquearam.

– Mesmo? O Max não parece desse tipo.

– Ah, mas é. Acredite, o Max sabe como enlouquecer uma garota. – Dessa vez não era mentira.

Vanessa se virou para observá-lo por sobre o ombro. Ele desviou os olhos para a tela do computador.

Max_Comex diz:
  O que você disse?

Alicia Lima diz:
   Que você é um garanhão insaciável e por isso caí na sua.

Ele tossiu convulsivamente, atraindo olhares para si, inclusive o meu. Seu rosto estava vermelho como um tomate.

– O Max, quem diria... – Vanessa sorriu, ainda observando-o. – Ele é lindo, claro. Mas sempre pensei que fosse frio demais.

– Não. O Max é capaz de derreter as geleiras de Puncak Jaya só com o olhar. Na verdade, ele é surpreendentemente carinhoso. Imagina que ele abasteceu a despensa com chocolate e a geladeira com todas as marcas de iogurte que encontrou no supermercado porque não sabia qual era a minha favorita...

– Que atencioso! – ela disse com entusiasmo forçado.

– Muito. – E realmente era. Quer dizer, Max podia ter aquele jeito rude de vez em quando, mas essa do iogurte havia deixado bem claro que dentro dele havia um gentleman à moda antiga.

Max_Comex diz:
   Por que você disse isso?
Alicia Lima diz:
   Porque achei que falar da nossa vida sexual faria a Vanessa parar de me fazer perguntas.
Max_Comex diz:
   E parou?

– Como foi que ele te pediu em casamento? – Vanessa questionou.

Max_Comex acabou de chamar a sua atenção.
Alicia Lima diz:
   Não.
   Como foi que você me pediu em casamento?
Max_Comex diz:
   Não faço ideia.
   Espera, deixa eu pensar.

Diz que foi na noite em que te levei ao teatro.

Alicia Lima diz:

O que fomos assistir?

Max_Comex diz:

Tanto faz. Depois do espetáculo te levei até o mirante para admirarmos a cidade toda iluminada.

Levei vinho.

Você gosta de vinho, né?

Alicia Lima diz:

Adoro.

– O Max me levou ao teatro e depois ao mirante da cidade pra dar uns amassos. Ele levou um Pinot Noir – contei para Vanessa.

Max_Comex diz:

Ficamos conversando, você estava feliz, à vontade.

Eu estava nervoso como o diabo, com medo do que estava prestes a fazer.

Sabia que precisava de você como nunca precisei de ninguém.

Sabia que te queria ao meu lado para o resto da vida.

Olhei para Max, completamente concentrado na tela do computador.

– Ele estava nervoso, com medo que eu dissesse não – falei mecanicamente.

– Caramba! Nunca imaginaria o Max com medo de nada.

– Nem eu!

Max_Comex diz:

Então tomei coragem, olhei dentro dos seus olhos e disse:

Alicia, você tem sido a pedra no meu sapato desde que entrou na minha vida sem pedir licença.

Alicia Lima diz:

Esse é o pior pedido de casamento imaginário que já ouvi!

Max_Comex diz:

Ainda não terminei. Então eu te disse:

Desde aquele dia em que você me atropelou na escada, não consigo parar de pensar em você. Meu mundo virou de pernas pro ar... e não quero que volte a ser o que era. Não se isso te excluir. Quero que esse caos aumente se significar que terei você por perto.

Levantei a cabeça para observá-lo. Ele digitava a uma velocidade impressionante, completamente absorto.

Max_Comex diz:
Sei que a gente mal se conhece, mas tenho certeza que algo extraordinário vai acontecer se ficarmos juntos. Prometo que vou te amar, te respeitar, te proteger e te apoiar em todos os momentos da nossa vida. Case comigo e me faça um homem completo.
E você respondeu...
Alicia Lima diz:
Eu caso!!!
Max_Comex diz:
Eu te tomei em meus braços.
Alicia Lima diz:
E aí? O que aconteceu depois?
Max_Comex diz:
Nos entregamos tão profundamente aos nossos sentimentos que juntos atingimos as estrelas.

Olhei novamente para ele, que dessa vez me encarava de volta. Havia um brilho novo em seus olhos, dançando alegre nas íris iridescentes. Minha respiração acelerou.

– Alicia, tá me ouvindo? – chamou Vanessa, me libertando do encantamento.

Sacudi a cabeça, um pouco confusa.

– Oi?... Estou. Que foi?

– Perguntei como foi o pedido. O que foi que ele disse?

– Ah, ele disse que... eu era uma pedra no sapato e que ele não podia mais viver sem mim, depois me levou até as estrelas.

– Nossa!

– É. Tá calor aqui, não tá? – engoli em seco, afastando o cabelo da testa subitamente úmida. – Preciso tomar... alguma coisa. Gelada. Bem gelada!

16

Na volta para casa, eu tinha muitas perguntas para Max. Entretanto, sua armadura havia retornado, e não tive ânimo para perguntar o que aquele monte de coisas escritas no chat da L&L significava. Se é que tinha algum significado. Eu achava que sim, já que seu olhar naquele momento parecia me dizer muito.

Mari me esperava na portaria do prédio, com os braços cheios de sacolas.

– Você esqueceu algumas coisas lá em casa. Não que isso seja surpresa – ela riu, depois olhou para Max um pouco encabulada. – Oi, Max.

– Oi, Mariana. Deixa eu te ajudar com isso – ele tomou as sacolas das mãos de minha amiga, deixando-a paralisada feito um poste. – Vai ficar para jantar?

Ela me encarou, a boca aberta como a de um peixe agonizante.

– Eu posso? – me perguntou num sussurro.

Max riu, e foi ele quem respondeu:

– Não só pode como deve. Vai ser um prazer. Essa é a casa da Alicia agora, ela pode receber quem quiser. Vamos subir? – e indicou o elevador.

– Tá bom – ela disse sorrindo. Abraçou minha cintura e sussurrou: – Me diz que você já tirou uma casquinha, por favor!

Não tive certeza se Max ouviu. Rezei para que não tivesse escutado nada.

Mari adorou o apartamento e aprovou a decoração despojada. Assim como eu, achou meu quarto um pouco sem personalidade, mas viu potencial e começou a ter milhares de ideias de decoração de baixo custo. Ela adorava mudar ambientes aproveitando o que já tinha e gastando pouco. Eu sempre opinava a respeito de tudo, afinal cinco anos de faculdade me serviam de alguma coisa.

Max pediu comida chinesa e se negou a aceitar que eu pagasse minha parte.

– Nunca imaginei que seria assim – Mari soltou, enquanto comíamos na pequena mesa de jantar. – Quer dizer, a vida de casada. Não é tão ruim, Lili.

– Ãrrã – murmurei distraída.

Max largou os hashis.

– Tem algo te incomodando? – me perguntou. Não estava bravo nem parecia triste. Apenas curioso.

– Não. Mas isso aqui não é bem um casamento. É mais como um alojamento. Imagino que casamento seja diferente.

– Diferente como? – ele quis saber, voltando a comer.

– Pra começar, as pessoas normalmente estão apaixonadas e dormem na mesma cama – apontei.

Ele refletiu por um momento, engoliu a comida e acrescentou:

– E com certeza o marido não ficaria surpreso se flagrasse a esposa nua na cozinha.

– Provavelmente não – concordei.

– Você ficou pelada na cozinha? – Mari sussurrou, mesmo estando sentada a dois palmos de Max.

– Antes que sua imaginação viaje e não volte mais, não foi bem assim. Eu pensei que o Max já tivesse saído e não fosse mais voltar. – Voltei-me para ele. – E eu já disse que isso não vai mais acontecer.

– Não acredito que você não me contou, Lili. Você sabe como estou ansiosa por detalhes – resmungou ela, sem notar a surpresa estampada no rosto de Max.

– Detalhes de quê? – ele quis saber.

Ela corou ao notar seu lapso.

Suspirei exasperada.

– Não é nada, Max. A Mari adora viver no mundo do faz de conta. Ela está esperando que a gente se apaixone perdidamente um pelo outro. Ela lê horóscopo todo dia e acredita que borboletas são sinais de alguma coisa – revirei os olhos. – É só ignorar que ela acaba cansando.

Ele me lançou um olhar inquisitivo, e havia um pequeno sorriso em seus olhos quando disse:

– Vou tentar.

– Ah, Lili, eu só queria que você fosse feliz. Nos últimos meses você ficou órfã, pobre, virou assalariada e está sem carro. E ainda teve aquela confusão em Amsterdã um pouco antes. É errado querer que a sua melhor amiga tenha uma vida feliz?

– O que aconteceu em Amsterdã? – Max perguntou a ela.

– Nada! – gritei, ao mesmo tempo em que Mari dizia:

– Ela foi presa injustamente.

Ele me fitou, intrigado.

– Presa? Parece que eu devia ter dado uma olhada no seu atestado de antecedentes criminais – e uma de suas sobrancelhas se arqueou.

– Muito obrigada, Mariana! – resmunguei

– Eu não sabia que ele não sabia – ela se encolheu na cadeira. O rosto anguloso estava rubro como sangue. – O seu avô ficou tão irado na época que pensei que todo mundo soubesse. Saiu nos jornais e tudo, poxa!

– O que aconteceu para você ser presa em Amsterdã? – Max inquiriu.

Suspirei.

– Ninguém nunca vai esquecer essa história?

Ele apenas me observou com o rosto impassível, brilhando de obstinação, esperando por um esclarecimento. Max tinha que me ensinar como fazer aquilo. Era muito eficiente. Talvez eu pudesse usar com Clóvis e fazer com que ele ficasse do meu lado...

– Tudo bem – bufei. – Conheci um cara em Dublin, um australiano. Acabamos viajando juntos para vários lugares da Europa. Quando chegamos em Amsterdã, não sei se foi pelo clima liberal ou pela quantidade de chás exóticos que tomamos, mas o fato é que acabei... ficando com ele onde não devia. Baixou polícia e fomos presos. O vovô mandou três advogados pra me livrar da confusão. Fim da história.

– Quando você diz ficou... quer dizer... – disse ele, cruzando os braços sobre o peito.

– Quero dizer que estávamos quase nas estrelas, Max.

Ele recuou um pouco, sobressaltado. Arrependi-me instantaneamente do comentário, mas era tarde para voltar atrás. Nós nos encaramos por um segundo interminável, seus olhos me fazendo perguntas, os meus tentando entendê-las.

Mari sentiu a tensão.

– Gente, eu... vou nessa.

– Espera – Max se recompôs rapidamente, desviando os olhos para ela. – Preciso revisar uns contratos importantes. Vocês podem ficar mais à vontade sem a minha presença. Eu já terminei de comer mesmo. Aparece mais vezes, Mariana. Essa casa agora também é da Alicia. E, diferente da cadeia, aqui ela tem direito a visitas a hora que quiser – ele me lançou um olhar reprovador.

Fiquei observando-o se levantar com a elegância costumeira, apesar de todo aquele tamanho. Era como observar um leão, poderoso e perigoso, que se movia com agilidade e força descomunal. Seu rosto ainda estava duro quando ele se trancou no quarto.

– Desculpa! – Mari começou assim que a porta se fechou. – Eu juro que escapou sem querer!

– Não esquenta. O Max ia acabar sabendo de uma forma ou de outra. Melhor que tenha sido por mim. Não que faça alguma diferença, já que ele me considera uma garota mimada e irresponsável. Não entendi por que ele ficou tão surpreso ao saber dessa história. Ele devia imaginar que eu era capaz disso... – dei de ombros.

Ela me estudou por um momento.

– É impressão minha ou tá *mesmo* rolando alguma coisa? – e sorriu.

– O Max tem sido gentil e simpático na maior parte do tempo, mas nada além disso. Ele parece estar se esforçando para que a nossa convivência seja a melhor possível, dentro das possibilidades. E eu estou tentando fazer o mesmo, mas você me conhece. As coisas sempre dão errado quando eu tenho boas intenções.

– E é só isso? – ela questionou, os olhos castanhos ligeiramente contraídos.

– Ah, eu fui promovida, sabia? – mudei de assunto rapidamente. Eu não queria me aprofundar nas especulações sobre o que realmente estava acontecendo entre mim e Max. Não naquele momento.

– Não acredito! Me conta tudo! – ela pediu, entusiasmada.

Ficamos conversando até tarde. Mari quis saber todos os detalhes sobre minha promoção e gargalhou quando constatou, assim como eu, que não havia promoção alguma. Depois foi minha vez de exigir atualizações do romance dela com Breno, que avançava a passos largos. Ela ainda não admitia que estava apaixonada, mas não era necessário. Seu entusiasmo ao falar dele demonstrava isso, e ela não parecia capaz de se conter quando tocava nesse assunto. E continuou falando, falando, falando, inclusive enquanto eu tomava banho. Vesti meu pijama preferido, o de nuvenzinhas, enquanto ela me contava que, no último encontro, Breno a levara para o litoral, onde fizeram amor – isso mesmo, nada de sexo; fizeram amor, foi o que ela disse sorrindo – na areia da praia, e seu traseiro terminou todo esfolado.

Mari se interrompeu e revirou os olhos ao analisar meu pijama, dizendo que Max nunca se interessaria por mim se eu me vestisse daquele jeito. Então, para que o efeito fosse ainda melhor, calcei minhas pantufas de patas de dinossauro e ela gargalhou. Insisti para que dormisse ali, mas ela recusou, alegando não querer levantar suspeitas dos vizinhos. Passava da meia-noite quando ela foi embora, feliz por ter me ajudado a guardar as roupas que eu havia esquecido em sua casa e por ver Max de volta à sala, agindo de modo mais casual quando se despediram.

Então sobramos ele e eu. Seu humor realmente havia melhorado, já que ele olhava para minhas pantufas e sorria sem parar.

– Que foi? – perguntei, olhando para baixo.

– Nada. Estou tentando entender que tipo de dinossauro teria patas azuis com unhas multicoloridas – ele riu. Aquele som rico, reconfortante, acariciou minha pele.

– Um dinossauro que curte balada? – sugeri.

– Provavelmente. Você sempre foi assim? – ele quis saber, enquanto eu recolhia as caixas de comida e jogava tudo dentro da pia.

– Assim como? – perguntei cautelosa.

– A lixeira fica bem aqui do lado – ele explicou, pegando as caixas que eu acabara de jogar na pia e as colocando no cesto de lixo, ao lado do fogão. – Com a Mari, eu quis dizer. Vocês sempre foram tão amigas?

– Ah, sim! Desde que me conheço por gente. Eu conheci a Mari no maternal, ela me salvou de uma lagarta que me perseguia pelo parquinho. Estremeço só de pensar naquele bicho gosmento e peludo, que parecia sentir meu cheiro e me caçava por toda parte. Se não fosse a Mari, sei lá, acho que eu teria morrido. Somos inseparáveis desde então.

Ele sorriu.

– Isso explica a cena com a borboleta ontem de manhã. Você tem medo delas também.

– Não é medo – esclareci. – Só acho nojento.

– Eu pensei que você não tivesse medo de nada – ele comentou. – É sempre tão confiante.

– Até parece – eu ri, sem humor algum. – Eu sou normal, Max. Tenho meus medos, como todo mundo. Certas coisas me apavoram.

– Tipo o quê? – ele inclinou a cabeça, lavou as mãos melecadas de shoyu, depois as secou num pano de prato e o jogou sobre a pia. Abriu o armário, pegou uma garrafa de vinho e serviu duas taças. Esticou uma delas para mim.

– Obrigada. Tenho medo de perder, por exemplo. Estou cansada de perder as pessoas que amo – respondi sinceramente, sem saber por que fiz aquilo. Algo no rosto dele me instigava a abrir a boca e despejar a primeira coisa que surgisse em minha cabeça.

– Está falando do seu avô?

– Dele também. Eu era pequena demais quando meus pais morreram naquele maldito atentado no Egito, mas não o bastante para não me lembrar deles.

Ele puxou um dos bancos altos para que eu me sentasse, depois se sentou ao meu lado, virando até ficar de frente para mim, e apoiou o cotovelo no balcão.

– Eu sinto muito – murmurou, os olhos repletos de solidariedade.

– Eu também. Sinto falta do que poderia ter sido, sabe? De como teria sido minha vida se eles não estivessem no lugar errado na hora errada.

– Bom... com certeza não estaríamos casados – ele comentou, claramente tentando aliviar o clima.

– Provavelmente. E talvez eles tivessem me internado em um colégio de freiras. O meu avô bem que tentou uma vez, mas pra minha sorte recusaram minha matrícula, alegando que o meu histórico escolar era conflitante com os preceitos de ensino do colégio. – Tomei um gole do vinho. Pinot Noir. – Adoro esse vinho.

– Você não pode ter sido tão... – ele parou e deliberou por um momento antes de continuar. Um sorriso enorme se abriu em seu rosto perfeito. – Você deve ter sido impossível! Tem cara de quem já aprontou muito.

Sorri também.

– Digamos que eu soube aproveitar a vida sempre que tive chance. – Tomei outro grande gole da bebida revigorante.

– Eu nunca soube – ele soltou um pesado suspiro. – Sempre fiquei com a cara enfiada nos livros, nos projetos, nos contratos... Mal tive tempo de pensar em me divertir.

– Por que isso não me surpreende?

– Eu bem que queria ter sido um adolescente normal, irresponsável, que pula de festa em festa. Meus pais até reclamavam. Chegaram a me obrigar a ir em algumas festas. Mas eu não curtia. Parecia errado. Eu tinha que dar o melhor de mim, ser o melhor que pudesse – ele sorriu com amargura.

Fiquei esperando que ele continuasse, mas, claro, ele não continuou, como sempre. Dessa vez, porém, não me atrevi a perguntar por que lhe parecia errado se divertir aos dezoito anos.

Max sacudiu a cabeça levemente, esvaziou sua taça e perguntou:

– Como era seu relacionamento com seus pais?

– Não me lembro de muita coisa. Eu tinha cinco anos quando eles morreram, mas lembro que a minha mãe sempre brincava comigo, principalmente brincadeiras com maquiagem. E o meu pai lia histórias quando me colocava na cama. Eu detestava as histórias que ele contava. Normalmente ele gostava de ler Dostoiévski ou Tolstói – eu ri. – Que criança gosta desse tipo de literatura? Mesmo assim, nunca falei nada. Meu pai era ocupado, passava pouco tempo em casa. O vovô é quem sempre esteve por perto. Até dois meses atrás – suspirei.

– Sinto muito, Alicia – ele disse, tocando minha mão e deixando a sua ali. Era quente, macia e tão grande que engoliu a minha. – Não consigo imaginar como isso tudo te machucou.

Fiquei imóvel. Seu toque abriu as comportas do meu autocontrole, e de repente eu queria contar toda a minha vida, para que ele me conhecesse de verdade.

– Eu era pequena demais e não entendia bem o significado da morte, que nunca mais veria meus pais. O vovô me levou pra morar com ele na mansão e fez tudo que pôde para que eu fosse feliz. Ele já era viúvo na época. Tivemos dias bem ruins, como nas datas comemorativas, meu aniversário, Natal... Na semana do Dia das Mães, eu inventava uma história pra não ir para o colégio. Fazia o mesmo drama no Dia dos Pais. É claro que o vovô sabia que eu estava mentindo quando dizia que tinha pegado um tipo de malária sueca que impossibilitava meu cérebro de aprender coisas novas, e a única forma de me curar era ficar em casa e tomar muito sorvete, mas ele nunca disse nada. Sempre trazia potes e mais potes de sorvete e comia comigo, dizendo que era pra se prevenir da doença.

– Ele foi um ótimo avô. Você teve muita sorte – sua mão continuava sobre a minha.

– Sem contar essa questão do testamento... – tentei sorrir. – A gente era muito ligado, Max. O vovô sempre esteve comigo. Acho que eu não quis pensar que um dia ele poderia... não estar mais – dei de ombros. – Sei que não ando me saindo muito bem sem ele por perto, mas, acredite, estou tentando fazer o melhor que posso.

Ele me lançou um olhar quente, carinhoso e cheio de promessas. Promessas que não pude compreender.

– Eu sei disso.

Eu estava nervosa com a intensidade que vinha dele, não apenas dos olhos, mas de todo ele. Era como se algo realmente físico saísse de seu corpo e me tocasse. Peguei minha taça com a mão livre para ter alguma coisa para fazer que não fosse olhar para aquelas esmeraldas caleidoscópicas, mas meu vinho tinha acabado. Max notou e soltou minha mão para servir um pouco mais. Por um instante, me senti em queda livre.

– Humm... me conta sobre você – pedi. – Como é sua relação com seus pais?

– Eles estão muito orgulhosos do que já conquistei. E ficaram contentes ao saber da sua existência.

Fiquei encarando seus olhos enigmáticos por um tempo, até que – não faço ideia do porquê – me ouvi indagando:

– Você tem namorada?

Ele pareceu surpreso.

– Não. – Suas sobrancelhas se arquearam um pouco. – E você?

– Não.

– Que bom! Seria um problema se tivesse. – Meu coração se encheu de calor com aquelas palavras. Contudo, logo a quentura se foi. – Como a gente ia sustentar a mentira se você tivesse um amante?

– Ia ser complicado. Mas não tenho ninguém há muito tempo, quer dizer, alguém sério. Se você quiser... sei lá... – clareei a garganta para que a voz não saísse tão esganiçada – namorar alguém meio escondido, tudo bem. Um ano é bastante coisa.

– Não se preocupa comigo. Você... – ele inclinou a cabeça para que nossos olhos ficassem na mesma altura – pretende sair com outra pessoa?

Com *outra* pessoa. Não com alguém, mas com *outra* pessoa.

– Não estamos saindo, Max. Você e eu, quero dizer – mas sorri.

– Você entendeu – ele disse constrangido, tomando mais um pouco de vinho.

– Minha vida tá uma confusão. Não quero me envolver com ninguém agora – mas então ele poderia pensar que eu não estava disponível. – Quer dizer, se rolar... – dei de ombros, só para deixar claro que eu não estava, de forma alguma, fechada para o mundo. Eu estava ficando louca!

Ele sorriu.

– Você nunca planeja nada, não é? Deixa tudo acontecer. Acho isso fascinante!

Fascinante era a forma como ele me encarava. Oh, Deus, o vinho estava me deixando em chamas.

– É uma das coisas que admiro em você – ele continuou. – Essa sua espontaneidade, essa vida que transborda dos seus olhos – e me lançou um sorriso torto, que me atingiu como um taco de beisebol.

– Você... me admira? – perguntei baixinho e muito, muito surpresa.

– Que tipo de idiota eu seria se não admirasse uma garota com tanta personalidade? – Ele tocou de leve a ponta do meu queixo com o indicador. Foi como ser tocada por um fio desencapado. Um tremor desconhecido percorreu todo meu corpo. – Te vejo amanhã – então se levantou e foi para o quarto.

Permaneci onde estava, aterrorizada. Um súbito calor inundou meu peito, uma cálida sensação de proteção, e mais alguma coisa que eu não conseguia nomear, começavam a brotar em meu coração.

– Boa noite – murmurei após ouvir a porta se fechar.

17

Depois daquela noite reveladora – de minha parte, pelo menos –, decidi que Max e eu poderíamos ser amigos, afinal estávamos nos ajudando, era natural que nos entendêssemos melhor. Não que eu o quisesse louco de amores por mim ou algo do tipo, mas que mal faria se de repente nos tornássemos tão íntimos que ele não pudesse mais viver sem mim?

Naquela manhã, Max foi chamado para uma reunião com a diretoria. Parecia tenso ao subir até o nono andar. Vanessa, a garota do decote, que hoje usava outro modelito nada recatado, aproveitou para se aproximar da minha mesa.

– Estão decidindo quem vai ser o diretor de Comex – comentou ela. – O Max tem boas chances.

– Ele é muito competente – eu disse desinteressada. Continuei trabalhando numa planilha supercomplicada e esperava não cometer erros dessa vez. O cancelamento do imenso pedido dos argentinos ainda fazia Joyce estremecer.

– Será que ser marido da futura herdeira desse império não tem nada a ver com isso? – ela sugeriu.

Levantei os olhos. Um sorriso venenoso brincava em seus lábios cheios.

– Entendi mal ou você está insinuando que o Max pode ser promovido por ter se casado comigo e não pela capacidade dele?

– É você quem está dizendo... – ela levantou as mãos, as palmas viradas para frente, exatamente como faz um jogador de futebol depois de uma entrada maldosa que quebra a perna do adversário em dezoito pedaços.

Levantei-me bruscamente. Ela recuou um passo, assustada.
Bom!

– Escuta só – comecei, a voz baixa e contida. – Caso você ainda não tenha notado, eu sou uma simples secretária, com um salário certamente menor que o de qualquer um neste andar. Se o Max fosse esperto, teria ficado longe de mim.

– Convenientemente, depois de alguns meses de casada, você vai receber a sua fortuna e assumir os negócios do seu avô, não é? E não fui eu quem inventou essa história, é o que todo mundo anda dizendo – ela deu de ombros. – Que o Max deu o golpe do baú.

Apoiei as mãos na beirada da mesa e me inclinei ligeiramente em sua direção.

– Você está indo longe demais, Vanessa. Estou avisando.

– Eu andei observando vocês. Pra mim não existe nenhum tipo de relacionamento entre vocês dois. Não me convenceram. Na verdade, acho que esse casamento não passa de uma grande piada. Mas não se preocupe, a verdade sempre aparece. Mais cedo ou mais tarde – ela sorriu enquanto voltava para sua mesa.

Claro que não consegui me concentrar em mais nada depois disso. Refleti por um bom tempo, na tentativa de descobrir quem poderia ter iniciado o boato, e me perguntei se Max já o tinha ouvido.

Eu o esperei no corredor, impaciente. Levou séculos para que ele aparecesse. Interceptei-o assim que ele saiu do elevador.

– Precisamos conversar – e o peguei pelo braço, arrastando-o até as escadas que ninguém nunca usava.

– Aconteceu alguma coisa? – ele perguntou.

– Como foi a reunião?

Ele sorriu, animado.

– Os diretores marcaram um jantar para sexta-feira. Eles vão decidir quem vai ocupar a vaga de um jeito mais informal. Do jeito que o seu avô costumava fazer. Estou no páreo.

– Isso é ótimo! – Olhei ao redor para me certificar de que estávamos sozinhos. Puxei Max mais alguns passos, parando atrás de um pilar largo. Não havia como sermos vistos ali. – A Vanessa me disse uma coisa agora há pouco.

– Que tipo de coisa? – ele perguntou, inseguro. *Que estranho...*

– Ela insinuou que você casou comigo para ser promovido e que o boato tá rolando na empresa toda – bufei. – Garota mau-caráter! Tive vontade de enfiar meu sapato na cara dela...

Suas sobrancelhas se franziram.

– Por quê? – ele quis saber.

– Como assim, por quê? Ela acha que você deu o golpe do baú, quando na verdade sou eu que estou te usando pra conseguir minha fortuna de volta.

Ele riu suavemente.

– Fico muito comovido que você queira me defender dessa forma, Alicia. Não imaginei que você fosse capaz disso. Mas a Vanessa está certa. Eu casei com você pra tentar ser promovido. E não me importo muito com o que ela diz.

– Tá, mas você trabalhou duro. E meio que foi obrigado a casar comigo por culpa das ideias absurdas do meu avô. – Vovô deixara muita confusão para trás. Eu lhe diria poucas e boas na próxima vez que ele invadisse meus sonhos. Se é que ele voltaria a aparecer. – E todo mundo parece saber que o nosso casamento é uma farsa. Não faço ideia de quem espalhou isso por aí, mas o fato é que acham que você é um golpista.

Ele refletiu por um momento antes de responder tranquilamente:

– Não me importo com isso também. Desde que não traga complicações pra nós dois, claro. Eu trabalho duro aqui na empresa. Acho que fiz por merecer a promoção, certo? Vamos fingir que não sabemos de nada.

– Essa é a coisa mais ridícula que você já me disse – cruzei os braços sobre o peito. – E você já me disse muita coisa ridícula!

Ele riu.

– Se a gente tentar se justificar, o que você acha que vai acontecer?

– Vão saber que eu não levo desaforo pra casa?

– Todo mundo aqui já imagina isso, Alicia – ele sorriu. – Além disso, aposto que, se a gente começar a se justificar, todo mundo vai ter certeza que somos mesmo uma fraude. O melhor agora é não dar bola. Deixar que falem até cansar e mudem o foco para outro boato.

– Você acha que o Clóvis já ouviu os rumores?

– Tenho certeza que sim. Mas vamos deixar tudo como está. Confia em mim. – E, por mais louco que pudesse parecer, eu confiava. – Você pode jantar comigo na sexta?

O convite varreu todas as minhas preocupações para longe. Senti-me quente e viva e ansiosa e faminta em questão de segundos.

– Claro – sorri. – Algum motivo especial?

– O jantar com a diretoria, lembra? – ele sussurrou.

– Hãã... claro! – O que mais seria? Um encontro com a própria esposa? – Ah, que inferno! Eu não tenho nada bacana pra vestir. A maior parte das minhas roupas ficou na mansão.

Ele me mostrou um sorriso torto, dando um passo à frente e ficando a dez centímetros de distância.

– Você fica linda com qualquer coisa.

Um arrepio delicioso se espalhou por todo meu corpo, alcançando até os dedos dos pés. Naquele momento, ele poderia ter dito "Você fede" ou "Tire a roupa" que o efeito teria sido o mesmo – se bem que, se ele tivesse pedido que eu tirasse a roupa, eu *provavelmente* teria reagido de forma muito diferente. Não foi só o que ele disse que fez meu mundo girar por alguns instantes, mas a forma como disse. A voz rouca, quente, sussurrada, tão íntima, doce e ao mesmo tempo imperiosa, me lançou numa espiral de sensações tão arrebatadoras que eu mal sabia dizer em que parte do planeta me encontrava.

Congelei quando vi sua mão se erguer para tocar meu pescoço. Meu coração desatou a bater como louco dentro do peito, e pensei que pudesse explodir com as pancadas urgentes. Lentamente, Max se inclinou até que seus lábios quase tocassem os meus. Àquela distância, pude ver o caleidoscópio hipnótico em seus olhos mais uma vez, embora suas pupilas estivessem dilatadas e parecessem me engolir.

– Pensei que namoro no escritório fosse proibido! – arrulhou alguém.

Confusa, olhei para o lado e vi Vanessa com uma das mãos no alto da parede e a outra na cintura, o rosto cínico contorcido num sorriso tão falso quanto uma nota de quinze reais.

Max se endireitou num átimo.

– Sabemos disso – ele disse. – Só estávamos conversando.

– Não foi o que pareceu – ela retrucou, venenosa. Vanessa se demorou mais um segundo ou dois antes de se virar e sair rebolando, certamente tentando atrair a atenção de Max. Não funcionou. Seus olhos ficaram grudados nos meus o tempo todo.

– Acho melhor a gente voltar. A Vanessa tem bastante assunto agora – ele falou, pegando minha mão e me arrastando de volta para o corredor que levava ao nosso departamento.

Uma onda de constrangimento fez desaparecer minha tontura. Era disso que se tratava. Encenação. O coração dele provavelmente não estava acelerado como se ele tivesse subido cinco lances de escada correndo, nem seus joelhos pareciam ter se transformado em gelatina. Max estava atuando. Eu... não.

– Almoça comigo? – ele pediu ao me deixar em minha mesa.

Apenas sacudi a cabeça, confirmando. Não tinha certeza se conseguiria responder sem deixar transparecer minha frustração.

– Ótimo – e delicadamente ele beijou minha mão, antes de soltá-la e se dirigir à sua mesa.

Fiquei observando ele se afastar com meus pensamentos em desordem. O que estava realmente acontecendo? E seus ombros sempre foram assim tão largos? Quer dizer, ele era alto e já tinha dito que malhava, e eu sabia de seu passado de nadador universitário, mas aquelas costas em V, a cintura estreita, o traseiro pequeno e benfeito, que parecia convidar minha mão a...

– Alicia.

Virei-me abruptamente, dando de cara com Joyce.

– Hã... Oi. Eu... eu... estava... humm... meditando sobre... os novos hidratantes para as mãos e...

– Ãrrã – ela sorriu maliciosamente, aumentando meu constrangimento por ter sido flagrada olhando para Max com... hã... interesse puramente físico. – Agora esqueça seu marido por algumas horas e se concentre no trabalho, porque dessa vez não pode haver erros. Preciso que você monte uma planilha com os contratos internacionais mais recentes. Clientes, datas, valores, percentual de contribuição total, custos e lucros, e tudo o mais que puder encontrar. Você tem até o fim do dia. Aqui estão os documentos – e jogou a pilha de papéis em meus braços paralisados. – Bom dia, querida.

Contemplei por um tempo a montanha cheia de números e nomes. Sentei-me na borda da mesa e examinei o calhamaço de papéis sem saber por onde começar e sem entender o que Joyce queria que eu fizesse exatamente. Respirei fundo e me acomodei na cadeira, esperando que uma luz me iluminasse e milagrosamente tudo fizesse sentido. Porém a luz iluminou apenas um quadradinho em meu monitor.

Max_Comex diz:
    Pela sua cara, você precisa de ajuda.
Alicia Lima diz:
    Não sei nem por onde começar.
Max_Comex diz:
    O que a Joyce quer?
Alicia Lima diz:
    Não faço ideia!
    Algo a ver com percentual total e planilha, e pra HOJE!
Max_Comex diz:
    Percentual de contribuição total?
Alicia Lima diz:
    Acho que é isso.
Max_Comex diz:
    Certo.
    Eu te ajudo.
    Primeiro separe os contratos, de acordo com as datas...

Ele foi me orientando até que comecei a pegar o jeito. Quando chegou a hora do almoço, eu já tinha feito boa parte do serviço. Supus que o trabalho dele estivesse atrasado, já que ele não havia feito nada além de me socorrer e responder às minhas centenas de perguntas, mas ele nada comentou sobre isso quando veio até minha mesa e anunciou:

– Hora de parar um pouco. Você precisa comer.

Andamos lado a lado até o refeitório da empresa. Muitos olhares curiosos nos seguiram. Nós nos sentamos juntos a uma mesa mais ao canto.

– Credo! O que é essa gororoba? – perguntei quando olhei para a bandeja à minha frente.

– Honestamente, não faço ideia. Difícil identificar só pela aparência – ele cutucou a comida com a ponta do garfo. Ao menos ela não se moveu. – Parece risoto de alguma coisa.

– Decididamente isso não é risoto. Parece que alguém vomitou no meu prato.

– Quer comer em outro lugar? Estamos meio sem tempo, mas tem um boteco aqui perto que serve um...

– Não dá, Max. A Joyce pediu a planilha pra hoje. Não posso perder nem um segundo. Vai ter que ser essa gosma mesmo – suspirei pesadamente.

Ele me olhou divertido, então pegou o garfo, fechou os olhos, tapou o nariz com os dedos e enfiou *aquilo* na boca. Confesso que fiquei orgulhosa dele. Max não temia o perigo.

Ele mastigou algumas vezes antes de abrir os olhos.

– Humm... Não é tão ruim – comentou.

Reprimi uma careta.

– O que é?

– Não faço a menor ideia, Alicia. Alguma coisa com frango... – Ele pegou mais uma pequena porção de comida e aproximou o garfo da minha boca. Recuei um pouco. – Não seja covarde. Experimenta.

Um pouco receosa, abri a boca, já que havia sido desafiada. O gosto não era dos piores, mas a aparência era realmente repugnante. A textura lembrava um risoto que passara do ponto, havia um sabor suave de cogumelos e... talvez milho?

– Acho que pode ser cogumelo – anunciei.

– Mesmo? – ele arriscou outra garfada. – Pra mim parece frango.

– Talvez seja frango. Ou talvez seja... – gemi. – Ok, comida pela qual não preciso pagar – e comecei a comer. – Não acredito que o meu avô não se preocupava com a qualidade da comida dos funcionários.

– Algumas coisas estão diferentes desde que o seu avô... hã... depois da mudança na presidência da L&L.

– Sério?

– E não foi só a qualidade da comida que caiu. Alguns setores estão um pouco perdidos. Acho que é normal acontecer esse tipo de coisa. A L&L, como várias outras empresas do seu Narciso, caminha sozinha, mas ele sempre fez questão de prestar atenção nos detalhes. O Hector está sendo um bom presidente, eu acho, mas não é o seu Narciso. Imagino que vai levar um tempo até que ele se adapte e tudo volte ao normal.

– Acho que você tem razão. – Eu me perguntei se ainda estávamos falando sobre os problemas da L&L. Minha vida seguia em frente sem o meu avô, e, assim como suas empresas, eu também precisava de tempo para me adaptar.

– Sabe, você não é a garota mimada que pensei que fosse – ele comentou do nada, entre uma garfada e outra.

– E você não é o idiota que eu pensei que fosse – rebati, tomando um pouco de suco. – Bom, não totalmente.

– Obrigado – ele sorriu. – Dessa vez foi um elogio, certo?

– Ainda não – sorri de volta.

Ele riu. Mas logo seu rosto assumiu uma seriedade que fez minha comida ficar presa na garganta.

– Alicia, eu andei pensando se...

– Olá, Alicia. Max – cumprimentou Clóvis, aparecendo do nada. – Como têm passado?

Max reassumiu a aspereza habitual e não tocou mais na comida. Ou no que andava pensando, o que me deixou frustrada. Ele olhava vez ou outra para Clóvis de forma pouco amistosa.

– Estou bem, Clóvis – respondi. – E você? Se divertindo com a minha grana?

Ele fechou a cara.

– Você sabe muito bem que não estou fazendo isso – censurou. – Estou cuidando do que é seu. E com a mesma dedicação que o seu avô teria. Como está a vida de casada?

– Nada do que reclamar – tomei um gole de suco.

– O Max sempre foi um funcionário exemplar – Clóvis disse. – Seu avô chegou a comentar comigo que tinha grandes planos para ele. Mas, pelo que ouvi hoje, parece que ele está se saindo muito bem por conta própria.

— O Max está bem aqui na sua frente — apontei. — Pode falar direto com ele. Essa coisa de usar a terceira pessoa é irritante.

— Sempre arredia — Clóvis sorriu, mas não parecia satisfeito. — Pois bem. Vim aqui hoje para cumprir um papel que me foi designado. Sei que o seu Narciso gostaria de estar aqui para lhe dizer isso, Max. Como não é possível, eu mesmo o farei.

Lancei a Max um olhar agoniado, mas ele apenas encarava Clóvis desafiadoramente.

— A Alicia foi o bem mais precioso do seu Narciso. Trate-a como ela merece ser tratada e não ouse magoar essa menina.

— Eu preferiria tomar um tiro de fuzil a fazer a Alicia infeliz — Max disse calmamente. Espantei-me com a seriedade explícita em suas palavras. Não me pareceu atuação.

Clóvis sorriu.

— Fico feliz em ouvir isso. Evita um bocado de ameaças que eu não teria problema algum em cumprir. Não pense que ela está desamparada. A Alicia tem quem olhe por ela.

— Ah, eu já havia notado — Max retrucou, a voz fria como gelo. — Deixar alguém sem um tostão, dependendo da bondade de amigos, é sem dúvida um gesto muito protetor.

Clóvis se retraiu.

— Sou pago para executar ordens, Max.

— Mesmo sabendo que essas ordens vão fazer a Alicia sofrer. Bom trabalho, Clóvis. — Max parecia realmente irritado.

— O seu Narciso sabia o que estava fazendo — argumentou o advogado, o rosto impassível.

— Discordo — Max retrucou. — O seu Narciso conhecia bem a neta. Sabia como a decisão dele a magoaria, e mesmo assim foi em frente. Me pergunto o que, ou *quem*, pode ter influenciado um homem generoso como ele a agir dessa forma. — Clóvis tentou dizer alguma coisa, mas Max não permitiu. — Não se preocupe mais com a Alicia. Ela é *minha* mulher agora. Não vou permitir que lhe falte nada, e vou fazer tudo que estiver ao meu alcance para que ela seja feliz. E, por favor, gostaria que você parasse de perturbar a Alicia. Se ela precisar da sua ajuda, sabe onde te encontrar. Não que você tenha a intenção de realmente ajudar, não é? – Ele se levantou da mesa e me pegou pela mão, lançando um olhar fulminante para Clóvis.

Por um momento, pensei que mísseis de destruição em massa sairiam dos olhos do advogado e acertariam em cheio a cabeça de Max.

– Até logo, Clóvis – ele rugiu, já me arrastando.

– Hã... Tchau, Clóvis – resmunguei atordoada.

Alguns olhares curiosos nos acompanharam, mas Max não pareceu notar enquanto pisava duro no assoalho de madeira, me levando de volta para nossa sala ainda vazia.

– Desculpa – ele pediu quando me fez sentar na cadeira de sua mesa e se encostou no tampo. – Eu não tinha a intenção de falar por você daquele jeito. Eu... não sei o que me deu. Eu simplesmente detesto esse cara! – ele passou a mão pelos cabelos.

– Eu... realmente não preciso que ninguém me defenda, mas agradeço o que você fez. Só não sei bem se entendi o que te fez ficar tão alterado. O que o Clóvis fez com você?

– Comigo, nada. Com você, tudo! Eu detesto o que o Clóvis e o seu avô fizeram com você. *Sou pago para executar ordens* – ele imitou, furioso. – Que tipo de homem permite que uma garota magoada, que já perdeu toda a família, se sujeite aos caprichos de uma pessoa que nem está mais aqui? Me desculpa, mas o seu avô foi cruel com você. Ele errou. Errou feio Nem ele tinha o direito de brincar assim com a sua vida. Por causa disso, hoje estamos casados.

Pressionei os lábios para não gritar. Eu havia entendido tudo errado. Max não se importava comigo. Não de verdade.

– Se você tá querendo pular fora... – comecei, sem conseguir terminar.

– Pular fora? – sua testa vincou, o olhar ficou confuso. Em seguida, seus olhos se arregalaram e ele se agachou à minha frente, tomando minhas mãos nas suas. – Não! Não foi isso que eu quis dizer, Alicia. Não mesmo!

Só consegui fitar o chão. Ele me surpreendeu encaixando as mãos quentes em meu queixo e levantando meu rosto até que eu olhasse para ele.

– Eu não quis dizer isso – falou numa voz urgente, os olhos límpidos e profundos. – Eu juro! É que me mata pensar em como tudo isso te magoa, em que tipo de problema você teria se o noivo não fosse eu. Com que tipo de maluco você teria se casado para recuperar o que é seu de direito. Entendeu?

Assenti, meio zonza. Max não me soltou.

– Eles estão errados. Seu avô e o Clóvis... E eu estava errado também. Você não é quem eu achei que fosse. Você é uma mulher especial, sincera ao extremo, que ama os amigos e a família e que precisa de ajuda quando uma lagarta aparece. Você é... – seu olhar estava preso em meu rosto e se deteve por um instante em meus lábios.

Minha respiração ficou pesada. Seus olhos brilharam perigosamente, e sua proximidade me deixou em chamas.

– ... tão linda! – ele se inclinou em minha direção.

Não me atrevi a piscar, temendo acordar se fechasse os olhos. Eu queria que Max me beijasse mais uma vez, para me convencer de que seus lábios não eram tão macios e quentes como eu lembrava. Só queria ter certeza de que eu havia fantasiado a doçura e o calor de seu toque. Nada além disso.

Entretanto, não pude comprovar que estava enganada, já que Paulo entrou na sala, silencioso como um mamute.

– Opa! Desculpa, cara. Foi mal – ele murmurou, sorrindo maliciosamente. – Não sabia que vocês estavam trabalhando num... assunto importante.

Max me soltou de imediato e eu me larguei na cadeira, com vontade de matar aquele varapau narigudo pela intromissão.

– Já terminamos – respondeu Max. E, como se um botão tivesse sido ativado, a fachada distante que ele usava com frequência voltou com força total. – Alicia, eu... preciso terminar algumas coisas. Será que você pode...? – e indicou a cadeira onde eu estava sentada.

– Ah, claro. – Se minhas pernas me obedecessem!

Num esforço hercúleo, me pus de pé e me obriguei a caminhar até minha mesa. Não ousei olhar para Max pelo resto da tarde.

18

— Vamos deixar o seu quarto com cara de menina! – anunciou Mari, erguendo algumas sacolas logo que abri a porta.

– Já era hora. – Mas eu não me sentia muito animada.

– Que foi? – ela perguntou, fechando a porta atrás de si enquanto eu a ajudava com os sacos pesados.

– Nada, Mari – respondi, evitando seu olhar

Cadê o Max?

Não sei – dei de ombros, deixando as sacolas sobre a mesa de jantar. – Ele me deixou em casa depois do trabalho e disse que tinha que resolver uns assuntos. Nem desceu do carro.

E por que você tá com essa cara?

Não faço ideia – gemi desamparada, me jogando no sofá e afundando a cabeça nas almofadas. – Eu não consigo parar de pensar em... bom... no Max!

Eu sabia! Você está apaixonada por ele! – ela se sentou ao meu lado, beliscando minha coxa. – Eu sabia que isso ia acontecer. Na verdade, desconfiei desde que você me contou que odiava o Max.

– Espera aí, Mari – me sentei imediatamente. – Ninguém aqui falou em paixão. Eu só... sei lá... estou surpresa com algumas coisas. O Max é bem diferente do que eu tinha imaginado.

Porque, quando ele era grosseiro – se bem que, pensando melhor, na maioria das vezes ele apenas reagia às minhas provocações –, era fácil ignorar aquele sorriso ou o brilho em seus olhos. Mas agora que ele estava sendo todo gentil, educado, comprando toneladas de iogurte e chocolate pra mim, as coisas haviam mudado. Já era bem difícil refrear minha imaginação e manter longe da cabeça as imagens dele sem camisa, gotas de água escorrendo por seu abdome liso – ou coberto de pelos, eu não sabia ainda –, sem que ele demonstrasse algum tipo de atenção.

Max não deveria ser educado comigo. Nem gentil. E, sobretudo, não deveria segurar meu rosto da forma como havia segurado no escritório, e seus olhos não deveriam, jamais, em hipótese alguma, brilhar como dois sóis quando olhavam para mim. Era tão injusto!

– Você já disse isso – Mari comentou. – Aconteceu algo de especial?

– Ah, nada de especial. Fora o fato de que ele quase me beijou em pleno expediente, não aconteceu nada.

– Ele *o quê*?! – ela arregalou os olhos escuros.

– Eu disse *quase*. Mas sabe o que está me matando?

– Ele não ter te beijado? – suas sobrancelhas se arquearam.

– Não. Bom, sim, isso também. Mas não é *só* isso, Mari. O que me mata é que ele não falou comigo depois disso. Nadinha. Ficou calado o resto da tarde, e não trocamos uma única palavra enquanto voltávamos pra casa.

– Humm... – ela colocou o indicador na ponta do queixo. – O que você acha que aconteceu?

– Tenho certeza que ele se deu conta do erro que quase cometeu e não quer esse tipo de intimidade comigo. Eu também não quero. Ia complicar tudo, sabe?

– Não, não sei. Ele é seu marido – ela apontou.

– Em teoria, e só por mais alguns meses.

Ela revirou os olhos

– Acorda, Lili! O Max só vai cair fora se você deixar. Você acha que eu não saquei o que está acontecendo? Tá na cara que ele sente alguma coisa por você. Não sei dizer o quê, ainda, mas ele sente, pode acreditar. O que eu quero saber é o que *você* sente por ele. É só atração ou algo a mais?

– Ah, Mari, sei lá. Ele é legal, e me sinto protegida perto dele. Ele compra pilhas de iogurte e chocolate pra mim e sorri de um jeito que parece iluminar a sala toda, e eu... gosto de conversar com ele. É muito estranho

— Lili, acho que você está encrencada — ela sorriu carinhosamente. — *Muito* encrencada.

Eu sabia bem o que aquele sorriso e aquele brilho nos olhos de minha amiga significavam. Mari acreditava em finais felizes. Já eu não tinha motivos para acreditar. Como poderia?

— Tudo bem, pode parar por aí — me levantei do sofá apressada. — Não é amor. Não mesmo! O Max é lindo, claro. E é gentil, e o perfume dele me faz ficar imaginando coisas que não deveria, mas é só isso. Vamos arrumar o meu quarto? — perguntei um pouco afoita demais, o que não disfarçou minha tentativa de mudar de assunto.

— Eu trouxe tinta e um decalque. Acho que vai ficar bacana... — ela se levantou, me seguindo até o quarto. — Mas sabe, Lili, eu sei que você é especialista em inventar histórias, só que dessa vez você não vai conseguir mentir pra si mesma por muito tempo.

— Não estou mentindo.

— Está sim. E o pior é que já sabe disso, não sabe? — ela falou com doçura.

Mordi o lábio. Eu não queria discutir com Mari, mas ela estava enganada. Completamente enganada! Claro que eu não estava apaixonada por Max. Era ridículo pensar que eu pudesse ser tão tola a ponto de cair de quatro por meu marido de aluguel. Talvez eu estivesse apenas me sentindo carente com a perda de vô Narciso e toda aquela situação nova. Eu estava frágil. Com certeza era isso.

Mari e eu afastamos os móveis e começamos a pintar as paredes do quarto, com cuidado para não manchar o piso. Eu me atrapalhei um pouco com o cabo do rolo e acabei pintando um canto da janela de alumínio de lilás. Mari aplicou delicadas rosas brancas na nova parede cor de lavanda.

— Como está o Breno? — perguntei, quando paramos para tomar as cervejas de Max. Ele não havia dito nada sobre elas, apenas sobre os hidrotônicos.

Ela suspirou.

— Bem, eu acho. Em algum lugar por aí.

— Como é? — franzi o cenho. — Vocês terminaram?

— O Breno é cheio de regras — ela bufou. — Chega a ser irritante. Pra ver um filme no cinema, ele tem um ritual ridículo. Fica trocando de lugar até encontrar *o lugar perfeito*. Acabei perdendo o início do filme por causa disso – ela deu de ombros, mas estava triste. – Não ia dar certo mesmo.

– Você terminou com ele porque perdeu o início de uma porcaria de filme?

– Não. Eu terminei porque ele é muito imaturo. Ainda mora com a irmã!

– Eu sei, mas...

– Estou cansada dessa coisa de clandestinos. Parece que ele tem vergonha de me apresentar como namorada para os amigos dele ou para a família.

– Foi você que pediu para ele não contar pra ninguém – contrapus.

– Sim, mas ele devia ter percebido que as coisas mudaram entre a gente. É disso que estou falando. Não tenho saco pra aturar meninos de vinte e cinco anos. Não posso ficar ensinando tudo pra ele.

– Mas vocês combinam! E você disse que o sexo é fantástico.

– E é, mas só isso não basta.

– Você gosta dele, Mari. Pra caramba! – apontei o óbvio. – Não lembro de te ver tão envolvida assim antes. Vocês se gostam!

– Mas vou deixar de gostar – ela rebateu, teimosa. – E quem sabe eu não acabo encontrando um Max por aí. Um loirão lindo de olhos penetrantes para casar comigo e me levar até as estrelas. *Ai, ai...*

– Mariana, não começa! – resmunguei. – Você devia ligar pra ele. Você sabe que vai acabar ligando mais cedo ou mais tarde. Você não tá com cara de quem colocou um ponto-final nessa história.

Ela apenas me lançou um *Hunf!* debochado e mudou de assunto.

Duas horas foi o tempo que levamos para terminar a decoração. O lavanda suave era aconchegante, e a faixa de rosas brancas no roda-teto deixou o quarto muito mais habitável. Um pouco delicado demais para o meu gosto, mas eu não podia dizer à minha melhor amiga que não queria um quarto de princesa. Ela trouxera as latas pesadas de tinta – pagara por elas – e se prontificara a me ajudar. O mínimo que eu podia fazer era agradecer.

– Acho que falta uma cortina – Mari disse, enquanto admirava as novas paredes. – Pra esconder aquele borrão que você fez.

– Quer sair amanhã depois do trabalho pra me ajudar a escolher?

– Fechado.

Tomamos o resto da cerveja enquanto assistíamos a uma série na TV em que um vampiro muito gostoso matava uma garota inocente na banheira.

– Vaca de sorte – resmungou Mari, olhando para a tela.

– De muita sorte. Quer dormir aqui hoje? Você pode me ajudar a suportar aquele cheiro horroroso de tinta.

– Não vai dar. Meu pai está lá em casa. Ele quer falar com a minha mãe sobre a casa da praia. Ele quer vender, ela não – Mari sacudiu a cabeça. – Preciso estar lá para que não acabe em sangue.

Depois que ela foi embora, decidi tomar um banho para me livrar do suor e das manchas de tinta lilás que coloriam meus braços. Max ainda não tinha voltado para casa. Vestida com meu pijama de nuvenzinhas e minhas pantufas, decidi ler alguma coisa na cama antes de dormir, mas o cheiro de tinta fresca começou a me dar dor de cabeça. Fui para a sala, tentando me acomodar no sofá extremamente desconfortável. O couro barulhento esquentava meu corpo, me fazendo grudar nele.

Sentindo-me uma intrusa, arrisquei – já que Max não estava ali para me impedir – conhecer o único cômodo a que eu ainda não havia sido apresentada. Entrei sorrateiramente em seu quarto, totalmente ciente do que estava fazendo. Surpreendi-me ao perceber que era muito diferente do meu. Sério e bem decorado, com pilhas de CDs sobre a cômoda e lençóis brancos e arrumados, me convidando a experimentar sua maciez. Não havia absolutamente nada fora de lugar, e tudo era marrom, masculino e intimidador. Parei meu tour por alguns instantes para analisar uma fotografia na mesa de cabeceira. Uma foto de família: Max vestindo uma beca azul, um garoto muito parecido com ele, mas com cabelos escuros, e um casal mais velho – seu irmão e seus pais, provavelmente. Ele exibia um sorriso enorme, a mãe olhava para ele, orgulhosa, e o pai tinha o punho erguido no gesto universal da vitória. O irmão sorria para a câmera, exibindo aparelho nos dentes. Todos espremidos uns nos outros. Uma família feliz. Sorri enquanto deixava o quarto.

Voltei para o sofá da sala e, tempos depois, acho que acabei dormindo, pois quando dei por mim a luz do sol atravessava o tecido grosso da cortina. Max estava parado em frente ao espelho sobre a cômoda, ajustando a gravata.

– Já não era sem tempo – disse ele, ainda encarando o espelho ao lado do mancebo. – Bom dia.

– Bom dia – murmurei, atordoada de sono.

– Estamos com o tempo contado – ele explicou, a voz sem entonação alguma. – Então, se você puder se apressar...

– Tudo bem. – Ainda em estado catatônico, levantei da cama e tropecei em alguma coisa, quase derrubando o porta-retratos da mesa de cabeceira.

Voei para o banheiro para tomar uma chuveirada. Eu já havia terminado o banho e escovado os dentes quando finalmente *acordei*. Corri para o quarto de Max.

– Como foi que eu acabei na sua cama?

Ele estava de costas, terminando de guardar papéis em sua pasta de couro preta.

– Eu te trouxe. Você parecia desconfortável no sofá – disse vestindo o casaco. Um blues suave tocava ao fundo. – Imaginei que o cheiro de tinta fresca no seu quarto te deixou enjoada. Mas não se preocupa, eu não dormi aqui. – Ele parou de falar quando se virou e me viu. Seus olhos percorreram meu corpo, dos cabelos empapados até os pés descalços.

– Que foi? – olhei para baixo tentando entender o que o espantara tanto e me deparei com a toalha preta e nada mais. – Ah, droga, Max! – corri para o meu quarto, com o rosto pegando fogo. – Desculpa! – gritei, encostada na porta.

Merda.

Meu celular tocou. Era Clóvis.

Merda dupla!

– Alicia, eu gostaria de falar com você hoje à tarde. Seria possível? – ele perguntou com a voz indiferente, como sempre.

– Não posso. Eu trabalho, esqueceu? – comecei a me vestir, equilibrando o celular enquanto passava a camiseta pela cabeça.

– Não, Alicia, eu não esqueci. Vou avisar a Janine sobre a sua meia-folga. Esteja na mansão depois do almoço...

– Não! Na mansão não! – Eu não suportaria entrar ali outra vez e ver o vazio deixado por meu avô.

– Então que tal almoçarmos naquele seu restaurante tailandês preferido?

– Acho que... – Quando eu poderia comer naquele lugar outra vez? Com o meu salário, não tão cedo. – Tudo bem, Clóvis. Mas talvez eu me atrase um pouco. Ônibus nessa cidade é uma loucura.

– Eu espero você. Bom dia.

Terminei de me vestir em segundos, calçando os sapatos quando já estava no corredor. Max não comentou nada sobre minha "aparição" em seu quarto. Também não disse nada além de "Dia quente hoje" enquanto dirigia para a L&L. Eu queria dizer a ele que não tivera a intenção de constrangê-lo, mas trazer o assunto à tona só nos deixaria ainda mais incomodados. Além disso, eu não tinha certeza se não queria, de fato, deixá-lo constrangido.

19

Eu estava ansiosa para que a hora do almoço chegasse logo – mais que o habitual. Não sabia o que Clóvis queria discutir e estava inquieta para descobrir. Alguma coisa me dizia que eu não gostaria nada do que ele tinha para me falar, mas isso já nem era novidade.

Assim que a sala começou a esvaziar, perto do meio-dia, Max me interceptou.

– Vamos almoçar?

– Não dá, tenho um compromisso. Não volto à tarde. Vou direto pra casa, tá?

Ele me encarou um pouco surpreso.

Aconteceu alguma coisa?

– Não. Preciso correr, já estou atrasada – joguei a bolsa no ombro.

– Tudo bem. Te vejo em casa – e me acompanhou até o elevador.

Como eu esperava, a viagem de ônibus até o centro da cidade foi desagradável e cheia de solavancos. Clóvis já estava me esperando no restaurante tailandês. Ele havia gentilmente pedido as bebidas. Meu chá yen ainda estava geladinho.

– Achei melhor nos encontrarmos em um lugar onde você se sinta à vontade – ele comentou.

Então a conversa não vai ser boa.

– Estou preocupado com você – continuou. – Ouvi alguns rumores ontem, quando estive na L&L. Algo que não me surpreendeu nem surpreenderia seu avô.

O garçom trouxe o cardápio. Eu corria os olhos pelas letras sem lê-las. Estava preocupada demais para pensar em comer qualquer coisa que fosse. O rapaz desistiu de esperar e avisou que voltaria em alguns minutos para anotar o pedido.

– Por favor, Alicia, quero que me diga a verdade. Esse casamento às pressas foi apenas um arranjo pra recuperar sua herança?

– Não. Foi tudo real. Eu me casei. Fim da história.

Ele entrelaçou os dedos sobre a mesa.

– Alicia, querida. Eu gostaria muito de acreditar que você está apaixonada e feliz, mas não consigo. Há poucas semanas você fez um belo discurso contra o casamento, lembra?

– Sim, mas eu ainda não conhecia o Max.

– Então você ama mesmo esse rapaz?

– Ãrrã. – Tomei um gole do meu chá gelado.

– Isso é ótimo – ele exalou ruidosamente, parecendo aliviado. – Se fosse tudo uma farsa, você estaria com sérios problemas. Fico feliz que tenha criado um pouco de juízo.

– Que tipo de problemas? Só por curiosidade – me apressei a explicar quando sua testa franziu.

– Se ficasse provado que o seu casamento foi uma farsa, você perderia todos os direitos de herdeira, por tentar ludibriar o testamento, seu avô, a justiça. E quanto ao Max...

– O que tem ele? – perguntei apressada. Apressada demais. *Droga!*

– Você pode imaginar como um escândalo desses afetaria a carreira dele. Dificilmente ele conseguiria uma boa colocação em alguma empresa. E, claro, seria demitido por tramar contra o Conglomerado Lima.

– Que bom que o meu casamento não é uma farsa. – Não me permiti sequer piscar. De todas as minhas mentiras, essa era a única que não podia ser descoberta, jamais.

Ele sacudiu a cabeça, sorrindo tristemente.

– Acho que o Max tem certa razão no que me disse ontem. Eu não cuidei bem de você. Deixei as coisas irem longe demais. Seu avô ficaria furioso comigo, mas eu não posso ver você se... vendendo para conseguir sua fortuna de volta. Vamos tentar fazer alguma coisa a respeito. Eu posso lhe dar uma mesada, uma boa mesada, até que você encontre um parceiro para a vida toda. Não consigo dormir desde o seu casamento. A culpa está me matando, Alicia. Fico imaginando o que o Max deve ter pedido em troca desse casamento...

E, com aquele discurso, Clóvis deixou claro que não só não acreditava na veracidade do meu casamento, como tinha certeza de que era uma fraude. *Maravilha!*

– O Max é um cara sensacional – interrompi. – Um homem muito melhor do que muitos que eu conheço.

– Vou ignorar o sarcasmo – disse ele. – Mas a questão é que você não ama esse sujeito, não é? Seja honesta comigo, querida. Só estou tentando ajudar. Se vender dessa forma... não está certo. Seu avô não aprovaria. Acho que ele não pensou que você pudesse ficar tão abalada com tudo isso a ponto de lançar mão de um recurso desses. E sou o responsável. Talvez eu devesse ter sido mais maleável e ter ouvido seus argumentos. – Ele sacudiu a cabeça. – Não posso permitir que você faça isso consigo mesma. Isso termina agora! – ele bateu o indicador na mesa para enfatizar sua ordem.

Clóvis me conhecia há muito tempo. Devia saber que era melhor não ter feito isso.

– Sim, isso termina agora – fechei o cardápio bruscamente. – Eu. Estou. Casada. Agradeço sua oferta, mas ela veio um pouco tarde. Não quero mesada nem nada que você possa me oferecer. Se isso é tudo, eu...

– Não precisa responder agora, Alicia. Pense no Max e no que vai acontecer com ele quando a farsa de vocês vier à tona. Pense em você, querida. Pense em sua vida e em como isso tudo é sórdido. Sei que você vai me dar razão assim que esfriar a cabeça. Anule o casamento e volte pra casa. Pra *sua* casa.

– Não existe farsa, Clóvis – eu disse um pouco tarde demais.

Ele apenas sorriu, mas era um sorriso triste.

– Você não imagina como eu queria acreditar nisso.

– Obrigada pelo convite para almoçar – me levantei. – Foi muito gentil da sua parte, mas eu realmente amo o Max. Agora preciso ir ou vou ter mais descontos no meu salário.

– Me ligue se quiser conversar – ele ofereceu. Apenas assenti e deixei o restaurante sem olhar para trás.

Só notei como eu tremia quando estava longe o suficiente.

Não, eu não queria mesada. Porém não era isso que ferroava meu cérebro, insistentemente exigindo atenção. Era Max e seu futuro. Mas o que eu podia fazer? Ele era adulto, tomara sua decisão. E eu, a minha. A culpa não seria minha se acontecesse alguma coisa com ele, seria?

Seria. Eu sabia que sim. Ao responder meu anúncio, Max havia se colocado em risco. Qualquer outra garota que ele encontrasse para ser sua esposa temporária não lhe traria os mesmos problemas que eu. Apesar de não amá-lo, eu não queria fazê-lo pagar por um erro meu.

Andei a esmo pelas ruas, sem saber para onde ir. Eu queria tanto conversar com alguém... Na verdade, queria conversar com alguém em especial.

Subi no primeiro ônibus que encontrei – mais vazio agora, até consegui um lugar para me sentar. A viagem foi curta, e assim que desci no ponto comprei um maço de rosas amarelas da florista que aguardava os visitantes sob a sombra de um exuberante ipê-rosa, já com os primeiros botões desabrochando timidamente.

Não foi difícil encontrar o jazigo da família no cemitério no centro da cidade. Eu o visitava desde os cinco anos. Agora, porém, tinha recebido a adição de uma nova placa. Depositei as flores sobre ela e me sentei na grama bem aparada. Dava para sentir que a terra ainda não havia se acomodado completamente ao novo espaço.

Era um lugar calmo. Árvores altas e majestosas deixavam o espaço agradável. O silêncio era profundo, e nem mesmo o alvoroço caótico do tráfego lá fora perturbava a paz do ambiente. Suspirei e abracei os joelhos.

– Eu queria que você estivesse aqui – falei, olhando para o nome na lápide. – Você me deixou um problemão, sr. Narciso. E devia estar aqui para me ajudar a resolver.

Eu não tinha intenção de prejudicar Max para conseguir o que queria. Não tinha intenção de prejudicar ninguém, na verdade. Só queria que a minha vida voltasse ao normal – ter um lar outra vez, talvez comprar um carro e dar adeus ao transporte público. Max era um homem bom, e colocá-lo numa posição complicada era a última coisa que eu desejava.

– Espero que a vovó tenha te dado uma boa bronca pelo que você fez. Agora o Max está encrencado também. Está me ouvindo, vovô? Ele vai se prejudicar por culpa daquele testamento ridículo! Droga!

Sem que me desse conta, os soluços se intensificaram, e as lágrimas desciam mais rápido do que eu conseguia secá-las. Desisti e deixei que caíssem livremente. Eu sentia medo, raiva, vergonha. Raiva do que eu havia feito. Vergonha e medo ao constatar que vovô sempre esteve certo, e eu era uma irresponsável que arruinava a vida das pessoas para conseguir o que queria. Eu era um verme. Um verme solitário.

– Queria que você estivesse aqui para me abraçar e me dizer o que fazer. – Mas ele não estava.

E nunca mais estaria.

Nesse instante, uma borboleta azul pousou sobre a lápide. Contraí-me imediatamente. Ela permaneceu sobre a placa, batendo as asas preguiçosamente.

– Sinto sua falta – murmurei, secando o rosto e me colocando de pé. – Desculpa ter dito que te odiava. Eu não te odeio. Só estava furiosa por você ter morrido. Eu... preciso de ajuda, vovô. Tenho que contar ao Max tudo que o Clóvis me disse e não sei como vou resolver essa confusão. Mas preciso descobrir antes que as coisas piorem.

20

Lentamente, deixei o cemitério com o coração um pouco mais leve. Talvez falar sobre os problemas *realmente* ajudasse. Eu descobriria isso em pouco tempo. Contar a Max o que Clóvis havia dito seria difícil. De uma forma perturbadora, eu não queria que ele me odiasse, coisa que certamente aconteceria se ele tivesse sua preciosa carreira arruinada por minha culpa. Eu o conhecia pouco, mas estava ciente de quanto valorizava seu trabalho. Ele não havia se casado comigo para conseguir uma promoção?

Eu não estava tão longe de casa – da casa de Max, quero dizer –, de modo que decidi caminhar até lá. As ruas já começavam a ficar apinhadas de gente voltando do trabalho, e tanto o ônibus quanto o metrô estariam lotados. Eu não estava no clima de ser amassada e ficar rodeada de gente ouvindo funk no último volume. Foram duas horas de caminhada, o que achei bom. Tive tempo para pensar em como iniciar a conversa com Max. Durante o percurso, a noite deu as caras e me abraçou, acolhedora.

Logo que entrei em casa, Max surgiu da cozinha com um pano de prato no ombro. Os dois primeiros botões da camisa branca estavam abertos, as mangas dobradas, e a gravata se fora.

– Alicia! – ele suspirou. – Você não atendeu o celular. Fiquei preocupado.

– Você está cozinhando? – O cheiro era fantástico!

– Estou. Temos visitas – ele disse apressado enquanto analisava meu rosto. Provavelmente eu não estava lá muito atraente, com os olhos inchados pelo choro e os cabelos embaraçados pela caminhada ao vento. – Você está bem?

Não!

– Visitas...? – Era tudo que eu precisava naquele momento.

Ele sorriu, um sorriso íntimo, meio torto. Um arrepio subiu por minha coluna. Eu tinha que pedir para Max parar de fazer aquilo. Meus nervos já estavam em frangalhos!

– Meus pais e meu irmão estão aqui – ele sussurrou, então pegou minha mão e retirou minha aliança, guardando-a no bolso de seu jeans. Notei que a dele não estava em seu dedo. – Te devolvo depois. Quero te apresentar para eles e acho que ainda não devemos contar que nos casamos. Vem – e começou a me puxar para a sala.

– Mas eu preciso...

Não pude dizer mais nada, porque Max me arrastou até a sala, e de repente me deparei com três rostos sorridentes. Comecei a suar ao notar aqueles três pares de olhos me examinando atentamente. Tudo bem, Max e eu não éramos realmente um casal, mas sua família acreditava que sim e me estudava, me avaliando na expectativa de que eu fosse – ou não – boa o bastante para ele.

A mãe de Max era um pouco mais alta que eu e exibia cachos louros e anelados, que caíam na altura dos ombros. Seu pai era alto, embora um pouco menor que o filho mais velho, e tinha os cabelos tão escuros quanto os do caçula, os mesmos olhos verdes de Max e uma barriguinha redonda e pontuda, que deixava sua figura simpática. O garoto era quase tão bonito quanto Max, porém muito mais jovem, talvez tivesse uns dezoito anos. Eu não fazia ideia de sua estatura, já que ele estava sentado numa cadeira de rodas, embora não houvesse gesso ou ataduras em nenhuma parte de seu corpo.

– Essa é a minha família. Minha mãe, meu pai e o Marcus – anunciou Max, ainda segurando minha mão. Ele sorria largamente, os olhos brilhavam de contentamento e prazer ao me apresentar para a família. – Essa é a minha Alicia.

Prendi a respiração, meu coração se acelerou e de repente a sala começou a girar rápido demais. A *sua* Alicia?

A mãe dele sorriu, o pai me estendeu a mão e o irmão assobiou. O pai riu, ainda apertando minha mão. Max deu um peteleco no topo da cabeça do garoto.

— Ai! — gemeu Marcus. — Ela *é* gata! O que você quer que eu diga?

— Quero que fique calado. — Então Max se virou para mim com uma careta divertida no rosto. — Desculpa, Alicia. Meu irmão bateu forte com a cabeça recentemente.

— Ei! Isso não foi engraçado! — ralhou o garoto.

— Sou Julius Cassani — o pai de Max se apresentou formalmente. — É um prazer te conhecer.

— Alicia Lima — respondi um pouco acanhada. — Muito prazer, seu Julius.

— O Max disse que você era bonita — resmungou Marcus —, mas não imaginei que fosse tanto! Pensei que ele estivesse se gabando.

— Marcus! — sua mãe lhe lançou um olhar fulminante.

— Só tô dizendo... — ele deu de ombros.

— Não ligue pra ele, é efeito dos remédios. É um prazer finalmente te conhecer — ela me abraçou com ternura. Fiquei um pouco surpresa e extremamente satisfeita, pois não recebia um abraço como aquele, de mãe, desde... bom... desde os cinco anos, para ser exata.

— Prazer em te conhecer... hã...

Ela me soltou, ainda sorrindo.

— Mirna.

— E eu sou o Marcus, o insignificante. Será que dá pra alguém pegar alguma coisa pra eu beber?

Max revirou os olhos, voltando para a cozinha.

— Olha só! Você tem o mesmo senso de humor do seu irmão — zombei.

Ele abriu o que me pareceu ser um sorriso sedutor.

— Só se você gostar de caras mal-humorados, gata — e piscou um dos olhos.

— Marcus, eu já te avisei... — Max gritou da cozinha.

— Não liga pra ele, Alicia — me disse o garoto. — O Max não suporta concorrência.

Max já estava de volta com um copo de refrigerante, que entregou ao irmão, depois se colocou ao meu lado. Para minha surpresa, passou o braço em minha cintura, me trazendo para perto, num gesto quase distraído que achei um pouco possessivo – e, sem entender o porquê, adorei.

– Meu irmão adora se exibir. Quando era menor, a gente achava bonitinho. Agora é irritante – Max me disse sorrindo. – Depois de um tempo, você se acostuma com a presença dele. Acredite.

– Só porque estou preso nessa maldita cadeira, não quer dizer que eu não posso fazer você lamber o chão, Max – Marcus retrucou, irritado.

– Ah, eu sei disso – ele riu, mas não era deboche. Era carinho paternalista ou algo assim.

Eu mal respirava. Temia que se me movimentasse, o pouco que fosse, Max se daria conta de que havia me abraçado e se afastaria. Eu precisava dele naquele momento.

– O jantar já vai ser servido – Max anunciou, depois olhou para mim. – Pode me ajudar?

– Claro – e o segui, de mãos dadas, até a cozinha.

Ele me soltou assim que saímos da vista curiosa de sua família

– *Sua* Alicia? – perguntei apressada.

– Ah, eu... não queria mentir pra eles dizendo que você era minha namorada ou... – ele desviou os olhos para os próprios pés. – Desculpa, eu não sabia o que dizer. Saiu sem pensar.

– Caramba, Max! Você devia ter me avisado que eles iam vir. Eles devem estar me achando uma trombadinha. – Passei a mão pelos fios embaraçados e acabei desistindo rapidamente. Não havia como soltar os nós sem lavar os cabelos.

– Você está linda. Você sempre está linda. Mas temos um problema – anunciou ele, um bocado nervoso. – Eu tentei te ligar pra avisar. Minha família vai passar a noite aqui.

– Aqui na cidade? – experimentei.

– É – ele hesitou. – Mas eu quis dizer aqui... no apartamento.

– E... onde eles vão dormir? – perguntei estupidamente.

– Minha mãe e meu irmão vão dormir no seu quarto. Meu pai fica com o sofá.

Nós nos encaramos por alguns segundos.

E eu vou dormir onde? – vergonhosamente, minha voz tremeu.

– Comigo – ele vacilou um pouco e continuou: – No meu quarto... se não se importar.

Engoli em seco. Eu sentia que Max estava tão nervoso quanto eu acabara de ficar. E podia jurar que ele também estava com o coração arrebentando contra as costelas.

– Mas... hã... na mesma cama? – Tudo bem, eu admito, meu raciocínio foi para as cucuias ao ouvir as palavras "comigo" e "no meu quarto".

– Desculpa, Alicia – ele correu as mãos pelos cabelos sedosos. – Sei que foge um pouco do nosso acordo, mas eu não tive opção. Posso dormir no chão, se você preferir. Não pude dizer não a eles. E seria estranho a gente não dormir no mesmo quarto, quando eles pensam que temos um relacionamento. Minha mãe já me encheu de perguntas sobre suas coisas estarem no outro quarto. – Ele se aproximou um pouco. Eu me afastei um passo. – Eu posso...

– Ai! – Somente quando espetei o dedo na ponta da faca sobre a pia me dei conta de que havia me agarrado a ela para não cair. – Merda! – Uma pequena linha rubra escorreu por meu dedo indicador.

– Me deixa ver – pediu ele, se apossando de minha mão, limpando o ferimento com o pano de prato e depois o examinando atentamente. Num gesto pra lá de inesperado, levou meu dedo à boca e o acomodou ali dentro. Era macia, úmida e muito quente. Dezenas de pulsos elétricos percorreram meu corpo, minhas pernas se transformaram em gelatina e eu não conseguia lembrar como se respirava. Ele sugou meu dedo com tanta delicadeza e simplicidade que não pude imaginar algo mais erótico que aquele toque. Meu corpo derretia como manteiga esquecida sobre a mesa, e em segundos eu estava em chamas. E queria que aquela boca me tocasse em tantos lugares quanto pudesse alcançar.

Ele soltou minha mão, examinou o dedo e sorriu.

– Parou de sangrar. Foi só um arranhão.

– Ãrrã – murmurei.

Max e eu na mesma cama. Max e eu na mesma cama. Max e eu na mesma cama!

Nada de mais, apenas dois amigos dormindo juntos. Nada com que me preocupar. Max não vai me atacar, já que é um perfeito cavalheiro. Ele não vai me atacar... Droga! Ele não vai me atacar!

– Está tudo bem? Você está um pouco pálida.

– S-só preciso beber alguma coisa. Não almocei hoje.

Ele se apressou a me servir um grande copo de refrigerante. Virei tudo de uma vez, o gás fez meus olhos lagrimejarem.

– Onde você estava? – ele questionou.

– Depois eu te conto. Sua família está esperando. Vamos levar o jantar.

Ele me avaliou por um segundo, não pareceu gostar da delonga, mas acabou concordando. Ajudei levando os pratos, e Max cuidou da grande travessa de massa.

– Talharim à carbonara – anunciou. – Foi o que deu pra fazer em pouco tempo.

– Tá com uma cara ótima! – Mirna exclamou.

– Já não era sem tempo! Eu tô varado de fome! – resmungou Marcus, virando sua cadeira com um pouco de dificuldade, devido ao pouco espaço da sala, e se dirigindo à mesa quadrada.

Julius sacudiu a cabeça.

– Eu juro que tentamos educar esse menino, Alicia.

Eu ri.

– Tenho certeza.

– É que o Marcus precisa de muita comida pra crescer e ficar forte – ele continuou.

– Eu já sou adulto, pai! – o rapaz protestou.

– Infelizmente – Max disse, espalhando os talheres sobre a toalha branca. – Tudo era mais fácil quando você era um menino bonitinho que vivia agarrado a carrinhos de ferro.

Nós cinco nos espremimos na pequena mesa de quatro lugares. Acabei entre Max e Marcus, mas o garoto pouco falou. Parecia que não se alimentava havia semanas, pela maneira afoita como levava a comida à boca. E, apesar de a massa estar deliciosa – Max era brilhante em tudo que fazia, não sei por que me surpreendi com seus dotes culinários –, mal consegui tocar na comida. Meu estômago parecia estar cheio de cimento.

– Agora que a Alicia chegou, pode nos dizer o que te deixou tão feliz, Max? – pediu seu pai.

– Já contei pra ela – ele sorriu para mim.

Não pude deixar de corresponder. Max era tão lindo! Como não sorrir ao olhar para ele?

– O Hector, presidente da L&L, me chamou hoje de manhã – ele contou, voltando a atenção para sua família. – Disse que gostou muito do que consegui fazer no Comex nesse último semestre. Vou disputar a vaga de diretor do setor – e me passou uma taça de vinho.

Tomei tudo num gole só, nervosa. Os pais de Max eram bem normais, mas achavam que eu era a namorada – ou algo que o valha – de seu filho, por isso se sentiam no direito de me encarar e observar cada gesto meu.

– Isso é maravilhoso, filho! – Mirna disse com um sorriso imenso.

– Eu sabia que você ia conseguir – gabou-se Julius.

– Tudo só vai ser decidido na sexta-feira, mas acho que tenho boas chances de ser o novo diretor de comércio exterior. Eu dei duro pra isso.

– Sexta? – questionei.

Ele arqueou as sobrancelhas.

– O jantar, esqueceu? Com o pessoal da diretoria?

– Ah! Eu tinha esquecido. Sexta-feira, claro. – Estendi minha taça para ele, que a encheu outra vez. Max realmente sabia escolher um bom vinho.

– Você parece abatida, Alicia – comentou Mirna. – Está tudo bem?

Não, não está. E acho que vai piorar muito antes que eu consiga arrumar tudo.

– Está. Só não pude almoçar hoje. Correria, sabe como é...

Ela sorriu.

– Sei sim. Mas você não devia permitir que o trabalho interfira na sua saúde. Pode ser perigoso.

Sorri, deliciada com sua preocupação maternal.

– Então... – Marcus, que finalmente tinha a boca vazia por alguns segundos, aproveitou para puxar conversa. – Como foi que o Max conseguiu uma gata como você?

Ah, que inferno! Demorou, mas alguém teve coragem de perguntar.

– Não é da sua conta – Max retrucou, olhando para o próprio prato.

– Max! – reclamou seu pai. – Isso não são modos.

– Minha vida particular não interessa a ninguém.

– Isso não é verdade, filho – interveio Mirna. – Você é parte dessa família e sua felicidade nos importa, sim

Ele hesitou, visivelmente preocupado.

– Tudo bem – toquei seu braço. – Não tem problema contar para os seus pais. Eu não me importo.

– Eu prefiro deixar tudo como está – ele levantou uma sobrancelha.

Entendendo o recado, eu disse:

– Qual é, Max? Que mal há em contar para eles como nos conhecemos? – sorri, tentando parecer tranquila.

Ele me fitou, me lançando um olhar de cautela. Assenti brevemente para assegurar a ele que eu tinha tudo sob controle. Afinal, tínhamos *mesmo* uma história. Eu não estava mentindo nem nada. Não totalmente.

– Eu conheci o Max no meu primeiro dia de trabalho – comecei. Quatro pares de olhos grudaram em mim. O de Max era o mais atento. – Trombei com ele no corredor.

– Que jeito mais besta de conhecer o grande amor da sua vida – Marcus zombou.

Corei. Não ousei olhar para Max, mas senti que ele enrijeceu ao meu lado. De onde o garoto tirou aquela ideia?, me perguntei, sem encontrar resposta.

– Bom... – continuei – eu tinha acabado de sair da sala da copiadora, não sei se o Max já contou sobre a sala treze. Ela é apavorante. Claustrofóbica e quente como um grande caldeirão... Eu tinha uma pilha de papéis nas mãos e estava furiosa com a minha supervisora, a Joyce, *aquele doce de pessoa*, por ter me chamado de *meu bem*. Odeio quando me chamam assim. Eu estava distraída andando pelos corredores e acabei colidindo com o seu irmão. Meus papéis e os dele caíram no chão.

– Que clichê – Marcus disse, enfiando mais comida na boca.

– É, bem ridículo mesmo. Então o Max, muito gentil e educado – olhei para ele rapidamente e um pequeno sorriso debochado brincou em seus lábios, se mostrando mais relaxado –, me ajudou a recolher tudo. Mas eu estava furiosa com a Joyce, lembra? – Marcus assentiu. – E decidi mostrar que ela não podia ficar me chamando de *meu bem* pra lá e pra cá. Então incluí, no meio dos papéis que eu tinha xerocado, uma cópia do meu... hã...

– Da sua bunda? – o garoto perguntou, mais interessado.

– Marcus! – Mirna e Julius censuraram.

Eu ri.

— Eu ia dizer *traseiro*... E o Max encontrou essa cópia. Acho que foi assim que consegui chamar a atenção dele — brinquei.

— Não posso discordar — Max disse, sorrindo divertido.

— Uau! — Marcus encarou o irmão com os olhos brilhantes, cheio de orgulho. — Cara, você tem tanta sorte! Guardou a cópia? Posso ver?

— Marcus! — censurou Max.

— Vocês viram o jogo de quarta-feira? Que palhaçada foi aquela? — Julius tentou mudar de assunto.

Deu certo. Max se lançou numa animada conversa sobre futebol. Ele adorava esportes, e seus pais compartilhavam do mesmo entusiasmo. Para minha surpresa, Mirna era a maior entusiasta futebolística que eu já tinha conhecido.

Marcus ficou calado, à margem da conversa, com o olhar distante.

— Ele não quis te chatear, Marcus — comentei baixinho, sem querer interromper a conversa familiar.

— Ah, eu sei — ele sorriu um pouco. Era tão parecido com Max que chegava a ser assustador. — Eu estava pensando no futebol. Se um dia vou voltar a jogar.

— Ah — eu disse, um pouco constrangida.

— Foi no ano passado — ele falou.

— O quê?

— Você deve estar se perguntando como um gato feito eu acabou numa geringonça como essa — ele fez um amplo gesto para a cadeira de rodas. — Foi num acidente no ano passado. Fraturei algumas coisas, incluindo duas vértebras.

— Eu sinto muito.

— Eu também. Mas não sei se posso reclamar. Era pra eu ter morrido, segundo os médicos, e já melhorei bastante desde o acidente. Minha ortopedista disse que talvez exista uma esperança. Parece que a fratura na coluna não foi das piores, e talvez, depois que o inchaço desaparecer, eu consiga mover as pernas. O Max faz tudo que pode pras minhas chances aumentarem.

— É mesmo? — Mas, de alguma forma, eu já sabia. Claro que Max faria o impossível para ajudar o irmão caçula.

– É óbvio que tive que aguentar um sermão digno de novela mexicana antes disso – ele revirou os olhos. – Mas ele é um bom irmão. Me visita sempre, mesmo sendo tão ocupado, me liga todos os dias, paga todo o meu tratamento, minha fisioterapia, meus remédios. Meu pai é aposentado, sabe como é... – ele deu de ombros.

Eu fazia uma vaga ideia.

– Então quer dizer que vocês dependem dele financeiramente – apontei. – Dependem do bom emprego do Max.

– Eu não usaria essa palavra – ele se empertigou um pouco, seu orgulho ferido. Era como olhar para um Max mais jovem, só que de cabelos pretos. – Mas sem a ajuda dele eu não poderia fazer o tratamento. E a dra. Olenka está bem confiante no meu caso, acha que tem uma possibilidade de eu voltar a andar. Uma chance pequena, é verdade, mas eu não me importo. Uma é melhor que nenhuma, certo? – ele me disse, com os olhos transbordando de determinação.

Oh, Deus! Max precisava muito do emprego.

Eu não valia nada. Ferrava com a carreira de Max, tirando a chance de melhora de seu irmão caçula, e mentia para seus pais, fingindo que Max e eu éramos um casal. Eu era um verme. Pior! Era o verme que comia lagartas.

– Então, Alicia, quando eu estiver andando todo gato por aí, talvez você queira repensar. Talvez decida largar esse cara mal-humorado e experimentar o que há de melhor nos homens Cassani – ele deu uma piscadela.

Tentei sorrir.

– Tentador, Marcus. Mas vou ter que recusar o convite. Gosto demais do seu irmão. – Infelizmente, a conversa sobre futebol cessara subitamente, e todos ouviram o fim da nossa conversa.

Inclusive Max, que me lançou um olhar indecifrável. Corei. A força que emanava de seus olhos me fez estremecer. Baixei os olhos para minhas mãos, absolutamente constrangida. Então, me pegando desprevenida, seu braço grande e forte enlaçou minha cintura, e Max plantou um beijo quente e demorado no alto de minha cabeça.

Arrepios subiram e desceram por minha coluna. Senti como se tivesse sido marcada a ferro nos pontos onde seus dedos e lábios me tocaram.

Subitamente bem-humorado, Max se dirigiu ao irmão:

– Eu te deixo um segundo com a Alicia e você já está dando em cima dela. O que eu faço com você, Marcus?

O garoto não pareceu ofendido com minha recusa ou com a censura do irmão.

– Tudo bem, Max. Não vou jogar meu charme pra cima dela. Seria injusto com você – ele sorriu. – Mas só vou fazer isso porque a Alicia é gente boa e é a primeira garota que você apresenta pra família. Deve estar louco por ela.

Dessa vez, foi Max quem corou.

– Para de perturbar seu irmão, Marcus – disse Mirna, sorrindo um pouco.

A conversa sobre futebol foi retomada e, meu Deus, foi difícil acompanhar. Os Cassani falavam todos ao mesmo tempo e ainda assim se entendiam perfeitamente. Eu pouco participei. Como poderia? Depois daquele abraço carinhoso – e daquele beijo casto –, Max achou que o espaldar da minha cadeira era um bom lugar para descansar o braço e que meu ombro era um ótimo apoio para sua mão. Fiquei observando-o, me deliciando com sua mão distraída, que acariciava meu ombro num delicioso sobe e desce, e imaginei se ele estaria tão zonzo quanto eu. Provavelmente não.

Ele estava absorto na conversa, mas de alguma forma percebeu que eu o fitava.

– Estamos te entediando? – perguntou num tom carinhoso.

– Não. Estou me divertindo muito – me obriguei a sorrir.

Ele não se enganou e notou minha agitação. Sempre notava. Como ele percebia tantas coisas em mim? No entanto, não disse nada, apenas apertou meu ombro de um jeito carinhoso e continuou o papo, sorrindo vez ou outra para mim, daquele jeito íntimo e cúmplice – e *perigoso*.

Imaginei que ele estava atuando novamente. Só podia ser isso. Ele já havia me alertado sobre a possibilidade de jantares, nos quais deveríamos parecer loucos de amor um pelo outro. Talvez eu devesse perguntar a ele sobre isso quando estivéssemos a sós. O que aconteceria ainda aquela noite. Quando ficaríamos totalmente sozinhos em seu quarto.

21

— Lado direito ou esquerdo? – Max perguntou, apontando para a grande cama no quarto assustadoramente masculino.
– Tanto faz – dei de ombros. – Acho que esquerdo.
– Você sumiu a tarde toda. Onde esteve? – ele perguntou, jogando meu travesseiro do lado esquerdo da cama. Depois se virou de costas e começou a abrir a camisa.
Estanquei no lugar, os olhos colados à sua figura.
– Hã... O que você está fazendo?
Ele olhou por sobre o ombro.
– Acho que a minha família ia estranhar se eu tivesse que me trocar no banheiro.
– Quer dizer que eu também vou ter que... – *Oh, Deus! Por que não vesti o pijama logo depois do banho?*
Ele riu.
– Que tipo de pervertido você acha que eu sou, Alicia? Não vou olhar, fica tranquila – e se desfez da camisa. Suas costas eram largas, os músculos recobertos pela pele dourada e macia. Obriguei-me a desviar os olhos. Foi preciso muito, muito esforço.
– Tá, mas eu não peguei meu pijama – constatei com a boca seca.
Ele pendurou a camisa no mancebo, abriu o guarda-roupa e, sem se virar, me atirou uma camiseta puída.
– Pode ficar com essa. Você é tão pequena que provavelmente vai cobrir suas canelas finas – zombou.

— Eu não tenho canelas finas.

— Tem sim.

Assim que ele começou a desabotoar a calça, virei de costas, me livrando de minhas roupas com uma pressa insana. Vesti a camiseta cinza de faculdade. Era grande o bastante para cobrir meus joelhos e cotovelos. Nada sexy. Mas eu não queria ser sexy, então foi ótimo.

— Você não vai mesmo me contar onde esteve? — ele inquiriu mais uma vez.

Max havia colocado um short curto e uma regata branca. Suas coxas musculosas prenderam minha atenção completamente. Sentei-me na cama com cuidado, me sentindo como uma granada cujo pino fora arrancado. Eu devia ter me casado com Mauro. Suas caspas sebosas certamente bloqueariam qualquer pensamento a respeito de rasgar suas roupas e jogá-lo na cama.

— Você está parecendo um marido de verdade — ri nervosa, tentando botar os pensamentos em ordem.

Max sorriu sem graça.

— Desculpa, não foi minha intenção. Mas você sumiu, não atendeu o telefone e voltou com essa cara triste. Só fiquei preocupado — deu de ombros. Sentou-se na cama e o colchão cedeu ligeiramente.

Tudo bem, respira. Só respira.

Deliberadamente, Max alcançou minha mão esquerda e, antes que eu pudesse piscar, já deslizava a aliança em meu dedo anelar. Em seguida, abriu a mão e me ofereceu sua aliança. Entendendo que ele queria que eu fizesse o mesmo, peguei o anel e o acomodei em seu dedo pela segunda vez, um pouco constrangida.

— Eu posso ajudar em alguma coisa, Alicia? — ele perguntou, preocupado. — Você está com problemas? Pode confiar em mim para o que precisar. Eu nunca trairia sua confiança ou te colocaria em problemas.

Foi nesse instante que algo se quebrou dentro de mim e tudo extravasou. Comecei a chorar. Chorar mesmo, com soluços e lágrimas — e não eram falsas. Meu caos emocional deixou Max apavorado. Pelo desespero estampado em seu rosto e pela forma hesitante e meio apatetada com que me abraçou, deu para notar que ele não sabia o que fazer quando uma garota chorava perto dele.

– Ei! Não chora – pediu, completamente alheio aos meus sentimentos confusos e ao problema que pendia sobre a cabeça dele como uma guilhotina.

Ele me segurou em seus braços até que parei de soluçar e pareceu relutante ao me soltar, examinando atentamente minha expressão para ter certeza de que eu não voltaria a abrir o berreiro.

– Desculpa – eu disse sinceramente. Eu jamais quis lhe trazer problemas.

– Me conta o que está acontecendo, por favor. Me deixa te ajudar – ele pediu num sussurro.

Essa era minha chance. Ele estava pedindo. Eu só tinha que abrir a boca e deixar sair o que passara duas horas ensaiando.

Max, o Clóvis disse que você tá ferrado. Sua carreira promissora já era. Você nunca mais vai arrumar emprego neste planeta. A culpa é toda minha e lamento muito. Me passa o vinho? Ops! Corrigindo: Me passa o travesseiro?

Mas, por alguma razão que eu desconhecia... Tudo bem, eu conhecia bem os motivos que me impediram de lhe dizer a verdade. Eu não queria que Max me odiasse. Estava gostando demais daquele novo estágio de nosso relacionamento e não queria perdê-lo.

– Eu fui... visitar o meu avô – me ouvi dizendo. Claro que ocultei o motivo que havia me levado até lá.

– Ah, Alicia – ele voltou a apertar os braços ao meu redor, num abraço sufocante, e beijou minha testa. Era tão bom ficar ali, protegida por seu abraço... Realmente fazia com que tudo o mais perdesse a importância. Ou quase tudo. – Você foi sozinha?

– Claro – resmunguei, agarrada à sua regata. – Com quem mais eu iria?

– Você podia ter me pedido para te acompanhar, ou para a Mariana, ou para qualquer outra pessoa. Você não visitava o cemitério desde que o seu avô... se foi. Não devia ter ido sozinha.

– Eu precisava ir sozinha. Eu briguei com o vovô depois que ele morreu. Disse um monte de coisas que não eram verdade. Precisava me desculpar.

– Eu podia ter ficado do lado de fora, te esperando no estacionamento – ele sussurrou.

– Vou lembrar disso da próxima vez. Estou bem agora – sequei o rosto com as costas da mão.

– Tem certeza? – ele perguntou, inseguro. Seu indicador alcançou meu queixo e inclinou meu rosto até que nossos olhos se encontraram. Estávamos tão próximos que eu podia sentir seu coração batendo forte e ritmado.

Assenti.

– Acho que ter passado a noite ouvindo meu irmão fazer gracinhas não ajudou muito – ele sorriu um pouco e me soltou.

– Na verdade, ajudou sim. O Marcus é legal.

– Não estamos falando da mesma pessoa, eu acho. Estou falando do moleque que ficou te azarando a noite toda.

Sorri e Max pareceu satisfeito.

– Ele só fez isso pra te provocar – eu disse. – Seu irmão te adora. Só queria chamar sua atenção. O Marcus pensa que você é louco por mim.

Esperei que ele negasse, que fizesse piada ou algum comentário ácido como de costume, mas ele não abriu a boca. Em vez disso, estendeu a mão, secando as últimas lágrimas de meu rosto com o polegar. Meu coração latejou.

– Desculpa pelo transtorno de hoje. Tudo bem mesmo dividirmos a cama? – indagou, a voz mais rouca que o habitual.

– Não me importo, Max – murmurei, encarando-o.

Com um movimento lento, ele alcançou uma mecha de meus cabelos, afastando-a de meu rosto e prendendo-a em seus dedos com delicadeza. Comecei a ofegar.

Então meu celular tocou. Max recuou imediatamente.

– É melhor você ter um bom motivo pra ter me deixado plantada no shopping hoje à noite! – esbravejou Mari. – E me bajular muito até que eu te perdoe!

– Mari! Caramba, eu esqueci!

– EU NÃO ACR... – tive que afastar o aparelho do ouvido ou meus tímpanos explodiriam com seus berros.

– Mari, eu posso exp... – mas ela continuava a berrar, com toda razão de estar furiosa.

Max já tinha dado a volta na cama e se deitado. Observou-me com as sobrancelhas arqueadas.

– Problemas? – sibilou.

— A Mari vai me matar — tapei o bocal com a mão. — A gente tinha combinado de ver uma cortina para o meu quarto hoje depois do trabalho. Acabei esquecendo. Ela tá furiosa comigo. Ouve só! — Coloquei o celular perto de seu ouvido, mas nem precisava, dado o tom histérico dos gritos dela.

Ele se encolheu um pouco e sorriu.

— Posso? — indicou o aparelho.

— Hã... Tudo bem...

Pegando o celular, ele o aproximou corajosamente da orelha. Max realmente não tinha medo do perigo!

— Mariana, é o Max. — O ruído cessou do outro lado. Ele colou o aparelho no ouvido. — Eu queria me desculpar. Preparei um jantar para a Alicia. Minha família está aqui, vieram conhecê-la, mas eu não sabia que vocês tinham outros planos. A Alicia é sempre muito educada — ele fez uma careta divertida. — Meus pais encheram ela de perguntas e meu irmão passou a noite toda se insinuando pra ela... Acho que isso deixou a Alicia nervosa, por isso ela esqueceu de cancelar com você.

Mordi o lábio, apreensiva. Eu podia imaginar a cara que Mari devia estar fazendo.

— Talharim à carbonara e vinho — continuou ele. — Comprei uma mousse de chocolate, mas não descobri ainda se ela gostou. Ah, fico feliz em ouvir isso. Não. — As sobrancelhas dele se arquearam e um pequeno sorriso brincou em seus lábios. — Foi, é? Ela não me disse nada.

Comecei a ficar tensa. O que Mari estaria dizendo a ele?

— Mesmo? Eu nunca teria imaginado — ele riu. — Sabe, acho que eu ia gostar muito de conversar com você sem a Alicia por perto. Assim eu poderia aprender mais sobre ela. Combinado. É, meus pais ainda estão aqui. Vão passar a noite com a gente. Claro, no quarto da Alicia, e meu pai vai dormir no sofá. Ela vai... ficar comigo essa noite.

Prendi a respiração. Max esperou. E esperou. E esperou.

— Mariana, você ainda está aí? Ah, claro. Eu digo pra ela. Boa noite — e desligou. Voltando-se para me entregar o telefone, disse: — Acho que ela ficou mais calma...

— Ela não quis falar comigo? — *Oh, Deus!*

— Disse que não queria interromper. Pediu para avisar que remarcou as compras para amanhã.

— Ai! — enterrei o rosto entre as mãos. Mari devia estar imaginando uma noite mágica, romântica. Isso seria péssimo de explicar. - Você não devia ter feito isso, Max. Ela vai imaginar coisas.

— Ela me pareceu bastante curiosa.

— Não me diga! — falei, levantando a cabeça e o encarando. — A mente da Mari já criou um milhão de fantasias sobre nós dois sem você insinuar que estamos dormindo na mesma cama. Ela vai pirar!

— Não estou insinuando, Alicia. Vamos *mesmo* dormir na mesma cama — ele riu, debochado. — A não ser que você me mande dormir no chão.

Gemi outra vez.

— Ela vai achar que você e eu... Oh, Deus! E não vai acreditar quando eu disser que nós não... *Argh!* — puxei o lençol e o prendi entre os braços.

— A Mariana sabe do nosso acordo. Não vai se deixar levar pela imaginação.

— Você não conhece a minha amiga nem o tamanho da criatividade dela! — apontei.

— Ela me disse uma coisa sobre você... Será que é fantasia da cabeça dela ou...?

— Provavelmente é fantasia — me apressei.

— Ela disse que você sentiu minha falta ontem à noite.

— Com certeza é fantasia. Podemos dormir? Tô acabada. — Fingi um bocejo e me virei na cama. — Boa noite.

A voz dele pareceu... desapontada? ao dizer:

— Claro. Boa noite — e apagou a luz.

Levou um tempo para que meus olhos se habituassem à escuridão. Um pequeno feixe de luz entrava pela janela, permitindo que eu enxergasse o quarto parcialmente. Fiquei hiperconsciente da presença de Max ao meu lado na cama.

— Max — chamei, rígida como uma estaca.

— O quê?

Virei-me, ficando cara a cara com ele. Eu podia ver os traços de seu rosto, ainda que fracamente, pelo bruxulear da claridade vinda da janela. Ele estava sério.

– Foi muito legal conhecer seus pais e esse seu lado mais família – comentei.

– Pensei que você fosse preferir pular pela janela a ter que aguentar o Marcus.

Eu ri e, deslumbrada, vi um sorriso largo se espalhar em seu rosto.

– Olha só! Aquela tristeza toda deixou seu rosto! – E, de novo, ele me surpreendeu ao se aproximar lentamente e tocar minha bochecha com seus lábios tenros. – Durma bem.

Mas, claro, depois disso não pude pregar o olho. Eu só pensava em como havia sido doce aquele beijo fraternal. E como eu queria que ele me beijasse outra vez, mas de forma nada fraternal. Revirei-me na cama por um bom tempo, totalmente ciente do calor que emanava de seu corpo. Lutei muito para evitar esbarrar em sua pele, para evitar me jogar contra ele só para ter certeza de que aqueles lábios não eram tão macios assim.

– Algum problema com a cama? – ele perguntou numa voz profunda.
– Hã... Não.

Tentei dormir, juro que tentei, mas parecia que as horas se arrastavam e o sono seguia em direção oposta.

– Tá dormindo? – sussurrei um tempo depois.
– Não.
– Nem eu.
– Percebi – havia humor em sua voz.
– Posso perguntar uma coisa?
– Agora?
– É.
– Tudo bem.

Virei-me no colchão até ficar de frente para ele novamente. Busquei seus olhos. Era incrível que, mesmo com quase nenhuma claridade, as esmeraldas continuassem ali, incandescentes.

– Você acha que eu sou uma pessoa ruim? – eu quis saber.
– Não – ele respondeu, sucinto.
– Tem certeza?
– Você é muita coisa, Alicia – ele sorriu. – Tantas que ainda não descobri todas, mas tenho absoluta certeza de que não é uma pessoa ruim.

Assenti, virei-me outra vez e fechei os olhos. Mantive-me o mais imóvel possível. Algum tempo depois, ouvi a respiração de Max se tornar mais pesada. Ele adormecera. Eu ainda estava acordada quando, lá pelas tantas da madrugada, ele se moveu, jogando os braços ao redor de minha cintura e me arrastando para perto num movimento rápido. Parei de respirar. Ele apertou seu corpo de encontro ao meu, os músculos fortes e quentes me envolvendo, se encaixando perfeitamente em mim. Meu coração retumbou com tanta violência que doeu. Ele afundou a cabeça em meus cabelos e inalou profundamente.

– Alicia – sibilou perto da minha orelha.

Um arrepio violento me fez estremecer. Mas, antes que eu pudesse criar expectativas – bom, eu meio que já havia criado, mesmo antes de entrar naquele quarto, mas deixa pra lá –, sua respiração pesada se tornou cadenciada novamente, e percebi que ele esteve adormecido o tempo todo e que não havia a menor possibilidade de que fosse me beijar ou tentar qualquer outra coisa.

Envelopada por ele, fechei os olhos. Uma estranha sensação me invadiu, relaxando meus músculos, apaziguando minha mente perturbada.

Adormeci sorrindo, pela primeira vez nos braços de meu marido.

22

— Vai, conta tudo. E é melhor caprichar nos detalhes tórridos se quer mesmo que eu perdoe o seu vacilo – exigiu Mari assim que Max se afastou no shopping center, indo à procura de um tênis novo de corrida. Ele havia se oferecido para me levar às compras depois do expediente, já que eu lançara sobre ele o dramalhão *eu-ônibus-pesadelo*. Max achava divertido meu pavor do transporte coletivo. Eu desconfiava que ele não conhecia o maravilhoso sistema de transporte público suíço.

– Não tem muito que contar... – eu disse a ela.

– Ãrrã. O Max me fala que vocês estão juntos no *mesmo* quarto, depois de um jantar *mega*rromântico, e hoje você aparece aqui, com esse sorriso besta na cara e seu marido super-hot a tiracolo, como se não fosse nada de mais. Conta logo e não me obrigue a usar a força.

– Os pais dele jantaram com a gente, Mari. Como pode ter sido romântico?

– Você pediu! – ela disse, os olhos se tornando maiores e mais brilhantes, a boca ligeiramente trêmula, os ombros caídos. Suaves gemidos de dor profunda ecoavam em seu peito.

– Tá bom! – revirei os olhos enquanto subíamos pela escada rolante. – Pode parar com o drama! O Max preparou o jantar e me apresentou pra família dele como *sua* Alicia, seja lá o que isso quer dizer. Conversamos até tarde. Só isso. Eu e ele almoçamos juntos hoje e depois ele se ofereceu para me trazer ao shopping, pois precisava comprar uma gravata para o jantar de amanhã com a diretoria e um tênis de corrida. Os pais dele já foram pra casa. Pelo que entendi, eles vivem numa chácara a poucos quilômetros daqui e vieram até a cidade levar o Marcus para fazer alguns exames. Ele sofreu um acidente há pouco tempo. Gostei muito deles, são pessoas superbacanas. Como eu disse, não foi nada romântico.

– Ai, Lili. Assim você estraga todos os meus sonhos! Quero saber da primeira noite. Como foi? Não rolou nada, nadinha? Um roçar de mãos, um olhar diferente, uma mão boba na madrugada, nadica mesmo?

– Não. Quer dizer... – desviei os olhos dos dela – a gente conversou um pouco no escuro, depois o Max dormiu e no meio da noite meio que... me abraçou e sussurrou meu nome uma vez. Ainda estava me abraçando hoje de manhã. Fingi que estava dormindo quando ele acordou. Ele não tocou no assunto, nem eu.

Eu acordara estranhamente mais cedo que de costume naquela manhã. Talvez fosse pelo calor que me envolvia. Era delicioso demais para permanecer inconsciente. Max ainda estava com o braço em minha cintura, me segurando possessivamente contra seu corpo. Coloquei minha mão sobre a dele, aconchegando-me mais. Logo em seguida, ele despertou. Eu soube que ele havia acordado pela tensão que dominou seu corpo e pela... hã... movimentação rígida e pulsante contra meu quadril. Mantive os olhos fechados quando ele gentilmente tentou puxar o braço. Segurei-o mais firme, impedindo que se afastasse, e inspirei profundamente. Ele esperou alguns segundos antes de puxar a mão outra vez, com muito cuidado para não me despertar. Mas, ao descer da cama, bateu em alguma coisa e praguejou baixo.

Abri os olhos, fingindo que acabara de acordar.

– Max?

– Desculpa, Alicia. Eu tropecei na minha maleta. Bom dia – disse ele, pegando roupas limpas no guarda-roupa.

– Bom dia – me estiquei toda e bocejei. – Caramba, sua cama é ótima! Nunca dormi tão bem.

– É um ótimo colchão – sua voz não tinha entonação alguma.

– Eu não te chutei nem nada, certo? Tenho o sono um pouco agitado. Pelo menos é o que a Mari diz – cutuquei, esperando ver algum tipo de reação e me decepcionando instantaneamente.

– Mesmo? Nem notei que você estava na cama. Dormi feito uma pedra.

Ele jamais confessaria que dormimos abraçados quase a noite toda. E não havia por que pressioná-lo. Nosso relacionamento era estritamente profissional.

Mari suspirou, me tirando do devaneio. Seus olhos brilhavam.

– Uh! É disso que eu tô falando, garota! – disse, satisfeita com a pequena intimidade que eu havia tido com meu marido. Um sorriso enorme coloria seu rosto.

Revirei os olhos.

– Mari, eu já passei da adolescência faz um certo tempo.

– Eu não me importo. O que mais? Ele usou o que pra dormir? Como foi o abraço?

– Short, regata, conchinha. Só isso.

– Ah, meu Deus! Como assim, conchinha?

– Ele estava inconsciente. Deixa isso pra lá – me queixei, saindo da escada rolante e seguindo em frente.

Ela estreitou os olhos.

– Você está escondendo alguma coisa.

Suspirei. Por que Mariana tinha que me conhecer tão bem?

– Tudo bem. Ele passou o dia me mandando piadinhas pelo chat da empresa – comentei, deslizando o dedo por uma das vitrines sem realmente vê-la.

– Que tipo de piada?

– Daquelas bem bobinhas – eu disse, sem encará-la.

– E você gostou! – ela constatou satisfeita.

Soltei os ombros, desanimada, e encontrei seus olhos sorridentes.

– O que está acontecendo comigo?

– Ah, meu Deus! Ah, meu Deus! – ela pulou no lugar.

– Eu sei! Mas eu não estou apaixonada! O Max só é muito mais legal do que eu podia imaginar. O que sinto por ele é... só atração – confessei. – E vamos encarar os fatos, eu seria louca se não me sentisse atraída por um cara como ele. O Max é tudo aquilo e... Não me olha com essa cara, Mari! Nem começa!

– Eu disse alguma coisa? Você me ouviu dizendo alguma coisa? Eu não disse nada – ela ficou séria, com o olhar inocente – *demais* –, e deu de ombros.

– Vamos comprar logo essa porcaria de cortina! – resmunguei, totalmente ciente de que ela não acreditara em nada do que eu dissera. Pelo menos em relação ao que eu sentia por Max.

Rodamos todas as lojas de artigos para casa em busca da cortina perfeita. Quando a encontrei, não pude comprar. Minha grana estava quase no fim e tinha que durar mais duas semanas, quando sairia o próximo pagamento. Acabei levando uma mais simples, de tecido diáfano branco, até que bonitinha, e com preço muito mais acessível. Aproveitei e comprei um roupão, só para garantir que Max não me visse mais uma vez andando pelo apartamento embrulhada numa toalha.

Encontramos Max na praça de alimentação e escolhemos fast-food, embora ele não parecesse muito entusiasmado com a comida. Acabei rindo quando ele fez uma careta para meu cheeseburger triplo pingando gordura. Mari nos estudava atentamente, e Max, percebendo isso, não parava de sorrir, divertido com a situação. Ela me chutou por debaixo da mesa. Revirei os olhos e terminei meu milk shake. Eu parecia a única adulta ali...

Já era tarde e estávamos indo para o estacionamento quando vi de relance um vestido numa vitrine que parecia sussurrar meu nome. Aproximei-me do vidro como que hipnotizada pela beleza da peça. Era lindo. O vestido perfeito para o jantar com Max e a diretoria na sexta. Eu estava cogitando a hipótese de entrar na loja quando encontrei a plaqueta com o preço.

– Uau! – exclamei. O vestido preto, fechado na frente, mas com um decote generoso nas costas, custava três vezes mais que meu salário miserável. Em outros tempos, eu acharia um verdadeiro pecado custar tão pouco, mas, dadas as circunstâncias, era um assalto.

Mari entendeu errado.

– Lindo, Lili! Prova pra ver como fica – incitou ela.

– Nem pensar. Olha o preço! Não posso pagar.

– Ah, é. Às vezes esqueço que agora você é tão dura quanto eu. Minha amiga não é mais a princesa de antes. Virou gata borralheira, como eu. – Desapontada, ela se arrastou pelo assoalho liso.

Passei o braço por seu ombro e a afastei da loja. Max apenas nos observava.

– E no momento essa gata borralheira aqui precisa encontrar uma abóbora mágica para se livrar dos ônibus malvados – eu disse e ela riu um pouco. – E é só um vestido. – Um vestido perfeito, que talvez fizesse Max me olhar com outros olhos se... eu realmente quisesse isso.

– Mas é a sua cara! – ela resmungou.

– Eu não teria onde usar. Não vou mais a lugares bacanas nem a festas badaladas. Ia ser cruel condenar esse lindo vestido à minha vida nada social de agora.

Ela suspirou pesadamente.

– É, ia mesmo – concordou triste. – Quer esticar? Tem uma nova danceteria que é bem barata.

– Humm... Tudo bem. Eu preciso sair um pouco mesmo. Tô ficando cinza enfiada naquele escritório. – E, voltando-me para Max, eu disse: – Quer ir?

– Pode ser... – ele concordou, meio inquieto.

– Você quer ir com a gente? Numa danceteria? De verdade? – perguntei, chocada.

Ele deu de ombros.

– Também preciso sair um pouco. Se você não se importar que eu vá...

– Não, tudo bem. Vai ser ótimo te ver no meu *mundo* – sorri.

23

A danceteria não era muito grande, mas era bastante estilosa. Havia muitos detalhes cromados nas paredes pretas, o que dava um efeito bacana às luzes em tons de rosa, azul e amarelo, que pareciam vir de todas as direções, inclusive do chão. Max parecia muito deslocado, olhando para os lados, desconfiado, por isso Mari e eu nos dedicamos a lhe apresentar alguns copos de tequila antes de nos soltar na pista. Ele se recusou a dançar e permaneceu ao lado do bar.

Mari sempre fora minha parceira preferida de balada. Tinha a mesma fome de sacudir o corpo que eu, a mesma sede de álcool, com a diferença de ser menos expansiva quando estava bêbada.

– O Max está olhando pra você – ela disse em meu ouvido.

– Está? – voltei os olhos em sua direção.

Através do pisca-pisca incessante das luzes coloridas e dos corpos em movimento, ele me encarava com o rosto sério, os olhos intensos. Levantou o copo e fez um pequeno movimento com a cabeça.

– Vai lá. Cola nele.

– Hã... Não sei não, Mari. Acho que não é uma boa ideia. – Especialmente dada a quantidade de álcool correndo em meu sangue. Talvez eu dissesse alguma besteira.

– Ah, deixa de ser covarde. Ih, preciso ir ao banheiro! – Ela me deixou plantada na pista, indo na direção oposta ao dos sanitários.

Achei que seria muito rude de minha parte não ir falar com Max, já que tinha ficado ali sozinha, de modo que, meio por acaso, acabei indo parar ao seu lado. Subi no banco alto, apoiando os cotovelos no balcão, de frente para a pista lotada.

– E aí, vai ficar de canto a noite toda? – perguntei.

– Hã... Acho que encontrei um bom lugar. – Seu rosto examinava a casa noturna. – Bacana isso aqui.

Eu ri.

– Não precisa fingir, Max. Eu sei que você não gostou – acusei.

– Não, não. Eu só... Tudo bem, não gostei – ele sorriu um pouco. – É muito caótico pra mim. Gosto de lugares calmos, onde eu possa tomar minha cerveja e ouvir meus próprios pensamentos.

– Acho que esse é o seu problema, Max. Você pensa demais. Vem dançar. – Levantei-me e tentei puxá-lo pelo braço. Eu teria mais sucesso se tentasse mover a pilastra cromada ao lado dele.

– Isso é exigir demais, Alicia – ele disse, mas sorriu. – Vou ficar por aqui. Vá se divertir.

Frustrada, dei de ombros. Peguei mais bebidas e voltei para a pista. Chocada, olhei ao redor. Ninguém parecia notar como o chão balançava, feito o convés de um iate. Muitas doses depois de Mari voltar, enquanto eu observava Max a distância e desviava o olhar quando ele me flagrava – e ele *sempre* me flagrava –, uma garota se aproximou dele, toda sorridente, jogando os cabelos e tocando seu braço numa conversa sussurrada ao pé do ouvido.

De repente, toda a alegria causada pelas doze doses de tequila me abandonou.

– Quero ir pra casa, Mari – eu disse, com os olhos ainda presos na cena que se desenrolava entre Max e a ruiva de peitos enormes.

– Tão cedo? Por que ago... – ela seguiu meu olhar. – Ah, meu Deus. São todos um bando de filhos da p...

Alguém me puxou pelo braço.

– Tô te sacando faz algum tempo, gata – falou o rapaz de estatura média e camiseta com as mangas dobradas, provavelmente na intenção de exibir os músculos inexistentes.

– Cai fora – falei, com a voz meio enrolada.

O magrelo riu, parecendo deliciado com minha rejeição.

— Adoro mulher geniosa — ele disse, enlaçando minha cintura e aproximando o rosto do meu. O odor de uísque me acertou em cheio.

— Quer me soltar? — exigi, tentando me afastar. Seus olhos estavam muito abertos, as pupilas dilatadas, o nariz fungando. Havia mais que uísque na corrente sanguínea daquele cara, por isso sua força era tão maior que a minha.

— Você me quer, gata. Eu posso ver em seus olhos.

Eu tinha esquecido que a cocaína sempre faz o usuário se sentir o ser mais sexy do universo. E, definitivamente, não era esse o caso daquele cara.

— Me solta. Agora!

— Vamos pra algum canto, gata — ele inclinou a cabeça. Não faço ideia se ele pretendia me beijar, ou apenas se apoiar em mim, ou o que fosse. Mesmo com os reflexos um pouco alterados, consegui levantar o joelho esquerdo e acertá-lo na virilha. Ele me soltou imediatamente. Mari me pegou pelo braço e começou a me arrastar para o outro lado da pista, mas havia muita gente em volta. O cara se recuperou rápido e se colocou na nossa frente.

— Espera um pouco. Isso não foi legal — resmungou, um pouco ameaçador demais para o meu gosto.

— Algum problema, Alicia? — Max exigiu saber, surgindo do nada, bem atrás do cara.

— Tuuudo sob controle — gritei, com a voz engrolada. — Pode voltar pra sua ruiva turbinada.

Ele me ignorou, encarando o magrelo de cima, parecendo furioso.

— Ah — disse o rapaz. Os olhos alucinados corriam em várias direções. — Não precisava chamar seus amigos.

— Ela não chamou — disse Max calmamente, colocando-se entre mim e o cara. — Mas você parece não entender que ela não quer que você encoste nela. Estou aqui para te ajudar a entender.

— E você é quem? O pai dela? — o magrelo empurrou Max, que não se moveu.

— O marido dela. — Sua voz soou tão apavorante, mesmo com a batida eletrônica se sobressaindo, que arrepios subiram e desceram por meu corpo. Max era o *maximus*!

O rapaz se inclinou um pouco e me olhou em dúvida. Ergui a mão esquerda, sacudi os dedos exibindo a aliança e sorri. Ele se retraiu. Deu alguns passos para trás, trombou com um casal que dançava uma espécie de dança do acasalamento e olhou para todos os lados, como se estivesse prestes a ser atacado por alguma gangue.

– Foi mal – murmurou, ou foi o que pareceu. Era difícil ouvir alguma coisa com a batida da música sufocando o ambiente. Depois, rapidamente desapareceu na multidão.

Max ficou de frente para mim.

– E não tenho ruiva nenhuma – falou irritado.

O alívio que senti naquele instante me deixou tonta. Ainda mais, quero dizer.

– Meu herói! – me joguei contra ele, enlaçando seu pescoço. – Você estava tão absurdamente sexy brigando! Não tava, Mari?

– Muito sexy – concordou ela, com uma risadinha trêmula.

– Você bebeu demais – Max me disse.

– Na-na-não. Você é que bebeu pouco – ri, a cabeça leve. – Por que você tava dando mole pra aquela garota?

– Eu não estava. Acho que podemos ir pra casa agora. Você já bebeu o suficiente – ele me lançou um olhar reprovador.

– Caramba! Seus olhos ficam lindos nessa luz. – Pareciam emitir luz própria. Sua boca estava entreaberta e, de repente, era todo o meu mundo. Estreitei a distância entre seu rosto e o meu, ficando na pontinha dos pés, ainda enlaçada em seu pescoço. Deslizei o nariz por seu maxilar até alcançar o queixo ligeiramente áspero. Ele permaneceu imóvel, as mãos paralisadas em minhas costelas, os olhos abertos.

– O que você está fazendo?

– Nada – sussurrei, enroscando os dedos em seus cabelos ligeiramente longos, roçando os lábios em sua face até alcançar um dos cantos de sua boca perfeita. – Você é incrível, Max. Como demorei tanto tempo para perceber isso? – mordisquei seu lábio inferior.

Ele estremeceu, seus dedos afundaram em minha cintura. Sorri satisfeita. Seus olhos estavam mais escuros, dilatados, presos aos meus lábios. Ele ergueu uma das mãos, mas, em vez de ceder aos meus encantos, segurar meu rosto e me arrebatar com um beijo, alcançou meus pulsos em seu pescoço, se desfez de meu abraço com facilidade e começou a me arrastar atrás dele.

– Vamos pra casa antes que eu faça alguma besteira.

Agarrei Mari, que desatou a rir daquela cena. Acabei entrando na dela, pois a alternativa seria chorar por ter sido rejeitada. Gargalhamos o caminho todo, sem motivo algum. Bastava uma olhar para a cara da outra e pronto, perdíamos o fôlego de tanto rir. Max a deixou em casa, depois, quando ficamos a sós e a rua parecia serpentear à minha frente, a euforia começou a ceder um pouco e a quietude se instalou no carro. Tudo bem, eu admito que estava um pouco bêbada, mas aquele silêncio era perturbador. Por isso, quando faltavam poucos metros para chegarmos ao prédio, decidi perguntar:

– Por que você fica sempre tão calado quando estamos no carro? Você não parecia calado quando aquela ruiva se esfregou em você.

– Porque preciso prestar atenção no trânsito – ele apontou tranquilamente. – E a moça não se esfregou em mim. Por que isso está te incomodando tanto?

– Não tá me incomodando coisa nenhuma. Esse silêncio é que me incomoda. Você não pode jogar conversa fora enquanto dirige? Eu sempre fiz isso e nunca bati o carro. Bom... já bati duas vezes, mas foi coisa à toa.

– Não com você – ele embicou o carro na garagem do prédio.

– Como assim, não comigo? O que tem de errado comigo? – inquiri, ofendida.

O portão da garagem subterrânea começou a subir.

– Você me perturba – ele resmungou, olhando fixamente para frente.

Zonza como estava e sem conseguir ver seus olhos, não compreendi se aquilo foi um elogio ou apenas mais uma de suas cutucadas.

24

— Alicia? – Max chamou, batendo na porta do banheiro.
– Tô terminando de arrumar o cabelo. Só um minuto! – Decidi não fazer nada de especial nos cabelos para o jantar com Max naquela noite. Porém deixá-los soltos, perfeitamente lisos e *naturais* tomava algum tempo. Desliguei a chapinha e escovei-os uma última vez. Olhei-me no espelho e fiquei satisfeita com o resultado. Fechei o roupão preto mais firmemente e abri a porta.

Max havia saído uma hora antes. Disse que precisava resolver um problema de última hora, mas que voltaria a tempo.

– Eu me visto em dois segundos... Ei! Você já tá pronto! – exclamei assim que o vi em seu terno escuro perfeitamente alinhado e totalmente sexy. Parecia ter saído de um anúncio de revista.

– Não tem muita coisa que eu possa fazer para melhorar – ele disse, parecendo sincero em sua modéstia, o que era um absurdo, já que Max era *tudo* aquilo. Qualquer ator de Hollywood se descabelaria para ter aquele rosto, ou aquele corpo, ou aquela voz, ou aqueles cabelos... – Você está muito bonita.

Sorri.

– Imagina o frisson que vou causar aparecendo no restaurante vestida assim... – brinquei. Ele sorriu em resposta. – Fico pronta em um minuto.

– Não precisa ter pressa. Estamos bem de tempo.

– Tá. Já volto.

Max esteve um pouco distante o dia todo – não que alguma vez tenha estado próximo. Tudo bem, eu estava bêbada na noite anterior e meio que o ataquei, mas não tão fora de mim a ponto de não saber o que havia feito. Eu sentia o rosto queimar toda vez que me lembrava de como tinha me jogado em cima dele e como ele havia me rejeitado. Envergonhada até a medula, me obriguei a lhe pedir desculpas pela manhã, enquanto ele tomava seu café preto. Meu estômago revirou ao sentir o cheiro, e minha língua seca salivou desagradavelmente.

– Max, sobre ontem à noite, eu...

– Eu sei.

– Quando eu tentei... – comecei a retorcer os dedos freneticamente.

– É, eu sei.

– Não sei o que deu em mim. Acho que...

– É, eu sei. Não se preocupa. Está tudo bem.

– Poxa, Max – suspirei pesadamente e sorri. – Fico aliviada por termos tido essa conversa.

Depois disso, ele agiu como se nada tivesse acontecido, e, claro, fiz o mesmo, mas me magoava um pouco o jeito como ele parecia querer se manter longe de mim.

Eu me enfiei em meu quarto, jogando o roupão no chão e procurando os sapatos para combinar com o vestido que havia usado no casamento, o único mais arrumado que eu trouxera da minha antiga vida. Não havia pegado muita coisa na casa de vovô. Pensei que, como fora deserdada, não precisaria de roupas formais enquanto estivesse – eu tinha que admitir de uma vez – pobre.

Eu sou pobre.

Aceitar isso não surtiu o efeito que eu esperava. Não me senti melhor ao admitir minha nova posição. Dei de ombros e me sentei na cama, esmagando uma sacola.

– Mas o quê...? – Eu não havia deixado aquilo ali. Na verdade, nem conhecia aquela sacola cor de areia decorada com letras vermelhas. Peguei-a com cuidado, alcancei o pacote envolto em papel de seda e desembrulhei-o lentamente, até ver surgir o delicado vestido preto. Meu queixo caiu quando o reconheci.

Avancei correndo para a porta, mas me detive a tempo, antes de aparecer diante de Max usando apenas calcinha. Vesti o roupão apressadamente e voei para a sala.

– O que é isso? – perguntei.

Ele estava mexendo em seus CDs. Não se moveu quando disse:

– Eu acho que se chama vestido.

– Eu sei que é um vestido. Eu quero saber o que ele estava fazendo na minha cama.

– Eu pensei que você quisesse esse vestido...

– Essa não é a questão. Ele é lindo, Max, mas eu não posso pagar. – Era irritante a forma como ele evitava olhar para mim.

– E não vai. É um presente, Alicia. Você devia experimentar e ver se acertei o tamanho.

– Max! Quer fazer o favor de olhar pra mim? – exigi, furiosa.

Ele deixou a pilha de CDs e lentamente se virou. Seus olhos estavam hesitantes.

– Por que você me comprou esse vestido? – eu quis saber.

– Porque eu quis – ele deu de ombros, jogando uma das caixinhas de CD sobre a estante.

– Ele custa mais que três salários meus. É caro demais. Isso é... – olhei para o vestido em minha mão. Max provavelmente saíra ainda há pouco para ir buscá-lo. Engoli em seco. – É lindo, mas eu não posso aceitar.

– E por que não? Eu sou seu marido, posso comprar o que quiser para a minha esposa. É algum crime? – ele perguntou mais relaxado, cruzando os braços sobre o peito largo.

– Se a gente fosse casado de verdade, talvez não. Mas você sabe tão bem quanto eu que não passamos de... amigos que dividem o apartamento. Não posso aceitar – estiquei o vestido para que ele pegasse.

Max passou a mão pelos cabelos claros e suspirou. Deu alguns passos, até ficar com o peito largo a dois palmos do meu nariz.

– Alicia, essa noite é importante pra mim. Muito importante. Muita gente respeitável da empresa em que nós dois trabalhamos vai estar lá para me avaliar. Você é minha mulher, para todos os efeitos. Você é o meu reflexo – ele sorriu.

– Mas...

– Quero que todos te vejam como você realmente é. A garota linda e carinhosa que raramente se deixa ver, porque se esconde atrás do sarcasmo. E esse vestido é só um presente, não precisa ficar preocupada. Não estou tendo algum tipo de ideia que vá além do que o nosso acordo permite. Realmente não estou.

– Mas, Max, eu...

– Você usaria esse vestido como um favor para um amigo? Só para eu me sentir mais seguro. Já estou ansioso o bastante. – Seus olhos brilharam tanto que quase me cegaram.

Claro que ele não estava tendo ideias. Apenas queria exibir uma mulher bem-vestida. Nada mais. Seu gesto atencioso não passava de uma tentativa de se sentir mais seguro.

– Tudo bem – concordei, irritada. – Eu... Obrigada pelo vestido. Vou... – e apontei para o meu quarto com o polegar.

– Eu espero – ele sorriu.

Voltando rapidamente para o quarto, coloquei o vestido e me observei no espelho. O tamanho e o caimento eram perfeitos. O decote nas costas era provocante e ainda assim elegante. Calcei os sapatos – uma sapatilha preta, simples, meio retrô –, peguei a bolsa de mão de crochê e voltei para a sala. Max me presenteou com um sorriso enorme enquanto me examinava. Corei um pouco. Ele sempre conseguia fazer isso – fazer com que eu me sentisse nua enquanto me olhava.

– Linda – ele suspirou.

Sorri, ligeiramente encabulada.

– Obrigada. Estou pronta.

– Não – ele se aproximou, os olhos presos nos meus, levantou a mão e tocou meu ombro. Minha respiração sumiu quando seus dedos quentes acariciaram minha pele sensível, mas então, com um puxão brusco e um *tec* ele me soltou. – Agora sim você está pronta – e me mostrou a etiqueta que acabara de arrancar.

– Ah.

Sorrindo, ele indicou com o braço para que eu fosse à frente.

Max estava tenso enquanto dirigia pela cidade, ainda mais calado que o habitual. Quando estacionamos em frente ao restaurante francês elegante e esnobe – eu odiava o Le Jacques desde que fora convidada a me retirar após um bate-boca com o chef Jean-Jacques, que insistira em colocar chantili na minha mousse de chocolate, quando *sabia* que eu odiava chantili (rezei para que ninguém se lembrasse do ocorrido) –, Max se adiantou ao manobrista e correu para abrir minha porta. Ficou ao meu lado, passou novamente a mão pelos cabelos, arrumou o nó da gravata pela enésima vez e expirou com força. Absurdamente tenso. Alcancei sua mão e entrelacei meus dedos aos seus, tentando acalmá-lo.

Ele me olhou surpreso.

– Vai dar tudo certo, Max – assegurei. – Ninguém é mais chato ou mais responsável que você naquela empresa.

Sorrindo gentilmente, ele apertou meus dedos com delicadeza.

– Obrigado, Alicia – e começou a me guiar, sem soltar minha mão, pelo salão decorado com muito ouro, flores e rendas delicadas.

Vô Narciso se reunia frequentemente com a diretoria de suas empresas. Logo de cara, reconheci todos os rostos que fariam parte da reunião. Gerson Ribeiro, um chato de galochas com olhar superior, Ivan Andrade, um senhor de meia-idade com cara de prisão de ventre, e Heloisa Shutz, a única mulher da diretoria, bem-vestida num terninho profissional, com olhos rápidos e astutos que mascaravam seus quase cinquenta anos.

Cumprimentei a todos com a mão livre. Quando Max precisou fazer o mesmo, apenas trocou uma mão pela outra, sem nunca me soltar. Outros três funcionários também estavam à mesa: Jeferson, o gago, e a esposa grávida, e mais dois homens – também com as esposas – que nunca se deram ao trabalho de me dizer bom dia.

Alguém tocou meu ombro. Hector Simione, o atual presidente da L&L Cosméticos.

– Você não sabe como fico feliz em revê-la, Alicia – disse ele, com o olhar inquisitivo que eu conhecia desde a infância. Ele fora, por muito tempo, vice-presidente da L&L e amigo da família. Depois da morte de vovô, assumira a cadeira deixada por ele. Sua pele azeitonada contrastava com os cabelos grisalhos, quase prateados, nas laterais da cabeça. Tive a impressão de que assumir a L&L contribuíra para o aumento dos fios brancos.

– Não tenho tanta certeza disso – resmunguei, me lembrando da ameaça implícita que ele fizera ao me ver na L&L em meu primeiro dia de trabalho.

Max me cutucou, reprovando meu comentário, e me afastou dali.

– Me perdoem pelo atraso – se desculpou Clóvis, irrompendo no salão ostensivo do Le Jacques. – O trânsito estava péssimo. Boa noite, senhores, senhoras.

Enrijeci quando seus olhos pousaram sobre a minha mão entrelaçada à de Max.

– Alicia – ele disse com um sorriso.

– Clóvis – tentei parecer confiante.

– Parece que decidiu não ouvir meu conselho – ele comentou sorrindo. – Você não ligou.

– Eu nunca fui muito boa em seguir conselhos, você sabe.

– Isso é verdade – ele sorriu, mas parecia preocupado.

– Max! – chamou Hector. – Poderia explicar para a Heloisa sobre os novos contratos com os árabes?

Max me olhou por um segundo antes de soltar minha mão e se juntar aos diretores da L&L.

Clóvis ficou parado ao meu lado.

– Tenho a impressão de que você não entendeu o que eu disse – murmurou.

– Entendi, Clóvis. Você foi bem claro.

– Talvez não tanto quanto eu esperava. Você ainda insiste com essa farsa.

– Não é uma farsa – retruquei imediatamente.

– Alicia, estou realmente espantado com a sua obstinação. Esse seu capricho pode ser prejudicial, eu já lhe disse isso. Você devia aceitar o meu conselho, ou serei obrigado a...

– O quê, Clóvis? Você vai me mandar para o colégio na Suíça? Já passei da idade faz certo tempo... – zombei.

Ele suspirou exasperado, sacudindo a cabeça.

– Você é impossível. Seu avô teve certa razão ao ouvir os conselhos do Hector.

– Que conselhos?

– Sobre o testamento. Eu não contei que foi ele que sugeriu lhe nomear um tutor até que você estivesse casada? – suas sobrancelhas se arquearam.

– Não, não contou, mas vai contar agora – me virei, ficando de frente para ele.

– Poxa, me desculpe, Alicia – ele retirou os óculos, esfregou os olhos e exalou irritado. – Estou sob muita pressão.

– Tá certo. Agora fala.

– Quando você ligou de Amsterdã contando que estava na cadeia, mais uma vez, seu Narciso ficou possesso – ele recolocou os óculos sobre o nariz. – Estávamos num jantar neste mesmo restaurante, seu avô, o Hector e eu. Depois de me pedir para acionar os advogados para tirar você da prisão, ele reclamou que precisava fazer alguma coisa a respeito da sua imaturidade.

– E...?

– O Hector mencionou um amigo com um caso parecido. Seu Narciso ponderou e me pediu para fazer o testamento ali mesmo, na mesa. Eu tentei argumentar, juro por minha honra. Mas seu avô estava muito decepcionado com você. E, além disso, o Hector achou o arranjo muito apropriado e começou a ressaltar os benefícios que isso ia trazer a você...

– Ou a ele – completei surpresa, finalmente começando a entender algumas coisas. – Afinal, ele assumiu o posto do vô Narciso.

Clóvis franziu a testa, atônito.

– O que você está querendo dizer? – perguntou.

– Nada. Só estou tentando entender. Esse testamento não é coisa do meu avô. Por mais que ele estivesse furioso comigo, não acredito que faria isso sozinho.

– Alicia, ele fez. Eu estava lá. Fez por vontade própria.

Assenti, por hábito. Que vantagens aquele testamento traria a Hector além de assumir o comando do Conglomerado Lima e ter oceanos de dinheiro sob seu controle?

Tudo bem, eu nunca morrera de amores por Clóvis nem ele por mim, mas eu não tinha por que desconfiar do que ele me dizia. Vovô confiava nele, e isso era motivo bastante para que eu também confiasse.

– Tudo que quero é que você seja feliz – ele falou. – Eu devo isso ao seu avô. Por isso, pare já com essa besteira e aja como adulta. Era o que o seu avô esperava de você – e se afastou, juntando-se ao pequeno grupo de homens engravatados.

Levei algum tempo tentando assimilar o que Clóvis queria dizer com tudo aquilo, mas então todos começaram a se acomodar em seus lugares e Max voltou a se postar ao meu lado e a segurar minha mão. Imediatamente deixei assuntos desagradáveis para depois. Ele apertou meus dedos diversas vezes, nervoso, agitado, entretanto essas emoções estavam muito bem escondidas sob sua expressão séria e profissional.

– Vamos acabar com o suspense de uma vez – anunciou Hector quando as bebidas chegaram. – Acho que vocês quatro já estão tensos o bastante. A diretoria da L&L analisou a carreira de cada um de vocês, e ficou claro que todos têm capacidade para chefiar o departamento de comércio exterior. Infelizmente, apenas um pode assumir o cargo. O que não significa que não possam ter um futuro brilhante na empresa. Como vocês sabem, empreendimentos diversificados fazem parte do Conglomerado Lima, e no devido tempo precisaremos de pessoas capazes para dirigi-las. Com uma votação apertada, acabamos num impasse – ele continuou. – Dois de vocês receberam a mesma quantidade de votos. Decidimos que Maximus Cassani e Jeferson Diniz são igualmente capazes de assumir o posto de diretor do Comex. Por isso, o sr. Clóvis Hernandez, representante legal do fundador da empresa, tem a palavra final – ele apontou para o advogado. – Clóvis, está em suas mãos.

Max ficou tenso ao meu lado, esperando o veredito, mas eu relaxei. Ele era o melhor dos indicados ao cargo, e Clóvis sabia disso.

– Dois jovens talentosos e bem-sucedidos. Ambos tão capazes e dedicados à empresa. É extremamente difícil escolher. Contudo... – Max apertou minha mão ligeiramente – o Jeferson tem um pouco mais de experiência e acho que merece dirigir o departamento.

A decepção surgiu no rosto de Max com a mesma rapidez com que desapareceu. Encarei Clóvis completamente perplexa, mas ele evitou meu olhar.

– Jeferson, você é o novo diretor do Comex.

Todos na mesa aplaudiram o novo diretor. Até mesmo Max.

– Eu protesto! – me ouvi dizendo.

Escutei algumas risadas.

– Alicia, o que você está fazendo? – murmurou Max.

– Alicia, querida – Hector sorriu. – Isso não é um julgamento. É uma reunião entre amigos.

– Não é o que parece – teimei, encarando-o. – Sinceramente, Hector, duvido muito que o meu avô agiria da mesma forma que o Clóvis ou que qualquer outra pessoa aqui. Se tem alguém que sabe como ele pensava, esse alguém sou eu. Acho que tenho o direito de expressar minha opinião. Vô Narciso gostaria de ouvir o que eu tenho a dizer. Ele sempre queria ouvir minhas opiniões.

– Claro que ele gostaria, Alicia – Hector explicou, um pouco relutante. – Nós também. Mas não numa reunião de diretoria. Depois que reaver seu direito de herdeira, ficaremos felicíssimos em ouvir suas ideias. No presente momento, a decisão foi tomada e deve ser acatada.

– Mas... mas... – olhei ao redor da mesa. Eu estava fazendo papel de boba. – Ok. Tudo bem. Eu vou retomar minha herança. *Em breve* – fitei Hector com obstinação. Ele nem sequer piscou. – E então muitas coisas vão ser diferentes por aqui. Meu avô dava muito poder a quem não merecia. Aposto que ele não conhecia as cobras peçonhentas que mantinha ao seu lado.

– Você está se referindo a quem, especificamente? – Hector quis saber.
– A ninguém.
Clóvis sorriu.
– Ela lembra muito o avô – comentou. – Alicia realmente tem o sangue dos Bragança e Lima.

– De fato. Narciso também tinha uma opinião forte sobre todo e qualquer assunto... – Hector sorriu saudoso, e então ambos desataram a relembrar animadamente as "memórias de velhos amigos", ignorando-me totalmente.

Entornei minha taça de vinho. E mais outra. E mais algumas. Eu não estava feliz. Estava furiosa. Mais que furiosa, estava em chamas! Como Clóvis tivera coragem? Eu sabia o que estava acontecendo ali. Ele tinha ficado fulo da vida quando Max o enfrentara no refeitório da L&L. Deu para ver em seus olhos e punhos cerrados. E ainda insinuara que Max estava exigindo favores sexuais para manter nosso casamento, o que era um total absurdo. Clóvis tinha uma impressão errada de Max, completamente equivocada. Mas se vingar dele daquela maneira? Quantos anos ele tinha? Oito?

Eis o que eu deveria fazer: me levantar, olhar para cada um dos rostos à mesa e dizer, numa voz calma e contida, que Clóvis escolhera Jeferson apenas para punir Max por tê-lo afrontado. Era o que eu deveria ter feito. Mas então Max saberia que sua promoção naufragara graças a mim, ainda que indiretamente. Ele me odiaria. Pior ainda, se decepcionaria comigo.

O jantar prosseguiu com conversas soltas e descontraídas, das quais Max participava animado, mas eu podia imaginar quanto aquilo lhe custava. Clóvis me olhava furtivamente vez ou outra e sorria com pesar. Não toquei na comida. Pensar em Marcus, em como a promoção de Max ajudaria a melhorar seu tratamento, ou ao menos seu conforto, e em como Clóvis fora mesquinho me revirava o estômago. Eu entornava uma taça de vinho atrás da outra e olhava fixamente para o advogado cabeçudo e atarracado, esperando que minha raiva o fritasse.

– Por que você fez isso? – perguntei a ele, num sussurro.

– Sinto muito se o resultado não lhe agradou. Fiz o que considerei correto – ele murmurou, constrangido.

– Não, não fez. Você escolheu o Jeferson porque o Max não vai com a sua cara.

– Não, Alicia – ele sacudiu a cabeça, extenuado. – Escolhi o Jeferson por ser mais adequado ao cargo. Minha discordância com Maximus não teve nenhum peso na minha decisão.

Como se eu acreditasse naquilo.

– Vá se ferrar! – me ouvi dizendo mais alto do que pretendia e, apesar da conversa fluida que rondava a mesa, acabei atraindo alguns olhares.

– Está tudo bem? – Max perguntou delicadamente.

Não dava para ver a decepção em seus olhos, ele a mantinha bem trancada.

– Não – murmurei de volta. – Não estou bem. Nada está bem!

Ele me olhou interrogativamente, mas Hector lhe perguntou alguma coisa que o fez desviar os olhos. Eu mal conseguia respirar. Precisava de ar. Precisava de ajuda.

Corri para o toalete, esbarrando em algumas mesas no caminho e não me importando com isso. Fechei a porta do banheiro, decorado em mais tons de dourado e branco, e me apoiei na grande bancada em frente ao espelho.

Tudo pra nada! Todo o trabalho, o esforço e a dedicação de Max nos últimos anos não valeram de nada. Seu sacrifício ao se casar comigo não valera de nada. Tudo que ele havia almejado acabara de ruir diante de todos. Se eu não tivesse me metido em sua vida, ele e Clóvis jamais teriam se estranhado e tudo estaria bem.

– Tudo culpa minha. Droga! – encostei a testa no espelho e fechei os olhos, desamparada.

Então senti a coisa mais estranha do mundo. Senti como se alguém – não qualquer pessoa, mas alguém específico, alguém que eu sabia que jamais voltaria a fazer aquilo – acariciasse meus cabelos. Foi tão real, tão familiar, que abri os olhos instantaneamente, apenas para me deparar com meu próprio reflexo.

Eu estava absolutamente sozinha.

25

Eu havia imaginado aquilo? Havia imaginado que meu avô me acariciara, daquele jeito só dele? Claro que sim. Que outra explicação haveria? Precisei de alguns minutos para me recuperar. Ainda confusa, saí do banheiro e encontrei Max me esperando do lado de fora, encostado na parede, com o rosto transbordando de preocupação.

– Eu juro que quase invadi o banheiro pra ir atrás de você – ele falou urgente, o rosto ansioso. – O que está acontecendo? O que te fez dizer aquelas coisas ao Hector? Por que você está com essa cara?

– Eu... não sei bem... – Eu tinha que contar a ele sobre a manipulação do resultado por parte de Clóvis e a história do testamento. Aquilo dizia respeito à vida dele também, era a coisa certa a fazer, mas ali não era o lugar apropriado. Se é que existia um lugar apropriado para isso, o que eu duvidava. – Me irritou a forma como o Clóvis se comportou. Como se ele próprio fosse o vô Narciso. Ele até cruzou as mãos embaixo daquela papada toda, do mesmo jeito que o meu avô fazia quando ponderava algo importante, você viu aquilo? Que cara de pau!

– Vi e também achei inadequado – seu rosto relaxou um pouco. – Se você quiser, podemos ir pra casa. Já pediram as sobremesas e disseram tudo que era necessário. Acredito que não tenha mais nada de relevante.

Engoli em seco ante a pontada de decepção em seus olhos verdes caleidoscópicos.

– Max, eu sinto muito. Mesmo! Muito mais do que você pode imaginar.

– Não se preocupa. Não era pra ser dessa vez – ele deu de ombros.

Mas era! Eu sabia que era. Vovô teria escolhido Max.

– Outras oportunidades vão surgir – continuou ele. – E o Jeferson é um excelente profissional. Foi uma boa escolha.

– Você não se importa mesmo de irmos pra casa? – pedi.

– Nem um pouco – ele respondeu e colocou a mão em minhas costas nuas com gentileza, me fazendo estremecer ligeiramente enquanto me guiava até a mesa para nos despedirmos.

Max inventou uma dor de cabeça para Hector e lamentou ter que deixá-los. Despedi-me cordialmente de todos, menos de Clóvis. Max também não foi muito efusivo ao se despedir dele, mas isso já não era surpresa.

Ele abriu a porta do carro para que eu entrasse e dirigiu com cuidado pelas ruas quase vazias.

– Andei pensando e acho que foi melhor eu não ter sido promovido. Quer dizer, quem ia te ajudar com as planilhas? – comentou num tom brincalhão.

Eu ri um pouco, satisfeita por ele não se deixar abater.

– Isso é verdade. *Ninguém* ia me ajudar, já que não gostam de mim naquele lugar.

– Claro que gostam. Você assusta as pessoas com esse seu jeito decidido e espontâneo, mas é só isso. O Paulo te acha uma comédia.

– Claro que acha. Ele me viu sair no braço com a copiadora.

Max riu.

– Ele me contou. Disse que devia ter filmado pra colocar no YouTube. Mas sabe o que eu acho?

– O quê?

– Que você não deu abertura pra ninguém se aproximar. Quando você baixar a guarda, vai ver que tem muita gente louca por você e você nem desconfia.

Era incrível como Max encarava tudo com tranquilidade. Fiquei orgulhosa demais dele. No entanto, ele não conseguir sua tão sonhada promoção implicava muitas outras coisas. Eu não queria perguntar, porque tinha medo do que poderia ouvir. Mas essa era uma pergunta inevitável. Se eu não tocasse no assunto, ele o faria. Mais cedo ou mais tarde.

– Max – comecei, minhas mãos tremiam e um nó na garganta tornava difícil falar com clareza. – Agora que deu tudo errado, você não tem mais motivo para continuar com... o nosso acordo.

Ele me olhou surpreso.

– Não deu tudo errado – disse firme e sinceramente. – Digamos que houve um adiamento.

– Você entendeu o que eu quis dizer – sussurrei. – Não precisa mais ser meu marido.

– Mas eu quero! Eu gosto de você, Alicia. Eu sei que parece loucura, mas gosto! Você é uma pessoa admirável. Quero te ajudar a refazer sua vida, a recuperar cada centavo que o seu avô deixou e o que mais precisar. – A intensidade em sua voz não deixava margem para dúvidas. – Não vou te deixar sozinha. Eu sempre honro meus compromissos. Vou cumprir nosso trato até o fim, não importa o que aconteça – ele me lançou um olhar que me fez parar de respirar, tamanhas eram a força e a ternura ali contidas.

Suspirei, encostando a cabeça no banco de couro, sentindo pela primeira vez que poderia contar com Max para qualquer coisa. Que ele estaria ali para me estender a mão e me amparar. Que cuidaria de mim, a seu modo. Que eu não estava sozinha.

A cálida ternura que eu sentia por ele ganhou proporções gigantescas naquele momento, até que se tornou insuportável e achei que eu fosse explodir em um milhão de cores. O nó na garganta e o tremor em meu corpo me fizeram juntar as mãos firmemente sobre o colo, para que eu não o abraçasse e enterrasse a cabeça em seu pescoço, como queria desesperadamente fazer. Naquele instante, tudo que eu queria era ficar naquele carro, conversando com Max até o fim dos meus dias, sem me importar se tinha um emprego medíocre. Sem me importar se teria que ir e vir de ônibus todos os dias. Contanto que ele estivesse comigo, tudo bem pra mim.

Eu queria Max por perto. Muito perto. E não apenas por mais alguns meses, como nosso acordo previa. Eu queria que ele fosse feliz, por isso me incomodara tanto a atitude de Clóvis. Eu queria ver Max sorrir e iluminar meu dia com aquela luz quente que emanava de seus olhos. Queria poder lhe dar a segurança que ele me dava. Esperava poder retribuir todas as mínimas coisas que ele fizera por mim desde que tínhamos nos conhecido. Ansiava por fazer com que ele sentisse as coisas maravilhosas que despertava em mim toda vez que me olhava ou sorria. E, ah, eu desejava tocá-lo. Desesperadamente. Desejava correr as mãos por seu peito, sentir seu coração batendo acelerado sob minha palma, ouvir meu nome em seus lábios. Desejava-o de muitas maneiras. De todas as maneiras...

Oh, Deus! Mari estava certa!

Eu o amava! Desesperadamente! Estava completamente apaixonada por meu marido.

Que merda!

Essa constatação me deixou em pânico. Eu me remexi no banco do carro, roí as unhas, sem conseguir ver nada à minha frente. Eu amava Max. *Droga! Droga! Droga!*

Quando isso tinha acontecido? Como eu havia permitido que acontecesse? Tudo bem, eu já admitira que Max era lindo e um bocado atraente, mas sentir atração por alguém é muito diferente de amá-lo. *Muito* diferente. Absurdamente diferente! Quer dizer, ele não havia tentado me seduzir nem nada disso, não dera nenhum sinal de que tinha interesse por mim. Nosso relacionamento era profissional – bom, quase sempre – e, apesar de Max ser um cara completamente diferente do que eu havia imaginado, isso ainda não era razão para amá-lo. Mas, droga, eu o amava! E provavelmente há certo tempo, só não me dera conta disso até aquele momento.

– Não fica assim, Alicia. Estou bem com tudo isso.

– Ãrrã – murmurei, roendo a ponta do dedo, sem me atrever a olhar para Max.

Assim que entramos em casa, ele quis comemorar sua não promoção com o que restara de cerveja. Eu o acompanhei, ainda tentando analisar meus sentimentos, mas era impossível, porque Max era devastadoramente sexy e embaralhava meus pensamentos a cada sorriso que me dirigia. E descobri que, quando se excedia na bebida, ele ficava muito mais comunicativo e sorridente. E, mesmo naquele estado de embriaguez, era inteligente, bem-humorado, educado, ria de si mesmo o tempo todo e era muito atraente. Em outras palavras, eu estava totalmente de quatro por ele e não conseguia pensar em mais nada a não ser nele. *Argh!*

Quando a cerveja acabou – para meu eterno alívio –, me despedi cordialmente e me tranquei no quarto. Precisava ficar sozinha, precisava entender o que estava acontecendo comigo e de algum modo tentar afogar aqueles sentimentos, embora suspeitasse de que já não havia essa possibilidade.

Por um tempo, me limitei a ir e vir aos tropeções – Max não fora o único a ficar ligeiramente bêbado – no pouco espaço existente entre a cômoda e a cama. Depois chutei os sapatos para longe e me joguei no colchão, ainda com a roupa que usara no jantar. Fechei os olhos, encostando a cabeça na cabeceira da cama.

Como eu podia ter me apaixonado por Max? Como? Como pude ser tão idiota? E que chances eu tinha de conquistá-lo agora que causara – ou causaria – sua ruína profissional?

– Você não teve culpa – disse uma voz familiar. Uma voz de que eu sentia muita falta. Terrivelmente.

Abri os olhos. Foi quando o vi sentado ali, na minha cama.

– Vovô! – gritei, pulando para abraçá-lo. Enterrei o rosto em seu pescoço e inspirei profundamente. Seu cheiro estava diferente, mais adocicado, lembrando flores, mas não me importei. Então me dei conta de que ele não podia estar ali.

– Você está aqui falando comigo? – olhei em volta e meu quarto parecia absolutamente normal.

– Estou – ele sorriu.

– Por quê? Eu morri? – Não me lembrava de ter morrido, mas sei lá, nunca se sabe.

Ele gargalhou alto. E o som daquela risada tão amada fez meu tremor diminuir um pouco.

– Você não morreu, Alicia. Estou aqui porque você pediu minha ajuda. Eu jamais deixaria de atender um pedido seu.

– Mas... mas... vovô – engoli em seco –, você meio que está... hã... morto. Não pode estar aqui, ainda que eu esteja imensamente feliz em te ver.

– Meu corpo está morto. Minha alma, não – ele apontou. – Você nunca prestou atenção nas aulas de religião?

– Senti uma falta danada das suas broncas. – Eu estava mesmo falando com vovô ou havia enlouquecido? Eu não sabia se era fruto da minha imaginação, um presente do meu subconsciente para preencher a lacuna deixada por sua morte ou um sonho, daqueles bem realistas. Fosse o que fosse, eu estava mais que feliz em vê-lo naquele momento. – Sinto sua falta todo santo dia. Ando me sentindo tão sozinha e... sem rumo.

– Eu sei – ele sorriu, acariciando minha cabeça. Do mesmo jeito que eu sentira mais cedo, no banheiro do Le Jacques. – Por isso estou aqui. Aconteceram coisas desagradáveis essa noite, não foi?

Revirei os olhos, entrelaçando meus dedos aos seus. Não eram tão quentes como eu me lembrava.

– Nem me fale! O Clóvis ferrou com a promoção do Max porque eles se desentenderam uns dias atrás. Ele pensa que o Max é uma pessoa ruim por ter casado comigo... Diz que está preocupado comigo. Aí ele faz uma coisa dessas! Ele adorou o que fez hoje. Eu vi nos olhos dele. Ele adorou ver o Max cair. Vou matar aquele filho da p...

– Alicia, isso não é jeito de se expressar – vovô me interrompeu. – Eu gastei uma pequena fortuna com a sua educação. Use-a – seu rosto ficou sério.

– Você disse que estava aqui para me amparar... – apontei.

– Por que você não conversa com o Max sobre o que está te afligindo? Conte a ele tudo que o Clóvis lhe disse hoje. Isso deve ajudar.

– O quê? Não! Isso é... totalmente o oposto de ajudar! É justamente o que eu não quero que aconteça. Contar ao Max que ele não foi promovido por minha culpa vai estragar... hã... meus planos. Não tem nada mais útil do que dizer a verdade aí no além? Você não pode, sei lá, fazer o Clóvis agir como você quer, ou quem sabe possuir o cara pra desfazer a confusão?

Foi a vez dele de revirar os olhos.

– Você é impossível – riu. Naquele instante eu estava absolutamente feliz.

– Você está bem? – perguntei. – Está gostando desse... outro plano? Ele assentiu.

– Mas estarei por perto enquanto você precisar de mim.

– Eu sempre vou precisar de você – rebati, sentindo o coração se aquietar.

– Nem sempre, querida. Você vai crescer um dia.

O alarme do rádio-relógio no quarto de Max tocou. Dei um pulo na cama, abrindo os olhos, desorientada. Olhei em volta, procurando por meu avô, mas ele não estava ali. O sol já entrava pelas frestas da janela. Esfreguei os olhos, tentando entender.

Um sonho. Fora apenas mais um sonho. No entanto, nunca me parecera tão real.

26

— Mari, aconteceu uma catástrofe! – chorei ao telefone.
— Ah, não! O que foi? Você está bem? Claro que não está bem, que pergunta imbecil! Você está ferida? O que aconteceu? Fala, criatura! – cuspiu ela, sem parar para respirar.
— Me apaixonei por meu marido! – gemi.
— Ah, isso... – ela exclamou, pouco surpresa. – Onde você está?
— Em casa. Acho que o Max foi correr. Ainda não vi ele hoje.
— Estou indo pra aí – ela desligou.

Enquanto Mari não chegava, preparei um queijo frio – eu não aguentava mais queijo quente, a única refeição que era capaz de preparar sozinha – e um cappuccino daqueles de sachê, com gosto de meia suja. Repassei na cabeça a noite anterior, do momento em que fui para a cama após Max e eu brindarmos à sua não promoção até o instante em que sonhei com meu avô. Max aceitara tudo muito bem, o que me fazia pensar que talvez ele reagisse da mesma forma quando soubesse o real motivo de Jeferson ter ficado com a vaga no Comex. Mas então uma vozinha irritante gritava em minha cabeça: *Ah, tá! Até parece!*, de modo que deixei tudo como estava.

Mari apareceu com sacolas cheias de chocolate, sorvete e uma revista de moda ainda no plástico.

— Eu sei, muitas calorias. Mas achei que fosse uma emergência – explicou, derrubando tudo sobre a pequena mesa de centro da sala e me abraçando com ternura.

— E *é* uma emergência — resmunguei em seu ombro. — Como fui deixar isso acontecer, Mari? Como pude ser tão burra? Me apaixonar pelo *Max*? Isso é ridículo! Vai além do ridículo. Vão ter que inventar uma palavra nova pra definir alguém tão estúpida quanto eu.

Ela se afastou, mas manteve os dedos fincados em meu ombro.

— Você ama o Max, tipo ama *mesmo*, ou só acha que ama? — perguntou.

— Mari!

— Tô falando sério, Lili. Muita gente acha que ama alguém, mas não ama de verdade. É apenas carinho, ou às vezes só tesão mesmo. Me conta o que você sente por ele. De verdade dessa vez — apenas uma sobrancelha se arqueou.

Suspirei, me jogando no sofá. Ela se sentou ao meu lado e me entregou uma barra de chocolate.

— Eu não sei o que sinto. É como se eu sentisse tudo ao mesmo tempo. — Abri a embalagem e dei uma dentada. — Eu quero tocar o Max, quero que ele me toque, adoro ouvir o que ele tem a dizer, amo a forma como a boca dele se enverga num sorriso tímido. Adoro como ele formula as frases, todo sério, mas dá pra ver uma pontinha de escárnio ali. Ele é tão gentil e cortês, e me defende quando acha que eu preciso...

— Pensei que você detestasse ser protegida — ela pegou um pedaço do chocolate e mastigou.

— E detesto! Mas com ele é diferente. Eu me sinto... indefesa perto dele, e adoro isso. Ele acaba com todas as barreiras que eu crio.

— Humm... Me responde uma coisa. — Ela lambeu os dedos sujos de chocolate. — O que mais te irrita no Max?

Suspirei.

— Quase tudo.

— Mas você acabou de dizer que adora um monte de coisas nele.

Afundei a cabeça no encosto do sofá.

— Eu sei! Eu odeio muitas coisas no Max, mas até essas eu amo. Eu sou ridícula!

— Uau! — ela sorriu enormemente, com um brilho extasiado nos olhos amendoados. — Isso é mais sério do que eu pensava. O que você vai fazer agora?

– Como assim, o que eu vou fazer? – levantei a cabeça.

– Vai contar pra ele?

– Tá maluca? De jeito nenhum! Vou arrumar uma forma de me desapaixonar, isso sim. Eu não posso amar meu marido. Além de ser ridículo, vai complicar tudo quando o nosso acordo terminar e ele sair da minha vida.

– Ele pode se apaixonar por você – ela cantarolou.

– Não, Mari. Não pode. O Max gosta de mim, mas como amiga. Eu conheço ele bem agora. Ele jamais amaria uma mulher que não admirasse. E tenho certeza que ele não me admira o bastante para querer se envolver comigo dessa maneira. Ainda mais depois da noite de ontem. Quando ele souber que não foi promovido por causa de uma interferência minha, ainda que indiretamente, vai me odiar. Eu sei que vai. – Fiz um breve relato do que acontecera no jantar da noite anterior. – Entende agora? O Max nunca vai me perdoar nem se interessar por mim.

– Ah, Lili. Não fala assim, como se não tivesse nada em você que atraísse o Max. Eu já notei. Aquele dia na pista de dança, eu vi como ele ficou atormentado depois que você deu um agarrão nele. Você também deve ter notado. Usa isso a seu favor.

Meu queixo caiu.

– Você está sugerindo que eu...

– Exatamente – ela sorriu, maliciosa. – Você mora com ele, não é difícil criar o clima certo e encontrar a hora perfeita, a lingerie perfeita...

Imediatamente, imagens de Max e eu rindo, cúmplices, na cama inundaram minha cabeça. Mas eu não podia me deixar levar pela imaginação. Não dessa vez.

– Não. Não! Nem pensar. Eu não vou jogar tão baixo. Nem a pau! Eu não quero o Max só por uma noite, Mari. Porque seria só uma noite pra ele. Eu quero que ele me ame... – Então pensei melhor. – Não! O que eu quero é deixar de amar o Max!

– E por que você não tenta fazer com que ele te ame? Talvez sondar o território, ver se ele corresponde de alguma forma ou...

A porta se abriu. Max apareceu com toda aquela altura, o corpo glorioso molhado de suor, os cabelos ensopados e a camiseta branca com grandes manchas úmidas deliciosamente posicionadas sobre os músculos do peito definido e rígido, encharcando a sala de testosterona.

– Mariana! Como vai? – ele cumprimentou com um sorriso, tirando do ouvido os fones do MP3.

– Bem, Max. A Lili me ligou, espero que não esteja atrapalhando.

– Claro que não. Fique à vontade. Vou tomar uma ducha e ficar apresentável – ele sorriu para ela. No caminho para o banheiro, brincou levemente com meus cabelos. – Bom dia, Alicia.

– Bom dia – murmurei com o rosto quente.

Mari esperou que a porta do banheiro se fechasse para pular no sofá.

– Ele brincou com o seu cabelo!

– Ele faria o mesmo com um chihuahua. Você tinha razão. Eu cometi um erro enorme ao colocar aquele anúncio. Foi uma tremenda burrada.

Ela meditou sobre o assunto e subitamente seu humor mudou.

– Quer saber? Você está sob muita pressão – falou. – Vamos sair um pouco. Que tal darmos uma passada no antiquário?

– Pensei que você não quisesse mais nada com o Breno – respondi, surpresa.

– E não quero. – Então ela sorriu, envergonhada. – Quer dizer, não muito.

Sorri.

– Vou pegar minha bolsa. – Bati na porta do banheiro. – Max, vou sair.

– Divirta-se – gritou ele sob o ruído de água caindo.

Fomos no carro de Mari. Eu detestava ficar sem carro e, a julgar por meu salário, ainda teria muito tempo antes de poder sequer pensar em comprar um. Talvez eu devesse dar uma olhada no preço das motos. Não uma Ducati, claro, mas qualquer coisa que me livrasse do transporte público serviria.

A Galeria Renoir estava aberta, mas, como de costume, deserta. Breno me recebeu com um abraço desajeitado.

– Só porque casou esqueceu que tem amigo?

– Na verdade, é o trabalho que está me matando, Breno – reclamei. – Olha só meus dedos!

Ele examinou minhas unhas estragadas pela copiadora e sorriu.

– Eis a prova do crime. Alicia finalmente é uma trabalhadora – zombou e se voltou com o rosto apreensivo para minha amiga. – Oi, Mariana. Tudo bem?

– Oi – ela sorriu timidamente. – Você não me ligou mais.

– Você pediu que eu não ligasse – ele respondeu, confuso.

– Eu sei, mas... sei lá... – ela desviou os olhos, brincando com o babado da blusa. – Você podia ter tentado me fazer mudar de ideia. Sobre muitas coisas.

Os olhos de Breno se arregalaram.

– Podia? – ele perguntou, surpreso, a voz levemente estrangulada.

– Podia – ela deu de ombros e sorriu timidamente.

Revirei os olhos e me afastei para lhes dar mais espaço. Mari era ótima para dar palpite sobre a vida amorosa dos outros. Uma pena que, quando se tratava da sua, ela não soubesse o que fazer.

Corri os dedos sobre a superfície de uma mesa de estilo Luís XV enquanto seguia até a seção de prataria. Parei perto da porta, examinando o legítimo candelabro de prata francês da Renascença, a peça mais bonita da loja, quando notei o cartaz colado na vitrine.

– Breno, vocês estão contratando?

– Só para os fins de semana. Vou ter que fechar a loja se não encontrar alguém. Tenho que acabar meu curso de mergulho – ele explicou.

– Qual é o horário?

– Sábado em horário comercial e domingo até o meio-dia.

– Salário? – eu quis saber.

– Como tem o adicional de hora extra, acaba sendo até que razoável.

Aquilo seria perfeito. Grana extra e menos tempo com Max. Tudo de que eu precisava!

– Tudo bem, eu aceito – sorri para ele.

Breno pareceu confuso.

– Eu quero o emprego – expliquei.

– Você... quer? – Mari me examinou cuidadosamente.

– Um pouco mais de grana viria bem a calhar, Mari. Talvez eu consiga guardar um pouco pra comprar uma moto, e além disso eu ficaria fora o fim de semana todo. Evitaria certo *problema* – arqueei as sobrancelhas sugestivamente.

Ela cruzou os braços sobre o peito. Seu rosto era a máscara da reprovação.

– Não acredito que você vai fugir. Você não é disso!

– Não vou fugir. Só vou resolver essa confusão. E eu gosto daqui. Gosto dos malucos que às vezes aparecem por aqui.

– Ei! – resmungou Breno.

– Ah, Breno, qual é? Só entra doido aqui, admita – brinquei.

– Escuta, Alicia – começou ele, cauteloso. – Eu gostaria de te dar o emprego, mas preciso de alguém... responsável, que abra o antiquário e não durma nas poltronas que estão à venda.

– Eu mudei. – Ele fez uma careta. Apressei-me a persuadi-lo. – É sério! Eu não vou dormir nas poltronas nem vou me atrasar. Prometo dar o melhor de mim. Eu já conheço a loja, sei como tudo funciona. Você não vai precisar perder tempo explicando nada pra mim.

– Dá uma chance pra ela, Breno – Mari pediu com a voz melosa. – Você mesmo admitiu que vendia muito mais quando a Lili estava aqui.

– Porque ela inventava histórias malucas e enganava os clientes – apontou ele.

– Mas não é isso que um empregador espera? Que o funcionário dê o melhor de si e consiga conquistar os clientes? – ela questionou.

– Bom... é, mas...

– Por que você não faz um teste? – sugeriu Mari. – Vamos deixar a Lili aqui por um tempo e ver como ela se sai. A gente podia tomar um café ali na esquina enquanto isso ou...

– Tudo bem! – ele a interrompeu apressadamente e a arrastou pela mão. Ela se virou com o polegar erguido e piscou um dos olhos antes de passar pela porta.

– Obrigada! – sibilei.

Nem um único cliente entrou no antiquário, como de costume. As horas se passavam e nada acontecia. Comecei a me sentir entediada. Sentei no sofá e alcancei uma revista velha. De repente, o tédio ameaçou me vencer. Larguei a revista e repassei mentalmente cada cena, cada conversa com Max, desde que tínhamos nos conhecido, tentando entender em que ponto dessa história eu passara a amá-lo.

– Você não contou nada a ele – disse vô Narciso, vindo do nada, me fazendo pular do sofá no qual acabara de me refestelar. Quase derrubei o vaso de cristal na mesa ao lado.

– Caramba! – gritei, colocando a mão sobre o coração, que teimava em querer sair pela boca. – Você quase me matou de susto! Não dá pra fazer barulho ou algo assim antes de aparecer do nada?

Ele sorriu.

– Desculpa. Vou me lembrar da próxima vez. – Mas voltou a ficar sério quando disse: – Você não contou nada para o Max.

Virei-me de costas, fingindo apreciar o vaso de cristal.

– Ah, eu... hã... não tive oportunidade ainda...

– Não minta, Alicia – ele suspirou.

Gemi baixinho, me virando e abaixando os olhos para meus pés.

– Não contei porque não queria... que o Max me odiasse.

O silêncio absoluto me fez erguer a cabeça para ter certeza de que vô Narciso não havia sumido. Seus olhos me examinavam atentamente.

– Senta aqui, querida – ele pediu, sentando-se na ponta do sofá em que eu estava menos de dois minutos antes. – Eu conheço você melhor do que qualquer pessoa. Sei quando está mentindo. O que está acontecendo?

– Eu... gosto dele, vovô. Não quero que o Max me odeie. E ele vai me odiar se souber que o Clóvis escolheu o Jeferson só pra se vingar. Que ele perdeu a tão sonhada promoção porque tentou me proteger da tirania do Clóvis. Não estou mentindo. É sério.

– O Max nunca odiaria você – ele disse numa voz mais alegre.

– Você não sabe como ele queria essa promoção. – Ou talvez soubesse. Ele estava morto, talvez tivesse acesso a esse tipo de informação. – Até se casou *comigo* para aumentar as chances de promoção. E olha que ele me detestava! Por culpa minha, ele não teve a chance que merecia. O Clóvis estragou tudo.

– Querida, eu sei que dizer a verdade pode ser difícil, mas é preciso, se você realmente espera criar laços mais profundos com seu marido. Talvez ele fique zangado, talvez não. Mas ele tem o direito de saber a verdade. E não lhe dar a chance de saber a verdade... *Isso* certamente vai fazer com que ele fique furioso. Pensa bem, Alicia. Vocês dois têm um longo caminho pela frente. Depende de você como as coisas vão se desenrolar.

– Vovô, o problema é que... bem... digamos que eu... sem querer... meio que... hã...

– Sim, eu sei. Você ama o Max – ele disse simplesmente.

Assenti, com o rosto em chamas. Acontecia toda vez que vovô tentava arrancar de mim algo sobre assuntos do coração. Até eu tinha alguns limites.

– Eu sei que você o ama. Provavelmente sabia até antes de você se dar conta. Estou muito feliz com isso. Você não podia ter escolhido um homem mais digno que o Max.

– Mas *esse* é o problema. O Max nunca vai me ver como uma possível... namorada. Temos um acordo e ele vai fazer exatamente o que combinamos. – Nada de intimidades.

– E você não o admira por isso? – suas grossas sobrancelhas se arquearam.

– Bom, seria mais fácil se ele fosse mais maleável. Por isso vou tirar o Max da cabeça. Eu preciso fazer isso. Ele nunca vai me ver como eu gostaria.

Vô Narciso assentiu e sorriu.

– Não é preciso ter olhos abertos para ver o sol, nem é preciso ter ouvidos afiados para ouvir o trovão. Para ser vitorioso, você precisa ver o que não está visível.

– O quê?

– Sun Tzu – ele sorriu.

Suspirei, sorrindo um pouco.

– Sinto tanta saudade, vovô.

– Eu sei. Eu vejo – ele pousou a mão sobre a minha. Eu não sentia o calor de suas mãos, sempre tão macias. Sentia apenas uma leve dormência nas costas da mão, onde ele a tocava. Era bom. – Eu sei que você está se sentindo sozinha, mas juro que não está. Você tem amigos que te amam de verdade. E eu estou aqui. Você nunca estará sozinha.

– Alicia! – alguém berrou.

Sacudi a cabeça, piscando. Deparei-me com Breno me olhando de cima, muito irritado. Mari estava um pouco atrás, mordendo o lábio inferior. Meu avô não estava em parte alguma.

– Não vai dormir na loja, não é? – ele acusou.

– Breno! – saltei do sofá. *Eu dormi? Oh, merda!* – Não sei o que aconteceu. Eu juro que estava acordada. – Eu estava acordada! Tinha certeza disso.

Até meu avô aparecer. – Eu... hã... dormi mal essa noite, acordei toda torta e acho que... Me desculpa! Não vai se repetir. De verdade. Vou trazer café pra me manter desperta. Uma jarra bem grande!

Mari veio em meu auxílio.

– Breno, a Lili anda passando por muitos problemas. A pobrezinha não tem dormido direito. Ela está tentando se adaptar à nova vida, mas é difícil. Tenta se colocar no lugar dela. Ter tudo e, de uma hora pra outra, não ter mais nada. Estranhos morarem na sua casa, se metendo na sua vida. Depender da carona dos amigos. – Seus olhos se tornaram muito grandes, expressivos e brilhantes. – Já pensou perder todo mundo que você ama, Breno? Já pensou como seria solitário? Não seria bacana se um amigo lhe estendesse a mão numa hora dessas?

Ele a observava atentamente, e ficou claro como a atuação da minha amiga o balançou. Por um segundo, cheguei a pensar que ele cairia no choro. Mari era muito persuasiva!

– Posso ficar com a vaga? – perguntei, ansiosa.

– Tudo bem – ele suspirou, sacudindo a cabeça. – A vaga é sua. Comece no próximo sábado. Mas eu juro que, se você pisar na bola outra vez, te demito na mesma hora – ele disse, tentando usar seu tom mais ameaçador e não obtendo sucesso. – Não faça eu me arrepender.

– Prometo – lhe dei um abraço. Ele retribui, meio sem jeito.

– Tem alguma flor natural aqui? – Mari quis saber, fungando o nariz, procurando em volta.

– Não que eu saiba – Breno respondeu e me encarou. – Tem?

Sacudi a cabeça. Mas Mari tinha razão. Havia algo meio doce no ar. O mesmo cheiro que permeara meus sonhos na noite anterior. O que me fez pensar na conversa que eu tivera com meu avô ainda há pouco. Não importava que fosse um sonho, um delírio, aquele seria exatamente o tipo de conselho que meu avô me daria.

– Que estranho. – Ela deu de ombros. – Acho que foi só impressão.

– Então, como foi o café? – perguntei. – Se acertaram?

Breno corou.

– A gente só conversou, Alicia – murmurou na defensiva.

– Ah, Breno – Mari disse com um sorriso. – A Lili é minha melhor amiga. Não tem a menor chance de eu não contar tudo pra ela. – E se voltou para mim. – Na verdade, foi ótimo. A gente conversou bastante e não estava funcionando. Daí, quando eu achei que tudo ia ficar como estava, que ele não ia ceder, o Breno me beijou, e foi um daqueles beijos que...

– Olha só, isso é constrangedor demais – ele a cortou, completamente sem jeito. – Será que vocês podem falar disso quando eu estiver longe? Tipo, *bem* longe?

Mari riu.

– Tudo bem. Posso esperar um pouquinho mais – avisou, sedutora. – Se você me der um bom motivo pra isso.

Entendendo a deixa, eu disse:

– Bom, vou indo. Preciso ir ao supermercado. Te espero lá fora, Mari. Tchau, Breno. E obrigada de novo. – Mas ele já perdera o foco e não conseguia parar de olhar para Mari.

Eu ri e fui esperar na calçada. Não resisti a dar uma espiada lá dentro através da grande vidraça. Eles estavam abraçados, os braços de Mari ao redor do pescoço dele, as mãos de Breno na cintura dela, as testas coladas. Ele dizia alguma coisa, ou talvez cantasse, já que eles meio que dançavam, meio que giravam no lugar. Ela sorria de olhos fechados.

Sorri também, desviando o olhar.

Alguns minutos depois ela estava ao meu lado, o rosto brilhante, com um sorriso indescritivelmente feliz. Fiquei olhando para ela, sorrindo feito uma besta.

– O quê? – ela perguntou.

– Cheio de manias, metódico, criança de vinte e cinco anos. Humm... – comentei, enquanto andávamos em direção ao carro. – Acho que ouvi isso em algum lugar...

– Eu sei. Mas fazer o quê? – ela deu de ombros. – Acho que senti falta disso tudo. Ele... ele me faz suar frio, Lili... De um jeito bom.

Passei o braço ao redor de seus ombros.

– Quer dizer que eu não sou a única pateta que se apaixonou aqui, sou?

– Não sei se eu diria que é paixão... – Olhei feio para ela. – Tá bom! Você não é a única. Mas o que você vai fazer no supermercado?

– Preciso comprar um vinho. Não tenho grana pra comprar um bom vinho na adega. Acho que dá pra encontrar alguma coisa boa no supermercado, não dá? – eu quis saber quando entramos no carro.

– Eu nunca vi diferença depois da terceira taça.

– Preciso ter uma conversa séria com o Max hoje à noite – coloquei o cinto de segurança.

– É isso aí, Lili. Ataca com artilharia pesada! – ela girou a chave, e o carro ganhou vida.

Suspirei desanimada. Apesar de ter plena consciência de que Max nunca me veria como uma mulher com quem quisesse se relacionar, eu não queria seu rancor. No desespero para recuperar minha vida de antes, eu acabara destruindo seu trabalho de anos em poucas semanas. Como ele não me odiaria? Quem não abominaria uma garota assim?

– Depois dessa noite, acho que o Max nunca mais vai querer olhar pra mim.

27

Max não estava em casa quando cheguei do supermercado. Tomei um banho demorado e escolhi um vestido de malha, simples e recatado, mas que deixava minhas pernas em evidência. Talvez ele não prestasse muita atenção no que eu diria se tivesse algo melhor para olhar.

Pedi comida italiana – esvaziando minha carteira – e arrumei a mesa com cuidado, posicionando uma vela no centro para tentar deixar o ambiente mais acolhedor. Coloquei um dos CDs de blues bem baixinho para me acalmar enquanto esperava. Comecei a ficar impaciente, tamborilando os dedos no tampo da mesa de madeira escura enquanto via o relógio correr e nada de Max aparecer. O ponteiro marcou uma da manhã e eu já estava largada no sofá, zapeando os canais à procura de algo interessante, quando ele finalmente entrou em casa, desalinhado, caindo de bêbado e fedendo a perfume barato.

– Ei, você tá aqui! – ele disse, apontando para mim.
– Você está bêbado?

Ele franziu a testa, os olhos caídos e opacos.

– E você tá levando muito a sério essa coisa de esposa! – e esbarrou na cadeira da mesa de jantar.

Corei, mortificada.

– O que é tudo isso? – ele perguntou apontando para a mesa, se inclinando ligeiramente para ganhar equilíbrio. – Você tá esperando alguém?
– Estava esperando você. Eu queria... – Ele tinha dificuldade para focar o olhar em qualquer coisa por mais de um segundo. – Deixa pra lá.

– Você cozinhou? – ele perguntou, erguendo um prato.
– Não, pedi comida. Se estiver com fome, fique à vontade.
– Ah, nossa, tô morrendo de fome. Você já comeu?
– Não tinha comida no bordel onde você estava? – cruzei os braços sobre o peito.

Ele franziu o cenho.
– Por que você tá tão irritadinha?
– *Irritadinha?* – Havia uma porção de palavrões querendo irromper de meus lábios, mas me obriguei a respirar fundo e detê-los, ou ia acabar dizendo coisas de que certamente me arrependeria depois. – Boa noite, Max. – Marchei para o meu quarto e bati a porta com força.
– Alicia! – ele chamou, batendo na porta. – O que foi que eu fiz?

Não respondi. Coloquei o travesseiro sobre a cabeça e grunhi, furiosa. Eu havia gastado toda minha grana naquele jantar estúpido pra nada. Mas o que mais me incomodava era o perfume doce e vulgar que exalava de Max, mesmo a distância. Ele estivera com alguém e isso me deixou deprimida, porque eu queria que a garota que provavelmente esteve pendurada em seu pescoço fosse eu.

Acabei não dormindo nada naquela noite. Então, quando Breno me ligou logo de manhã pedindo que eu começasse a trabalhar naquele domingo, não precisei soltar os cachorros por ele ter me ligado de madrugada.

A porta do quarto em frente ao meu estava fechada quando passei a caminho do banheiro. Tomei um banho rápido e vesti roupas confortáveis. Dei de cara com Max quando saí do banheiro. Ele vestia a camiseta puída que havia me emprestado na noite em que seus pais nos visitaram. O rosto parecia cansado.

– Me desculpa – começou. – Eu não sabia que você tinha preparado o jantar. Eu precisei sair e você não tinha voltado ainda e...
– Não era nada de mais. Eu encomendei a comida, não deu trabalho nenhum, portanto não precisa fazer drama. – Entrei no quarto para terminar de me arrumar, mas ele me seguiu.
– Tinha algum motivo especial? Eu vi a mesa e... bom, parecia ser importante.
– Não era. Não precisa se justificar. Nosso casamento é de fachada. Como você bem lembrou, eu *não sou* sua esposa de verdade, então relaxa.

– Eu revirava minha cômoda em busca do pequeno brinco que sabia que estava ali, em algum lugar.

– Não foi isso que eu disse ontem. Você está deturpando tudo. Mesmo assim, eu te devo desculpas. Eu estava bêbado, Alicia. Não que isso justifique alguma coisa. Acontece que...

– Sua vida particular não me diz respeito. – Desisti do brinco. Passei o gloss rosa-claro e espalhei. – Você saiu e não tem que me dar satisfações.

– Eu tenho. Eu quero. Eu preciso! – sua voz estava mais alta que de costume.

– Então vai ter que esperar. Tenho que trabalhar agora – peguei minha bolsa e a joguei sobre o ombro.

– Trabalhar? Aconteceu alguma coisa na L&L? – ele perguntou, franzindo a testa.

– Não. Eu arrumei um bico de fim de semana. – Atravessei o quarto tentando ignorá-lo, o que não era nada fácil, tendo em vista seu tamanho. Max não entrava simplesmente em um ambiente, ele o invadia, o dominava, e tudo parecia se acomodar ao seu redor.

Ele me seguiu pela casa.

– Você está furiosa comigo – apontou.

– Não estou. – Peguei uma maçã na geladeira e dei uma dentada. – Só estou atrasada.

Max se plantou diante da porta, impedindo minha passagem.

– O que eu preciso fazer para você me escutar? Implorar?

– Não seria má ideia...

Ele ficou parado por um segundo, provavelmente pensando em como me fazer ouvir sua explicação idiota e decorada. Alcancei a maçaneta e a puxei com tanta força, atingindo suas costas no processo, que Max acabou me dando passagem.

Chamei o elevador.

Ele veio atrás.

Que inferno!

– Você pode pelo menos me dizer por que está tão irritada? – perguntou exasperado.

– Por que você não pergunta pra vagabunda em quem andou se esfregando na noite passada? Talvez ela te dê uma dica. – Entrei no elevador e apertei o botão. As portas começaram a se fechar, mas Max colocou a mão grande entre elas, que recuaram imediatamente.

– É isso que está te incomodando? – ele indagou, surpreso. – Você pensa que fiquei com outra mulher? O que te faz pensar isso?

Eu ri, sem humor algum.

– Além do perfume vagabundo que impregnou a casa toda assim que você entrou?

Seu rosto ficou lívido.

– Não é o que você está pensando. Eu realmente estive com uma mulher, mas não no sentido que você está sugerindo. Foi uma reunião de negócios.

– Claro – comentei, sarcástica. – Deu pra notar que vocês se acertaram bem. Agora quer soltar a porta?

– Não até você me escutar – disse ele, teimoso. Cruzei os braços sobre o peito. – Eu recebi um telefonema ontem. A Vanessa disse que tinha uma coisa muito importante pra me dizer.

– A Vanessa? – Oh, por quê? Por que, de todas as vagabundas do planeta, ele tinha que escolher justo aquela peituda cheia de subterfúgios?

– É, ela deu a entender que você estava com problemas. Decidi encontrá-la pra saber do que se travava. Ela já estava me espe...

– Ok, pode parar! Eu não preciso ouvir sobre os seus encontros – saí do elevador e marchei para a escada de emergência. Abri a porta com raiva e comecei a descer, decidida.

Entretanto, Max me alcançou, descendo os degraus de dois em dois.

– Não foi um encontro, Alicia.

Parei.

– Você está dizendo que ela não se esfregou em você?

Ele respirou fundo.

– Não. Ela fez isso uma vez, mas... Ei, espera aí – ele me puxou pelo cotovelo quando voltei a andar. – Alicia, por favor, para de agir feito criança.

Puxei o braço com força, lançando a ele o mais homicida dos olhares.

– Não toca em mim. Eu não sou uma das suas vagabundas.

– Eu não tenho vagabundas – seu rosto escureceu. Um brilho de raiva tilintava nas íris cristalinas.

– Ah, claro! São todas tão finas quanto a Vanessa. Me deixa adivinhar. Ela estava com um vestido vermelho com decote até o umbigo?

Ele bufou, furioso.

Ótimo!

– Me recuso a falar com você enquanto estiver agindo dessa maneira – cuspiu.

– Maravilha! Porque eu não tô nem um pouco a fim de falar com você. Nem agora nem nunca mais! – e comecei a correr escada abaixo, até alcançar a porta que levava à portaria. Max não me seguiu dessa vez.

Eu sabia que ele podia sair com qualquer garota, mas Vanessa? Ela era vulgar, irritante e muito cínica. Para não mencionar o fato de estar se enroscando com o *meu* marido e colocando tudo a perder. Eu a odiava. E odiava Max ainda mais. Ele teria que dizer alguma coisa para sua amante, não teria? Que nosso casamento – recente, aliás – não ia nada bem. Ou talvez tivesse dito a verdade a ela, que o que tínhamos era apenas um acordo comercial e nada mais. E ela poderia contar isso a qualquer um, e meus planos de retomar minha herança iriam por água abaixo. Mas Max pensou nisso? Não, claro que não. Provavelmente seu cérebro virou do avesso diante da visão dos peitos plásticos de Vanessa. Porque *tinha* que ser silicone. Nenhuma garota tem tudo aquilo dado pela natureza. Ou isso ou alguém lá em cima quis me zoar nesse departamento.

Breno estava me esperando na calçada, um pouco impaciente.

– Eu não sabia que ia começar hoje. Não conta como atraso – apontei, já que sua cara não era das mais amigáveis naquele momento. Como se meu humor já não estivesse ruim o bastante depois da viagem sacolejante que acabara de enfrentar. *Maldito ônibus!*

– Não conta. Me desculpa. Eu tive um imprevisto e preciso correr. Você pode fechar tudo depois e deixar a chave na portaria do seu prédio? Passo lá mais tarde pra pegar.

– Combinado.

– Você sabe onde está tudo. Boa sorte – ele disse e correu pela rua, acenando para que o motorista do táxi parasse.

– Como se eu precisasse – murmurei. Ninguém entrava no antiquário. Eu duvidava que fosse diferente num domingo de sol.

Decidi mudar algumas coisas na loja para ajudar a passar o tempo – além de não dormir nas poltronas outra vez – e esquecer a discussão com Max. Deixei os objetos de que eu mais gostava em evidência na vitrine. Talvez isso ajudasse a atrair clientes. Não sei por que eu nunca tinha pensado nisso antes. Talvez porque nunca tivesse encarado a galeria como um trabalho de verdade, mas agora eu queria que a loja se enchesse de clientes. *Coisa estranha.*

Uma hora depois, para minha surpresa, meu plano funcionou e recebi um cliente. Não era um cliente qualquer.

– Hector? O que faz aqui? – indaguei, surpresa ao ver o presidente da L&L, e possivelmente o homem que ajudara a arruinar minha vida, vestindo roupas informais.

– Eu estava me perguntando o mesmo – ele confidenciou.

– Eu trabalho aqui nos fins de semana.

Ele franziu a testa.

– Não pagamos o suficiente?

– Não. Nem perto.

– Para o padrão de vida que você tinha antes? – ele tentou, parecendo desconfortável com minha sinceridade.

Ótimo!

– Para o padrão de qualquer pessoa, eu acho. Hã... Posso te ajudar em alguma coisa? – ofereci.

– O Gerson mudou de casa. Quero levar um presente de boas-vindas, mas pensei em algo não muito pessoal.

– Vou te mostrar as peças que ficam bem em qualquer ambiente.

Mostrei a ele somente o que a Galeria Renoir tinha de melhor. Eu o observava de perto e ainda não conseguia entender como um homem feito ele, refinado e educado, fora capaz de sugerir aquele testamento cruel a vô Narciso. Hector ouvia atentamente minha explicação sobre cada item. Ele não parecia entender muito de antiguidades, mas se encantou com o candelabro de prata.

– Tudo isso por um candelabro? – exclamou quando ouviu o preço.

– É uma peça forjada em prata pura, na época da Renascença. Não é apenas o valor do material, tem todo um trabalho artesanal. Veja a técnica do artista, os detalhes da época, a delicadeza dos traços. É uma peça perfeita. É um dos meus artigos preferidos da loja. – E dessa vez eu não estava embromando. Era mesmo uma legítima peça da França renascentista. O preço não era medido pelo peso da prata, mas pelo valor histórico e pela beleza.

– Bom, se você diz que ele vai gostar...

– Tenho certeza que o Gerson e a esposa vão adorar ter essa peça para exibir na sala de jantar. Pode confiar em mim.

Embrulhei o castiçal com cuidado, colocando-o em uma caixa branca e finalizando com um laço dourado. Entreguei o pacote a Hector.

– Muito obrigado – arrulhou ele. – Você é mesmo um tesouro, como seu avô dizia.

– Uma pena que no último minuto ele tenha mudado de ideia, não é? – soltei, observando atentamente suas feições. Seu rosto permaneceu inexpressivo.

– Narciso era um homem muito correto. Sempre confiei nas decisões dele. Você devia fazer o mesmo.

– Eu confiava. O problema é que não tenho certeza se essa decisão foi tomada por ele ou se alguém influenciou meu avô.

Ele enrijeceu.

– Seu avô não era manipulável, Alicia. Nunca foi.

– Era o que eu pensava. – Até ler aquele maldito testamento. Contudo, confrontar Hector naquele momento não me levaria a lugar algum. Eu precisava de mais informações, necessitava entender os porquês daquela história antes de exigir explicações. – Obrigada, Hector. Volte sempre.

Ele assentiu e se virou para a porta, mas voltou-se para mim, o rosto demonstrando alguma emoção que não pude identificar.

– Algum problema? – indaguei quando ele não disse nada.

– Não. Só estou realmente surpreso em encontrar você trabalhando aqui. Parece que, afinal, você está criando juízo. Tenha um bom dia – e saiu.

28

Deixei o antiquário ao meio-dia e fui direto para a casa da Mari, desejando evitar sequer pensar em Max, aquele filho da puta depravado. Ele era casado! Não lhe ocorreu que ele era casado? Ainda que fosse uma farsa, como ele pôde se esfregar naquela vagabunda?

Almocei com ela, e logo Ana resolveu preparar um bolo para a sobremesa.

– Alicia, você está cada dia mais linda, sabia? – ela disse, adicionando farinha em uma tigela.

– Obrigada. Vindo de você, é um tremendo elogio. – Afinal, era para poucas mulheres exibir, aos quarenta e tantos anos, um corpo fantástico e uma pele perfeita como a dela.

– Sabia que a Mari está saindo com um amigo seu? – ela começou, com o rosto inocente.

Minha amiga entrou na cozinha naquele momento e me lançou um olhar suplicante.

– Jura? Ela não me contou – menti.

– Hã... Mãe, a Lili e eu vamos sair um pouco, tudo bem? – Mari perguntou, ansiosa.

– Tudo bem, meninas. Quando voltarem, o bolo já vai estar pronto – Ana respondeu, um pouco decepcionada com minha falta de detalhes sobre a vida amorosa da filha.

– Tá, mãe. Vem, Lili – Mari me puxou pela mão.

– Até mais, Ana

Mari queria esconder seu relacionamento da mãe quanto pudesse, já que não sabia bem o que estava rolando entre ela e Breno. Claro que concordei em manter a boca fechada até segunda ordem. Acabamos indo para o parque municipal, lotado naquela tarde ensolarada.

– Como foi o jantar com o Max? – ela perguntou enquanto nos esticávamos na grama, aproveitando ao máximo o sol.

– Não foi – suspirei. – O Max teve um encontro.

– O quê? Com uma garota? – ela se apoiou no cotovelo, levantando os óculos escuros Assenti. Seu rosto, normalmente luminoso, escureceu. – O que ele está pensando? Ele é casado!

– Foi exatamente o que eu pensei. Quer dizer, tudo bem que não somos *mesmo* casados, mas ainda assim, como ele pôde ter um encontro? Droga, Mari! Eu sou uma esposa traída.

– Não posso acreditar! Simplesmente não posso acreditar! – cuspiu ela, ofendida. Mari era esse tipo de amiga. Meu calo, seu calo. Por essas e outras, eu tinha certeza de que ninguém no mundo tinha uma amiga melhor que a minha. – O Max foi um idiota. Pela primeira vez, ele foi um completo imbecil!

– E fica pior. Ele saiu com a Vanessa. Ela trabalha com a gente no setor nove – me sentei, abraçando os joelhos.

– Ela... ela é bonita? – Mari perguntou, cautelosa.

Dei de ombros.

– Morena, cabelão, peitão, bundão, cinturinha, atirada...

– Que tragédia! – ela colocou a palma da mão sobre a testa.

– Isso para não mencionar as roupas que ela usa. Fico pensando: se no escritório ela usa aqueles decotes, o que veste num encontro? Biquíni? Com certeza algo que exiba aqueles peitões. É só o que ela tem pra oferecer – resmunguei, despeitada.

– Deve ser silicone – Mari se apressou.

– É! Com certeza são falsos! Mas, Mari, isso não muda o fato de que o Max esteve com ela e não se importou com esse detalhe – murmurei, desviando os olhos.

Ela suspirou.

– Sinto muito, Lili – e passou o braço ao meu redor. Descansei a cabeça em seu ombro, e ela apoiou o queixo em minha cabeça.

– Mari, se eu te contar uma coisa, você vai achar que estou maluca? – Eu tinha que dividir aquilo com alguém. Precisava que alguém me dissesse que eu não havia enlouquecido.

– Eu sempre te achei maluca – ela riu um pouco.

Sorri levantando a cabeça. Houve um momento de silêncio, apenas o vento fresco silvava ao nosso redor. Ela me olhava intrigada, curiosa e um pouco confusa.

– Eu tenho falado com o vô Narciso... em sonhos – confessei, desviando o olhar para os atletas de fim de semana que se acabavam de correr na via pavimentada ao redor da lagoa.

– Muita gente sonha com entes queridos que já se foram. É normal, Lili.

– É, mas... – virei a cabeça para encará-la. – Mas é diferente. É como se ele estivesse *mesmo* ali. Às vezes, não sei se está mesmo acontecendo ou se estou sonhando. Tudo parece real. Tão, tão real, Mari! Eu nunca tive sonhos assim antes. De repente o vovô está ali e tenho certeza que estou acordada, só que depois descubro que não estou – suspirei. Ele era real. Tinha que ser real. Eu sentira o amor dele me abraçando todas as vezes que aparecera para mim. – Você acha que eu fiquei louca e meu subconsciente anda criando essas conversas?

Ela se calou por um momento, deliberando antes de continuar.

– Tem muita gente que consegue se comunicar com espíritos. A conexão que você tem com o seu avô pode ser tão forte que permite que vocês continuem ligados um ao outro, mesmo agora. Sobre o que vocês conversam?

– Ah, sobre nada, sobre tudo. Ele me aconselhou a contar ao Max o que o Clóvis me disse no jantar com os diretores da L&L. Sobre o Hector e tudo o mais. Mas eu não quero falar com o Max. Nunca mais! Tivemos uma briga horrível hoje de manhã. Ele disse que eu sou infantil – cruzei os braços sobre o peito.

Ela sorriu, me soltando.

– Ah, a primeira briga do casal. Que fofo!

– Mariana! – censurei.

– Eu sei, eu sei. Só pensei alto, desculpa. Eu e o Breno tivemos tantas que até perdi as contas, mas a primeira é inesquecível – e minha amiga maluca suspirou (suspirou!) com a memória. Recompondo-se, disse: – Entendo que esteja chateada com ele, mas, Lili, ele não sabe que você gosta dele *desse* jeito. Para todos os efeitos, ele é seu marido de aluguel. Por que não sairia com outras pessoas? – ela deu de ombros. – Vocês não têm nada além de um acordo verbal com data para terminar. Você devia conversar com ele sobre o que sente. Acho que o seu avô tem razão. Você devia falar com o Max.

– No momento, eu não quero nem olhar pra cara dele. Estou com tanta raiva que... que... vou jogar todos os hidrotônicos dele na pia e substituir por laxante! Eu detesto aquele camarada!

– Ãrrã – ela zombou, então seus olhos se iluminaram. – Ei! Que tal a gente ir ao cinema e *eu* pagar o seu ingresso?

Só posso devolver depois do pagamento – avisei, subitamente confusa com sua animação gratuita.

– Tudo bem. Ah, o que acha de convidarmos o Breno? A aula dele já deve ter terminado – ela mordeu o lábio, tentado dar a impressão de que a ideia acabara de lhe ocorrer.

– Achei que as coisas estavam mais... lentas dessa vez – sorri.

– E estão. Mas ele pode ficar chateado se souber que fomos ver um filme que ele quer *tanto* assistir e não o convidamos.

– Imagino que ele deve estar louco pra conhecer a história de amor de duas pessoas que nunca se viram pessoalmente, e uma delas nunca vai ver, já que é cega.

– Tem razão, melhor convidar – ela sorriu, completamente extasiada enquanto ligava para ele.

O filme foi bom – pelo menos depois que parei de levar cotoveladas por causa dos amassos de Mari e Breno e consegui prestar atenção. Comemos pizza – patrocinada por ele, o que achei ótimo – antes de me deixarem em casa.

Eu não queria ver Max, não queria falar com ele, por isso optei por subir as escadas bem devagar, protelando. No entanto, por mais lenta que eu fosse, inevitavelmente me deparei com a porta do apartamento 71, no sétimo andar. Entrei em casa tentando não fazer barulho, mas Max estava na sala com um livro nas mãos, de modo que foi impossível ir para o meu quarto sem ser notada. Contudo, ele não me olhou nem falou comigo. Apenas continuou lendo seu livro, sem nem ao menos se incomodar em me dizer um oi. Não que eu fosse responder.

Tranquei-me no quarto, exausta pela noite não dormida, e apaguei antes de tirar os sapatos. Pela manhã, o despertador no quarto dele me acordou. Era tão alto e estridente que eu podia ouvir mesmo com os obstáculos de paredes e portas fechadas. Esperei ainda na cama que ele terminasse seu banho. Assim que ouvi a porta de seu quarto se fechando, corri. Tomei uma ducha rápida e engoli uma barrinha de cereal. Max continuava em silêncio, porém o flagrei me observando algumas vezes enquanto descíamos no elevador.

No caminho para a empresa – seria necessário muito mais que Max ter uma amante para que eu recusasse a carona –, liguei o rádio para quebrar aquele silêncio irritante. Ajustei o volume quando encontrei um rap que eu adorava e que tinha acabado de começar.

– Detesto esse tipo de música – disse Max.

– Ah, eu sei – aumentei o volume.

Ele suspirou e disse alguma coisa que não pude ouvir, devido ao som alto das batidas.

– O quê? – gritei.

Ele diminuiu o volume, com o rosto contorcido. Até com aquela carranca reprovadora, Max conseguia ser sexy. Era completamente revoltante.

– Por que você se esforça tanto pra ser irritante? – resmungou.

– Por que você insiste em me dar carona, já que detesta?

– Vamos conversar como adultos agora – ele desligou o som.

– Não tenho nada pra conversar com você – olhei pela janela.

Max resmungou o que me pareceu ser um punhado de palavrões, depois suspirou pesadamente.

– Você acha que pode ceder alguns segundos do seu tempo precioso e ouvir o que eu tenho a dizer? – exigiu.

– Não!

– Pois eu vou falar mesmo assim – ele esclareceu, com a expressão determinada. – É um absurdo a forma como você tem se comportado. Está parecendo uma... uma..

– Uma o quê? – perguntei, empinando o queixo para encará-lo em desafio.

– Uma esposa ciumenta!

Havia muitas coisas que eu queria dizer a ele naquele momento. A maior parte eram insultos em diversas línguas, mas não fui capaz. Parte de mim sabia que ele estava certo.

– Não pareço uma esposa coisa nenhuma. Você está se valorizando demais, Max. Você pode ter quantos casos quiser. Aquele ruiva, uma dúzia de morenas, tanto faz. Estou irritada porque você escolheu justamente a Vanessa. Estou furiosa porque você está de caso com alguém que pode colocar tudo a perder e nem ao menos se importa com isso!

– Esquece aquela ruiva, pelo amor de Deus! Eu não estou de caso com ela nem com a Vanessa. Não estou de caso com ninguém. Você pode me escutar?

– Acho que não tenho alternativa, tenho? – murmurei carrancuda, cruzando os braços sobre o peito.

– Não dessa vez – ele disse, olhando pelo retrovisor enquanto fazia uma conversão. – A Vanessa andou conversando com algumas pessoas. Alguns conhecidos seus. Parece que a Mariana deixou escapar alguma coisa para o Breno. – *Ah, merda!* – E ele contou pra um dos caras no curso de mergulho, e a Vanessa conhece outro cara... Acho que você já entendeu – ele me olhou de relance. – O que aconteceu ontem foi que ela tentou me convencer a fazer o que ela queria, ou ela ia procurar a imprensa para expor a nossa situação.

Eu mataria Breno. Pessoalmente. Depois arrancaria a língua de Mariana e a serviria ao molho madeira.

– E o que a Vanessa queria? – perguntei.

– Ela queria um... amante.

– Maravilha. Adorei a sutileza dela. – Senti minha cabeça se encher até quase explodir. – Estou... decepcionada com você, Max. Sempre tão certinho, tão sério, e no fim se vende por um par de peitos falsos.

Ele freou o carro bruscamente, me fazendo ricochetear no banco. Ainda bem que eu sempre usava o cinto de segurança.

– O que você disse? – perguntou num tom gélido.

– O que você ouviu. São falsos. *Plás-ti-cos!*
– Eu não me vendi pra ninguém, Alicia – ele falou, a voz sem entonação.
– Vocês estavam juntos, não estavam? – apontei, presunçosa.
– Não. Não estávamos juntos. Nem nunca estivemos, cacete! – Eu pisquei, surpresa. Max estava mesmo furioso. – Será você que pode me escutar? Eu não tenho *nada* com mulher alguma! A Vanessa pode dizer ao papa o que quiser que nada vai me fazer ceder. Essa não foi a primeira vez que ela deu em cima de mim, e posso garantir que não conseguiu nada em nenhuma delas, mesmo antes de você aparecer na minha vida. Por que você acha que eu ia ceder justo agora? – seu rosto se tornou obscuro e assustador. Eu nunca tinha visto Max tão... tão... lindo. – Eu não me vendo, Alicia. E não me vendi pra você, se é isso que pensa sobre o nosso acordo.

– Não penso isso – declarei, abismada com sua fúria. – Só achei que você tinha... você sabe... Você estava fedendo a perfume vagabundo e caindo de bêbado, Max! O que queria que eu pensasse?

– Não queria que você pensasse nada. Queria que me ouvisse – e aquela veia pulsou em sua testa.

– Bom, estou ouvindo agora, e ainda não entendo o que te levou a tomar um porre daqueles.

– Eu não pretendia beber tanto.

– Ninguém nunca pretende – murmurei, pensando nas inúmeras vezes em que eu ficara naquele estado sem ter tido a intenção. No fim das contas, o ditado estava certo. O inferno está mesmo cheio de boas intenções.

– Tem razão. Mas eu estava nervoso quando fui encontrar a Vanessa. Não sabia o que ela queria. Tudo que eu sabia era o que ela disse pelo telefone. Você estava com problemas, e era *comigo* que ela queria conversar. Tomei uma ou duas doses de uísque pra tentar me acalmar quando cheguei no bar, então ela começou a falar e... você sabe, tentou uma abordagem mais direta. Bebi mais um pouco... ou muito, eu acho, depois que ela entendeu que não ia conseguir nada e foi embora. Eu me senti mal com tudo aquilo, Alicia. Além disso, tem uns assuntos que andam me perturbando. Acho que eu queria esquecer tudo, sei lá – ele deu de ombros.

– Que assuntos?

Ele sacudiu a cabeça.

– Assuntos que tenho que resolver sozinho – falou, mas havia um pouco de dúvida em seu tom de voz.

– A Vanessa... ela... tipo... ela te... – Pressionei os lábios com força para que a pergunta que ferroava meu cérebro não escapasse.

Max entendeu.

– A Vanessa tentou ser persuasiva, sim, não vou mentir. Mas consegui fazer ela entender, e fui bastante claro, que eu não estava interessado. Não aconteceu nada, Alicia.

Suspirei aliviada. Não que isso fosse da minha conta. Max não demonstrava o menor interesse por mim nesse sentido, mas saber que ele resistira a Vanessa me deixou mais leve e confiante. Até que constatei os problemas que isso acarretaria.

– E agora ela vai procurar a imprensa e revelar que o nosso casamento é uma farsa – gemi.

– Provavelmente.

Suspirei, fechando os olhos.

– Como foi que tudo acabou dando errado na minha vida? – perguntei para o nada. – Quer dizer, tudo ia bem, eu era feliz, tinha família, um carro bacana, podia pagar uma ida ao cinema... Agora uma pilantra como a Vanessa aparece e ferra com o que já estava ferrado.

– Ouça – as esmeraldas brilhantes se voltaram em minha direção. – Esse tipo de coisa acontece. Quantas vezes você já viu nos jornais mulheres que alegam ter filhos de jogadores de futebol, astros do rock, políticos e coisas assim? A Vanessa pode falar o que quiser, mas não pode provar nada. Claro que isso vai nos trazer alguns incômodos, olhares mais atentos, mas acho que podemos nos sair bem, se você colaborar. Infelizmente, pessoas como você sempre são notícia.

– É, eu sei. Nunca entendi a razão disso, mas eles sempre estavam lá, pra me pegar nos momentos mais embaraçosos.

– Você é notícia por ser rica... porque *era* rica... – ele sacudiu a cabeça, desgostoso. – Alicia, eu sei que essa não é a vida que você queria e sei que está tendo dificuldades para se adaptar, mas eu estou aqui pra te ajudar. Só que pra isso você precisa deixar que eu me aproxime. Você tem que confiar em mim, ou não vai dar certo. E eu *quero* que dê certo! Quero que você consiga recuperar sua herança, quero que seja feliz. Eu prometo que não vou te abandonar. Já te disse isso.

E, sendo a idiota apaixonada que eu era, ao ouvir aquilo, minha raiva se derreteu completamente.

– Será que você pode voltar a ser minha amiga? Senti sua falta ontem – Max murmurou, parecendo envergonhado por... bom... sentir minha falta.

Sorri sem decidir fazê-lo, apesar de *amiga* não ser o termo que eu esperava ouvir.

– Tudo bem – cedi. – Desculpa por ter tirado conclusões erradas a seu respeito.

– Desculpa por te chamar de esposa – ele me lançou um sorriso torto que fez meu coração parar de bater por dois ou três segundos.

– Ãrrã – murmurei, uma verdadeira proeza, tendo em vista o estado hipnótico em que eu me encontrava, graças ao encantamento lançado por aqueles olhos cintilantes.

– Não gosto quando você briga comigo. Não sobre assuntos sérios.

– Não gosto de brigar com você. Quer dizer, não muito – murmurei.

Seu sorriso se tornou mais amplo. Sua mão se ergueu, hesitante, em busca de meu rosto. Prendi a respiração, com medo de que ele se assustasse com algum movimento mais brusco – tipo, se eu piscasse – e se afastasse. Mas, antes que ele pudesse me tocar, uma buzina ensurdecedora ecoou. Max olhou ao redor, parecendo só se dar conta naquele instante de que ainda estávamos no trânsito. Estranho como ele também parecia sair do ar às vezes. Mesmo sem querer, senti uma faísca de esperança tremulando em meu peito.

Talvez – só talvez – Mari tivesse razão. Talvez eu pudesse despertar em Max algum tipo de interesse.

29

— Adivinha de onde estou vindo? – perguntou Vanessa, apoiando as mãos em minha mesa.

Examinei o rosto maquiado e o decote profundo.

– Humm... Do inferninho mais próximo? – provoquei.

Ela sorriu largamente.

– Da sala do presidente. O Hector quer falar com você.

Levei menos de uma batida de coração para entender o significado daquele sorriso. Ela havia contado a Hector sobre meu acordo com Max. E Hector queria explicações, ou coisa pior.

Ela não esperou por minha resposta. Encaminhou-se para sua mesa sacudindo os quadris.

Corri para o nono andar, colocando na cara minha expressão mais sincera e esperando que isso bastasse para convencer Hector a não levar suas suspeitas adiante. Ele e Inês, a secretária do presidente fazia um milhão de anos, me esperavam com cara de poucos amigos na sala da presidência, com uma pilha de papéis sobre a mesa que fora de vovô por tanto tempo. A L&L fora o primeiro empreendimento de vô Narciso, por isso ele tinha um carinho especial pela empresa de cosméticos.

– Fiz um levantamento completo sobre os salários dos funcionários e, analisando atentamente, vi que você tem razão, Alicia. O que pagamos não é suficiente para se ter uma vida confortável – Hector disse, me pegando no contrapé. Não era aquilo que eu esperava.

– Não é mesmo – concordei, atônita.

– Nem eu nem seu avô fomos informados sobre isso. Veja bem, eu não posso simplesmente aumentar o salário de todos os funcionários, assim, do nada. Haveria um rombo no orçamento da L&L.

– Entendo. Mas você não pode priorizar quem ganha menos? – sugeri.

– Não é assim que as coisas funcionam. A empresa trabalha como um todo. Não posso dar aumento apenas para uma parte dos funcionários. É antiético e quase ilegal – explicou ele, um pouco sem paciência.

– Humm... Acredito que mais pessoas tenham jornada dupla. Não estou me queixando de barriga cheia. O que eu ganho, e, imagino, o que a maior parte dos funcionários ganha, não é o suficiente para viver com o mínimo de conforto. Esse mês tive que escolher como gastar meu dinheiro. Entende o que eu quero dizer? Eu nunca precisei fazer isso antes. Talvez essas pessoas tenham feito isso a vida toda, mas, honestamente, como você acha que uma mãe ou um pai se sente tendo que escolher se vai colocar comida na mesa ou, sei lá, comprar um tênis novo pro filho? Ser pobre é difícil!

Hector passou a mão pelo queixo ligeiramente pontiagudo.

– Eu compreendo. E o que você propõe, já que um dia tudo isso será seu? – ele questionou, abrindo os braços.

Desconfiada, perguntei:

– Por que a minha opinião importa agora?

– Porque você é a herdeira disso tudo. Em pouco mais de um ano, tudo isso será seu, não é? – ele me lançou um olhar penetrante.

Certo. Então era assim que ele pretendia me fazer confessar. Só que, ao me avisar, Vanessa acabou me ajudando, e eu não seria pega de surpresa.

Endireitei-me na cadeira, tentando parecer o mais profissional possível. Ali estava minha chance de provar a Hector, Clóvis e vô Narciso que eu era capaz de ter boas ideias sem acabar na cadeia. Ao menos eu achava que a ideia era boa.

– Se você está falando sério, então, sim, eu tenho uma ideia.

– E qual seria? – ele cruzou as mãos sobre a mesa.

– Você sabe que eu não entendo muito de negócios, mas pensei em sugerir uma participação nos lucros aos funcionários, como algumas empresas fazem. Dividir entre os funcionários o que sobrar da meta de lucros mensal ou anual.

Ele sorriu largamente. Parecia se divertir.

– Você abriria mão de parte dos lucros para beneficiar os funcionários?

Dei de ombros.

– Você sabe tão bem quanto eu que a grana do vô Narciso é um poço sem fundo. Não faria a menor diferença pra mim, mas para os funcionários seria bem significativo, eu acho. E além disso imagino que, se o funcionário estiver satisfeito, vai trabalhar mais e melhor. O que vai gerar mais lucro para a empresa. Claro que você poderia estudar um aumento também, para que a participação apenas complemente o salário.

Ele me observou, seus olhos muito pretos brilhavam.

– Você entende muito mais de negócios do que supõe – falou calmamente, parecendo satisfeito. – Muito bem, já encerramos. Pode voltar ao seu setor. Inês, acompanhe a Alicia e ligue para os diretores. Em caráter de urgência. – Ele voltou a atenção aos papéis à sua frente.

– Sim, senhor – disse ela.

– Obrigada por me ouvir – agradeci a Hector.

Acompanhei Inês tremendo um pouco. Se aquilo fosse real, se Hector não estivesse armando para me fazer confessar que havia burlado as regras do testamento, então talvez eu pudesse ter meu aumento, comprar minha moto e evitar as idas e vindas constrangedoras com Max – para não mencionar que me livraria definitivamente dos terríveis ônibus. Sorri ao pensar que vovô enfartaria se ainda estivesse vivo e soubesse que eu iria comprar uma moto. Se bem que ele enfartaria mesmo morto, ante o horror de me ver sobre um daqueles objetos mortais. Ele fez um estardalhaço quando comprei meu skate. Eu tinha uns catorze anos e passava por uma fase meio grunge. O encanto acabou quando quebrei o braço esquerdo e perdi meus cabelos. Vovô deu fim ao meu skate, de toda forma.

Inês se virou abruptamente e, para minha total perplexidade, sorriu.

– Você teria deixado seu avô orgulhoso – disse num tom amável.

– Teria?

– Ah, sim. Você pensou no grupo, como ele fazia. Grande homem, o seu Narciso... – seus olhos castanhos ficaram opacos, perdidos em outros tempos. A julgar pelo saudosismo em seu rosto, eram tempos que ela adorava. Piscando e sacudindo a cabeça ligeiramente, ela voltou ao presente e acrescentou: – Se precisar de alguma coisa, tiver alguma dificuldade, pode me pedir ajuda. Vai ser um prazer ajudar, srta. Alicia.

Quase engasguei de surpresa. Fiquei chocada e de certa forma emocionada, não só pela oferta de ajuda, mas por ela me tratar com tanto respeito. Era como se ela me visse como... como... a neta de Narciso Moraes de Bragança e Lima. Alguém de valor.

– Caramba! Obrigada, Inês.

Ela assentiu e abriu caminho para que eu passasse.

Mal cheguei à minha mesa no quinto andar, setor nove, e Max me chamou pelo chat da L&L.

Max_Comex diz:
O que aconteceu? Por que você foi chamada na presidência? Está com problemas?
Alicia Lima diz:
A princípio pensei que sim.
A Vanessa foi na sala do Hector, só Deus sabe fazer o quê.
Pensei que ela tivesse contado pra ele, mas se contou ele não deu importância, ou não quis demonstrar que sabia.
Max_Comex diz:
Ela pode muito bem ter dito alguma coisa.
E o Hector é muito esperto.
Precisamos ter cuidado.
Alicia Lima diz:
É, já saquei.
Max_Comex diz:
Mas o que ele queria afinal?
Alicia Lima diz:
Encontrei com ele ontem de manhã.
Deixei escapar que ganho um salário miserável.
Ele ficou surpreso e quis mais detalhes.
Falamos de aumento salarial.

Max_Comex diz:
Você pediu aumento?
Alicia Lima diz:
Na verdade, meio que exigi.
Max_Comex diz:
Você mal começou a trabalhar e já pediu aumento?
Você é impossível!
Alicia Lima diz:
Preciso de grana. Odeio os ônibus dessa cidade e você não gosta de me dar carona.
Decidi comprar uma moto.
Max_Comex diz:
VOCÊ VAI COMPRAR O QUÊ?

Uuuh! Vovô não seria o único a ficar irritado com minha moto.

Alicia Lima diz:
Preciso acabar de organizar essa pilha de contratos.
Nos falamos no carro.

Ele me lançou um olhar nada satisfeito de sua mesa. Na verdade, parecia quase louco. Tentei me concentrar no que estava fazendo, mas era difícil ignorar a sensação de estar nua sob aqueles holofotes abrasadores.

Vanessa, como a cobra que era, se aproximou devagar, feito uma hiena sorridente, e não demorou nadinha para mostrar as garras.

– E aí? O que o Hector queria?

– Nada que seja da sua conta – resmunguei.

– Tive momentos *muito* agradáveis com o Max no sábado à noite... – ela disse, sentando no canto da minha mesa.

– Ah, eu sei. Ele me contou – sorri candidamente. – Sabe que não imaginei que você precisasse disso? Chantagear um homem pra conseguir sexo... Que decadente.

– E não precisei. Sabe, Alicia, você finge bem. Quase chegou a me convencer que vocês realmente tinham alguma coisa. Então imagina como fiquei surpresa ao ouvir que você tinha comprado seu marido – ela sacudiu a cabeça e seus longos cabelos cobriram os ombros. – Se eu soubesse que o Max estava à venda, teria feito uma proposta há muito tempo.

– Ele não está à venda. Não sei do que você está falando. Agora tira essa bunda da minha mesa que eu não sei por onde isso aí andou – a espetei com a ponta do lápis.

Ela se levantou, um tanto surpresa.

– Não se faça de inocente, Alicia. Não combina com você. Eu conheço garotas do seu tipo.

Suspirei exasperada.

– Vanessa, tô ligando o foda-se pra você. Depois não vem reclamar...

– Engraçado. Você me acusa de tentar chantagear o Max, mas na verdade quem tratou ele como objeto foi você. E pode apostar que você não vai ficar com ele por muito tempo. É uma questão de tempo até eu conseguir convencer o Max que tenho muito mais a oferecer do que você, uma pobre órfã falida e mimada. Seus dias estão contados, *meu bem*.

Foi aí que tudo azedou. Levantei-me num átimo, sem poder refrear meus impulsos. Agarrei seu braço rapidamente e o girei atrás de suas costas, fazendo com que seu punho atingisse a nuca. Ela gritou de dor quando esfreguei sua cara no tampo da minha mesa desorganizada. Eu adorei.

– Meu avô não me deserdou à toa, Vanessa. Eu sei muita coisa, vi muita coisa, aprendi muito nas minhas viagens. Posso quebrar esse seu bracinho anoréxico antes que você possa dizer *silicone*. Acredite, tenho muitas técnicas de persuasão, e sei que você não vai querer conhecer nenhuma delas. Então fica longe do Max.

– Me solta, está me machucando! – gemeu ela.

– Ah, eu ainda nem comecei a te machucar. E se você ainda quer desfilar por aí exibindo esse sorriso cínico nessa sua cara de pau, fica longe do meu marido, ou eu juro por Deus que arranco seus dentes com um alicate de cutícula!

– Alicia, solta a Vanessa – pediu Max, já atrás de mim, tentando me tirar de cima da garota. – Você vai arranjar problemas na empresa.

Com um empurrão brusco, eu a soltei. Ela ofegou, se apoiando em minha mesa. Os cabelos, sempre meticulosamente penteados, estavam um caos, os olhos vermelhos de raiva.

– Você é louca!

– Você não faz ideia do quanto – sorri diabólica.

Max pegou minha bolsa e começou a me arrastar para o elevador.

– Está avisada! – gritei antes que ele me jogasse lá dentro.

– O que deu em você? – ele perguntou, furioso.

– Como assim, o que deu em mim? Aquela vagabunda me chamou de *meu bem*! Disse que sou uma órfã falida e que comprei seus serviços de amante e que vai te tirar de mim. Que nossos dias estão contados. E tenho certeza que o Hector ouviu tudo isso hoje de manhã. O que você queria que eu fizesse, Max? Cara de paisagem?

– Por que isso te irritou tanto? Ela disse a verdade.

Pela primeira vez desde que havíamos nos conhecido, Max me machucou. Tão fundo que não consegui respirar. Livrei-me de suas mãos, empurrando-o com força.

Ele suspirou.

– Eu quis dizer que ela tem razão sobre nós dois. Nossos dias *estão* contados – apontou.

– Bom... sim... mas não da forma como ela sugeriu. E nós somos amigos agora. Eu me preocupo com você e acho que você se importa comigo, pelo menos um pouquinho. E acho que o que temos é algo que deve ser respeitado. – O que eu estava falando? Nada fazia sentido, eu ainda via tudo vermelho.

– Você está certa. Mas não precisava ter chegado a tanto

O elevador se abriu e partimos para o carro.

– Espero que isso não se espalhe – continuou ele. – Agressão física não é tolerada na empresa.

– Relaxa, Max. Meu avô cuidou de tudo. Não posso ser demitida. Tenho um emprego vitalício ou algo do tipo.

– Sim, mas podem te mudar de cargo. Te deixar isolada para não criar confusão. Já pensou na possibilidade de ficar meses na copiadora?

Estanquei.

– *Não!* Isso seria... o apocalipse! – exclamei, horrorizada.

Max revirou os olhos e me pegou pela mão, abriu a porta do carro e me ajudou a entrar. Eu me sentia fria, gelada. Ficar na copiadora pelo resto da vida? Eu preferia o ônibus!

Ele deu a volta e entrou no carro com elegância. Girou a chave e o motor resmungou suavemente.

– Que tal fazermos algo diferente hoje? Quer sair pra beber alguma coisa? – ele sugeriu.

– Bem que eu queria, mas até o próximo pagamento estou completamente lisa. Não tenho grana nem para um pão na chapa. Gastei quase tudo naquele jan... hã... Não tenho grana.

Ele sorriu.

– Estou convidando. Eu pago.

– Bom... Então tudo bem. Preciso mesmo esquecer algumas coisas. Nem que seja por poucas horas. – E uma delas estava bem diante de mim, com seus quase dois metros de altura e mãos enormes agarradas ao volante. Eu duvidava que conseguiria tirar Max da cabeça com ele ali, a dois palmos de mim, mas não custava tentar.

Eu preciso urgentemente comprar minha moto e pôr fim a essa proximidade ridícula.

– Alicia, sobre aquela história da moto... – disse ele, como se lesse meus pensamentos. – Pode esquecer. Enquanto for minha esposa, não me importa como, você não vai subir numa daquelas coisas – falou categórico, me olhando fixamente. – Vou fazer o possível e o impossível para você não conseguir comprar a moto. Sou muito determinado, caso ainda não tenha notado. E quase sempre consigo o que quero.

30

Max me levou a um barzinho superbacana. Havia pouca gente naquele início de noite de segunda-feira, o que achei ótimo. O ambiente era acolhedor, com mesas de madeira e bancos estofados. Havia uma infinidade de plantas na decoração, e a meia-luz e a música ambiente deixavam tudo com um ar mais íntimo. Max pediu chope e uma porção de polenta frita. Eu adorei. Comida de boteco sempre fez minha cabeça. Cerca de uma hora depois, já havia uma pilha considerável de discos de papelão em nossa mesa. Max ficava muito falante quando bebia.

– Onde você aprendeu aquela manobra? A Vanessa parecia sentir muita dor – comentou calmamente.

– Quando se viaja sozinha e sem destino, é importante saber uma ou duas coisinhas, caso apareça algum engraçadinho.

Ele sorriu.

– Você conheceu muitos lugares, imagino.

– Muitos. Eu me sentia livre dessa forma, como se nada me prendesse, mas era apenas... um jeito de me colocar à prova. Uma espécie de desafio, eu acho. Eu morria de saudades e sempre acabava voltando pra casa depois de dois meses.

– Saudades do seu avô ou tinha alguém que te prendesse? – ele não me encarava, mas senti o interesse real em seu tom de voz.

– Do meu avô, claro. Ninguém nunca me prendeu. Eu nunca quis ficar em algum lugar por alguém que não fosse o vô Narciso. – Até agora.

– Como é isso? Ser livre? – Ele tomou um gole de sua bebida.

– É... como se não existisse corpo, apenas alma. Permanecer num lugar por determinado período, depois seguir em frente sem criar raízes... – Então me ocorreu que isso não era liberdade. Era falta de algo. Algo que eu procurara e não havia encontrado em nenhum lugar do planeta. Algo precioso que eu encontrava em Max, toda vez que ele sorria para mim.

– Parece bom – ele sorriu.

– Na verdade, não. Perdi um tempo precioso que poderia ter passado ao lado do vô Narciso.

Senti uma onda de calor quebrar sobre mim quando ele tocou minha mão e a apertou gentilmente.

– Você ainda sente muita falta dele, não é?

Assenti.

– Ele era tudo que eu tinha. Toda minha família. Claro que um pouco de grana seria bom, não vou mentir, não tenho gostado muito dessa condição de... privações. Mas é dele que sinto falta realmente. Era ele que eu queria de volta.

Ele me encarou fixamente, os olhos quentes e moles.

– Acho que você ainda não aceitou a morte do seu avô. Parece que ainda espera que ele volte – comentou.

Max não podia ter acertado mais. Eu esperava a próxima visita de vovô em meus sonhos como uma criança espera a chegada da noite de Natal.

– Você tem razão. Eu espero por ele. Sempre vou esperar. Não sei bem como viver sem ele.

– Mas vai ter que aprender – ele comentou, com os olhos nos meus. – Um dia desses.

Não respondi, desviei o olhar e brinquei, com a mão livre, com o descanso de copo de papelão.

– E eu queria que você soubesse que, quando isso acontecer, estarei aqui – ele continuou. – Não precisa se sentir sozinha, se não quiser. Você entende o que eu quero dizer, Alicia?

Olhei para ele, para as esmeraldas brilhantes que quase me cegavam.

– Acho que sim – murmurei.

– Entende mesmo? – Max insistiu, com tanta intensidade que fiquei tonta.

– Hã... Eu achava que sim, mas agora fiquei na dúvida...

Ele encaixou ambas as mãos em meu queixo, como fizera naquela tarde no escritório, mas ali não havia ninguém para nos interromper. Inclinou levemente a cabeça e se aproximou sem pressa. Seus lábios roçaram minha bochecha, depois deslizaram por meu pescoço, me fazendo estremecer, até alcançarem minha orelha. Eu arfava alto demais, todas as células do meu corpo vibravam, os arrepios eram incessantes. Eu queria tanto que ele me beijasse...

– Eu fiz uma promessa no dia em que nos casamos, Alicia – ele passeou as mãos por minha clavícula. Elas eram tão grandes, eu me sentia tão pequena e protegida sob elas... – Uma promessa que não posso quebrar, ainda que eu queira desesperadamente fazer isso.

Virei o rosto levemente, até que meu nariz encontrou a ponta do seu. Nossos olhares se prenderam, e havia tanto calor em seus olhos que senti como se estivesse derretendo.

– Me beija logo, Max – sussurrei.

– Alicia... – ele gemeu e então me beijou.

Na boca.

De língua.

Assim que seus lábios finalmente me tocaram, agressivos e macios, uma explosão de cores, luzes e calor me inundou. Senti como se realmente flutuasse, e a única coisa que me mantinha presa ao chão eram seus braços ao meu redor. Eu não estava esperando aquele tipo de beijo. Não que eu fosse reclamar, longe disso – eu estava extasiada com a maneira possessiva e urgente como ele explorava minha boca, os dedos se enroscando selvagemente em meus cabelos, como se ele tivesse medo de que eu fosse fugir. Como eu poderia?

Tive minhas suspeitas confirmadas; os lábios de Max eram mesmo muito macios – muito mais do que eu me lembrava –, contudo eram vorazes, faziam perguntas, exigiam respostas, me apresentavam uma miríade de novas sensações. Era como se eu estivesse sendo tocada por um homem pela primeira vez. Era terno e ao mesmo tempo feroz, e eu não queria que acabasse. Seus dedos me acariciavam suavemente, e sua língua ágil, macia, úmida, me levava à beira de um precipício, e a queda parecia ser tão prazerosa quanto assustadora. E tudo que eu queria naquele momento era mergulhar de cabeça e encarar o desconhecido.

– Senhores – chamou alguém. O garçom. – Esse tipo de comportamento não é adequado.

Max me soltou – cedo, muito cedo – e se desvencilhou das minhas mãos.

– Desculpa – disse ele, enquanto minha cabeça ainda girava. – Não vai se repetir.

O homem baixinho nos avaliou por um momento, parecendo não acreditar que eu partilhasse da promessa de bom comportamento – com toda razão, eu não partilhava mesmo –, por isso me lançou um olhar de advertência antes de se afastar.

– Eu não devia ter feito isso – Max murmurou, correndo a mão pelos cabelos claros.

– Devia – objetei, ainda sem fôlego. – Devia sim.

– Não, Alicia. Eu não devia. Não posso me aproveitar de você desse jeito. Você está fragilizada e eu... – ele sacudiu a cabeça, atormentado. – Desculpa. Você é linda e eu agi sem pensar.

– Adorei te ver agindo sem pensar. Você devia fazer isso com mais frequência.

Mas ele não pareceu me ouvir.

– Temos um acordo que exclui qualquer tipo de contato físico. Você nunca quis isso. Eu me excedi. Sou um cretino!

– Acho que você não entendeu, Max. Tudo mudou...

– Nada mudou – ele me interrompeu. – Acho melhor irmos pra casa. Parece que beber ao seu lado não é uma boa ideia. – Ele chamou o garçom e pediu a conta.

Ah, ele não ia escapar assim tão fácil...

– Max, acho que você não compreendeu o que eu sinto.

Ele fechou os olhos e suspirou, exaurido. Quando os abriu novamente, estavam aflitos.

– Vamos fingir que isso nunca aconteceu, está bem? – mas ele não me olhava nos olhos. Estava fugindo! Oh, Deus! – Eu devia ter me controlado. Você está tão fragilizada, tem tanta coisa acontecendo, vindo de todos os lados... É imperdoável me aproveitar da sua fraqueza. Eu me deixei levar pelo momento. Não vai acontecer outra vez.

– Mas eu adorei! E quero que você se aprov...

– Por favor, Alicia – ele suplicou, perturbado. – Não torne as coisas mais difíceis. Já é difícil o bastante me controlar sem você me incentivar. Vamos deixar as coisas como estão.

Olhei para ele chocada. Não porque ele se recusava a me beijar outra vez – bom, por isso também –, mas porque *queria* me beijar e achava que não devia. Ele sentia algo por mim! Algo que ele tentava controlar. Algo que o fizera me tocar daquele jeito, segurar minha mão e me beijar daquela forma escandalosamente quente e urgente, e depois evitar me encarar.

Era algo que eu queria conhecer mais a fundo. Algo que, quem sabe, precisasse de um pequeno empurrão para vir à tona. E eu estava mais que disposta a empurrar.

31

Minha cabeça estava a milhão enquanto Max dirigia de volta para casa. Ele me desejava. Tudo bem, não era amor, eu sabia a diferença entre uma coisa e outra. Talvez não fosse nem mesmo paixão, mas já era um indício de que eu o afetava, assim como ele me deixava fora do ar. E, para minha alegria, Max havia deixado bem clara a equação: *bebida + eu = beijos lascivos*, me dando assim uma pista de como agir. Eu só precisaria encontrar a hora certa. O que não significava que eu ficaria esperando, passiva. Não mesmo! Eu tiraria vantagem do poder recém-descoberto da maneira que pudesse, até que ele estivesse na minha cama. Ou eu na dele. Não me importava nem que fosse numa cama de motel vagabundo, desde que estivéssemos os dois sobre ela.

Liguei o rádio. Música sempre me ajudava a pensar, e até aquele instante não havia me ocorrido nenhuma estratégia para seduzi-lo.

– Se quiser, tem alguns CDs no porta-luvas – comentou Max quando notou que eu zapeava de uma estação a outra.

– Alguma coisa boa?

Ele deu de ombros, olhando para frente.

– Não conheço muito seu gosto musical, mas posso garantir que você não vai encontrar nenhum rap aí dentro – e sorriu um pouco.

Abri o porta-luvas e encontrei uma dezena de CDs. A maioria de blues, o que de certa forma era perfeito, já que é um estilo denso, excitante e extremamente sensual. Coloquei um disco do The Yardbirds no aparelho e a voz de Eric Clapton preencheu o carro. Deixei o volume baixinho, para que Max entrasse no clima sem perceber. Ele relaxou um pouco, os dedos tamborilando ritmadamente no volante vez ou outra.

Eu ri.

– Que foi? – ele perguntou, me fitando.

– Nada. Só acho engraçada a forma como você se mostra ao mundo. Tão forte e intransigente, mas na verdade você é um doce.

– Sou? – suas sobrancelhas se arquearam.

– É. De um jeito bom. Não quis dizer que você é uma florzinha. Fica tranquilo, camarada – ri. Ele também. – Você cuida da sua família, gosta de boa música, ajuda garotas indefesas a recuperarem a herança... Isso te faz ser um cara doce.

Ele riu outra vez.

– Não sei sobre essa coisa de ser doce, mas tenho a impressão que você acabou de me elogiar – zombou.

– Ainda não foi um elogio – sorri. – Sabe, Max, você e eu não somos tão diferentes. Você usa essa fachada fria para manter as pessoas distantes. Eu uso o sarcasmo para afastar as pessoas.

– É mesmo? – ele sorriu brincalhão. – É por isso, então, que você é tão irritante?

– Sou irritante para me proteger quando me sinto ameaçada ou pressionada. Você não notou ainda?

Ele me avaliou por um instante.

– Não. Você sempre é sarcástica comigo. Não imagino como deve ser quando o seu sarcasmo está desligado – brincou.

Eu ri.

– Um pouco menos turbulento, eu acho.

Houve um momento de silêncio, então ele me encarou enquanto esperava o farol abrir.

– Você se sente pressionada ou ameaçada por mim? – indagou, a voz intensa, os olhos nos meus.

– O tempo todo – murmurei.

Sua testa franziu.

– Por quê?

Porque estou apaixonada por você. Porque quero te mostrar quem sou de verdade e sei que você não vai gostar.
— Tem certeza que não sabe? — sussurrei, encarando-o.

Seu olhar escrutinou meu rosto, obviamente tentando entender o que eu acabara de sugerir, mas não pareceu compreender. Não totalmente.

Desviei os olhos, frustrada.

— Abriu — eu disse.

— O quê?

— O farol. Abriu — apontei para a luz verde acima de nossa cabeça.

Pelo canto do olho, o vi olhar para frente, confuso, engatar a marcha e seguir sem dizer uma única palavra. Deixamos o carro na garagem e subimos pela escada, já que o elevador estava em manutenção. Outra vez.

Max me fitava vez ou outra, mas rapidamente desviava o olhar. Estávamos no penúltimo lance de escada quando ouvi o barulho de rodas pesadas descendo os degraus. Mal tive tempo de notar o garoto de pouco mais de doze anos, fazendo manobras com seu skate, surgir do nada antes de colidirmos. Não foi uma queda horrível, mas me estatelei no chão como um saco de batatas. O garoto usava capacete e era tão magro que não havia músculos ali a serem feridos. Além disso, eu havia amortecido o pior do tombo.

— Alicia! Você está bem? — gritou Max, correndo para me ajudar.

— Acho que sim — eu disse, um pouco confusa.

Ele tirou o moleque de cima de mim, me avaliou, depois examinou o garoto e perguntou:

— Machucou?

O menino sacudiu a cabeça.

— Nunca mais desça as escadas desse jeito — Max esbravejou numa voz tão autoritária que mal reconheci. — Você podia ter se machucado. Podia ter machucado a sua coluna e ficado numa cadeiras de rodas, sem poder fazer manobras radicais para o resto da vida. É isso que você quer?

O garoto sacudiu a cabeça novamente, assustado. Colocou o skate debaixo do braço e desceu as escadas correndo, pálido como um fantasma.

Max me ajudou a levantar, com muito cuidado.

— Tem certeza que está bem? Sente dor em algum lugar? — perguntou, preocupado. Sua mão percorria minha cabeça, meus braços, minhas costas, à procura de ferimentos.

Era bom demais para ser verdade.

– Na verdade... – eu disse um pouco sem fôlego, mas isso nada tinha a ver com dor ou com a queda – meu pé tá doendo um pouco. Ai.

Pé? Qual era o meu problema?

Abaixando-se, Max correu os dedos por minha perna e meu tornozelo, até alcançar meu pé. Afastou com cuidado as tiras de minha sandália, e fiquei surpresa ao realmente sentir dor quando seus dedos me tocaram ali. Gemi.

– Parece que é só uma luxação. O shape do skate deixou uma marca na sua pele. Provavelmente amanhã vai estar roxo. – Então ele se endireitou, passou um braço em minha cintura e o outro sob meus joelhos, me levantando.

– O que você está fazendo? – perguntei quando ele começou a subir a escada.

– Acho melhor você não forçar esse pé hoje. Pode piorar. Vamos colocar gelo para ajudar a diminuir o desconforto.

Que desconforto? Eu estava em seus braços fortes e aninhada em seu peito. Como poderia estar desconfortável? Mas na dúvida improvise. Esse era o meu lema.

– Ah, espero que ajude. Está doendo tanto... Ai! – e encostei a cabeça em seu ombro largo, sentindo seu perfume inebriante.

Ele nem estava ofegante quando me colocou delicadamente sobre o sofá. Retirou minha sandália com muito cuidado e ergueu a barra do meu jeans até o meio da panturrilha. Agradeci silenciosamente ao inventor do depilador elétrico quando vi minha perna completamente lisa sendo examinada por seu olhar preocupado.

Max foi até a cozinha, voltou com um saco de brócolis congelados envolto em um pano de prato felpudo e o colocou sobre meu pé. Havia uma marca na pele branca, que já assumira um tom arroxeado. Doeu um pouco, de modo que não foi de todo falso o grunhido que soltei.

– Já vai melhorar – ele disse, carinhoso. – Alguém devia falar com a mãe desse garoto. Além de perigoso pra ele, é perigoso para todos do prédio.

– Eu nem vi de onde ele saiu – reclamei, toda chorosa.

– Eu também não, ou teria puxado você antes que ele te atropelasse. Vou falar com o síndico amanhã. – E eu tinha certeza de que falaria. – Está doendo muito?

– Ārrā – murmurei, abrindo os olhos um pouco mais, a boca levemente contorcida no que eu esperava ser um biquinho desolado. – Acho que nunca mais vou poder jogar futebol.

Ele tocou meus cabelos bagunçados, colocando uma mecha atrás de minha orelha.

– Você joga futebol? – suas sobrancelhas se arquearam.

– Não. Mas agora a minha carreira foi pro vinagre de vez.

Ele riu.

– Fica tranquila, vou cuidar de você. Você vai poder jogar futebol em... alguns dias.

– Obrigada – sorri.

– Vou pegar um travesseiro pra você.

– Não! – pedi, segurando seu braço rijo, forte e torneado. – Fica comigo, Max. Por favor? – implorei com um gemido.

Ele pareceu reagir ao meu apelo. Um leve brilho nos olhos, um pequeno sorriso nos lábios.

– Claro – concordou e sentou-se ao meu lado no sofá.

Descansei minha cabeça em seu ombro.

– Por que você ficou tão bravo com o garoto?

– Ele podia ter se machucado. E *machucou* você – ele apontou, irritado.

– Mas era só um menino.

– Isso não é motivo para brincar com a vida. Nem com a dele nem com a de ninguém – ele disse, categórico.

Assenti, um pouco insegura. Parecia haver mais, mas eu não queria pressioná-lo a me contar coisas que não desejava. Queria pressioná-lo a me beijar outra vez.

Suspirei.

– Está doendo? – ele questionou, preocupado.

– Um pouco – menti. Já não doía. Ardia um pouco, mas era totalmente suportável.

Ele passou o braço por meus ombros e beijou minha testa.

Levantei a cabeça, surpresa. Ele estava tão perto! Eu queria lhe dizer tanta coisa, queria que soubesse como eu me sentia, mas de algum modo as palavras ficaram presas na garganta. Era fácil sentir, era simples dizer a Mari e era até natural – por incrível que pudesse parecer – explicar a vovô, em meus sonhos, o que eu sentia por Max. No entanto, olhar em seus olhos, enfrentar os holofotes verdes ofuscantes, me deixava estranhamente tímida.

Hesitante, apoiei a mão em seu peito e esperei, receosa de afugentá-lo. Como Max permaneceu imóvel, me atrevi a inspirar profundamente, sentindo aquele aroma todo dele invadir e excitar meus sentidos. Ele me observou com o rosto duro, concentrado, mas os olhos tinham fogo, queimavam enquanto encaravam fixamente meus lábios.

Aproximei-me um pouco mais, colando o corpo na lateral do dele, retorcendo os dedos em sua camisa para ganhar equilíbrio. Senti quando sua respiração se tornou mais curta, as batidas de seu coração, mais rápidas. Prendendo-o com o olhar, me estiquei um pouco, até que meus lábios quase tocaram os dele. Vacilei, temendo que ele me repelisse. Entretanto, ele não me afastou. Continuou encarando meus lábios com intensidade, como se quisesse tomá-los para si. Então fui em frente e beijei sua boca. E a explosão de sensações e cores foi mais forte dessa vez, quase insuportável. Prendi a mão em seus cabelos, trazendo-o mais para perto, desejando fundi-lo ao meu corpo, para que fizesse parte de mim. Ele não pareceu chocado com minha abordagem nada sutil. Na verdade, pareceu tão aliviado quanto eu.

Contornando minha cintura com uma das mãos, ele deslizou a outra por minhas costas, acariciando minha pele, se prendendo em meus cabelos. O beijo se tornou mais intenso, mais íntimo, e Max, num movimento rápido e firme, porém delicado, me girou em seus braços até que fiquei sob ele. Gemi quando senti seu corpo sobre o meu, me afundando contra o sofá.

Sua boca esquadrinhava a minha com ímpeto, querendo conhecer cada segredo meu, e eu estava mais do que afoita para que ele os desvendasse. Retribuí, abraçando-o com braços e pernas, trazendo seu corpo de encontro ao meu e estremecendo ao sentir a rigidez e a força de seus músculos.

Max levantou a cabeça e me encarou com os olhos injetados, ferozes, escurecidos de desejo. Alcancei a barra de sua camisa, puxando-a pela cabeça, pois não queria perder tempo com os botões. Ele me ajudou, se desvencilhando do tecido com agilidade. Tive um pequeno vislumbre de seu peito antes que ele voltasse a me beijar, numa entrega total. Sim, havia pelos macios! O estreito caminho de pelos, um pouco mais escuros que seus cabelos, descia fluido pelo abdome chato e perfeito. Deslizei os dedos por eles – ainda mais macios que o cashmere –, sentindo sua pele quente se arrepiar com o toque. Desvendei cada centímetro de sua barriga lisa até alcançar o cós da calça. Ele estremeceu.

– Alicia – murmurou numa voz gutural contra minha pele.

Eu me senti viva, livre, dolorida, faminta, quando suas mãos percorreram a lateral de meu corpo, contornaram meu quadril, e acariciaram minha coxa. Sua língua passou a saborear a pele de meu pescoço, injetando fogo em minhas veias. Continuou descendo até encontrar o obstáculo de minha blusa. Delicadamente ele transpôs o tecido com dedos imperiosos, porém carinhosos, abaixando-o e expondo meu sutiã, e em seguida alcançou a carne macia que ele abrigava. Seus lábios exploraram e se fecharam em torno da pele sensível de um mamilo, já entumecido, me lançando num vertiginoso redemoinho de prazer.

À beira do abismo outra vez.

Gemi e ele comprimiu o quadril de encontro ao meu, deixando um som rouco e primitivo escapar do fundo da garganta. Enrosquei os dedos em seus cabelos selvagemente, arqueando o corpo de encontro à sua boca, num desespero lascivo que chegava a doer em meu íntimo.

Num ritmo frenético, tanto Max quanto eu nos dedicamos aos botões e zíperes de nossas calças, meio atrapalhados, pois continuávamos aos beijos, apertões e arranhões, sôfregos como animais... como amantes.

Então a campainha tocou.

Max deu um pulo, se endireitando. Ele me observou surpreso, como se recobrasse a sanidade, então olhou para a porta, depois para seu corpo seminu, a calça semiaberta, e de volta para mim e minhas roupas bagunçadas, parecendo não acreditar no que via.

Eu ainda respirava com dificuldade quando ele alcançou a camisa e foi atender a porta. Eu me recompus com desânimo. O distanciamento que vira em seus olhos ao sermos interrompidos me fez crer que ele não voltaria e me diria: "Onde foi que paramos mesmo?" Eu o conhecia o suficiente para saber que Max havia se deixado levar pelo impulso e não correria para meus braços assim que *quem quer que fosse* nos deixasse em paz.

Era a mãe do garoto que me atropelara, querendo saber se eu estava ferida. Max explicou que não havia nada sério além de uma pequena luxação e recomendou que ela o alertasse sobre o perigo de descer a escada daquela forma. Ela concordou prontamente, dizendo que o garoto estava assustado com o ocorrido, me desejou melhoras e se foi. Eu esperei, imóvel, até que Max voltasse. Ouvi barulho na cozinha e logo ele estava diante de mim, me oferecendo um copo de água enquanto tomava o seu.

– Alicia, eu... sinceramente não sei o que deu em mim pra agir dessa forma. Eu... – ele olhava para todo lado, menos em minha direção – juro que isso nunca mais vai acontecer.

Pressionei os lábios contra o copo para não gritar.

– Acho que estou sob pressão no trabalho, e você é tão... Desculpa. Acho melhor irmos pra cama – ele disse, depois corou e completou: – Sozinhos, eu quis dizer. Cada um pra sua cama e... Precisa de ajuda?

Sacudi a cabeça, negando.

– Boa noite – ele me observou por um segundo antes de pousar o copo sobre a mesa de centro e se dirigir para seu quarto.

– Max? – chamei quando ele já estava na porta.

Relutante, ele prendeu seus olhos aos meus.

– Você mente muito mal – sussurrei, tomando o restante de minha água.

Ele abriu a boca, desconcertado, mas desistiu, entrando no quarto apressadamente.

Permaneci no sofá, frustrada, pois me dei conta de que minha tentativa de seduzi-lo dera errado e que agora Max estaria mais precavido do que nunca e certamente na defensiva. De alguma forma, eu havia conseguido afastá-lo ainda mais de mim.

32

Assim que cheguei à L&L naquela manhã, notei olhares diferentes. Não havia mais hostilidade neles, e até vi alguns sorrisos tímidos e acenos de cabeça. Estranho, já que ninguém nunca falava, sorria ou acenava para mim sem que fosse estritamente necessário.

– Max, tem alguma coisa na minha cara? – perguntei enquanto seguíamos pelo corredor em direção ao nosso setor.

Ele examinou meu rosto atentamente.

– Não.

– Humm...

Ele não pareceu notar a diferença no ambiente. Na verdade, não notara muita coisa em mim desde a noite anterior. Como eu esperava, ele estava mais distante do que nunca. Pela manhã, agira como todos os dias, prestativo e educado, como se nada tivesse acontecido entre mim, ele e o sofá. Nem sombra do homem apaixonado que me beijara com tanto arrebatamento menos de dez horas antes. Eu teria que cavar fundo se quisesse trazê-lo à tona outra vez.

– Oi, Alicia. Eu estava pensando se você... quer almoçar comigo – uma garota baixinha de olhar arredio, que nunca tinha falado comigo antes, convidou, parecendo nervosa. Era uma das secretárias do segundo andar.

– Hã... Eu... Como é mesmo seu nome? – perguntei.

– Amaya – ela sorriu, sem graça. – Desculpa não ter me apresentado antes.

– Relaxa. Humm... Tá bom. Vamos almoçar, sim.

– Ótimo! – ela sorriu e seguiu em frente.

Olhei para Max, que finalmente notou a diferença.

– Estranho, não acha? – indiquei a garota com a cabeça.

– Talvez – ele disse, pensativo. – Parece que você conseguiu furar a geleira.

– Mas como? Eu não fiz nada de diferente nos últimos dias.

– Quem sabe finalmente viram quem você é de verdade – ele deu de ombros.

– Duvido muito.

Diversas pessoas me convidaram para sentar com elas na hora do almoço, para nos conhecermos melhor, para saberem mais sobre mim, para me darem dicas de como passar ilesa pelo RH caso eu me atrasasse outra vez. Era como se, do nada, todos tivessem esquecido a repulsa gratuita que sentiam por mim.

Fiquei desconfiada quando entrei no refeitório para almoçar, mas Amaya estava sorrindo, ansiosa, a uma mesa perto da janela. Max se juntou ao pessoal do Comex e fui me sentar com ela.

– Pensei que você não fosse querer falar comigo, depois da forma como te tratei – começou ela, sem graça.

– Você fez alguma coisa que eu devesse me lembrar? – comi um pedaço de frango frito.

– Bom... não – ela disse constrangida, olhando para a bandeja. – Mas exatamente por isso você devia estar chateada. Ninguém aqui fez o mínimo esforço para te conhecer.

– Nem notei, Amaya – menti, sorrindo. Estava intrigada com a súbita mudança e queria saber o que ela pretendia.

No entanto, acabei não descobrindo nada. Amaya deu início a uma sessão interminável de perguntas – o que eu estava achando do emprego, como era minha vida antes de vovô morrer, como era meu relacionamento com ele, de que tipo de filme eu gostava, o que estava lendo, o que eu preferia, Louboutin ou Jimmy Choo. E ficou bastante surpresa quando eu disse que na verdade gostava mais de sapatos nacionais, de preferência sem salto.

– Ah, meu Deus! Eu também! – ela exclamou, como se tivesse acabado de descobrir o Santo Graal. – Eu pensei que você fosse metida a besta e só usasse grifes internacionais! Caramba! A Júlia tem que ouvir isso – e gritou por Júlia, uma garota bonita e tímida que se escondia atrás de grandes óculos de grau.

Nossa mesa de repente se tornou pequena para o grande número de mulheres ao meu redor, me metralhando de perguntas. Tentei guardar os nomes, mas várias vezes tive que pedir que repetissem. Era muita informação.

Olhei para Max do outro lado do grande salão, a muitas mesas de distância, me observando com algo diferente nos olhos e um sorriso nos lábios. Lancei-lhe um olhar interrogativo, mas ele apenas continuou sorrindo.

Assim que me livrei das minhas *mais novas amigas de infância* e voltei ao quinto andar, encontrei-o encostado em minha mesa.

– Você faz ideia de como estou orgulhoso de você? – disse ele sorrindo, os braços cruzados sobre o peito.

– Está?

– Muito! – o sorriso se alargou, iluminando toda a sala. – Não se fala em outra coisa na empresa. Parece que o Hector *exigiu* que a diretoria revisasse os pisos salariais e que, a partir do fechamento desse mês, todos os funcionários tenham participação nos lucros. Estão todos em estado de graça. E sabe quem é a responsável por isso?

– Sério? O Hector fez isso? – perguntei, atônita. A diretoria tinha ouvido meus apelos? Hector me dera crédito? Ele, que havia convencido meu avô de que eu não era capaz de cuidar nem de mim mesma, aceitara uma sugestão minha?

– Sim, ele fez. Os diretores não tiveram a menor chance diante dos argumentos apresentados pelo Hector. Argumentos de uma certa funcionária que teve o atrevimento de dizer na cara do presidente que achava seu salário uma miséria.

Então compreendi a mudança.

– Foi por isso que de repente todo mundo ficou simpático comigo. Porque vão receber aumento – constatei, desanimada.

– Não, Alicia. Não foi isso – ele se apressou, descruzando os braços e se endireitando. – Você intercedeu por eles, defendeu os funcionários, foi a voz de todos na diretoria e conseguiu ser ouvida. Você não se acovardou. O pessoal achou que você fosse apenas uma garotinha mimada, e ficaram todos abismados com a mulher determinada que descobriram em você – ele terminou com um sorriso enorme, o orgulho brilhando intensamente em seus olhos.

– Max, eu não fiz isso por eles. Fiz por mim – murmurei, constrangida.

– Não foi isso que a Inês contou por aí. Ela disse que você discursou calorosamente em prol dos menos favorecidos – ele contrapôs.

– Só porque agora *eu* sou uma das menos favorecidas – apontei.

– Tanto melhor – ele deu de ombros. – Desculpa pelo que eu vou dizer, Alicia, mas o seu avô tinha razão quando te obrigou a trabalhar aqui. Ele conhecia o seu potencial de liderança. Quando você estiver sentada na cadeira da presidência, vai saber como os funcionários se sentem, como dão duro. Eles não vão ser apenas um amontoado de números pra você, vão ser pessoas.

– P-presidência? – gaguejei. *Eu* na presidência? Max era maluco? Eu provavelmente explodiria a empresa antes do fim do ano. – Peraí, Max, eu não quero presidir nada!

Ele meneou a cabeça.

– Era o cargo do seu avô. Pensei que você quisesse assumi-lo – explicou, confuso.

– Não. Não mesmo. Nada de presidência.

Ele sorriu um pouco, tocando meu rosto com a ponta dos dedos.

– Você vai ter tempo para se acostumar com a ideia. Não precisa ter medo. Estou aqui para te ajudar – e seu polegar acariciou minha bochecha. – Conheço sua capacidade. Vou ser o primeiro a sugerir sua candidatura.

Com Max me tocando daquela maneira carinhosa, me olhando daquele jeito íntimo e abrasador, como na noite anterior, ele podia ter dito que enormes verrugas verdes cresceriam na ponta do meu nariz e a resposta seria a mesma que lhe dei:

– Seria ótimo!

Ele riu antes de me soltar e seguir para sua mesa.

Liguei para Mari para contar as novidades sobre o aumento salarial, minha súbita popularidade e o mais importante – os beijos de Max e sua teimosia em fingir que não me desejava.

– Você precisa de ajuda – disse ela, empolgada. – Atacar com armas pesadas.

– Tipo o quê?

– Qualquer coisa minúscula com renda preta.

Suspirei.

– Pensei em começar de forma mais sutil. Se o Max perceber o que estou tramando, vai fugir, tenho certeza. Pensei em um filminho em casa.

– Pode ser que dê certo. O Max é todo certinho – disse ela. – Mas nada de pipoca, Lili. Aquelas casquinhas ficam presas nos dentes e não é nada atraente.

– Certo.

– Tenta suspirar. Os homens *adoram* quando as mulheres suspiram ao lado deles. E, *por favor*, nada de pantufas de dinossauro. Elas são lindinhas, Lili, mas nada sexy.

– Eu nem tinha cogitado essa hipótese... – menti.

– Boa sorte, amiga! Vou torcer pra dar tudo certo.

E eu para que Max facilite minha vida.

33

Graças aos céus, Max estava disposto a ver um filme comigo. Não que eu tivesse dado chance de ele cair fora, claro. Caprichei no visual, tentando passar a impressão de que eu usava sempre aquele vestido *justérrimo* e sapatos de salto. Como se ele não morasse comigo no último mês...

Claro que Max percebeu que havia algo estranho.

– Vai sair mais tarde? – perguntou enquanto colocava o DVD no aparelho.

– Não, por quê?

– Você está toda arrumada. O que aconteceu com as suas pantufas? – ele quis saber, se acomodando no sofá.

– Ah, eu... perdi no meio da bagunça. Acho que preciso arrumar meu quarto – tentei sorrir.

– Você parece tensa – ele comentou, analisando a forma rígida como me sentei.

– Quem, eu? Imagina! – e cruzei as pernas, dando a ele uma boa visão das minhas coxas. Com satisfação, vi seus olhos se demorarem um segundo ou dois nelas antes de voltarem para a TV.

Recusei a pipoca e fiquei só no refrigerante, o que acabou sendo um problema, já que precisei pedir que ele parasse o filme três vezes para ir ao banheiro. Max ficou o tempo todo sentado na ponta, apoiado no braço do sofá, atento ao filme. Eu pouco vi o que se passava na tela. A cada ida ao banheiro, aproveitava para me sentar um pouco mais perto, até que fiquei a dois palmos dele. Ele não pareceu notar.

Suspirei, frustrada.

Então ele olhou para mim.

– Não está gostando? – perguntou com um leve sorriso nos lábios, me oferecendo pipoca.

– Tô adorando – sorri de volta, pegando um punhadinho e enfiando na boca.

Ele me encarou, em dúvida, mas deixou passar. Ao poucos fui me aproximando, até quase nos tocarmos. Cruzei os braços sobre o peito.

– Está com frio? – Max indagou.

– Minhas mãos estão um pouco frias.

– Vem cá – ele pegou minhas mãos e as aninhou entre as suas, fazendo com que eu me sentisse ainda menor. – Já vai esquentar.

Ah, com certeza!

Eu mal respirava. Max era uma incógnita para mim. Às vezes, como naquele momento, me tocava sem que eu precisasse recorrer a subterfúgios. Em outras, dava mais trabalho que cabelo alisado com chapinha em dia de chuva.

Aos poucos, sempre observando seu rosto, esperando encontrar algum traço de reprovação, fui chegando mais perto, mas no rosto dele não havia nada além de concentração no filme. Acabei me apoiando em seu braço, cautelosamente. Como ele não recuou, encostei a cabeça em seu ombro. Max entrelaçou os dedos nos meus, brincando com a ponta deles sem se dar conta.

Suspirei, contente.

– Que foi? – perguntou ele.

– Nada. Só estou feliz.

– Por quê? – indagou curioso.

– Nada de especial – dei de ombros. – Só... feliz por nada.

Ele sorriu.

– Por incrível que pareça, eu também estou. – E me surpreendeu novamente passando um braço em meus ombros e me trazendo mais para perto. – Quem diria que isso seria possível? Estar feliz ao lado dessa garota irritante?

– Quem diria que o arrogante Maximus pudesse ter senso de humor? – zombei.

— Sabe, Alicia, esse acordo não foi de todo ruim. Eu não consegui minha promoção, e às vezes parece que todo mundo desconfia que o nosso relacionamento é uma farsa, mas eu tenho gostado demais disso. Dessa amizade.

Lutei para reprimir um gemido. Eu não queria sua amizade. Queria mais. Muito, muito mais.

— Fico feliz por ter escolhido você — eu disse.

Estávamos tão próximos, tão unidos fisicamente, que eu poderia tê-lo beijado sem precisar me mover. Mas não beijei. Não cometeria o mesmo erro duas vezes. Não forçaria a barra de novo. Eu queria Max em meus braços, na minha cama, mas não por uma noite apenas. Esperaria até que ele tomasse a iniciativa.

Ficamos ali, abraçados, ele vendo o filme, eu olhando para o nada, apenas curtindo a proximidade de seu corpo quente. Era tão bom, tão natural estar envolta em seus braços que desejei que aquele momento não terminasse nunca. Mas fatalmente o filme chegou ao fim.

— Adorei o programa — ele falou, desligando a TV e se desvencilhando de meus braços com destreza. Fugindo de novo. — A gente devia repetir.

— Vou adorar.

— Acho melhor ir dormir. Tá ficando tarde.

— Tem razão — reprimi um bocejo. *Quando foi que isso aconteceu? Quando foi que comecei a ter sono antes de o sol raiar? Ah, claro. Quando comecei a acordar com as galinhas!* — Quero adiantar meu trabalho amanhã. Se conseguir, vou dar um pulo numa concessionária para escolher uma moto.

Seu rosto escureceu tão repentinamente que me fez retroceder um pouco.

— Nada de moto, Alicia. Não vou permitir. Esquece isso.

— Não pedi sua opinião — apontei.

Ele sacudiu a cabeça.

— Isso não está em discussão. Você não vai subir numa coisa daquelas e está acabado.

— Você parece o meu avô falando desse jeito. E, se ele estivesse aqui agora, te diria que essa é a pior maneira de lidar comigo — me levantei, cruzando os braços sobre o peito. — Não gosto que me digam o que fazer.

Ele correu a mão pelos cabelos sedosos e bufou.

— Meu Deus! Não acredito que estou tendo essa discussão de novo.

– Ah, não! A gente nunca discutiu sobre isso – rebati.

– Não eu e você – ele cuspiu furioso, passando a mão na testa lisa, parecendo... bom, apavorado. – Você não entende, não é? Não estou dizendo o que você deve fazer – e começou a andar de um lado para o outro. – Estou *explicando* que, enquanto eu estiver por perto, você não vai se aproximar de uma moto. Não vou deixar que ela acabe com a sua vida como fez... – ele não continuou. Nem precisava.

Engoli em seco ao compreender quanto aquela situação o atormentava. O fluxo de raiva em mim se extinguiu.

– Como fez com o Marcus – completei. – Foi isso que aconteceu, não foi? O acidente dele... foi de moto – afirmei.

Ele assentiu, a mandíbula trincada parecia pulsar.

– O Marcus fez dezoito anos e era louco por motos desde que consigo me lembrar. Ele me perturbou por meses porque o meu pai se negou a comprar uma pra ele. Discutimos tantas vezes que perdi as contas. Então pensei: que mal faria dar ao moleque o que ele tanto queria? – Seus olhos ficaram sombrios, como eu jamais havia visto. – Eu comprei a maldita moto. O Marcus adorava aquilo, vivia pra baixo e pra cima naquela coisa. Estava feliz como eu nunca tinha visto. Só que numa tarde de domingo, enquanto ele ia pra casa de uma garota, o pneu traseiro estourou, a moto derrapou e o Marcus caiu, batendo a cabeça na calçada com tanta força que rachou o capacete. Ele só está vivo porque usava o capacete. Mas a violência da pancada feriu duas vértebras, quebrou vários ossos, arrancou parte da pele dele. O Marcus passou três meses no hospital, enfrentando cirurgia após cirurgia, colocando pinos em todo o corpo, e hoje vive com a esperança remota de um dia voltar a andar. – Ele parou em frente à janela, de costas para mim. Sua voz estava fria, mas, de algum modo, dilacerada. – Será que dá pra entender, Alicia? Eu não posso deixar você correr o mesmo risco.

Dei dois passos, me aproximando dele, e, sem o menor pudor, abracei-me a suas costas.

– Eu sinto muito, Max. Eu não sabia.

– Claro que não. Não costumo sair por aí dizendo que acabei com a vida do meu irmão – ele comentou, imóvel. Nem se deu ao trabalho de tentar esconder o remorso.

— Mas você não teve culpa! — me apressei. — Ninguém teve. Foi uma fatalidade! Muita gente anda de moto todo santo dia e nunca se machucou. Você não pode se responsabilizar, e isso não vai acontecer comigo.

Ele virou de frente para mim, pegando meus braços e prendendo meus punhos contra o peito. Seus olhos estavam furiosos, loucos, apavorados.

— Promete que não vai comprar a moto. Promete! — pediu, num tom desesperado.

— Prometo — sussurrei.

Ele fechou os olhos e suspirou. Encostou a testa na minha, as mãos ainda prendendo meus pulsos contra o peito.

— Não consigo nem pensar em te ver ferida, Alicia — murmurou torturado, a voz repleta de emoção. — Não posso permitir.

— Eu não vou comprar a moto. Não precisa ficar aflito — assegurei baixinho, fascinada com sua preocupação comigo.

Ele abriu os olhos e havia dor neles, culpa, arrependimento. Eu podia imaginar como ele se martirizava, nos meses que se arrastaram após o acidente, pelo que havia acontecido. Max era esse tipo de pessoa, que chamava a responsabilidade para si.

— Talvez eu compre um patinete — tentei empregar humor em minha voz, louca para que aquela agonia deixasse seus olhos. — Patinete é barato e não tem como andar a mais de dez quilômetros por hora.

Deu certo, ele sorriu um pouco.

— É tão ruim assim pegar carona comigo? — seu hálito quente sapecou meu rosto, me deixando um pouco zonza.

— Não. É ruim quando você não vai para o mesmo lugar que eu, e sou obrigada a enfrentar o ônibus.

Deslumbrada, vi seus lábios se esticarem e se curvarem num sorriso sobre os dentes perfeitos, os olhos brilhando feito caleidoscópios, fazendo meu pulso acelerar.

— Então não vá pra longe de mim, Alicia.

34

A noite não saiu como eu havia esperado. Max não me beijou nem nada disso, mas não tinha sido um prejuízo total. Aqueles momentos foram preciosos, íntimos demais para simples *amigos*. Era como se eu tivesse conseguido finalmente perfurar sua armadura e, através dessa pequena rachadura, algo mágico nos conectasse. Senti uma vontade louca de contar tudo a ele. Tudo mesmo. Meus sonhos, meus medos, meus problemas, o que Clóvis havia dito sobre sua carreira, minhas suspeitas em relação a Hector, minhas neuras sobre meus peitos pequenos, as conversas com vovô enquanto eu dormia... Sentia que ser honesta com ele era o melhor caminho para chegar ao seu coração.

Mas e se ele não entendesse? E se me odiasse por, ainda que indiretamente, ter melado sua promoção e colocado em risco sua carreira?

Apressada, me levantei da cama, decidida a arriscar o pouco que tinha conseguido para tentar algo mais profundo, mais sólido e, quem sabe, extraordinário. Eu não aguentava mais viver daquele jeito, como se me equilibrasse no fio de uma navalha.

Encontrei Max sentado ao balcão da cozinha, com uma pilha de envelopes na mão.

– Bom dia, Bela Adormecida. Dormiu bem? – ele perguntou, com um sorriso enorme.

Quase desisti.

Quase.

— Bom dia. Eu preciso falar com você.

— Temos tempo. Por que não senta e toma o café da manhã comigo? — ele puxou o banco para que me sentasse ao seu lado.

Sentei-me, quicando no banco alto. Minha coragem começava a fraquejar.

Max me passou uma xícara de café fumegante e pão integral. Seu dedo esbarrou na geleia de framboesa. Ele o levou à boca e lambeu, me deixando — por aproximadamente dez segundos — em êxtase. Meu Deus, como meu marido era sexy!

Respirei fundo e tentei começar.

— Max, eu queria falar com você sobre um assunto muito chato.

— Tudo bem... Ei, olha! — ele exclamou, me mostrando um grande envelope do Conglomerado Lima. — O Hector me convidou para a festa anual do conglomerado! Isso nunca aconteceu antes. Será que significa alguma coisa?

— Pode ser. O Hector conhece você e o seu trabalho. — *Ou talvez queira avaliar mais de perto nosso relacionamento.* — Mas voltando ao assun...

— Diz aqui que a minha esposa deve estar presente — ele sorriu, sedutor. Como se precisasse se esforçar para me seduzir. — Você me concede essa honra? É no sábado.

— Hã... Tudo bem.

— Os diretores de todas as empresas do Conglomerado Lima vão estar presentes. É um pouco intimidador, mas é tradição.

— Eu sei, já estive em muitas festas iguais a essa. Na verdade acho que em todas. — Vovô sempre me arrastava com ele, desde pequena. Achava que não havia mal algum em ter uma pirralha correndo de um lado para o outro, melecando com glacê os caros vestidos das mulheres.

— Ah, claro — de repente seu bom humor se foi e seu rosto se tornou duro. — Às vezes esqueço que você é a herdeira de tudo aquilo.

— Eu só fui a todas as festas porque o vovô era dono de tudo, não eu. Nunca fui convidada realmente. Nem mesmo para a desse ano.

Sua expressão se suavizou um pouco.

— Bom, estou te convidando. Claro, se você não tiver vergonha de aparecer diante de toda aquela gente acompanhada por um plebeu — apontou.

Demorei um segundo a mais que o necessário para entender. Max estava nos separando por classe social. Por isso minha voz saiu tão esganiçada quando resmunguei:

– Hein?

– Você é da elite. Os jornais te chamavam de princesa do conglomerado até pouco tempo atrás – ele voltou os olhos para seu café.

– É, eles também gostam de usar o termo *garota-problema*, e recentemente fui rebaixada a *gata borralheira*. Eu não sou da elite coisa nenhuma! Nunca fui – falei, nervosa

– Em breve você vai ter de volta tudo que era do seu avô e vai assumir o lugar dele – Max comentou, com a voz distante.

– E isso é ruim? – inquiri.

– Não. Claro que não – ele suspirou pesadamente. – Você merece tudo que a vida pode oferecer de melhor, Alicia.

– Eu não tenho culpa por ter nascido rica, Max – murmurei.

– Eu sei. O que você estava falando antes? – ele mudou de assunto, visivelmente perturbado. – Sobre o que você queria falar comigo?

– Hã... Eu... ééé... – *Fala! Fala logo! Acaba com isso de uma vez por todas!* – Eu... O que você acha de irmos ao teatro um dia desses?

Oh, Deus! Por favor, não permita que mais uma questão me atrapalhe! Por favor!, rezei. Não podia haver *mais* isso entre nós. Não essa coisa estúpida de classes sociais diferentes. Além disso, eu agora era tão pobre quanto ele. Na verdade, muito mais. E Max não era pobre de verdade, só não era montado na grana, por assim dizer. E contar para ele que eu contribuíra para que sua condição social permanecesse como estava não ajudaria em nada, certo?

– Acho ótimo. Você escolhe a peça. Confesso que não tenho ideia do que está em cartaz.

Assenti mordendo o lábio, detestando enganá-lo, o que era novo para mim. Mentir já fazia parte de quem eu era, mas com Max algo havia mudado.

– Vou... – e apontei com o polegar para meu quarto.

– Eu espero – ele sorriu, mas era um sorriso triste.

Eu tinha que apressar as coisas, tinha que conseguir seduzir Max e até imaginava como, ainda que corasse só de pensar no assunto. Combinei com

Mari de nos encontrarmos depois do expediente para que ela me ajudasse com meu plano de sedução.

Depois do trabalho, Max me deixou no café, disse que tinha negócios a resolver, mas pediu que eu ligasse caso precisasse de carona.

– Ele sente alguma coisa por você – deduziu Mari, depois que narrei a ela os últimos acontecimentos. – Tá na cara que sente. Vamos encarar os fatos, Lili. O Max é muito certinho. Ele não vai querer voltar atrás com a palavra dele. Vocês combinaram que não iam ter contato físico, aposto que ele vai fazer de tudo para evitar isso. E, óbvio, está se sentindo diminuído diante da fortuna que te aguarda. Coisa de macho. Supernormal.

– Não acho nada normal. Preciso me apressar, fazer com que ele saiba o que sinto por ele, mas sem ser muito direta. Não quero assustar o Max... muito. Decidi tentar do seu jeito.

– Demorou – ela comentou, tomando um grande gole de cappuccino.

– Vou precisar do seu cartão de crédito emprestado. Tô a zero, Mari. Desculpa.

– Sem problemas – ela sorriu, animada. – O que vai ser, shopping ou sex shop?

Oh, Deus!

– Não acredito que vou fazer isso – murmurei envergonhada, sacudindo a cabeça.

– Eu é que não acredito em como você demorou pra tomar uma atitude. Eu no seu lugar já teria dado uma de mulher fatal há um tempão.

– Preciso que isso dê certo, Mari. Aconteceram algumas coisas essa semana... – Contei a ela sobre Vanessa e que Hector fora informado sobre meu casamento de mentira. E lembrei que Mari havia tido uma grande participação nisso. – Eu não acredito que você contou pro Breno que o meu casamento é de fachada. Caramba, Mari! Você complicou as coisas pra mim.

– Ai, Lili, me perdoa. Saiu sem querer. Eu não pretendia dizer nada, mas quando vi já tinha contado. – Sim, eu podia imaginar. Mari vivia fazendo esse tipo de coisa, falando sem pensar até que fosse tarde demais e depois se enrolando toda na tentativa de se corrigir. Nunca dava certo. – Eu pedi pro Breno não contar pra ninguém, fiz ele jurar, mas...

– Obviamente ele não te ouviu.

– Desculpa – seu rosto assumiu uma expressão de culpa tão dolorosa que partiu meu coração.

Suspirei.

– Tudo bem, Mari. Deixa pra lá. Mas, pelo amor de Deus, fala com ele e explica *outra vez* que ninguém mais pode saber dessa história.

– Pode deixar. Desculpa mesmo, Lili. Eu não devia ter contado nada pra ele. Pensei que fosse seguro – ela murmurou, baixando os olhos. – Tenho certeza que o Breno não fez por mal. Ele jamais ia te prejudicar de propósito. Nem eu.

– Eu sei – suspirei, desanimada por não poder esganar o namorado da minha melhor amiga, como gostaria. – Estou com medo. A Vanessa não tem poder pra fazer nada, já o Hector... Ele é muito esperto. E até convidou o Max e eu para o jantar anual do conglomerado. Acho que ele está planejando alguma coisa. Preciso de um plano B. Andei pensando sobre aquela sua ideia de contestar o meu avô. Você acha que o seu amigo advogado pode mesmo me ajudar a anular o testamento?

– Acho. O Boris é fera nessas coisas.

– Marca um encontro com ele então, mas não fala nada sobre isso com o Max. Pelo menos até eu explicar tudo que está acontecendo. Leva o Breno, se quiser. – Como se eu já não soubesse que ele iria de qualquer forma. – Mas avisa que, se ele abrir a boca outra vez, eu arranco os olhos dele.

– Se ele quiser ir – ela deu de ombros.

– Brigaram de novo?

– Não. Mas ontem ele finalmente me levou pra conhecer a irmã dele – ela confidenciou, fazendo uma careta.

– E pela sua cara foi tenso.

– Pra dizer o mínimo – suspirou. – Bruna, olha que original. Bruna e Breno! – ela revirou os olhos. – A Bruna trata o irmão como um bebê, e definitivamente ela não foi com a minha cara. Disse que eu estava roubando a virtude do irmãozinho dela.

Gargalhei alto.

– Pois é – ela continuou. – Depois, ficou analisando todos os meus gestos, e cada vez que o Breno me tocava eu sentia que ela estava prestes a pular em cima de mim e me esganar no chão da sala de jantar.

– Meu Deus! E o Breno, o que disse?

– Ele tentou me convencer que a irmã é possessiva com tudo, para eu dar um tempo que ela vai acabar me aceitando. Mas não preciso que ela me aceite. Não preciso que ninguém me aceite. Só espero que ele também se sinta assim e não precise da aprovação de ninguém – ela jogou os longos cabelos negros para trás, bufando ligeiramente, e mudou de assunto. – Mas me conta aí. Então você é a nova queridinha da empresa, é?

Revirei os olhos e contei a ela os detalhes da minha recém-adquirida popularidade. A tensão que pairava no ar se esvaiu.

Breno ligou para ela minutos depois, e, apesar de ela tentar ser a rainha do gelo, falhou vergonhosamente e se derreteu ao telefone. Reprimi uma careta por causa de todo o açúcar que ela derramou. No fundo, acho que era um pouco de inveja. Queria poder me derreter assim com Max. E, claro, queria que ele correspondesse.

No fim das contas, optei pelo shopping – sex shop era demais para mim –, e foi Mari quem escolheu o que eu vestiria naquela noite, já que eu não conseguia parar de pensar em quanto aquilo era desesperador.

Já era tarde quando ela me deixou em casa, mas prometeu me ligar caso conseguisse falar com Boris. A casa estava quieta quando entrei. Max já estava em seu quarto a portas fechadas. Tomei um banho demorado, tendo o cuidado de hidratar cada centímetro de minha pele.

Um pouco constrangida, vesti a curta camisola preta com aplicação de renda francesa em locais estratégicos e me senti uma idiota por não saber se meu próprio marido gostava ou não daquele tipo de lingerie. Alisei os cabelos com as mãos e fui até a porta, mas vacilei. Olhei-me no espelho novamente, cogitei tirar a camisola e substituí-la por meu pijama confortável, mas Max já me vira com ele muitas vezes e nunca se sentira tentado a nada. Ao menos nunca havia demonstrado.

Sentindo-me uma mulher desprezada, desesperada e cheia de artifícios tentando seduzir o próprio marido – o que era totalmente o caso –, criei coragem para bater na porta de seu quarto.

Em menos de dois segundos Max a abriu.

Sem camisa.

Meus olhos foram atraídos para seu tórax, o abdome chato e cheio de gomos, a penugem ali existente. Por um momento glorioso, esqueci de minha missão e fiquei fantasiando cenas libidinosas com aquele homem alto e forte como um guerreiro. Em como seria me pendurar em seu pescoço enquanto ele me tomava nos braços e me jogava em sua cama com selvageria...

– Que foi? – perguntou ele.

Pisquei, tentando lembrar como se respirava.

– Hã...

– Você está bem? Aconteceu alguma coisa? – preocupado, seus olhos buscaram os meus.

– Eu... – O que eu tinha ido fazer ali mesmo? *Ah, é!* – Barata! Tem uma barata no meu quarto. Enorme. Desse tamanho! – abri os braços para ilustrar melhor.

Max franziu a testa, relaxando, os olhos divertidos.

– Tem certeza que não era um tatu? Nunca ouvi falar que baratas possam atingir essas proporções – riu.

– Ah, era imensa! Maior que um rato. Talvez até fosse um rato. Não vi direito. Eu não volto para o quarto enquanto aquilo estiver lá – impus.

– Eu vou salvá-la, frágil donzela! – ele brincou, alcançando a camiseta cinza puída e passando-a pela cabeça, acabando com minha linda vista panorâmica. Rapidamente se enfiou em meu quarto. – Onde foi que você viu a barata?

– No chão. – *Ah, brilhante!* – Perto da cama. Ou talvez perto da cômoda. Não sei bem. – Era difícil precisar onde poderia estar minha barata imaginária.

Ele se agachou, examinando os cantos de meu quarto. Eu me dei conta de que ele ainda não havia olhado para meu corpo, então alisei a camisola, joguei os cabelos para que caíssem em meus ombros de forma sedutora e me encostei no batente da porta, tentado parecer sexy e irresistível. Eu não estava orgulhosa do que estava fazendo – usar aquele tipo de artifício não era minha cara –, mas Max exigia paciência. Além disso, se desse certo...

– Não tem nada aqui além de roupa suja – ele jogou uma saia em minha direção e acabou acertando minha cabeça. Livrei-me da peça jogando-a em qualquer canto e passei os dedos pelos cabelos rapidamente, me endireitando.

— Tem certeza? Eu vi, Max, era gigantesca!

Ele procurou mais um pouco antes de desistir.

— Ela deve ter se escondido em algum lugar. Amanhã compro inseticida, está bem? — disse, vindo em minha direção.

Levantei a cabeça para encará-lo.

— Mas como eu vou dormir com esse monstro aqui? — murmurei, desolada.

Ele estudou meu rosto por um momento e suspirou, exasperado.

— Tudo bem, já entendi — e pegou meu travesseiro.

Tive que me conter para não fazer a dancinha da vitória enquanto Max me empurrava para seu quarto. Eu finalmente estava onde queria.

— Você pode dormir aqui — disse ele.

— Obrigada. Você nem vai notar que estou aqui — e sorri carinhosa, desejando o contrário: que ele notasse, e muito, meu corpo ao lado do seu. A renda da camisola começava a pinicar e a calcinha fio dental estava me dando nos nervos.

Max colocou meu travesseiro sobre a cama e pegou o seu.

— Boa noite — começou a se retirar.

— Aonde você vai? — perguntei, mais alto do que pretendia.

— Vou dormir no seu quarto. Para o caso da barata aparecer outra vez.

— Mas... não! — Porém ele já havia fechado a porta, me deixando ali, com aquela camisola estúpida (que ele nem notara) e o coração pesado.

Caí na cama e coloquei o travesseiro sobre a cabeça para abafar um grito. Por que tudo era tão difícil com Max? Qual era o problema dele? Irritada, me acomodei sob o lençol, socando o travesseiro para afofá-lo. Fechei os olhos.

— Acho que esses seus planos não vão dar em nada.

— Você acha? — eu disse sorrindo, abrindo os olhos e puxando o lençol até o queixo, tentando esconder minha camisola pouco recatada. Se aquilo era um sonho, eu não podia estar vestindo algo menos escandaloso? — Eu não tinha percebido, vovô.

Ele riu.

— Seu problema, Alicia, é querer resolver coisas importantes usando mentiras como arma. Nunca vai dar certo.

– Eu discordo. Dizer a verdade sempre me colocou em problemas. Você sabe disso.

Ele sacudiu a cabeça, e o rosto assumiu uma postura mais séria.

– Não. Fazer a escolha errada te colocou em problemas, querida. E você está cometendo esse mesmo erro agora, com Max.

– O que você sugere que eu faça? Bata no quarto dele, quer dizer, no meu quarto, e diga: "Max, estou completamente apaixonada por você?" Ele vai rir. Eu me sinto segura ao lado dele, vovô, me sinto... protegida e... não quero estragar isso. Deixa que eu cuido da minha vida amorosa, está bem? Me conta sobre o além. É animado por lá? O que você anda fazendo quando não está nos meus sonhos?

Vovô fechou a cara.

– Tentando manter você longe de problemas, é isso que ando fazendo – resmungou.

– Ah. Tem... tido sorte?

– Não.

– Já tinha imaginado – suspirei. – Você soube que o Max fez chantagem emocional para eu não comprar a moto?

– Sim, e graças a ele você está livre de um sermão – ele sorriu. – Estratégia sem tática é o caminho mais lento para a vitória. Tática sem estratégia é o ruído antes da derrota.

Revirei os olhos.

– Por que você decidiu falar comigo por códigos? Além disso, podia ter escolhido um sábio mais genial pra citar. Homer Simpson, por exemplo. Sun Tzu é muito chato!

Sua gargalhada preencheu o quarto.

– Homer Simpson agora é um sábio – sacudiu a cabeça, fingindo indignação.

– Você adorava o Homer – lembrei.

– Isso não quer dizer que seja sábio. Ele não deve ser exemplo para ninguém.

– D'oh! – imitei e vovô gargalhou outra vez. Não pude deixar de rir com ele, seu riso sempre fora contagiante.

– Tudo bem. Ele é um pateta que às vezes, veja bem, eu disse *às vezes*, tem momentos interessantes – ele sorriu.

– Nunca me ocorreu que você pudesse achar o Homer Simpson realmente interessante – zombei.

– Ora, eu fui um homem de muitas facetas. Você não conheceu todas elas.

– Ah, não? – perguntei, interessada.

Ele sacudiu a cabeça.

– Você conheceu meu lado paternal. Meu lado mais sagaz sempre ficou bem distante de você.

Bom, já que ele tocou no assunto...

– Por que você fez aquele testamento, vovô? – observei atentamente seu rosto desgastado pelo tempo.

Ele ficou sério, com o olhar distante, de uma forma que me dizia muitas coisas e ao mesmo tempo não dizia nada.

– Feche os olhos. Você precisa descansar. Vovô vai te contar uma história para que tenha bons sonhos.

– Mas eu já estou sonhando! – apontei. – Ou... não estou?

Sua testa franziu.

– Feche os olhos, Alicia. Não me tire esse prazer...

Suspirei, frustrada.

– Pelo menos vai ter final feliz? – me acomodei mais no travesseiro macio.

– Vamos descobrir – ele respondeu evasivo, como fizera a vida toda sempre que eu tentava antecipar o fim de suas histórias. – Era uma vez uma garota que vivia num reino muito distante e adorava apostar em cavalos...

Com minha desilusão em relação a Max temporariamente esquecida e os lençóis impregnados de seu aroma sedutor me envolvendo, fui ficando molenga ao som daquela voz que eu idolatrava. Em menos tempo do que pensei ser possível, eu estava longe, feliz, quase flutuando, vagando na total inconsciência.

35

Na manhã seguinte, Max disse que meu inseto imaginário não havia dado as caras e, claro, fiz cara de paisagem e desconversei. O dia seguiu normalmente, as pessoas agora conversavam comigo e o pequeno desentendimento entre mim e Vanessa não chegou aos ouvidos da diretoria nem do RH. Eu estava começando a apreciar aquela rotina. Eu quase gostava de... bom, trabalhar. Quase.

Tudo ia bem até que, no meio daquela tarde, recebi um telefonema. De Clóvis.

– Você teria tempo para conversar comigo hoje à tarde?

– Não – respondi secamente.

– Alicia, sei que você ficou magoada por eu ter escolhido o Jeferson em vez do Max, mas você precisa entender meus motivos. Vamos conversar, ainda podemos nos entender.

– Estou ocupada. Quem sabe outro dia... – Ou em outra vida.

– Deixa de ser teimosa. Você e eu sabemos que você vai vir de qualquer forma. Mandarei um motorista para te pegar. O que acha? – ele disse melosamente.

– Bom... – O que eu tinha a perder? E, se eu fosse dar ouvidos a vovô e a toda aquela balela de Sun Tzu, o negócio era manter o inimigo (tá certo, Clóvis não era meu inimigo, mas definitivamente não era meu amigo, não depois do que fez!) perto, não era?

O carro de Clóvis chegou meia hora depois. Avisei Max que teria que sair mais cedo, mas não dei detalhes, mesmo porque eu mesma não os conhecia ainda. Fiquei sem chão quando o motorista embicou o carro no portão da mansão e não no escritório de Clóvis. Um misto de nostalgia e pesar me perpassou. Tudo estava perfeitamente igual naquela propriedade e, no entanto, tão diferente. Faltava alma naquela casa.

Clóvis me aguardava no jardim. Parecia amistoso, sorrindo recostado no espaldar da cadeira de madeira.

– Que bom que você veio.

– Pode parar com a bajulação e ir direto ao que interessa. Eu ainda não engoli aquela história da promoção do Max.

Ele esperou que o motorista se afastasse e indicou a cadeira ao seu lado para que eu me sentasse. Não sentei.

– Eu nunca quis prejudicar o Max. Fiz o que achei melhor para a empresa – começou Clóvis, com a voz monótona de sempre.

– Você foi um calhorda. Todo mundo sempre diz para não confiar em advogados... – grunhi.

Ele sorriu, se desculpando.

– Não me tome por um calhorda. Só estou pensando no seu futuro, afinal a L&L será sua muito em breve. Tem certeza que não quer sentar? Vou pedir um chá e...

– Não, obrigada. Onde está a Telma?

– Nos Andes. Infelizmente não pude ir com ela. Muita coisa para fazer por aqui. Eu sei que você me culpa, Alicia, mas tente entender o meu lado. – Ele se recostou na cadeira, parecendo exausto. – Eu também tenho que abrir mão de muitas coisas para cumprir as ordens do seu avô. Pense nisso antes de me odiar.

Suspirei longamente antes de ceder e me sentar ao seu lado.

– Eu não te odeio. – Não muito. – Por que você me chamou aqui, Clóvis?

Uma borboleta – azul, quem poderia imaginar? – flutuou ao meu redor. Fiquei rígida como uma estaca, meu coração pulsando na garganta. Mas o inseto asqueroso logo terminou seu círculo predatório e se afastou, entrando na mansão pela janela da biblioteca de vô Narciso. Eu me perguntei o que estaria acontecendo com o mundo. De onde tinham saído tantas borboletas azuis?

Fui arrancada de meu devaneio ao ouvir um ronco familiar. Um ronronar agressivo, feroz, potente, que arrepiava os cabelos de minha nuca. Meus olhos foram arrastados para a fúria vermelha que deslizava para fora da garagem. As rodas brilhantes como prata pura, a carroceria baixa e elegante, o rugido suave, apenas um prelúdio de sua ira.

– Meu Porsche! – exclamei, atordoada.

– Ah, sim. Você reconheceu – Clóvis sorriu. – Acabei de comprar. O antigo dono não se deu muito bem com ele.

– Como assim, não se deu muito bem? Meu cupê é perfeito! – me empertiguei.

– Sim, mas ele achou pouco prático para as estradas que temos aqui – ele deu de ombros.

Revirei os olhos. *Pra que tipo de mané vendi meu carro?*

– Eu não gosto muito desse tipo de carro, mas me pareceu um bom investimento – ele disse.

Olhei para o carro, incapaz de conter o sorriso.

– Um ótimo investimento. Um ótimo carro. Não tem outro melhor que esse. – Assim como uma mariposa é atraída para a luz, fui atraída para meu cupê. Deslizei a mão em suas curvas, do capô ao teto, acariciando a tinta brilhante. – Linhas perfeitas, aerodinâmica imbatível, motor agressivo. Ele é todo perfeito.

– Era sobre isso que eu queria lhe falar – ele sorriu, se colocando ao meu lado. – Eu gosto de carros menos agressivos e a Telma não dirige. Esse cupê vai acabar ficando encostado na garagem por... – deu de ombros – muito tempo. O que você acha de ficar com ele por um tempo?

– O quê?

– Você me disse que detesta o transporte público, e não tiro sua razão. Realmente não funciona na maior parte do país. Você estaria me fazendo um grande favor ficando com o carro até eu decidir o que fazer com ele.

Uau! Não, quero dizer, *UAU!*

– Acho que posso te ajudar – sorri, já antecipando a sensação do pequeno pedal sob meu pé, o câmbio curto e preciso, as curvas deliciosas que nenhum outro carro era capaz de fazer.

– Mas – ele continuou – eu gostaria de pedir um favor em troca.

Enrijeci. Por alguma razão, eu soube que acabara de cair numa armadilha.

– E o que seria? – inquiri, estreitando os olhos.

– Gostaria que você reavaliasse a sua vida. Alicia, apelar para o bom-senso não parece surtir efeito com você, mas eu não sei mais o que fazer. O Hector esteve aqui ontem. Parece que alguém andou falando com ele. – Lutei para não gritar. Vanessa merecia uma boa surra por ter aberto a boca para Hector, isso era certo. – Ele tem certeza que não ouviu apenas boatos. Ele está seriamente preocupado e, Alicia, o Hector é implacável. Se ele conseguir provar que você tentou ludibriar todos nós para reaver sua herança, você terá sérios problemas. E, conhecendo o Hector como conheço, ele não vai ser benevolente. Eu já lhe disse que você vai ser excluída do testamento se a farsa for comprovada, não disse?

– Disse. E eu já disse que não é uma farsa.

Ele me ignorou.

– Volta pra casa, Alicia – e abriu os braços, indicando a mansão às minhas costas. – Eu faço o que puder para que tudo volte a ser como era. Você vai ter seu cartão sem limites, vai poder viajar pelo mundo sem preocupações... Você pode ter ainda hoje a vida que tinha antes do seu avô morrer! Seu carro já está aqui – apontou para o Porsche sorrindo, então seu rosto se tornou pesaroso. – *Mas*, para que eu possa te ajudar, você tem que se ajudar também. Anule o casamento. Se afaste do Max e o liberte dos problemas que certamente ele vai enfrentar se ficar do seu lado. Ele não merece isso.

Não, Max não merecia. Era tentador, eu não podia negar. Deixá-lo livre das complicações que eu trouxera, ter minha vida de volta, minha casa, minha grana, meu carro, minha liberdade de vagar pelo mundo. Só que... não parecia certo. Se Clóvis tivesse feito essa mesma proposta semanas antes, talvez eu nem hesitasse, mas agora... Agora havia Max e tudo havia mudado. Eu havia mudado.

Passado o momento "estupidez", me dei conta do que Clóvis realmente estava tentando fazer. Ele estava tentando me comprar. Fiquei envergonhada por cogitar a hipótese de aceitar sua oferta. Vovô ficaria decepcionado comigo. Ele sempre fora o homem mais íntegro que eu conhecia. E eu era sua neta, Alicia Moraes de Bragança e Lima, e, se meu dinheiro e minha casa haviam sido confiscados, ainda me restava o mais importante, a herança que ninguém jamais poderia arrancar de mim: meu orgulho.

– Você realmente achou que eu ia aceitar uma proposta dessas, Clóvis? Abandonar meu marido por um carro? Nem um Porsche vale tanto.

– Você não ama o Max – ele apontou. – Me mata ver você se vendendo, como uma... mulher da vida.

Endireitei os ombros.

– Não se preocupe comigo. Eu *não* me vendo! – frisei.

Ele sacudiu a cabeça.

– Alicia, querida, eu sei como você pensa. Por que acha que o seu avô deixou aquele testamento? Você é previsível. Ninguém acredita que você e o Max se casaram por amor. Eu sei que motivos te levaram a fazer o que fez. O que me preocupa é o que ele exigiu para aceitar fazer parte dessa farsa.

Eu queria gritar. Vovô realmente me complicara a vida deixando aquele advogado enxerido a cargo de tudo.

– Não é uma farsa! Eu amo o Max.

– Não precisa me responder nada agora – ele disse calmamente. – Mas pense bem. Reflita sobre tudo que você pode voltar a ter antes de me dar uma negativa. Pode me responder na festa anual da empresa. É bem razoável, não acha? Sua casa, seu carro estarão aqui, te esperando. Me sinto responsável por você. Eu te tenho como uma filha, Alicia. – Ele tentou tocar minha mão, mas recuei. Ninguém substituiria meu pai. Ou, no caso, meu avô. – Por isso vou agir como um pai se for preciso. Vou fazer tudo que estiver ao meu alcance para te afastar do Max. De uma forma ou de outra, vou te proteger.

– Nem tente! – trinquei os dentes.

– Você limitou minhas opções – disse ele, com um brilho no olhar que não condizia com seus atos. Era quase... perverso. – Se eu precisar afastar o Max da empresa para que você pense com clareza, reflita sobre o assunto sem interferências, pode estar certa que não vou hesitar.

Havia mais uma coisa que ninguém poderia arrancar de mim, além de meu orgulho.

Meu cruzado de direita.

Clóvis não viu quando meu punho acertou em cheio seu nariz, mas ouviu o osso se partindo. Nem viu quando me lancei para cima dele e continuei atacando. Aquela fúria estava contida desde o jantar com a diretoria. Eu lhe devia alguns socos e mais alguns chutes só por ter feito Max de idiota. Entretanto, o motorista dele foi rápido e conseguiu me tirar de cima do patrão antes que eu, digamos, realmente o matasse na base da porrada.

– Nunca mais ouse interferir na vida do Max para me atingir. Tá me ouvindo, Clóvis? Nunca mais chegue perto dele!

– Você está fora se si – ele resmungou surpreso, pressionando o nariz, que jorrava sangue como um esguicho de jardim. – Quebrou meu nariz!

– Chegue perto do Max outra vez e eu garanto que vou quebrar muito mais coisas nessa sua cara! – vociferei, me contorcendo sob o aperto férreo do motorista. – Tantas que você vai parecer um legítimo Picasso quando eu terminar!

– Leve a Alicia pra casa, Jorge. Antes que ela acabe machucando mais alguém – Clóvis gesticulou em minha direção com uma das mãos enquanto a outra tentava, sem sucesso, conter o violento fluxo de sangue em suas narinas.

O motorista segurou meus braços com mais força, mas me contorci, girando e me debatendo até conseguir me desvencilhar.

– Eu conheço bem a saída – dei as costas a eles e saí dali o mais rápido que pude.

Ao alcançar a rua, examinei minha carteira só para me certificar de que dinheiro não brotava mesmo. Andei algumas quadras antes de ligar para Max humildemente pedindo carona. Ele se prontificou imediatamente. Expliquei onde estava e pude imaginar como suas sobrancelhas se arquearam quando ele indagou:

– O que você está fazendo aí?

– O Clóvis queria... me mostrar uma coisa. – Senti as juntas dos dedos da mão direita doerem um pouco. Isso era bom. O nariz de Clóvis devia estar doendo *muito* mais.

Como ele ousara? Como ousara tentar me comprar tão abertamente? E por que aquela fixação repentina com meu bem-estar? Clóvis nunca me dera muita importância, nem mesmo quando vovô ainda era vivo. Eu não conseguia entender. Talvez ele estivesse seguindo mais uma das recomendações de vovô, como um teste, para ver se eu me venderia ou algo assim. Ou será que eu estava entendendo tudo errado e Clóvis realmente só queria me ajudar? Mas ajudar uma pessoa prejudicando outra? Não tinha lógica nenhuma.

Enquanto esperava Max, sentada no meio-fio, tentei não pensar na oferta de Clóvis. Voltar para minha vida de antes e ter um pouco de normalidade de novo. Contudo, além de não ter meu avô por perto – e perder minha dignidade –, eu não teria Max, muito menos seu respeito e sua admiração. E abandoná-lo não estava em meus planos futuros, ainda que nosso acordo previsse isso.

O carro de Max dobrou a esquina, vindo devagar, à minha procura. Levantei-me, limpando a parte de trás da calça com as mãos. Ele encostou o carro, abaixando a janela do carona, e me estudou atentamente, com a testa franzida.

– Tudo bem com você? – quis saber.

Entrei no carro e bati a porta com um pouco mais de força que o necessário.

– Fora ter perdido a cabeça e saído no braço com o Clóvis? Tô bem.

– Você *o quê*? – seus olhos se arregalaram.

– Quebrei o nariz dele – coloquei o cinto de segurança.

– Você quebrou o nariz do Clóvis? – Max perguntou, perplexo, mas um pequeno sorriso, que ele tentou esconder, se apoderou de seus lábios.

– Você não devia sorrir assim – mas não pude conter meu próprio sorriso. – O que eu fiz foi errado... em parte. O Clóvis passou dos limites e eu... bom, obviamente também passei, mas não sei se agi certo. Eu não devia ter perdido a cabeça desse jeito. Só que ele me atacou onde mais me machuca, Max. Acabei revidando. Agi sem pensar. De toda forma, deixei claro meu ponto de vista. Pelo menos isso está resolvido.

– Ah, agora posso ficar tranquilo! – ele resmungou, irônico. – O que foi que aconteceu?

Sacudi a cabeça, inquieta.

– Deixa pra lá. Desculpa ter te ligado. A Mari ainda está no consultório e eu não tenho grana nem para o ônibus.

Ele sorriu de leve, ainda que parecesse preocupado. Ao menos um pouco da tensão deixou seu rosto.

– Engraçado você tocar nesse assunto – começou. – Eu quero te mostrar uma coisa.

– Que coisa? – eu quis saber, com a curiosidade subitamente inflamada. Havia muitas coisas que eu queria que Max me mostrasse. Muitas mesmo.

– Você já vai saber. Já levei pra nossa casa – ele sorriu, sedutor.

36

Passei o caminho todo vibrando como uma tola por Max ter dito "nossa casa" com tanta naturalidade. Era uma coisa boba, mas para mim era como se ele realmente me visse como parte de sua vida, como sua parceira de... o que quer que fosse.

Ele estacionou na garagem e abriu minha porta, todo gentil. Desci do carro, ansiosa para chegar logo em casa e ver o que ele tramava. Um vinho delicioso e queijos para uma noite a dois? Um colchão novinho em folha, e queria minha opinião sobre sua maciez? Uma garota podia sonhar...

No entanto, Max não se moveu, ficou parado na minha frente, me encarando.

– O que você acha? – perguntou, um pouco tenso.

– Do quê?

– Do seu presente.

– Hã... Eu não sei... Talvez se eu pudesse ver primeiro...

Ele então tirou uma chave do bolso e me entregou.

– Humm... É uma chave bem bonita.

Ele riu, um pouco tenso, apontando para o automóvel atrás de si.

Um carro pequeno, mas de aparência robusta, amarelo-vivo, sorria na vaga ao lado do SUV de Max, na garagem subterrânea. Perdi o fôlego.

– Você... você está... Esse carro é... o...

– Você gosta? – ele perguntou, ansioso.

– Max – engoli em seco. – Você está me dando esse carro? – consegui perguntar por fim.

Ele assentiu.

– Achei essa cor alegre e ousada, a sua cara. Não que eu te ache extravagante nem nada disso. Só deduzi que, diante das opções, esse seria mais do seu jeito. Eu sei que não se compara com o seu antigo cupê, não tem itens luxuosos, e nem vamos falar do motor, mas... talvez você prefira um carro mais simples a ter que depender do ônibus – ele deu de ombros, as mãos enfiadas nos bolsos da calça.

Um nó fechou minha garganta. Em menos de uma hora, eu recebera duas propostas de um carro só meu. Uma tão diferente da outra. E não era por causa do carro novo e reluzente estacionado diante de mim que eu me encontrava sem fala, era pelo gesto. Max se importava comigo a ponto de me comprar um carro. Ele *se importava*! E certamente não exigiria nada em troca. Talvez não quisesse nem mesmo um "muito obrigada".

– Max...

– Você não pode depender de mim pra tudo, Alicia – ele continuou. – Quer dizer, espero que ainda queira ir comigo para a L&L. Seria ecologicamente correto e, já que vamos os dois para o mesmo lugar e no mesmo horário, seria mais inteligente usar apenas um carro, economizar combustível, essas coisas. Mas, se você quiser ir sem mim, tudo bem – e correu nervosamente a mão pelos cabelos macios.

– Max...

– O que estou querendo dizer é que eu não quero que você se sinta obrigada a nada. Esse carro é só um presente e não estou tentando comprar sua companhia. – Tão, tão diferente da proposta de Clóvis... – Pode até trocar se não tiver gostado. Pode vender e comprar outro ou... outra coisa... desde que não seja uma moto! Porque eu não acho seguro andar naquelas coisas nesse trânsito doido, e sei que você gosta de emoções fortes, e o risco seria grande... – Ele não parava de trocar o peso do corpo de uma perna para outra, suas mãos estavam tão agitadas quanto sua fala desenfreada, os olhos fugiam dos meus, não se prendiam em meu rosto por mais que dois segundos.

Aproximei-me dele, um passo de cada vez, até ficarmos tão perto que, se eu suspirasse, meu peito tocaria o seu. Finalmente consegui atrair sua atenção, fazer com que seus olhos se atrelassem aos meus.

– ... então pode ser sincera e... me dizer... se... não gos... – foi tudo que permiti que ele dissesse antes de fazê-lo calar a boca de uma vez. Beijá-lo era uma maneira bastante eficaz para isso. E, ah, muito prazerosa.

Ele pareceu surpreso com meu gesto atirado de agarrá-lo ali, na garagem, prendendo seu corpo contra um dos pilares de concreto, mas de maneira nenhuma relutou ou tentou me afastar. Por um momento ficou parado, sem reação, mas, à medida que insisti, seus lábios se abriram de encontro aos meus e sua língua invadiu minha boca, ousada e quente. Apertei-me contra ele, que facilitou minha vida me puxando para mais perto e prendendo as mãos fortes na base da minha coluna. Eu esperava conseguir acalmá-lo, beijá-lo até que ele sentisse a tensão deixar seu corpo, no entanto percebi – com muito prazer – que a tensão inicial foi substituída por outra, mais urgente, lasciva e desesperada. Gostei demais daquilo.

Suas mãos subiram por minhas costas até se encaixarem em meu pescoço, e o beijo se tornou insuportavelmente doce, delicado, quase reverente. Lacei seu quadril com os braços, desejando mantê-lo ali, preso a mim, pelo resto da vida. Mas eu não podia. Porque Max não era realmente meu. Não de verdade.

Com um suspiro, eu o libertei, me afastando. Levei um minuto inteiro para conseguir voltar a respirar. Max parecia sofrer do mesmo mal que eu.

– Errr... O que foi... hã... o que acabou de acontecer aqui? – ele indagou, um pouco sem ar.

– Você não me deixou falar. Decidi te fazer calar a boca com um pouco de persuasão.

– Um pouco de persuasão... – ele balbuciou, os olhos escuros e famintos.

Engoli em seco.

– Eu adorei o carro, Max. É lindo! A cor é perfeita, mas não posso aceitar – murmurei, aumentando a distância entre nós.

– Por que não? – ele me encarava, ainda aturdido. O rosto e os olhos ainda continham aquela ponta de ferocidade.

– Porque não é certo. – Desde quando eu tinha começado a agir como uma idiota? Max estava me transformando numa garota certinha e íntegra, que inferno! – Isso é muito diferente de um vestido.

– Mas eu comprei pra você! Comprei pensando em você, Alicia – disse ele com a voz intensa, dando dois passos para se aproximar. – Não preciso de outro carro. Quero que você aceite. É importante que aceite. Não gosto de te ver dependendo da bondade de seus amigos e tendo que implorar ajuda. Nem mesmo a minha.

– Essa foi a coisa mais gentil que alguém já me disse, Max. Agradeço sua preocupação, mas ainda não posso aceitar. Seu salário não é tão alto assim para sair comprando carros por aí.

Pela mudança em seu rosto, percebi que eu dissera a coisa errada.

– Ganho o suficiente para comprar um carro para a minha mulher – ele respondeu com os dentes trincados, ofendido.

Um arrepio delicioso percorreu minha coluna. Era a primeira vez que ele se referia a mim como sua mulher, querendo dizer exatamente isso. Por isso doeu tanto dizer:

– Eu não sou sua mulher. Não de verdade.

Ele ergueu a mão, tocou meus cabelos, deslizou os dedos por meu pescoço e os prendeu em minha nuca. Sua testa estava levemente franzida. Ele parecia muito concentrado em algo.

– Não é – murmurou. – Mas, por favor, aceite.

– Não posso – sacudi a cabeça e fechei os olhos. – Você poderia usar a grana que gastou no carro para comprar qualquer outra coisa que quisesse.

– Sim, e o que eu quero é te dar esse carro. Sei o que estou fazendo – sua outra mão se prendeu em minha cintura. Abri os olhos imediatamente. – Aceita, Alicia! Me deixa cuidar de você.

Oh, Deus! Como eu poderia dizer não, quando ele me pedia daquele jeito tão doce? Mas eu não podia aceitar que ele gastasse tanto dinheiro comigo quando já tinha responsabilidade demais em suas costas. Eu não queria ser um peso em sua vida, porém não queria magoá-lo...

Eu ainda deliberava quando ele sacudiu a cabeça. Algo em seus olhos mudou.

– Que tal um acordo? – sugeriu.

– Outro? – O primeiro já me causava uma dor de cabeça do caramba!

– Aceite esse carro como um empréstimo. Quando o nosso casamento terminar, você pode me devolver.

— Só um empréstimo? — Isso mudava tudo.

— Sim, apenas um empréstimo. Quando tudo acabar... — ele sacudiu a cabeça outra vez. — Um empréstimo.

— Acho que posso aceitar um empréstimo — toquei seu pulso, aquele que ainda segurava minha nuca. — Eu não ia me sentir bem de outra forma, Max. Se a gente fosse mesmo casado, seria diferente. Mas diante dessa situação toda... não quero que você tenha a impressão de que estou me aproveitando de você.

— Eu jamais pensaria isso — ele respondeu, solene.

Nós nos encaramos por uma eternidade; suas mãos permaneceram imóveis, uma delas em minha nuca, a outra em minha cintura. A tensão entre nós era tão grande que o ar se tornou pesado, denso, quase uma presença física ao nosso redor. A forma como Max me fitava era inebriante. Ele queria me beijar, eu tinha certeza disso. Podia jurar que meu coração não era o único ali batendo descompassado contra as costelas, mas, assim como eu sabia que ele queria se render, também reconhecia a batalha que travava consigo mesmo, e mais uma vez seu desejo por mim perdera a luta.

Ele me soltou, fechando os olhos e exalando um longo suspiro pesaroso.

— Não quer experimentar? — indicou o carro com a cabeça.

— Só se for agora — tentei sorrir, sentindo que acabara de perder algo extraordinário. Recompondo-me, dei a volta e abri a porta do carro, então deslizei os dedos sobre o painel e o volante. Era lindo. — Você não vem? — chamei, já que ele permanecera plantado em frente ao veículo.

Ele assentiu, ainda sério demais.

Dediquei alguns momentos para conhecer o carro, abrindo e fechando cada compartimento e apertando cada botão que pude encontrar. Liguei o som. Max alcançou um CD com uma fita vermelha no porta-luvas e me entregou.

— Sério? *Isso* eu não vou devolver! — brinquei.

— Você disse que gostava da música, então... — ele deu de ombros.

— Eu adoro! Obrigada, Max! — e me estiquei um pouquinho, até que meus lábios tocaram sua bochecha.

Ele sorriu, um pouco constrangido, e desviou os olhos.

Demorei horrores para conseguir tirar aquele plástico infernal e abrir a caixinha, para poder liberar o incrível e mais novo CD do Eminem.

– Não é tão ruim depois que a gente se acostuma... – comentou Max, passando o cinto de segurança pelo ombro quando a música preencheu a estrutura metálica.

Dei partida. O motor não era potente, mas rugiu quando exigi com o acelerador. Max pareceu contente ao me ver atrás do volante.

– Delícia de carro! – exclamei, sinceramente.

– O mais importante é que é muito econômico – ele apontou.

– Muito importante mesmo! – ri.

Entrei na rua lotada de carros com as células vibrando. Eu não dirigia fazia semanas. Meu carro – emprestado – deslizava como uma serpente sobre o asfalto irregular.

– Quando você comprou esse carro? – perguntei curiosa, ligando a seta e fazendo a curva bem fechada. O pneu gritou.

– Não precisa ir tão rápido! – ele segurou a alça presa ao teto. – Comprei o carro ontem, depois que te deixei no café com a Mariana.

– Logo depois que você soube do aumento de salário – finalmente entendi, acelerando um pouco mais.

– Agora você me pegou – ele sorriu como quem se desculpa, mas na verdade não sente remorso algum. – Eu disse que sempre consigo o que quero. – Eu me perguntei por que ele não me incluía logo em sua lista de desejos.

Sem querer – bom, mais ou menos –, acabei na estrada que levava ao mirante da cidade. Max não disse nada enquanto subíamos pela estrada sinuosa, mas parecia preocupado com a velocidade que eu impunha ao carro. Parei um pouco afastado de outro veículo que já estava ali, com os vidros embaçados. Desliguei o farol e as luzes da cidade se derramaram lá embaixo, como uma tela de Monet.

– Uau!

– Lindo! – Max concordou.

– Você fala como se nunca tivesse vindo aqui antes.

As luzes salpicadas sobre a superfície a nossos pés eram tão luminosas quanto estrelas cadentes. Era difícil desgrudar os olhos, mas eu tinha

Max ao meu lado, com o olhar perdido, os cabelos ligeiramente despenteados pelo vento que entrava pela janela, o queixo duro, a mão cerrada em punho sobre a perna, os tendões aparentes sob a pele ligeiramente bronzeada. Era como admirar uma obra de Bernini.

– E nunca vim. Essa é a primeira vez – ele disse, sério. Seu rosto, parcialmente escurecido pelas sombras, ficou ainda mais lindo. – Eu soube desse lugar quando estava na faculdade. A galera vinha muito aqui.

– Você realmente precisa sair mais, Max – zombei.

– E você com certeza já esteve aqui diversas vezes – ele insinuou.

– Não. É a minha primeira vez também. Então foi aqui que você me pediu em casamento?

– Foi – ele murmurou constrangido, desviando os olhos para o cobertor de estrelas à nossa frente. – Não sou muito criativo. Foi o que consegui pensar na hora, com a Vanessa te enchendo de perguntas.

– Eu achei bastante criativo. Muito romântico. Teria sido difícil dizer não a um pedido como aquele.

– Teria? – finalmente ele voltou aqueles olhos incrivelmente brilhantes para o meu rosto.

– Praticamente impossível – sussurrei.

Nossos olhares se prenderam por muito tempo, minha respiração acelerou e de repente eu queria desesperadamente que ele me conhecesse. Que me conhecesse de verdade, aquela garota que nem eu mesma conhecia muito bem.

– Quer me contar o que aconteceu hoje na casa do seu avô? – ele perguntou. Sua voz baixa e grave reverberou pelo interior do carro.

– Não quero falar sobre isso. Não aqui, onde há tanta tranquilidade – murmurei. Por que tudo era tão complicado?

– Sua vida tem sido meio turbulenta, não é? – ele perguntou, depois de um instante de silêncio.

– Já tive dias melhores. Já tive dias piores. Acho que tá na média.

– Se te anima, comprei inseticida para o seu quarto.

Sorri tristemente. Agora eu teria que suportar o cheiro do inseticida, ou dizer que minha barata imaginária já havia se mudado.

Até que ponto eu iria?, me perguntei. Até onde iria para fazer com que Max me notasse? Eu não sabia, mas duvidava que fosse desistir tão cedo.

O que eu sentia por ele era algo novo, confuso, e eu sabia que era precioso e delicado. Talvez vovô tivesse razão e eu devesse contar a ele tudo que estava acontecendo. Dizer a temível verdade. Só que...

– Você já mentiu, Max?

Sua testa franziu.

– Pra você?

– De um modo geral. Você já mentiu pra alguém que amava e depois ficou com medo de contar a verdade, temendo perder a pessoa?

Ele refletiu por um momento.

– Já – disse por fim.

– E o que você fez pra consertar as coisas?

– Eu... – ele se remexeu no assento, pouco à vontade. – Por que você está me perguntando isso? Está com problemas?

– Só responde, por favor – gemi, encostando a cabeça no assento.

– Eu não fiz nada. Deixei como estava. Não sei se ela ia entender meus motivos e... Eu nunca quis magoar essa pessoa, mas talvez ela não compreendesse meus motivos. Eu não disse a verdade pra ela – ele baixou a cabeça, parecendo mortificado.

– Eu sei como é – deslizei os dedos pelo volante. – Eu também nunca quis magoar ninguém, mas acabei magoando. *Vou* magoar, se disser a verdade.

Ele levantou os olhos, cristalinos e iridescentes, estudando-me. Seu rosto estava sério e os lábios firmemente pressionados um contra o outro.

– Essa pessoa é importante pra você?

– Muito – eu disse.

Max levantou a mão, acariciou a lateral de meu rosto, e só então me dei conta de que secava uma lágrima traiçoeira.

– Se isso te machuca tanto, você devia contar tudo – sussurrou. – Essa pessoa vai entender, tenho certeza.

– Mas e se não entender? E se achar que fui desleal e me expulsar de sua vida?

– Então ela não merecia sua afeição – ele sorriu um pouco.

Respirei fundo, tomando coragem.

– Você acha que isso vai terminar bem?

– Isso o q... Ah, nosso acordo? – ele perguntou. Assenti. Ele continuou:
– Acho que sim.

– Andei pensando... E se... de repente... alguém descobrisse sobre o nosso trato? O que ia acontecer?

– Bom, com certeza você não ia receber a sua herança – ele comentou, sorrindo.

– Estou falando sério, Max. E quanto a você? O que ia acontecer com a sua carreira se soubessem que você casou comigo para me ajudar a burlar o testamento?

Ele suspirou.

– Imagino que eu ia ficar marcado. Por um tempo, pelo menos. Com certeza seria demitido – disse casualmente, como se não soubesse que o risco era real. E não sabia mesmo. Eu ainda não tinha contado nada a ele. – Não iam querer alguém que tentou quebrar as regras negociando os contratos internacionais da empresa. E... acho que só isso. O que mais poderiam fazer? – ele deu de ombros.

Quase não pude respirar.

– Ah, Max. Eu queria ter conhecido você assim antes de termos feito o que fizemos – lamentei. Se eu tivesse conhecido *aquele* Max, gentil, carinhoso, generoso, jamais teria seguido adiante com meu plano. Pelo menos eu gostava de pensar que não.

– Se arrependeu de casar comigo? – ele indagou, com a voz baixa e levemente rouca.

– Muito – respondi sinceramente.

Ele tentou esconder a decepção, mas foi incapaz.

– Eu sempre fui meio inconsequente – me apressei. Odiava ver aquela expressão obscura em sua face. – Mas nunca prejudiquei ninguém. Eu aprontei muito, fiz um bocado de coisa errada, o vovô ficava furioso comigo, mas a única prejudicada pelos meus atos sempre era eu. Essa é a primeira vez que vou prejudicar uma vida que não é minha.

Entendendo meu argumento, seu rosto relaxou um pouco.

– Era isso que você estava querendo dizer? Está preocupada com o que pode acontecer comigo?

Assenti e um soluço escapou de minha garganta.

– Ah, Alicia – ele passou os braços ao me redor, afundando meu rosto em seu peito, os dedos presos em meus cabelos, descendo por minhas costas. – Você não vai estragar nada. Eu me coloquei nessa situação. Foi *minha* escolha. E tenha um pouco de fé em nós dois. Vai dar tudo certo.

– Vai? – perguntei, erguendo o rosto, encarando-o.

– Claro que vai. – Ele beijou minha testa, em seguida afastou o cabelo que teimava em cair em meus olhos. – Você e eu... Não sei como dizer isso sem soar piegas, e espero que você não me interprete mal, mas eu me sinto mais forte quando estou com você – e me deu um meio sorriso constrangido.

– Eu disse a mesma coisa para o meu avô – sequei os olhos com as costas das mãos. – Que me sinto protegida ao seu lado. Me sinto segura.

– Seu avô? – suas sobrancelhas se uniram, a mão que subia por minhas costas congelou. – Ele morreu antes de nos conhecermos.

– Ah, foi num sonho – desviei os olhos, fingindo estar absorta nos botões de sua camisa.

– Você fala com ele em sonhos? – ele quis saber.

Assenti.

– E fala sobre mim? – ele insistiu, e a surpresa em sua voz me fez sorrir.

– Você se tornou uma parte bem grande da minha vida – admiti.

Max riu, me obrigando a olhar para ele.

– Que foi?

– Nada – ele disse, acariciando meus cabelos. – Você é um poço de mistérios pra mim. Eu nunca sei o que esperar. Às vezes você é tão doce e delicada quanto agora, em outras tantas esmurra advogados e dá uma chave de braço numa colega de trabalho. Quem é você?

– Não sei bem. Acho que não descobri ainda.

– Você não é igual a ninguém que eu conheço. – Seu polegar deslizou pela lateral de meu rosto, até alcançar meu queixo. – É como se cada pouco que descubro sobre você me fizesse querer saber mais, ver mais, entender mais. É enlouquecedor! – ele sacudiu a cabeça.

– Não sei se isso foi um elogio...

– Estou falando sério, Alicia. Eu... eu estou encantado com a mulher que descobri em você.

– Quer dizer que fui promovida de garota mimada a mulher encantadora, é? – sorri um pouco.

Ele riu.

– É disso que estou falando! Você *nunca* faz ou diz o que eu espero – uma profusão de cores inundou suas íris iridescentes. Era como observar a criação do universo. Tão, tão lindo!

– E o que você espera? – murmurei.

– Eu... não sei bem. Acho que também não descobri ainda.

Seus olhos se prenderam em minha boca. Seu olhar era tão intenso, tão denso, que era como um toque. Inclinei a cabeça, esperando pelo toque real de seus lábios, pelo calor e pela vida que me invadiam sempre que ele me beijava. Mas ele não me beijou. Soltou-me tão abruptamente que precisei me segurar no encosto de cabeça para não cair de cara em seu colo.

– Acho melhor voltarmos – disse, passando o cinto de segurança pelo tórax. – Está ficando tarde.

– Você também me surpreende – resmunguei um pouco emburrada, dando partida no carro. – Nunca faz o que eu quero que faça.

Ele me observou, assustado.

– Você mente muito mal, camarada – engatei a ré e comecei a manobrar na estrada que nos levaria de volta para casa. – E isso não vai ajudar ninguém aqui.

37

Já era madrugada quando bati freneticamente na porta do quarto de Max. Levou séculos para que ele abrisse.

– Que foi? A barata voltou? – perguntou, os cabelos ligeiramente amassados, os olhos sonolentos.

– Não. Quer jogar xadrez?

– Agora?

– Por que não?

– Alicia, são quase três da manhã! – ele apontou, um pouco confuso.

– Eu sei, mas... – o estrondoso ruído seguido pelo brilho assustador ecoou pelas paredes. Estremeci e entrei em seu quarto sem esperar pelo convite. – Podemos fazer outra coisa. Qualquer coisa. Quer ajuda pra arrumar seu armário?

– Hã... Não, obrigado. Minhas coisas estão bem organizadas – ele disse, parado ao lado da porta. – E isso não é hora de arrumar nada. O que deu em você?

Eu já estava abrindo as portas e gavetas de seu guarda-roupa impecavelmente organizado.

– Nada. Mas deve ter alguma coisa aqui pra arrumar. Você não pode ser tão organizado. – O som grave se repetiu, e o flash brilhante invadiu o quarto. Gritei, dando um salto para a cama de Max.

As gotas da tempestade furiosa começaram a açoitar a vidraça, e eu me encolhi sob o lençol ainda quente.

– Você tem medo de trovão? – ele perguntou, com um meio sorriso no rosto.

– Medo, eu? – Mais um grito de fúria da natureza ressoou. Eu me encolhi como uma bola, cobrindo a cabeça com o lençol.

Ele riu baixinho. Subiu na cama e senti o colchão ceder um pouco sob seu peso. Retirou o lençol da minha cara.

– O que eu posso fazer para te acalmar? – quis saber, encostando-se na cabeceira da cama.

– Nada. Eu não tô com medo. Só... sei lá... achei que você podia estar entediado.

Ele assentiu, pensativo.

– Talvez eu esteja.

– Ah, isso é ótimo! Quer ver um filme ou talvez jogar pôquer? Adoro pôq... Oh, Deus! – o clarão invadiu o quarto novamente, bem como seu estalido ensurdecedor. Agarrei-me ao pescoço de Max, subindo em seu colo antes que pudesse me dar conta. Minhas mãos estavam frias como gelo.

– Tudo bem. Tudo bem – ele murmurou, uma mão subindo vagarosamente em minhas costas. – Estou aqui.

Fechei os olhos à medida que a tempestade ganhava força e se tornava mais e mais ruidosa. Eu tremia, tentava respirar normalmente e fiz um esforço terrível para não chorar. Eu era uma mulher de vinte e quatro anos, pelo amor de Deus!

Max me apertou em seus braços. Enterrei o rosto na curva de seu pescoço e rezei para que aquilo fosse logo embora e eu pudesse parar de tremer.

– O Marcus perguntou por você hoje quando liguei pra ele – ele contou, ainda subindo e descendo a mão em minha coluna.

– Perguntou? – sussurrei de olhos fechados.

– É. Ele adorou você. E isso não é muito comum. O Marcus implica com todo mundo.

– Também gostei muito dele. Garoto legal.

– É. Às vezes ele é.

Eu mantinha os olhos fechados e inspirava profundamente, tentando me acalmar. O cheiro da pele de Max, já tão familiar, ajudava um pouco.

– Andei pensando – ele continuou. – O que você acha de uma lava-louças?

– Por quê?

Seus ombros largos se ergueram num gesto casual.

– Você não gosta de lavar louça.

– Eu... – outro estrondo ribombou pelo quarto. Gemi, me agarrando mais a ele.

– Pensei que você quisesse a lava-louças, já que sugeriu uma quando mudou pra cá – ele explicou, exalando calma.

– Você n-não precisa de lava-louças, lembra? – contrapus, assustada.

– Talvez eu precise agora. Você não é muito boa com organização. Sabe... – houve outra explosão no céu. Sua mão continuava acariciando minhas costas, e a outra começou a deslizar pelo comprimento de meus cabelos. – Acho que eu devia me oferecer para te ajudar a arrumar suas coisas. Parece que uma bomba explodiu no seu quarto.

Sacudi a cabeça.

– Obrigada, mas não. Não encontro nada quando está tudo organizado. Prefiro do meu jeito.

– Seu jeito é bastante... prático – ouvi a ironia em sua voz.

Levantei a cabeça para encará-lo.

– Na verdade, é mesmo. Minha bagunça é bem organizada. Eu quase sempre sei onde estão as minhas coisas.

Ele sorriu.

– *Quase* sempre – e examinou meu rosto atentamente. Dois dedos correram pela lateral dos meus cabelos, prendendo-os atrás da orelha. – Você bagunça tudo que toca – ele sussurrou. – Nada é a mesma coisa depois que você a toca.

– Ah, nem vem. Eu não toquei em nada seu. Se você perdeu alguma coisa, a culpa não é minha! – me defendi.

Ele apenas me encarou, tão intensamente e por um momento tão longo que tive que baixar os olhos. E só então me dei conta de que Max estava sem camisa. Seu tórax ligeiramente bronzeado estava nu, exibindo, a quem se atrevesse a olhar, toda a força e a glória de seus músculos. Minha mão escorregou de seu pescoço, e a pele quente e lisa de seu peito largo se arrepiou sob a ponta de meus dedos. Senti seu coração batendo rápido sob minha palma, a respiração entrecortada. Voltei meus olhos para os seus, e o que vi neles me paralisou.

Medo. Havia medo, pânico, alarme em suas esmeraldas caleidoscópicas. Meus braços caíram frouxos ao lado do corpo, desamparados. Ele não queria que eu o tocasse daquela maneira. Eu havia me enganado. Ele não me queria daquele jeito. Quase não pude respirar.

– Acho melhor eu... – me arrastei para fora da cama, evitando seu olhar assustado. – Eu não quis invadir sua privacidade, Max. Eu só achei que você... estivesse entediado. Desculpa. – Rejeição não era algo com o qual eu estivesse familiarizada. Doía, ardia, queimava em meu peito.

Um maldito raio cruzou a janela, tão perto que a estrutura de alumínio vibrou, reclamando. Não pude reprimir um tremor.

Max alcançou minha mão.

Olhei-o por sobre o ombro.

– Dorme aqui – ele pediu num sussurro. Havia tanto medo em seus olhos, como se espelhassem os meus. No entanto, era a mim que ele temia, não raios letais de duzentos milhões de volts. – Não quero que você fique sozinha essa noite.

– Não acho uma boa ideia. – Mas as luzes tremularam antes de a energia elétrica entrar em colapso e sumir. – Ou talvez seja – e pulei de volta na cama.

Ele se mexeu no colchão, liberando espaço para que eu me acomodasse ao seu lado. Receosa, fiquei bem no canto, me equilibrando na beirada da cama, temendo ultrapassar os limites, mas Max não pareceu se importar e gentilmente escorregou o travesseiro sob minha cabeça, dividindo-o comigo. Nossos rostos ficaram próximos, tão próximos na escuridão que nossas testas quase se tocavam. Vez ou outra a claridade iluminava o quarto e eu enrijecia. Ele me estendeu a mão, e eu, agradecida, a agarrei com força, apertando-a contra o peito. Fechei os olhos e desejei que aquele ruído horrível e ameaçador cessasse e eu pudesse deixar Max em paz.

Ele se moveu, me fazendo abrir os olhos. Alcançou alguma coisa na mesa de cabeceira – seu MP3 –, ligou o aparelho, colocou um dos fones em meu ouvido, o outro no seu, e voltou a deitar sem jamais soltar minha mão. A melodia não fazia desaparecer, mas abafava os sons da tempestade. Eu conhecia aquela banda de rock alternativo, assistira a um show em Vancouver no ano anterior.

– Pensei que você só curtisse blues.

– Gosto de outras coisas também.

– Eu gosto dessa banda – sussurrei.

– Eu sei. Te ouvi cantando no chuveiro.

Concentrei-me nos acordes melodiosos, no vocal, na batida, ignorando o medo, tentando mantê-lo sob controle. O calor da mão de Max entrelaçada na minha era acalentador. Aos poucos meu coração voltou ao ritmo normal, a adrenalina deixou meu corpo e subitamente me senti exausta.

Abri os olhos com dificuldade e encontrei Max, apenas uma sombra pouco visível, me observando.

– Obrigada – sussurrei, molenga.

– Durma – ele acariciou a lateral de meu rosto com a mão livre. – Estou aqui. Não vou sair do seu lado.

– Tá – obedeci, adormecendo logo em seguida.

38

Naquele dia, foi Max quem pegou carona comigo para o trabalho. Ele parecia muito satisfeito ao me ver feliz atrás do volante, apesar do constrangimento que nos dominara naquela manhã. Acordamos simultaneamente, embolados como fios de lã. Minha cabeça estava aninhada na curva de seu pescoço, seu braço estava em meus ombros, me mantendo colada ao peito musculoso, e a outra mão se prendia em minha coxa, que descansava preguiçosamente sobre seus quadris.

– Bom dia – ele dissera com um longo suspiro, apertando minha coxa com vontade. A deliciosa movimentação matinal na altura de seus quadris cutucou minha perna.

– Oi – murmurei, enroscando os dedos em seus cabelos, tocando seu pescoço com os lábios.

Um som gutural lhe escapou da garganta enquanto ele movia os dedos de minha coxa para girar meu quadril e se virava para me envolver num abraço quente e apaixonado. Seus lábios encontraram os meus e, ainda sonolenta, correspondi com ímpeto. Quando minha língua tocou a sua, ele enrijeceu. Ele todo, não apenas uma parte.

Max abriu os olhos, me soltando tão rápido como se segurasse um ferro em brasa.

– Hã... eu... ééé... – ele se sentou na cama apressado, correndo a mão pelos cabelos. – Desculpa.

– Max, eu...

– Vou preparar o café. Quer um pouco? – ele se levantou sem me encarar.

– Nunca vamos falar sobre o que realmente está... – Os músculos de suas costas se contraíram visivelmente. Desisti. – Tá, eu quero café.

E, claro, ele evitou contato visual por quase o dia todo, mas algo havia mudado. Eu não sabia dizer o quê nem precisar o momento, mas algo em nosso relacionamento mudara, se tornara mais denso, sólido. E Max também tinha percebido. Havia algo em seus olhos, uma mudança, ainda que sutil. Aquela inevitabilidade nos espreitava, e eu sabia que não poderíamos fugir por muito mais tempo. Ele também.

No almoço, me sentei com Amaya – de quem eu gostava cada vez mais – e mais algumas garotas do escritório, mas não ouvi muita coisa do que conversaram. Eu fitava Max do outro lado do refeitório, que falava com Paulo e outros caras daquele seu jeito de sempre. Nossos olhares se encontraram. Ele não sorriu, mas me senti ruborizar dos pés à cabeça antes de voltar a atenção a Amaya, que me perguntara alguma coisa.

Quando voltei para minha sala, estranhei ao ver Vanessa à minha mesa, mexendo em meu computador.

– O que você está fazendo aí? – grunhi.

– O computador é da empresa, Alicia. O da minha mesa travou, precisava enviar um arquivo, mas já enviei – ela se levantou rapidamente. – Animada com a festa de amanhã? Seu marido parece meio distraído...

– Vanessa, na boa, não estou num dos meus melhores dias e agradeceria se você não me obrigasse a chutar sua bunda hoje.

– Seus dias ainda vão piorar muito – ela disse sorrindo, antes de se afastar.

Bem que eu queria arrancar aquele sorriso cínico da cara dela, mas Vanessa já me causara muita dor de cabeça, então deixei minha fúria assassina de lado. Por culpa dela, eu vivia em estado de alerta quando via um jornal, com medo de que ela tivesse cumprido a ameaça que fizera a Max. O fato de eu ainda não ter encontrado nada nos jornais não significava que jamais encontraria.

Max havia combinado com Paulo de esticar depois do expediente, de modo que pegaria carona com o amigo para voltar para casa. O que foi o arranjo perfeito, já que Mari havia marcado um jantar com seu amigo advogado para aquela noite de sexta, e eu não queria que Max soubesse. Não contei a ele sobre o jantar com Boris, pois teria que explicar tudo desde o começo e... Ok, eu não dissera *toda* a verdade na noite anterior, mas falara um pouco e já era um começo. Ele reagira muito bem, e me peguei pensando que, se eu lhe contasse aos poucos, com jeitinho, ele entenderia e não me odiaria por ter melado sua promoção e colocado sua carreira em risco. Ao menos não odiaria muito.

– Ah, Lili, desculpa, mas não vai dar pra me encontrar com você e o Boris – Mari disse ao celular quando eu já estacionava meu *carro novo amarelo emprestado* em frente ao bar-restaurante em que havíamos combinado. Nunca tinha ido àquele lugar antes, mas Mari me explicara como chegar, então não me perdi. – A megera da Bruna ligou agora há pouco e está vindo aqui em casa falar com a minha mãe. Ela quer saber quais são as minhas intenções. Dá pra acreditar? – Eu podia sentir seus olhos revirarem nas órbitas.

– Não... Pensando bem, vindo da família do Breno, acho que dá, sim – ri.

– Tem problema se eu não aparecer?

– Não. Eu me viro. Você já me ajudou bastante marcando essa reunião, e com certeza vai enfrentar uma noite nada agradável.

– Pode apostar. Me liga depois pra contar como foi.

O bar-restaurante era até bacana, com um toque italiano nas paredes decoradas com fotos antigas e mesas grandes e familiares. Boris já me esperava, sentado a uma mesa próxima ao bar. Eu esperava alguém forte e enorme, e até mesmo aterrorizante – qual é? Alguém chamado Boris certamente seria assustador –, mas *aquele* Boris era magro, ligeiramente curvado, tinha vinte e muitos ou trinta e poucos anos, usava óculos enormes e era muito ruivo.

– Alicia, que prazer te conhecer – ele disse, se levantando e estendendo a mão magra.

– O prazer é meu, Boris. A Mari acabou de ligar dizendo que não vem. Ela já te explicou tudo?

– Já. Eu gostaria de analisar o testamento antes de dizer qualquer coisa, se você não se importar. Quer beber algo?

– Vinho. Obrigada.

Boris fez o pedido ao garçom e entreguei a ele a cópia do testamento de vovô. Ele leu com atenção e começou a me explicar o que achava possível fazermos para revogar o testamento.

– Veja bem, Alicia. Esta cláusula – ele apontou para o papel –, onde o seu avô impõe que a vontade dele não deve ser contestada, é a nossa brecha – e sorriu. – Podemos alegar que o seu avô não estava em pleno poder de suas faculdades mentais e, de certo modo, sabia disso. Por isso deixou a única herdeira praticamente desamparada.

Sacudi a cabeça.

– Eu não queria ter que fazer isso, Boris. Não quero que o vô Narciso passe por lunático. Não tem outro jeito? – indaguei.

– Creio que não. A Mariana me disse que o seu avô estava doente.

Assenti.

– Um aneurisma grande demais para ser retirado e que foi descoberto muito tarde. Fiquei sabendo no dia em que ele... se foi.

– Pois então não vai ser difícil descobrir quais eram os medicamentos que ele tomava para controlar a doença. E talvez algumas dessas drogas o deixassem mais suscetível à opinião de terceiros. – *Hector*, pensei. – Alguém que se beneficiasse com o testamento, talvez. – Ele se recostou no espaldar da cadeira. – Seria um processo simples. Mas devo alertar que, caso o seu recurso não dê em nada, a justiça lhe negará todos os direitos de herdeira e executará o testamento conforme a vontade do seu avô. Você perderia tudo.

– Entendi. – Coloquei as mãos sobre o rosto e respirei fundo. Eu não queria manchar o bom nome de vô Narciso. Mas temia que Clóvis prejudicasse Max de forma irreversível enquanto fosse o tutor de meus bens, e não podia simplesmente ficar parada, assistindo de braços cruzados à queda do homem que eu amava. Além disso, Hector podia conseguir alguma coisa, uma prova ou o testemunho de alguém confiável, e provar que eu havia mentido, me excluindo de vez do testamento. Minha cabeça latejava. Corri os dedos pela testa, tentando aliviar a pressão. – Eu posso pensar um pouco? Não quero fazer nada precipitado.

– Claro. Você deve pensar bem no que quer fazer, Alicia. E pode procurar outro advogado, um de sua confiança, se quiser uma segunda opinião. Se precisar da minha ajuda, ficarei feliz em servir.

– Boris, pra ser honesta, no momento não tenho como pagar você ou qualquer outro advogado – murmurei, desolada. Quando a vida voltaria a ser simples?

– Veremos isso depois. Mas entenda o que eu disse, Alicia. Seria tudo ou nada. Seria seu último recurso.

– Eu não quero manchar a memória do meu avô, Boris – sacudi a cabeça, sem saber o que fazer. Eu queria tanto que vovô estivesse ali para me ajudar. Queria Max ali para segurar minha mão e dizer que tudo ficaria bem, como fizera na noite anterior. – Ele não era louco. O vovô era o homem mais lúcido e íntegro que já existiu.

– Sim, eu já ouvi sobre ele. Ah, não fique assim... – ele pegou minha mão fria e a apertou, tentando me confortar enquanto eu lutava contra lágrimas traidoras que ameaçavam cair. – Se tivesse outra forma, Alicia, eu ficaria imensamente grato em lhe apresentar. A Mariana me disse quanto você amava o seu avô. Posso imaginar como isso é difícil pra você.

– Alicia? – chamou aquela voz levemente rouca que fazia minhas células vibrarem.

Ergui os olhos e me deparei com Paulo e Max parados em frente à nossa mesa, os olhos cravados na minha mão. Aquela que Boris ainda segurava.

Puxei-a imediatamente.

– O que você está fazendo aqui? – perguntei a Max, estupidamente.

– Eu ia te perguntar o mesmo. Pensei que você tivesse marcado com a Mariana – ele disse, o rosto duro como mármore se voltando para Boris. – Mas parece que entendi mal. Não vai me apresentar seu amigo?

Nada bom, pensei.

– Hã... Esse é o Boris, ele é advogado – apontei para ele rapidamente. – Boris, esse é o Max. – Boris estendeu a mão, Max a apertou e, pela careta do advogado, usou de força excessiva.

– E eu marquei com a Mari – eu disse a Max. – Mas ela e o Breno tiveram um contratempo, então só restamos o Boris e eu.

– Ah, era um encontro duplo – ele comentou friamente.

– Não! – respondi, mais alto do que pretendia. – Isso não é um encontro, é uma reunião de negócios. O Boris é advogado do contador da Mari.

– E por que você precisa de um advogado?

Oh, inferno!

– Eu... É que... Olha só, nós dois precisamos ter uma conversa nem um pouco agradável, Max. Você vai detestar o que eu tenho pra te dizer.

– Isso eu já tinha notado – Max disse, encarando Boris com cara de poucos amigos, fazendo-o se encolher na cadeira. – Se bem que a conversa pode ficar pra depois, não é? Está tudo muito claro pra mim – e me deu as costas, indo em direção à saída.

– Max, espera! – Mas ele não me ouviu. Ou fingiu não ouvir.

Levantei-me apressada para ir atrás dele e fazê-lo entender que o que ele tinha visto não era verdade, mas Paulo me deteve, colocando uma mão em meu ombro.

– Acho que agora não é uma hora muito boa pra você falar com o seu *marido* – disse, fitando Boris antes de seguir o amigo.

– Aquele é seu marido? – Boris quis saber.

– É.

– Ah – ele baixou os olhos para a própria mão, abrindo-a e fechando-a repetidas vezes. – E, com base no comportamento dele, presumo que não sabia da nossa reunião.

– Não. Droga! Ele deve estar pensando que... que eu... que você e eu... – *Merda! Merda! Merda!*

– Pela cara dele, tenho certeza que está.

Afundei na cadeira.

– Maravilha.

Boris se despediu apressado, possivelmente com medo de que Max voltasse e causasse algum dano a seu rosto. Voltei para casa com os olhos em chamas, mas não permiti que uma única lágrima rolasse. Ainda não. Max era racional. Entenderia tudo assim que me desse a chance de explicar. Entretanto, ele não estava em casa quando cheguei nem quando saí do banho. Nem quando o relógio de pulso de meu avô marcou duas da manhã.

Esperei por ele durante toda a madrugada, disposta a contar tudo, mas Max não voltou para casa.

39

A ausência de Max, uma presença quase tangível, foi algo que não pude ignorar e que me deixara mais que alerta na noite anterior. Eu estava exausta por culpa da noite insone e me arrastava para a galeria quando finalmente nos encontramos na porta do elevador. Ele vestia as mesmas roupas do dia anterior, mas agora estavam amarrotadas, os cabelos compridos estavam um caos, a barba por fazer, o rosto sombrio e cansado.

– Onde você estava? – inquiri, me plantando à sua frente. – Você não voltou pra casa.

– Dormi na casa do Paulo – ele resmungou sem levantar os olhos, seguindo para o apartamento.

– Você precisa me ouvir – pedi, indo atrás dele. – Não é o que você está pensando. – Tudo bem, não era a melhor defesa, mas era verdade.

Seu rosto não demonstrou nenhuma emoção, o que só comprovou que minha teoria sobre dizer a verdade estava mais que certa. Isso sempre estragava tudo. Entretanto, parecia que eu tinha perdido a habilidade de mentir para Max. *Que droga!*

– Conversamos depois. Eu estou cansado e você já deve estar atrasada – ele disse, me ignorando e entrando em casa.

– Mas você está imaginando uma coisa que não aconteceu. Eu e o Boris nos conhecemos ontem. Ele é advogado, amigo da Mari. Está tentando me ajudar, e o que você viu não foi nada além de...

– Já disse que conversamos depois – ele se dirigiu para o quarto e bateu a porta com força.

Eu queria insistir, bater na porta até que ele a abrisse e me ouvisse, mas ele tinha razão. Eu estava mesmo atrasada. Voei para a galeria e felizmente Breno não me causou problemas pelo atraso de quinze minutos. Assim que ele foi embora, liguei para Mari para contar o que havia acontecido no jantar desastroso com o advogado e suas consequências.

– Isso é ótimo, Lili.

– Mariana, você ouviu bem tudo que eu disse? O Max acha que estou de rolo com o Boris!

– Sim, eu ouvi. E você disse que ele está pê da vida com você.

– *Muito* pê da vida.

– E você não sabe o que isso quer dizer, Lili? Peraí que tô com o Google aberto aqui. – Ouvi o tamborilar de dedos no teclado. – Aqui, achei. *Ci-ú--me*. Definição: emulação, inveja, zelo de amor. Pesar, despeito por ver alguém possuir um bem que se deseja. Receio de que a pessoa amada se apegue a outrem. – Ela suspirou. – Essa definição tá boa ou quer que eu procure outra?

Oh!

– Você acha que... que ele...

– Tenho certeza. Dá um tempinho para ele digerir o que viu e depois ataca com tudo. Não deixa o Max parar pra pensar. Ai, que droga! Preciso ir, Lili. Dia de vistoria da Vigilância Sanitária na clínica. Num *sábado*! Dá pra acreditar nisso?

Segui o conselho da minha amiga e tirei meu time de campo. Eu havia passado por algo parecido quando Max se encontrara com Vanessa, e sabia que o tempo faria com que ele parasse e me ouvisse, e tudo se resolveria. Não pude evitar sentir certo prazer ao ouvir Mari dizer que o que ele sentia era ciúme.

Tentei matar o tempo lendo algumas revistas velhas, mas não conseguia me concentrar em nada, até ver uma dezena de fotos de gente rica em trajes de gala.

Tive que ligar para Mari outra vez pedindo ajuda, já que, devido aos últimos acontecimentos, havia me esquecido completamente da festa anual do Conglomerado Lima.

– Não tenho nada para vestir na festa de hoje à noite! – reclamei quando ela atendeu. – Tem alguma ideia? Alguma ideia barata?

— Humm... Não tenho nada chique nesse nível pra te emprestar. Já pensou em ligar para a Mazé pedindo para contrabandear um dos seus vestidos de festa?

— Mari, você é um gênio!

Mazé ficou felicíssima quando liguei. Conversamos por mais de meia hora. Ela me atualizou dos acontecimentos da mansão: Clóvis ordenara aos antigos funcionários que tirassem férias, e Mazé, claro, se recusou batendo o pé, alegando que não se ausentaria até que tivesse certeza de que eu não precisaria dela para nada. Pedi a ela que separasse um vestido de festa — qualquer um serviria — e avisei que passaria para pegá-lo assim que deixasse a galeria.

Fui direto para a mansão quando o relógio marcou cinco horas, mas não ousei entrar. Clóvis estava lá, como Mazé me informara. Ela havia preparado uma mala com várias peças de roupa — alguns vestidos de festa e peças mais casuais, que eu havia deixado no armário — e me esperava na calçada.

— Fiz bolinho de chuva pra você — me entregou um saco de papel que cheirava a infância.

— Ah, Mazé, não precisava ter se incomodado.

— Como não? Eu não sei se você anda comendo direito ou não. E aquela mulher, a Telma, está acabando com meus nervos. Quando é que eles vão embora, menina Alicia? — ela me lançou um olhar suplicante.

Suspirei.

— Em breve, Mazé. Prometo.

Ficamos conversando por um tempo. Ela me contou sobre sua filha mais velha, algo relacionado ao financiamento de um imóvel que dera errado, mas que agora poderia ajudá-la, graças ao dinheiro deixado por vô Narciso. Mazé chorou ao falar dele. Eu também. Despedi-me com um beijo estalado em sua bochecha e voei para casa, com medo de me atrasar.

Conversar com Mazé me trouxe um milhão de memórias dos almoços deliciosos de domingo, em que ela caprichava, a mansão se parecia com uma manhã de Natal e éramos felizes. Eu estava aliviada por ainda falar com vovô, mesmo que em sonho, por ainda tê-lo por perto — ainda que não tanto quanto eu gostaria —, só que nunca mais seria a mesma coisa, seria? Ele nunca mais almoçaria comigo. Não estaria lá para me dar um abraço quando eu solucionasse um problema, não estaria presente com os braços esticados, pronto para receber minha filha recém-nascida (se eu tivesse uma, claro). Ele estaria presente dentro de mim, em meus pensamentos e em meu coração, mas nunca fisicamente. De repente, essa constatação me fez cair num vórtice de dor e nostalgia, uma sensação agridoce, um misto de desespero e saudade.

Eu estava tão perdida em meus sentimentos quando entrei em casa que não notei Max sentado no sofá da sala.

– Está tudo bem? – ele perguntou.

Pisquei, voltando ao presente, e por uma fração de segundo a preocupação dominou seus olhos.

– Já tive dias piores.

Ele assentiu, reerguendo o muro que nos separava, e se levantou, indo para o quarto, provavelmente para me evitar.

– Max – chamei. Ele se virou, o rosto ainda duro. – Você ainda vai à festa de hoje à noite?

– Acho que não tenho alternativa – ele murmurou, inquieto.

– E... vamos juntos ou cada um...

– Você é minha esposa – ele respondeu, me encarando com certa ferocidade. – Apesar de esquecer disso, eu não esqueço.

Argh! Era ridículo. Muito ridículo. Estávamos brigando como um casal de verdade, sem ter os benefícios de um relacionamento de verdade.

Decidi tomar um banho, já que eu estava até adiantada, e demorei um pouco para decidir o que vestiria naquela noite. Aquela seria a primeira vez que o patrono da empresa, vô Narciso, não estaria presente na festa anual do Conglomerado Lima. Eu sentia que deveria representá-lo de alguma forma. Deveria estar à altura do bom nome que ele havia deixado.

Optei pelo vestido de seda azul-marinho um pouco acima dos joelhos, com apenas uma alça e alguns drapeados, que deixava minha silhueta ligeiramente marcada, de forma elegante. Equilibrei-me sobre os saltos dos sapatos cravejados de cristais que vovô me dera em meu vigésimo quarto aniversário e que eu nunca chegara a usar. Deixei os cabelos soltos, com leves cachos se formando nas pontas, e apliquei a maquiagem, tentando parecer feliz. Eu suspeitava que Hector estaria atento a cada suspiro meu naquela noite e, dada a maneira como as coisas estavam entre mim e Max, tinha medo de pôr tudo a perder. Mas que opção eu tinha? Não comparecer me parecia assumir a culpa, e eu jamais desistiria tão fácil.

Eu já estava pronta quando Max se enfiou no banheiro. Mal ele fechou a porta e seu celular começou a tocar dentro do bolso do paletó, pendurado no mancebo em seu quarto. Por fim se aquietou, para logo em seguida voltar a tocar.

– Max, seu celular está tocando – gritei.

– Atende e diz que ligo depois, por favor.

Um pouco sem jeito, entrei em seu quarto e me aventurei a mexer em seu bolso, encontrando um lenço – aquele que ele havia me emprestado quando nos embolamos na escada –, alguns comprovantes de estacionamento, a carteira e por fim o celular.

Era Marcus.

– E aí, coisinha linda? Sentiu saudades?

Eu ri.

– Ah, Marcus. Quase entrei em depressão de tanta saudade.

– Cadê aquele mala do meu irmão?

– Tomando banho. Ele liga de volta assim que terminar. Temos uma festa hoje – contei.

– Ah, eu sei. Ele me disse. Escuta, Alicia, foi bom que você tenha atendido. Minha mãe quer preparar um almoço aqui em casa amanhã Reunião de família, sabe como é... Vocês estão livres?

– Me desculpa, Marcus, mas eu trabalho de domingo.

– Humm... e que tal um jantar?

– Bom... se o Max quiser me levar... – coisa que, naquele momento, eu achava pouco provável.

– Não esquenta. Se ele não quiser vir, eu mesmo busco você. Ninguém aqui está ansioso para ver aquela cara de fuinha mesmo.

Em quinze minutos, Max estava de banho tomado e pronto em seu smoking preto. Lindo e incrivelmente irritado.

– Era o Marcus – avisei. – Sua mãe quer marcar um jantar amanhã. Acho melhor você ligar pra eles.

Ele assentiu, sem dizer uma única palavra. Com um suspiro o segui até a garagem. Esperei até estarmos no carro para abordá-lo, assim ele não teria como fugir. Ele já tinha tido tempo mais que suficiente para reavaliar o que vira no restaurante italiano.

– Vai me ouvir agora? – perguntei.

– Na verdade, não tenho nada para ouvir. Você pode ter encontros com quem quiser, já que o que temos não passa de uma grande mentira.

– Não seja ridículo. Você sabe que eu não tenho encontros.

– Sei? – sua boca se tornou uma linha rígida.

– Se não sabe, deveria. E esse seu ciúme é totalmente ridículo – cruzei os braços sobre o peito.

– Ah, é? Eu vejo a *minha* mulher com outro homem, de mãos dadas, e estou sendo ridículo! Essa é boa!

– O que você viu foi só uma reunião de negócios.

– Já tive muitas reuniões de negócios, Alicia, e nunca segurei a mão de ninguém em nenhuma delas – ele retrucou.

Suspirei, exasperada.

– Tudo bem. Escuta, o Boris acha que eu tenho chance de anular o testamento se entrar com uma ação alegando que o vovô não estava em seu juízo perfeito quando redigiu o documento. Era isso que estávamos discutindo. Ele estava tentando me consolar porque fiquei triste com essa notícia.

– E você vai fazer isso? – ele perguntou asperamente. – Vai manchar a memória do seu avô?

– Não! Não sei ainda. Eu não quero – sacudi a cabeça, confusa. – Foi isso que você viu. Era isso que estava acontecendo. O Boris estava tentando me consolar – repeti, esperando que ele entendesse de uma vez por todas.

A boca de Max se transformou numa linha fina e rígida outra vez. Aquela veia pulsava em sua têmpora.

– É tão ruim assim estar casada comigo que você não pode esperar mais alguns meses para se livrar de mim?

– Que inferno, Max! De onde você tirou essa ideia? Por que você sempre pensa o pior de mim? – gemi. – Não é nada disso! Eu gosto muito de estar casada com você. Se quer saber a verdade, eu gosto muito mais do que devia! Se pra você o que temos é uma grande mentira, pra mim não é. O que temos é especial. Tão especial que eu faria qualquer coisa para manter. Por isso não quero que você se meta em encrenca por minha causa. Só estou tentando... – Não era a hora certa para ter aquela conversa. Já estávamos perto do Hotel Paradise, uma rede de hotéis luxuosos espalhados pelo mundo, também pertencente ao Conglomerado Lima. Como eu poderia contar a ele ali, no meio do trânsito, que sua tão sonhada carreira não decolou porque entrei em sua vida? Possivelmente arruinaria todas as minhas chances de absolvição, que já eram mínimas. – Droga, Max! Você é um idiota às vezes!

Ele não respondeu. Na verdade, não falou comigo depois disso.

Assim que adentramos o salão de festas, no térreo do majestoso Paradise, Max e eu fomos saudados por muitos conhecidos, a maioria presidentes das dezenas de companhias que vovô comprara ao longo dos anos. Ele os cumprimentou ainda de cara fechada, mas foi educado e atencioso, sem puxar o saco de ninguém.

No salão de festas, luxuosamente decorado com flores brancas de vários tipos em enormes vasos de cristal, vimos Hector e sua esposa, Suzana, com outros presidentes e diretores. Tentei parecer relaxada e sorridente, mas não funcionou. O mau humor de Max parecia uma força física, saindo em ondas de seu corpo, me deixando instável.

– Ah, a herdeira do império e seu marido! – exclamou Hector. – Como seu avô estaria orgulhoso se visse você agora! Se tornou uma mulher, Alicia. Uma linda mulher. Não concorda, Suzana?

– Tão linda quanto a mãe – ela sorriu.

– Assim vocês me deixam sem jeito – murmurei, ciente de que os olhos de Hector estavam colados aos olhos pouco amistosos de Max.

– Você é um rapaz de sorte, Maximus – o presidente disse a ele.

– Você nem imagina quanto – Max murmurou acidamente, desviando os olhos dos meus. Reprimi um gemido. Eu tinha que falar com Max. Tinha que explicar que, ao menos naquela noite, precisávamos parecer um casal apaixonado.

No entanto, não houve tempo. O salão foi ficando abarrotado de gente, e muitos exigiam a atenção de Max. Vi Clóvis, parecendo mais atarracado do que nunca em seu terno cinza mal cortado, e reprimi um suspiro. Os grandes hematomas sob seus olhos e em torno do nariz não ajudavam a melhorar sua aparência. A culpa me consumiu quando ele sorriu hesitante. Telma estava ao seu lado e acenou com a cabeça quando me viu.

Max conversava descontraído com alguns colegas que haviam sido remanejados para outras empresas e me deixou de lado. Obriguei-me a andar pelo salão até estar em frente à mesa do casal.

– Como você está radiante esta noite, amada! Essa cor favoreceu seu tom de pele. Parece brilhar! – Telma falou, sorrindo.

– Obrigada, Telma. Como foi a viagem?

– Ah, amada – ela revirou os olhos. – Foi uma agonia ficar tantos dias longe do meu Clóvis. Mas consegui me divertir um pouco. Já esteve nos Andes? – Ela não esperou que eu respondesse. Fez um aceno de mão e continuou. – Ah, você precisa conhecer. Aquele lugar é mágico.

– Quem sabe um dia – sorri.

– Como vai, Alicia? Você parece triste esta noite – Clóvis comentou.

– É, eu estou. É a primeira vez que o vovô não... você sabe.

Ele assentiu, com o rosto grave.

– Sim, eu sei.

– Minha nossa! Olha o colar da Suzana! – exclamou Telma. – Meu Deus! Posso ver o brilho daquelas pedras a quilômetros! Preciso saber onde ela conseguiu aquela joia. Me deem licença, por favor.

Assim que ela se levantou, ocupei a cadeira ao lado de Clóvis.

– Me desculpa, Clóvis. Eu não tinha a intenção de te agredir. Só... perdi a cabeça.

Ele assentiu brevemente.

– Já se decidiu?

– Humm... – *Será que essa mancha roxa em torno de seus olhos não deixou claro?*, pensei. *Vou ter que ser mais explícita que isso?* – Não tem o que decidir.

Seus olhos se estreitaram.

– Tem certeza? – ele grunhiu. – Eu não estava brincando, Alicia.

– Você não vai querer me ameaçar, Clóvis. Eu reajo muito mal. Acho que você já notou isso.

Ele sorriu um pouco. E, dessa vez, um arrepio gélido percorreu minha coluna.

– Você já tomou sua decisão. Não vai voltar atrás. Que pena. Gostaria que tudo se resolvesse de maneira amigável, sem mágoas ou palavras duras.

Levantei-me, observando as manchas roxas em seu rosto causadas por meu punho, e mordi o lábio.

– Acho que é um pouco tarde pra isso.

Voltei para perto de Max. E percebi que seus olhos questionadores estiveram em mim o tempo todo.

– Por que você foi procurar o Clóvis?

– Só fui me desculpar – e tomei um gole de champanhe.

Ele me olhou intrigado por um momento, antes de voltar à fachada fria e distante, o que só me deixou pior. Eu me sentia fria naquela noite; a necessidade de ver vô Narciso circulando por aquele salão me deixava nauseada. E, sem o calor dos olhos de Max, estava ficando impossível suportar a sensação de abandono, solidão e perda. Era estranho ver todos os diretores, presidentes e vice-presidentes, quando o anfitrião não estava ali. Tentei ignorar a dor o melhor que pude, tentei focar os pensamentos em outra direção, mas as luzes do salão se apagaram e imagens de vovô em diversas fases da vida surgiram no telão branco. Vi uma foto dele com papai e mamãe, eu – ainda bebê – em seu colo. Depois eu e vovô com orelhas de coelho, ambos com a cara suja de chocolate. Eu tinha seis anos naquela foto. Vovô e eu na praia, enterrados até o pescoço. Abraçados, com a Torre Eiffel ao fundo; ele sorria abobalhado para mim, como fizera a vida toda. Com orelhas pretas na Disney, de braços dados embaixo da Estátua da Liberdade, fingindo escorar a Torre de Pisa, para que não caísse. A música de um piano insuportavelmente triste que acompanhava o vídeo me obrigou a me levantar da cadeira e fugir do salão o mais rápido que pude. Enfiei-me numa das sacadas laterais, trêmula e trôpega, sem enxergar nada à minha frente. A balaustrada que separava a sacada e seu pequeno jardim da piscina do hotel me fez parar. Apoiei as mãos sobre ela, tentando respirar, tentando me livrar da dor.

Então senti novamente aquele toque, aquela carícia em minha cabeça, e o aroma de flores, que permeava meus sonhos toda vez que vovô aparecia neles, me atingiu como uma rajada de vento.

– Você está aqui, vovô? – murmurei, tentando conter as lágrimas. – Por favor, me mande um sinal. Qualquer coisa que me faça crer que você ainda está perto de mim.

Esperei inutilmente. Tudo que aconteceu foi uma borboleta voar ali perto. Engoli em seco quando ela pousou no topo da balaustrada cor de creme. Observei o inseto, que se manteve imóvel, como se me observasse também.

As vozes, o tilintar de taças, aquela música insuportável vindo de dentro do salão aumentaram, depois voltaram a ficar abafados.

Virei-me e lá estava Max, imóvel como uma estátua, me observando com olhos obscuros. Recuei até bater o quadril na balaustrada. Ele soltou um longo suspiro e se aproximou rapidamente, sem se deter até me tomar em seus braços.

– Sinto muito – murmurou, acariciando meus cabelos. – Sinto muito. Me desculpa.

Com o rosto enterrado em seu peito, seu abraço férreo impedindo que eu me livrasse daquele doce cativeiro, as lágrimas assumiram o controle e caíram livremente. Ele enterrou o rosto em meus cabelos, e o aperto ao redor de meu corpo se intensificou, como se quisesse me fundir ao seu, como se ele quisesse se apossar de minha dor e tomá-la para si. Aos poucos, consegui me controlar o bastante para que os soluços cessassem.

– Desculpa – sussurrei, secando os olhos e torcendo para que não estivesse com a cara toda borrada, *à la* Alice Cooper. – Não consegui evitar... Foi... – engoli em seco.

– Horrível – ele completou.

Apenas assenti.

– Às vezes acho que eu realmente falo com ele, Max. Que sinto a presença dele, o toque. – Eu me desvencilhei de seus braços e me virei, ficando de frente para a água cristalina, para que ele não visse minha tristeza.

Silenciosamente, ele se aproximou, até ficar bem ao meu lado. Tentei imaginar o que Max estaria pensando. Ele achava que eu era doida? Tinha medo de que eu saísse por aí dizendo que falava com gente morta? Temia que eu surtasse enquanto ele dormia e o atacasse com uma faca? Certamente não devia ser nada agradável saber que a garota com quem se divide o apartamento acredita que fala com gente morta. Fiquei entre ele pensar que eu simplesmente mentia ou que havia perdido o juízo, como tia Celine.

Tia Celine era a irmã mais velha de vô Narciso. Ninguém notou suas esquisitices até que ela começou a dormir dentro do closet, porque dizia que havia nazistas dançando em seu quarto e que a cantoria alemã não a deixava repousar. Levou anos para que vovô conseguisse fazê-la tomar os medicamentos, mas era tarde demais, ela já vivia em seu mundinho e raramente aparentava lucidez. Eu gostava de tia Celine. Ela sempre me entupia de chocolate quando meu avô dava as costas. Eu era pequena quando ela decidiu me dar alguns conselhos, pouco antes de morrer. "Nem pense em se casar com o príncipe encantado", ela me disse certa vez. "Case-se com o lobo mau. Ele sim saberá tratar você bem." Na época, eu tinha oito anos e não entendi muito bem o que ela quis dizer. Foi na adolescência que descobri o que sua metáfora queria dizer. Talvez por isso nunca quis me ligar a ninguém.

Até conhecer Max, que era parte lobo mau, parte príncipe encantado. E que estava calado havia tanto tempo que tive que olhar para ele. Seus olhos me examinavam atentamente.

– Ele é tão real, Max. Quer dizer, nos meus sonhos. É ele! É o mesmo homem que sempre foi. Ele *é* real! E me aconselha como antes, e às vezes eu sinto algo, uma força... Não sei como explicar, parece que algo está me protegendo, como se o vovô ainda estivesse por perto.

– Isso é um pouco apavorante – ele disse, mas sorriu de leve.

Não era bem o tipo de resposta que eu esperava.

– Você... acredita em mim? – perguntei, insegura.

– E por que não acreditaria? Você teve uma ligação muito especial com o seu avô. Se existe mesmo vida após a morte, e o seu Narciso está vendo tudo que você anda passando, não duvido que esteja perto de você, tentando te proteger – ele disse, muito seguro. – Claro que acredito em você.

Suspirei, aliviada.

– Ele está tentando me ajudar, eu sei que está. Eu é que sou cabeça--dura e não dei ouvidos ao que ele disse. E tudo acabou ficando mais complicado.

Um pouco hesitante, Max deslizou a mão pela balaustrada até alcançar a minha. Um calor denso e abrasador percorreu meu braço e alcançou meu peito quando ele fechou os dedos ao redor de minha mão.

– Quer falar sobre isso? – perguntou.

– Eu... eu preciso. Não aguento mais isso. – Respirei fundo antes de começar. – Tudo bem, a verdade é que... bom... o Clóvis desconfia que o nosso casamento é uma farsa.

– Ainda? – ele perguntou em voz baixa.

– Na verdade, ele tem quase certeza. E me procurou, primeiro me alertando dos riscos que a sua carreira corre se a história vier à tona. Fiquei tão confusa quando ele disse que você ia se prejudicar que eu quis te contar da primeira vez, eu juro, só não tive coragem.

– Então foi isso – ele me encarou, abaixando um pouco a cabeça para que nossos rostos ficassem na mesma altura. Sua voz era como veludo em minha pele. – A conversa no carro. Foi isso que te deixou tão assustada.

Assenti.

– Mas não foi só isso.

– Não? – sua testa vincou.

– Não. O Clóvis comprou o meu cupê do cara pra quem vendi. Naquela tarde na mansão, quando eu bati nele, ele pediu para eu anular o casamento. E me ofereceu o carro como moeda de troca.

Ele ficou em silêncio por alguns minutos. O rosto era uma máscara sem expressão.

– Você aceitou? – inquiriu. A voz não tinha entonação alguma.

– Você viu o rosto dele? – ri, nervosa.

– Ah – ele disse, um meio sorriso no rosto.

– Tem mais – sussurrei.

– Tem? – ele me encarou inquisitivamente. A força de seus olhos era tanta que tive que desviar os meus para continuar.

– Eu ainda não contei o pior. No jantar da L&L para decidir quem seria o novo diretor do Comex, o Clóvis me contou que foi o Hector quem sugeriu ao meu avô me excluir do testamento até que eu estivesse casada. Na época, não entendi o que aquilo significava, mas agora está tudo muito claro. Eu assumo o meu patrimônio, o Hector perde o cargo de presidente do conglomerado. Ele não quer que isso aconteça. A Vanessa contou pra ele que o nosso casamento é uma farsa, e agora o Hector está tentando encontrar provas. Então, se ele conseguir, seu bom nome, Max, seu esforço, seu talento, seus sonhos, vai tudo por água abaixo. Me desculpa.

Comprimi os lábios, desejando não ter dito aquelas palavras, mas eu dissera e Max as ouvira. Levou meio minuto para que ele perguntasse:

– Quem te contou isso?

– O Clóvis. O Hector procurou ele. O Clóvis tem feito pressão para que eu anule o casamento, porque se o nosso acordo for descoberto eu perco o direito à herança pra sempre. Mas ele acha que o Hector é esperto o bastante para desmascarar a gente e tem me torrado a paciência por causa disso. Ele quer que eu anule o nosso casamento antes que a coisa exploda.

Max assentiu, sério, muito sério.

– E, Max... – Seus olhos estavam presos aos meus, brilhantes, cheios de luz, mas não me devolviam nada. – O Clóvis escolheu o Jeferson simplesmente porque você confrontou ele aquele dia no refeitório. E ele não gosta de você porque você é meu marido. Ele acha que você é um homem perverso, que me usa como uma sex doll ou algo do tipo. Sinto muito – baixei a cabeça.

Houve uma longa pausa, e sua mão deixou a minha.

– Por que você não me contou tudo isso antes?

– Eu tentei algumas vezes, mas acabava recuando porque... eu fiquei com medo. Me perdoa, Max. Eu não pude fazer nada a tempo. Sei como sua carreira é importante pra você. Se o Clóvis tivesse me dito antes que ia estragar a sua promoção, eu teria tentado alguma coisa, argumentado ou apelado... qualquer coisa, mas não deu. Você não sabe como eu lamento. Foi por isso que procurei o Boris. Pra tentar fazer alguma coisa antes que o Clóvis te prejudique de novo, porque ele disse, naquela tarde em que quebrei o nariz dele, que vai afastar você de mim se for preciso, para me livrar de problemas. E não foi um encontro aquele jantar com o Boris. Eu juro!

– Alicia, olha pra mim – pediu ele, colocando uma mão em cada lado do meu rosto e o levantando até que eu olhasse para ele. – Por que isso te entristece tanto?

— Por quê? — indaguei, tentando engolir as lágrimas e falhando vergonhosamente. — Porque eu sou a garota-problema que destrói a vida e os sonhos de todos que se aproximam. Você tem razão, Max. Eu sou a pedra no seu sapato. Você devia ficar longe de mim. Bem longe. Eu estraguei tudo.

Uma mecha de cabelo caiu na lateral de seu rosto, atraindo minha atenção imediatamente. Eu queria tanto acariciar aqueles cabelos dourados...

— Você não respondeu minha pergunta — disse ele, e a voz profunda reverberou por todo meu corpo, deixando minha pele quente.

— Eu sinto muito. Eu devia ter imaginado que esse plano maluco de casamento de aluguel não ia dar certo. Não devia ter metido você nessa confusão. Eu estraguei os seus sonhos. Eu daria tudo pra poder consertar as coisas. — Max ainda me encarava, tornando impossível organizar meus pensamentos e responder com clareza. — Tá, eu sei que não tenho nada agora, mas eu daria até as roupas do corpo e pegaria ônibus sem reclamar se isso fizesse o tempo voltar.

Seus olhos brilharam como na noite em que nos beijamos no sofá. Havia neles calor e desejo e fúria e medo.

— Alicia, por que você se importa com o que vai acontecer comigo? — ele ainda segurava meu rosto entre as mãos.

— Porque... — prendi uma das mãos em seu pulso — não quero que você seja infeliz.

Ele sorriu, aquele sorriso tímido que me fazia perder o fôlego.

— Eu também não quero te ver infeliz, Alicia. — Não era bem o tipo de reação que eu esperava. Na verdade, eu não esperava nada daquilo. Onde estavam os gritos: "NÃO ACREDITO QUE PERDI MINHA CHANCE POR SUA CAUSA, GAROTA!"?

— Não quer? — perguntei, confusa.

Ele sacudiu a cabeça lentamente.

— Nesse momento, estou fazendo um esforço enorme para não entrar nesse salão e quebrar o que sobrou do nariz do Clóvis por te atormentar quando você já está tão fragilizada e enfrentando problemas demais. Mas você é mais importante neste momento. Posso lidar com ele depois. Você está triste e não quero te ver assim. Me dói a alma, Alicia. Sinto como se eu estivesse morrendo. Será que você poderia sorrir pra mim e me livrar dessa agonia? – ele pediu. – Eu adoro o seu sorriso.

Engoli em seco. Seu rosto estava tão próximo do meu, as mãos tão quentes em minha pele fria. Suas palavras aveludadas eram como carícias em meu corpo. Senti meus joelhos falharem.

– Por que você está sendo gentil comigo? Não entendeu que eu estraguei tudo?

– Só para que você saiba – ele colocou uma mecha do meu cabelo atrás de minha orelha –, eu já desconfiava que o Clóvis tinha escolhido o Jeferson porque confrontei as atitudes dele em relação a você. E, se quer saber, fiquei aliviado por ele não ter me escolhido. Eu não ia suportar pensar que devo ao Clóvis qualquer coisa que seja.

– Você desconfiava? – perguntei, atônita. – Por que não me disse nada?

Ele comprimiu os lábios, impaciente.

– Porque sabia que você ia assumir a responsabilidade. E o único responsável sou eu. Não! – ele segurou mais firme meu rosto quando tentei negar. – Não é culpa sua. Eu agi por conta própria e não me arrependo, faria tudo de novo se fosse preciso. Agora sorria para mim, por favor. Essa tristeza toda em seus olhos está me matando.

– Não dá pra sorrir num momento desses.

– Dá sim – ele disse, secando com os polegares as teimosas lágrimas que escorriam por meu rosto. – Aposto que você vai sorrir se lembrar de como nos embolamos naquela escada, logo depois que nos conhecemos. Você estava tão perdida, tão confusa, como se o fim do mundo estivesse chegando.

Suspirei.

– Era pior que o fim do mundo. A Joyce ia me exilar na copiadora.

– Isso com certeza é o fim dos tempos... – ele sorriu um pouco. – Ou você pode lembrar de como fiquei constrangido quando trombamos no corredor e me deparei com a cópia da sua... hã... – ele arqueou uma sobrancelha. – Você sabe do que estou falando. Não me obrigue a dizer.

Eu sorri um pouco, e seus olhos se iluminaram.

– Agora sim. Um sorriso tímido, mas ainda é um sorriso. Já vi um desses antes. Quando você está lendo, sorri dessa forma. – Sua mão continuava encaixada em meu maxilar, os dedos longos alcançando minha nuca.

– Eu não sorrio enquanto leio – contrapus.

– Sorri, sim, o tempo todo. Eu prestei atenção – e o polegar deslizou por meu lábio inferior.

O toque me fez estremecer, e uma avalanche de sensações me sufocou. Max parecia alterado também, sua voz estava rouca, as pupilas dilatadas e escurecidas, a respiração curta. Meu coração voava.

– Não faço outra coisa a não ser prestar atenção em você, Alicia.

Sob a luz da imensa lua, Max se inclinou, sem hesitar dessa vez, e colou os lábios macios aos meus. Era a primeira vez que ele me beijava, realmente me beijava, sem persuasões ou artimanhas. Aproveitei a chance e me agarrei a ele, grudando meu corpo inteiro ao seu. Ele não pareceu se importar, já que um braço laçou minha cintura, me espremendo contra seu corpo forte. Seus lábios foram ainda mais agressivos que em nosso último beijo, e eu já não conseguia respirar, mas não permiti que se afastassem dos meus. Eu poderia sufocar se isso significasse ficar ali, presa a ele para sempre.

Max tentou eliminar a distância entre nós – o que era impossível, já que não havia uma única parte de mim que não estivesse colada a ele –, de modo que acabei pressionada entre a balaustrada e seu corpo quente, quase febril. Suspirei sob seus lábios, e o braço em minha cintura se moveu preguiçosamente por minha silhueta e contornou meu quadril, até o puxar para si. Instantaneamente obtive a resposta à pergunta que havia tanto me atormentava. Talvez fosse apenas uma reação ao beijo inconsequente, despido de pudor, ao qual ambos estávamos entregues, mas seu corpo dizia, de forma *muito* clara, que me desejava.

Seus lábios deslizaram para meu pescoço, os dentes provando minha pele e me deixando em chamas. Sua boca alcançou minha orelha e mordiscou o lóbulo já sensível, me fazendo tremer.

– Os sonhos mudam, Alicia – ele sussurrou.

Estremeci de prazer. Ele continuou brincando com os lábios por minha clavícula, os dedos fluindo por meu braço, suaves como plumas.

– O meu mudou – disse, numa voz gutural repleta de ternura e desejo.

Enrosquei os dedos em seus cabelos macios, trazendo-o para minha boca outra vez. O beijo, que a cada segundo se tornava mais voraz, mais íntimo, despudorado, me deixou em êxtase. Max ainda me segurava, firme e decidido, contra seu corpo quando alguém abriu a porta, deixando o mundo perfurar nossa bolha de paixão, trazendo o barulho de vozes e música para aquele momento mágico.

– Ah! Perdoem, eu não pretendia interrompê-los... – resmungou Hector com um cigarro na mão, o rosto surpreso. Naquele instante, parte de mim acreditou em intervenção divina. Hector não tinha ido até aquela sacada por acaso, não é mesmo? A outra parte de mim estava puta da vida pela interrupção.

Fiquei imóvel, esperando o momento em que a consciência atingiria Max e ele colocaria o abismo entre nós novamente, nos delatando. No entanto, ele sorriu e não me soltou. Apenas me girou, me abraçando pela cintura, minhas costas grudadas em seu peito. Não me atrevi a respirar.

– Não interrompeu – ele disse a Hector. Como Max não se afastou, mas continuou ali, com os braços protetores ao meu redor, fiquei mais confiante e me permiti respirar com cautela.

– Eu não sabia que estavam aqui – justificou-se Hector, analisando os braços ao redor da minha cintura com a testa franzida. – Não queria ter interrompido um casal tão apaixonado.

– Nós é que fomos descuidados. Desculpa, Hector. Acho que a culpa foi minha, mas ninguém pode me condenar. Olhe bem para a minha mulher! – Havia tanta euforia em sua voz, tanta... verdade que meu coração parou de bater por um segundo ou dois. – Eu seria louco se não quisesse beijar a Alicia a todo momento.

Oh, Deus! Que seja real! Que isso tudo seja real!

– Certamente. A Alicia se tornou uma linda mulher – Hector sorriu. – Vou deixá-los à vontade – e voltou a abrir a porta.

– Não é necessário. Alicia e eu temos a noite toda – Max disse e beijou meu pescoço.

Estremeci com a promessa. Max nunca quebrava uma promessa. Bom... quebrou a de nunca me beijar, mas essa não contava. "Temos a noite toda", ele dissera. Sorri e fiz força para lembrar que lingerie estava usando, e quase tive um colapso nervoso quando percebi que vestia minha calcinha preferida, do tipo boneca – larga e imensa! –, para que não marcasse sob a roupa, e com a cara enorme do Mickey Mouse estampada na bunda. *Droga!*

— Se não for atrapalhar... estou louco por um desses. — Hector acendeu o cigarro e deu uma longa tragada, seu rosto demonstrando prazer e dor ao mesmo tempo. — Seu avô vivia dizendo que isso ainda ia me matar.

Não respondi. Eu tinha um problema mais iminente que a possível morte de Hector pelo terrível hábito do tabagismo.

— Seu avô sempre falava de você, Alicia. Eu nunca conheci um avô, nem mesmo um pai, que se preocupasse tanto com alguém como ele se preocupava com você. Era bonito ver quanto ele te amava.

— Eu sei, Hector. Era mútuo.

Ele assentiu.

— Vou ter que fazer o discurso no lugar dele. — Deu uma longa tragada. — Mas preferia que alguém da família fizesse, se não se importar.

— Ah, não. Eu não posso. Não consigo falar em público. E você é o grande presidente. Vá em frente. Colha os louros — zombei.

Ele franziu a testa.

— Não se trata disso. Nunca se tratou disso — jogou o cigarro no chão. — Se me derem licença... — e entrou pisando duro.

Esperei, um pouco insegura, até que a porta se fechasse. Max me girou em seus braços e sorriu enquanto deslizava dois dedos por meus cabelos.

— Max, você foi perfeito! Ele jamais esperava ver uma cena como essa. Você me abraçando assim... — apoiei as mãos em seus bíceps rijos e fortes. Arrepios subiram e desceram por minha coluna.

— Não estou encenando, Alicia... Você... estava?

— Eu? De jeito nenhum. É que eu pensei... esquece isso — sacudi a cabeça e sorri.

Ele também, mas de forma um pouco hesitante.

— Tudo bem te tocar dessa forma? — perguntou, acariciando minhas costas.

Um sorriso enorme se espalhou por meu rosto.

— Mais que bem.

Ele suspirou, aliviado.

— Faz muito que desejo te tocar, Alicia. Você não faz ideia! Temos um acordo e eu... não sei o que fazer. Não quero que pense que estou me aproveitando da situação. Eu não estou! Mas, às vezes, eu acho... eu sinto que você quer que eu te toque.

— Às vezes? — sacudi a cabeça, desamparada. — Caramba, Max! Estou tentando te seduzir há semanas...

— Está? — ele perguntou, sinceramente surpreso.

— E aparentemente não me saí muito bem — resmunguei.

— Hã... Não é isso. Eu notei que você se sentia atraída por mim, mas tive medo de estar confundindo as coisas, fantasiando. Que meu cérebro estivesse me dando o que eu queria. — Um dedo seguiu a linha de meu maxilar, até encontrar meu queixo. — E... principalmente, eu temia que *você* estivesse confundindo as coisas.

— Eu nunca estive confusa. Bom... talvez no começo — ri um pouco. — Eu não sabia mais o que fazer para chamar sua atenção, Max. Tentei de tudo, o filme, o pé machucado, não tinha barata nenhuma... Foi tudo armação pra você me notar. Menos aquela noite terrível da tempestade. Daquela vez eu não menti. Realmente pensei que você estivesse entediado. — Revirei os olhos quando ele riu. — A história da barata foi a pior, eu admito, mas eu só queria uma chance de ficar no mesmo quarto que você pra tentar...

— Por isso você usava aquela camisola — ele disse, assentindo. Mais para si mesmo, pensei.

— Você realmente acreditou que uso aquele tipo de roupa pra dormir?

Ele abriu um sorriso um tanto tímido, os olhos brilhavam.

— Estranhei um pouco. Você não imagina o esforço que fiz para afastar da cabeça a imagem daquela camisola obscena. — O braço em minha cintura se contraiu instintivamente, me arrastando para junto dele. — Pra piorar, seu perfume estava em cada centímetro daquele quarto, especialmente nos lençóis. Não dormi nada aquela noite. Eu quis derrubar a porta do quarto e tomar você nos braços uma centena de vezes. Por muito pouco não perdi o controle.

— É mesmo? — sorri, maravilhada. — Eu pensei que você nem tivesse notado a camisola.

— Eu notei. Ah, notei! Mas sinceramente, Alicia, não precisava de nada daquilo. Você não faz ideia de como aquele seu pijama de nuvenzinhas e as pantufas de dinossauro me tiram o sono. Você fica tão... linda e autêntica e... Por semanas, era tudo que eu conseguia pensar. – *Ah, Mari! Você precisava ouvir isso!* – Meu trabalho não rendeu nada depois que casei com você.

– Mas... mas... você sempre fugia! Eu fiquei pisando em ovos pra não te afastar, porque toda vez que eu me aproximava você fugia. Você me deixou sozinha na sua cama aquela noite. Sozinha!

– O que eu podia fazer? Você traçou os limites do nosso relacionamento. Como eu poderia atravessá-los?

– Sabe, você não devia dar ouvidos a tudo que eu digo... – Era bom demais para ser verdade. Apertei levemente seu ombro pra ter certeza de que eu não estava mesmo sonhando. Não, eu não estava. Aqueles músculos firmes eram muito reais.

– Eu tenho lutado tanto para tirar você da cabeça, Alicia – ele confessou. – Mas parece que, quanto mais eu tento, menos sucesso obtenho. Não sei como você não percebeu. Não vê como fico nervoso e nunca sei o que fazer quando você está por perto?

Sacudi a cabeça, incapaz de dizer qualquer coisa.

Max acariciou meu rosto com a ponta dos dedos, os olhos queimando nos meus. Seu polegar deslizou por meu lábio inferior, dolorosamente lento. Ele abaixou os olhos para acompanhar o traçejar de seu dedo. Umedeceu os lábios suculentos, sua respiração saindo aos trancos, então finalmente (*finalmente!*) disse as palavras mágicas que havia tanto tempo eu esperava ouvir:

– Alicia – sua voz era rouca, intensa. – Quer ir pra um lugar mais calmo?

– Desesperadamente – sussurrei.

Ele sorriu, um sorriso imenso, e começou a me conduzir de volta para a festa. Olhei por sobre o ombro em direção à balaustrada, em busca da borboleta azul, mas ela não estava mais ali.

Quando estávamos no umbral da porta, me detive, impedindo que Max continuasse.

– Max, me diz uma coisa. Você gosta do Mickey?

Ele franziu o cenho.

– O ratinho?

Assenti, um pouco insegura.

– Hã... Acho que gosto. Por quê? – quis saber ele, ligeiramente confuso.

Sorri largamente.

– Por nada.

40

Para minha frustração – e a de Max, aparentemente –, nossa saída à francesa naufragou. Hector estava no palco discursando e, quando me viu atravessando o salão, apontou para mim, dizendo ao microfone quem eu era. Um holofote quase me cegou. Max enrijeceu ao meu lado. Não tivemos alternativa a não ser voltar para nossa mesa e sorrir.

Max entrelaçou os dedos aos meus e tive que me contorcer para aplaudir Hector quando ele terminou o discurso, recheado de histórias divertidas partilhadas por vovô e ele.

Peguei minha taça de vinho e tomei um gole, então notei Max observando nossas mãos entrelaçadas.

– Que foi? – perguntei.

Ele levantou os olhos e me encarou por um tempo interminável. Eles brilhavam tanto que era difícil me desligar do caleidoscópio que as luzes produziam em suas íris.

– Eu estava pensando se isso é mesmo real – e pressionou levemente meus dedos emaranhados aos seus.

– Espero que seja – murmurei.

Varias emoções cruzaram seu rosto, uma explosão intensa de cores e sentimentos. Ele me estudou por um longo tempo antes de se inclinar e tocar levemente meu nariz com seus lábios. Uma corrente elétrica percorreu meu corpo. Era como se o restante do mundo tivesse se tornado apenas luzes e cores e sons distantes. Eu só via Max, sentia Max, desejava-o.

– Aonde você vai? – perguntei quando ele se levantou.

– Volto em três minutos – ele sorriu, mas parecia haver ansiedade em seus olhos.

Esperei, observando o salão, os rostos conhecidos, a orquestra belamente acomodada na lateral do salão imponente. Vovô estaria rindo se estivesse ali. E eu tinha que admitir que meu avô sabia das coisas. Minha aproximação com Max acontecera por ter ouvido seu conselho. Vô Narciso era fodástico!

Uma mão quente e macia tocou meu ombro.

– Você voltou! – exclamei extasiada quando vi Max.

Ele sorriu, surpreso.

– Pra onde eu iria?

Fugir, como sempre?

– Não sei – dei de ombros. – Só achei que... Esquece.

– Dança comigo? – ele perguntou, esticando a mão para que eu a pegasse.

Aceitei imediatamente, e ele me guiou para a grande pista de dança.

– Pensei que fazer você dançar fosse exigir demais – comentei, me lembrando de sua cara apavorada na danceteria quando tentei tirá-lo para dançar.

– Depende muito do tipo de dança – ele enlaçou minha cintura, colando-me a ele.

Poucos casais se arriscavam na pista, mas não me importei. Eu não fazia ideia de que música estava tocando. Meu coração batia tão alto e meus pensamentos estavam tão agitados que podia estar rolando o maior funk e eu nem notaria, continuaria a balançar suavemente nos braços de Max. Ele me segurava com uma delicadeza determinada, uma das mãos firme em minha cintura, a outra aninhando minha mão sobre seu peito, o rosto tocando o meu, deslizando o nariz em minha bochecha, meus cabelos, inspirando profundamente. Seu braço se apertou em meu corpo e tive que me concentrar para me manter de pé. Nossos olhos se encontraram, e um entendimento estranho e ao mesmo tempo tão natural ocorreu naquele instante. Ele não disse nada, eu não disse nada, mas ambos sabíamos que chegara a hora de partir.

Voltamos para a mesa apenas para apanhar minha bolsa. Nós nos despedimos de alguns conhecidos e deixamos o grande salão para adentrar a luxuosa recepção que levava à saída do hotel. Em momento algum Max soltou minha mão ou desviou os olhos. No entanto, em vez de seguirmos em frente, ele me guiou em direção ao balcão da recepção.

– Mas... – tentei perguntar, porém me calei quando o recepcionista entregou a Max um cartão grande e sorriu conspiratoriamente. A chave de um quarto.

– Quer subir? – ele perguntou. Havia muitas emoções em seu rosto, a mais evidente delas era a incerteza.

"Quer subir?" Duas palavras. Apenas duas palavras fizeram meu mundo entrar em colapso. Comecei a suar. Eu tinha plena certeza do que queria, tanta que me doía fisicamente, mas não pude deixar de ficar nervosa.

– Tudo bem – engoli em seco.

Ele assentiu, os olhos ejetando fogo.

Entramos no elevador de mãos dadas. Instantaneamente me senti tímida, como se fosse a primeira vez que iria para a cama com um homem. Max também parecia nervoso, o que não ajudou muito. Graças ao ascensorista, que decidiu puxar conversa sobre o tempo bom daquela noite, o temível silêncio se dissipou. Assim que descemos no andar certo, Max procurou pelo número do quarto, aparentando impaciência.

– Fica aqui – pediu quando encontrou o quarto no longo corredor acarpetado.

Obedeci enquanto ele introduzia o cartão na fechadura e abria a porta. Com os olhos presos aos meus, ele se aproximou, passou um braço por meus joelhos, o outro pela cintura e me içou com facilidade. Carregando-me com desenvoltura, Max entrou no quarto, fechou a porta com um pontapé – o que achei tremendamente excitante – e seguiu em frente na antessala iluminada apenas por arandelas. Arfei quando vi o quarto, em especial a cama gigante e o lençol imaculadamente branco forrado de rubras pétalas de rosa. Um balde de gelo abrigava uma garrafa de champanhe. Frutas o rodeavam. Velas acesas em diversas superfícies davam ao quarto um clima de intimidade e romantismo.

– Uau!

– Eu sei que não é bem isso que você deve ter imaginado para a sua noite de núpcias, principalmente considerando o atraso...

Sacudi a cabeça.

– É ainda melhor! – exclamei. – Como... como você... quando...?

– Eu tenho os meus contatos – ele disse e me colocou gentilmente sobre a cama.

Com elegância, Max alcançou a garrafa de champanhe e a abriu, serviu duas taças e me entregou uma. Havia enormes buquês de rosas vermelhas nas mesas de cabeceira. Engoli em seco quando ele se sentou ao meu lado e a cama cedeu um pouco sob seu peso. Minhas mãos suavam, eu estremecia a cada respiração sua. Era ridículo estar tão nervosa, depois de tudo que eu tentara para chegar até aquele momento. Virei minha bebida de uma vez.

– Está com medo? – indagou Max.

– Hã... um pouco – confessei.

– Porque não tem certeza do que quer? – sua testa vincou.

– Na verdade, estou esperando que você saia correndo a qualquer momento.

– Não vou a lugar nenhum. Não dessa vez – ele murmurou, solene.

– Que droga! Então isso é um sonho, não é? Nada disso está realmente acontecendo. Vou acordar daqui a pouco, ofegante, excitada e sozinha, não vou?

Ele pegou minha taça vazia e a colocou no chão acarpetado. Com os olhos cristalinos capturando os meus, Max tocou meu rosto. Sua mão deslizou por meu pescoço, meu braço, até alcançar minha mão suada. Ele a levou aos lábios antes de pousá-la sobre o próprio peito, sobre seu coração.

– Pode sentir isso? – e pressionou ainda mais minha mão de encontro ao seu coração.

As batidas eram fortes, rápidas, quase furiosas.

– Sinto.

– E isso? – ele levou minha mão de volta aos lábios, e dessa vez depositou um beijo demorado em minha palma.

Estremeci, assentindo.

Ainda me encarando, com tanta intensidade que eu era capaz de jurar que o calor que sapecava minha pele vinha dele, Max murmurou:

– Também estou com dificuldade pra acreditar, apesar de tudo parecer muito real pra mim. – E se inclinou para me beijar. – Mas, se você também acha que isso é real, então ou está mesmo acontecendo ou estamos partilhando o mesmo sonho.

Meu coração retumbou dentro do peito quando seus braços me prenderam com urgência. Enrosquei os dedos em seus cabelos, me grudando ainda mais a ele. Então o beijo se tornou mais delicado, mais lento e contido. Devagar, Max me deitou na cama, deslizando a mão pela lateral do meu corpo até alcançar minha coxa, sem pressa.

– Você acredita que é real, Alicia, ou estamos sonhando? – inquiriu numa voz gutural.

– Não sei. Não me importo mais – murmurei, ofegante, enquanto ele delineava minha cintura com os dedos febris.

– Você ainda tem medo? – seus lábios tocaram a lateral de meu pescoço, me fazendo tremer.

– Não.

Ele ergueu a cabeça, me fitou por um instante e sorriu. Um sorriso tão pleno, tão completo, que parecia vir de sua alma. Max continuou a me acariciar, a me beijar sem pressa, e entendi o que ele pretendia. Estava saboreando cada toque, cada carícia, prolongando o prazer de cada gesto. Eu também não tinha mais pressa, queria apreciá-lo, acariciá-lo, amá-lo lenta e profundamente.

Eu me livrei de seu paletó, desfiz um a um os botões de sua camisa, até que finalmente senti sob a ponta dos dedos sua pele lisa, candente, macia. Seu coração bateu rápido sob minha palma. Com lentidão exagerada, deslizei a camisa por seus braços fortes e atléticos, até que consegui jogá-la em alguma parte daquele quarto mágico.

Max deslizou os lábios por meu pescoço, por meu braço, até encontrar o zíper na lateral do meu vestido, abrindo-o com extremo cuidado. Correu os dedos até alcançar a barra do vestido em minha coxa, o levantou e o passou por minha cabeça, então admirou meu corpo. Suas mãos grandes eram suaves sobre a minha pele, e os olhos, escurecidos de desejo, me fizeram suspirar. Chegava a ser cruel a maneira como Max parecia me reverenciar. Quando voltou a me beijar, sua pele febril tocou a minha, me fazendo gemer diante do prazer de tê-lo ali, me espremendo de encontro ao colchão. Ele explorou cada centímetro de meu corpo com a ponta dos dedos antes de deslizar com delicadeza pelos mesmos caminhos as sedosas pétalas de rosa espalhadas no lençol. Logo seus lábios refizeram o trajeto, detendo-se em minha barriga. Gentilmente, Max me virou de bruços e continuou a explorar, alternando dedos, lábios, pétalas, dentes, fazendo com que eu me contorcesse de prazer.

Ouvi Max rir baixinho quando seus dedos se enroscaram nas laterais na minha calcinha, mas, aparentemente, Mickey Mouse não o desencorajou. Ele traçou uma trilha de beijos da minha nuca até a dobra dos joelhos, retirou meus sapatos com delicadeza e me virou, os olhos me absorvendo como se pudéssemos nos tornar um só. Ajoelhei-me na cama e alcancei sua cintura estreita, abrindo seu cinto e ajudando-o a se livrar do restante das roupas. Tudo que pude pensar enquanto o tecido caía, revelando o corpo perfeito, foi que Davi, de Michelangelo, tentaria cobrir sua nudez medíocre comparada à de Max. Ele era lindo, forte, másculo. Maximus!

Ele também me estudava, os olhos vorazes percorrendo minhas curvas, saboreando-me a distância.

– Tão linda... – sussurrou, me fazendo deitar outra vez.

Suas mãos se tornaram mais firmes, afoitas, ansiosas. Tão ansiosas quanto eu estava para que me tocassem. Max se demorou em minhas curvas, como que me conhecendo, me descobrindo pelo tato.

Movendo-se agilmente, ele se colocou sobre mim e acabei gemendo ao sentir o contato puro, cru, de seu corpo junto ao meu. Ele tocou meus cabelos, afastando-os para o lado, e abaixou a cabeça até alcançar minha orelha.

– Tem certeza? – murmurou. – Podemos parar, se você quiser.

Automaticamente cravei as unhas em seus quadris para que ele não se afastasse. Ele ergueu a cabeça e sorriu.

Sempre com os olhos presos aos meus, Max deslizou para dentro de mim e, de imediato, luzes coloridas e quentes me açoitaram, trazendo lágrimas aos meus olhos. Então houve a mudança. A delicadeza, a sutileza ainda estavam presentes, mas ficaram em segundo plano. Era o desejo, ferino e impetuoso, que nos conduzia agora. Eu sentia a mesma urgência em Max, que a cada movimento alcançava mais e mais de mim, inundando-me de prazer, tocando minha alma.

A espera havia sido longa e dolorosa, mas, ah, valeu a pena. Nunca ninguém me fizera sentir o que eu experimentava com Max. Enquanto ele imprimia o ritmo, que a cada segundo se tornava mais e mais frenético, suas mãos passeavam em minha pele, seus lábios me sugavam, seus dentes me devoravam, num misto de ferocidade e delicadeza quase insuportável. Rapidamente fui açoitada pela força das ondas e das luzes que se quebraram sobre mim. Uma vez, duas, três vezes. Estremeci violentamente enquanto estrelas douradas explodiam ao meu redor e sua poeira mágica e brilhante me envolvia. Max explodiu no mesmo instante, com um gemido gutural.

Sem fôlego, os corpos lustrosos de suor, lânguidos, arquejantes, permanecemos imóveis, sem dizer uma única palavra, apenas desfrutando da sensação de paz. Era tão, tão certo estar com Max...

– Preciso dizer que sou fã número um do Mickey Mouse – ele disse um tempo depois, com a voz ainda entrecortada.

Eu ri.

– Bom saber – respondi ofegante. Era difícil respirar com todo aquele peso sobre meu estômago, mesmo ele sustentando o tronco com os cotovelos. – Tenho uma coleção de calcinhas do Mickey.

Ele sorriu largamente.

– Faço questão de ser apresentado a todas elas – então beijou meu pescoço e se moveu, deitando-se ao meu lado, me puxando para seu peito. Descansei a cabeça na curva de seu ombro, recuperando o fôlego, enquanto sua mão brincava preguiçosamente em minhas costas.

– Você percebeu que acabamos de consumar nosso casamento? – apontei, feliz.

– Ah, percebi. E posso garantir que desfrutei de cada segundo – ele disse divertido, mas em seguida suspirou pesadamente.

Levantei a cabeça.

– Que foi?

– Nada. Só estou pensando no que acabei de fazer. Quebrei o acordo. Não pude resistir a esses olhos arredios. Acho que são eles que tanto me atraem a você.

A você, não *em* você. Havia uma diferença enorme entre uma coisa e outra.

– Você se sente atraído por mim?

– Você é linda, Alicia. A mulher mais linda que eu já conheci. Ainda não acredito que esteja aqui – ele estreitou o braço ao me redor. – Eu seria louco se não me sentisse em chamas perto de você.

– Em chamas? – *Uh, isso é bom! É ótimo!*

– E isso é péssimo! – disse ele, cortando meu barato. – Eu sempre honrei meus acordos. Até essa noite – ele pareceu culpado.

– Ah, não, Max! Para de ser tão adulto – e o ataquei sem hesitar.

Max ficou surpreso – mas nem tanto – quando meus lábios o capturaram. Parte dele esperava pelo ataque. Não houve resistência, não mesmo! Ele correspondeu apaixonadamente ao meu beijo. Sua língua brincava com facilidade em minha boca, e seus dedos se cravaram em minha cintura. Mas, quando nossa respiração voltou a se tornar pesada e eu me agarrei ao seu pescoço querendo trazê-lo para mais perto, ele me afastou delicadamente.

– Alicia, espera. Precisamos conversar. O que aconteceu entre nós foi...

– Não diga *erro*. Por favor, não me diz que o que acabamos de fazer foi errado. Não me magoe assim.

– ... fantástico! – ele sorriu. – Mas você deixou claro que esse tipo de intimidade estava fora de questão.

– Isso foi antes de tudo ficar confuso. Nós somos casados. Demorou pra eu te levar pra cama. – Tentei alcançar seu pescoço, mas ele segurou meus punhos e os colocou sobre seu peito nu. Se a ideia era me desestimular, ah, se enganou muito. Sentir a firmeza de seus músculos, o calor e o suor ainda em sua pele, só me fez querer explorar mais aquele corpo.

– Na verdade não somos, e você sabe disso – ele apontou.

– Qual é, Max! Você tem um papel dizendo que somos casados. Acabamos de fazer amor... e foi extraordinário, diga-se de passagem. O que mais falta pra ser um casamento de verdade?

– Não sei – ele sacudiu a cabeça, atormentado.

– Então o que você sugere? Vamos nos divorciar pra que eu possa te levar pra cama?

– Isso também soa errado – ele disse, mas sorriu. – E fui eu quem te levou pra cama.

Desisti com um suspiro.

– E o que acontece agora? Porque tecnicamente estamos casados e acabamos de consumar o casamento. E, honestamente, não vejo como pode ser errado. O marido que leva a esposa pra cama dificilmente é condenado por isso. É o que se espera que aconteça.

Ele acariciou minhas costas, sem se dar conta de que o fazia.

– Acho que precisamos rever tudo. Conversar a respeito.

Revirei os olhos.

– Viu só? Já somos um casal de verdade se você quer discutir a relação.

Ele riu.

– E o que sugere que a gente faça?

– Bom... – enrosquei meus dedos em seus cabelos, me aproximando mais. – A gente podia deixar rolar e ver o que acontece.

– Simples assim? – ele perguntou, zombeteiro.

– Simples assim. Acho que não tem por que criar caso. Pensa bem. Pelo que pude notar, você se sente tão atraído por mim quanto eu por você. O que você acha que vai acontecer quando a gente se cruzar naquele apartamento? Não sei você, mas eu sou meio ruim com autocontrole.

Suas sobrancelhas se arquearam.

– Eu era bom nisso, antes de conhecer você.

– Então vamos acabar repetindo o que acabou de acontecer aqui. Muitas e muitas vezes – acrescentei, sorrindo. – E você vai se sentir culpado em todas elas? Eu só vejo duas saídas.

– E quais são? – ele perguntou, sorrindo um pouco.

– Ou você relaxa e deixa rolar, ou nos divorciamos pra poder ficar juntos.

– Isso não tem lógica nenhuma, Alicia – ele riu.

– Exatamente! Que bom que você entendeu! – e me inclinei para beijá-lo.

– Estou falando sério – ele murmurou em meus lábios.

– Eu também.

Ele me afastou abruptamente.

– Você faria isso? Se divorciaria e perderia a chance de recuperar sua herança pra ficar comigo? – e me encarou intensamente.

– Eu faria qualquer coisa pra ficar com você – respondi prontamente.

– Alicia – ele gemeu, agarrando meus cabelos, girando sobre mim e me beijando furiosamente, até me deixar sem fôlego. – Você é inexplicável! Tão maravilhosamente inexplicável! – e colou a testa na minha. Algumas mechas de seus cabelos sedosos acariciaram minha bochecha.

– Então... vamos nos divorciar? – perguntei, um pouco confusa.

– Eu não quero isso – ele ergueu a cabeça. – E você?

– Claro que não. Mas então como vai ser?

– Humm... – ele se acomodou entre minhas coxas. – Vamos tentar do seu jeito. Deixar rolar.

– Fico feliz em ouvir isso. Nada de regras, planos ou acordos. Só... deixar acontecer.

– Nada de planos? Justo agora que eu tinha um perfeito. Que droga! – ele resmungou, fingindo indignação.

– E que plano seria esse? – arqueei uma sobrancelha.

– Já que estamos casados há quase um mês e nunca namoramos, temos algo em torno de dois anos e meio de sexo atrasado. Se deu conta disso? Precisamos começar logo se quisermos recuperar o tempo perdido... Você acha que é um bom plano?

– Não posso imaginar um melhor! – eu ri, adorando a ideia. – Acho que não tem problema seguirmos esse plano.

– Alicia – ele disse, me olhando com intensidade. – Preciso te avisar. Eu sou péssimo com essa coisa de deixar rolar.

– Ah, mas eu sou ótima. Você estará em boas mãos – sorri, deslizando os dedos por seus bíceps, que, oh, Deus, eram duros e imponentes. Mas então um pensamento terrível serpenteou em minha cabeça. – Max, tudo desandou por eu não ter te contado algumas coisas. Então acho que preciso te falar algo importante. Não sei como você vai reagir. Eu espero que bem, mas sei lá...

Sua testa vincou, e um misto de medo e preocupação cruzou seus olhos. Tomei fôlego.

– Eu... meio que amo você – soltei, mordendo o lábio inferior.

Ele suspirou, parecendo aliviado.

– Acho isso ótimo, já que eu inteiro amo você – e sorriu largamente.

Completamente atordoada, perguntei:

– Você me ama? Ama mesmo, tipo *ama*?

– Alicia, o que você acha que eu acabei de dizer? Palavras são necessárias em certas ocasiões, mas em outras não. Acho que deixei bem claro agora há pouco quanto eu te amo. Ou... não deixei? – ele perguntou, um pouco inseguro.

Oh!

– Bom... – sorri, desviando os olhos para seu peito musculoso e enroscando os dedos nos pelos macios como cashmere. – Não tenho certeza se entendi direito...

Tocando meu rosto com carinho e elevando-o na altura do seu, para que suas esmeraldas incandescentes me capturassem, ele disse:

– Eu amo você. Eu. Amo. Você. Amo com meu coração, com meu corpo, com minha alma. Amo você desde sempre, Alicia – murmurou e então me beijou, me levando mais uma vez até aquela poeira mágica de estrelas.

41

Acordei com beijos deliciosos na nuca. Mãos grandes e suaves acariciavam minhas costas. O aroma de café impregnava o ar. Eu podia me acostumar com aquilo facilmente.

– Bom dia, Bela Adormecida – murmurou Max em minha orelha.

Virei-me, me enroscando em seu pescoço.

– Bom dia – resmunguei.

– Está com fome? Imaginei que estaria e pedi o café. Você teve uma noite muito agitada – ele mordiscou meu queixo.

– Só um pouco.

Max tocou os lábios quentes em meu pescoço antes de alcançar a bandeja cheia de guloseimas. Café, leite, ovos, croissants, pães e geleias variados, iogurte, frutas e sucos. Meu estômago roncou ao ver tanta fartura.

Ele riu.

– Que bom que não está com fome – zombou.

Sentei-me enquanto ele me servia, prendendo o lençol sob os braços.

– É que normalmente demoro pra acordar. Estar com os olhos abertos não significa que eu esteja realmente desperta. Você viu o que aconteceu naquela manhã depois da tempestade...

– Obrigado pela dica – ele me passou o prato abarrotado de comida, colocando um morango em meus lábios.

As pesadas cortinas brancas, estampadas com minúsculas flores, estavam fechadas, por isso eu não fazia ideia de que horas eram. Aproveitei para observar o quarto, já que na noite anterior eu estava absorta demais em Max e suas carícias. Era simples e requintado, com móveis retos e elegantes. As gravuras nas paredes eram de bom gosto, e a poltrona vermelha de linhas retas dava ao quarto sóbrio um toque de descontração. Eu não imaginava que pudesse existir um lugar mais perfeito para nossa tão esperada noite de núpcias.

– Sabia que eu nunca tinha me hospedado nesse hotel? O vovô sempre se hospedava, pelo menos uma vez por ano, em cada um dos hotéis da rede, para se certificar de que o serviço estava sendo bem feito. – Mordi uma rosquinha macia coberta de glacê. – Delícia de hotel.

Max sorriu, um sorriso torto de tirar o fôlego.

– Também vou levar lembranças muito agradáveis – disse, tomando seu café preto.

– Sabe, você podia ter dito logo de cara que se sentia atraído por mim. Teria facilitado muita coisa.

– Podia, mas e se você não sentisse o mesmo?

– Alguma vez, quando nos beijamos, eu dei a entender que não queria?

Ele sacudiu a cabeça.

– Você não entendeu. E se você estivesse apenas querendo suprir o espaço deixado pelo seu avô? Já imaginou como os próximos onze meses seriam constrangedores pra mim? – falou, me encarando atentamente, procurando sinais de que pudesse ter dito a verdade. – Mas naquela noite em que você estava com medo da... hã... em que eu estava entediado, eu vi algo em seus olhos. Algo que eu queria tanto, mas que ia contra tudo que eu prezava. Você parecia me desejar e eu estava louco por você. Queria tanto que o que vi nos seus olhos fosse real. Estava tão perto de arruinar tudo... Como já não me sentia em meu juízo perfeito, decidi pedir ajuda, e pretendia contar pro Paulo sobre a nossa situação. Talvez alguém de fora pudesse ver as coisas com mais clareza. Mas aí te vi com aquele advogadozinho sardento e... Desculpa por aquilo – ele disse, mas sorriu descaradamente.

– Max, vamos deixar uma coisa bem clara. Eu sinto *muita* falta do vovô. Tanta que às vezes acho que vou morrer, que vou sufocar até definhar de tanta saudade. Nunca vou deixar de sentir falta dele. E *ninguém* nunca vai poder substituir o vô Narciso no meu coração. Nem mesmo você. O amor que sinto por ele é diferente, ele é família. O que eu sinto por você é... outra coisa. É... hã... é como... se eu estivesse me afogando e de repente conseguisse encontrar a superfície. – Eu nunca tinha sido muito boa com essa coisa de declaração, mas esperava que ele compreendesse o que eu sentia.

– Como se estivesse à beira de um precipício sem proteção alguma, mas não resistisse e saltasse.

– Exatamente! – *Caramba!* Era exatamente daquela forma que eu havia me sentido tantas vezes ao lado dele. Ele também se sentia assim?

– Como se estivesse faminto por décadas e finalmente pudesse saciar a fome – ele deixou sua xícara de lado e começou a se inclinar em minha direção. – Como se descobrisse que o que move o universo não são as energias cósmicas, mas os pálidos olhos azuis no rosto de uma menina-mulher – e me beijou. Um beijo longo e quente, que deixou todos os meus sentidos alertas.

Meu celular tocou, estridente, em alguma parte do quarto. Max suspirou e me libertou de seus lábios. Não que eu quisesse isso.

Procurei com os olhos pelo chão acarpetado, sobre a mesa de cabeceira, na poltrona, mas não vi minha bolsa em lugar algum.

– Onde você está? – gemi, revirando os lençóis com cuidado para não derrubar a bandeja.

– Aqui – Max levantou minha bolsa de dentro do balde de gelo vazio, ao lado da poltrona vermelha.

– Mas como foi que... – sacudi a cabeça e sorri. – Alô?

– Alicia, já são nove horas e você ainda não está aqui. Posso saber por quê? – inquiriu Breno, com a voz extremamente irritada.

– Hoje é domingo? – cobri a testa com a mão, fechando os olhos, evitando grunhir.

– ALICIA! NÃO ACREDITO QUE VOCÊ ESQUECEU DE... – afastei o telefone para que os berros não perfurassem meu tímpano, fazendo uma careta. Max me observava, curioso.

– Eu não esqueci! – gritei, ainda segurando o telefone a certa distância da orelha. – Tive um... imprevisto e estou... hã... saindo agora.

– Ou você chega aqui em vinte minutos ou pode esquecer o emprego.
– Ele desligou na minha cara.

– Merda! – desci da cama e comecei a pegar minhas roupas, emboladas com as de Max, espalhadas por todo o quarto.

Como pude esquecer que era domingo e eu tinha que trabalhar? Bom, claro que eu podia esquecer. Eu tinha acabado de passar uma noite mágica nos braços do homem mais gato do planeta e ele simplesmente me amava. E, por sorte, também era meu marido, o que significava que eu o veria outra vez. Muitas outras vezes. Isso era o bastante para esquecer até o nome do país em que eu vivia.

– O que você está fazendo? – Max perguntou, me olhando com uma expressão magoada.

Comecei a me vestir desajeitadamente enquanto equilibrava uma rosquinha entre os dentes.

– Vou pra galeria. Hoje é domingo, acredita? Preciso chegar lá em vinte minutos ou vou ser demitida. O Breno está soltando fogo pelas ventas. – Eu tentava subir o zíper na lateral do vestido, mas estava enroscado. Parecia que, quanto mais eu tentava, mais ele se recusava a me obedecer. Isso só acontecia, claro, porque eu estava com pressa. Se tivesse tempo, o maldito zíper deslizaria como um trem sobre trilhos novos. – Pode me ajudar com isso aqui, por favor? – pedi, indicando o fecho teimoso.

– Claro – ele disse, se aproximando e subindo o zíper com destreza, os dedos quentes me tocando delicadamente. – Você vai trabalhar com essa roupa?

– Não dá tempo de passar em casa. – Engoli o resto da rosquinha. – Invento uma história qualquer. Desculpa sair assim correndo. Realmente esqueci que era domingo. – Calcei os sapatos.

– Não vou mentir, eu tinha planejado muita coisa para essa manhã... – seus braços enlaçaram minha cintura e seus lábios deslizaram por meu pescoço. – Mas temos a noite toda, e todas as outras noites... Acho que posso adiar por algumas horas as coisas pecaminosas que pretendo fazer com você.

– Que tipo de coisas pecaminosas? – perguntei, interessada.

Sua boca já brincava em minha orelha.

– De todo tipo. – Seus dentes mordiscaram delicadamente a pele sensível. Estremeci, enroscando os dedos em seus cabelos macios. *Oh, Deus!*

Max não podia ser real. Era perfeito demais para ser real. Talvez se eu ficasse só mais uns minutinhos...

Então, claro, Max me soltou.

– Eu levo você. Será que posso conhecer a galeria? – indagou, alcançando a camisa e jogando o paletó sobre meus ombros. Ficou enorme. Precisei subir as mangas para libertar minhas mãos.

– Não vejo por que não poderia.

Ele riu.

– Por que é sempre tão difícil arrancar de você um simples sim?

– Ah, eu... – corei um pouco – não sei.

Max pediu para fechar nossa conta enquanto terminávamos de nos vestir. Ele dirigiu habilmente pelas ruas lotadas, e chegamos ao antiquário apenas quarenta minutos depois. Um verdadeiro feito, já que tivemos que atravessar mais da metade da cidade.

No entanto, Breno estava colérico.

– Porra, Alicia! Não acredito que logo no primeiro fim de semana você me dá um furo desses! Eu tinha uma prova importante no curso hoje de manhã, sabia? Pode esquecer o emprego. Você só fica até eu encontrar alguém pra te substituir – rosnou ele.

– Não consegui chegar antes porque... o carro quebrou – argumentei, com a voz mais melosa que pude encontrar. – Sinto muito pela prova.

– Ah, o carro quebrou! Claro! – ele revirou os olhos. – E que roupa é essa? Vendemos peças de decoração aqui, pelo amor de Deus! Você está parecendo uma qualquer.

Apertei o paletó de Max em volta do corpo, e meu rosto ardeu.

Max enrijeceu ao meu lado. Até aquele momento eu não tinha olhado para ele, por isso fiquei tão surpresa quando ouvi sua voz fria e cortante, e muito, muito ameaçadora, se dirigir a Breno.

– Isso não é jeito de falar com ela. Você está se excedendo, Breno.

– Agora você quer defender a Alicia! – Breno jogou a mochila nos ombros e pegou seu casaco, sem dar importância ao tom intimidante de Max. – A Mari me contou sobre o acordo de vocês. Não precisa fingir pra mim que se importa com ela, cara. A Alicia sempre foi e sempre será uma irresponsável indigna de confiança. Você logo vai descobrir isso.

Não sei bem como ele conseguiu agir tão depressa, mas num piscar de olhos Max tinha a garganta de Breno sob seus dedos, prensando-o contra a parede cor de creme da Galeria Renoir. Breno arfou contra a parede, com a qual Max parecia querer fundi-lo. Seus olhos pareciam querer saltar das órbitas com o susto. Eu não conseguia ver o rosto de Max, apenas sua nuca ruborizada, mas os nós de seus dedos, brancos como osso, indicavam que ele apertava a garganta de Breno com força excessiva.

– Nunca mais fale assim com a minha mulher – disse Max na mesma voz baixa, contida e ameaçadora. E, oh, incrivelmente sensual. – Nunca mais ouse ofender a Alicia com palavras rudes e grosseiras, ou eu juro que faço você engolir cada uma dessas tralhas velhas que você chama de obra de arte. Entendeu o que eu disse?

Breno se limitou a assentir.

– Agora peça desculpa para a Alicia – ordenou Max.

– Não... consigo... respirar... – resmungou Breno, o rosto assumindo um tom arroxeado.

Max o soltou bruscamente. Breno deslizou pela parede, sem equilíbrio, arfando, tentando levar ar aos pulmões mais rapidamente.

– Cara, você está louco! – cuspiu ele, os dedos em torno do pescoço.

– Ainda não ouvi suas desculpas – Max retrucou secamente.

– Desculpa, Alicia – Breno se apressou, ainda caído. – Eu exagerei.

– Hã... tudo bem – eu disse.

Max se virou para me encarar. Seu rosto havia assumido um brilho novo, as pupilas dilatadas, a boca retorcida numa expressão reprovadora, mas havia calor em seus olhos.

– O Breno costuma te tratar desse jeito? – perguntou.

– Não! Claro que não. Normalmente ele é bem... hã... bacana.

Ele assentiu, ficando ao meu lado.

– Cara, pensei que você fosse me matar! – reclamou Breno, massageando o pescoço e tentando ficar de pé.

– Desculpa, Breno. Mas não gostei do jeito como você falou com a Alicia. Ela merece respeito. O culpado pelo atraso dela sou eu. Você não precisa responsabilizar a Alicia e muito menos tratar ela de forma tão grosseira – Max explicou. – Não se trata uma mulher desse jeito.

– Já entendi – Breno falou, olhando para Max de canto de olho. – Não precisa repetir. Vou indo, Alicia. Espero que o Max não faça você se atrasar de novo.

Max apenas sorriu, satisfeito por sua ameaça ter surtido o efeito desejado.

– Estarei aqui na hora certa fim de semana que vem – garanti. – Sem atrasos. Prometo! Boa aula.

– Ou o que restou dela... Até mais, Max. – Breno fez um aceno de cabeça pouco amistoso e saiu ainda meio cambaleante.

– O que deu em você? – perguntei a Max assim que a porta se fechou. Não que eu não tivesse apreciado muito vê-lo me defender com tanta ferocidade... Além disso, eu queria ter apertado o pescoço de Breno pessoalmente desde que soubera que ele havia dado com a língua nos dentes, mas sabia que Mari ficaria chateada. Max esganá-lo já era outra história, e eu não podia fazer nada a esse respeito.

Ele deu de ombros.

– O Breno estava gritando com você. Só por isso já merecia uma surra.

– Tá, mas não precisava ter quase enforcado o coitado. E eu meio que mereço a reputação. Dei furo por meses com o Breno. Ele tem seus motivos.

– Desculpa, Alicia, mas não consigo encontrar uma única razão que justifique um homem gritar com uma mulher ou ofendê-la.

Sorri, encantada.

– Esse gentil e heroico cavalheiro sempre esteve aí dentro?

– Só esperando para ser libertado por essa linda dama – ele sussurrou, envolvendo minha cintura com os braços.

– Estou trabalhando, não esqueça – apontei assim que aquela volúpia brilhou em seus olhos.

Ele suspirou.

– Por que continuar com isso? Você não está pensando naquele absurdo de comprar a moto, está?

– Não. Mas eu assumi o compromisso. Tenho que cumprir. E eu... sei lá, eu gosto daqui.

Um sorriso debochado tocou seus lábios.

– Você começou a gostar de trabalhar, não é?

– Não! Não mesmo. *Não!* – Eu nunca admitiria isso para ninguém. Era degradante! Eu tinha uma reputação a zelar.

– Começou sim! Você mente bem, mas estou aprendendo a desvendar seus mistérios – ele sorriu, beijando minha testa. – Preciso ir, tenho uns assuntos pra resolver. Venho te pegar mais tarde, tudo bem?

– Tudo bem. Não vou ter muito o que fazer – dei de ombros. – Ninguém entra aqui. Preciso lembrar de trazer um livro. Não vou ter nada pra ocupar minha cabeça.

Ele sorriu maliciosamente antes de colar os lábios nos meus. O beijo, intenso, lúbrico e quente, me deixou mole, derretida. As lembranças de nossa noite de amor voltaram com uma nitidez avassaladora.

Max olhou em meus olhos antes de me soltar de seu abraço e dizer:

– Quem sabe isso te ajude a pensar em alguma coisa – e se foi.

42

– Por que você não me conta logo por que o Max quase matou o Breno? Isso está me matando! – Mari pediu assim que entrou na galeria.

– Não vai me dizer *oi* antes?

– Não!

Revirei os olhos.

– Bom... Desculpa por isso, Mari. O Max agiu por conta própria. Ele não gostou muito do jeito que o Breno falou comigo agora há pouco – me joguei na cadeira mais próxima, a falsificação do Elvis. – Aliás, não gostou *nada*.

– E por quê? – ela se sentou de frente para mim, em uma poltrona do século passado com o estofado florido bem gasto. – O que o Breno disse que deixou o Max tão nervoso? Foi aquela história dele contar pros caras no curso de mergulho que o casamento de vocês era uma farsa?

– Não, foi outra coisa. Foi... – sorri, incapaz de me conter por mais tempo. – Ah, Mari, nem lembro direito... Só pude prestar atenção naquele homem enorme me defendendo e... – suspirei. – Os bíceps tão bem torneados e firmes...

– E? – seu sorriso quase alcançava as orelhas.

– Talvez ele tenha ficado tão furioso porque o Breno interrompeu a nossa primeira manhã. Juntos. Na... hã... mesma cama e... sem roupa.

– Ah, meu *DEUS*! Rolou? Vocês finalmente se acertaram?

Eu sorri. Na verdade, estava sorrindo desde que acordara.

– Direitinho.

– E como foi? Como ele é? Onde foi? Ele é tudo aquilo mesmo? Desembucha, criatura!

Eu ri.

– O Max é... lindo e tão carinhoso, educado, lindo, doce, firme, lindo, seguro e... Já mencionei que ele é lindo?

– Uma ou duas vezes – ela riu. – Conta mais!

– Foi fantástico, Mari! – sacudi a cabeça, fechando os olhos, as lembranças ainda muito frescas na memória. – Ele conseguiu uma suíte bacana no hotel. Tinha rosas e pétalas por todo o quarto. E velas. Acho que tinha velas... É, tinha velas.

Ela suspirou.

– Caramba, fico aliviada que finalmente as coisas tenham entrado nos eixos – e sorriu afetuosamente.

– Ele disse que me ama – continuei. – E deixou *bem* claro.

– Eu sabia! O tempo todo ele te olhava de um jeito diferente. Era amor. Tinha que ser amor!

– E era – suspirei outra vez, me lembrando de seus sussurros apaixonados. – Como um homem daquele tamanho pode ser tão carinhoso? Ele é incrível! Não pensei que pudesse amar o Max mais do que já amava, mas depois de ontem... eu tô totalmente de quatro por ele.

– Sua vaca sortuda! – ela sorriu extasiada, mas então ficou séria e pareceu relutante ao dizer: – Como vão ser as coisas entre vocês agora?

– Vamos deixar rolar. Nada de pressão nem grilos. Só... curtir o momento.

– Mas e quando terminar o acordo?

Dei de ombros.

– Não sei. Não falamos sobre isso. Na verdade nem pretendo falar. Talvez o Max esqueça do prazo e, quando se der conta, estaremos comemorando bodas de alguma coisa.

– Talvez – ela falou pensativa. – Só que... não acho que o Max vai esquecer de uma coisa assim. Ele é responsável demais.

Para dizer a verdade, eu também duvidava, mas tentei não pensar nisso. Eu havia acabado de conquistar Max. Queria curtir o momento.

– Por falar em responsável, como foi a conversa com a irmã do Breno?
Ela suspirou.

– Péssima. Minha mãe ficou chocada por eu não ter contado nada pra ela, e a Bruna achou que eu estava tentando ludibriar o *irmãozinho*. E pra piorar, o Breno e eu tivemos nossa primeira briga realmente *séria*. Me senti meio vingada quando ele me ligou agora há pouco contando sobre o rolo com o Max. O Breno enlouqueceu ontem à noite, depois que a irmã foi embora. Tudo começou por causa de uma toalha que deixei em cima da cama. Ele ficou puto da vida, eu revidei e quando vi já estávamos dizendo coisas horríveis um pro outro.

– Que droga.

– É. Ele acabou indo embora, mas me ligou agora cedo e pediu desculpas antes de contar sobre o Max.

Nós nos ocupamos com um velho jogo de xadrez de pedra-sabão enquanto botávamos a conversa em dia.

– Ainda não entendo como é que o Breno sobrevive. Ninguém nunca entra aqui – ela observou.

– Ele só precisa vender uma peça ou duas na semana. O lucro é bem alto.

– Mesmo assim. Ele devia abrir uma choperia. Isso sim vende muito! – ela riu.

– Vai ver foi por isso que ele decidiu fazer o curso de mergulho. Talvez planeje mudar de ramo.

Sua testa vincou.

– Será? Mas... estamos longe do litoral. Achei que ele tinha embarcado nessa de mergulho só por hobby. Será que... – ela se interrompeu, e seus olhos ficaram opacos. – Você acha que ele pretende mudar para o litoral algum dia? – murmurou, atordoada.

Oh, Deus!

– Você ama o Breno tanto assim? – sussurrei, apertando sua mão.

Ela apenas sacudiu a cabeça freneticamente, confirmando.

– Muita gente faz curso de mergulho só por lazer, Mari. Talvez a gente esteja tirando conclusões erradas, mas vou investigar. Prometo que arranco tudo dele – assegurei.

– É... – ela riu nervosamente. – Ele não me disse nada sobre isso, então... deve ser só a minha imaginação desenfreada agindo outra vez.

Ela se recuperou e o bom humor voltou, ainda que aquela ruguinha de preocupação permanecesse entre suas sobrancelhas. Pouco depois, Ana ligou, pedindo que Mari fosse até uma delicatéssen ali perto e comprasse uma torta, já que Breno almoçaria com as duas e Ana não havia tido tempo de preparar a sobremesa. Assim, fiquei sozinha, mas não por muito tempo.

Breno apareceu para pegar as chaves um pouco antes do que eu esperava. Aproveitei que estávamos a sós para tirar a limpo as neuras de Mari.

– E aí, como foi o curso?

– Podia ter sido pior – ele falou. – Consegui remarcar a prova para a semana que vem, depois de muita conversa.

– Você tá levando esse curso muito a sério, né?

– E pela sua cara eu não devia.

– Não é isso. Eu só estou tentando entender o porquê disso. Tá pensando em mudar de ramo?

– Talvez. Um dia, quem sabe. É bom ter opções.

– Você pretende se mudar? – disparei sem rodeios.

– Por que tá me perguntando isso?

– Breno, sou grata por tudo que você fez por mim. Você tem sido um bom amigo. E eu sou fiel aos meus amigos. Por isso, se você tem planos de deixar a cidade em breve, devia contar pra Mari. Você sabe que ela está bastante envolvida, não sabe?

– Eu também estou. Sou... – ele enfiou as mãos nos bolsos do jeans – completamente louco por ela.

– E tá pensando em se mudar para o litoral?

Ele suspirou, se sentando no tampo de uma mesa de jantar da década de 40.

– No começo, eu pretendia – admitiu, olhando para os próprios pés. – Mas a Mari finalmente me deu uma chance e agora... não sei mais.

Aproximei-me dele, me sentando ao seu lado.

– Você ama a Mari?

– Eu... Muito – ele suspirou pesadamente, jogando a cabeça para trás. – Eu amo muito aquela garota.

– Eu também, Breno. E considero um inimigo qualquer pessoa que faça mal a ela. Eu caçaria, destroçaria e mastigaria os ossos de quem se atravesse a magoar a minha amiga. Tá me acompanhando?

Ele sorriu tristemente.

– Essa coisa de poderosa chefona combina com você. Sempre combinou.

– Não estou brincando.

– Eu sei, Alicia. Não suporto ver a Mari magoada. Ela é... Poxa vida! Ela é tudo! Você acha que eu quero deixar a minha namorada? Que quero ver aqueles olhos tristes? E por culpa minha? – Ele se levantou e começou a zanzar sem rumo. – Não, eu não quero! Mas tenho os meus sonhos, e não sei se ela estaria disposta a embarcar neles.

– Acho que você devia dar uma chance pra ela mesma decidir.

– É, eu sei – ele encarava os próprios pés. – Vou falar com ela hoje. Se eu não falar, você vai contar de todo jeito, não vai?

– Pode apostar.

Ele assentiu, cabisbaixo.

Desci da mesa e peguei minhas coisas.

– Alicia – ele chamou quando eu já estava na porta. – Ela disse... a Mariana disse... Você sabe se ela...

– Se ela te ama? – ajudei.

Ele concordou, nervoso, ansioso, tenso, assustado. Um menino de um metro e oitenta de altura.

– Não posso te contar isso – falei. Ele abaixou a cabeça, olhando para as mãos impacientes, que se retorciam. Apaixonado. Sofrendo. Suspirei. – Mas... – ele ergueu a cabeça rapidamente – se ela te amasse, esse seria exatamente o tipo de conversa que eu teria com você.

Ele sorriu enormemente.

– Obrigado, Alicia – suspirou. – E desculpa por hoje. De verdade.

– Esquece isso. Ah, minha carona chegou – acenei um adeus e corri para a calçada quando vi Max encostar o carro.

Quase atropelei Mari, que vinha pela calçada, e por pouco a torta, numa caixa em sua mão, não virou mingau.

– Ai, Lili, credo! Não precisa passar por cima de mim. O Max já tá descendo do carro, tá vendo? – ela riu.

– Desculpa, eu não tava prestando muita atenção em nada. – A não ser no homem lindo de camiseta branca e jeans escuro, com uma sacola na mão, vindo na minha direção.

– Oi, Mariana. Tudo bem? – ele cumprimentou educadamente quando nos alcançou.

– Tudo bom. Eu ia perguntar como você está, mas já soube que você vai muito bem, obrigado – disse ela, sorrindo maliciosamente.

Então Max me encarou e abriu um sorriso que poderia ser avistado pelos astronautas na estação espacial. De repente, o mundo todo parou, ao passo que meu coração disparou e minha respiração se tornou curta demais. Ele me alcançou, me prendendo sob a luz dos holofotes verdes cristalinos, enlaçando os dedos nos meus.

– Seria impossível estar melhor do que agora – ele disse e tocou os lábios rapidamente na ponta do meu nariz.

Estremeci e sorri, incapaz de não corresponder a seu sorriso estonteante.

– Preciso ir ou isso aqui vai derreter – disse Mari, me dando um beijo no rosto. – Juízo, vocês dois. – Ela se deteve, então encarou Max. – Hã... Na verdade, isso é pra Lili. Um pouco de insensatez vai te fazer bem, Max.

Ele riu, divertido.

– Estou começando a entender isso.

– Mari? – chamei. – Você vai ficar bem? – eu quis saber, preocupada. Era melhor o Breno não magoar minha amiga, se quisesse continuar respirando por aí.

– Claro. Só não tão bem quanto você – ela brincou, entrando na galeria e fechando a porta de vidro atrás de si com o quadril.

– Pronta pra ir embora? – perguntou Max, me apertando contra o peito.

Sacudi a cabeça em concordância, deixando seu cheiro inebriante dominar meus sentidos.

– Prontíssima. Esses saltos estão acabando com meus pés.

Ele me mostrou uma careta divertida ao erguer a sacola colorida.

– Vim te salvar.

Eu a peguei e examinei o conteúdo rapidamente. Quase chorei de alívio ao ver o jeans, a regata e o par de tênis. Só que aquilo não fazia sentido, já que estávamos indo para casa.

– Eu pensei que você fosse me levar pra casa – falei.

– E vou, mas não agora. Vamos fazer algo diferente primeiro.

Com o tom carinhoso em sua voz, concordei imediatamente.

– Ah, tudo bem. Como foi sua manhã?

Por uma fração de segundo, tive a impressão de ter visto uma sombra escura em seus olhos. Talvez fosse só minha imaginação, pois ele sorriu quando respondeu:

– Produtiva. Fiz algumas mudanças em casa. Espero que não se importe.

– Que tipo de mudanças?

Ele sorriu, enigmático e absurdamente sexy.

– De vários tipos. Mas vai ter que esperar pra ver. Agora corre pra galeria pra trocar de roupa. Você está sendo oficialmente sequestrada.

43

O sequestro nada mais era que Max me levar para um lugar bem tranquilo. Ele estava muito falante naquele início de tarde. Comentou sobre o tempo, sobre o trânsito, contou como seu time de futebol jogara mal no dia anterior – e sorriu ao descrever o vexame, parecendo feliz mesmo com o fracasso do time do coração – e pediu que eu o acompanhasse a um dos jogos um dia desses. Avisou que tinha ligado para a mãe confirmando o jantar daquela noite. Nem parecia o mesmo Max que eu conhecera meses antes. Entretanto, de certa forma, parecia. Era como se aquele Max estivesse ali o tempo todo, esperando alguém libertá-lo da garrafa. E esse alguém fora eu.

Fiquei surpresa quando paramos no estacionamento do parque municipal, bem cuidado e arborizado. Uma grande lagoa repleta de vida, por onde muitas pessoas circulavam sem pressa, deixava o local com um clima lírico, como os finais de tarde de séculos passados.

– Não imaginei que você ia me trazer aqui. Adoro esse lugar! – exclamei, surpresa, enquanto Max estendia uma grande toalha no gramado.

– Eu disse que íamos fazer algo diferente hoje. – Ele me tomou pela mão e me ajudou a sentar, depois abriu uma grande cesta de piquenique e retirou uma infinidade de guloseimas: biscoitos, frutas brilhantes e suculentas, croissants – de chocolate! –, sanduíches que fizeram meu estômago roncar, queijos picados em quadradinhos perfeitos. Por fim, fez surgir uma garrafa de vinho e duas taças.

– Eu queria... – ele sorriu. – Eu *quero* passar um tempo com você, conhecer tudo sobre você.

– É pra isso que serve o vinho? Pra me fazer falar? – brinquei.

Ele gargalhou. Eu sorri em reposta. Max nunca fora tão aberto, tão livre, tão... acessível.

– Não – ele me serviu uma taça generosa. – Serve pra criar um clima mais íntimo, pra você confiar em mim.

– Eu confio em você.

Ele fez uma careta divertida.

– Mas não o suficiente para me contar o que você fez na adolescência... – zombou.

– Ah, isso já faz tanto tempo. E na verdade é você quem nunca me conta nada. É um sacrifício arrancar alguma coisa sobre você – reclamei.

– O que você quer saber? – ele perguntou franzindo a testa, como se fosse o mais completo absurdo eu querer saber mais sobre ele.

– O que você quiser me contar. Qualquer coisa – dei de ombros.

Ele deliberou por um momento antes de começar.

– Você já conhece a história toda. Fui um aluno exemplar por onde passei. Sempre estive ligado aos esportes. Até pensei em fazer educação física, mas descobri que a remuneração não era lá essas coisas, então optei por uma carreira que tivesse mais mercado. Na época, comércio exterior estava em alta, e não tinha muitos profissionais na área. Ralei muito pra me tornar o melhor aluno da minha turma de administração.

Assenti. Aquilo era tão a cara dele...

– Nunca me meti em nenhum problema sério – ele continuou. – Só depois que conheci o Paulo me tornei um pouco mais irresponsável, mas ainda assim não fui muito longe. Foi o Paulo que me apresentou à cerveja. Foi quando tomei meu primeiro porre, aos dezenove anos. Acabei passando tão mal que precisei ser levado pro pronto-socorro. Depois jurei que nunca mais ia beber na vida – ele tomou um gole de vinho.

Eu ri, mas então pensei em algo que havia muito me incomodava e de que ele propositalmente evitava falar.

– Você nunca fala sobre nenhuma mulher.

– Porque não tem o que falar.

Estreitei os olhos.

– Pensei que você quisesse que a gente se conhecesse mais a fundo.

Ele suspirou pesadamente.

– Alicia, eu nunca tive muitas mulheres. Na verdade tive só um relacionamento, que durou alguns anos, mas que acabou há muito tempo.

– Quanto tempo? Por que acabou? Quem era ela? Era bonita? – me ouvi perguntando.

– Ficamos juntos por cinco anos. Pâmela. A gente se conheceu na faculdade. Acabou quando ela decidiu que queria fazer mestrado na Europa. Ela foi, eu fiquei. Fim da história.

– A Pâmela era bonita? – insisti.

Ele deu de ombros.

– Era sim.

– Quanto? – exigi saber.

– Muito bonita.

Droga!

– Você... amava ela? – eu tinha que perguntar.

Max me encarou profundamente antes de responder.

– Eu achava que sim – murmurou, tocando meu rosto.

– Como assim, achava?

– Eu achava que sabia o que era amar. Então você apareceu, transformou minha vida num inferno e fez minhas convicções e certezas ruírem. – Ele se inclinou sobre mim, como um leão se apoderando de sua fêmea, me obrigando a deitar. E ficou ali, com um braço de cada lado de minha cabeça, o rosto próximo ao meu. – Nunca senti nada parecido com o que sinto por você, se é isso que quer saber. Imagino que seja amor, porque me sinto miserável quando estou longe de você. Não consigo te tirar da cabeça nem mesmo quando tento – um sorriso que fez meu coração quase parar de bater surgiu em seus lábios perfeitos, antes de ele se inclinar e me beijar ternamente.

Max se levantou um pouco e se deitou ao meu lado, apoiando a cabeça na mão.

– O que você acha de contarmos pra minha família sobre o nosso casamento no jantar de hoje à noite?

– Hã... Mas por quê? – perguntei, apavorada. – Não precisa fazer isso.
– Isso te assusta? – ele sorriu.

Muito!

– Não! Mas me apresentar pros seus pais como sua mulher... sei lá... é desnecessário.

Ele riu, zombeteiro.

– Você já se deu conta de que *é* minha mulher, certo?

– Bom... já, mas... e se eles não gostarem de mim como sua esposa? Se acharem que eu sou a encrenqueira mimada que você achava que eu era? Ou que eu não sou boa o bastante pra você? E se ficarem chateados por a gente ter escondido o casamento deles todo esse tempo?

– Eles não vão achar nada disso. Eu já contei a eles sobre nós. Nada sobre o nosso casamento, claro, mas eles sabem que divido a minha vida com você. E *já* gostam de você. Principalmente o Marcus. Ele me torra a paciência com tantas perguntas sobre você.

– Isso não ajuda muito, Max – ri nervosa.

– Você vai ficar bem. Confia em mim – ele disse, mas se sentou, me encarando intensamente, sério. Muito sério mesmo. – Alicia, eu te trouxe até aqui porque... na verdade eu queria falar com você. – Sentei-me também. – Preciso te contar algumas coisas. Esclarecer alguns pontos.

Eu gemi. Já o conhecia o bastante para saber que ele ainda se preocupava com o que estava acontecendo entre nós.

– Lembra da primeira vez que nos vimos? – ele continuou. – Quando trombamos no corredor?

Surpresa, respondi:

– Como eu poderia esquecer? Você foi bem eloquente.

– Eu fui rude! – ele sacudiu a cabeça, desanimado. – Mas olha só, o que aconteceu foi que... – ele correu os dedos pelos cabelos claros. – Lembra da conversa que tivemos no carro lá no mirante? Quando você perguntou se eu já menti pra alguém? – Assenti. Ele continuou: – Certo. Hã... Tudo bem. Acho que não tem outra forma de dizer.

– Você está me deixando um pouco nervosa, Max.

– É porque *eu* estou nervoso! – ele gemeu, esfregou a mão no queixo e voltou os olhos para os meus com uma determinação absurda. – Muito bem. A verdade é que eu fiquei louco por você desde aquele momento no corredor. Assim que ergui os olhos e vi seu rosto, eu fiquei num estado de perturbação tão grande que só posso descrever como fora de mim. E detestei aquilo. Detestei me sentir daquela forma, impotente, como se você fosse o centro do meu universo. Acabei sendo extremamente agressivo, desajeitado, esperando que a minha grosseria mantivesse você afastada da minha cabeça. – Ele riu um pouco, mas sem humor algum. – Não funcionou, claro. Decidi perguntar de você pelos corredores, mas ninguém sabia muita coisa além de que a garota nova era a herdeira do seu Narciso e que tinha perdido tudo graças ao seu mau comportamento. Então eu pensei: *Ótimo! Garota-problema! Mais uma razão para ficar longe daqueles olhos azuis perturbadores...*

Ele alcançou minha mão, entrelaçando os dedos aos meus.

– Eu te via passar correndo todos os dias, tão linda, com o rosto irritado que não metia medo em ninguém, e rezava, desesperado, para que você sumisse da minha vida. Por isso me exilei na escada aquela manhã, para tentar encontrar um jeito de me livrar do que eu sentia, porque eu não conseguia pensar em mais nada, só em você. O trabalho não rendia, e você claramente não demonstrou nenhum interesse por mim. Na verdade, eu até pensei que sentisse certo desprezo.

– Não é verdade. Você era hostil, eu só revidava. Mas eu nunca te desprezei.

Ele sorriu, brincando com o polegar nas costas da minha mão, traçando desenhos aleatórios. Pequenos tremores me sacudiam. Era assim que meu corpo reagia a cada toque de Max, por mais insignificante que fosse.

– Não precisa fazer isso. Eu sei que agi mal com você. Me desculpa – ele beijou minha mão outra vez e continuou. – Quando nos embolamos naquela escada e conversamos um pouco mais civilizadamente, percebi que você não era apenas uma mulher linda que me tirava o sono, você era inteligente, perspicaz, com um humor cáustico que beirava o sarcasmo... – ele suspirou. – Foi aí que descobri que eu estava realmente lascado.

Eu pisquei, atordoada.

– Mas... você continuou sendo tão...

– Idiota? – ele experimentou, arqueando uma sobrancelha perfeita.

– Bom... é. Na verdade, eu achava que você me detestava.

Ele sacudiu a cabeça.

– Eu tentei de todas as formas te odiar, mas surgiu um problema. Você não era a garota mimada que eu queria tanto que fosse, para que eu pudesse fingir que não sentia nada por você. Eu vi quem você era ali, naquela escada. Uma mulher forte, decidida, carinhosa, divertida, um pouco carente e com uma generosidade impressionante com alguém que não merecia. O que eu sentia por você aumentou de um jeito tão insuportável que eu pensei que ia explodir se não te tocasse ali, naquele instante. Tentei me desculpar muitas vezes pelo modo como te tratei e tentei te convidar pra sair uma vez ou duas. Mas, como eu já tinha agido tão mal antes, você continuou a me tratar com indiferença, e isso me deixava louco. Eu sempre acabava dizendo a coisa errada quando estávamos juntos. Como naquele dia, no posto de gasolina.

– Isso explica algumas coisas – franzi a testa. Era isso? Mas, se ele se sentia atraído por mim desde o começo, então...

Max clareou a garganta, visivelmente desconfortável.

– A mentira, a parte que ocultei de você, é que, quando liguei respondendo o anúncio, eu sabia que era você. Ou pelo menos achava que sabia.

– Rá-rá – zombei.

– Não estou brincando, Alicia. Eu encontrei o anúncio por acaso. Sempre dou uma olhada nos classificados, pra ver se encontro algo bom para o Marcus. Quando li o anúncio, pensei que fosse piada. Fiquei imaginando quem poderia colocar uma coisa daquelas no jornal. Não sei por que acabei ligando aquele anúncio a você – ele sorriu, nervoso. Um bocado nervoso. Ele me fitava e baixava os olhos rapidamente para nossas mãos entrelaçadas. – Acho que foi por causa dos boatos que ouvi nos corredores da L&L. Diziam que você precisaria estar casada por pelo menos um ano para receber sua herança, e o anúncio procurava um marido para curta temporada... Isso não me saía da cabeça. Uma vez ouvi você marcando alguns encontros no elevador, e pelo que entendi eram encontros às escuras. Presumi que só podia ser você a garota do classificado.

De início, pensei que ele estivesse brincando, mas a seriedade e o receio em seus olhos me fizeram entender que Max falava sério.

– Você sabia que era eu e foi me encontrar mesmo assim?

– Eu não tinha certeza – ele esclareceu. – Era só uma suspeita na época. Eu liguei, e admito que fiquei aliviado quando não reconheci sua voz pelo telefone. Achei que estivesse enganado, mas eu precisava ter certeza que não era você, por isso fui até o fim. Quando te vi entrar naquela cafeteria...

– Peraí. Você tá me dizendo que sabia o tempo todo? – perguntei, horrorizada. – Mas você ficou surpreso! Eu vi nos seus olhos!

– E eu *estava* surpreso! Por mais que eu imaginasse que você seria capaz de fazer aquilo, uma parte de mim queria acreditar que não. Fiquei louco de raiva, Alicia! Como você pôde ser tão tola, se expondo daquele jeito? Você podia ter se metido com um assassino, um traficante de mulheres ou sabe-se lá mais o quê!

– Pode parar. A Mari já me passou esse sermão – respondi, atordoada. O que ele estava querendo me dizer, afinal? – Não sei se entendi bem. Você casou comigo pra tentar me conquistar, foi isso?

– Não – ele respondeu, mas sorriu. – Estar perto de você para poder mostrar que eu não era o ogro que você pensava era um plano razoável. Mas te manter longe de lunáticos era minha ideia inicial.

– E quanto à sua promoção?

Ele deu de ombros.

– Na verdade, ser casado realmente me ajudaria, mas não casado com *você* – enfatizou. – Eu não sou bobo, Alicia. Eu sabia o que a diretoria ia pensar, as suspeitas que ia levantar se me casasse com você. Mas o que eu podia fazer? Eu sabia que você ia se casar de uma forma ou de outra. Melhor que fosse comigo, já que eu não sou um serial killer nem nada. Se você fosse se casar com alguém que conhecesse, que realmente amasse, eu jamais teria interferido, mas com um total estranho? Mesmo que você não me visse como eu queria, mesmo que ainda me olhasse com desprezo, preferi que fosse comigo. E juro que eu não queria cruzar a linha, Alicia. Seduzir você estava fora dos meus planos. Sua amizade pra mim já bastava. Mas você...

– Eu tentei te seduzir de formas bastante inusitadas e você nem notou – apontei.

– Eu notei, claro que notei! Mas você estava sensibilizada, devastada. Sua vida virou do avesso em questão de semanas. Pensei que procurar consolo fosse uma reação natural. Nunca imaginei que você pudesse ter se envolvido de verdade. E eu não fazia ideia de como você pode ser sutil. Com todas as histórias que ouvi sobre você, e conhecendo o seu temperamento, achei que seria do tipo mais agressiva.

– Só peguei leve porque toda vez que tentei cruzar os limites você se retraiu. Tentei te conquistar aos pouquinhos. Não deu muito certo.

– Você me conquistou sem nem tentar – ele sorriu e acariciou suavemente a lateral do meu rosto. – Eu não quis me aproveitar da sua fragilidade. Só que... Caramba, Alicia! Eu não sou de ferro! Cheguei ao limite naquela noite da tempestade – ele sacudiu a cabeça. – Foi a coisa mais difícil que já fiz. Ter você ali em meus braços e ter que recuar. Foi doloroso ver a decepção nos seus olhos, o abandono. Sentimentos tão opostos ao que eu sentia. Espero que você me perdoe por ter mentido e por ter bancado o babaca por tanto tempo.

– Não acredito nisso – falei, sacudindo a cabeça. – Eu aqui, me achando a malandra, quando na verdade foi você quem me enganou esse tempo todo.

Eu sabia que deveria estar furiosa, indignada, puta da vida até, por ter sido enganada. Eu sabia. Mas não era capaz. Como poderia? Max acabara de dizer que me queria desde o primeiro momento e que, daquele seu jeito, tentara me proteger sem pedir nada em troca. Eu não podia me zangar com isso.

– Que inferno, Max! Se você não fosse tão teimoso, as coisas estariam bem entre a gente há um tempão!

– Estou perdoado? – ele sorriu um pouco. – Prometo que nunca mais vou mentir pra você. Por razão nenhuma.

Era minha deixa.

– Isso quer dizer que vamos continuar casados por muito tempo? – perguntei sem pestanejar.

– Se você quiser... – ele apontou, inseguro.

Avancei sobre ele, que perdeu o equilíbrio e caiu de costas na grama. E suspirou, aliviado.

– Será que preciso ser mais direta?

Ele sorriu largamente, uma mão em minha cintura, a outra colocando atrás da orelha uma mecha que caía no meu rosto.

– Eu não me importaria... – falou.

Então eu o beijei demoradamente, sob a sombra de uma árvore, com o vento brincando ao nosso redor. Quando ambos estávamos sem ar, ele me aninhou em seu peito, acariciando meus cabelos.

– Andei pensando em viajarmos um dia desses. Pode ser coisa rápida. Um fim de semana ou feriado. O que você acha?

Levantei a cabeça e apoiei o queixo em seu peito.

– Acho ótimo! A gente podia ir até Machu Picchu. Eu sempre quis conhecer as ruínas da civilização inca, mas sempre deixei pra depois, como se o Peru fosse... sei lá, o quintal de casa.

– Seu quintal é meio grande – ele riu. – Acho melhor um lugar mais perto. Algo por aqui mesmo, no Brasil.

– Humm... Aposto que posso descobrir um lugar bacana e exótico, pouco visitado. O que você acha?

– Estou ouvindo...

Uma pequena borboleta surgiu do nada e flutuou ao nosso redor, então pousou sobre a cesta de piquenique, batendo as asas, parecendo contente. Por incrível que pareça, não tive medo. Estar com Max me deixava mais forte, mais segura.

Eu poderia explodir de felicidade naquele momento. Max e eu estávamos casados, e agora era pra valer. Nada de prazos espreitando no calendário. Era real! E, apesar de tudo que havia acontecido em minha vida nos últimos meses, de ter perdido meu avô, ficado sem grana, me tornado uma assalariada, vendido meu carro e tido que depender de ônibus, eu nunca tinha sido mais feliz que naquele último mês ao lado de Max. Ao lado do meu marido alugado.

44

Max havia mudado minhas coisas definitivamente para o seu quarto. Nossos pertences se misturavam, amontoados de maneira organizada – coisa dele, claro; eu sabia que aquela organização toda não duraria muito tempo. Entretanto, levei certo tempo para perceber as mudanças. Max estava levando muito a sério seu plano de "recuperar o tempo perdido", o que não me surpreendeu, e obviamente não me opus.

Pouco antes de sairmos para o jantar com a família Cassani, resolvi que eu também precisava apresentar Max a meu avô. Da forma que podia. Por isso, entreguei a ele a carta que recebera no dia de nosso casamento e que ele se negara a ler.

– Tem certeza? – ele perguntou, e o brilho ansioso em seus olhos me fez rir.

– Está com medo, Max?

Ele correu a mão pelos cabelos e exalou pesadamente.

– Acho que sim – admitiu.

Então se sentou no sofá, enquanto me acomodei de frente para ele, sentada sobre a pequena mesa de centro. Minhas mãos se contorciam nervosamente sobre meus joelhos.

– Quer que eu leia em voz alta? – ele perguntou, abrindo o envelope.

– Não sei – dei de ombros. – Faz tempo que não sonho com ele, ando me sentindo meio abandonada, mas... sei lá... Se quiser ler só pra você, tudo bem.

– Acho que não tem problema você ouvir. – Ele deslizou a mão pelo rosto, endireitou os ombros e começou:

Caro genro,
Acabo de entregar a você meu bem mais precioso. A Alicia é uma garota muito especial, embora eu desconfie que você já sabe disso. Por isso <u>exijo</u> nada menos que o impossível de sua parte para fazê-la feliz.

Max sorriu.
– *Exijo* foi grifado duas vezes.
Sorri também.

Minha neta é uma menina muito doce, embora tente esconder isso, e, apesar de dizer o contrário, ela precisa de certos cuidados. Cuidados que um homem apaixonado logo notará. No entanto, gostaria de alertá-lo sobre algumas coisas específicas.

Oh-oh!

Dedetize a casa de vocês a cada seis meses, pois a Alicia tem pavor de insetos. Especialmente lagartas e borboletas, mas todos os outros também a incomodam.

– Ei! – me levantei indignada. – Isso é mentira!

Ela tende a inventar histórias e dar voltas, mas a verdade é que chuva a deixa apavorada. E tempestade a deixa em pânico.

– Traidor! Me dá isso aqui! – tentei tomar o papel das mãos de Max, que se desvencilhou com agilidade e se colocou de pé, ainda lendo.

> *Sei que você descobrirá seu próprio jeito para acalmá-la, então fique atento. É importante que saiba que ela tem alergia a pelo de gato. Foi um transtorno quando tive que me livrar do gatinho de estimação que a Alicia tinha quando pequena.*

Parei de lutar com Max.
– O vovô fez *o quê*?

> *Ela vivia em crise alérgica, e partiu meu coração ter que levar o gato para uma família de amigos meus que vivem no interior do estado, mas eu precisava cuidar da saúde de minha neta. Não conte isso a ela, por fav...*

– Ops! – Max mordeu o lábio inferior. – Desculpa, seu Narciso.
– Não acredito que ele se livrou do Chantecler – murmurei, atônita. – Eu pensei que ele tivesse fugido!
– Seu avô estava pensando no melhor pra você – rebateu Max, dobrando a carta. – Acho melhor eu ler o resto sozinho.
– Nem pensar! Termina com a sessão humilhação de uma vez por todas.
Ele me examinou atentamente antes de ceder e prosseguir:
– Certo. Hã...

> *Não conte isso a ela, por favor. E, se porventura ela decidir ter outro gato de estimação, tente convencê-la a desistir da ideia. Sei que não é tarefa fácil, mas, se você conseguiu levá-la ao altar, terá ao menos uma pequena chance de ser bem-sucedido. Não ouse tratá-la de maneira desrespeitosa e nem sonhe em traí-la, meu rapaz, ou darei de um jeito*

de me entender com você, ainda que eu já esteja morto. Estamos de acordo?

Max levantou os olhos e me mostrou um sorriso torto.
– Você tem muita coisa do seu avô.
– Acabou?
– Quase. – Ele voltou a ler.

Dito isso, só posso acrescentar meus votos de felicidade e desejar-lhe boa sorte. Seja bem-vindo à família. E faça por merecer a garota que o escolheu para ser seu parceiro de vida.

Abraços, Narciso

Max correu os olhos pela página e então começou a rir.
– Ouve só isso. Ele adicionou dois PSs. O primeiro diz: "Eu sabia que você mostraria a carta a ela. A Alicia sabe te enrolar direitinho, não é, rapaz?" E o segundo é pra você. "Alicia, querida, foi necessário afastar Chantecler. Eu não podia permitir que você se tornasse asmática por causa daquele gato. Me perdoe." – Max olhou para mim, meio sorrindo, meio estupefato. – Como ele fez isso? Como ele sabia?

Dei de ombros.
– O vovô sempre entendeu como eu funcionava. Acho que ele deduziu que eu te... hã...
– Enrolaria – ele sorriu, laçando os braços em minha cintura e beijando minha testa. – Obrigado, Alicia. Por me permitir fazer parte da sua família.
– As coisas que o vovô disse não são verdade – argumentei.

Pelo sorriso que se espalhou em seus lábios, ele não acreditou em mim nem por um segundo.
– Eu sei – e se inclinou para me beijar. – Agora vamos andando, ou vamos chegar atrasados.

A viagem foi curta. Pouco mais de quarenta minutos e Max já parava o carro perto da varanda da casa de seus pais. A casa era adorável, grande, rodeada de arbustos de flores coloridas que, na escuridão da noite, deixavam o lugar mais acolhedor. Max desligou o carro e permaneceu imóvel. Eu também.

– Você está nervoso – acusei.

– Um pouco. A minha mãe... ela pode ficar um pouco chateada quando souber que nos casamos e não avisamos. Eu não queria ver ela triste.

– Ainda está em tempo de desistir – alcancei minha aliança e comecei a retirá-la.

Max me impediu.

– Não. Vamos entrar e fazer o que deve ser feito. Não quero que eles descubram sobre o nosso casamento por outra pessoa. É uma sorte meus pais não acompanharem a coluna social dos jornais, ou já teriam descoberto tudo, e da pior maneira possível.

Resignada, saí do carro, me sentindo um pouco zonza e trêmula. Max me ofereceu a mão, apertando a minha fortemente. Ele não esperou alguém atender a porta, simplesmente entrou sem bater, me arrastando com ele. O aroma de assado impregnava a sala de estar espaçosa. Um barulho de metralhadora e gritos vinha de algum canto da casa. Notei que os móveis haviam sido distribuídos de maneira a criar largos corredores, e não havia tapetes no chão. Para facilitar a locomoção de Marcus, supus.

– Tem alguém em casa? – Max gritou.

Mirna apareceu, com os cabelos presos em um rabo de cavalo, um avental na cintura e os olhos brilhantes ao me ver.

– Alicia! – ela correu ao meu encontro e me deu um daqueles abraços de mãe. – Estou tão feliz que o Max finalmente trouxe você pra casa!

– Ah... eu também. Fico feliz em te ver novamente.

Julius apareceu em seguida com uma toalha sobre os ombros, os cabelos molhados ainda pingando, a camisa aberta até o umbigo pontudo.

– Aí estão vocês! – e começou a abotoar a camisa. – Marcus! Desliga essa porcaria. Seu irmão chegou. A Alicia está aqui. Como vai, querida? – ele quis saber, me dando um beijo desajeitado no rosto.

– Muito bem, seu Julius.

O barulho de tiros cessou e pouco depois Marcus surgiu, com um sorriso zombeteiro no rosto.

— Até que enfim vocês chegaram. Pensei que você fosse dar o cano, Max — ele disse, vindo em direção ao irmão e dando um soco em sua perna. — E eu só desliguei o videogame por causa da Alicia.

— Pelo menos alguém conseguiu te obrigar, uma vez na vida — Max revirou os olhos.

— Fico muito honrada, Marcus — eu disse, rindo.

— Senta, Alicia — Mirna indicou o sofá com a mão. — O jantar está quase pronto.

— Vou pegar uma cervejinha. Você prefere outra coisa, Alicia? Vinho talvez? — perguntou Julius.

— Cerveja está ótimo, obrigada.

Sentei-me, um pouco rígida demais, na ponta do sofá. Max se colocou ao meu lado. Mirna e Marcus falavam ao mesmo tempo, contando sobre os progressos, ainda que mínimos, na fisioterapia, sobre as galinhas do vizinho, que haviam invadido a chácara e destruído a horta de Mirna, sobre o aumento no imposto da chácara. Julius voltou com as bebidas, sentou na poltrona à nossa frente e sua mulher se empoleirou ao seu lado, no braço do estofado. Marcus rolou sua cadeira até ficar ao lado do irmão. Eu não conseguia acompanhar a conversa. Todos falavam ao mesmo tempo e todos se entendiam, riam e brincavam uns com os outros. Aquele parecia ser o padrão daquela família. Sorri.

Eu já havia tomado mais de meia lata da minha cerveja quando Max aproveitou uma breve pausa na conversa trivial e começou:

— Mãe, pai, Marcus. A Alicia e eu temos algo importante pra contar pra vocês. Nós... hã...

Prendi a respiração. A família observou Max, depois os três pares de olhos se voltaram para mim e de volta para o filho e irmão mais velho. Engoli em seco e encarei Max, que parecia tentar encontrar as palavras certas para contar sobre nosso casamento às escondidas.

No entanto, não houve tempo.

— Ai, minha Nossa Senhora! Você engravidou a menina! — disse Julius, ficando em pé, o rosto assumindo um tom avermelhado.

— Ah, meu Deus! Vou ser avó? — Por um momento, pensei que o rosto de Mirna se partiria em dois, pelo tamanho do sorriso que se espalhou ali.

– Puta que pariu! – foi a exclamação de Marcus.

Max tentou dizer:

– Pai, eu não... – ao mesmo tempo em que eu comecei:

– Seu Julius, não é nada...

Mas o pai de Max, furioso demais, não nos ouviu. Na verdade, ninguém mais nos ouvia.

– O que foi que eu falei sobre essa história de morar junto, rapaz? O que eu te disse sobre tratar uma mulher de forma tão desrespeitosa, Maximus? – ele esbravejou.

– Me dá isso aqui – Mirna pegou minha lata de cerveja. – Vou pegar refrigerante pra você, querida.

– Ah, dona Mirna, não é necess... – tentei manter minha cerveja, a única coisa que não parecia ter surtado ainda.

– Claro que é necessário. Bebida alcoólica não faz bem para o bebê. Ah, Alicia, que notícia maravilhosa!

– Mas eu não...

– Caraca, Max! Acho bom você não pisar na bola com a Alicia, ou vai se ver comigo! – ameaçou Marcus. – E não estou brincando dessa vez.

Max exalou ruidosamente.

– Muito bem, pessoal. Vocês vão ouvir o que eu tenho a dizer, ou vão continuar fazendo suposições? – falou ficando em pé, tentando acompanhar o vai e vem do pai. Todos o ignoraram.

Levantei também, sem saber o que fazer.

– O que foi que eu disse, Mirna? Eu falei que ele ia acabar colocando a Alicia numa posição ruim. O que a família dela vai pensar? Que foi essa a educação e os princípios que ensinamos a esse moleque?

– Querido, acalme-se um pouco – pediu ela. – Toda essa agitação vai fazer mal para a Alicia, ela não deve se exaltar. Não faz bem para o bebê – e espalmou a mão em minha barriga, de forma protetora.

– Dona Mirna, eu não estou... – me afastei dela, constrangida.

– Pois ela não vai ter motivos para se exaltar, porque o *seu* filho vai agir como homem! – Julius parou e encarou Max. – Eu vou dizer o que você vai fazer agora, meu rapaz – ele apontou um dedo autoritário para o filho.

– Você vai procurar a família dela, pedi-la em casamento, se desculpar por ter colocado o carro na frente dos bois e dar seu nome a essa menina e à criança que ela carrega no ventre.

— Oh, meu Deus! Um netinho! — Mirna saltitou.

— Isso pode ser legal — conjeturou Marcus. — Principalmente se for um menino. Posso ensinar a ele tudo que eu sei. Videogame, bolinha de gude, carrinho de rolimã... Uh, ele vai adorar minha coleção de carrinhos de ferro...

— A Alicia não tem família, pai — explicou Max, abrindo os braços, suspirando exasperado. — Os pais dela morreram quando ela era pequena, e o avô morreu há pouco mais de dois meses. Mas ela não está gr...

Isso fez com que Julius realmente se enfurecesse.

— E você se aproveitou dela sabendo de tudo isso?!

— Se bem que se for uma menina também pode ser legal — continuou Marcus, com ar sonhador. — Quer dizer, nem toda menina gosta só de boneca. Talvez ela se amarre em carrinhos também. Eu podia construir uma casinha pras bonecas dela, com garagem e tal. Posso pintar de rosa se ela gostar, mas preferia pintar de azul, pros carrinhos não se sentirem muito afeminados. E depois, quando ela crescer, vou poder ameaçar tudo que é moleque que chegar perto dela... Humm... acho que eu prefiro que seja menina.

Respirei fundo.

— Não estou grávida.

Ninguém me deu ouvidos.

— Você se aproveitou de uma menina desamparada, Maximus Cassani? — esbravejou Julius. — Que tipo de homem você se tornou?

— Não estou grávida! — eu disse mais alto.

— Seu pai tem razão, Max. Você não devia ter feito isso. A Alicia é uma moça adorável. Ela não merecia ser tratada assim.

— EU NÃO ESTOU GRÁVIDA! — gritei.

Um silêncio fúnebre se instalou na sala. Todas as cabeças se voltaram em minha direção. Marcus me olhava duvidoso, Julius não parecia acreditar, Max estava aliviado por finalmente terem me ouvido, e Mirna...

Mirna estava à beira das lágrimas.

— Você não está grávida? — sussurrou ela.

– Não.

– E por que vocês fizeram a gente acreditar que estava? – quis saber Marcus, irritado.

Max se colocou ao meu lado, me abraçando pela cintura.

– Nunca dissemos que a Alicia estava grávida. Vocês é que deduziram isso. *Erroneamente* – ele frisou.

– Mas... vocês não vão ter um bebê? – insistiu a mãe.

– Não, mãe. Não vamos.

– Mas... Mas... – ela piscou algumas vezes, atônita. Senti uma fisgada no coração por desapontá-la, ainda que um bebê estivesse longe de minha lista de desejos. Na verdade, nem estava na lista.

– Então o que você queria nos dizer, filho? – quis saber Julius, com a testa franzida.

Max inspirou profundamente antes de soltar:

– A Alicia e eu nos casamos.

Julius prendeu a respiração.

– Vocês vão se casar?

– Não, pai – disse Max, lentamente. Ergueu a mão esquerda e exibiu a larga aliança. – Nós já nos casamos. Foi cerca de um mês atrás.

E, se eu achei que nada poderia ser pior que a confusão de poucos minutos antes, quando eles pensaram que eu estava grávida e Max era um irresponsável, era porque não conhecia muito bem aquela família.

O rosto de Julius se tornou duro como o de um cadáver. Mirna soltou um horrorizado "Oh!", e Marcus... era Marcus.

– Vocês já O QUÊ?! – gritou o garoto.

– Já nos casamos – confirmou Max.

Mirna, atordoada, precisou da ajuda de Julius para se sentar. Marcus proferia uma infinidade de palavrões, todos eles direcionados a Max.

– Eu não acredito nisso! – ele resmungava. – Por que vocês não contaram pra gente? Por que a gente não foi convidado? Você tem vergonha da sua família, Max, é isso?

– Não – Max respondeu, um tanto sem jeito. – É que... O que aconteceu... Na verdade nós...

Era difícil vê-lo lutando para encontrar as palavras certas, para não magoar ainda mais sua família, pessoas boas que haviam me acolhido em sua casa, em sua vida.

E que mereciam saber toda a verdade.

— Marcus, a culpa é toda minha — comecei, retorcendo os dedos nervosamente. — Eu coloquei um anúncio no jornal procurando um marido, oferecendo recompensa, porque o meu avô tinha morrido e minha herança ficou vinculada à existência de um cônjuge. Então, quando o Max me procurou e fechamos nosso acordo de casamento, não tinha nada de romântico envolvido. Por isso vocês não foram informados. Fizemos tudo para que parecesse verdadeiro, para que o curador da minha herança acreditasse. Mas foi só isso. Uma cerimônia simples no cartório. A gente nem se suportava na época. Tudo não passou de um acordo comercial para que eu pudesse retomar a minha...

— Espera um instante, mocinha! Você está dizendo que comprou os serviços do meu filho como amante? — interrompeu Julius, o rosto assumindo um tom arroxeado. O fato de eu não ser sua filha não o impediu de me lançar um olhar tão reprovador que me fez encolher e me esconder parcialmente atrás do ombro de Max. Julius lembrava muito vô Narciso quando estava furioso.

— Pai, por favor — grunhiu Max. — Não é nada disso. Vamos sentar e explico tudo com calma.

A quietude que inundou a sala, exceto pela voz contida — porém um pouco ansiosa — de Max, era assustadora. Eu me peguei olhando para o chão diversas vezes, envergonhada enquanto ouvia tudo: o anúncio, o casamento de fachada, a herança, mentiras e mais mentiras. Vez ou outra Max acariciava meu braço, meu ombro, meu joelho, depois que me sentei a seu lado. A família Cassani ouvia tudo num silêncio de morte, e nem uma única pergunta foi feita até que Max terminasse seu relato.

— Por isso eu não contei pra vocês sobre o nosso casamento — ele resmungou, olhando fixo para as próprias mãos. — Eu conheço vocês e sabia que iam se apaixonar pela Alicia assim que botassem os olhos nela, como de fato aconteceu. Não queria que sofressem quando nosso acordo terminasse e ela saísse da nossa vida. Mas as coisas saíram de controle e... ainda não consigo acreditar na sorte que tive – ele sacudiu a cabeça, sorrindo um pouco. – Descobri que ela correspondia aos meus sentimentos, por isso decidimos contar tudo pra vocês. Nosso casamento começou de um jeito diferente, admito, mas posso garantir que hoje é um casamento de verdade. Em... todos os aspectos.

Ele parou de falar e entrelaçou os dedos aos meus, apertando-os. Nós nos encaramos por um momento e esperamos pela reação da família de Max. E esperamos. E... esperamos. Os Cassani se entreolhavam como se fizessem algum tipo de comunicação silenciosa. Como um júri decidindo se mandava ou não o acusado para a cadeira elétrica. Ou acusados, como era o caso.

Por fim, Mirna e Julius se colocaram de pé. Max e eu também, ainda que um pouco inseguros. Marcus se aproximou.

E a reação deles mais uma vez me surpreendeu.

– Ah, pobre menina! – Mirna exclamou, me abraçando ternamente. – Imagino como estava sofrendo, como estava desesperada para tomar uma atitude dessas.

– E ser obrigada a casar com o Max. Com o *Max*! – resmungou Marcus. – Ela devia *mesmo* estar desesperada.

– Tão jovem e completamente sozinha... – Julius acariciou meus cabelos. – Sinto muito pela sua perda.

– Mas você não está mais sozinha – Mirna me soltou e olhou dentro de meus olhos, com tanta intensidade que quase me fez chorar. – Você tem o Max e a todos nós. Somos sua família agora.

– O-obrigada, dona Mirna – consegui dizer com a voz embargada.

Ela sorriu, depois se recompôs, alisando o avental.

– Bom, o que estamos esperando? Vamos comer antes que o jantar esfrie.

O falatório simultâneo recomeçou. O jantar prosseguiu como se nada tivesse acontecido, com exceção de Marcus, que permaneceu o tempo todo carrancudo e não falou com Max. Eu me senti como se realmente fizesse parte daquilo tudo. Gostava do barulho, das risadas, das brincadeiras à mesa. Era como se eu me encaixasse ali também.

Já era tarde quando pegamos a estrada. Eu estava cansada, mas extremamente feliz.

– Acho que foi tudo bem... – comentei, encostando a cabeça no banco do carro.

– Humm... Fácil pra você falar – zombou Max. – Você acaba de ganhar um pai, uma mãe e um irmão caçula ciumento. Eu ainda estou sob julgamento. – Ele soltou uma das mãos do volante e alcançou a minha, plantando um beijo demorado em minha palma. – Mas estou aliviado. Pelo menos as mentiras acabaram. Finalmente vamos ter um pouco de paz.

Só que Max estava errado.

45

GATA BORRALHEIRA SE ESBALDA COM SEU PRÍNCIPE ENCANTADO EM TARDE NO PARQUE

Alicia Moraes de Bragança e Lima passou a tarde do último domingo em um piquenique romântico ao lado do marido, Maximus Cassani, no parque municipal. O jovem casal não teve problemas em demonstrar afeto em público e trocou carícias o tempo todo. Dessa vez, nossa garota-problema parece ter finalmente sossegado e desfruta de um relacionamento estável e aparentemente apaixonado há cerca de um mês. Será que vai ser capaz de mantê-lo?

– *Argh!* Detesto esses jornais! – resmunguei, olhando para a foto de Max e eu deitados sorrindo um para o outro, eu em cima dele, a mão dele em minha bunda. Podia ser pior, me consolei. Podia ser uma matéria em que uma "fonte segura" garantia que o meu casamento era uma piada. Mesmo assim, ver minha intimidade exposta me irritava. – Por que a minha vida interessa a alguém?

– Porque você é a herdeira de um dos maiores empresários do mundo – disse Amaya, enquanto nos embrenhávamos entre os arquivos.

Max tentara esconder o jornal, já que sabia que eu não gostava daquele tipo de atenção, mas notei algo estranho quando Paulo brincou com ele, chamando-o de *príncipe encantado*. Ele acabou me mostrando o jornal – muito contrariado, tenho que admitir.

— Tudo que você faz é ouro para esse tipo de imprensa. Se for algo ruim ou vergonhoso, melhor ainda.

— Bom, espero que estejam se cansando. Tenho me comportado de maneira irrepreensível nos últimos tempos. Ninguém pode me culpar por estar de amasso com o meu marido, certo?

Ela sorriu, e seus olhos puxados se tornaram duas pequenas fendas.

— Não mesmo. E o Max é louco por você. Você tem tanta sorte! — ela suspirou.

— Eu sei. — Quem imaginaria que aquele cara rude que eu conhecera semanas antes viraria meu mundo de pernas pro ar?

— Queria que alguém me olhasse do mesmo jeito que o Max olha pra você. Faz mais de um ano que não tenho namorado — ela lamentou.

— Ah, Amaya. Vai pintar alguém qualquer hora. Eu mesma não estava procurando e olha só! — Aquele *deus* cheio de boas maneiras e pegada forte é meu marido.

Ela suspirou pesadamente.

— Sabe, Alicia, muita gente dizia que vocês dois... que o casamento de vocês...

— Eu sei — interrompi. — Eu também ouvi. Esquece isso. — Não tive coragem de mentir para ela. Eu realmente gostava de Amaya.

— A Vanessa fez uma careta quando viu a notícia hoje de manhã.

— Não duvido. — Vanessa estava quieta demais, como se se esforçasse para manter a superfície calma. Apesar disso, eu estava alerta. Gente como ela não desiste assim tão fácil.

— Ela... Acho que eu não devia te contar isso... — ela disse, sem graça.

— Ah, devia sim! — apontei. — Por favor, Amaya, conta.

Ela me avaliou por um momento, corando e parecendo não querer tocar no assunto, mas acabou cedendo.

— A Vanessa está atrás do Max faz muito tempo. Muito antes de você aparecer aqui. Ele nunca deu bola pra ela, e imagino que é por isso que ela está tão desesperada para tentar seduzir o Max. Normalmente os homens caem de joelhos por ela — Amaya revirou os olhos. — A Vanessa não está acostumada com rejeição.

— Então está na hora de aprender — sorri.

– Só... toma cuidado, tá? Ela pode ser uma peste quando quer.

– Já percebi. Vou ficar de olho, se bem que não tem a menor possibilidade do Max se interessar por ela, ainda mais agora que estamos tão... Ele jamais faria isso.

– Fico feliz por voc... Ah, não! – ela exclamou quando alguém abriu a porta num rompante violento, esbarrando na cadeira onde uma quantidade enorme de contratos estava amontoada, fazendo tudo voar pelos ares.

– Ai, caramba! Desculpa – disse Paulo, corando muito. Imediatamente ele começou a recolher os documentos, tentando juntá-los como podia. Senti que Amaya poderia começar a chorar a qualquer instante. Ela tinha passado horas organizando aqueles contratos.

– A Joyce pediu para eu avisar a Alicia que o dr. Clóvis está aqui e quer falar com ela – ele contou, se agachando e recolhendo as páginas num ritmo frenético. – Eu não quis atrapalhar. Desculpa, Amaya.

– Tudo bem, Paulo – ela disse, mas seu rosto delicado não escondeu o desânimo.

– Eu te ajudo a refazer tudo – ele ofereceu, nervoso. – Faço sozinho, se você quiser.

Ela sorriu um pouco.

– Ajudar já está bom. Você poderia separar os contratos por setor, por favor?

– C-claro! – concordou ele, sorrindo um pouco, com os dedos trêmulos.

Fiquei observando, atônita, como aqueles dois trabalhavam em perfeita sintonia, como se um soubesse exatamente o que o outro queria que ele fizesse. Como Paulo olhava furtivamente para o rosto de Amaya, como parecia tomar cuidado para que suas mãos se encontrassem por acaso, como a respiração acelerada fazia seu peito magro subir e descer com rapidez. Amaya era tão tapada...

– Eu vou... ver o que o Clóvis quer e volto pra ajudar vocês – menti. Quem sabe um tempo juntos expandisse os horizontes daqueles dois?

Levei dez minutos para chegar ao nono andar. Mari me ligou, toda chorosa, contando o que eu já sabia. Breno pretendia se mudar e ela não sabia o que fazer. Eu queria passar na casa dela para confortá-la de alguma maneira antes de ir para casa, mas ela me disse que eles jantariam juntos para tentar resolver a situação naquela noite, muito embora ela não soubesse como.

Clóvis me aguardava na grande sala de reuniões, sentado à cabeceira da mesa longa. Seu rosto era uma máscara impassível, o que achei um péssimo sinal.

– O que aconteceu dessa vez? – questionei, cruzando os braços sobre o peito assim que entrei.

– Sente-se, Alicia.

Contrariada, me sentei a três cadeiras de distância.

Ele abriu sua pasta de couro desgastada e retirou um bolo de jornais dobrados ao meio.

– Muito interessante o que encontramos nos jornais, não acha? Sempre fico surpreso como as pessoas são capazes de dissimular. – Ele jogou a pilha sobre a mesa, e a foto de meu passeio no parque com Max estampava a parte superior da primeira página.

Respirei um pouco aliviada. Não havia nada ali que me comprometesse. Um casal abraçado no parque não poderia ser considerado atentado violento ao pudor ou qualquer coisa do tipo. Não enquanto estivessem vestidos, pelo menos.

– Você pode acreditar no que quiser. Minha vida pessoal não diz respeito a ninguém – falei.

Clóvis suspirou.

– É mesmo? – e jogou na mesa outra pilha de jornais, mais antigos, meio amarrotados. Páginas de classificados.

Merda!

– O Hector me procurou hoje de manhã. Você pode imaginar como esse material chegou às minhas mãos?

Limitei-me a encarar as páginas amassadas.

– Há mais evidências – ele tirou algumas folhas de sulfite de sua pasta e as jogou sobre a mesa. Uma rápida olhada nos papéis e quase caí para trás. Minhas conversas com Max pelo chat haviam sido impressas. Todas elas, incluindo o suposto pedido de casamento.

Não!

– C-como você conseguiu isso?

– O Hector tem seus meios – ele fez um movimento depreciativo com a mão.

Quem teria ajudado Hector com aquilo?, me perguntei. Quem queria que Max e eu nos afastássemos? Quem teria acessado aquilo? Meu computador tinha senh...

– Aquela vadia! – Dessa vez eu jogaria Vanessa pela janela! Ah, se jogaria!

– Fiquei decepcionado – continuou Clóvis, me ignorando. – Decepcionado e triste. Eu pedi tanto que você confiasse em mim, que me ouvisse, mas você não me deu ouvidos.

– Vocês não têm como provar nada – rebati, engolindo em seco. – Nós consumamos o nosso casamento. Tudo é legítimo agora. Somos um casal de verdade.

– É mesmo? E quem vai acreditar nisso depois que o Hector expuser a fraude? E, acredite, ele tem provas. Qualquer juiz vai entender o que você e o Max fizeram como um ato de má-fé, e jamais vai acreditar que vocês consumaram o casamento, ainda que isso seja verdade.

– É verdade! A gente se ama, Clóvis! Eu juro!

– Sinto muito, mas duvido que alguém acredite nisso. Eu mesmo não consigo acreditar. Você fez tudo errado, Alicia. Deixou tudo exposto, pronto e fácil de ser encontrado. Seu telefone consta no anúncio, ainda que seu nome não. Mas o mais impressionante foi você ter cometido o erro primário de pagar o jornal usando seu cartão de crédito – ele sacudiu a cabeça, parecendo arrasado. – Eu lhe disse que o Hector é implacável.

– Por que você me chamou aqui? – perguntei entre dentes, tentando fazer com que minha voz não tremesse de novo. Eu reconhecia quando estava ferrada. Não havia como argumentar.

– O Hector quer abrir um processo contra você e o Max. Consegui persuadi-lo a esperar um pouco mais, até que eu conversasse com você. Ele está furioso, falou até em demitir o Max.

Fechei os olhos, para não permitir que caíssem as lágrimas que os queimavam.

– Usando as palavras dele: "Demitir o Max com uma *excelente* carta de recomendação, que vai fazer com que ele nunca mais consiga emprego em lugar nenhum desse país".

Abri os olhos.

– Ele não pode fazer isso.

– Pode, Alicia. Pode e vai fazer! A menos que você me ajude.

– Como assim?

Ele exalou longamente.

– Consegui convencer o Hector a não entrar com a ação antes de falar com você. Ele concordou em esquecer o ocorrido *se* você acabar com a farsa.

– Não posso fazer isso – minha voz falhou. – Eu amo o Max, Clóvis. Não posso abandonar meu marido agora.

Ele me observou atentamente e soltou uma maldição.

– Isso complica tudo, Alicia. Mas, se isso é verdade, se você realmente ama o Max, pense no que é melhor para ele. Como ele vai cuidar do irmão se não tiver emprego?

Meus olhos quase saltaram das órbitas.

– Sim, Alicia, eu sei que o irmão caçula depende do Max.

– Não permita que façam nada contra o Max – me ouvi dizendo. – Por favor!

Clóvis se levantou lentamente e me rodeou, até pousar uma mão gorducha em meu ombro. Senti um calafrio quando ele me tocou.

– É por isso que estou aqui. Se afaste do Max, para o bem dele. Peça o divórcio e acabe de vez com esse casamento de fachada. Assim você ainda terá a chance de recuperar sua herança algum dia, Alicia. Garanto que o Hector não vai fazer nada contra o Max enquanto eu for o curador da sua herança.

– Por que o Hector me odeia tanto? – cobri o rosto com as mãos. – Qual é o problema dele? Eu não ia destituir ele do cargo de presidente, Clóvis. Quando eu assumisse a herança, ia deixar tudo como está!

– Você acha que é por isso? Que o Hector está tão empenhado em te desmascarar apenas para não perder a presidência?

– E o que mais pode ser? É a única explicação lógica que vejo. Ele não pode estar preocupado com o meu bem-estar, não é?

Clóvis franziu a testa.

– Isso é muito grave, Alicia. Se o Hector está fazendo tudo isso apenas para continuar à frente do conglomerado, é porque esconde algo.

Um sinal de alerta se acendeu em minha cabeça.

– O que você disse? – me virei na cadeira.

As sobrancelhas de Clóvis se tornaram uma só.

– Foi só uma suspeita que me ocorreu agora. Acho que... Não posso acusar ninguém sem ter provas. Preciso investigar melhor antes de levantar falso testemunho. O Hector é meu amigo, afinal. Mas, se ele está agindo de forma ilícita, é meu dever detê-lo. Para isso, vou precisar de tempo. Se for esse o caso, se o Hector tem algo a esconder, talvez eu possa encontrar uma forma de afastá-lo por um tempo, mas você vai ter que me ajudar.

– Como?

Ele suspirou.

– Fazendo o que o Hector quer que você faça. Você tem muito a perder. O Max tem *tudo* a perder. Posso contar com você? Vamos finalmente trabalhar juntos?

Afundei na cadeira. Não pude conter as lágrimas, que caíram numa torrente desenfreada. Analisei as possibilidades à minha frente. Eu não conseguia pensar em nada, raciocinar direito. Não queria compactuar com Hector, mas não podia permitir que Max perdesse o emprego que ajudava toda sua família. Amaldiçoei-me por não ter notado as verdadeiras intenções de Hector logo de cara.

– S-sim – chorei. – Vou me afastar do Max.

– Boa menina – ele murmurou, juntando suas coisas. – Vou falar com o Hector agora mesmo. Não se preocupe mais com ele. Vou cuidar de tudo pra você.

Eu não conseguia mais ficar ali. Precisava respirar, precisava... de Max. Recompondo-me da melhor maneira que pude, decidi procurar por ele aos tropeções. Vovô insistira para que eu contasse a ele sobre a confusão do jantar do Comex, e isso realmente ajudara. Talvez essa situação fosse parecida. Talvez Max soubesse o que fazer, me ajudasse a pensar em algo. Entretanto, não o encontrei no setor nove.

– O Max foi até a sala da copiadora – Paulo me disse. – Aqueles australianos estão acabando com nossos nervos! Não param de pedir cópias de tudo. Ei, você está bem?

– Estou. Obrigada, Paulo. Só preciso falar com ele.

Segui pelo corredor com os olhos inchados, sem realmente me dar conta dos olhares curiosos ao meu redor. A porta da sala claustrofóbica estava fechada. Entrei sem bater, esperando que Max estivesse ali e eu pudesse despejar tudo. Agradeci quando abri a porta e o vi, mas, um segundo depois, me senti como se estivesse ruindo. Ele estava acompanhado. Na verdade, estava muito ocupado, segurando Vanessa pelos ombros. As mãos dela lutavam com os botões de sua camisa, a boca lambuzada de batom estava afundada em seu pescoço. Max a segurava com força, não consegui entender se para afastá-la ou trazê-la para perto. Quando finalmente me viu, seus olhos assumiram um tom mais escuro.

– Alicia, não! Não é nada disso que você está pensando – disse ele, dando um empurrão nada gentil em Vanessa.

Ela cambaleou, sorriu e se endireitou, fechando os botões da blusa com deliberada lentidão.

– Ah, Max, que desculpa horrível – zombou. – Ela viu a gente!

– Cala a boca, Vanessa! Só... – ele bufou, olhando para ela com algo parecido com desprezo e fúria. Depois voltou os olhos para mim e se aproximou, apenas um passo.

Sábio de sua parte. Eu estava um pouco fora de controle e não sabia do que seria capaz se alguém me tocasse naquele instante.

– Não é o que parece – ele tentou.

Apenas observei a cena: Vanessa alisando a saia, o rosto e o pescoço de Max sujos de batom vermelho, o desespero em seus olhos. Por um momento, cogitei a hipótese de esmagar a cabeça volumosa de Vanessa com a tampa da copiadora. Mas de alguma forma me contive. Eu tinha sérios problemas naquele momento, e ela não passava de um pequeno incômodo.

Deixei a sala da copiadora da mesma forma que entrei: muda e com os olhos inchados. Corri para pegar minha bolsa e desci as escadas o mais rápido que pude. Max me seguia a passos largos. Quando alcancei a calçada, ele me agarrou pela cintura, me detendo. Eu o empurrei, sem obter muito sucesso. Soquei seu peito descarregando minha raiva, chorando e rugindo ao mesmo tempo, tentando me acalmar.

– Foi um truque! Eu jamais faria qualquer coisa para te magoar. Jamais! Você precisa acreditar em mim! – ele implorou com os olhos loucos, segurando meus pulsos e tentando me fazer parar de socá-lo. – Acabei de te conquistar, você acha mesmo que eu colocaria tudo a perder?

Eu queria dizer muitas coisas, mas não pude. Eu sufocava com palavras, com sentimentos, com imagens horríveis – ele agarrado a Vanessa, Marcus em sua cadeira de rodas, Hector e sua maldade, meu avô num caixão, Clóvis anunciando o fim do meu casamento. Era muita informação. Hector era um golpista, um chantagista, um demônio. Vanessa era o que sempre fora, uma vaca. E Max era o homem que eu amava, fedendo a perfume barato e com o rosto manchado por um batom que não era meu.

Puxei os braços, me livrando de seus dedos.

– Não toca em mim!

Nesse momento, um ônibus encostado no meio-fio começava a arrancar. Alcancei a porta antes que Max pudesse me impedir e subi.

– Alicia! – gritou ele, parado como uma estátua, parecendo tão desnorteado que mais lágrimas brotaram em meus olhos.

Acomodei-me em um dos bancos, grata por ter um lugar para sentar, e chorei copiosamente. O cobrador me olhava confuso, os passageiros fingiam não notar meus soluços. Circulei pela cidade por muito tempo, zonza e confusa, sem saber o que fazer ou para onde ir.

Meu celular tocou diversas vezes, mas o ignorei. Sabia que devia ser Max querendo se explicar. Fechei os olhos muitas vezes, na esperança de que pudesse dormir e vovô aparecesse para me dizer o que fazer, mas aparentemente não era assim que a coisa funcionava.

O sol já começava a baixar e eu não fazia ideia de em que parte da cidade me encontrava. Lembrei-me da tarde de domingo, em como Max se abrira, me mostrando sua alma e me fazendo amá-lo ainda mais. Lembrei-me do jantar com sua família, de como ele fora corajoso enfrentando a mágoa de seus pais e a ira do irmão com a cabeça erguida. Lembrei-me da noite de sábado, do beijo apaixonado, da dança, da entrega. De seu rosto assustado quando abri a porta da sala treze, do sorriso cínico de Vanessa, dos olhos pesarosos de Clóvis. Tudo se misturava num vórtice confuso, e eu não conseguia manter uma linha de raciocínio.

Rezei em silêncio, pedindo que alguém lá em cima me enviasse um sinal e me tirasse daquela agonia, mas nada aconteceu. O veículo reduziu para alguém descer. Olhando pela janela, vi, aninhada na estaca do ponto de ônibus, uma borboleta. Azul.

Desci às pressas, sem ter ideia de onde estava.

46

Perambulei pelo bairro desconhecido por algum tempo. A noite já caíra e eu sabia que devia voltar para casa, mas não queria enfrentar Max naquele momento. Não tinha forças para isso. Encontrei uma pracinha, dessas com bancos pichados e a grama tão alta que mais parecia a beira de um riacho. Sentei no encosto do banco e apoiei os pés no assento, jogando a bolsa ali. Meu celular tocou mais uma vez. Peguei o aparelho e o encarei. Era Max. De novo. Ignorei a chamada. Não estava pronta ainda.

– O que você faz aqui, srta. Alicia?

Virei-me e dei de cara com a ex-secretária de meu avô.

– Inês! – exclamei, surpresa. – Eu... desci no ponto errado. Acabei me perdendo.

Ela me avaliou atentamente, de meus olhos inchados a minhas mãos frenéticas, que não paravam de se retorcer.

– Eu moro na próxima quadra. Não quer ir até a minha casa e beber alguma coisa enquanto chamo um táxi pra você?

– Eu adoraria. Obrigada, Inês. – Coloquei-me de pé, jogando a bolsa por sobre o ombro e alcançando uma de suas sacolas de supermercado. – Deixa eu te ajudar com isso.

Ela sorriu e caminhamos caladas até a casinha cor de abóbora com portas e janelas brancas. Um pequeno jardim repleto de margaridas, bem embaixo de uma janela, trazia um pouco de cor ao lugar. Por dentro, a casa era repleta de detalhes, tapetes e bibelôs infinitos – e um tanto assustadores – e flores artificiais. Inês me acomodou no sofá estampado e foi para a cozinha preparar um chá. Olhando em volta, vi diversos retratos dela, em várias épocas da vida. Um homem com um vasto bigode a acompanhava em muitas delas. Não nas mais recentes, porém.

– Meu marido – disse ela suavemente, me fazendo pular no estofado. – Morreu há dez anos. Seu chá – me estendeu a xícara. Eu a peguei, provei um pouco e o gosto do rum adormeceu minha língua. Olhei para Inês, surpresa, que sorriu e se sentou ao meu lado com outra xícara na mão. – Achei que poderia ajudar você a se acalmar. Ajudava o seu avô.

– Obrigada, Inês. Era exatamente o que eu precisava.

– O que te deixou nesse estado? – ela perguntou, sem rodeios.

Suspirei. De algum modo, eu não achava que pudesse ser coincidência topar com a antiga secretária de vô Narciso num momento como aquele.

– Descobri algumas coisas sobre o Hector. Coisas ruins – mantive os olhos em minha xícara.

Ela gargalhou. Tão alto que alguns bibelôs na mesa de centro vibraram.

– Isso nunca seria possível – ela ergueu os óculos para secar as lágrimas no canto dos olhos. – O Hector é um homem tão honesto e correto quanto o seu avô era.

– Você está enganada, Inês. O Hector é perverso, sádico, mesquinho e cruel. Coisas que o meu avô jamais foi – retruquei, apertando a xícara em minhas mãos.

Isso fez surgir um pequeno franzido entre suas sobrancelhas.

– Alicia, não sei o que está acontecendo, mas posso garantir que o Hector é um homem íntegro. Seu avô o deixou a cargo das empresas por confiar nele.

– Ele também deixou o Clóvis a cargo da herança. O que me leva a crer que o meu avô confiava demais nas pessoas e pouco em seu próprio sangue.

– Sabe que isso me incomodou um pouco? – disse ela, pousando sua xícara sobre a mesa com delicadeza. – Esse testamento não parece coisa do seu Narciso.

– Finalmente concordamos em alguma coisa – exalei pesadamente. – Não foi ideia dele. Foi do Hector.

– Do Hector? – ela sacudiu a cabeça. – Ele nem sabia que o seu avô tinha feito aquele testamento. Quando soube do conteúdo do documento, pediu uma reunião com o dr. Clóvis para entender o que estava acontecendo. Ele achou aquilo um absurdo, até discutiu com o Clóvis por conta disso.

– Como você sabe disso?

– Eu estava na sala quando aconteceu.

O sinal de alerta voltou a soar em minha cabeça. A luz vermelha piscava incessantemente.

Virei meu chá de uma vez, queimando o esôfago, mas não me importando com isso.

– Fala mais, Inês. Me conta o que você viu e ouviu. Desde o começo, por favor.

47

Quando cheguei em casa, ainda incerta sobre o que fazer – um plano, porém, já se delineava em minha cabeça –, encontrei Max parado perto da porta. Ele parecia ter passado um bom tempo ali, me esperando.

– Por onde você andou? Eu estava maluco de preocupação – perguntou apressado, mantendo certa distância.

– Por aí – eu disse, me desviando dele e largando a bolsa na cadeira da mesa de jantar. Eu me sentia exausta, como se o peso do mundo estivesse em minhas costas.

– Por favor, me escuta, Alicia! O que você viu não foi o que você pensa que viu... exatamente. A Vanessa armou pra você nos surpreender.

Eu não tinha dúvidas quanto a isso.

– Eu sei – e me joguei no sofá. De alguma forma, eu sabia que ele dizia a verdade, que tudo não passara de uma tentativa tosca de Vanessa de nos separar. Ainda assim, doía. E muito!

Ele se aproximou um pouco.

– Você precisa acreditar em mim. Não sei como ela soube que você ia para aquela sala naquele momento, mas eu juro que... que... O que você disse? – ele indagou, confuso.

– Eu sei que ela tentou encenar algo que não aconteceu. Eu acredito em você, Max.

– Acredita? – seu rosto cansado desanuviou um pouco.

Sim, eu acreditava. Sabia que ele jamais faria aquilo, especialmente dentro da L&L. Max prezava demais as regras.

Eu teria que dizer adeus a ele, temporariamente, mas não dessa forma, não com mentiras. Não sabia ao certo o que dizer, mas tinha certeza de que tentaria ser o mais honesta possível. Ele merecia isso. E eu devia isso a mim mesma. O problema era que honestidade nunca fora meu forte. Eu não sabia nem como começar...

– Ela apareceu do nada – continuou ele –, eu estava concentrado na copiadora e aquela porcaria sempre mastiga o papel, você sabe... A Vanessa puxou conversa e eu nem sei do que ela estava falando, só respondia automaticamente. Então ela me atacou, e mal tive tempo de empurrar aquela garota e você já estava ali, abrindo a porta.

– Eu sei, Max.

– Ah, Alicia... – ele suspirou aliviado, avançando rapidamente, sentando-se ao meu lado e me espremendo de encontro ao peito. Ele me beijou com tanta fúria e desespero que senti meu próprio desespero se fundir ao dele, se tornando pesado demais para mim.

– Você é a mulher mais incrível que eu conheço – ele sussurrou contra meus lábios.

Mulher. Não garota. Mulher. Adulta. Então por que eu me sentia tão pequena e indefesa?

Afastei-me com relutância. De ambas as partes.

– E você, confia em mim? – perguntei.

Ele me encarou com os olhos límpidos, sinceros, quentes.

– Sempre.

– Eu preciso falar... preciso... – engoli em seco – te explicar uma coisa, te contar o que pretendo f...

O celular dele tocou.

– Desculpa, preciso atender. – Ele levou o aparelho à orelha. – Oi, Mari, ela voltou – e expirou pesadamente. – Sim, ela está bem. Não está machucada. Estamos sim. Eu aviso pra ela. Obrigado pela ajuda. Tá, tchau – e desligou o telefone. – Ela disse pra você nunca mais fazer o que fez, ou ela nunca mais vai falar com você na vida. – Eu me encolhi no sofá, envergonhada. – Você pode imaginar como ela estava preocupada, não pode?

– Desculpa – murmurei.

– Ah, Alicia. Acho que sou eu que tenho que pedir desculpa por ter sido tão estúpido – ele me envolveu em seus braços, os lábios procurando os meus.

– Espera, eu preciso falar com você.

– Seja lá o que for, pode esperar – ele disse, voltando a me beijar.

Fiz um esforço sobre-humano para afastá-lo outra vez.

– É sério, Max. Temos que conversar.

Ele me soltou, passou a mão pelos cabelos, pela barba por fazer, e pareceu tão desamparado que eu quis cair de joelhos e confortá-lo.

– Alicia, eu passei cinco longas horas ligando pra você a cada cinco segundos, atormentando a Mariana pra tentar descobrir onde você estava, com medo que você acreditasse na armação da Vanessa e que eu tivesse te perdido de vez. Você entende o que estou sentindo agora? O alívio que sinto em poder ter você em meus braços nesse momento?

Eu entendia. Eu podia imaginar como seria abraçá-lo outra vez sabendo que tudo estava bem, que aquela não seria a última vez. Que ficaríamos juntos, não importava o que acontecesse.

Eu não queria me afastar dele, ainda que por pouco tempo.

Uma lágrima traidora desceu por meu rosto. Max a secou com os lábios.

Segurando meu rosto entre as mãos e me encarando por um momento precioso, seus olhos brilharam como duas estrelas em chamas, incendiando minhas entranhas.

– Nada é mais importante ou precioso pra mim do que você, Alicia. O mundo pode esperar. Qualquer problema, qualquer assunto pode esperar. O amor que sinto por você, não.

– Eu te amo, Max. Você não faz ideia do quanto eu te amo.

Ele sorriu antes de me capturar com os lábios famintos, me tomando em seus braços e me deitando com delicadeza sobre o tapete pesado da pequena sala. Ele sussurrou meu nome, de novo e de novo, como uma prece, um mantra, enquanto suas mãos e sua boca me acariciavam de maneira tão insuportavelmente doce que me vi à beira das lágrimas. Fechei os olhos, presa em meu próprio desespero, e me entreguei ao amor uma última vez.

48

— Você me fez perder a hora – Max murmurou, beijando meu pescoço repetidamente até que abri os olhos. Ele sorriu e me beijou com delicadeza sobre o tapete onde havíamos passado a noite. – Não posso me atrasar hoje. Vamos ter uma teleconferência com os australianos. Finalmente vamos fechar negócio. Por favor, Alicia, seja rápida hoje – disse ele, dando um tapinha em minha bunda e se levantando apressado, completamente nu.

Respirei fundo, e a consciência me atingiu como um meteoro flamejante.

– Não vou trabalhar – sussurrei, me embrulhando no edredom que Max havia pegado em nosso quarto no meio da madrugada.

– Não vai? – ele perguntou, abotoando a calça que encontrou jogada sobre o sofá, e se agachou ao meu lado, então colocou a mão em minha testa. – Não está se sentindo bem?

– Na verdade, não. Nada está bem. Mas tenho que fazer o que é preciso – desviei os olhos para seus pés descalços.

– Não estou entendendo.

– Precisamos nos separar por um tempo – murmurei.

– O que você disse?

– Preciso do divórcio, Max. Vai ser só uma formalidade. Nada precisa mudar...

– Do que você está falando? É uma das suas brincadeiras? – ele interrompeu, levantando meu queixo para que o encarasse. Seu rosto estava tão pálido quanto a parede atrás dele.

– Não estou brincando – engoli em seco. – Preciso que você assine os papéis da separação o mais rápido possível.

Ele ficou calado por um momento.

– Você está magoada porque acha que te traí com a Vanessa. É isso, não é? Você não acreditou em mim. Eu não traí você, Alicia, eu juro! – sussurrou, mortificado.

– Não é isso – sacudi a cabeça, desamparada. – É muito mais complexo que isso. Ontem você disse que confiava em mim. Por favor, confie em mim agora. Vai ficar tudo bem.

– Você está pedindo que eu simplesmente entenda que você não me ama mais sem me dar nenhuma explicação?

– Eu não disse isso! – tentei alcançar seu pescoço, mas ele recuou. Doeu. – Eu nunca disse que deixei de te amar. Eu amo você! Amo demais! Só não posso ficar *casada* com você nesse momento.

– Você me ama? – ele perguntou, sério, os olhos indecifráveis.

– Você sabe que sim.

– Então por que está me abandonando? – sua voz falhou.

Suspirei, fechando os olhos, tentando me livrar da dor que sua mágoa me causava. Foi inútil. Então decidi abrir o jogo. E, pela primeira vez na vida, ao me deparar com algo difícil, eu disse a verdade.

– Porque o Hector exigiu. Ele tem provas de que o nosso casamento é uma farsa e entregou ao Clóvis. – Seus olhos brilharam perigosamente, quase loucos. Continuei, mas minha voz estava fraca e trêmula, mal passava de um murmúrio. – O Hector encontrou o jornal com o meu anúncio e, assim como você, ligou uma coisa à outra. Ele encontrou a fatura do meu cartão de crédito, só Deus sabe como... Eu fui uma idiota, eu sei, mas já está feito. Não se preocupa. Eu tenho um plan...

– Eu entendo – ele interrompeu, se endireitando. – Você não pode perder o seu precioso dinheiro. Entre sua fortuna e eu, você escolheu a fortuna.

– O quê? Max, espera aí... – me levantei depressa, apertando o tecido grosso ao redor do corpo, e o puxei pelo braço, já que ele ameaçou seguir para o quarto. – O dinheiro é a última coi...

– E você já tinha se decidido ontem à noite, não é? – ele disse bruscamente, me encarando com olhos hostis, tão frios que me causaram arrepios. – E mesmo assim me permitiu te amar como se tudo estivesse bem. Como se me fizesse um favor. Foi muito gentil da sua parte.

– Não é nada disso! Eu ainda não terminei d...

– Terminou sim. Você acabou de terminar tudo, Alicia – ele deu de ombros. Seu rosto era duro como o de uma estátua de mármore. – Não há nada mais a ser dito.

– Quer me ouvir, por favor?! Eu tenho um plano. Não podemos continuar casados, mas podemos nos encontrar escondidos e...

– Ah, claro! – ele cuspiu, se desvencilhando de minhas mãos. – E você vai deixar dinheiro sobre a minha cama quando for embora?

– Max, por favor, para com isso. Você sempre foi racional, se escutar tudo você vai entender e me ajudar a resolver isso. Você está me condenando sem me ouvir, droga!

– Estou? Você me trocou por dinheiro. O que mais quer que eu escute, Alicia? – ele começou a andar de um lado para o outro na pequena sala. – Eu sempre soube que você queria sua fortuna, mas por um momento, por um ridículo momento, cheguei a pensar que você pudesse ser feliz apenas sendo minha... *Argh*! Que estúpido! – e chutou a cadeira da sala de jantar à sua frente, que caiu com um estrondo ecoante.

Paralisei, assustada, ferida com suas conclusões precipitadas. Se ele ao menos me deixasse terminar...

– Por favor, me ouça! – implorei, tentando alcançá-lo, mas ele recuou novamente.

– Acho que você já disse tudo que importa. Não tem mais nada que você possa dizer que eu tenha interesse em ouvir – ele retrucou e foi para o quarto, com os braços cerrados ao lado do corpo, e fechou a porta com força.

Comecei a bater na porta do quarto, desesperada. Aquilo não podia estar acontecendo. Max não podia estar pensando que eu o trocaria por grana. Simplesmente não podia.

– Max, abre a porta. Por favor, me deixa explicar! Estou dizendo a verdade, você tem que ouvir tudo.

A porta se abriu e por um instante me enchi de esperança, mas, assim que olhei em seu rosto, os olhos vazios como um cemitério, entendi que ele não estava disposto a me ouvir. Ou a olhar para mim. Uma dor excruciante me tirou o fôlego.

Eu o perdi.

– Você prometeu ficar ao meu lado, não importa o que acontecesse. Você prometeu! – sussurrei como uma menina assustada.

– Parece que você me transformou em um especialista em quebrar promessas – ele pegou o paletó, jogou sobre o braço de qualquer jeito, sem jamais olhar para mim, e marchou em direção à saída.

– Não faz isso! Olha pra mim. Fala comigo, caramba!

– Eu não fiz nada, Alicia – ele parou, se virou lentamente e me encarou. Seus olhos cintilaram, úmidos, desesperados. Ele também estava sofrendo. – *Você* fez.

Ele me encarou por mais um segundo ou dois antes de sair, batendo a porta da sala com tanta força que as paredes tremeram ligeiramente.

Despenquei no chão, sem conseguir respirar. Um soluço violento irrompeu em minha garganta, liberando meu desespero em forma de lágrimas.

Eu o perdi! Eu o perdi!, repeti incoerente e incessantemente para mim mesma. Como era que aquilo acontecera? Eu tinha dito a verdade – ou pelo menos parte dela, já que ele não quis me ouvir. Dizer a verdade deveria contar para alguma coisa. Dizer a verdade deveria mantê-lo por perto. O que dera errado?

Eu havia imaginado que talvez precisássemos ficar separados por um tempo, mas ele ainda me amaria. Talvez nos encontrássemos às escondidas, como amantes, três ou sete vezes por semana, quem sabe. Mas eu o perdera. Eu o perdera por simplesmente dizer a verdade.

Naquele instante, aquele cheiro de flor invadiu o apartamento. Aos soluços, procurei em volta, tentando entender, mas não era capaz de pensar em nada além do fato de que Max havia me chutado. Enterrei a cabeça entre os joelhos, derramando um oceano de lágrimas. Um formigamento delicado se espalhou por minha mão direita e, por um momento louco, imaginei que meu avô estava ali, segurando minha mão. Foi o suficiente para me dar forças para me levantar. A raiva começou a se infiltrar sorrateiramente, e dessa vez direcionada à pessoa certa. Sequei os olhos com as costas da mão e marchei para o quarto, disposta a tudo para recuperar o controle de minha vida.

49

— Você enlouqueceu de vez! – gritou Mari, batendo a porta do guarda-roupa, quando expliquei a ela como planejava acertar minha vida.

— Talvez você esteja certa – eu disse, terminando de prender os cabelos. – Mas não vou ficar parada vendo a minha vida ruir porque alguém armou pra cima de mim.

— Mas invadir uma casa? Isso é sério, Lili – ela disse, abotoando a camisa branca de renda sobre o top rosa-antigo. O rosto estava tenso. – Até pra você.

— Não é *tão* sério assim... – Mas ela tinha razão e eu sabia disso. O grande problema era que eu tinha certeza de que havia algo oculto naquela história, algo que poderia me ajudar a sair daquele pesadelo, e eu estava pronta para pagar o preço. Porém colocar Mari naquela roubada estava me matando.

— Você não vai comigo. Tô sozinha nessa.

— Nem pensar! Se você for, eu também vou. – Ela cruzou os braços sobre o peito quando tentei argumentar. – E nem adianta tentar discutir. Ou vamos as duas, ou não vai nenhuma!

— Mari – suspirei –, eu já te meti em mais confusão do que gostaria. Aqui estou eu outra vez, incomodando você e a sua mãe. Você sempre foi a mais responsável de nós duas. Pensa no que está querendo fazer.

— É por isso mesmo que quero ir. Preciso fazer algo bem idiota – ela resmungou.

Suspirei, passando os braços sobre seus ombros. Nós duas estávamos arrasadas emocionalmente, mas por razões diferentes.

– Você ainda está chateada com o Breno?

– Não. – Ela encostou a cabeça em meu ombro e gemeu. – Tá bom, estou. Não é que eu não entenda. Quer dizer, ele estava fazendo as aulas de mergulho e eu *sabia*. Mas, até você sugerir, nunca me ocorreu que ele pretendia mudar para o litoral e trabalhar como guia turístico subaquático. E nunca me ocorreu que ele quisesse que eu fosse junto. A gente mal se conhece!

– Na verdade, vocês se conhecem há um tempão – apontei.

– Tá, mas eu digo *conhecer*. Isso é loucura! Não posso simplesmente largar tudo e mudar com ele para uma praia qualquer. Seria praticamente um casamento, um passo grande demais e idiota e...

– Invadir casas é bem menos assustador? – tentei.

– Exatamente – ela riu. – Vamos mesmo fazer isso?

– *Eu* vou – esclareci. – Vou precisar da ajuda do Max. Não sei como ele vai me receber hoje, então cruza os dedos pra dar tudo certo.

Ela avaliou meu rosto e murchou um pouco.

– Ele ainda não ligou?

Sacudi a cabeça, encarando o chão.

Eu estava furiosa – entre outras coisas – com Max. Como ele pôde imaginar que eu estava mais interessada em dinheiro que nele? Eu ainda me questionava como ele fora capaz de pensar algo assim a meu respeito. Como?

Tudo bem, eu havia me casado com ele para reaver minha herança, mas isso foi antes de me apaixonar. Ele *devia* saber disso.

– Ele acha que eu o troquei por grana – comentei. – Nem me deu chance de explicar. Que tipo de mulher ele acha que eu sou? Tudo bem, admito, foi o que pareceu, mas ele é meu marido, droga! Devia me conhecer. Acho que o orgulho dele é maior do que o que ele sente por mim.

– Não, Lili. Você está enganada. O Max te ama, só está magoado. Talvez ele precise de mais tempo pra curar as feridas. Não faz nem vinte e quatro horas que tudo desandou. Quem sabe hoje vocês acabam se acertando...

– Ele não vai me procurar. Mas tenho que falar com ele mesmo assim. Não sei se vou suportar, Mari. Ver o Max ali tão perto e ao mesmo tempo a quilômetros de distância.

– Eu sinto muito, Lili.

– Eu também – murmurei.

Então comecei a chorar. De novo. E, mais uma vez, Mari estava ali, me consolando. Doeu demais aceitar o fim de meu relacionamento com Max. No dia anterior, logo depois que ele saiu batendo a porta e eu recuperei um pouco de discernimento, eu havia juntado minhas coisas e saído da nossa casa com o coração aos berros. Para minha surpresa, os primeiros a me acudirem foram os passageiros do ônibus, que, depois de muitos soluços convulsivos de minha parte, compreenderam que eu estava de coração partido e me encheram de abraços, tapinhas nas costas e frases encorajadoras – não adiantou nada, mas achei bacana da parte deles.

Segui direto para a casa da Mari, mas não a encontrei. Já passava das nove e ela havia saído para o trabalho. Ana, com seu sexto sentido materno, foi quem me auxiliou, me levando para seu quarto, todo decorado em tons de verde, e me deixando chorar em seu ombro sem fazer perguntas quando tentei contar o que tinha acontecido. Ela apenas murmurava "eu sei" vez ou outra, sem tentar me fazer acreditar que aquela dor um dia melhoraria. E eu chorei, por muitas horas, até que acabei adormecendo e, mesmo quando apaguei, sonhei que chorava, e dessa vez era meu avô quem me consolava.

– O Max entendeu tudo errado! – eu disse a vô Narciso. – Eu tentei falar a verdade e olha só! Eu sabia que falar a verdade nunca dá em boa coisa. Ele nunca vai me perdoar. Ele acha que estou me afastando por causa do dinheiro, mas não é isso. Ele... ele... nem me deixou explicar!

– Não fique assim. Não chore, querida. Ele agiu dessa maneira porque está sofrendo. Ele realmente ama você. Dê um tempo a ele. O Max vai acabar caindo em si e vai procurar você para entender o que está acontecendo.

Sacudi a cabeça freneticamente.

– Não, vovô. Eu conheço o Max. Ele não vai me procurar. Eu feri o orgulho dele – chorei. Vovô permaneceu ali, murmurando palavras de consolo que não serviram de muita coisa, me envolvendo naquele abraço sem calor. – Você sumiu! – acusei. – Eu precisei tanto de você, e você desapareceu.

– Você é muito mais forte do que pensa.

– Se eu perguntasse o que realmente aconteceu para você tomar a decisão de me excluir do testamento, você me contaria a verdade?

Ele sacudiu a cabeça e disse apenas:

– A vida é um jogo, Alicia. Você precisa saber usar as estratégias. A dificuldade da luta armada é fazer próximas as distâncias e converter os problemas em vantagens.

Revirei os olhos.

– Sabe, você devia ter lido *Harry Potter*, para me ensinar um pouco de magia. Esses provérbios não me servem de nada.

– Isso porque você não está realmente ouvindo. *A arte da guerra* pode conter as respostas que você tanto procura. – Ele ficou sério subitamente. – Tome cuidado. Seu plano é perigoso.

– Para mim ou para aquele crápula? – Surpresa, encarei meu avô, com a curiosidade estampada no rosto. Como ele soubera? Eu não havia falado sobre isso com ninguém.

– Para ambos. Há muito em jogo.

Então eu acordei e Mari estava ao lado da cama, pronta para me emprestar seu ombro, e não me fiz de rogada. Doeu aceitar o fim. Doeu além do que eu podia suportar, como vovô havia alertado, em um sonho que parecia ter acontecido em outra vida.

– Minha mãe me ligou avisando do rompimento. Que diabos você fez? – ela quis saber, me abraçando e tentando decifrar minhas frases desconexas. Depois de muitas tentativas, ela finalmente compreendeu o que acontecera e, como aquela garota que me abraçava era Mariana Gonçalves, a melhor amiga que alguém poderia ter, disse a única coisa capaz de me tirar daquele estado histérico:

– Chora tudo agora, Lili, porque até o anoitecer vamos precisar colocar a cabeça no lugar e nos concentrar para encontrar uma forma de te livrar dessa.

Passei o dia assim, ora enfiada na cama, ora no ombro de Mari, recebendo, religiosamente a cada três horas, doses generosas de chocolate e vodca. Passei por momentos críticos, em que me agarrava ao telefone e Mari praticamente me aplicava uma gravata, enquanto Ana escondia o aparelho para que eu não ligasse para Max implorando para que ele me ouvisse.

– Não! Você não pode ligar – explicava Mari pacientemente. – Você vai se odiar se ligar para ele agora. Acredite. – E isso só me fazia chorar ainda mais, pois eu sabia que Max jamais ligaria.

Meu coração doía ao pensar nele, meu corpo doía, como se estivesse doente, e eu tinha certeza de que ele também se sentia assim, como se uma parte do corpo tivesse sido dilacerada por um triturador de carne. Eu sabia disso porque, apesar de tudo, de ele não ter me ouvido, de ter me julgado e me dado as costas, eu vira seu rosto ao me deixar. Max realmente acreditava que eu o trocara por dinheiro. E estava devastado com isso.

Foi a lembrança de seu olhar destruído que me trouxe um pouco de esperança e serenidade. Talvez ainda houvesse uma chance para nós dois Obriguei-me a focar os pensamentos em solucionar o mais rápido possível aquela situação, como Mari havia me alertado.

Por isso, depois de passar a noite em claro bolando minhas estratégias e explicar na manhã seguinte meu plano nos mínimos detalhes para minha amiga – que não achou tão genial assim, mas acabou cedendo por falta de ideia melhor –, decidi partir para a ação. Enquanto Mari me levava até a L&L, repassamos mais uma vez nosso plano de invasão, e, às nove em ponto daquela manhã, eu estava na antessala da presidência. Vestia calça jeans e botas de cano alto, uma blusa preta com decote em V e mangas longas, os cabelos presos num rabo de cavalo. Pronta para a guerra. Pronta para tudo!

– Inês, vou precisar de um grande favor.

50

Depois que Inês se prontificou a me ajudar, entendeu o que eu queria e prometeu fazer tudo exatamente como pedi, fui para o setor nove, me sentindo um pouco instável. Max estaria lá. Como seria nosso reencontro? Ele ao menos falaria comigo?

Mal saí do elevador e meu celular tocou. Era Mari. Aproveitei para confirmar tudo.

– Hoje à noite, Lili? Tem certeza?

– Se quiser, ainda dá tempo de desistir – alertei.

– Nada disso. Estarei pronta, mas... hã... que roupa eu uso? Eu nunca invadi nada antes.

Revirei os olhos.

– Qualquer coisa discreta e confortável, que permita subir em muros, se enfiar embaixo de móveis, pular janelas, essas coisas.

– Humm... Acho que não tenho nada pra usar. Vou dar uma passadinha no shopping antes de ir pra casa.

– Mari! Eu aqui, louca de preocupação com o perigo de acabarmos na cadeia, e você preocupada com a roupa que vai usar? – Max entrou no corredor e parou quando me viu. Acho que meu coração também. – Preciso ir, Mari. Até mais tarde.

Endireitei-me, alisando os cabelos presos, tentando me fazer de indiferente e falhando vergonhosamente. Max ficou um momento ali, parado, me olhando de um jeito indecifrável, depois encarou o chão.

– Oi – murmurei, com o coração aos pulos.

Tudo bem, eu estava furiosa por ele não ter me ouvido e magoada por ele pensar tão mal de mim. Mas eu não podia evitar amá-lo. Simplesmente não dava para não reagir à sua presença. Era o mesmo que tentar capturar o ar com uma peneira. Impossível! Por isso eu me negava a acreditar que estava tudo acabado entre nós.

– Oi. Você saiu de casa – ele acusou.

Respirei fundo.

– Você sabia que eu ia fazer isso.

– É, acho que sabia – ele murmurou, olhando para alguns papéis em suas mãos. – Acabei de assinar a papelada do divórcio. A secretária do Clóvis está esperando para levar ao cartório.

– Já? – me segurei na parede fria para não cair.

– O Clóvis não perde tempo, não é? – ele levantou a cabeça para me encarar, algo perigoso brilhava em seus olhos.

– Max... – sacudi a cabeça. – Preciso falar com você.

– Imagino que não seja importante. Se fosse, você teria ficado em casa ontem e esperado eu voltar para conversarmos.

– Você está começando a me deixar muito irritada, Max. Está agindo como um completo idiota!

– E não é essa a função dos ex-maridos? – ele abriu um sorriso tão agonizante que comecei a tremer. – É a sua vez de assinar. Vamos acabar logo com isso – me estendeu os papéis e uma caneta e esperou.

Magoada, peguei os documentos e assinei ali mesmo, usando a parede como apoio. Devolvi tudo a ele com as mãos trêmulas.

– Pronto. Não tem mais nada a ser feito – ele disse e me deixou ali, plantada como um coqueiro, observando-o se afastar e entrar no elevador.

Não havia mais nada a ser feito. Estávamos oficialmente separados. *Acabou.*

Pelo menos agora Max está a salvo. Fiquei repetindo isso como um mantra, na tentativa de passar a acreditar em algum momento.

Mal consegui me concentrar naquela manhã. Fiz muito pouco antes de descer para o refeitório e encontrar Vanessa no caminho. Eu não havia me esquecido de seus serviços de hacker e de seu ataque a Max, mas aquela ainda não era a hora de acertar nossas contas.

Amaya dominou a conversa no almoço, me colocando a par da última bomba que caíra sobre a L&L. Ao que parecia, a empresa estava perdendo vendas para o concorrente – de qualidade inferior, mas com preço mais acessível –, e a diretoria estava arrancando os cabelos por causa dos números, que só despencavam. A solução encontrada para o problema havia sido reduzir a qualidade dos produtos, o que gerara um impasse. Parte da diretoria se recusava a baixar a qualidade, a outra parte não via problemas nisso.

– Não acho uma boa solução – comentei enquanto Amaya voltava para sua sala e eu seguia rumo à copiadora. Ao que parecia, eu nunca me livraria daquela máquina. – Os clientes confiam nos nossos produtos, sabem que podem comprar de olhos fechados. Reduzir a qualidade implicaria bem mais que perder o bom nome da L&L Cosméticos. Perderíamos credibilidade. Deve ter outro jeito... Sei lá, deviam tentar outro caminho. De repente um plano de fidelização ou algo assim.

– Como assim? – ela inquiriu.

– Não sei. Talvez criar um programa de acúmulo de pontos ou trocas. Prender os consumidores pela qualidade e dar a eles algum tipo de bônus. A gente podia trocar um número específico de embalagens vazias por um novo produto ou... – dei de ombros. – Acho que estou falando besteira, Amaya. Não entendo nada de estratégias de vendas.

– Eu discordo – soou a voz grave e tão, tão familiar atrás de mim.

Virei-me e lá estava Max, me avaliando a distância, os braços cruzados sobre o peito largo, um pequeno sorriso cínico nos lábios.

– Acho que você entende mais que muitos de nós. – Ele se aproximou um pouco, ainda mantendo uma distância segura. – Sua ideia pode ser uma alternativa viável. Gostaria de ouvir mais sobre ela. Está ocupada agora?

O perfume dele me atingiu como um bastão de aço. Estava em meu nariz, em minha pele, dentro de mim. Estremeci com as doces lembranças, ainda tão recentes. Eu não queria falar com ele – bom, claro que queria, mas não queria colocá-lo no meio daquilo tudo, justo agora que ele estava livre da maldição de estar casado comigo. No entanto, eu precisaria de sua ajuda naquela noite. A ideia de deixar um bilhete em sua mesa era tentadora, porém não muito eficaz. Eu precisava que tudo ocorresse conforme o planejado se pretendia continuar vivendo em liberdade.

– Hã... Tudo bem. Eu estava mesmo querendo falar com você.

– Eu te acompanho – Max disse, ficando bem ao meu lado.

Amaya sorriu e se afastou rapidamente. Ele e eu seguimos em silêncio pelo corredor, rumo à saleta claustrofóbica. Era como no início, dois estranhos que não sabiam o que dizer. Max fechou a porta assim que entramos.

Seus olhos brilhavam intensamente, como dois sóis... só que impiedosos.

– Agora fale – ele exigiu, se aproximando.

– Sobre o programa de acúmulo de pontos? – tentei, dando um passo para trás quando ele tentou chegar perto.

– Onde você passou a noite? – ele perguntou sem rodeios, emanando raiva por todos os poros.

Engoli em seco.

– Com a Mari. Na casa dela – murmurei. Meu peito subia e descia rápido demais.

– Só vocês duas?

– E a Ana.

Ele assentiu brevemente.

– Já que assinamos os papéis do divórcio, você não acha que precisamos resolver certas coisas?

– Não acho, não! – Aquilo doía demais. Ele podia ao menos ter relutado um pouco mais. Lutado um pouco mais, não é mesmo? – Você *já* assinou a porcaria da separação e resolveu tudo. Com essa nova lei do divórcio, a essa altura já estamos oficialmente separados. Não tem mais nada a ser discutido.

Max suspirou, frustrado.

– Você conseguiu o que queria, não conseguiu? – ele me analisava atentamente, como se procurasse algo em meu rosto. – Era o que você queria, não era? – as duas esmeraldas flamejantes não desgrudaram dos meus olhos um só instante. Havia mais naquela pergunta, muito mais. Eu só não sabia o quê, exatamente.

– E você nem sequer hesitou, Max. Você não podia ter tentado me enrolar? Não podia ter tentado me convencer a continuar casada? Nãããão! Claro que não. Você estava doido pra pular fora, e aproveitou a primeira oportunidade que caiu no seu colo pra se livrar de mim!

– Eu só fiz o que você me pediu! Foi você quem pediu o divórcio. Não posso obrigar ninguém a me amar, a querer ficar do meu lado – ele bufou. – Andei pensando sobre o nosso relacionamento. Ele começou errado. Nunca daria certo entre nós dois. Você tem razão, não podemos ficar juntos. Eu não pertenço ao seu mundo.

Você é o meu mundo, seu completo idiota!, eu quis dizer, mas, em vez disso, disse apenas:

– Seu completo idiota!

– Um dia você vai ser dona de um império e de uma fortuna que eu nem consigo calcular, e olha que cálculos são a minha especialidade. E eu sou um cara simples que, por mais que lute e trabalhe, sempre será classe média.

– Eu não me importo!

– Mas *eu* me importo! Tem muito mais que amor em um casamento. Tem confiança, respeito, admiração...

– Eu não acredito no que você está dizendo! Quer dizer que, enquanto eu era pobre e ferrada, ah, tudo bem me levar pra cama... Isso é fantástico, Max! Maravilha!

– Eu não disse isso – ele grunhiu. – Você está deturpando as coisas, como sempre.

– Eu não acredito em quanto você está sendo ridículo! É só dinheiro!

– Um dinheiro que fez você se casar comigo – apontou ele. – Um dinheiro que te levou a me abandonar, não foi? – ele gritou furioso, mas, apesar disso, seu olhar parecia questionador. Era como se ele estivesse encenando, testando... *Que estranho.*

– Eu não te abandonei! É você quem está pulando fora.

– Porque você pediu o divórcio, cacete!

– Bom... pedi, mas eu tive meus motivos. E você sabe muito bem que eu não tinha a intenção de ficar longe de você. Foi você quem me expulsou da sua vida! Agora, custava muito bancar o difícil só por alguns dias, até que eu... – parei de falar.

– Até que você...? – ele perguntou, ansioso, os olhos intensamente brilhantes de expectativa.

Eu não podia contar a ele. Não agora. Não tão perto de resolver tudo aquilo. Não podia colocá-lo novamente no meio daquela confusão. Uma sensação estranha de déjà vu apertou minha garganta. Tentei ignorá-la.

– Que merda, Max! – grunhi furiosa, empurrando-o para tentar sair daquela sala antes que fizesse alguma besteira. Ele nem se moveu.

Max me avaliou por um instante, a testa franzida, os lábios comprimidos numa linha reta.

– O que está realmente acontecendo, Alicia? – perguntou por fim, num sussurro.

Respirei fundo e ergui a cabeça, até ficar com o nariz a centímetros do dele.

– Nada que seja da sua conta. Você não é mais meu marido. Não lhe devo satisfações.

Ele estreitou os olhos, e um quase sorriso brincou em seus lábios.

Seu celular tocou. Max atendeu, sem jamais desviar os olhos dos meus.

– Alô?... Marcus, não se preocupa com isso. Não tem mais por que ficar irritado. A Alicia e eu nos separamos esta manhã. Sim, estou falando sério. – Ele afastou o telefone da orelha. – Não posso discutir sobre isso agora – e desligou. – Agora... – ele deu um passo em minha direção, e me afastei automaticamente – me conta o que está acontecendo, Alicia. E nem tenta dizer que não está acontecendo nada. Não mente pra mim.

– Ah, quer dizer que agora você está interessado em me ouvir! Não acha um pouco tarde pra isso, camarada?

– Não – ele disse simplesmente e continuou avançando em minha direção, me obrigando a recuar, de modo que acabei presa contra a parede. Ele bloqueou minha passagem com seu corpo enorme e apoiou uma mão em cada lado de minha cabeça, para se assegurar de que eu não iria a lugar algum. Seu olhar era predatório, mas sua voz se tornou suplicante quando ele voltou a falar. – Eu vou te ouvir. Seja lá o que for, vou tentar entender. Aceito qualquer desculpa, qualquer explicação, por mais esfarrapada que seja, pode acreditar. Agora fale, antes que eu enlouqueça.

E era exatamente isso que demonstravam seus olhos. Aquilo me desarmou completamente – além de me deixar confusa com a súbita mudança de comportamento. Horas antes, ele havia ignorado meus apelos para que me escutasse e então assinado o divórcio, e agora se propunha a ouvir o que eu tinha a dizer? O que ele pretendia, me enlouquecer?

Suspirei, sacudindo a cabeça.

– Eu não quero te causar problemas, Max. Se pegarem a gente aqui, estamos encrencados, você sabe disso – tentei mudar de assunto e me desvencilhar da gaiola que seus braços formavam, mas não consegui.

– Me conta! – ele suplicou. A intensidade que emanava dele me fez estremecer.

– Tudo bem. Quer saber o que está acontecendo? O grande problema é que eu te amo demais, seu grande idiota. Muito mais do que deveria. E isso nos deixou numa situação complicada – dei um soco em seu peito rijo. Ele nem ao menos sentiu. – Não tenho certeza de nada ainda, por isso não tenho o que contar. O que você precisa saber agora é que eu tenho um plano pra consertar tudo isso e que vou precisar da sua ajuda.

– Que tipo de plano? Que tipo de ajuda?

Com medo de que ele não concordasse com o que eu pretendia fazer – e eu tinha absoluta certeza de que ele não concordaria –, contei apenas o necessário.

– Preciso que você distraia o Hector e o Clóvis hoje à noite. Um jantar, uma reunião, um jogo de sinuca, karaokê, qualquer coisa que mantenha os dois ocupados.

– E por quê? – seus olhos se estreitaram.

– Porque preciso de umas duas horas pra tirar a limpo uma suspeita. Depois disso, prometo que vou pra casa... pra *sua* casa e explico tudo com calma. Isto é, se você estiver disposto a me ouvir dessa vez.

– Alicia... – ele sacudiu a cabeça. Havia mais que reprovação em sua voz. Havia raiva, rancor, dor, medo e mais alguma coisa. Era como se ele não soubesse o que sentir.

– É pegar ou largar – murmurei.

– Esse seu plano vai te colocar em problemas?

– Não – menti, feliz por minha voz não ter tremido. – Você vai me ajudar?

– Eu prometi que não ia te abandonar, não prometi? – uma de suas mãos escorregou pela parede e alcançou minha cintura.

– Prometeu, mas assinou o divórcio, então fica difícil acreditar.

Ele se aproximou mais, seu corpo se colando ao meu de forma pecaminosa.

– Apenas dei o que você me pediu. Talvez esse seja o problema – ele inclinou a cabeça para deslizar a ponta do nariz em meu pescoço. – Agora me fala sobre o seu projeto.

– Q-que projeto? – perguntei, fechando os olhos enquanto os arrepios se espalhavam por toda a extensão do meu corpo.

– Sua ideia de fidelização de clientes, lembra? – Não, eu não lembrava. Como poderia, com ele mordiscando o lóbulo de minha orelha daquela maneira? – Para não deixar a L&L virar um grande atacado de cosméticos... – ele murmurou em minha pele.

– Ah... Não é um projeto. Na verdade, nem é ideia minha... Algumas marcas de cosméticos já fazem algo parecido no exterior. É... hã... – Ele continuava deslizando os lábios em meu pescoço.

O que eu estava falando mesmo?

– Estou ouvindo. – Agora, as duas mãos estavam em minha cintura. Seu quadril pressionava o meu de modo gentil, mas definitivamente voraz. – Continua. Quero ouvir sua ideia.

Ah, certo!

– Humm... A gente podia fazer algo como... hã...

– Sim?

– A c-cada dez embalagens vazias de um mesmo produto apresentadas nas lojas autorizadas, a consumidora trocaria por um produto novo ou algo do tipo. Acho q-que todo mundo ia sair ganhando. A consumidora ganha vantagens e se sente especial, o meio ambiente ganha com a reciclagem e a empresa... humm...

– Ganha a fidelidade do cliente – ele ergueu a cabeça para me encarar. – Sua ideia é fantástica, Alicia! – seus olhos brilhavam tanto que precisei desviar os meus. – Você é fantástica!

– Ah, imagina... – sorri timidamente. – É só algo que vi em algum lugar... Agora tira as mãos de mim. Você não é mais meu marido. – Mas não consegui fazer com que meus dedos se soltassem do tecido de sua camisa.

– Não consigo. – Suas pupilas estavam dilatadas, seu peito descia e subia rápido, arfante. Eu sabia o que viria a seguir.

Ele encaixou uma das mãos em meu queixo e, ágil como um raio, cobriu minha boca com a sua. Um beijo febril. Urgente. Senti uma descarga elétrica perpassar meu corpo. Era como se toda a tensão que eu sentira naquelas quase trinta horas longe dele explodisse em forma de desejo. Seu aperto férreo se intensificou, deixando claro que ele sentia o mesmo.

Ele me tirou do chão, literalmente, içando-me pelos quadris. Esbarramos na mesa abarrotada de papel sulfite, fazendo uma bagunça danada, mas acho que ele não notou. Max estava em toda parte. Eu o sentia em cada centímetro de meu corpo. E de repente lá estava eu novamente, com o traseiro sobre a tampa da copiadora, mas dessa vez Max estava ali comigo, o que tornava tudo muito mais divertido.

— Meu Deus, como senti sua falta! — ele murmurou em meus lábios, e aquilo fez meu mundo se encaixar outra vez.

A porta da sala se abriu abruptamente.

Vanessa grunhiu, e seu rosto assumiu um tom de roxo.

Droga!

Meu plano para aquela noite tinha que dar certo, ou eu estaria realmente enrascada. Certamente, Vanessa pretendia relatar a Hector ou a Clóvis o que acabara de ver. E eles provavelmente não apreciariam as notícias que aquela siliconada cabeluda tinha a dar.

Soltei-me de Max imediatamente, pulando da copiadora, me afastando alguns passos, tentando recuperar o fôlego.

— Ora, ora — ela comentou asperamente. — O que temos aqui?

— O que fazemos ou deixamos de fazer não é da sua conta, Vanessa — Max silvou.

— Tem certeza? — Mas a pergunta foi dirigida a mim.

Dei dois passos em sua direção, cerrando os punhos.

— Vanessa, acho melhor você ficar fora disso. Você realmente não sabe onde está se metendo — pressionei as têmporas, subitamente latejantes.

— Você é que não sabe com quem se meteu.

— Escuta aqui, garota — cuspi entre dentes. — Você não faz ideia de quanto estou me controlando para não quebrar o seu nariz em dois ou três pedaços. Ainda tenho aquela cena que você armou com o Max aqui mesmo, na sala treze, para acertar com você, mas não vou fazer isso porque, por mais que me irrite ver esse seu sorriso cínico, eu tenho pena de você

Ela gargalhou.

– Pena? É você quem vai ser digna de pena quando eu contar para uma certa pessoa o que acabei de ver.

Filha da mãe!

– Pena, sim. Você é uma mulher bonita, e é uma lástima que seja tão pouco inteligente. Tentar chantagear o Max foi uma estupidez sem tamanho, Vanessa. Se você conhecesse ele, saberia que ele é uma dessas pessoas raras que não se deixam intimidar. E se prestar ao papel de informante de um figurão só pra afastar o Max de mim... bom, só prova que você não tem cérebro. Sim, vou sentir pena quando você tiver que prestar contas com a justiça – dei um passo em sua direção, e ela recuou um pouco. – Porque eu vou fazer tudo que puder pra colocar na cadeia quem andou tramando contra o vô Narciso, e isso inclui seus comparsas.

Seu sorriso cínico vacilou por um segundo.

– Vai – continuei. – Corre e conta tudo o que viu. Se afunda ainda mais na sujeira. Prometo que te visito aos domingos e levo um maço de cigarros.

– Pode ter certeza que vou contar – ela retrucou, mas sua voz tremeu um pouco. Sem dizer mais nada, ela me deu as costas e saiu apressada.

Esperei ter ganhado um pouco mais de tempo com meu blefe. Eu precisava que Clóvis e Hector continuassem pensando que tinham tudo sob controle.

Quando me virei, Max me observava, ligeiramente envergonhado.

– Desculpa – murmurou. – Eu não pretendia...

– Não se desculpa por ter me beijado, Max. Por favor, não faz isso – implorei.

Ele assentiu, meio sem jeito.

– Me explica uma coisa – pediu. – A Vanessa e quem estão juntos? E em quê?

– Depois – murmurei. – Não quero você metido nessa sujeira e preciso de provas para que acreditem em mim. Só faz o que eu pedi, tá? Sem a sua ajuda, não vou conseguir provar nada.

Um pouco hesitante, ele tocou a lateral do meu rosto.

– Você não precisa da ajuda de ninguém. Você é Alicia Moraes de Bragança e Lima. Não precisa de ajuda nem de sorte. Você faz o seu destino.

Meu coração palpitou, ansioso, quando ele se inclinou em minha direção. Fechei os olhos e esperei pelo beijo, ansiei pelo toque de seus lábios nos meus mais uma vez. Entretanto, sua boca tocou minha testa, se demorando um instante, então ele inspirou profundamente antes de se afastar. Quando abri os olhos, frustrada e surpresa, Max já fechava a porta atrás de si.

51

— Tem certeza que essa calça não me deixa gorda? Estou me sentindo imensa! – Mari reclamou, tocando seu moletom cinza pela enésima vez.

— Mari, esquece a maldita calça, tá? Você está linda. Qualquer garota morreria para ter uma bunda como a sua. Agora, foco! A casa parece vazia, não parece? – eu disse, colada à parede alta coberta de trepadeiras nos fundos da mansão. Foi por aquele muro que muitas vezes fugi para alguma festa quando vovô me deixava de castigo. O muro ali era um pouco mais baixo que em outros pontos, e do lado de dentro havia uma pequena irregularidade no terreno que permitia a uma garota de estatura média, como eu, escalar sem grandes dificuldades.

— Como é que a gente entra? Não me diz que vamos ter que pular o muro – Mari resmungou.

— Então não digo. – Na ponta dos pés, espiei o gramado dos fundos, escuro e silencioso. Tudo bem até ali. – Tenta não se machucar. Me segue e, pelo amor de Deus, não faz barulho.

— Ei! Eu sou perita em escalada na academia – ela colocou as mãos no quadril. – Meu instrutor até me elogiou.

— Ótimo! Bora!

Enrosquei os dedos nas plantas, procurando por um pequeno defeito no muro antigo, um meio buraco onde a ponta do meu tênis se encaixasse perfeitamente. Mostrei a Mari como fazer e comecei a subir. Não foi difícil.

Ela pousou ao meu lado quase no mesmo instante em que toquei o solo. Por um momento, me arrepiei ao ver a casa escura na noite sem lua, tão triste que parecia assombrada.

– Por aqui – sibilei, avançando meio agachada até alcançar a parede da despensa, a única maneira de passarmos pelo quintal sem ser flagradas pelas câmeras de segurança, que eu duvidava que alguém tivesse desativado. Forcei o trinco da janela com cuidado e o gancho defeituoso e amigo ainda estava ali, como eu o deixara. Deslizei para dentro e ajudei Mari.

– Tá tudo escuro! – ela murmurou.

– O que você queria? – Tirei do bolso a lanterna que tínhamos pegado emprestada no porta-luvas do carro da mãe dela. A luz, ligeiramente esverdeada, não iluminava muita coisa.

Tudo parecia quieto. Aparentemente, Inês havia conseguido esvaziar a mansão, como eu pedira, e se livrar de Telma. Eu ligara para Mazé e, sem dar maiores explicações, pedira que saísse naquela noite e tirasse os empregados da casa. Sendo a mulher astuta que era, ela não insistira no assunto e fizera exatamente o que eu tinha pedido. Cheguei a cogitar a hipótese de pedir a ela que me ajudasse a invadir a mansão, mas eu não podia envolver a mulher que fora muitas vezes minha terceira mãe – porque vô Narciso sempre fora a segunda – num plano como aquele, que tinha grandes chances de acabar na sala de uma delegacia.

Peguei a mão da minha melhor amiga e, tomando cuidado para não fazer barulho, deixamos a despensa para adentrar a cozinha.

– O que estamos procurando? – sussurrou Mari.

– Não sei ainda.

Ela estancou.

– Como é? – perguntou, mais alto do que deveria.

– Shhh!

– Como assim, não sabe, Lili?

– Vou saber quando encontrar – sussurrei. – Vamos subir, quero começar pelo quarto do vovô.

Ela resmungou baixinho algumas vezes, mas se deixou arrastar pela escada dos fundos. Entramos no quarto que era de vovô e fechamos a porta. Suspirei aliviada, para logo em seguida bufar.

– Vou matar a Telma! – grunhi ao ver as mudanças no quarto, sóbrio até poucas semanas antes. Agora mais parecia que uma ala carnavalesca havia se instalado no local.

– Certo. Depois você pensa nisso. Agora me diz como eu vou te ajudar a encontrar uma coisa que nem você sabe o que é – Mari resmungou.

– Segurando a lanterna e ficando de boca fechada – silvei.

– Não tem ninguém aqui, Lili. Graças a Deus! Já imaginou se alguém me visse usando essa calça horrorosa?

Revirei os olhos.

– Esquece essa calça, por favor! E não temos como ter certeza que a casa está vazia. A Inês ligou pra Telma convidando ela pra jantar. Depois eu liguei pra Mazé, que me garantiu que ia fazer o possível para dispensar os empregados, mas nunca se sabe. Além disso, eu acho que tenho uma pista... Bom, a Inês me contou umas coisas, e lembrei que o vovô sempre guardava cópias de documentos importantes em locais inusitados aqui em casa. Tudo que ele considerava importante, fosse uma cópia de um contrato ou algum cartão de Natal que eu fazia pra ele, ele escondia. E era megadifícil encontrar. Uma vez dei a ele um daqueles cartões feitos com cola glitter e macarrão. Mas depois mudei de ideia e achei que macarrão não era uma boa representação para a barba do Papai Noel. Pedi o cartão de volta, mas o vovô se recusou a me devolver. Disse que tinha adorado – revirei os olhos. – Você conhecia o meu avô. Levei duas semanas para encontrar o cartão. Estava dentro do frigobar.

– Você tá falando sério, não tá? – Mesmo na penumbra, senti sua testa franzir.

– Estou.

– E vamos procurar essa coisa que não sabemos o que é nesses lugares, né?

– Exatamente – afirmei.

– A noite vai ser longa... – ela suspirou.

Começamos vasculhando o quarto de vovô, tomando cuidado para não bagunçar muito e não levantar suspeitas de que alguém estivera ali. Eu tinha a impressão de que dessa vez vô Narciso escondera *seja lá o que fosse* de modo que eu pudesse encontrar algum dia, já que não era de mim que ele estava escondendo. Vasculhamos todo o quarto – nas gavetas, atrás da cabeceira da cama, dentro do armário do banheiro – e nada.

– No seu quarto? – Mari sugeriu quando revistei o último esconderijo: embaixo do colchão.

– É meu próximo palpite.

Telma tivera o bom-senso de não mudar a decoração do meu quarto, mas, apesar de minha determinação em olhar cada possível refúgio, não encontrei nada ali que pudesse ser útil.

– Muito bem, sr. Narciso. Dessa vez você se superou – resmunguei.

Vasculhamos cada um dos doze quartos do andar de cima e nada de suspeito ou improvável apareceu.

– Ele deve ter escondido em algum lugar novo – Mari disse.

– É. Parece que dessa vez ele me venceu. Suas estratégias finalmente se provaram efic... – Então me lembrei das poucas vezes em que vovô falara comigo depois de morto, das citações fora de hora de Sun Tzu. Sempre o mesmo livro. "*A arte da guerra* pode conter as respostas que você tanto procura." – Ah, que burra! Na biblioteca, Mari. Está na biblioteca!

Corremos escada abaixo – meio na ponta dos pés para não fazer barulho, só para garantir – e, assim que entramos na biblioteca, ignorei as mudanças feitas por Clóvis e Telma, me dedicando a vasculhar as muitas lombadas de livros, procurando por Sun Tzu. Puxei o volume, apressada, e o sacudi sobre a mesa na esperança de que algo caísse ali de dentro. Frustrada quando isso não aconteceu, folheei as páginas, tentando ler alguma coisa, uma anotação talvez, ou quem sabe uma sequência de números de um código secreto, mas não havia nada.

– Droga! Eu tinha certeza que era isso – exclamei, frustrada.

– Talvez seja outro livro.

– Não, Mari. Tinha que ser *este*. – Joguei o livro sobre a mesa, que caiu com um baque surdo. – Não sei mais onde procurar.

Deixei-me cair na cadeira giratória e suspirei, exausta. Mari também estava frustrada, passou os braços em meus ombros e os apertou gentilmente.

– Ei, não vamos desanimar – ela disse. – Já chegamos até aqui, não é mesmo?

– Tá bom – suspirei. Peguei o livro para devolvê-lo ao lugar, mas estava escuro demais e eu mal via a prateleira. – Mari, você pode virar a lanterna, por favor?

– Ah, desculpa. Me distraí com esse negócio do seu avô – ela segurou a bolinha do pêndulo de Newton que vô Narciso mantinha sobre sua mesa, uma das únicas coisas de meu avô que restara naquele ambiente, impedindo que continuasse seu movimento insano.

Mari correu a luz verde pela parede de livros até encontrar o buraco destinado a *A arte da guerra*. No entanto, quando a luz tocou o vão deixado pelo volume, no fundo da estante, através da fenda estreita, algo brilhou, refletindo luz, me deixando cega por alguns segundos. Intrigada, enfiei a mão na fresta e toquei um objeto frio e cilíndrico. Fechei os dedos ao redor dele e o puxei com ansiedade, mas esbarrei em alguns livros, e quatro ou cinco caíram no chão. Olhei para o cilindro metálico.

Um porta-charuto.

Com os dedos trêmulos, girei a tampa e pude ver algumas folhas de papel branco que se embolavam ali dentro. Instantaneamente eu soube que era aquilo. Puxei o rolo de papéis e os desenrolei. Mari se moveu rapidamente, apontando a lanterna para as páginas para que pudéssemos ler juntas. Mal pude acreditar no que tinha em mãos.

– Te peguei, cretino! – sorri.

– O que é... – ela correu os olhos pelo documento. – Ah, meu D...

Tapei a boca de Mari ao mesmo tempo em que a luz da sala de estar acendeu. Alguém estava ali, a apenas uma porta de distância.

52

Pensa! Pensa! Pensa!, comandei a mim mesma. Quem quer que fosse atrás daquela porta, certamente não ficaria muito satisfeito em encontrar duas intrusas na mansão. E eu tinha a irritante sensação de saber exatamente quem estava ali. Pensei na possibilidade de uma fuga pela janela, mas era impossível. Todas as janelas da mansão – com exceção daquela da despensa – eram em estilo francês, cheias de ferragens decorativas que impediam a passagem, como grades de proteção. A única saída era pela porta da frente. *Droga!*

– Eu já disse que não é necessário, Clóvis. – Ouvir a voz de Hector, alta e ressonante, me fez pular. – Podemos resolver isso amanhã.

– Vou pedir para a cozinheira preparar um cafezinho. Volto num minuto, amados – Telma falou.

– Preciso lhe mostrar o relatório que recebi do escritório de Abu Dhabi – respondeu a voz entediada de Clóvis. – Você não pode enviar o Max para o outro lado do mundo sem que ele veja os relatórios. Na verdade, acho essa viagem um desperdício de tempo e dinheiro. Está no meu escritório. Só vai levar um minuto.

Quase voei porta afora para estrangulá-lo quando o ouvi se referir ao escritório de vô Narciso como seu. Quase. Eu tinha problemas maiores naquele momento. Clóvis estava prestes a entrar no escritório e nos flagrar, e eu tinha certeza de que ele saberia exatamente o que estávamos fazendo ali.

Hector começou a argumentar, tentando convencer Clóvis a tratar daquele assunto em outro momento, me dando um pouco mais de tempo. Num rompante desesperado, alcancei meu celular e comecei a fotografar os documentos, tentando captar o melhor ângulo com a pouca luminosidade que a lanterna fornecia, enquanto ainda ouvia os dois discutindo o assunto.

Onde diabos estava Max?, me perguntei apavorada.

Tirei várias fotografias e agradeci por Clóvis ter mantido o mesmo servidor e a rede wi-fi que vovô usava. Digitei o e-mail da diretoria da L&L e apertei *enviar*. A mensagem ficou pesada, e a lentidão da conexão wi-fi começou a me deixar nervosa. Mais nervosa, devo dizer. Levou séculos para que o aparelho cumprisse sua função e enviasse todas as fotos, mas por fim acabou concluindo a operação com sucesso. Dobrei os documentos com pressa e enfiei no bolso fundo do meu jeans, enquanto Mari se mantinha imóvel como um cadáver. Agarrei a mão dela e nos posicionamos ao lado da porta. Meu coração estava na boca. Clóvis ficaria louco se nos visse ali. Quanto exatamente, eu não fazia ideia. Louco o bastante para, digamos, chamar a polícia? Eu não estava muito a fim de descobrir.

Assim que a maçaneta girou, parei de respirar, cerrei o punho e esperei que Telma não tivesse mudado de ideia e seguido o marido. Quando a pequena fresta de luz invadiu a biblioteca, só pude ver a mão branca e rechonchuda procurando o interruptor. Aproveitei minha chance. Esperei Clóvis enfiar a cabeça pela porta, afastei o braço e acertei a cara dele com tanta força que quase perdi o equilíbrio. Ele caiu gemendo, as luzes ainda estavam apagadas. Peguei a mão de Mari, que assistia a tudo de olhos arregalados, pulei Clóvis e, na pressa de fugir, por pouco não atropelei Hector. Ele ficou tenso. O alarme começou a tocar, alto e insistente.

– Droga! – resmunguei. Eu havia me esquecido do botão na biblioteca, que alertava a companhia de segurança, que por acaso também pertencia ao Conglomerado Lima, em caso de problemas.

– Corre! – ouvi a voz grave e familiar vinda do outro lado da sala.

Meu coração disparado quase entrou em colapso ao vê-lo ali, no meio daquela confusão.

– Max! Por que você...

– Vai, vai, vai! – ele gritou, visivelmente preocupado, me empurrando em direção à saída.

Tentei alcançar a porta da frente, para assim escapar pelo portão. Tudo bem, eu tinha que admitir, não foi meu plano mais brilhante, mas naquela hora, com aquele zumbido irritante do alarme e a surpresa de ver Max ali, foi tudo que me ocorreu.

Dois seguranças parrudos, da largura de um ônibus, entraram pela porta da sala de arma em punho.

– Merda! – resmunguei, derrapando sobre o mármore branco, tentando parar.

Olhei para Mari, tão pálida quanto eu devia estar. Max também parecia assustado. Hector estava de pé, o rosto ligeiramente pálido, e Clóvis cambaleou pela sala, a mão cobrindo o nariz, que jorrava sangue graças ao meu soco.

– Meu Deus, amado, o que está acontecendo? – miou Telma, segurando uma bandeja com xícaras, o açucareiro e o bule de prata.

– Não sei, querida – ele desistiu de deter o fluxo que escorria por seu rosto e se endireitou. Naquele instante, vendo os olhos de Clóvis assumirem uma raiva homicida, tudo se encaixou. Eu quis chutar minha bunda por ter sido tão burra.

Ele sabia o que eu estava fazendo ali. Claro que sabia.

– Essa casa ainda é minha. Posso entrar aqui a hora que me der na telha – eu disse, avaliando a possibilidade de golpear um dos seguranças e fugir. Só que ambos eram enormes e estavam armados. Eu não iria longe. E não podia deixar Mari, Hector e Max para trás.

– E por que precisou entrar assim, sorrateiramente? – Telma exigiu saber.

– O Clóvis sabe por quê – retruquei.

– Estou perdida, amada. Por que não nos sentamos e ouvimos tudo com calma? – sugeriu Telma, colocando a bandeja sobre a mesa de centro.

Olhei para Max e tive a impressão de que ele estava preocupado. Muito preocupado. E furioso também, por eu ter mentido sobre os riscos de meu plano. *Droga!*

– Obrigada, Telma, mas temos que ir – eu disse, tentando parecer mais calma do que realmente estava.

– Ninguém sai até que eu permita – Clóvis anunciou. Os seguranças estufaram o peito, tentando parecer ainda maiores, e se posicionaram em frente à porta. – Acho melhor você e eu conversarmos sobre isso a sós, Alicia – ele sugeriu.

– Não fico um único minuto a sós com um pilantra como você – sorri. Isso lhe causou uma reação. E não me pareceu nada boa.

– Me dê o documento – ele exigiu numa voz cortante.

E ali estava minha confirmação. Ali estava Clóvis assinando seu atestado de culpa. Mas, se ele pensava que eu entregaria o testamento que acabara de encontrar, se achava que sairia ileso daquela história, era porque não me conhecia bem o suficiente.

– Que documento? – perguntei, inocente.

Clóvis sorriu. Era um sorriso cínico, quase louco. Eu me perguntei por que não vira isso a tempo e de repente me dei conta de que aquela maldade, aquele veneno que escorria de suas íris sempre estivera lá, e era isso que me fazia odiá-lo, mesmo quando tentei gostar dele.

– Ora, não se faça de boba, Alicia – disse ele.

– Não sei do que você está falando. – *Vai, Alicia, pensa!* Mas eu não conseguia pensar em nada. Estava apavorada com a ideia de que algum dos meus amigos pudesse ir para a cadeia assim que ele decidisse chamar a polícia. Além disso, eu não tinha certeza se os seguranças que serviram meu avô por tantos anos atirariam em mim, ou em Hector, que sempre fora presença cativa na mansão, e não estava disposta a descobrir. Não quando Mari estava ali, dura feito pedra, assim como Max, perplexo, os olhos cristalinos irradiando surpresa, medo e raiva. Não pude dizer qual das emoções o dominava naquele momento, mas seria capaz de apostar tudo no medo. Medo por mim.

– Não tem necessidade disso terminar mal, querida – Clóvis ameaçou numa voz gentil. – Eu só quero o documento.

Respirei fundo, tentando me acalmar, e, sem ter uma ideia melhor, decidi agir de improviso.

– Como você se sente, Clóvis, sabendo que traiu, enganou e manipulou um amigo de anos, um homem idoso e doente? Um homem que confiou em você durante toda uma vida – eu disse. Minha voz tremeu um pouco, mas eu sentia algo se avolumando dentro de mim, e não era medo dessa vez. Algo na expressão do advogado me fez refletir sobre o conteúdo do testamento de vovô. O último testamento de vô Narciso. Aquele que eu tinha em mãos naquele momento. Aquele em que ninguém jamais chegara a pôr os olhos. Se ele não pôde fazer nada a tempo, eu podia. Eu faria. – Você consegue dormir sabendo disso tudo?

– Não sei do que você está falando – ele resmungou, fitando Hector de canto de olho.

– Ah, não – objetei. – Vamos deixar tudo bem claro aqui. Você me fez acreditar que o Hector tinha manipulado o meu avô para assumir a presidência das empresas com aquele testamento fajuto. Você me fez acreditar que era o Hector que tinha descoberto o meu casamento arranjado com o Max. Você me fez odiar o Hector por me obrigar a magoar o meu marido, pois se eu não fizesse isso o Max seria demitido e teria a carreira arruinada. – De canto de olho, vi Max cerrar os punhos. – Mas foi você, Clóvis. O Hector nunca soube da existência do testamento até o meu avô morrer, nem soube que o meu casamento era uma farsa. Foi pra você que a Vanessa entregou as minhas conversas com o Max no chat. Foi você que manipulou o meu avô para que eu fosse excluída do testamento, para que tudo ficasse nas suas mãos e ao mesmo tempo você pudesse ficar de olho em mim, já que seria o curador da minha herança. Foi você que cavou até encontrar o jornal com o meu anúncio, minha fatura de cartão de crédito, tudo! E eu, burra, acreditei em você, mesmo quando os meus instintos gritavam que tinha alguma coisa errada. Você não quer que eu receba a herança. Nunca quis. Você quer ficar com o dinheiro. Foi você. Sempre foi você, seu pilantra!

Assim que Inês começara a me contar, dois dias antes, sobre a discussão entre Hector e Clóvis a respeito do testamento, na sala da presidência da L&L, eu soube que havia algo muito errado naquela história. Quando ela terminou o relato, eu já não tinha dúvidas. Lembrei-me de tudo que ocorrera, das conversas com Clóvis e das poucas vezes em que me encontrara com Hector. Ele sempre fora seco, mas esse era um traço de sua personalidade, não uma falha. Já Clóvis tentara me bajular de todas as maneiras possíveis e, o pior, conseguira me enganar. Lembrei-me de cada detalhe, do dia em que ele passara a morar na mansão, tendo acesso, assim, aos documentos particulares de meu avô, de todas as conversas que havíamos tido, de como ele sempre tentava passar a impressão de que era o bom--moço e que Hector era um crápula. Eu sentia que alguma coisa estava errada, que algo não se encaixava, mas não ouvi meus instintos. Quando Clóvis começou a me pressionar a respeito do meu casamento, cheguei a acreditar que ele estivesse realmente preocupado comigo, mas era apenas uma encenação, um truque bem enredado que o deixava como inocente e Hector como o grande vilão.

Eu fora tão manipulada que me envergonhava só de lembrar. Meu sangue começou a ferver.

– Amado! Você fez isso? – Telma gemeu.

Clóvis a ignorou. Seus olhos nunca deixavam meu rosto, assim como fazem as serpentes diante de suas presas.

– Por que você fez tudo isso, Clóvis? O meu avô sempre te considerou um amigo leal. Por que trair o vô Narciso desse jeito? – indaguei estupidamente. Eu já sabia a resposta. Claro que sabia.

Ele deu de ombros.

– Dinheiro, poder, status, chame do que quiser.

Era sórdido demais. Sujo até para um advogado. Meu avô havia confiado de olhos fechados naquele homem. Como ele se atrevia a traí-lo? Como ousava tentar roubar o amigo de tantos anos? Uma mancha vermelha e densa obstruiu minha visão, e senti que ela só se dissiparia depois que eu tivesse o pescoço de Clóvis preso entre o chão e meu pé.

– Clóvis, pelo amor de Deus! O que foi que você fez? – gritou Hector.

– Nada, meu amigo. Não fiz nada que não achasse correto – ele sorriu alucinado. Naquele instante, parecia o demônio em pessoa. – Agora me entregue o documento, Alicia.

– Você está falando da cópia do *último* testamento do vovô, onde ele deixou tudo que tinha para a única neta, no caso eu, sem curador ou qualquer outra porcaria do gênero? E que, obviamente, tem data posterior àquele testamento fajuto que você manipulou?

– Estou ficando sem paciência, menina!

– Você induziu o meu avô a assinar o documento que te beneficiava, não foi? Só que o seu plano deu errado, porque o vô Narciso recuperou o bom-senso e redigiu um novo. Imagino que foi fácil pra você se confundir e registrar o documento que mais te favorecia. Acontece que você sempre soube que o meu avô guardava cópias de todos os documentos importantes aqui em casa, não é mesmo? Você sabia que podia ser desmascarado.

Ele sorriu.

– Você quer a verdade? Tudo bem – deu de ombros e se aproximou um pouco. – O seu avô ficou furioso quando você foi presa em Amsterdã. Eu não menti sobre isso. E sim, eu o convenci a criar o testamento perfeito. Ele te incluía, mas de certa forma te mantinha em segundo plano. Você e o dinheiro sob meu comando – ele deu mais um passo à frente, e um pequeno sorriso cínico brincou em seus lábios. – Veja bem, se eu manipulasse um documento em que Narciso deixava seus bens diretamente em meu nome, seria difícil não levantar suspeitas. Por isso sugeri a ele que o melhor para você, para garantir o seu futuro, seria alguém tomar conta do seu patrimônio até que você se casasse. Eu fui brilhante! Mas, depois de todo o suplício que foi convencer o seu avô a assinar o testamento, no dia seguinte ele pediu que eu descartasse o documento. Aquele velhote sempre foi um bundão quando o assunto era você. – Cerrei os punhos, pronta para avançar sobre ele, mas então me lembrei dos dois ônibus estacionados na porta da frente com suas armas carregadas e me contive. – Uma menina mimada e patética, que não sabe fazer nada na vida além de gastar rios de dinheiro. Você nunca deu valor ao que tinha. Você não merece a vida que o seu avô te deu.

– Eu sempre dei valor ao que realmente importava! Você não sabe disso porque tem um vidro de veneno no lugar do coração, mas o meu avô sabia. O dinheiro nunca foi importante pra mim. Meu avô foi. Meu avô *é*!

– Ele era um banana sentimental e jamais faria qualquer coisa contra você, por pior que se comportasse. Minha sorte foi Narciso confiar tanto em mim... Foi fácil demais enganá-lo – ele sacudiu a cabeça. – Faz semanas que estou procurando essa porcaria e você encontra numa única noite...

– Pra você ver como você é otário – resmunguei, trincando os dentes. – E é melhor ir se acostumando, Clóvis. Na cadeia tem muita gente esperta como eu. Acredite, eu já estive lá algumas vezes. Pode apostar que vou garantir que você fique preso até começar a crescer pelo nos seus dentes.

– Quero dar uma olhada nesse documento, Alicia – pediu Hector.

– NÃO SE META! – Clóvis gritou, enfurecido, desvairado, completamente fora de si. – Depois de tudo que eu aguentei, depois de anos puxando o saco daquele velho, não vou permitir que essa pirralha fique com o que é meu de direito. Eu trabalhei, dei meu sangue, dediquei anos da minha vida àquele velhote. Ela não vai ficar com o que é meu. *Ninguém* vai ficar com o que é meu.

Hector, que vinha ao meu encontro, congelou no lugar, atônito perante o desvario evidente no tom do advogado. Então a fúria tomou o lugar do espanto e achei que ele partiria para cima de Clóvis, se Mari não tivesse percebido o que ele pretendia e agido rápido. Hector era bem mais velho que Clóvis, quase da idade de meu avô, não podia trocar socos por aí, ainda que eu quisesse muito ver aquele canalha apanhando. Minha amiga correu para o lado dele, detendo-o e puxando-o um pouco mais para trás, em direção à sala de jantar, enquanto Max me alcançava.

– Vamos sair daqui. *Agora!* – Max frisou.

– Como? – Os dois seguranças ainda bloqueavam a saída, de arma em punho, embora agora estivessem apontadas para o chão.

Clóvis sorriu, triunfante.

– Ninguém sai até que eu ordene. Me dê o maldito documento, Alicia. Agora! – rosnou.

Levantei os olhos para Max, que tinha o queixo trincado, a veia em sua têmpora saltada e pulsante, e me desvencilhei de suas mãos.

– Tudo bem, Clóvis – dei de ombros, pegando os papéis em meu bolso e esticando o braço. Ele estava a três metros de distância, no entanto, assim que deu um passo em minha direção, decidi acabar com aquilo de uma vez. – Mas, sabe, não vai adiantar muito. Eu já fotografei o documento e enviei as fotos para o e-mail da diretoria da L&L. É bem provável que você seja questionado amanh...

– Menina idiota! – E então ele fez o que eu jamais pensei que seria capaz de fazer.

Clóvis sacou uma arma reluzente e puxou o gatilho.

53

Por um momento, eu achei que estivesse presa num pesadelo. Tudo aconteceu tão rápido e de repente desacelerou, como em câmera lenta. Até a bala que vinha na direção da minha cabeça se movia lentamente. Fiquei esperando o tal filme da minha vida começar, louca para relembrar os momentos mais felizes, mas o que vi se desenrolar à minha frente foi muito mais assustador do que todas as minhas piores memórias juntas.

Antes que eu pudesse piscar, um ombro largo bloqueou minha visão e mãos fortes agarraram meus braços, seu peso me fez perder o equilíbrio e seguir em direção ao piso frio de mármore. Ouvi o som aterrorizante de carne e músculos sendo dilacerados pelo projétil. Escutei o gemido de dor. Então encontrei aqueles olhos verdes me observando, espantados.

– Não! – tentei gritar, mas estava sem ar. Na queda, seu peso me fez perder o fôlego.

O corpo de Max ficou mole sobre o meu. Tentei empurrá-lo para o lado, para que eu pudesse acudi-lo, mas não consegui. Ele piscava muito, tentava não gemer. Eu não conseguia ver onde a bala o atingira.

O mundo voltou a girar, veloz e assustador. Alguém caiu. Telma. Mari se abaixou atrás do sofá, e Hector, ignorando a idade e o bom-senso, estava lutando com Clóvis, tentando desarmá-lo. Os seguranças se entreolhavam, sem saber o que fazer.

Max começou a se mover, tentando sentar, a mão pressionada sobre o ombro esquerdo, os olhos presos no embate entre Clóvis e Hector. Antes que ele decidisse se levantar e tentar salvar o mundo, procurei qualquer coisa que pudesse usar como arma para atingir Clóvis, que acabara de empurrar Hector com violência, derrubando-o ruidosamente. Hector gemeu.

– Você não devia ter me desafiado! – bramiu Clóvis, subitamente à minha frente.

– Max, não! – gritei, mas não fui rápida o bastante.

Max se lançou sobre Clóvis, desajeitado, e acabou acertando um soco naquela cara redonda. Clóvis balançou, e Max usou o peso do próprio corpo para derrubá-lo. O punho de Max encontrou o nariz de Clóvis uma, duas, muitas vezes. Clóvis era menor, porém mais pesado e, em sua insanidade, forte como um mamute. Eles trocavam socos e chutes, e eu não conseguia me meter entre os dois, com medo de que Max se ferisse ainda mais. Em algum momento, avistei a arma ali no meio. Era como naqueles filmes em que o bandido e o mocinho se engalfinham, e em seguida haveria um tiro. Um dos dois estaria morto. Eu não podia permitir que isso acontecesse.

– Chamem a polícia! – ordenei aos dois seguranças abobalhados. Eles se entreolharam novamente e, depois de um minuto de hesitação, um deles deixou a sala. O outro observava a luta, sem saber em quem deveria atirar.

– Faz alguma coisa! – gritei para ele, que assentiu e correu em direção a Hector.

– Ela... não... vai... ficar... com o meu dinheiro – grunhiu Clóvis, conseguindo se colocar sobre Max e envolvendo seu pescoço com uma das mãos gordas, enquanto a outra alcançava a arma, que caíra no chão por um microssegundo.

Tomando impulso, voei sobre Clóvis, derrubando-o meio de lado. Acertei-o como pude, no estômago, no queixo, na orelha, nas costelas. Ele tentou apontar a arma para mim, mas mãos grandes e fortes o impediram. Max se esforçava para desarmar Clóvis enquanto eu tentava nocauteá-lo. Os ossos de minha mão estalaram, mas eu não senti a dor. Numa última tentativa, Clóvis conseguiu enfiar o joelho entre minhas costelas e eu caí, sem fôlego.

Max hesitou ao me ver arfando em busca de ar, e Clóvis se aproveitou, atingindo-o no nariz, deixando-o atordoado o suficiente para se livrar de suas mãos. Clóvis se colocou de pé, meio torto, trôpego, ensanguentado, os olhos injetados presos aos meus. Então seus lábios se curvaram para cima, num sorriso diabólico. Ele ergueu o braço lentamente, apontando o cano do revólver para mim.

Fechei os olhos e esperei que tudo acabasse.

Um baque surdo e um gemido me fizeram abrir os olhos. Clóvis estava caindo, os olhos se revirando nas órbitas. Max estava em pé bem atrás dele, arfante, ferido. O vaso de prata – pesado e maciço – pendeu de sua mão e caiu a seus pés. Clóvis desabou, mole, soltando a arma, os olhos fechados, a boca entreaberta. Max chutou o revólver para longe antes de entregar os pontos e se deixar afundar no chão. Corri para ele, desabalada.

– Max, fala comigo! – pedi, me agachando a seu lado, tocando seu ombro e encharcando minhas mãos de sangue. Observei-as por um momento onírico, tomada pelo mais absoluto horror. – Ah, Deus, não!

– Shhh... – ele gemeu com a voz engasgada. – Estou... bem. Não se pre... ocupe.

– Não fique aí parado como um idiota! Chame ajuda! – ouvi Hector dizer. Talvez ele se dirigisse ao segurança, eu não conseguia desgrudar os olhos de todo aquele sangue. Meu coração batia num ritmo alucinante, doía, sangrava. Max sangrava. E era minha prioridade.

– Ah, não! Você, não! – chorei, saindo do torpor, quando percebi que ele pretendia se sentar. Eu o empurrei o mais gentilmente que pude de volta para o chão, estendendo as pernas embaixo de sua cabeça na tentativa de deixá-lo o mais confortável possível, quando vislumbrei a enorme ferida em suas costas, no meio do ombro. – Não!

– Estou bem... Não chora – ele ofegou, num esforço hercúleo para soar menos agonizante. Seus olhos estavam fixos nos meus. Seu rosto estava coberto de sangue. Sangue dele, de Clóvis, eu não fazia ideia.

– Por favor, não morre! – implorei.

Ele sorriu brevemente.

– Não vou morrer. Prometo. – Mas uma poça de sangue se formava no mármore branco.

– Ah, meu Deus! O Clóvis matou o Max! O Clóvis matou o Max! – ouvi Mari gritar histericamente.

– O Max está ferido, mas está consciente – Hector tentou acalmá-la. – Ele vai ficar bem. Acalme-se, querida, você só está tendo uma noite ruim – e tentou se endireitar.

Tentei mudar de posição para que Max ficasse mais confortável, se é que isso era possível, mas ele me interpretou mal.

– Fica comigo – pediu, com a voz mais controlada.

Lágrimas turvavam minha visão. Eu assenti freneticamente.

– Fico. Pra sempre.

54

A partir daí, tudo se tornou um borrão. O resgate estava ali, assim como a polícia e a equipe de segurança. Eu não prestei muita atenção em nada. Max era tudo em que eu podia pensar. Os socorristas fizeram os primeiros procedimentos em seu ombro ali mesmo, na enorme sala de estar da mansão, tentando deter o sangramento. E, em todo esse tempo, era Max quem me confortava, dizendo:

– Vai ficar tudo bem. Estou bem. Só preciso de um curativo.

Eu queria ser forte, queria poder lhe dar a mesma segurança que ele me dava, mas, caramba, ele sangrava à beça e eu não conseguia parar de chorar.

Rapidamente o levaram para a ambulância. Eu o acompanhei, segurando sua mão o tempo todo, não que ele precisasse disso. Era eu quem precisava. Não sei quanto tempo levamos para chegar ao hospital. Para mim, pareceu uma eternidade. Max tentava sorrir vez ou outra, deitado na maca da ambulância, com a intenção de me acalmar, provavelmente. Eu não era capaz de sorrir.

Fomos todos para o pronto-socorro. Telma havia voltado a si, mas estava histérica, Hector precisava ser examinado, Mari decididamente precisava de um calmante, e Max ainda sangrava muito. Não faço ideia de como Breno soube e conseguiu chegar ao hospital antes que nosso pequeno grupo, mas, assim que descemos das ambulâncias, lá estava ele, preocupado e de braços abertos para receber minha amiga, que não falava coisa com coisa. Clóvis também precisou de atendimento, embora àquela altura eu não me importasse.

Max foi levado imediatamente para ser examinado, mas não me permitiram acompanhá-lo. Fiquei no corredor, com as roupas e os braços sujos de sangue, e fui dominada por uma crise de histeria ao imaginar que Max seria arrancado de mim, como todos os que eu amara na vida. Pouco depois, uma enfermeira me comunicou que ele estava sendo levado para a sala de cirurgia para que extraíssem a bala e que tudo ficaria bem. Não acreditei nela nem por um minuto.

Para tentar fazer o tempo passar mais depressa, dividi-me entre Mari e Hector, que felizmente não havia se machucado gravemente na queda.

– Como está se sentindo? – perguntei a ele assim que sua esposa, Suzana, deixou o quarto.

– Com um pouco de dor nas costas, mas nada sério. Já não tenho mais vinte anos, sabe? Ser jogado daquela maneira pode ser bem ruim para um homem da minha idade – ele sorriu, se remexendo na cama.

– Hector, você não sabe como estou envergonhada – abaixei os olhos para o lençol azul que cobria seu corpo. – Eu pensei o pior de você. O Clóvis me fez acreditar que era tudo culpa sua. O testamento, a chantagem... Eu odiei você. Me perdoa – e estiquei o braço para segurar sua mão macia. Ele não recuou.

– Não há nada que perdoar. Você foi tão vítima quanto o resto de nós. E, na verdade, acho que sou eu quem deve pedir desculpas. Eu não fiz nada para te ajudar, Alicia. E me arrependo muito disso. Eu suspeitei do Clóvis logo após a morte do Narciso, quando soube do testamento. Tivemos uma discussão terrível e a partir disso, da falta de argumentos plausíveis da parte do Clóvis, comecei a desconfiar que tinha algo errado. Eu devia ter procurado você e falado a respeito. Mas eu estava tentando reunir provas contra ele para então tentar destituí-lo do papel de curador da herança. Não fui rápido o bastante e permiti que você corresse perigo. – Ele se sentou mais ereto e gemeu baixinho. Parecia mais dolorido do que demonstrava. – Mas agora posso te ajudar. O Clóvis vai ser preso. Assim que eu for liberado, vou à delegacia para formalizar a queixa. Você e o Max devem fazer o mesmo.

Ele me explicou tudo que ocorrera depois que Max fora atendido na mansão e eu saíra do ar. Em poucos minutos, a polícia estava na sala de estar colhendo depoimentos e colocando Clóvis, semiconsciente, numa ambulância. Ele ficaria no hospital a noite toda em observação, com dois policiais do lado de fora guardando a porta, e de lá seguiria direto para uma cela especial na delegacia – já que tinha formação acadêmica e conhecia bem seus direitos –, sob a acusação de tentativa de homicídio. Todos seriam intimados a depor. Eu não poderia estar mais feliz.

Bom, poderia, se Max não estivesse naquela maldita sala de cirurgia.

– Tudo bem – assenti. – Sem problemas. Eu faço o que for preciso pra ver aquele canalha preso pelo resto da vida. – Enfiei a mão no bolso da calça e entreguei os papéis a ele. – Será que você pode me ajudar com isso quando estiver melhor?

Ele estendeu a mão, pegou o verdadeiro testamento de vô Narciso e abriu um sorriso cheio de rugas.

– Claro, querida. Obrigado por confiar em mim. – Ele examinou o documento com calma e disse o que eu já sabia. Eu, e apenas eu – e os três fiéis empregados da mansão, claro, isso não havia mudado –, era a herdeira de tudo que vovô tinha, sem cláusulas ou tutores. – Esse testamento invalida qualquer outro com data anterior. Amanhã mesmo vou apresentá-lo ao juiz responsável pelo caso. Provavelmente em dois ou três dias vai estar tudo resolvido

– Ainda bem. Fico feliz que ninguém mais vai roubar a fortuna do vovô

– A *sua* fortuna – ele corrigiu. – Alicia, sobre o seu casamento.

Mordi o lábio, corando um pouco.

– Foi armação no começo – admiti. – Mas depois, quando o Max e eu nos conhecemos melhor, a gente acabou se apaixonando de verdade. O Clóvis percebeu. E se aproveitou disso. Ele ameaçou demitir o Max se eu não pedisse o divórcio. O Max tem responsabilidades com a família, Hector. Ele tem um irmão que está lutando para voltar a andar. Eu não podia permitir que o Clóvis destruísse uma família inteira.

Ele assentiu.

– O Max estava certo, afinal.

– O Max? – indaguei, surpresa.

– Ele me procurou. Disse que suspeitava que o Clóvis estava chantageando você. O Max estava tentando encontrar alguma coisa ilícita nas contas das empresas do seu avô. E acabou encontrando. Esse rapaz é brilhante.

– Ele encontrou provas contra o Clóvis? – meus olhos se abriram tanto que pensei que saltariam das órbitas.

– Sim. Grandes depósitos num paraíso fiscal em nome da Telma.

– Nãããoo! A Telma está nisso também? Como... Quando o Max começou a investigar? – perguntei, atônita.

– Não sei dizer ao certo. Ele apareceu, na primeira hora hoje de manhã, com vários contratos suspeitos. Acho que ele estava investigando o caso desde o fim de semana. Os desvios de dinheiro que o Max encontrou nas empresas dos Emirados Árabes para uma conta num paraíso fiscal em nome da Telma são enormes. Parece que o Clóvis vai ter mais a explicar do que podíamos imaginar – sua testa vincou. Eu até entendia. Hector, assim como vovô, tinha em Clóvis um amigo. Devia ser estranho ver o amigo na posição de culpado. – Enfim, o Max pediu minha permissão para averiguar mais a fundo e consenti, claro. – Mas então Max desconfiara de Clóvis antes mesmo que eu? Quando me abordou na sala da copiadora mais cedo, naquele mesmo dia, ele já sabia?

Oh, Deus! Foi isso que vi em seus olhos quando ele fora me buscar na galeria no último domingo! Aquela sombra sinistra. Ele dissera que o dia fora produtivo. Pensei que fosse por causa da mudança de quarto, mas levar meus pertences para o quarto ao lado não tomaria muito tempo, tomaria? Foi por isso que ele me beijou daquela forma ensandecida na sala treze naquela tarde? Ele sabia que eu estava sendo manipulada?

– Acho que o Clóvis não vai sair da cadeia tão cedo – continuou Hector, me desviando das especulações. – Tentativa de homicídio vai pesar muito no processo. A Suzana quase não acreditou em tudo que aconteceu hoje. – Ele gemeu um pouco, se acomodando melhor na cama. – E, pra dizer a verdade, nem eu.

– Isso tudo é sórdido demais para parecer real. Fico feliz que tenha terminado. – Ou quase, já que Max ainda estava sendo operado. – Preciso ir agora. Até amanhã, Hector.

Assim que consegui falar com a enfermeira outra vez, fiquei fora de mim. Max ainda estava na sala de cirurgia. Aquilo já durava quanto tempo? Quarenta e cinco minutos? Quarenta e oito horas? Quatrocentos e doze anos?

– Assim que terminar, venho te avisar. Quer tomar alguma coisa? Talvez um ansiolítico seja uma boa ideia – ofereceu ela.

– Não quero remédio nenhum. Só quero ver meu marido!

Procurei Mari, que chorava copiosamente nos braços de Breno. Ele a cobria de beijos e carícias. A cada palavra dela, se seguia um soluço desolado. Engraçado como não havia lágrimas em seu rosto.

– Mari, desculpa – me sentei na beirada da cama, abraçando-a desajeitadamente, já que Breno se recusava a soltá-la. – Eu sabia que não era uma boa ideia te levar comigo. Como você está?

– Péssima! Todo mundo fica me olhando. E essa calça não está ajudando em nada.

Eu ri. Ela também.

– E o Max? – ela perguntou, preocupada.

– Ainda está em cirurgia.

– Que droga! E você, como está se sentindo?

– Péssima, Mari. Aconteceu tanta coisa... Desculpa não ter ficado com você.

– Imagina, Lili! Você tinha que ficar com o seu marido. Ele levou um tiro, eu só... pirei um pouquinho. Eu liguei pro Breno assim que entrei na ambulância. Ele ficou comigo o tempo todo.

– Alicia, se tiver qualquer coisa que eu possa fazer para ajudar... – ofereceu Breno.

– Cuida da Mari por mim. Vou ficar com o Max até ele ser liberado.

– Vou cuidar – ele proferiu, solene. E, voltando-se para Mari, disse: – Vamos pra casa em breve, mozinho.

Mozinho?

Lancei um olhar interrogativo para minha amiga, que sorriu descaradamente, radiante, mas, quando voltou os olhos para o namorado, estes assumiram uma tristeza de partir o coração.

– Tá bom – ela fez biquinho.

– Vou te colocar na cama e preparar um chá.

– Bem docinho... – ela pediu, com o rosto desolado.

Ele sorriu, colocando uma mecha de cabelo dela atrás da orelha com extremo cuidado.

– Tão docinho quanto meu mozinho...

Ok, eu já tinha tido minha dose de glicose por um ano! Despedi-me dos dois e voltei para a sala de espera, andando de um lado para o outro, como um animal enjaulado. Passei uma eternidade indo e vindo naquele espaço até que alguém viesse me dar notícias de Max.

– A bala foi extraída. Por sorte não atingiu a escápula. Foi um ferimento limpo, sem fragmentos. Correu tudo bem – disse o médico alto e magro, com um enorme bigode preto pendurado embaixo do nariz. – Mas ele precisou de uma transfusão de sangue. Vai ficar aqui por um tempo.

Depois de insistir muito, lavar os braços e me livrar de parte do sangue de Max, o médico me permitiu entrar no quarto ao qual ele fora levado. Ele estava recostado na cama hospitalar reclinada, com um daqueles camisolões de hospital azul-claro, mas mesmo assim o ombro esquerdo enfaixado era visível. O braço descansava numa tipoia, os olhos estavam fechados, a cabeça solta contra o colchão. Parecia tão fraco, tão pálido, tão frágil... Alcancei sua mão, um pouco fria, para me assegurar de que ele estava vivo.

Max abriu os olhos. Pareceu-me que o peso de dois planetas inteiros foi retirado de meu coração.

– Ei, você – ele disse numa voz engrolada. – Você não imagina como é chato ficar aqui sem ter nada pra fazer.

Tentei sorrir.

– Posso imaginar – acariciei seu braço, tomando cuidado para não esbarrar na mangueira fina ligada ao braço direito. – Vou ficar com você.

– Não devia – ele disse com os olhos pesados, mas entrelaçou os dedos aos meus. – Eu sei que você não gosta de hospital. Nossa, o que foi que colocaram nesse soro?

– Morfina. Você vai dormir um pouquinho.

– Isso explica por que está tudo meio borrado. – Ele tentou firmar os olhos em meu rosto e acabou sorrindo. – Você é linda mesmo toda desfocada, sabia?

Sorri um pouco.

– Dorme. Você precisa descansar pra ficar bom logo – pedi.

– Não quero dormir. Quero falar... com você – mas suas pálpebras tremularam um pouco, antes de se fecharem e ele cair num sono profundo.

Puxei a cadeira e me sentei ao seu lado, atenta a cada respiração, a cada barulho vindo de seu peito, que me provava que ele estava vivo.

A mesma enfermeira que tivera a bondade de me relatar o que estava acontecendo, enquanto Max estava sendo operado, trouxe uma sacola com os pertences dele. Pouco depois, o celular de Max vibrou dentro da sacola. Alcancei o aparelho e atendi.

– Alicia, eu quero falar com o panaca do meu irmão agora. O que ele me disse mais cedo era mentira, não era? Vocês não se separaram, não é?

– Hã... Acho que estamos divorciados, sim, Marcus. E o Max... ele... Estamos no hospital – e comecei a chorar. – Ele foi ferido. Um tiro no ombro esquerdo...

– O quê? O que foi que aconteceu? Você atirou nele?

Ainda um pouco histérica, comecei a rir em meio aos soluços e, como não estava em condições de formar frases coerentes, deixei que tudo saísse aos trancos e narrei a ele o que acontecera na mansão.

– Estamos indo pra aí agora – ele avisou. – Vai ficar tudo bem. O Max vai ficar bem.

– Eles só vão deixar vocês entrarem para ver o Max amanhã de manhã. Ele está dormindo agora, mas parece bem.

– Vamos pra aí mesmo assim.

Argumentei, discuti, implorei, até fiz ameaças quando o médico retornou com a intenção de me expulsar do quarto. Ele entendeu que eu não sairia do lado de Max e, a contragosto, me permitiu passar a noite ali. Foi uma longa noite insone.

Em uma das muitas visitas da equipe de enfermagem, o soro foi retirado do braço de Max, me deixando um pouco mais tranquila.

Encostei a cabeça no braço do homem que eu amava com tanta intensidade que chegava a doer, para que pudesse sentir seu calor, seu cheiro. Fechei os olhos desejando voltar no tempo, desejando nunca ter feito aquele maldito acordo e o colocado em perigo. Desejei ter deixado as coisas por conta do acaso, ter conhecido Max aos poucos, como todo mundo faz. Convidá-lo para sair algumas vezes, dar uns amassos no carro, ter brigas que sempre terminariam na cama, uma história comum, como tantas outras. Fiquei encarando a janela até que a luz do dia, ainda tímida, invadiu o quarto.

Senti algo tocar meus cabelos.

Ergui a cabeça devagar e vi sua mão grande me acariciando, os olhos bem abertos.

– Max! – pulei da cadeira para abraçá-lo, mas mudei de ideia no último minuto ao me lembrar de seu ferimento. – Você está bem? Precisa de alguma coisa? Vou chamar a enfermeira.

– Não – ele sussurrou. – Fica aqui.

Fiquei imóvel ao lado da cama.

– Como você está se sentindo? – Que pergunta idiota! É claro que eu sabia como ele estava se sentindo. Como alguém que acabara de levar um tiro!

– Estou bem – ele disse. – Um pouco zonzo, mas bem.

– Acho melhor chamar o médico.

– Provavelmente vai vir alguém daqui a pouco. Isso é um hospital – ele riu, fazendo uma careta involuntária para esconder a dor. – Você está bem?

– Eu? Como você se atreve a me perguntar isso estando aí, nessa cama? – Toquei sua testa e constatei que estava fresca, na temperatura certa. Até sua cor estava melhor, natural, mais corada.

– E o Clóvis?

– Está em um quarto cercado de policiais – dei de ombros e deixei minha mão cair sobre o colchão. – A última vez que vi o Clóvis, ele estava desmaiado na sala da mansão. Mas foi trazido para o hospital. A Mari foi dopada e o Breno está com ela. Também apagaram a Telma. O Hector não teve nenhum ferimento grave e logo vai ser liberado.

Ele assentiu, com os olhos distantes.

– Max, me perdoa por ter sido tão idiota! – comecei. – Eu juro que não sabia que o Clóvis estava armado. Nunca imaginei que ele seria capaz de chegar a esse extremo. E nem pensei que você seria burro o bastante para saltar na frente de uma bala destinada a mim.

A porta se abriu. Era o médico.

– Está acordado. Isso é bom! – Ele se aproximou de Max, examinando-o, perguntando como se sentia, reações desagradáveis, esse tipo de coisa. – Você deixou a sua esposa em pânico, rapaz.

– Deixei? – Max sorriu um pouco.

– Ela ameaçou me jogar pela janela, ou *se* jogar pela janela, se eu não permitisse que ela ficasse aqui com você.

Max me encarou, a sobrancelha arqueada, um sorriso zombeteiro nos lábios pálidos.

– Eu não ia jogar o médico... – argumentei.

Ele riu, gemendo um pouco.

Depois de se certificar de que tudo estava bem com Max e de responder às minhas milhares de perguntas, o médico avisou que ele teria alta no dia seguinte, o que ambos achamos ótimo. Assim que ficamos sozinhos, Max não perdeu tempo.

– Eu preciso muito falar com você – disse sério, urgente.

O tom de sua voz fez os pelos de meus braços ficarem de pé.

– Hã... Acho que... vou comer alguma coisa. Quer que eu pegue alguma coisa pra você? – perguntei apressada, indo em direção à porta.

– Fica – ele pediu num sussurro firme.

Suspirei, soltando os ombros e me aproximando um pouco da cama, com medo do que ouviria.

– Foi muito... divertido estar casado com você – ele começou, me deixando boquiaberta. Não era o que eu esperava. Aliás, Max estava se tornando um especialista em me pegar de surpresa.

– Foi?

Ele assentiu brevemente. Parecia nervoso. Em seguida me encarou com os olhos sérios e intensos, como se desnudassem minha alma. Avaliou-me por um bom tempo, então os olhos se detiveram em minhas mãos nervosas, que se contraíam na lateral do corpo.

– Você ainda usa a sua aliança – apontou ele, surpreso.

– E você a sua – acusei. Uma avaliação rápida e ali estava, no dedo anelar da mão esquerda, aninhada na tipoia azul-marinho, a argola dourada que eu havia colocado ali fazia pouco mais de um mês. – Eu... esqueci de devolver. Tanta coisa aconteceu ontem... – e comecei a retirá-la do dedo, com o coração aos pedaços.

– Não tira! – ele pediu, com a voz mais alta agora. – Não faz isso.

– Você não quer a aliança de volta?

Ele sacudiu a cabeça.

– Não. Não é a aliança que eu quero de volta.

– Ah. – *Não crie expectativas. Não tenha esperanças*, repeti como um mantra, mas era tarde demais. Eu já sentia a esperança cravando suas garras em meu peito.

– Eu queria a sua ajuda. Sua opinião, na verdade – ele começou, sem jeito.

– Sobre o quê?

– Onde estão as minhas roupas?

– Ali – falei, apontando para a sacola ao lado da cadeira em que eu passara a noite.

– Você pode pegar um papel no bolso de trás da minha calça, por favor?

Fiz o que ele pediu. Encontrei um papel dobrado em um pequeno quadrado. Quando abri, vi que se tratava do panfleto de uma clínica de cirurgia plástica.

"TURBINE SUA AUTOESTIMA. COLOCAÇÃO DE SILICONE EM 36 VEZES SEM JUROS."

Estreitei os olhos.

– Do outro lado, Alicia – ele riu. – Distribuíram esse panfleto no bar em que eu tentei manter o Clóvis e o Hector. Não se preocupa. Seu corpo é perfeito pra mim.

– Ah – corei.

– Leia – ele sussurrou.

Voltei os olhos para o papel e o virei. A letra rebuscada de Max era um pouco ilegível.

Marido arrependido procura esposa para longa temporada. Procura-se mulher recém-divorciada, pequena na altura, mas com um coração gigante, dona de personalidade ímpar, temperamento tempestuoso e olhos azuis profundos, capazes de capturar a alma de um homem. Oferece-se um coração em ótimo estado de conservação e uma longa e prazerosa vida de servidão como pagamento.

– Enquanto eu aturava a falação do Clóvis ontem... Aliás, desculpa por não ter conseguido mantê-lo ocupado por mais tempo. Ele percebeu que alguma coisa estava errada quando a Telma ligou falando que o endereço que a Inês havia passado a ela não existia. Algo sobre um jantar...

– Não existia mesmo. A Inês me ajudou a esvaziar a mansão – sorri um pouco.

Ele também. Bom, quase.

– Certo. Então, enquanto eu ouvia aquela baboseira, me dei conta de que preciso de uma esposa para não enlouquecer. Andei pensando em colocar esse anúncio no jornal – ele deu de ombros, para gemer logo em seguida. – O que você acha? Conhece alguém que possa se interessar?

– Hã... – tentei engolir e não consegui. – Você só esqueceu de especificar a condição financeira da mulher.

– Me perdoa, Alicia! – A intensidade de sua voz fez os pelos de meu corpo ficarem de pé. De um jeito bom dessa vez. – Por estragar tudo, por ter abandonado você, por ter sido um idiota – seu olhar cintilava. – Droga! Eu fiz tudo errado, não fiz? Estraguei tudo porque sou um arrogante insensível que não teve a educação de ouvir o que a mulher que ele ama tinha a dizer. Eu pensei que... Como eu poderia imaginar que você estava tentando me proteger? Sabia que estou furioso com você por ter se colocado em risco por minha causa? – Mas em seu rosto só havia ternura e um pouquinho de desespero.

– Eu não podia deixar o Clóvis brincar com a sua vida. Você tem o seu irmão e os seus pais e... Bom... foi a única saída que eu encontrei.

– Quando você pediu o divórcio, eu pensei que...

– Eu tinha escolhido a grana e não você. Você já disse isso.

– É – ele assentiu.

– Não, Max. Não era pelo dinheiro. No começo era sim, o casamento e tal, mas depois... não era mais – dei de ombros.

– Quando eu disse aquelas coisas horríveis, foi porque eu achava que você queria o seu dinheiro mais do que me queria. E eu não suportei isso. Eu não podia imaginar que você estava sacrificando o nosso casamento pra me proteger. A minha carreira não é tão importante assim, Alicia – ele sacudiu a cabeça, desgostoso. – Neste momento, não consigo parar de pensar em quanto fui mesquinho com você, quanto fui cruel em lhe dizer aquelas coisas lá em casa. Eu te magoei, e isso é imperdoável. Mas, Alicia... – ele tentou se endireitar um pouco na cama, reprimindo uma careta de dor – eu estava machucado, me sentia humilhado, traído. Pensei que você jamais poderia me admirar. Eu sei que não muda o que fiz, mas eu nunca tive a intenção de te machucar. Nunca! Nem mesmo quando você me chutou.

– Mas eu não te chutei! – contrapus.

– Eu sei disso agora, mas na hora do desespero foi o que pareceu.

– Como você soube? O Hector me contou que você encontrou desvios de dinheiro no nome da Telma. Como você soube disso?

– Eu... quando cheguei em casa duas noites atrás e não encontrei você, vi que suas roupas não estavam lá, eu... enlouqueci, Alicia. Eu não podia acreditar no que você estava fazendo. Tentei encontrar milhares de razões, já que não deixei você mesma explicar. Então, depois de muitos copos de vodka, lembrei de como você foi, de certo modo, coagida a se casar pra recuperar seus bens e me perguntei se isso estaria acontecendo de novo. Eu já suspeitava do Clóvis. Desde a festa do conglomerado, quando você me contou tudo que estava acontecendo, suspeitei que tinha algo errado nessa história. As coisas não se encaixavam. Eu conheço o Hector. Trabalhei com ele por anos e não conseguia acreditar que ele fosse o responsável por aquele testamento. Só restava uma pessoa interessada, uma pessoa envolvida. Uma pessoa que levou uma enorme vantagem com o testamento deixado pelo seu avô.

– O Clóvis.

Ele assentiu.

– Exatamente. Com base no que encontrei quando comecei a pesquisar, os depósitos ilícitos das empresas Lima, supus que o nosso rompimento só podia ter sido obra do Clóvis. Por isso assinei a papelada do divórcio tão depressa. Fiquei com medo que, se ele estivesse mesmo te chantageando e eu não assinasse, ele pudesse criar problemas ou te prejudicar de alguma forma. Então te procurei ontem à tarde, na esperança de estar certo. Mas acabei perdendo a cabeça e te magoei de novo, não foi? – ele grunhiu. Um som ameaçador e ao mesmo tempo assustado.

Não respondi. Não precisava. Ele sabia a resposta.

– Foi ali que percebi que eu estava certo e tive a confirmação de que alguma coisa ou alguém estava te obrigando a me deixar. Eu vi a raiva em seus olhos. Você não queria a nossa separação.

– Não – murmurei simplesmente.

Ele inspirou profundamente.

– Eu vivi um pesadelo até começar a raciocinar direito – sorriu tristemente. – Me afastar de você, mesmo que por poucas horas, foi doloroso demais. Mas, quando você confirmou na mansão o que eu já suspeitava, quando entendi os motivos que te levaram a agir como agiu, senti como se estivesse nascendo de novo. Você me amava a ponto de abrir mão do que queria.

Assenti.

– O que eu quero saber é se ainda ama, depois de todas as coisas horríveis que eu te disse – ele continuou, apressado. – Porque acho que podemos fazer isso dar certo. Eu sei que podemos! Escuta, sei que não mereço o seu perdão, mas... mas eu queria dizer que... eu não tenho como te dar a vida a que você está acostumada. Nem metade. Não que eu não gostaria, mas realmente a sua fortuna é algo que... A verdade é que eu não tenho nada pra te oferecer, Alicia. Tudo que posso oferecer está bem aqui, diante de você – ele abriu o braço bom num gesto derrotado. – Eu só posso te oferecer meu amor, minha fidelidade, minha cumplicidade, minha admiração. Sei que não é muito, mas se quiser é seu. Meu coração, meu corpo, minha alma. É tudo seu. Eu não me importo se você tem dinheiro suficiente pra comprar um planeta ou um chiclete. Não me importo com mais nada, desde que você fique comigo. Assim não vou ter que me preocupar com a sua estabilidade financeira nem com a sua carreira. E isso é ótimo! – ele ergueu os ombros casualmente, com os olhos nos meus, mas o rosto ainda estava tenso. – Sobra mais tempo pra pensar em como te convencer a não quebrar o nariz de mais ninguém por aí. Você pode voltar pra nossa casa, ou vamos morar na mansão, ou vamos pra casa da Mariana, se ela deixar. O que você quiser. Podemos morar no estacionamento da L&L que eu não me importo. Eu ainda seria o homem mais sortudo do planeta por ter você como minha mulher.

Eu adorava quando ele dizia aquilo.

Minha mulher.

Dele. Tão dele... Bom, já não oficialmente, mas mesmo assim...

– Tudo que eu preciso saber é se você ainda me quer. Não sei se é tarde demais. Espero que não seja, porque você não faz ideia de como tem sido a minha vida nessas últimas horas longe de você. Parece que eu fui esmagado por um tanque de guerra, só que continuo vivo, respirando. E isso antes de ser baleado! Eu prometo que nunca mais vou te interromper, sempre vou te ouvir e vou te amar tanto que você vai se sentir sufocada em algum momento... e... – ele estudou meu rosto, engolindo em seco. – Ainda vou ter que falar muito antes que você decida me fazer calar a boca ou te perdi pra sempre?

Eu o observei por um tempo. O rosto tenso, os ombros curvados, os lábios comprimidos numa linha fina. Desesperado. Assustado como eu jamais o tinha visto.

– Diz alguma coisa, por favor – ele pediu depois de um tempo.

– O que... – clareei a garganta. – O que exatamente significa "uma longa e prazerosa vida de servidão"? – eu quis saber, erguendo o panfleto.

Seus olhos se fecharam, ele suspirou e sorriu. Depois voltou a me encarar e esticou o braço bom. Alcancei sua mão e me deixei ser puxada para a cama, me sentando ao seu lado.

– Você sabe. Café da manhã na cama, massagens nos pés quando estiverem cansados, lavar a louça do jantar, sexo selvagem às segundas, quartas e sextas – ele acariciou meu rosto com a ponta dos dedos. – Terças, quintas e sábados serão destinados a fazer amor. O domingo fica por sua conta. Ah, e carona para o trabalho. Serviço de ida e volta, claro.

Franzi a testa.

– Tem certeza disso, Max? Você trabalha na L&L, e logo vou ser dona de tudo aquilo, então eu meio que vou ser... hã... sua chefe.

– Transar com a chefe é a fantasia de muitos homens, caso você não saiba – ele sorriu, e era *mesmo* um sorriso feliz. Ele não estava fingindo nem atuando. Ele realmente não se importava!

Soltando minha mão e colocando o peito forte a centímetros do meu nariz, ele enlaçou minha cintura, e em momento algum seus olhos deixaram os meus, me aquecendo e emitindo pequenas vibrações até o centro dos meus ossos.

– Diz que me aceita de volta, Alicia. Diz que ainda me quer e que vai passar o resto dos seus dias me atormentando.

Como dizer não a uma proposta dessas?

– Me beija logo, seu id... – ele não esperou que eu concluísse. Antes que eu pudesse piscar, sua boca cobriu a minha e a explosão de cores aconteceu.

Max me beijava com fúria, com desespero, com paixão. Segurei-me em seus ombros na intenção de me aproximar ainda mais, e ele gemeu. No entanto, era o gemido errado.

– Oh, Deus. Desculpa! Desculpa! Desculpa! – me soltei dele. – Esqueci do seu machucado.

– Que machucado? – Ele me alcançou, enlaçando minha cintura com o braço bom novamente. – Volta aqui que ainda não terminei de falar com você. – E o segundo assalto foi ainda mais intenso. E foi ali, sentados naquela cama hospitalar, que realmente nos acertamos. Naquele beijo lascivo e sôfrego, Max e eu resolvemos todos os nossos problemas, todas as nossas dúvidas. Ele se expressava maravilhosamente bem quando me beijava.

– Eu te amo, Alicia – ele colou a testa na minha e sorriu. – Amo tanto que não consigo respirar quando você está longe. Nunca mais vou sair do seu lado, eu juro.

– E eu nunca mais vou dizer a verdade. – Ele levantou a cabeça e estreitou os olhos. – Pela metade, quero dizer.

Ele sorriu.

– Vai dar certo. Confia em mim. Estar do seu lado é como estar no meio de um furacão, não dá pra saber o que vai acertar minha cabeça a seguir. É uma loucura. *Não tem* como dar errado!

Eu ri.

– É um jeito diferente de ver as coisas. E até que não é tão ruim assim viver com você. Quer dizer, fora a sua mania de organização e o fato de acordar com as galinhas mesmo nos fins de semana e... você sabe... ficar tomando tiros pra me salvar, até que é bem bacana dividir a vida com você.

– Peraí, peraí! Acho que isso foi um elogio... – ele sorriu, esperançoso.

– Talvez – eu disse, mas sorri também. – E pode tirar esse sorrisinho besta da cara que elogios são apenas para ocasiões especiais.

Ele riu, me empurrando para fora da cama antes que eu pudesse protestar.

Protestei mesmo assim.

– O que você está fazendo? Volta pra cama agora! – ordenei quando ele se colocou de pé com um pouco de dificuldade.

– Vamos fazer as coisas do jeito certo dessa vez – ele gemeu um pouco, balançando o corpo enorme, visivelmente tonto.

– Exatamente! Vamos fazer as coisas do jeito certo. Você vai ficar deitadinho nessa cama até o médico dizer que pode levantar – apoiei a mão em seu peito e tentei forçá-lo a voltar para a cama, mas foi inútil.

Assim que Max recobrou o equilíbrio, agarrou o suporte do soro e, usando-o como muleta, se arrastou até a mesinha, num canto da parede. O camisolão hospitalar mal chegava ao meio das coxas, e a abertura nas costas deixou toda sua coluna e parte do traseiro à mostra. Eu me perguntei se era muito errado deixar meus olhos se demorarem ali, como quem não quer nada. Decidi que sim, era errado, afinal ele estava ferido, então me obriguei a desviar os olhos e prestar atenção no que aquele maluco pretendia fazer.

Max alcançou a garrafa de água mineral e a abriu. Em seguida, com certa dificuldade, puxou o lacre, um anel azul cheio de pontas no interior. Voltou a passos lentos até ficar de frente para mim e... *oh, meu Deus!*... se agachou sobre um joelho, tomando minha mão direita na sua.

– Max, não precisa...

– Eu quero. – Ele olhou profundamente em meus olhos, seu rosto estava sério e ligeiramente corado. – Sei que isso é estranho, porque fomos casados até ontem de manhã e... eu estou nervoso e não tenho um anel de verdade pra te oferecer, mas assim que for liberado vou arrumar um, então seja paciente comigo, por favor – e sorriu um pouco. – Eu... eu nunca quis me casar. Talvez um dia, lá na frente, quando todos os meus sonhos fossem concretizados, mas não agora. Meus amigos casados sempre diziam: "É isso aí, Max! Fuja enquanto puder". Mas então eu conheci você e foi o que bastou pra tudo perder o sentido. Ninguém me fez ou faz feliz como você, Alicia. Nunca me senti assim antes. Uns cinco minutos depois de te conhecer, percebi que quero passar todos os meus dias ao seu lado. Quero envelhecer com você, quero ter filhos com você. Pelo menos três! Dois meninos parrudos, pra me ajudar a tomar conta da menina se ela for tão linda quanto a mãe. Então, Alicia Moraes de Bragança e Lima, você quer se casar comigo... - ele me mostrou um sorriso torto - de novo?

A porta se abriu.

- Que diabos aconteceu pra você lev... Caraca! - gritou Marcus. Mirna e Julius, logo atrás dele, paralisaram, os olhos arregalados. - Vocês vão se casar de novo?

- Não sei, Marcus. Ela não me respondeu ainda - disse Max, sem desviar os olhos dos meus.

- Ah! - o garoto sorriu largamente. - Alicia, não quero te apressar, mas responde logo, por favor. A visão da bunda branca e peluda do meu irmão não é nada agradável.

- Não é peluda - objetei. Voltei o olhar para Max, para as esmeraldas translúcidas que me capturavam e me mantinham sob sua luz quente e ofuscante. - Você quer mesmo construir uma família *comigo*? - sussurrei, e uma lágrima escorreu por meu rosto, mas não me importei.

- É tudo que eu quero - ele murmurou de volta.

- Eu também quero. Uma família grande e barulhenta - sorri, um sorriso que parecia que nunca mais deixaria meus lábios.

Ele arqueou uma sobrancelha, sorrindo.

- Isso é um sim, Alicia?

- Sim, Max. É um enorme sim!

Ele se moveu como uma avalanche. Maciço, preciso, implacável. E me tomou em seu braço bom. Com cuidado, deslizou o anel azul da garrafa de plástico por meu dedo anelar - ficou enorme! - e me beijou. Um beijo intenso, porém repleto de ternura e alívio.

Ouvi gritos ao nosso redor e só por isso permiti que os lábios de Max deixassem os meus.

- Bem-vinda à família - me disse Mirna. - Outra vez!

Muitos braços nos rodearam, e a cabeça de Marcus surgiu por debaixo do cotovelo de Max.

- É isso aí, grandão. Você levou o prêmio. A garota disse sim!

- Disse - Max concordou, acariciando a cabeça do irmão, sorrindo, mas olhando fixamente para o meu rosto. - Ela finalmente me disse sim.

55

— Mari, acho que vou vomitar – reclamei, sentindo a pele úmida de suor.

– Não vai, não. Vai ficar tudo bem. Respira. Só respira! Quer um chocolate pra acalmar?

– Não.

– Que bom. Preciso deles só pra mim.

Minha amiga inseparável e companheira de todas as horas estava de mudança e em pânico. Depois do susto de pensar que Mari havia se ferido gravemente naquela noite na mansão, Breno finalmente colocara a cabeça no lugar e decidira manter o mergulho apenas como hobby, continuar na galeria e se tornar um homem casado. Do que Mari não gostou nada – a parte do homem casado, quero dizer. Mas a rejeição ao pedido de casamento dele não foi total, de modo que, quando ela sugeriu que eles apenas morassem juntos, Breno topou na mesma hora. Bruna, a irmã dele, não gostou da notícia, mas ele estava pouco ligando. E, mesmo sem oficializar o relacionamento, Mari estava assustada, apesar de mentir categoricamente, alegando estar calma e muito segura.

Ana ficou um pouco abatida por ter que se separar de sua única filha, mas uma pontinha de felicidade se espreitava em seus olhos mesmo que ela tentasse esconder. Imaginei que isso tinha a ver com o instrutor muito gato da academia que ela e Mari frequentavam e que agora fazia hora extra no sofá da sala de estar.

– Conseguimos um apartamento perto da sua casa. É uma gracinha – me contou Mari.

– Isso é fantástico! – eu disse, enlaçando seu pescoço.

– Precisa de pouca reforma. Ah, Lili – ela sacudiu a cabeça. – Tudo parece conspirar para eu ir morar com o Breno. Ele está eufórico. Sem contar que estaremos a quilômetros da irmã dele, aquela abelhuda sem noção, o que é mais uma vantagem – ela suspirou. – O melhor de tudo é que dá pra ir a pé até sua casa.

– Isso sim é vantagem. Eu nunca poderia ficar longe de você.

– Não sei por que não paro de comer. Devo estar com verme ou algo assim. Já engordei dois quilos essa semana. Dois quilos! Tem um rinoceronte morando no meu estômago.

– Ou pode ser medo de começar uma vida nova com o Breno... – sugeri.

– Não, imagina! Medo do quê? Da gente se matar em poucos meses, como aconteceu com o meu pai e a minha mãe? – Ela mordeu outro bombom avidamente. Nem terminou de mastigar e continuou: – Ou que ele se ressinta por ter desistido da profissão de guia subaquático e comece a me odiar? Talvez ele me abandone depois de alguns meses e decida ir morar em algum lugar paradisíaco, lotado de mulheres lindas e seminuas sem um grama de gordura na bunda – ela comentou com um ar sonhador.

– Não acho que isso seria possível – objetei. – O Breno sempre preferiu mulheres cheias de curvas e inteligentes.

– É o que ele diz.

– É o que ele quer! – corrigi. – Você não percebe que ele abriu mão de um sonho, na boa, sem pestanejar, pra ficar com você? O Breno te ama pra caramba! Aceita logo isso.

Ela sorriu enormemente.

– Posso aceitar... Posso muito bem aceitar isso – e apertou minha mão, animada, então examinou minhas unhas. – Ficou bem em você. Azul é definitivamente sua cor.

– Você acha mesmo? – examinei minha mão. Até que não ficou tão mal. – Decidi deixar o preto por uns tempos. Eu usei por tantos anos, né? – expliquei, um pouco sem jeito.

Mari me abraçou carinhosamente antes de dizer:

– Tempo demais. Tá na hora de deixar as cores entrarem na sua vida.

Uma batida na porta se seguiu, e logo a cabeça de Max surgiu entre o batente e a porta.

– Max! Você não podia esperar lá embaixo, como eu pedi? – reclamou Mari, se colocando de pé e afofando meu vestido com vigor.

– Desculpa, mas não dá. Estou longe dela há mais tempo do que posso suportar – ele sorriu, descarado. – Está todo mundo esperando. Pronta? – ele me perguntou, se aproximando.

– Não, mas acho que preciso fazer isso de uma vez por todas.

Ele esticou o braço para que eu o pegasse, e foi assim, de braços dados com meu *quase futuro e ex marido* e minha melhor amiga do outro lado, que desci as escadas da mansão para enfrentar o grupo de convidados que nos aguardavam.

Hector havia preparado uma grande festa com o intuito de me apresentar formalmente, a todos os diretores, acionistas, funcionários e jornalistas, como herdeira do Conglomerado Lima.

Num vestido azul de mangas curtas com o comprimento até o meio da coxa e calçando malditos saltos altos, me senti nua quando todos os rostos se voltaram para me analisar. Fiquei gelada. Juro que quase vomitei quando subi os dois degraus que levavam ao pequeno palco num canto da sala – com Max ao meu lado – e me deparei com o microfone à minha frente. Eu não podia fazer aquilo.

Não consigo.

– Chuta a bunda desses malas – Max cochichou em meu ouvido, antes de beijar minha testa e descer do palco improvisado.

E, de repente, consegui. Pensei em vô Narciso – que desaparecera dos meus sonhos – e em quanto eu o amava, quanto queria ter me despedido direito dele. Eis que a chance estava diante de mim.

Clareei a garganta e comecei:

– Boa noite. Eu sou Alicia Moraes de Bragança e Lima, neta de Narciso Moraes de Bragança e Lima. Muitos de vocês devem me conhecer desde que eu tinha cinco anos. Eu era aquela pirralha de quem o vô Narciso corria atrás, pedindo que não jogasse bolo na cara de ninguém. Eu não sei se todos vocês estão achando essa festa tão estranha quanto eu. Talvez estejam. Uma festa que reúne tanta gente do Conglomerado Lima sem o vô Narciso é como... como se faltasse o aniversariante, ou o noivo não aparecesse no casamento... – sorri, nervosa.

Recebi muitos sorrisos complacentes. Encontrei Mari exibindo uma careta divertida, me encorajando. Breno, a seu lado, assentiu. Hector, Suzana, Janine-Espanador, Inês com seus óculos de tartaruga, até Joyce, *aquele doce de pessoa*, sorriam, me incentivando. Amaya, num canto do salão, levantou o polegar e piscou um olho. Paulo me observava com uma expressão debochada e, para minha surpresa, os pais de Max estavam ali e, a julgar pelo buraco entre eles, Marcus também.

Isso tudo ajudou, mas foi o dono de um certo par de olhos verdes, parado ao lado da janela francesa, com as mãos enfiadas nos bolsos da calça, usando apenas paletó e camisa, sem gravata, os cabelos ligeiramente desgrenhados, que me encheu de certezas. Max me lançou um pequeno sorriso, meio torto, cúmplice, que me inundou de coragem e determinação. Sorri de volta.

– O vovô adorava festas – continuei, encarando-o. Era mais fácil fingir que eu falava apenas com ele que com toda aquela gente. – Dizia que eram as noites mais especiais do ano, em que podia reencontrar velhos amigos e fingir que tinha trinta anos outra vez. Se estivesse aqui hoje, ele estaria rindo, falando com todos, saindo sorrateiramente para fumar seu charuto às escondidas. "Eu não fumo, Alicia!", ele diria com o rosto corado quando eu o flagrasse. E mais tarde, no fim da festa, depois que todos os convidados tivessem partido, ficaríamos os dois aqui, ele pediria um pouco de bolo e comeríamos sentados no chão, e ele me perguntaria o que achei de seu discurso. – Então eu vi a cena toda. Uma lembrança tão vívida que mais parecia um filme. Vi a mim mesma, pequena em um vestido cheio de laços e rendas, sentada no chão com a cara suja de glacê. Vovô, ao meu lado, sorria satisfeito, com a cara tão suja quanto a minha. – Às vezes ele me tirava para dançar – e lá estávamos nós dois, eu sobre seus pés, me sentindo importante e muito adulta aos oito anos. Depois, aos quinze, desengonçada e descoordenada, rodopiando nos braços gentis de vovô. – E outras vezes ficávamos apenas ouvindo a orquestra tocar, um apoiado no outro, exaustos – e me veio a imagem da última festa, em que vovô, já sentindo o peso da idade, se manteve sentado numa cadeira, um braço em meus ombros, minha cabeça em seu peito, como se estivéssemos assistindo a um concerto. Minha garganta se fechou com as lembranças felizes. – Foi isso que fizemos todos esses anos. Estou contando essas coisas porque queria que todo mundo aqui conhecesse o vô Narciso como eu conheci. O homem simples, decente e honrado, que jamais usou ninguém para alcançar o sucesso, que adorava se deitar ao meu lado para ver desenho animado nos momentos de folga, que fazia questão de me levar para a escola todas as manhãs, mesmo se tivesse que adiar alguma reunião importante. Um homem correto, que me dava bronca por falar palavrão, mas que às vezes deixava escapar alguns quando dava uma topada... e o vovô dava muitas topadas. Um avô que me fez entender que é preciso respeitar as regras e dizer a verdade sempre... – suspirei, ainda presa aos olhos iridescentes de Max – mesmo que doa. Um avô que foi pai, mãe, amigo, que enfrentou a perda do filho e da nora sem jamais desmoronar, para que eu pudesse ter um porto seguro. Imagino quanto isso deve ter custado a ele, mas esse era o meu avô, sempre se colocando em segundo plano para que eu pudesse ser feliz. E eu fui muito feliz – sorri, piscando, tentando desobstruir a visão embaçada pelas lágrimas.

– Prometo fazer tudo que estiver ao meu alcance para me tornar a mulher que ele sonhou – continuei. – Vou dar o melhor de mim para que vocês, acionistas e funcionários, se sintam felizes por trabalharem comigo. Vou me esforçar para um dia poder ocupar o lugar de vô Narciso honradamente. Até lá, Hector Simione, que todos já conhecem de longa data, permanecerá nesse posto. Então, como essa é a primeira vez que o vô Narciso não está aqui... de corpo presente... – porque eu sabia que, de alguma forma, ele podia me ouvir – eu gostaria de concluir dizendo o que ele não se cansou de repetir ao final de seus discursos. Bebam, comam, se divirtam esta noite, porque amanhã, meus amigos, a batalha continua e todos voltamos para o mundo real.

Fui aplaudida enquanto engolia as lágrimas. Ouvi Breno assobiar alto ao lado de Mari, abafando seu "Uhuuuu!", e não pude evitar o sorriso. Max assentiu, sério, parecendo a ponto de explodir de orgulho.

Fui abordada por muitas pessoas ao descer do pequeno palco. Jornalistas enfiaram microfones na minha cara e eu mal conseguia respirar.

– Quando você percebeu que o advogado estava tramando contra você?

– É verdade que o sr. Clóvis Hernandez está louco devido à pancada que levou na cabeça?

– Você vai exigir uma auditoria no conglomerado todo para saber se há outros envolvidos no esquema de desvio de dinheiro?

– Você foi mesmo convidada para posar nua numa revista masculina?

– Por que decidiu se casar com seu ex-marido?

Quando finalmente fiquei livre – graças a Amaya e seus cotovelos formidáveis –, tentei chegar até onde Max estava, mas não pude. Dezenas de diretores e acionistas me cercaram, me parabenizando e me enchendo de perguntas que eu ainda não sabia como responder. Quase tropecei em Mirna e Julius quando me livrei deles. Os pais de Max me cumprimentaram com abraços e sorrisos, já Marcus..

– Quer dizer que além de linda você também é podre de rica. Meu irmão tirou a sorte grande – ele me lançou um sorriso sedutor.

Julius lhe deu um tapa na cabeça.

– Por favor, Marcus. Você prometeu – implorou.

– Desculpa, eu só estava dizendo que não entendo como o Max conseguiu arrumar uma gata dessas, mas tudo bem. E prometi que não vou voltar ao assunto do primeiro casamento deles, para o qual nós não fomos convidados. E eu não voltei ao assunto, voltei? Alguém aqui me ouviu falar sobre como fomos excluídos do casamento?

– Marcus, para – ordenou Mirna, visivelmente constrangida. – Nós entendemos tudo, Alicia, não dê ouvidos ao Marcus. Nós compreendemos e não ficamos magoados – ela me assegurou.

– Uma ova que não! – o garoto reclamou.

Julius suspirou.

– O importante é que tudo acabou dando certo pra vocês – ele disse. – Que estão felizes. Nunca vi o Maximus tão feliz assim. Você faz bem pra ele, querida – e sorriu.

– É, ele também me faz bem. Muito bem, na verdade. Hã... Cadê ele? – me estiquei, procurando, desesperada para encontrá-lo.

– Bem ali – apontou Mirna.

Lá estava ele, lindo como sempre, rodeado de homens engravatados, com Hector ao seu lado gesticulando sem parar. Hector andava muito empolgado e sempre que tinha chance narrava como "vira a morte de perto". Pela cara entediada de Max, ele repetia a história toda mais uma vez.

Max me flagrou observando-o – ou talvez eu o estivesse comendo com os olhos, o que era bem mais provável – e sorriu sedutor, vindo em minha direção, mas poucos passos depois foi detido por um dos diretores árabes. Aquele que o ajudara a provar as falcatruas de Clóvis. Quase pude ouvir seu suspiro de frustração, mesmo estando a vários metros de distância.

Voltei-me para Marcus.

– Mas me conta, Marcus, como tá seu pé? Seu irmão me disse que você anda sentindo umas pontadas.

O garoto abriu um sorriso enorme.

– Tá doendo pra cacete! A dra. Olenka pediu alguns exames, mas ela acha que o inchaço entre as vértebras diminuiu e que os nervos estão se religando. Talvez em dois ou três anos eu já esteja andando por aí, então se quiser adiar o casamento pra ter mais opções... – e deu uma piscadela.

– Cara, você é um pé no saco! – ri.

– Eu sei – ele ajeitou a gola da camisa. – Todas dizem a mesma coisa.

– Alicia, o pessoal de Abu Dhabi quer falar com você – anunciou Amaya, se desculpando com um sorriso com a família de Max pela interrupção.

Os olhos de Marcus a estudaram de cima a baixo. Duas vezes.

– Nem pense nisso – o alertei.

Despedi-me da família de... da minha nova família e segui Amaya, tentando chegar até Max. Mas, antes que eu pudesse encontrá-lo, para em seguida falar com os diretores árabes, minha melhor amiga no mundo apareceu bem na minha frente.

– Ah, Lili! – Mari passou os braços em minha cintura. – Você estava tão linda! Estou tão orgulhosa de você! Nem uma gota de vômito na plateia. Arrasou, garota! – e riu.

– Foi bacana? De verdade?

Ela ficou séria abruptamente.

– Foi lindo, Lili. Você não faz ideia de como estou orgulhosa. Acho que você... – seus olhos amendoados brilharam, úmidos – você cresceu.

– Já era hora, não era?

– Era sim – ela me abraçou com tanta força que quase não pude respirar.

Eu também estava orgulhosa de mim e de tudo que havia conseguido, porém não conseguira sozinha. Max enviara à polícia uma série de relatórios que comprovavam que muito dinheiro havia sido desviado para um banco na Suíça em nome de Telma Hernandez, esposa de Clóvis, que aparentemente não tinha conhecimento dos negócios escusos do marido. Ela fora convidada pela polícia a dar algumas explicações, mas Max achava que ela não teria complicações graves, já que era apenas a laranja.

Vanessa também ficara bastante encrencada com a colaboração que dera ao plano de Clóvis. Ela também teria que dar explicações à polícia e, principalmente, à diretoria da L&L, que estava descontente com o ocorrido e considerava demiti-la. Não me opus. Qual é? Eu ainda tinha que acertar as contas com aquela garota. Foi por isso que sugeri – sem maldade alguma – que ela fosse remanejada para o sexto andar, sala treze, até que os diretores decidissem o que seria feito dela. O horror estampado em seu rosto enquanto deixava a sala da diretoria e se encaminhava ao sexto andar quase me deu pena. Quase.

Já Clóvis estava bastante enrascado. Além de ameaça, desvio de dinheiro e supressão de documentos, havia agora a tentativa de homicídio para completar as acusações. Hector decidiu visitá-lo – grande homem, o Hector – e ficou um pouco triste ao ver o antigo amigo se comportando de maneira atípica. Clóvis exigira um padre para confessar seus pecados, balbuciava sem parar "O fim está próximo" e pediu perdão a Hector uma dúzia de vezes. *Louco*, foi a palavra que Hector usou para descrevê-lo, mas eu tinha minhas dúvidas. Talvez Clóvis tivesse mesmo enlouquecido, mas eu desconfiava de que tudo não passava de encenação, de um golpe muito inteligente para não ir para a cadeia. Sabe como é, não dá para confiar em advogado...

Após tomar posse legal do que era de vô Narciso – e eu não sabia o que fazer com aquilo tudo –, convidei Hector para comandar as empresas, permanecendo no posto que fora de vovô, à frente do Conglomerado Lima, até que eu pudesse aprender tudo, o que levaria décadas. Ele relutou um pouco, mas acabou cedendo diante da minha persistência e da de Max e aceitou o cargo. Entretanto, me tornei membro da diretoria após Max apresentar um projeto de fidelização de clientes baseado nas minhas ideias de troca de embalagens. Claro que fora ele quem fizera praticamente tudo, especialmente os gráficos e as planilhas, mas ele não quis o crédito pelo trabalho e o apresentou como se fosse um projeto meu. O projeto foi aprovado, e em breve o material promocional com a nova campanha de fidelização estaria nas ruas.

Amaya se tornou meu braço direito na empresa. Ela estava radiante, e muito disso se devia a Paulo, que finalmente tomara coragem e a convidara para um cineminha. Ela não soube me dizer sobre o que era o filme a que assistiram juntos.

Finalmente foi aprovado o aumento salarial que eu tanto queria, mesmo que agora não precisasse mais dele. Fiquei contente ao ver muitas caras alegres pelos corredores da L&L.

Era um bocado de coisas boas. Eu estava feliz com tudo que havia feito, por ter conseguido retomar as rédeas de minha vida. Por ter conquistado Max de maneira irremediável.

Tornei a procurá-lo na grande sala abarrotada de gente, mas, sempre que eu tentava me aproximar dele, algo me levava na direção oposta, até que o perdi de vista. Fiquei presa com os árabes por muito tempo, tanto que, se não agisse rápido, teria que amputar os dois pés, que já começavam a gangrenar naqueles saltos. Na primeira oportunidade, dei uma fugidinha, ainda procurando por Max, mas ele não estava em parte alguma.

Saí pela porta lateral da sala e fui para o jardim, tirei os sapatos e afundei os pés na grama fresca, me sentindo aliviada. Olhei a mansão iluminada e movimentada, cheia de vida novamente. Em poucas semanas, aquela casa seria redecorada e haveria centenas de crianças barulhentas correndo por todo lado. Sorri feliz. Vovô teria gostado disso. A Fundação Narciso de Bragança e Lima estava prestes a ganhar vida. E, graças a ela, centenas de crianças e jovens teriam a oportunidade de estudar e se aperfeiçoar em alguma área – para o caso de, sei lá, algum dia precisarem fazer planilhas, por exemplo, e não confundirem o código com o preço. Aquele era o meu melhor projeto, e Max me ajudara e apoiara em tudo, como eu sabia que faria.

Além disso, Mazé estaria no comando – e era impossível descrever seu entusiasmo ao cuidar daquelas crianças. Eu não podia imaginar alguém melhor para o cargo.

Ainda dava para ouvir a música tocando quando me sentei num dos bancos de madeira do jardim. A melodia de Frank Sinatra penetrava pelas grossas paredes da mansão, me trazendo um milhão de lembranças felizes. Fechei os olhos e não foi surpresa, afinal, vovô aparecer ali, ao meu lado, sorrindo.

– Eu sabia que você ia encontrar – disse ele, satisfeito.

Sorri para ele.

– Pelo menos agora eu sei que você mudou de ideia em relação a me deserdar.

Ele inspirou profundamente.

– Eu nunca quis te deserdar. Não de verdade. Só estava furioso demais quando o Clóvis redigiu aquele testamento ridículo. Aquele documento não devia ter validade, não devia ter sido registrado, mas o Clóvis fez isso sem que eu soubesse. Você me conhece, Alicia. Você achou mesmo que eu seria capaz de ser tão rígido com você? Eu nunca consegui!

– Mas e as cartas? Como o Clóvis conseguiu aquelas cartas?

Ele sacudiu a cabeça.

– Foi um golpe de sorte do Clóvis. De fato, eu pretendia ver você nos corredores da L&L, sempre quis ver minha neta em uma das empresas, você sempre soube disso. Eu pretendia estar lá para te auxiliar, mas, por causa do aneurisma, não sabia quanto tempo tinha. Eu já estava velho – ele deu de ombros. – Tive medo de não poder te ajudar como gostaria e deixei algumas cartas com a Inês, caso eu faltasse. Ela entregou ao Clóvis logo que parti, sem saber que com isso estaria ajudando aquele homem a enganar você.

– Então ainda vou receber algumas? – perguntei, animada.

Ele sorriu, e um brilho de diversão surgiu em seus olhos.

– Quando chegar a hora certa, Alicia.

– Você insistiu para eu contar tudo ao Max porque sabia que ele ia enxergar o que eu estava deixando escapar, não foi? Porque sabia que ele é um Sherlock Holmes disfarçado de administrador de empresas.

Vovô riu.

– O Max é muito perspicaz. Um rapaz de ouro! Você não poderia ter escolhido um homem melhor.

Suspirei.

– Pensei que nunca mais fosse ver você – murmurei.

– E perder seu primeiro discurso? Que tipo de avô você acha que eu sou? – ele fingiu indignação.

Sorri um pouco. De alguma forma, eu sabia que aquela era a última vez que o veria. Talvez fosse o brilho em seus olhos, ou a pequena ruga na testa, que demonstrava apreensão, mas ele estava me deixando. Para sempre dessa vez.

– Não sei como te dizer adeus – balbuciei, lágrimas obstruíam minha visão.

Os olhos azuis se tornaram ainda mais gentis.

– Não é definitivo, Alicia. Eu sempre estive ao seu lado, e sempre estarei.

– Ah, vovô! – me estiquei em sua direção, me abraçando em sua cintura e enterrando a cabeça em seu peito. Então ele sorriu, estendeu a mão, que dessa vez era quente como antigamente, quase em chamas, e tocou meu rosto. E eu senti seu toque. Senti as dobras de sua pele, seu calor adorado. Ele deslizou o dedo sobre meu nariz, me obrigando a levantar a cabeça, como costumava fazer quando eu era criança, depois pousou a palma em minha bochecha.

– Não existe amor maior do que o de um pai por sua filha, ainda que ela não seja biologicamente sua – ele sorriu. Um sorriso pleno, feliz. – Eu te amo, Alicia, como avô, como pai. Um amor absoluto, que não morre nunca, nem quando o corpo se extingue.

– Eu te amo, vovô – solucei.

– Não é o fim, Alicia. É apenas um recomeço. O começo de um novo tempo. Estarei por perto. Nunca se esqueça disso! Estarei ali, perguntando: "O que será que ela vai aprontar hoje?"

Eu ri em meio às lágrimas.

– Você sempre foi minha maior riqueza – ele sorriu. – Procure ficar longe de confusão e tente ser feliz.

– Prometo – cobri a mão que descansava em minha bochecha com a minha, absorvendo tudo que ele me oferecia. Paz, conforto, amor. Eu estava repleta de amor puro naquele instante. – Vou fazer o impossível para te deixar orgulhoso, vovô. Eu juro!

– Mas, Alicia... – ele abriu um sorriso enorme e beijou minha testa, e os lábios eram quentes e macios, como sempre foram – eu já estou! – Como uma explosão de estrelas, uma luz quente me envolveu, me obrigando a fechar os olhos, aquecendo meu corpo e meu coração antes de se dissipar, deixando a mais cálida paz em seu lugar.

Quando abri os olhos, ainda úmidos, eu estava sorrindo. Eu sabia que não havia ninguém ao meu lado, mas eu não estivera sozinha. Dessa vez, eu não tinha duvidas. Meu avô *estivera* ali. Fosse um sonho ou qualquer outra coisa incompreensível, pouco me importava. Eu *sabia* que ele estivera ali comigo, e isso me bastava.

Eu me sentia bem, feliz, mais experiente, mais vivida. Adulta! Naquele momento, eu me sentia pronta para qualquer coisa, sentia que aguentaria seja lá o que fosse que a vida tivesse me reservado. Sorri, me levantando para voltar para a festa e procurar por Max, porém não fui muito longe. Ele atravessou a porta da cozinha a passos largos e se pôs a correr assim que me viu.

– Rápido! Vamos fugir antes que alguém perceba a sua falta – e enlaçou minha cintura, afundando a cabeça em meu pescoço. – Você estava incrível em cima daquele palco.

– Acho que eu estava verde. Coisa horrível de se ver. Mas, como não vomitei em ninguém, acho que me saí bem.

Ele interrompeu as carícias em meu pescoço e levantou a cabeça.

– Você estava muito verde. E indescritivelmente linda! Mas já vou avisar. Se o nosso casamento for parecido com essa noite, as pessoas levando você pra longe de mim o tempo todo, vou ser obrigado a te sequestrar e nos casaremos, só nós dois, sem ninguém pra atrapalhar, em uma ilha isolada em algum lugar no mundo. E pouco me importa o que os outros vão pensar!

– Ah, Max. Você diz as coisas mais lindas... Mas a Mari e a Amaya iam me matar se a gente fugisse. As duas estão enlouquecidas com a festa. Elas me enchem o saco porque eu nunca quero opinar sobre nada, a cor dos guardanapos, o tipo de flor que eu prefiro...

– Espero que esse desinteresse não seja sinal de que você mudou de ideia – sua testa franziu.

– Eu tenho coisa melhor para me ocupar – passei os braços em seu pescoço. – E você acha mesmo que eu ainda tenho essa alternativa? Depois de tudo, você acha mesmo que dá pra ser feliz sem você por perto?

– E pensar que a felicidade estava num anúncio de jornal... – ele sacudiu a cabeça, fingindo consternação.

– E eu, que só queria a minha vida de volta, acabei essa história com dois casamentos nas costas. Quem poderia imaginar que eu ia encontrar o amor dessa forma...?

– Ah, eu soube desde o começo. Eu sabia que você era a mulher que eu ia amar até o fim dos meus dias quando vi aquela cópia da sua bunda – ele brincou, me mantendo segura em seu peito musculoso. – Como não me apaixonar por uma garota atrevida como você? Só se eu fosse louco!

Era difícil descrever meu estado de euforia. Era como sentir tudo ao mesmo tempo, só que multiplicado por dez. Eu olhava para Max, que sorria apaixonado, me fazendo promessas silenciosas de uma vida plena. Eu havia acabado de prometer a vovô que faria o possível para ser feliz, e ali estava eu, agarrada à minha chance.

Nesse momento, talvez porque eu ainda estivesse pensando nele, vindo do nada, uma pequena borboleta – azul – flutuou ao nosso redor. Uma vez, duas, três voltas completas antes de descansar em meu antebraço. Max a olhou fascinado, e eu... bom, eu a olhei com outros olhos. Eu não tinha mais medo. Acabei rindo ao pensar em como fora desatenta. "Eu sempre estive ao seu lado", vovô dissera. Agora eu entendia.

– Não estou aprontando nada – sussurrei para ela.

A borboleta abriu as asas azuis, e – se isso não fosse impossível – eu poderia apostar que ela estava rindo. Então ela voou, tocou a testa de Max, em seguida a minha, como se estivesse nos abençoado, e sumiu na escuridão dos arbustos.

– Isso foi um sinal – disse Max. – Não é a primeira vez que uma dessas cruza o nosso caminho.

– Nem vai ser a última. – Eu sabia que ela voltaria. Muitas e muitas vezes! – Agora me explica melhor seu plano pra me tirar daqui – e afundei os dedos em seus cabelos macios.

O brilho em seus olhos me ofuscou por um ou dois segundos.

– Você está falando sério? Porque, assim que eu colocar o plano em ação, nada vai poder me deter – ele ameaçou.

Colei minha testa à sua.

– Estou ouvindo, camarada...

Ele sorriu enormemente, alcançou meus sapatos, que estavam esquecidos no chão, calçou-os em meus pés – seus dedos se demoraram um tantinho em minhas pernas – e se endireitou, passando um braço em minhas costas e o outro em meus joelhos, me aconchegando em seu colo.

– Primeiro, vamos sair daqui de fininho. Eu deixei o meu carro já embicado na garagem. Não sei por que pressenti que talvez a gente precisasse sair correndo – ele sorriu, malicioso. – Então, quando estivermos em segurança no nosso apartamento, eu te mostro o resto do meu plano fenomenal.

Passei os braços ao redor de seu pescoço, me prendendo a ele, e ri, mas alguém gritou, chamando por mim.

– Max, solta a Alicia. Agora – ordenou Amaya. – Ela tem que falar com os jornalistas. Eles estão esperando há horas!

Ele a ignorou, apertando o passo. Minhas pernas sacudiam, frouxas, no ar. Um dos meus sapatos caiu.

– Meu sapato... – resmunguei.

– Compro uma dúzia deles pra você – ele prometeu, acelerando ainda mais.

– Max! – Amaya tentava nos alcançar. – Preciso dela só por mais um minutinho! Coloca a Alicia no chão, por favor!

– Desculpa, Amaya. Mas eu preciso da Alicia nesse momento. É caso de vida ou morte! – ele continuou apressado pelo gramado, rumo à garagem.

– Você já tem a Alicia para o resto da vida, pra que tanta pressa? Maaaaaax!

Ele riu, me acomodando melhor em seu peito largo, olhando em meus olhos com adoração.

– Para o resto da vida. Que destino mais cruel o meu – e, ainda sorrindo, se inclinou para me beijar.

Agradecimentos

Escrever este livro foi absurdamente divertido, mas eu jamais teria conseguido sem ajuda.

Agradeço demais aos meus pais, Leonete e Tom Rissi, pela fé e pelo apoio desde sempre. Aos meus amados avós, Alaíde e Firmino Rissi – que se foram tão cedo, mas sempre estiveram presentes –, Teresinha e Agenor Godoy, pelas lembranças preciosas e amorosas que tanto me inspiraram na construção desta história.

Um obrigada gigantesco a Gabriela Adami, Anna Carolina Garcia, Raïssa Castro e a toda a maravilhosa equipe da Verus Editora. E um obrigada muito especial a Juliana Spohr e Ana Paula Gomes, por terem me ajudado a lapidar este livro e extraído o melhor de mim.

Agradecimentos especiais às adoráveis Thais Turesso, pelo apoio incondicional e pelas opiniões sempre tão valiosas; Aline Benitez, pelo cuidado que teve e ainda tem comigo; Nathy e Paty Rodrigues, por me emprestarem o "tô ligando o foda-se pra você..." (isso é muito Alicia, meninas!); e Glaucia Tambra, por responder com paciência a todas as minhas milhares de perguntas e explicar os incompreensíveis termos legais de maneira tão simples. Qualquer equívoco jurídico que possa existir nesta obra é de minha total responsabilidade.

Não posso deixar de agradecer às centenas de blogueiras e blogueiros literários que me apoiaram e acolheram com tanto carinho. Vocês são incríveis, galera!

E por último, mas não menos importante, um agradecimento incomensurável aos meus dois grandes amores: minha fabulosa filhota, Lalá, a verdadeira razão da minha existência, que me aconselha tão sabiamente e tem sempre as melhores ideias; e meu maravilhoso marido-agente-ninja, meu Adri, por acreditar antes mesmo que eu acreditasse, por jamais desistir, por estar ao meu lado em todos os momentos e por transformar meu "felizes para sempre" num verdadeiro conto de fadas.

Impresso no Brasil pelo
Sistema Cameron da Divisão Gráfica da
DISTRIBUIDORA RECORD DE SERVIÇOS DE IMPRENSA S.A.
Rua Argentina 171 – Rio de Janeiro, RJ – 20921-380 – Tel.: 2585-2000